Rahel Fiechter

Drachenmal
Die Auserwählte der Götter

Für Sinja
Ich wünsche dir viel
Spass mit Kasumi
und ihren Abenteuern
Rahel

Das Buch

Die junge Halbelfe Kasumi traut ihren Augen nicht, als sie im Wald auf einen schwerverletzten Drachen trifft. Kurz vor seinen letzten Atemzügen erteilt der Drache ihr den Auftrag in das sagenumwobene Drachenland zu reisen. Gemeinsam mit den drei Löwentigerjungen macht sie sich auf die Reise. Währenddessen erhebt sich der Feind aller Drachen erneut. Noch ahnt Kasumi nicht, welche Rolle sie im Krieg der Drachen spielen wird. Doch eins ist gewiss, ihre Welt wird sich für immer verändern, wenn sie auf den Feind trifft.

Die Autorin

Rahel Fiechter wurde im März 1995 in Basel geboren. Sie ist angehende Bachelor Absolventin in Betriebsökonomie und arbeitet als kaufmännische Angestellte. Zusammen mit ihrer Familie und ihren zwei tierischen Begleitern lebt sie in Aesch (Schweiz).

Schon seit ihrer Jugend zogen sie Fantasy-Bücher wie "Eragon" oder "Harry Potter“ in den Bann. Bereits während ihrer Schulzeit begann sie ihre Geschichte um Kasumi und ihre Löwentiger zu schreiben, woraus im Laufe der Zeit ihr Debüt Roman "Drachenmal - Die Auserwählte der Götter" entstand.

Rahel Fiechter

Drachenmal

Die Auserwählte der Götter

Bibliografische Information der Deutschen Nationalbibliothek:
Die Deutsche Nationalbibliothek verzeichnet diese Publikation in der Deutschen Nationalbibliografie; detaillierte bibliografische Daten sind im Internet über http://dnb.dnb.de abrufbar.

TWENTYSIX – Der Self-Publishing-Verlag
Eine Kooperation zwischen der Verlagsgruppe Random House und BoD – Books on Demand

Herstellung und Verlag:
BoD – Books on Demand, Norderstedt

ISBN: 978-3-7407-5249-1

Covergrafik: IvaFoto/ Mikhail Bakunovich/ Soloma/ Valentyna Chukhlyebova/ Moschiorini/ MIKHAIL BALASHOV/ kroytor/ Shutterstock.com

Inhaltsverzeichnis

Prolog ... 7
Der Drache und das Mädchen ... 11
Die Fremden ... 21
Wo immer ich hingehe, wird die Welt rot ... 31
Die Löwentigerjungen ... 39
Die Heilige Stadt ... 49
Training und Prüfungen ... 61
Familienbande ... 70
Ankunft ... 80
Audienz beim Drachenkönig ... 89
Die Drachenakademie ... 95
Der Junge mit den blauen Augen ... 107
Night ... 115
Der erste Tag ... 123
Flugstunden ins Ungewisse ... 135
Kuasaras Herz ... 148
Unterricht mit Drachen ... 158
Das Geheimnis der Magie ... 170
Erinnerungen einer Drachin ... 178
Vater und Sohn ... 187
Ama'inanak ... 197
Der Anfang vom Ende ... 205
Ein naheliegender Traum ... 216

Erwachen 224
Das Mal der ersten Drachen 237
Ein neuer Körper 248
Die Magie des Fliegens 265
Eine königliche Mission 276
Rettung in letzter Sekunde 286
Die Reise geht weiter 294
Gefangen 304
Geschichten, Geheimnisse und Wahrheiten 316
Neue und alte Königin 328
Zornklinge 338
Der letzte Eisdrache 345
Verborgener Schmerz 362
Begegnung 376
Treffen mit einem Gott 389
Schattenmagie 405
Luftkampf 419
Der blaue Berg 430
Die Feuerzeremonie 439
Schlacht um Ki'Hur 445
Der Schlächter 459
Das Böse und das Gute 473
Epilog 486

Prolog

Schwarz. Es war alles schwarz. Seine Umgebung, seine Sicht, sogar Er selbst. Verwirrt sah Er sich um, doch Er konnte nichts erkennen. Alles, was Er fühlte, war ein undefinierbarer Schmerz. Ein Schmerz, der sich tief in seine Seele gefressen hatte. Ein Schmerz, den Er seit Jahrtausenden in sich vergraben hatte. Ein Schmerz, den Er nie wieder loswerden würde. Ein Schmerz, der ihn aufweckte. Er brüllte auf und löste seine Fesseln. Ein Splittern nach dem anderen erfüllte die Dunkelheit und mit jedem nächsten Atemzug zerstörte Er seine Fesseln weiter. Bis ihn nichts mehr hielt, außer der Finsternis und sein Schmerz.

Seine Augen, die nichts als Dunkelheit sahen, öffneten sich langsam und mit ihnen bekam das Schwarz feine weiße Risse. Ein Netz aus weißen Rissen erstreckte sich über die Schwärze und ließ Lichtstrahlen in die Dunkelheit. Die Risse vergrößerten sich, wurden breiter und vertrieben die Schwärze, bis er von weißem gleißendem Licht umgeben war. Geblendet schloss Er die Augen, und als Er sie wieder öffnete, sah Er eine Welt, die Er seit Jahrtausenden nicht mehr gesehen hatte. Über ihm hing ein Blätterdach aus immergrünen Blättern, die im Wind hin und her wehten und dabei leise raschelten. Sein Blick richtete sich auf eines der Blätter, welches eine rötliche Farbe angenommen hatte. Er fing an zu schmunzeln und streckte sich. Dabei hob Er seine makellosen bleichen Hände, um sie zu begutachten, und drehte sie im Wind. Langsam, damit Er seinen Körper fühlen, jeden Muskel spüren und seinen Herzschlag hören konnte, richtete Er sich auf. Sein Blick fiel auf einen dicken Baumstamm, der sich dicht hinter ihm befand. Er streckte seine Hand aus, berührte die Rinde des Stammes und konnte spüren, wie das Leben des Baumes ihm Kraft gab. Magie floss in ihn hinein, umschmeichelte seinen

Geist und stärkte seinen Körper. Er wollte mehr, mehr vom Leben des Baumes. Gierig lehnte er sich an den Baumstamm und blickte auf das Blätterdach über sich. Wieder fand sein Blick das rötliche Blatt. Während Er das Blatt anstarrte, veränderten auch die anderen Blätter ihre Farbe, bis das ganze Blätterdach rot schimmerte. Einzelne Blätter fielen tot zu Boden.

Rot, dachte Er, *ist meine Farbe.* Mit diesem Gedanken erhob Er sich und zog das letzte Fünkchen Leben aus dem Baum. Seine Beine, die Er seit langem nicht mehr benutzt hatte, waren immer noch muskulös und trugen ihn ohne Probleme. Seine Schritte waren am Anfang noch zögerlich, doch schon bald lief Er ohne große Mühe. Sein Ziel war eine große Höhle, die sich in der Mitte des Waldes befand.

Eine Höhle, die sein war und in der Er sich vor Augen verstecken konnte, die ihn nicht finden sollten. Zielstrebig lief Er los, genoss den Wind in seinen Haaren und dessen zärtliche Berührungen auf seinem Körper. Ein Körper, den Er längst vergessen glaubte. Zu lange war es her, seit Er in menschlicher Gestalt gewesen war.

Nach einiger Zeit erreichte Er eine Lichtung, durch die ein kleines Bächlein floss. Seine ausgetrocknete Kehle erinnerte ihn daran, wie durstig Er war. Er schlenderte zum Wasser und sank am Ufer in die Knie. Seine Hand streckte Er in das kühle Nass, ließ sie von der sanften Strömung umspülen und bog sie leicht. Gierig trank Er das kühle Wasser aus seiner Hand. Er war so in das Trinken versunken, dass Er nicht merkte, wie Er von einer Kreatur beobachtet wurde.

Das leise Knurren, das aus dem Wald kam, schreckte ihn auf. Sofort sprang Er auf und sah sich alarmiert um. Er entdeckte zwei blaue Augen, die ihn beobachteten. Vorsichtig wich Er zurück, um der Kreatur zu zeigen, dass Er ihr nicht schaden wollte. Doch das Wesen sah ihn als Feind und griff schnell an. Weiße Fangzähne gruben sich in seinen Arm und Er schrie schmerzerfüllt auf. Vor Schmerz verschwamm seine Sicht, und als sie sich wieder klärte, konnte Er die Kreatur erkennen, die ihn angriff. Was Er sah, verschlug ihm die Sprache. Ein oranger Drache stand vor ihm. Die Flügel des Drachen waren gespreizt und seine blauen Augen warfen zornige Blicke. Hasserfüllt blickte Er das Wesen an, welches sein größter Feind war.

Vor Wut über seine Schwäche, dass Er verletzt wurde, schrie Er den Drachen an. Doch der Drache ließ seinen Arm nicht los, sondern verstärkte seinen Griff noch mehr. Er spürte, wie die Fangzähne des Drachen seinen Arm zerquetschten und seine Knochen splittern ließ. Schmerz schoss seinen Arm hinauf und ließ ihn in erlösende Dunkelheit fallen. Sein Geist wurde schwerelos und glitt tief in seine Seele hinab. Vor seinem geistigen Auge erschienen die Konturen einer silbernen Kugel.

Zu klein, dachte Er, *doch für den Anfang sollte es reichen.*

Er streckte eine Hand aus und berührte die Kugel. Sofort wurde ihm wärmer und silberne Fäden lösten sich aus der Kugel, die sich zu einem Schwert zusammenfügten. Einem Schwert mit grüner Klinge, so scharf, dass sie durch Muskeln und Knochen schnitt. Der elfenbeinfarbene Griff rundete die Brutalität ab, welche dem Schwert innewohnte. Er nahm das Schwert in die Hand, strich vorsichtig über die Klinge und spürte, wie der Schmerz in seinem Arm gelindert wurde. Die silberne Kugel leuchtete grell auf und riss ihn aus der Bewusstlosigkeit.

Er fand sich am Boden liegend wieder. Der Drache hatte inzwischen seinen Arm losgelassen und hatte sich von ihm abgewandt. Der Drache dachte wohl, Er wäre am Blutverlust gestorben, doch da irrte er sich. Ein hämisches Lachen stieg in ihm auf und mit aller Kraft stieß Er sich vom Boden ab. Mit einem gezielten Schwertstoß traf Er den Drachen am Hinterbein und genoss, wie der Drache schmerzerfüllt aufschrie. Die Bestie drehte sich schnell um und wollte ihn mit einer seiner Krallen aufschlitzen. Doch Er wich der Kralle aus und ging zum Angriff über. Mit beiden Händen umfasste Er das Schwert und stieß es tief in die Brust des Drachen. Blut spritzte über die orangen Schuppen und ergoss sich über seinen nackten Körper. Er wollte gerade triumphierend aufbrüllen, als Er spürte, wie der Drache sich bewegte. Frustriert stellte Er fest, dass die Klinge das Herz verfehlt hatte. Mit einem Ruck zog Er das Schwert aus der Wunde und wollte zum finalen Schlag ausholen, doch da breitete der Drache seine Flügel aus und schwang sich in die Lüfte. Blut übergoss die Wiese, als die Bestie geschwächt davonflog.

Schweigend blickte Er dem Drachen nach, und als er aus seinem Blickfeld verschwand, schrie Er seinen Sieg hinaus. Bevor Er sich abwandte und in den Wald lief, flüsterte Er leise vor sich hin: „Ich bin wieder da.“

Der Drache und das Mädchen

Angst, dachte Kasumi. *Ja, so muss sich Angst anfühlen.* Verwirrt von ihren Gedanken, schüttelte sie den Kopf und blickte in die himmelblauen Augen des Drachen. Diese musterten sie von oben herab. Als der Drache seinen Kopf beugte, um auf der gleichen Höhe zu sein wie sie, quoll aus seinen Nüstern Rauch. Er verzog sein Maul, dabei sah Kasumi die weißen Fangzähne aufblitzen. Abfällig sagte er: „Ich dachte, du hättest deine Angst überwunden."

Ja, das dachte ich auch. Jedoch wagte sie es nicht, den Gedanken laut auszusprechen. Als sie nichts erwiderte, fing der Drache an zu lachen, sodass die Erde bebte. Seine orangen Schuppen reflektierten dabei das Licht und seine blauen Augen leuchteten auf.

Kasumi wich rasch zurück, als sie die Klaue sah, die der Drache nach ihr ausstreckte. Knapp vor ihr schlug die Klaue auf den Boden und verursachte ein Beben. Zitternd fiel Kasumi auf die Knie. Sie hätte nicht gedacht, dass sie noch einmal solche Angst verspüren konnte. Nur wenige Zentimeter vor ihr erblickte sie die scharfen Krallen, die so lang waren wie ihr Unterarm. Als eine zweite Klaue dicht neben ihr auf den Boden schlug, blickte sie panisch zu dem Drachen auf. Doch in dessen Augen konnte sie keine Wut erkennen, nur Belustigung. Langsam dämmerte es ihr, dass der Drache sich einen Spaß daraus machte, ihre Angst zu verstärken.

„Hör auf!", schrie sie den Drachen an.

Dieser lachte noch lauter. Dabei fing sein ganzer Körper an zu beben. Noch immer zitternd, saß Kasumi vor dem Drachen. Als dieser ihre Angst bemerkte, hörte sein Lachen abrupt auf und er ließ sich vorsichtig auf den Boden sinken.

„Ich hätte nicht gedacht, dass ein Menschenkind mich so zum Lachen bringen kann", sagte der Drache und versuchte Kasumi wieder zu beruhigen.

„Ich bin kein Menschenkind, das weißt du genau!", schrie sie den Drachen an.

Dieser fing wieder an zu lachen, dabei verzog er sein Gesicht, sodass es aussah, als ob er Schmerzen hätte.

Sofort sprang Kasumi auf. Ihr Blick glitt automatisch zu der Brust des Drachen, die rot vom Blut war. Mit langsamen Schritten näherte sie sich ihm. Dabei ließ sie den Drachen nicht aus den Augen und achtete auf die kleinste Bewegung. Aus dem Augenwinkel erkannte sie, dass sich eines der drei Löwentigerjungen näherte. Seit sie den Drachen getroffen hatte, wurde sie von den Löwentigerjungen beobachtet. Das Junge ignorierend, schritt sie konzentriert weiter auf den Drachen zu, und als sie die verletzte Brust leicht berührte, brüllte er auf.

„Feron, jetzt halt endlich still. Ich kann dich nicht heilen, wenn du dich bewegst", sagte sie zum Drachen. Ihre Angst war verschwunden, das Einzige, was übrig blieb, war die Angst um den Drachen. Dieser hielt auf die Worte von Kasumi hin still, beugte aber seinen Kopf zu ihr und gab zur Antwort: „Du solltest lieber die Hoffnung aufgeben. Die Wunde ist zu tief."

Tränen traten in Kasumis Augen. Nur kurz stockte ihre Konzentration, wodurch Feron schmerzerfüllt zusammenzuckte.

„Es tut mir leid", entschuldigte sie sich mit tränenreicher Stimme. „Es tut mir leid."

„Das muss es nicht. Nicht du warst diejenige, die mich verletzt hat." Der Drache schüttelte den Kopf und blickte auf die Lichtung; als würde dort sein Feind stehen. Doch nichts befand sich dort. Trotzdem wandte er seinen Blick nicht ab. Seine Augen nahmen jedes Detail war, so bemerkte er die drei Löwentigerjungen, die ohne Mutter versteckt im Unterholz alles beobachteten. Eines der drei saß weiter hinten. Es war jenes, das sich vor seinem Brüllen auf die Lichtung gewagt hatte. Sein bronzefarbenes Fell, das vereinzelt von schwarzen

Streifen unterbrochen wurde, sah im Schatten aus wie flüssiges Feuer.

„Du, Kasumi, erinnerst du dich noch an unsere erste Begegnung?“, fragte Feron.

Kasumi hielt inne und sah zu dem Drachenkopf hoch. Leise seufzte sie und gab dann zur Antwort: „Wie könnte ich das vergessen? Ich mag mich noch genau erinnern. Es war bei der Höhle am Bach.“

Sie schaute in den Himmel und dachte an den Tag zurück, an dem ihr ganzes Leben verändert wurde.

Es war ein warmer, sonniger Tag gewesen. Kasumi hatte am Fluss gesessen und ließ ihre Füße in das kalte Wasser baumeln. Aber nicht einmal die Sonne konnte ihre trüben Gedanken aufhellen. Schon seit Wochen herrschte eine Seuche in den Nachbarsdörfern und wenn nicht bald ein Heilmittel gefunden würde, könnte auch ihr Dorf betroffen sein. Ihre Mutter arbeitete Tag und Nacht an einem Heilmittel, doch ohne Erfolg.

Teilnahmslos ließ Kasumi ihren Blick über das Dorf schweifen. Die kleinen Häuser reihten sich eng aneinander, sodass ein Durchkommen mit einem größeren Wagen kaum möglich war. Menschen tummelten sich in den Gassen und drängten zum großen Marktplatz.

Der Markt, das habe ich ja völlig vergessen, dachte Kasumi und zog rasch ihre Füße aus dem Wasser. Sie hatte ihrer Mutter versprochen, heute am Verkaufsstand zu helfen.

Rasch trocknete sie ihre nassen Füße an ihrer Hose ab und zog die aus Wildleder hergestellten Stiefel an. Obwohl es für diese Jahreszeit zu warm war, wusste man nie, wann der erste Schnee einsetzen würde. Kaum, dass sie die Stiefel anhatte, sprang sie auf und lief den Hügel hinunter. In den Gassen herrschte, wie bereits angenommen, reges Treiben. Alle Menschen wollten auf den Marktplatz. Als sich die Gasse endlich zum Markt hin öffnete, teilte sich die Menge und Kasumi konnte sich in Ruhe umsehen. Gemütlich schlenderte sie durch die Menge und betrachtete die einzelnen Waren. Dabei kam sie an der Statue von Nymue vorbei. Nymue hatte vor tausenden von

Jahren ihr kleines Dorf gegründet. Die Legende berichtete, dass Nymue eine Elfe gewesen war, die den Drachen in ihrem Krieg beigestanden hatte. Um das Drachenland zu schützen, hatte sie vor dem Elfenwald ein Dorf errichtet, das bis heute noch existierte. Ihre Mutter hatte ihr erzählt, dass Nymue ihre Vorfahrin war.

Als sie den Stand ihrer Mutter erreichte, blieb sie stehen und sah ihre Mutter an. Ihr kastanienbraunes Haar war von silbernen Strähnen durchzogen und ihre grünen Augen schauten müde. Ihre Mutter hob den Kopf, und als sie Kasumi sah, hellte sich ihre Miene sofort auf. Sie kam hinter dem Stand hervor und umarmte ihre Tochter. Die Stärke ihrer Mutter überraschte Kasumi immer wieder, und als ihre Mutter sie nun drückte, bekam Kasumi fast keine Luft. Vorsichtig löste sie sich aus der Umarmung und sah ihre Mutter lächeln.

„Würdest du mir einen Gefallen tun?", fragte sie ihre Tochter.

Kasumi nickte und nahm ihre Mutter bei den Händen. „Ich würde alles für dich tun, Mutter."

Ihre Mutter holte tief Luft und sagte zu Kasumi: „Ich habe ein Heilmittel gefunden."

Kasumi stockte der Atem. Sie glaubte nicht, was sie da hörte. *Wenn das wahr ist, dann …* Vor Freude traten Tränen in ihre Augen und sie musste lachen. Sie konnte es nicht glauben, endlich hatte die Seuche ein Ende. Doch als sie den Druck auf ihren Händen spürte, blickte Kasumi zu ihrer Mutter auf. Ihre Miene war verschlossen und um ihren Mund hatten sich Falten gebildet, die nichts Gutes verhießen.

„Ich brauche aber teure Zutaten und viele der Kräuter finde ich hier nicht. Wenn …"

Kasumi fiel ihrer Mutter ins Wort: „Ich könnte die Kräuter besorgen", froh darüber, ihrer Mutter zu helfen.

Ihre Mutter strahlte. „Ich hatte gehofft, dass du das sagst. Du musst in den Elfenwald gehen und das Tigerkraut suchen. Würdest du das tun?"

Kasumi fiel ihrer Mutter um den Hals und flüsterte in ihr Ohr: „Ich mache mich sofort auf den Weg."

Sie ließ ihre Mutter los und suchte sich einen Weg durch die Menge. Dabei musste sie immer wieder den einen oder anderen Marktbesucher aus dem Weg drücken. Als sie das Ende des Marktplatzes erreichte, bog sie rechts ab und folgte der Straße, die aus dem Dorf führte. Sie war so glücklich darüber, dass die Seuche bald ein Ende hatte, dass sie beinahe in einen Mann in schwarzem Umhang hineinlief. In letzter Sekunde wich der Mann aus, sah aber kurz auf, sodass sie seine strahlend blauen Augen sah, die nicht menschlich wirkten.

Gegen Mittag erreichte Kasumi das kleine Haus, in dem sie mit ihrer Mutter lebte. Sie öffnete die Tür und trat in den stickigen Raum. Am anderen Ende des Zimmers loderte ein warmes Feuer in einem Kamin, das den Raum wärmte. Kasumi ging zum Feuer und legte ein Stück Holz nach, damit das Feuer noch bis in den Abend brannte.

Sie nahm ihre Tasche, die auf dem Holztisch in der Mitte des Raums lag, und füllte sie mit einem halben Laib Brot, einem Apfel, einem kleinen Stück Käse und einem Wasserschlauch. Damit sie sich gegen die wilden Tiere des Waldes wehren konnte, nahm sie den weißen Bogen ihrer Mutter mit. Den Köcher, der aus Löwenfell gefertigt war, füllte sie mit Pfeilen und hängte ihn über ihre Schulter. Obwohl sie nicht wusste, wie sie damit umgehen konnte, fühlte sie sich sicherer mit einer Waffe, und einen Bogen fand sie bedrohlicher als ein Küchenmesser.

Als sie alles gepackt hatte, trat sie aus dem Haus ins Sonnenlicht und schloss die knarzende Tür hinter sich. Sie folgte der Straße, bis sie den Wald erreichte. Nur wenige aus ihrem Dorf wussten, wie man in den Elfenwald gelangen konnte. Ihre Mutter hatte ihr den Weg gezeigt, als sie noch ein Kind war, und so fand sie problemlos den Waldeingang. Ein kleiner Torbogen markierte den Eingang. Auf dem Holz waren Wörter in einer fremden Sprache geschrieben. Von ihrer Mutter wusste sie, dass diese Sprache schon lange in Vergessenheit geraten war, nur wenige Auserwählte der Götter beherrschten sie. Bevor sie auf den schmalen Trampelpfad trat, der tief in den Wald hineinführte, sprach sie ein stilles Gebet an die Götter und bat um ihre Erlaubnis, den Wald zu betreten.

Immer wieder kreuzten Tiere ihren Weg. Zum Glück waren es keine Raubtiere und Kasumi konnte jedes Mal erleichtert aufatmen, wenn sie nur ein Reh oder einen Hasen erblickte. Sie folgte dem Trampelpfad, bis dieser sie auf eine Lichtung führte. Ihr erstes Ziel. Als sie zur Sonne hinaufsah und die Zeit versuchte abzuschätzen, merkte sie, wie hungrig sie war. Sie blickte sich auf der Wiese um und sah einen kleinen Bach, der sich durch die Lichtung schlängelte. Sie beschloss eine kleine Pause zu machen, die Kräuter würden ihr schon nicht davonlaufen. Sie zog ihre Stiefel aus und ließ ihre Füße in das Wasser sinken. Vor Kälte fing sie an zu zittern, doch nach wenigen Sekunden gewöhnte sie sich an die Temperatur. Sie griff in ihre Tasche und holte den Apfel hervor. Genüsslich biss sie ein Stück ab. Langsam kaute sie das Apfelstück, damit sie den süßen Geschmack genießen konnte, und schluckte es dann hinunter. Sie wollte einen weiteren Bissen nehmen, als sie ein Brüllen hörte, das den ganzen Wald aufschreckte. Es hörte sich an, als sei das Wesen, das dieses Brüllen ausstieß, in Schwierigkeiten.

Einige Sekunden war Kasumi wie erstarrt. Ihre Mutter hatte sie immer vor den bösen Raubtieren im Wald gewarnt. Ein Schaudern überlief sie und sie zog rasch ihre Füße aus dem Bach, bereit, jederzeit wegzurennen. Erneut ertönte das Brüllen. Unsicherheit erfüllte Kasumi. Das Brüllen hörte sich nicht bösartig an, sondern eher schmerzerfüllt. Sie blickte auf ihren Bogen. Das weiße Holz schimmerte in der Nachmittagssonne wie eine helle Flamme. Ohne noch länger nachzudenken, packte sie den Bogen, stand auf und rannte in die Richtung, aus der das Brüllen kam. Dabei vergaß sie ihre Schuhe, sodass ihre Füße schon nach kurzer Zeit wund waren.

Sie hörte ein weiteres Brüllen, diesmal näher, und beschleunigte ihr Tempo. Äste streiften ihre Arme und fügten ihr kleine Kratzer zu. Der raue Waldboden schmerzte an ihren wunden Füßen, und bei jedem Tritt, den sie tat, durchzuckte sie ein Stich des Schmerzes.

Als sie vor einer Höhle zum Stehen kam, hatte sie fast keine Luft mehr und ihr Herz raste wie verrückt. Ihre Füße taten weh, doch als sie das Brüllen wieder hörte, das nun eher an ein Wimmern grenzte, vergaß sie ihren Schmerz und schlich zum Eingang der Höhle. Zur Sicherheit legte sie einen Pfeil auf die Sehne des Bogens.

Vor dem Eingang lag eine Kreatur mit orangen Schuppen, die sich zusammengerollt hatte. Das einzige Lebenszeichen der Kreatur war der Schwanz, der über den Boden zuckte und die Bäume nahe der Höhle niederwalzte.

Vorsichtig schlich sich Kasumi näher, bis sie beim Kopf der Kreatur ankam. Sie wollte gerade die orangen Schuppen berühren, als zwei himmelblaue Augen sie ansahen. Vor Schreck wich Kasumi zurück und stolperte über den Schwanz der Kreatur.

Die blauen Augen kamen näher und die Kreatur hob den Kopf. In diesem Moment begriff Kasumi, dass vor ihr ein ausgewachsener Drache lag. Panik ergriff sie und sie versuchte von dem Ungeheuer wegzukommen. Doch der Drache schlang seinen Schwanz um sie und hob sie in die Luft. Ihr stockte der Atem. Angst zerrte an ihren Nerven, als sich der Kopf mit den himmelblauen Augen näherte. Warme Luft strich über ihren Körper und vertrieb die Angst. Der Kopf des Ungeheuers befand sich direkt vor ihr und war größer als sie. Der Drache blies seinen Atem in ihre Richtung. Dabei schlossen sich seine Augen. Als er sie wieder öffnete, setzte er sie auf den Boden und legte seinen riesigen Kopf auf die Erde. Erst da wagte Kasumi wieder zu atmen, und auch die letzten Reste der Angst verschwanden, als sie begriff, dass der Drache ihr nichts tun würde.

„Du bist eine Heilerin“, sagte der Drache plötzlich.

Kasumi öffnete den Mund, um etwas zu erwidern. Doch als ihr klar wurde, dass der Drache mit ihr gesprochen hatte, blieben ihr die Worte vor Verblüffung im Hals stecken. Der Drache seufzte gelangweilt.

Kasumi wollte gerade etwas sagen, als der Drache schmerzerfüllt aufbrüllte. Sofort stand sie auf und fragte besorgt: „Was ist los, bist du verletzt?“

Der Drache schüttelte seinen mächtigen Kopf.

„Es ist nichts, nur eine kleine Wunde.“

Vor Sorge runzelte Kasumi die Stirn und trat ganz nahe zum Drachen hin. Sie legte ihre Hand auf die orangen Schuppen, zog sie aber sofort wieder zurück.

„Du glühst ja“, sagte sie besorgt und blickte auf ihre rote Hand, auf der sich bereits Blasen bildeten.

Der Drache jedoch wollte davon nichts wissen und wandte sich von ihr ab. Verwirrt über dieses Verhalten, setzte sich Kasumi wieder hin. Als der Drache abermals aufbrüllte, stand Kasumi auf und sagte entschlossen zu ihm: „Ich bin eine Heilerin, ich könnte dich heilen.“

Der Drache schnaubte und schüttelte den Kopf. „Diese Wunde kann man nicht heilen. Nicht einmal eine Elfe könnte dies.“

„Dann lass mich dir deine Schmerzen nehmen.“

Der Drache drehte seinen Kopf und sah ihr in die Augen. Verwundert fragte er: „Kannst du das wirklich tun?“

Kasumi nickte heftig und berührte die Schuppen noch einmal. Fast hätte sie wieder die Hand weggezogen, doch sie wollte dem Drachen unbedingt helfen und so schloss sie ihre Augen und konzentrierte sich. Vor ihrem inneren Auge erschien eine goldene Kugel. Aus der zog Kasumi ihre Kraft und ließ sie frei. Der Drache wurde von einem goldenen Licht umhüllt und als es nachließ, seufzte der Drache zufrieden auf.

„Ich heiße übrigens Feron“, sagte der Drache in einem freundlichen Ton.

„Ich bin Kasumi.“

Ein Brüllen riss Kasumi aus ihrer Erinnerung. Sie sah besorgt zu Feron, doch dieser hatte sich nicht bewegt. Er hob seinen mächtigen Kopf und schnupperte in der Luft. Seine Lefzen zogen sich zurück und er fing an zu knurren.

„Kasumi, hör mir jetzt gut zu. Du musst in die Drachenwelt gehen und eine Audienz beim Drachenkönig verlangen. Erzähl ihm von meinen Wunden und dass das Land in Aufruhr ist. Es wird nicht mehr lange dauern, bis Er wieder bei vollen Kräften ist. Gib dem Drachenkönig diese Kugel.“ Feron schloss die Augen und fing an, orange zu leuchten. Vor seinem Kopf erschien eine orange Kugel. Als er die

Augen öffnete, fiel die Kugel in seine ausgestreckte Klaue. Vorsichtig gab Feron ihr die Kugel.

„Du darfst diese Kugel auf keinen Fall verlieren. Hast du mich verstanden?"

Kasumi nickte.

„Gut, dann geh jetzt."

„Aber Feron ..." Tränen liefen Kasumi über die Wangen. Sie wusste, würde sie jetzt gehen, würde sie ihn nicht wiedersehen.

Der Drache senkte den Kopf und lächelte Kasumi an. „Ich werde dich wiedersehen. Aber nun geh." Mit einer Klaue strich er Kasumi über den Kopf und zerzauste ihre weißen Haare.

Schwankend stand Kasumi auf und umarmte den großen Drachenkopf.

„Pass auf dich auf", sagte sie zu ihm und lief in den Wald.

Als sie Ferons Brüllen hörte, wusste sie, dass sie ihn nie wiedersehen würde. Mit tränenden Augen rannte sie durch den Wald. Sie stolperte über eine Wurzel und fiel zu Boden. Doch als sie ein weiteres Brüllen von Feron hörte, das wie ein Schmerzensschrei klang, stand sie schnell auf und lief weiter.

Sie erreichte die Lichtung mit dem Bach. Ihr weißer Bogen lag auf dem Boden und die Pfeile steckten in den Bäumen. Feron hatte sie gelehrt, wie man richtig schoss. Schnell sammelte sie ein paar der Pfeile ein, steckte sie in den Köcher und rannte mit dem Bogen in der Hand und dem Köcher auf der Schulter weiter.

Schon bald erreichte sie das Ende des Waldes und trat erleichtert in das Licht. Ein letztes Mal sah sie sich den Wald an und kehrte ihm dann den Rücken zu. Langsam und am Ende ihrer Kräfte kehrte sie nach Hause zurück.

Es dunkelte bereits, als sie das Haus erreichte. Ihre Mutter war noch nicht zu Hause, doch es war ihr egal. Momentan brauchte sie nur Ruhe. Müde sank sie in ihr Strohbett. Eine Zeit lang dachte sie noch an die orange Kugel, die ihr Feron gegeben hatte, doch bald schon glitt sie in den Schlaf. Dabei wurde sie, wie schon so oft, von Träumen heimgesucht.

Sie stand auf einer Klippe, unter ihr war nichts als Luft und hinter ihr stand ein großer feuerroter Drache mit goldenen Augen.

„Spring, kleiner Drache, dir wird nichts passieren", sagte er mit einer lieblichen Stimme, die nicht zu seiner Größe passte.

Voller Angst und gleichzeitig voller Faszination sah Kasumi in den Abgrund. Ihre Angst schwand, als sie den Erdboden hunderte von Metern unter sich sah. Ein silbernes Flussband schlängelte sich durch die grüne Landschaft. Sie wollte gerade springen, als ein Flammenmeer die Luft ausfüllte und alles verbrannte. Kasumi wich zurück, doch der große Drache stand hinter ihr und ließ sie nicht durch.

„Das Feuer ist unser Element." Mit diesen Worten schob er Kasumi in den Abgrund und sie fiel in die Feuerbrunst. Sie schrie auf und …

Und befand sich in ihrem Bett. Das Bettlaken war zerwühlt und die Decke lag am Boden. Ein oranges Licht erhellte ihr Zimmer. Panisch sah sie sich um, in der Angst, das Haus würde brennen. Doch als sie die Lichtquelle ausmachte, atmete sie erleichtert aus. Das Licht strahlte aus ihrer Tasche. Vorsichtig näherte sie sich der Tasche und als sie die Tasche öffnete, fiel die Kugel von Feron heraus und erstrahlte in einem orangen Licht. Geblendet schloss Kasumi die Augen. Öffnete sie aber nach kurzer Zeit wieder.

Es ist wunderschön, dachte sie.

Zuerst war es nur orange, doch als sie es länger betrachtete, sah sie himmelblaue Fäden herumschwirren. Fasziniert beobachtete sie die Kugel. Nach und nach verdunkelte sich das Licht und die Helligkeit ließ nach. Die himmelblauen Fäden verschwanden und das Orange wurde dunkler. Als das Licht erlosch, leuchtete die Kugel für einen Moment nochmals auf, bevor sie sich schwarz färbte. Mit zittrigen Fingern hob Kasumi die Kugel auf und legte sie wieder in ihre Tasche. Sie war enttäuscht, dass das Licht nicht länger gebrannt hatte, und ging wieder zum Bett. Müde hob sie die Decke auf, fiel ins Bett und kuschelte sich ein. Diesmal hatte sie keine seltsamen Träume.

Die Fremden

Vereinzelte Sonnenstrahlen durchdrangen die Vorhänge des Fensters und weckten Kasumi auf. Verschlafen wälzte sie sich in ihrem Bett und zog die Decke über ihr Gesicht. Doch das Klopfen an ihrer Tür ließ sie nicht zu Ruhe kommen. Frustriert zwängte sie sich aus dem Bett und blickte sich in ihrem Zimmer um. Dabei fiel ihr Blick auf Ferons Kugel, die in einem unheimlichen Schwarz schimmerte. Sofort überkam sie wieder Traurigkeit und sie wollte nichts lieber, als sich wieder in ihr Bett zu flüchten.

„Kasumi, das Essen ist gleich fertig. Steh endlich auf!“, rief ihre Mutter und bewahrte Kasumi so vor einem Tag im Bett. Sie holte ihre Kleider von der Kommode und zog sich an. Ihre Kleidung war schlicht. Eine Hose aus brauner Wolle, die sie verabscheute, da die Wolle auf ihrer Haut kratzte, und ein weißes Hemd aus Leinen, dazu noch eine grüne Weste.

Sie trat vor eine große Eisenscheibe und sah sich an. Ihre weißen Haare, die von einzelnen goldenen Strähnen durchzogen waren, sahen wie das reinste Chaos aus, und ihre amethystfarbenen Augen waren von dunklen Schatten umrandet. Mit einer Bürste glättete sie ihr widerspenstiges Haar, bis es ihr wie ein Wasserfall über den Rücken fiel.

Als sie mit dem Ankleiden und dem Bürsten fertig war, trat sie aus ihrem Zimmer in den Raum mit dem Kamin. Ihre Mutter saß am Feuer und rührte in einem Topf.

„Könntest du die Schüsseln aus dem Schrank nehmen?“, fragte ihre Mutter.

Kasumi nickte und ging zum Schrank, der neben dem Tisch an der Wand stand. Vorsichtig zog sie die quietschenden Türen auf. Bereits vor einer Woche hatte sie eine der Schranktüren in der Hand gehabt und musste sie mühsam wieder anbringen. Dies wollte sie nicht noch einmal machen. Auf dem obersten Brett fand sie die Schüsseln und noch zwei Gläser. Mit dem Geschirr ging sie zum Tisch und stellte die Gläser ab. Ihre Mutter hatte in der Zwischenzeit den Haferbrei vom Feuer genommen und füllte die Schüsseln. Dazu gab es noch ein Stück Brot und frische Milch.

Erst als das Mahl angerichtet war, merkte Kasumi, wie hungrig sie war. Rasch setzte sie sich hin und fing an zu essen. Obwohl Haferbrei nicht ihr bevorzugtes Essen war, schmeckte er an diesem Tag überaus gut. Ihre Mutter hatte ihn mit Honig gesüßt, weshalb sie nur langsam schluckte und das Essen genoss. Als sie mit dem Essen fertig waren, wusch Kasumi schweigend das Geschirr ab und ihre Mutter machte sich bereit für den Weg zum Dorf. An der Tür hielt sie inne und schaute zu Kasumi zurück.

„Gehst du heute nicht in den Wald?“, fragte sie.

Kasumi fiel von ihrem Stuhl. Sofort war ihre Mutter bei ihr und half ihr auf.

„Nein, ich gehe nicht in den Wald“, gab Kasumi zur Antwort und drehte den Kopf weg, damit ihre Mutter ihre Tränen nicht sah.

„Aber wieso nicht? Ich konnte dich seit drei Tagen nicht überreden, ins Dorf zu kommen, da du immer in den Wald gingst, und jetzt …? Auf einmal willst du nicht mehr gehen.“ Ihre Mutter sah sie tadelnd an.

Kasumi konnte diesem Blick nicht standhalten. Sie stand auf und rannte in ihr Zimmer. Dabei stieß sie die Tür hinter sich zu und legte sich aufs Bett. Erst da ließ sie ihren Tränen freien Lauf. Sie hörte noch, wie ihre Mutter aus dem Haus ging, bevor sich Kasumi in den Schlaf weinte.

Sie träumte von Feron und wie er ihr die Geheimnisse des Waldes zeigte. Gemeinsam saßen sie am Fluss und redeten über die Elfen. Er erzählte ihr fantastische Geschichten. Wie die Elfen die Drachen trafen und sich mit ihnen angefreundet hatten. Und wie der Elfenwald entstand.

Plötzlich saß sie nicht mehr am Fluss, sondern stand auf einem Feld voller Leichen. Überall war Blut, auf dem Boden, auf den Leichen, sogar in der Luft. Und über allem flog ein Drache. Er stürzte sich hinab auf einen anderen Drachen mit orangen Schuppen, der eine klaffende Wunde an der Brust hatte. Kasumi begriff. Es war Feron, der verletzt war. Sie wollte zu ihm und ihn vor dem Drachen warnen, doch der Drache war schneller und stieß hinab. Mit seinen blutroten Klauen griff er Feron an, dabei öffnete er sein Maul. Schwarze Flammen verbrannten den orangen Drachen und Kasumi schrie auf. Tränen liefen über ihre Wangen.

Wieder wechselte das Bild. Sie saß auf einem Drachen mit goldenen Schuppen und flog über den Elfenwald. Vor ihr erstreckte sich das Grün des Waldes und hinter ihr lag ihr Dorf. Sie wollte, dass der Drache umdrehte, sie zurück zu ihrem Dorf brachte, doch er hörte nicht auf sie. Sie fing an, auf die goldenen Schuppen zu schlagen, doch es nützte nichts, der Drache flog immer weiter. Über die Welt hinaus und in ein helles Licht.

Kasumi schlug die Augen auf. Obwohl die Vorhänge geschlossen waren, erkannte sie, dass es draußen dunkel war. Sie schlug die Decke zurück und stand auf. Sofort fing sie an zu zittern. Verwirrt darüber, dass es so kalt war, betrat sie den Raum mit dem Kamin. Das Feuer darin war erloschen. Schnell entfachte sie es von neuem und ließ sich von den Flammen wärmen.

Die Flammen erinnerten sie an die orange Kugel und an Ferons Schuppen. Tränen sammelten sich in ihren Augen, doch sie weigerte sich zu weinen. *Ich habe mich lang genug in Mitleid gesuhlt*, dachte sie. *Jetzt wird es Zeit zum Handeln.*

Entschlossen stand sie auf, doch ein Klopfen an der Tür ließ sie herumfahren. Noch nie hatten sie Besuch, nur ein einziges Mal kam der Dorfvorsteher zu ihnen, doch dies lag viele Jahre zurück. Vorsichtig ging Kasumi zur Tür. Am liebsten hätte sie sich ein Küchenmesser geschnappt, doch die bloße Vorstellung, die Besucher mit einem Messer in der Hand zu begrüßen, fand sie merkwürdig. So ließ sie das Messer auf dem Tisch liegen und öffnete vorsichtig die Tür. Davor standen zwei große Gestalten in schwarzen Umhängen.

„Bist du das Mädchen, das mit Feron sprach?", fragte einer der Fremden sie.

Da Kasumi nicht wusste, was sie tun sollte, nickte sie.

„Dürfen wir eintreten?", fragte der Fremde weiter.

„Meine Mutter ist nicht da, deswegen darf ich euch nicht reinlassen", versuchte Kasumi die Fremden abzuwimmeln.

Einer der Fremden fing an zu lachen und sein Gesicht, das unter einer Kapuze verborgen gewesen war, kam zum Vorschein. Dabei sah Kasumi seine blauen Augen.

„Deine Mutter ist auf dem Weg", sagte der andere Fremde, mit der seidenweichen Stimme einer Frau. „Keine Angst, wir werden dir nichts tun. Wir wollen nur mit dir reden."

Widerwillig ließ Kasumi die zwei Fremden in ihr Haus, dabei glitt ihr Blick auf das Küchenmesser, hätte sie es doch vorher in die Hand genommen. Doch nun war es zu spät. Die beiden Fremden waren bereits eingetreten und zogen ihre Mäntel aus. Dabei erkannte Kasumi, dass die zwei Elfen waren. Die spitz zulaufenden Ohren und die katzenhaften Augen verrieten die Herkunft der Fremden. Es waren eine Frau und ein Mann. Neugierig musterte Kasumi die beiden Elfen. Die Frau trug braune Lederhosen und ein schlichtes grünes Gewand, das von einem Gürtel mit einem Dolch zusammengehalten wurde. Ihre blonden Haare fielen ihr wie flüssiges Gold über den Rücken. Der Mann war das genaue Gegenteil der Frau. Mit seinen schwarzen Lederhosen und dem schwarzen Gewand sah er furchterregend aus. Eine Narbe zog sich von seinem linken Auge bis zum Mund über sein Gesicht und rundete sein schauderhaftes Aussehen ab, doch seine hellblauen Augen sahen sie freundlich an. Nach einer Weile kam ihr in den Sinn, woher sie diese Augen kannte. Als sie auf dem Weg zum Elfenwald gewesen war, war sie mit einem Mann ganz in Schwarz zusammengestoßen, der hatte die genau gleichen Augen wie der Elf vor ihr.

Ob er sich daran erinnerte?, fragte sie sich. Doch der Elf sah sie nur stillschweigend an, sodass sie nicht wusste, ob er sie erkannt hatte oder nicht.

Sie verwarf den Gedanken und bot ihnen einen Platz am Tisch an, doch die Elfen lehnten beide ab. Sie setzten sich lieber vors Feuer und sahen in die Flammen. Nach kurzem Zögern ließ sich auch Kasumi vor dem Feuer nieder und beobachtete neugierig die Elfen.

„Feron hat dir etwas gegeben", eröffnete der Elf das Gespräch.

Unsicher nickte Kasumi. Sie war sich nicht sicher, wie viel sie den Elfen erzählen sollte. Als jedoch die Elfen sie auffordernd ansahen, beschloss Kasumi, ihnen die Wahrheit zu sagen. „Ich soll es dem Drachenkönig bringen."

Überrascht sahen sich die Elfen an.

„Was hat dir Feron gegeben und wieso musst du es dem Drachenkönig bringen?", fragte die Elfe sie.

Kasumi zögerte kurz, doch auf das freundliche Lächeln der Elfe hin stand sie auf und holte die Kugel von Feron aus ihrem Zimmer.

„Das hat er mir gegeben. Warum, weiß ich nicht", gestand Kasumi den Elfen.

Die zwei Elfen sahen sich die Kugel an, als sie von draußen plötzlich Schritte hörten. Die Tür öffnete sich knarzend und Kasumis Mutter trat ein. Mit einem umherschweifenden Blick durchquerte sie den Raum. Sie schien über den Besuch der Elfen nicht überrascht zu sein.

„Ich wusste, dass ihr kommen würdet", sagte sie nur und legte ihren Korb, in dem sich Heilmittel befanden, auf den Tisch.

„Sie ist also deine Tochter, Arilena", stellte die Elfe fest.

Arilena nickte und setzte sich zu ihnen. In der Zwischenzeit hatte der Mann die Kugel studiert und sagte: „Feron ist von uns gegangen."

Kasumi hatte es gewusst, trotzdem liefen ihr Tränen über die Wangen. Ihre Mutter nahm sie in die Arme und tröstete sie. Dankend vergrub sie ihr Gesicht an Arilenas Brust und fing hemmungslos an zu weinen. Sie erinnerte sich an ihre Schießübungen mit Feron und dass er sie ausgelacht hatte, wenn sie ihr Ziel verfehlt hatte. Weitere Tränen traten in ihre Augen. Erinnerungen an die Zeit, die sie mit Feron verbracht hatte, sah sie vor sich. Sie saßen vor der Höhle und erzählten sich Geschichten oder teilten sich ein Kaninchen. Kasumi wollte für immer in den Erinnerungen schwelgen, doch ein Räuspern ließ sie ihren Kopf heben und die Tränen wegwischen.

„Wir müssen sofort aufbrechen und dem Drachenkönig das Herz übergeben“, sagte der Elf, während er aufstand.

„Das Herz?“, fragte Kasumi verwundert.

„Ja. Das, was Feron dir gab, ist sein Herz, in dem alle seine Erinnerungen vorhanden sind. Wenn ein Drache stirbt, verfärbt es sich schwarz“, erklärte die Elfe Kasumi.

Auch sie stand auf und legte sich den Mantel wieder um.

„Es wird Zeit, Kasumi, wir müssen gehen“, sagte der Elf.

„Gehen? Wohin?“

„Ins Drachenland.“

Kasumi wollte nicht gehen. Sie wollte ihre Mutter nicht verlassen. Alles, was sie wollte, war, dass Feron wieder lebte. Wieder traten Tränen in ihre Augen.

„Lasst uns kurz allein“, sagte Arilena zu den Elfen.

Diese nickten und gingen aus dem Haus. Das Herz ließ der Elf auf dem Tisch liegen.

Arilena zog ihre Tochter auf die Beine und strich ihr die weißen Haare aus dem Gesicht.

„Als du auf die Welt kamst, wusste ich, dass du zu Großem bestimmt bist. Doch um das zu erreichen, musst du mit den Elfen gehen“, sagte ihre Mutter.

„Ich möchte dich nicht verlassen“, gestand Kasumi.

Arilena lächelte und umarmte ihre Tochter. „Sie werden gut auf dich aufpassen.“

„Aber ich kenne nicht mal ihre Namen“, gab Kasumi trotzig zurück.

„Weißt du, die Elfe war bei deiner Geburt dabei und trägt den Namen Cellura. Unter den Elfen ist sie als große Heilerin bekannt. Vielleicht kannst du etwas von ihr lernen. Der Elf ist ihr Ehemann, auch er half mir bei deiner Geburt und sein Name lautet Aramis. Er ist ein Elfenkrieger und beherrscht den Umgang mit Schwert und Bogen. Siehst du, du kennst die Elfen schon seit deiner Geburt“, sagte Arilena mit einem Lächeln.

Kasumi sah ihrer Mutter lange in die Augen. Doch in den grünen Augen konnte sie weder Zweifel noch Unsicherheit erkennen. Nur

Stolz und Zuversicht. Unsicher blickte Kasumi zu Boden. Sie hatte es Feron zwar versprochen, die Kugel dem Drachenkönig zu bringen, aber dass sie sich bereits jetzt auf die Reise begeben sollte, war ihr zu viel. Sie schüttelte den Kopf und blickte ihre Mutter wieder an. Dabei traten Tränen in ihre Augen.

„Ich möchte dich nicht verlassen", sagte Kasumi mit tränenerstickter Stimme.

„Ach, meine Kleine", flüsterte Arilena und zog ihre Tochter zu sich. Beruhigend strich sie über den Kopf von Kasumi. „Als ich in deinem Alter war, verliebte ich mich in deinen Vater. Er wollte, dass ich mit ihm ging. Damals wollte ich aber meine Eltern nicht verlassen und ging nicht mit ihm mit. Erst Jahre später sah ich deinen Vater wieder, doch die Zeit, die wir ab da an hatten, war viel zu kurz. Hätte ich meine Eltern bereits früher verlassen, hätte ich mehr Zeit mit deinem Vater verbringen können. Mach nicht den gleichen Fehler wie ich. Geh raus in die Welt und sammle so viele Erfahrungen, wie du kannst. Und wer weiß, vielleicht findest du unterwegs deine große Liebe."

Mit Tränen in den Augen blickte Kasumi ihre Mutter an. Noch nie hatte ihre Mutter von ihrem Vater gesprochen. Die Geschichte nun zu hören machte sie traurig. Sie vergrub ihr Gesicht an der Brust ihrer Mutter. Die Wärme hüllte sie ein und Ferons letzte Worte kamen ihr in den Sinn. *Du musst in die Drachenwelt gehen und eine Audienz beim Drachenkönig verlangen. Erzähl ihm von meinen Wunden und dass das Land in Aufruhr ist. Es wird nicht mehr lange dauern, bis Er wieder bei vollen Kräften ist.* Sie wusste nicht, was dies bedeutete, aber tief in sich wusste sie, dass es nichts Gutes war. Sie nahm ihren Mut zusammen und blickte ihre Mutter an. „Ich habe es Feron versprochen. Ich werde sein Herz zum Drachenkönig bringen und mein Versprechen halten."

Sanft strich Arilena ihrer Tochter über den Rücken. „Ich bin stolz auf dich, aber zuerst musst du deine Sachen packen."

Kasumi fing an zu lachen und drückte ihre Mutter fest. Nach kurzer Zeit hörte sie, wie sich die Haustür öffnete, in der die beiden Elfen standen. Ein breites Grinsen zierte das Gesicht von Aramis.

„Wir werden schon auf dich aufpassen, Kasumi", sagte Cellura.

Arilena nickte dankbar, bevor sie ihre Tochter aufforderte, ihr Zeug zusammenzusuchen. Gemeinsam mit ihrer Mutter packte Kasumi ihre Sachen. In die Tasche aus Wildleder packte sie Proviant für mehrere Tage und Wechselkleider. Ihre Mutter übergab ihr den weißen Bogen. „Der gehörte deinem Vater, nicht mir. Ich habe es vor dir geheim gehalten, da ich Angst hatte, dass du Fragen stellen würdest", sagte ihre Mutter und gab ihr einen Kuss auf die Stirn. „Er wird dich auf deiner Reise beschützen." Mit diesen letzten Worten schob Arilena ihre Tochter aus der Haustür und musste die Tränen unterdrücken.

Als Kasumi in die kühle Nachtluft hinaustrat, warteten die Elfen schon auf sie. Hinter ihnen standen drei wunderschöne Pferde. Sofort blieb Kasumi stehen und sah zu ihrer Mutter zurück.

Zu den Elfen sagte sie: „Ich kann nicht reiten."

„Keine Angst, du musst dich nur festhalten", erklärte ihr Cellura.

Die Elfe führte sie zu einem der Pferde. Sie nahm Kasumis Hand und streckte sie mit der Handfläche nach oben dem Pferd entgegen. Erklärend sagte sie dabei: „So begrüßt du das Pferd. Nun wartest du, ob dich das Pferd auch begrüßt."

Neugierig wartete Kasumi. Vorsichtig trat das Pferd näher und berührte mit seinen Nüstern Kasumis Hand. Warmer Atem strich über ihre Hand, bevor die weiche Nüster des Pferdes sich an ihre Hand drückte. „Sie hat dich akzeptiert. Nun kannst du auf das Pferd steigen."

Hilfesuchend blickte Kasumi zu Cellura. Die lächelte nur und half Kasumi beim Aufsteigen. Als sie auf dem Pferd saß, sagte Cellura: „Ihr Name ist Silbermond."

„Silbermond, ein schöner Name."

Vorsichtig streichelte Kasumi das Pferd und hielt sich an der Mähne fest, da ihr die lederne Schlaufe, die um den Hals von Silbermond hing, zu unsicher war. Als alle auf den Pferden saßen, ritten sie los, und Kasumi sah zu ihrer Mutter zurück, die winkend vor dem Haus stand. Wieder traten Tränen in Kasumis Augen, doch sie wischte sie schnell ab und winkte ihrer Mutter zum Abschied zu. Als das Haus hinter einem Baum verschwand, blickte sie auf ihre zitternden Hände. Die Reise, die sie ab jetzt unternehmen sollte, war ihr unbekannt. Verstohlen blickte sie auf den Rücken der Elfen vor ihr. Sie nahm ihren ganzen Mut zusammen und fragte: „Wo werden wir hinreiten?"

„Zuerst werden wir den Elfenwald durchqueren und dann in unserem Dorf für ein paar Tage bleiben. Danach werde ich dich mit meinem Drachen ins Drachenland fliegen", sagte Aramis.

Sein Drache, wie kann das gehen?, fragte sich Kasumi.

Als hätte Aramis ihre lautlose Frage verstanden, drehte er sich zu ihr um und sagte: „Auserwählte Elfen schließen eine Verbindung mit einem Drachen. Jedoch wählt der Drache selbst, mit wem er eine Verbindung eingehen will. Ich weiß, es hört sich kompliziert an, aber mit der Zeit wirst du verstehen, was ich meine."

Aramis drehte sich wieder um und sie ritten stillschweigend weiter.

Nach einiger Zeit erreichten sie den Elfenwald. Sie erhöhten das Tempo, da sie einem Wildwechsel folgten, der beinahe so breit war wie die Straße, die zu ihrem Dorf führte. Da sich Kasumi allmählich an den Rhythmus der Stute gewöhnt hatte, fühlte sie sich wohl auf dem Rücken des Pferdes, sodass sie bald Spaß an dem Ritt hatte.

Sie ritten die ganze Nacht hindurch. Erst am nächsten Morgen machten sie eine kurze Pause und aßen etwas, danach ging es gleich weiter.

Sie drangen immer weiter in den Elfenwald vor und Kasumi bewunderte die Pracht des Waldes. Die Bäume waren etliche Meter hoch, und nicht einmal dann, als Kasumi den Kopf in den Nacken legte, konnte sie die Baumkrone eines Baumes ausmachen.

Erst als es Mittag war, bemerkte Kasumi, dass sie verfolgt wurden. Sie drehte sich um und entdeckte ein Löwentigerjunges. Es hatte bronzefarbenes Fell und hellblaue Augen, die Kasumi ansahen. Sofort erkannte sie, dass es eines der Jungen war, die immer bei ihr und Feron gewesen waren.

„Beachte es nicht weiter, es folgt uns schon, seit wir den Elfenwald betreten haben", sagte Cellura.

Kasumi schaute das Jungtier noch einmal an, bevor sie Cellura und Aramis einholte.

Gegen Abend schlugen sie ihr Lager auf. Geschickt kletterte Cellura auf einen Baum und baute einen Unterschlupf. Als sie den Baum berührte, wuchsen Äste aus ihm, die sich zu einer Plattform verformten, darüber legte sie Schaffelle, die sie in der Nacht warm halten sollten. Währenddessen ging Aramis auf die Jagd. Kasumi wurde beauftragt, ein Feuer zu entfachen. Nicht weit von ihrem Lager entfernt fand sie Brennholz, mit dem sie versuchte, ein Feuer zu entfachen, was ihr aber misslang. Erst als Cellura ihr zwei Steine in die Hand drückte, klappte es. Kasumi schlug die zwei Steine aneinander, wodurch ein Funke entstand, der das trockene Holz entzündete. Langsam breiteten sich die Flammen aus und entzündeten auch die dickeren Äste. Die Wärme des Feuers machte Kasumi schläfrig. Sie konnte sich nicht erinnern, wann sie zuletzt geschlafen hatte. Es kam ihr so vor, als wäre sie schon lange unterwegs. Als Cellura hinter sie trat, zuckte Kasumi zusammen. Beruhigend nahm Cellura ihr die Steine aus der Hand und erklärte: „Das sind Feuersteine. Man kann sie sogar im Regen benutzen.“ Als die Elfe sah, wie müde Kasumi war, erwiderte sie noch: „Aramis wird bald da sein, dann können wir essen und uns danach hinlegen.“

Kasumi hörte der Elfe nur mit halbem Ohr zu, doch als sie sah, dass Aramis zurückkam und ein totes Reh über den Schultern hängen hatte, war Kasumi wieder hellwach. Wie auf das Stichwort fing ihr Magen an zu knurren. Cellura hinter ihr lachte und ging zu Aramis. Sie half ihm die Mahlzeit vorzubereiten. Es dauerte nicht lange und ein köstlicher Duft wehte zu Kasumi. Das Wasser lief ihr im Mund zusammen, und als das Essen fertig war, stürzte sie sich darüber. Sie schlang das saftige Fleisch mit großen Bissen hinunter. Erst als sie satt war, merkte sie wieder, wie müde sie war. Das warme Feuer trug auch dazu bei, und schon nach kurzer Zeit schlief sie am wärmenden Feuer ein.

Sie bemerkte nicht mehr, wie Aramis sie auf den Baum mit dem Unterschlupf hob und sie mit einem Schaffell zudeckte.

Wo immer ich hingehe, wird die Welt rot

Geschwächt erreichte Er das Ende des Elfenwaldes. Seine Wunde am Arm blutete immer noch stark und hatte sich entzündet. Die Verletzungen, die Er sich während des zweiten Kampfes gegen den Drachen zugezogen hatte, waren nicht so schlimm. Trotzdem schmerzten sie.

Mit langsamen Schritten kämpfte Er sich vorwärts und verfluchte seine Schwäche. Jeder Schritt tat ihm weh.

Nach kurzer Zeit erreichte Er ein Steinhaus. Die Tür stand offen, und weit und breit war niemand zu sehen. Er beschloss, das Risiko einzugehen, dass man ihn entdecken könnte. Er trat in das Haus ein und sofort umfing ihn wohlige Wärme. Ein Feuer flackerte munter im Kamin und auf dem Tisch standen noch Reste vom Essen. Hungrig, wie Er war, stürzte Er sich auf das Essen und verschlang es in schnellen Zügen. Als er satt war, durchsuchte Er das Haus.

Es gab zwei Zimmer. Ein Zimmer neben dem Kamin, das ein kleines Bett und eine Kommode beinhaltete, und ein größeres Zimmer, in dem ein Himmelbett, ein großer Schrank und ein Waschbecken stand.

Er entschied sich für das größere der beiden Zimmer und wusch seine Wunden im Waschbecken aus. Seine schmutzigen Kleider zog Er aus. Nach dem ersten Kampf hatte Er sich in seine Höhle zurückgezogen und dort frische Kleider gefunden, doch in seinem geschwächten Zustand konnte Er nicht lange im Wald überleben und hatte beschlossen, sich in der Menschenwelt zu verstecken. Nackt legte Er sich ins Bett und schlief kurz darauf ein.

Kalte feuchte Finger berührten seine Wunde am Arm. Schmerzerfüllt schrie Er auf und war sofort wach. Das Gesicht, das Er vor sich sah, gehörte einer Frau mit braunen Haaren und strahlend grünen

Augen. Beruhigend legte sie eine Hand auf seine Schulter und drückte ihn zurück aufs Bett.

„Keine Angst, ich werde nur deine Wunden verbinden. Schlaf ruhig weiter", sagte sie zu ihm.

Wie auf Befehl schlossen sich seine Augen wieder. Obwohl Er es nicht wollte, übermannte ihn der Schlaf.

Als Er das nächste Mal aufwachte, waren seine Wunden mit weißem Stoff verbunden. Seine Schmerzen waren weg, sodass Er ohne Probleme seinen Arm wieder benutzen konnte. Da Er noch geschwächt war, stand Er langsam auf. Die Tür war nicht weit entfernt, aber es kam ihm vor, als würde Er eine Ewigkeit brauchen. Als Er die Tür erreichte, öffnete Er sie. Im angrenzenden Raum saß seine Retterin auf einem Stuhl am Feuer.

Sie blickte auf, als Er den Raum betrat, und lächelte ihn freundlich an.

„Na, geht es dir besser?", fragte sie ihn.

Er nickte, doch als Er ihren Blick bemerkte, sah Er sie böse an. Erst als sie aufstand und ein weißes Leinentuch holte, wurde ihm klar, dass Er noch nackt war.

Die Frau gab es ihm. Er nahm es an sich, doch ließ Er es zu Boden fallen. Ein sinnliches Lächeln breitete sich auf seinen Lippen aus. Die Frau ließ es jedoch kalt, dass Er sie begierig anstarrte. Sie drehte sich demonstrativ von ihm weg, um ihm zu signalisieren, dass sie von ihm nichts wollte.

„Mein Name ist übrigens Arilena. Hast du auch einen Namen?", fragte sie ihn, während sie wieder auf dem Stuhl Platz nahm.

„Früher hatte ich einen, doch heute nicht mehr", gab Er zur Antwort. Sein Lächeln war erloschen.

„Ich verstehe", sagte Arilena und fragte nicht mehr weiter.

Sie bot ihm einen Stuhl an, doch Er lehnte ab.

Mit langsamen Schritten kam Er auf sie zu und stützte sich auf die Armlehnen des Stuhls. Er blickte in ihre grünen Augen.

„Ich habe deine Kleider gewaschen und die Löcher genäht", sagte sie kalt, dabei ließ sie ihn nicht aus den Augen.

Ich bin zu geschwächt. Ich brauche Nahrung, doch solange sie mich nicht an sich ranlässt, kann ich mich nicht von ihr nähren, dachte Er.

Also nickte Er dankend. Das weiße Leintuch hob Er auf, wickelte es um seine Hüfte und setzte sich auf einen Stuhl.

„Du bist keine Elfe“, stellte Er fest.

„Nein, sollte ich?“

Er wollte mit Ja antworten, aber da kam ihm in den Sinn, dass Er über mehrere Jahre geschlafen hatte.

Es hat sich viel geändert in den Jahren, in denen ich schlief.

Früher wohnte eine Elfe in dem Haus am Rande des Elfenwaldes. Sie war die Hüterin und ließ niemanden passieren, der keine magischen Fähigkeiten hatte. Wenn sie starb, übernahm ihre Tochter ihre Aufgabe. Ihre Ahnenreihe reichte bis in die Jahre der Ersten Drachen zurück. Sie waren bekannt für ihre Heilfähigkeiten.

„Aber meine Mutter hat mir früher einmal erzählt, dass in uns Elfenblut fließt, deshalb kann ich auch Heilmagie einsetzen“, erklärte sie ihm. „So konnte ich deine Wunden ohne Probleme versorgen, aber sie sind noch nicht ganz verheilt.“

Er lächelte. *Wie es aussieht, habe ich deine Nachfahrin gefunden, Nymue.*

„Kann ich dir etwas zu essen anbieten?“, fragte sie.

Er überlegte kurz und gab dann zur Antwort: „Ja, das wäre nett.“

„Was kann ich dir geben?“

„Dein Herz“, sagte Er und fing an zu lachen. Wie von allein erschien sein Schwert in seiner Hand.

„Wie es aussieht, kann mein Liebling es kaum erwarten Blut zu lecken“, sagte Er mit einem Lächeln im Gesicht.

Ängstlich wich Arilena zurück. Als Er sein Schwert schwang, rannte sie aus dem Haus. Er folgte ihr mit gemächlichen Schritten.

„Du kannst mir nicht entkommen!“, schrie Er in die Nacht hinaus.

Fasziniert von der Jagd, beschleunigte Er seine Schritte. Mit seinem Schwertarm holte Er aus und schlug auf den Boden. Sofort fing die Erde an zu beben und in der Ferne erkannte Er, wie Arilena stürzte. Sein fürchterliches Lachen erfüllte die Nacht.

Er sammelte seine Magie und ließ sie in seine Beine sinken. Dank der Magie war Er mit einem Schritt bei Arilena und schlug mit seinem Schwert zu. Blut flog durch die Luft und befleckte sein weißes Leinentuch. Die Frau schrie auf, doch bevor der Schrei ihre Lippen verließ, schlug Er ihr den Kopf ab.

Genüsslich betrachtete Er sein Werk. Der leblose Körper lag zusammengesunken auf dem Boden, in einigen Metern Entfernung sah Er den Kopf. Er kniete sich vorsichtig neben der Leiche nieder. Sein Schwert legte Er auf den Boden, woraufhin es verschwand. Mit seinen Fingern strich Er über den Körper der Frau, dabei spürte er die gewaltige Magie tief in ihrem Körper. Sein Magen fing an zu knurren, und als er ein Blick auf seine Magiereserven warf, wurde ihm klar, dass er sich dringend stärken musste. Mit einem Ruck riss er das grüne Gewand von Arilena entzwei. Gierig blickte Er auf die Brust der Toten. Sein Hunger wurde übermächtig. Während Er sich über die Leiche beugte, um den Geruch des Todes auf seiner Zunge zu spüren, glitt ein Teil seines Geistes in seine Seele. Mit seiner Magie erschuf Er einen silbrigen Dolch, den Er in die Brust von Arilena schlug. Ein irres Lachen stieg seine Kehle hoch und sein Magen fing an zu rumoren. Mit gierigen Händen schlitzte Er den Brustkorb auf, genoss, wie das restliche Blut über den toten Körper floss. Mühsam öffnete Er den Schnitt weiter, bis Er den Blick auf das Herz freihatte. Dürstend nach Fleisch zerrte Er das noch blutende Herz aus Arilenas Körper. Genüsslich biss Er in das noch warme Fleisch. Der Geschmack des Herzens kurbelte sein Blut an und Er konnte förmlich spüren, wie seine Kraft zurückkehrte. In wenigen Sekunden hatte Er das ganze Herz aufgegessen. Das Leintuch, das nun rot vom Blut der Frau war, zog Er aus und drapierte es neben der zerschundenen Leiche.

Nackt schritt Er zurück zum Haus. In dem großen Zimmer wusch Er sich erneut und zog seine frisch gewaschenen Kleider an. Danach trat Er aus dem Haus. Der Himmel schimmerte rot vom Sonnenaufgang. Das blutrote Licht erinnerte ihn an sein Festmahl. Ein schelmisches Lächeln glitt über sein Gesicht, während hinter ihm das Haus anfing zu brennen. Sein zerstörerisches Werk hinter sich lassend, begab Er sich auf den Weg ins Dorf.

Wo immer ich hingehe, wird die Welt rot.

Die Sonne stand hoch am Himmel, als Er das Dorf erreichte. Die Menschen begrüßten ihn freundlich und fragten ihn, woher Er kam. Er gab jedoch keine Antwort. Erst als ein kleines Mädchen von vier Jahren in ihn hineinlief, benutzte Er seine Stimme.

Freundlich fragte Er: „Geht es dir gut?"

Das Mädchen, das hingefallen war, hatte Tränen in den Augen, aber sie nickte tapfer. Ein Junge kam angerannt und half dem Mädchen hoch. Neugierig schaute der Junge ihn an. Er erwiderte den Blick.

„Du bist nicht von hier", sagte der Junge frech.

„Nein, das bin ich nicht. Aber weißt du, was?", fragte Er den Jungen. „Du auch nicht."

Verwirrt über seine Aussage runzelte der Junge die Stirn. In diesem Moment sagte eine Frau: „Seht, dort ist Rauch!"

Alle Bewohner schauten in die Richtung, aus der Er kam. Panik brach unter den Menschen aus und ein Mann schrie: „Feuer, Feuer! Rette sich, wer kann!"

Eine Frau kam vorbei und nahm das kleine Mädchen und den Jungen mit. Er sah seelenruhig zu, wie die Menschen voller Angst herumrannten.

„Ach, was soll's?", sagte Er. „Bleibt alle ruhig!", schrie Er mit seiner Stimme, die durch seine Magie lauter ertönte.

Sofort blieben alle Menschen stehen und schauten zu ihm hin.

„Das Feuer wird nicht hierherkommen. Lasst es einfach brennen. Es wird schon heute Abend erloschen sein", prophezeite Er den Dorfbewohnern, die ihm glaubten.

Die Panik war vorüber und so konnte Er seinen Weg fortsetzen. Bei einem Haus in der Mitte des Dorfes blieb Er stehen. Es bestand aus Stein. Ringsherum befand sich ein Zaun, dahinter grasten ein Pferd und Schafe. Ein Mann fütterte die Tiere. Als der Mann ihn erblickte, lächelte Er ihn freundlich an.

„Kann ich etwas für Sie tun?", fragte der Mann.

„Ja, ich suche eine Frau namens Dela."

„Ah, die Hexe. Folgt mir." Der Mann öffnete das Gatter am Zaun und trat zu ihm. Gemeinsam gingen sie zum Marktplatz. Die meisten Dorfbewohner boten hier ihre Waren an. Sie suchten sich einen Weg durch die Menge. Während sein Führer sich um den Weg kümmerte, konnte Er seinen Blick schweifen lassen. Die Dorfbewohner waren alle sehr fröhlich und kaum ein böses Wort drang an seine Ohren. Auf ihrem Weg kamen sie an einer Statue aus Stein vorbei. Sie zeigte eine hübsche Frau mit spitzen Ohren.

„Das ist Nymue. Sie hat unser Dorf gegründet", erklärte der Mann stolz.

Nymue. Ich habe dich anders in Erinnerung.

Währenddessen der Mann ihn weiterführte, dachte Er über die eben gesehene Statue nach. Damals waren Er und Nymue erbitterte Feinde gewesen, doch wenn Er die Statue genauer betrachtete, könnte Er sich vorstellen, dass Er sich mit der Elfe gut verstanden hätte, hätten sie sich unter anderen Bedingungen kennengelernt.

Sein Führer hielt abrupt an, wodurch Er beinahe in den Mann hineingelaufen wäre. Vor ihm befand sich ein Stall, der halb vermodert war, und überall lagen tote Tiere, die fürchterlich stanken.

„Hier wohnt sie. Hat mich gefreut, Ihnen helfen zu können." Mit diesen Worten verabschiedete sich der Mann und konnte nicht schnell genug davonkommen.

Er betrat den Stall. Innen sah es nicht besser aus als außen. Spinnennetze hingen von der Decke und der Boden war voll von Kot. Mäuse huschten um seine Füße. Es sah so aus, als wollten sie ihm den Weg weisen. Also folgte Er ihnen. Er drang immer weiter in den Stall ein und stellte fest, dass der Stall viel größer war, als es von außen schien. Die Mäuse führten ihn zu einer Tür. Er öffnete sie und schloss geblendet die Augen. Magie prickelte auf seiner Haut, als er die Schwelle übertrat. Er spürte, dass er sich in einem anderen Reich aufhielt, dem Reich einer Hexe.

„Da bist du ja. Ich habe auf dich gewartet", erklang eine klare Frauenstimme in dem Licht.

Als Er die Augen öffnete, sah Er, wem die Stimme gehörte. Eine Frau in einem weißen Gewand saß auf einem Stein. Ihre schwarzen

Haare fielen ihr locker über den Rücken und ihre saphirblauen Augen leuchteten amüsiert.

Sie stand auf und kam auf ihn zu. Als sie bei ihm war, streckte sie ihre Hände aus und nahm eine seiner Hände. Sie führte ihn durch den Garten.

Grünes Gras wuchs unter seinen Füßen und die Vögel zwitscherten fröhlich vor sich hin. Die Bäume trugen Blüten in allen Farben, von Weiß bis Schwarz, von Blau bis Grün und von Rot bis Violett. Ein kleines Bächlein durchzog die Graslandschaft. Das Wasser schimmerte im Licht der Sonne.

Sie setzten sich auf eine makellos weiße Bank. Die Hände immer noch ineinander verschränkt.

„Sag, was führt dich zu mir?"

„Ich suche nach meiner Magie, die vor Jahren hier im Land der Menschen versiegelt wurde."

„Dafür brauchst du meine Hilfe?", fragte Dela verwundert und fing an zu lachen. „Ich dachte, du hättest die Hüterin getötet."

„Das habe ich auch, jedoch ist meine Magie noch nicht zurückgekehrt", gestand Er der Hexe und dachte nicht weiter darüber nach, woher Dela ihre Information zum Tod der Hüterin hatte.

Wahrscheinlich hat einer ihrer Diener es ihr zugeflüstert, dachte Er.

Ein fieses Lächeln zierte das wunderschöne Gesicht der Hexe, doch als sie sprach, wirkte sie alles andere als schön.

„Wenn das so ist, muss sie eine Tochter haben."

Er überlegte kurz, wollte gerade etwas erwidern, entschied sich aber dagegen. Es war nicht ratsam, einer Hexe mehr Informationen zu geben, als sie ohnehin schon hatte.

„Scheint so", gab Er monoton zur Antwort.

Wieder erschien das fiese Grinsen auf ihrem Gesicht. Auf ein Zeichen hin erschien in ihrer Hand eine Karte.

„Dies ist die Karte der Versiegelungen. Sie zeigt jede Versiegelung an, die jemals von den Elfen durchgeführt wurde", erklärte sie ihm und reichte ihm die Karte.

Sie bestand aus Leder und mehrere rote Punkte leuchteten auf dem Leder auf. Flüsse und Dörfer der Menschen waren eingezeichnet und die Grenzen zwischen den Welten.

„Das sind aber eine Menge Versiegelungen."

„Ja, ja. Du musst halt zu jedem dieser Orte reisen und schauen, ob deine Magie dort ist."

„Ich danke dir", sagte Er zu der Hexe und wollte aufstehen, doch Dela packte seinen Arm mit einem erstaunlich harten Griff.

„Die Karte ist nicht umsonst", sagte sie bestimmt. Ihre Augen leuchteten angriffslustig und ihre Haare umschmeichelten sie gierig.

„Ich habe kein Geld bei mir."

„Ich dachte nicht an Geld." Ein anzügliches Lächeln glitt über ihre Züge, doch Er wusste, dass eine Hexe immer mehr wollte, als sie anfangs zugab.

„Ich verzichte."

Er riss seinen Arm los, sank in seinen Geist und suchte seine Magie. Die Kugel pulsierte ruhig vor sich hin, doch als Er sie berührte, wirbelte sie auf und verfärbte sich grau. Feine Fäden erschienen um ihn, und als Er seinen Geist verließ, umschlangen die grauen Fäden die Hexe. Diese kreischte laut auf, als sie von der Magie gefangen wurde.

„Du hättest nichts verlangen sollen, jetzt wird es dein Untergang sein."

Er verließ ihr Reich auf dem gleichen Weg, wie Er hineingekommen war, das panische Kreischen von Dela überhörte Er bewusst. Diesmal störte Er sich nicht an dem Unrat, der überall herumlag. Als Er aus dem Stall hinaustrat, setzte Er ihn mit seiner Magie in Brand. Das Feuer breitete sich schnell aus und die danebenstehenden Häuser gingen auch in Flammen auf.

Er sah auf die Karte, damit Er wusste, wohin Er gehen musste. Das lodernde Feuer ignorierend, lief Er durch das Dorf, das lichterloh in Flammen stand. Die Menschen rannten voller Panik herum und versuchten das Feuer zu löschen.

Das werden sie niemals schaffen, dachte Er und verließ das brennende Dorf.

Die Löwentigerjungen

Eine feuchte Zunge auf Kasumis Wange weckte sie auf. Langsam öffnete sie die Augen und erblickte vor sich das kleine Löwentigerjunge. Sein Fell glänzte in der aufgehenden Sonne und die hellblauen Augen sahen sie auffordernd an.

Cellura, die schon wach war, sagte: „In der Nacht war es mühsam auf den Baum geklettert, nur um bei dir zu sein.“

Ein Lächeln huschte über Kasumis Gesicht. Sie nahm das Kleine auf ihren Schoß und fing an, es zu streicheln. Das sanfte Fell schmiegte sich an ihre Hand und hinterließ ein angenehmes, beruhigendes Gefühl in ihr. Nach einiger Zeit fing das Löwentigerjunge an, ein merkwürdiges Geräusch zu machen. Überrascht über dieses Geräusch hielt Kasumi inne.

„Was ist das für ein Laut?“, fragte sie Cellura.

Diese lachte und gab zur Antwort: „Es bedeutet, dass es dich mag. Alle katzenartigen Tiere können das machen.“ Sie drehte sich um und sprang elegant vom Baum. Als sie auf dem Boden ankam, rief sie zu ihr hoch: „Komm runter, Aramis hat uns Frühstück gemacht!“

Kasumi hob das Löwentigerjunge hoch und wollte es auf den Baum setzen. Doch es wehrte sich. Es schlug seine Krallen in Kasumis Arm und die feinen Krallen verfingen sich in ihren Kleidern. Kasumi versuchte sie zu lösen, doch vergebens. Sobald sie eine Pfote löste und sich einer anderen zuwendete, schlug das Kleine die Pfote wieder in die Kleider. Kasumi gab es auf. Vorsichtig schob Kasumi das Kleine auf ihre Schulter zu. Sobald es guten Halt hatte, kletterte Kasumi den Baum hinunter. Dabei verrutschte der Halt des Löwentigerjungen und es schlug seine Krallen in Kasumis Oberarm. Der Schmerz lenkte Kasumi ab, sodass sie für kurze Zeit den Halt verlor und vom Baum fiel. Zu ihrer Überraschung landete sie weich auf dem Boden. Um sie herum leuchtete eine grüne Kugel. Verwirrt blickte sie Cellura an.

„Ich habe ein wenig Magie eingesetzt", erklärte diese mit einem Lachen.

Mühsam rappelte sich Kasumi auf und hob das Junge, das beim Sturz von ihrer Schulter fiel, vom Boden auf. Während sie es vorsichtig in ihrem Arm zurechtbettete, ging sie zum Feuer.

„Es ist übrigens ein Weibchen", sagte Aramis, der am Feuer saß und ein Stück Fleisch grillte.

„Du solltest ihr einen Namen geben, immerhin scheint es so, als ob sie dich in ihr Herz geschlossen hätte."

Kasumi dachte darüber nach. Doch zuerst lockte sie der Duft des Fleisches. Sobald sie das Feuer erreichte, knurrte ihr Magen. Aramis nahm das Fleisch vom Grill und verteilte es. Für jeden gab es ein Stück, auch für das Löwentigerjunge. Zum Fleisch gab es ein paar Himbeeren und einen Becher süße Milch, die himmlisch schmeckte.

Das Essen schmeckte köstlich, und als alle satt waren, bauten sie ihr Lager ab. Dabei dachte Kasumi über einen passenden Namen nach für das Junge. Als alles abgebaut war, stiegen sie auf die Pferde. Kasumi nahm das Löwentigerjunge vor sich auf den Sattel. In dem Moment, in dem es den Pferderücken berührte, fiel ein rotes Blatt von einem Baum auf den Kopf des Kleinen.

„Ich weiß", sagte Kasumi, „ich werde dich Akiko nennen." Von ihrer Mutter wusste sie, dass der Name Akiko in der Sprache der Elfen so viel bedeutete wie rote Blume.

Zustimmend schnurrte Akiko und drückte sich an Kasumi. Silbermond stieg bei dem ungewohnten Geräusch auf die Hinterbeine und warf Kasumi mitsamt dem Jungen ab, doch auch dieses Mal wurde sie von einem sanften grünen Licht aufgefangen. In einem wilden Galopp rannte Silbermond davon.

„Ihr bleibt hier, ich werde das Pferd wieder einfangen", erklärte Aramis, der sofort die Verfolgung aufnahm.

Nach einigen Sekunden erholte sich Kasumi von dem Schreck. Mit wackeligen Beinen stand sie auf. Akiko, die noch am Boden lag, fauchte wütend.

„Ich glaube, Akiko ist nicht für einen Pferderücken bestimmt", sagte Cellura mit einem Lächeln im Gesicht.

„Das glaube ich auch", gab Kasumi zur Antwort.

Ich kann dir auch nachlaufen, hörte Kasumi eine Stimme in ihrem Kopf. Verwirrt über diese Stimme blickte sich Kasumi um. Sie war sich sicher, dass dies nicht Celluras Stimme war, jedoch sah sie niemand anders.

„Hast du was gesagt, Cellura?"

„Ich? Nein, ich habe nichts gesagt. Wieso?"

„Weil ..." Verzweifelt hob Kasumi ihre Hände in die Luft. „Vergiss, dass ich gefragt habe."

Haha, hörte Kasumi jemanden lachen, *nicht Cellura sprach mit dir, sondern ich.*

Akiko drückte sich an ihr Bein und fing wieder an zu schnurren.

Vor Überraschung wich Kasumi zurück, stolperte über ihre Füße und fiel auf den Boden. Akiko hatte ihre Bewegungen verfolgt und saß nun auf ihren Beinen. Ihre strahlend blauen Augen blickten sie an, als ob sie in ihre Seele schauen könnten.

Ich habe dich gesucht und gefunden, plapperte Akiko munter in ihrem Kopf weiter. *Als du mir einen Namen gegeben hast, hast du mit mir die geistige Verbindung hergestellt, obwohl ... Die bin ich mit dir schon eingegangen, als ich dich das erste Mal gesehen hatte.*

„Aber, du ..."

Akiko unterbrach sie mit einem wütenden Fauchen.

Cellura darf nicht erfahren, dass du mit mir eine Verbindung hast, erzählte Akiko.

Wieso nicht?, dachte Kasumi und hoffte, dass Akiko sie verstand.

Weil es selten ist, dass sich jemand von meinem Volk mit einer Elfe verbindet. Genau genommen ist es für uns verboten und für die Elfen genauso. Also wenn Cellura es erfährt, wird sie es dem Rat melden und du wirst das Drachenland nicht betreten dürfen, erklärte Akiko eifrig.

Aber ist es nicht auffällig, wenn du mir folgst?

Nein, ist es nicht, da meine Geschwister dir auch noch folgen.

Was?, sofort sprang Kasumi auf und sah sich um, doch sie entdeckte nirgends die anderen zwei Löwentigerjungen.

Beruhige dich!, schrie Akiko sie an. *Sonst wird Cellura noch misstrauisch. Sie folgen eigentlich nicht dir, sondern mir, da ich als Erste geboren wurde und unsere Mutter uns verlassen hat,* erklärte Akiko traurig.

Tröstend nahm Kasumi die Kleine in die Arme und versprach ihr, dass sie sich um sie und ihre Geschwister kümmern würde. In diesem Moment kehrte Aramis mit dem wild gewordenen Pferd zurück. Gemütlich folgte Silbermond Aramis Pferd, so als wäre nichts passiert.

„So, es wird Zeit zu gehen", sagte Aramis und gab Kasumi ihre Stute.

Unsicher stieg Kasumi auf. Noch immer steckte ihr der Sturz in den Knochen. Diesmal blieb Akiko am Boden. Als sich die Gruppe in Bewegung setzte, folgte Akiko, und hinter ihr sah Kasumi zwei Schatten, die sich so schnell bewegten, dass sie diese kaum wahrnahm.

Während des Rittes redete Akiko munter weiter. Sie erzählte Kasumi, dass sie aus einem edlen Geschlecht stamme und ihre Geschwister und sie auf dem Weg ins Drachenland seien, da ihre Artgenossen dort lebten. Nach einiger Zeit hörte Kasumi der Löwentigerin nicht mehr zu.

Der Ritt war anstrengend, da es keine Wege im Elfenwald gab, sondern nur Wildwechsel, die wahllos quer durch den Wald gingen. Schon bald hatte Kasumi Schmerzen am ganzen Körper. Einmal sah Kasumi ein Rudel Rehe, die vor ihnen den Weg kreuzten. Als sie Akiko witterten, rannten sie jedoch weg.

Am Abend erreichten sie ein kleines Elfendorf. Die Elfen traten aus ihren Häusern, als sie die Gruppe erblickten. Misstrauische Blicke trafen Akiko und Kasumi. In den Blicken konnte sie die Abneigung gegenüber ihr erkennen, da sie eine Halbelfe war. Ihr Vater war ein hochrangiger Elf, aber ihre Mutter war ein Mensch. Die Elfen verachteten alle Verbindungen zwischen Menschen und Elfen. Warum dies so war, wusste Kasumi nicht. Die Blicke folgten ihr und einige blieben an Akiko hängen. Die Kinder jedoch kamen tapfer auf sie zu und versuchten sogar, die kleine Löwentigerin zu streicheln, doch Akiko vertrieb alle mit ihrem Fauchen. Als ein alter Elf mit grauen Haaren auf die Gruppe zukam, teilte sich die Menge und Aramis stieg schwungvoll von seinem Pferd. Die beiden Männer redeten kurz miteinander, doch bald schon kehrte Aramis zu seinem Schimmel zurück.

„Wer war der Mann?“, fragte Kasumi neugierig.

„Der Dorfälteste. Er hat uns eine Übernachtung angeboten, doch ich musste ablehnen.“

„Wieso?“

„Wir haben es eilig, und nun komm.“

Gerade als sie das Dorf verlassen wollten, kam der Dorfälteste noch einmal zu ihnen und übergab Aramis einen kleinen Beutel. Während des weiteren Ritts reichte der Elf Kasumi den Beutel, aus dem ein feiner Duft drang, der Kasumi an frisch gebackenes Brot denken ließ. Auf Aramis' Ermunterung öffnete sie den Beutel und tatsächlich befand sich ein großes Stück Brot und drei kleinere Stücke Käse darin. Gierig riss sie ein Stück vom Brot ab und verschlang es mitsamt dem Käse mit einem Bissen.

Während des Ritts durch die Nacht nickte Kasumi immer wieder ein. Ihr Oberkörper senkte sich auf den Hals von Silbermond und die weiche Mähne benutzte Kasumi als Kopfkissen. In dieser Position schlief sie die Nacht hindurch.

Als es hell wurde, hielt Aramis sein Pferd an und sagte: „Die Eskorte wird bald eintreffen, und Lothard hat genug Platz, um zu landen.“

Bevor Kasumi fragen konnte, wer Lothard war, stieg Aramis bereits vom Pferd und fing an, das Lager aufzuschlagen. Müde folgte sie seinem Beispiel und glitt vom Rücken ihres Pferdes, dabei spürte sie jeden Knochen im Körper. Akiko kam zu ihr und fing wieder an zu reden, doch Kasumi stoppte sie. In der Zwischenzeit ließen sich die anderen zwei Löwentigerjungen blicken, die von den Elfen willkommen geheißen wurden. Cellura setzte sich auf den Boden und versuchte die beiden Jungen anzulocken. Mauzend blieben sie außer Reichweite. Da Kasumi es merkwürdig fand, dass die Elfen die Jungen akzeptierten, fragte sie Akiko danach.

Wir Löwentiger gelten unter den Elfen als heilig, deshalb dürfen sie sich auch nicht mit uns verbinden. Cellura und Aramis begrüßen meine Geschwister, da wir nur mit Hilfe der Elfen ins Drachenland gehen können.

Kasumi dachte über die Worte nach, doch als Aramis eines der Jungen auf den Arm nehmen konnte, welches dabei fauchte, wollte sie nicht länger über das nachdenken, was Akiko ihr gesagt hatte. Sie wollte jetzt endlich die Namen der anderen Jungen erfahren.

Sie haben noch keine Namen, erklärte Akiko. *Unsere Mutter ist nicht mehr dazu gekommen. Aber du könntest ihnen einen Namen geben.*

Die Jungen schienen Akiko verstanden zu haben und sahen Kasumi hoffnungsvoll an. Wie sie von Akiko wusste, war das Junge mit dem gelben Fell und den goldenen Augen ein Männchen und das Junge mit dem bronzenen Fell und den grünen Augen, die aussahen wie Smaragde, ein Weibchen. Die schwarzen Streifen, welche die drei hatten, bildeten merkwürdige Muster und bewegten sich über den ganzen Körper.

Nach einigem Überlegen hatte Kasumi zwei passende Namen. Sie nannte das Männchen Joru und das Weibchen Neha. Sofort sprangen die zwei Kasumi an, als sie ihre Namen akzeptierten. Als Dank leckten sie ihr das Gesicht ab und Joru bedankte sich bei ihr telepathisch. Neha war etwas schüchtern und zog sich zu ihrer Schwester zurück.

Cellura hatte in der Zwischenzeit ein paar Beeren gesammelt und so aßen die zwei Elfen und Kasumi ihr Frühstück, das im Gegensatz zur letzten Mahlzeit mager ausfiel.

Nachdem sie fertig waren, wandte sich Kasumi an Akiko. Die Kleine sah von der Größe her wie eine Katze aus, was Kasumi auf eine Idee brachte. Sie riss einen kleinen Ast ab und wedelte damit vor Akikos Gesicht herum.

„Wenn du denkst, sie spielt damit, dann hast du dich getäuscht“, sagte Aramis lachend. Sein Lachen war ein tiefer Basston, der wie ein Regenschauer Kasumi sanft umhüllte.

Er hat recht. Ich werde niemals mit so etwas spielen, erwiderte Akiko, doch als sie mit der Pranke neugierig den Zweig anfasste, zuckte sie zurück, legte sich auf den Boden und ließ die Spitze des Zweiges nicht mehr aus den Augen.

„Kennst du die Geschichte über den Krieg zwischen Elfen und Löwentigern?“, fragte Aramis plötzlich.

„Wie sollte ich? Bis vor wenigen Tagen wusste ich nicht einmal, dass es Löwentiger gibt, und über die Elfen weiß ich so gut wie nichts. Außer das Wenige, das ich von Feron weiß. Meine Mutter hatte es immer vermieden, über das Volk meines Vaters zu reden.“

„Wenn das so ist, erzähle ich die Geschichte gerne. Akiko ist sicher auch gespannt darauf.“

Als die Löwentigerin ihren Namen vernahm, löste sie ihren Blick vom Zweig und sah Aramis an. Ein leichtes Lächeln glitt über seine Züge.

„Es ist, glaube ich, vor fünfzigtausend Jahren geschehen. Damals gab es immer wieder Kriege zwischen den verschiedenen Völkern und jedes Volk wollte besser sein als das andere. So auch wir Elfen. Damals lebten wir, wie auch schon heute, in diesem Wald, doch neben uns lebten auch noch die Löwentiger hier. Von ihnen wurde gesagt, dass sie das schönste Fell haben, das ein Tier haben kann, und so beschloss der Elfenkönig, sich ein solches Fell zu besorgen, doch die Löwentiger waren schlau. Sie versteckten sich und gruben unterirdische Höhlen. So dauerte es über ein Jahrzehnt, bis der Elfenkönig einen Löwentiger erblickte.

Es war das schönste Tier, das er je gesehen hatte. Das Fell glänzte in der Sonne wie pures Gold und die schwarzen Streifen verliehen dem Tier ein mystisches Aussehen. Gerade als der König seinen Bogen spannte, sah er fünf weitere Löwentiger, diese waren aber kleiner. Ohne groß darüber nachzudenken, ließ er die Sehne seines Bogens los. Der Pfeil traf den Löwentiger direkt ins Herz.

Sofort eilten seine Diener zu dem toten Tier und wollten den Kadaver mitnehmen, doch die fünf kleineren Löwentiger wollten sie daran hindern. Als der Elfenkönig näher trat, wurde ihm bewusst, dass die Kleinen die Jungen des gerade erlegten Löwentigers sein mussten. Da der König gnädig war, nahm er die Jungen mit in sein Dorf. Was er nicht wusste, war, dass das erlegte Tier die Königin der Löwentiger war. Die Jungen hatten somit den Status von Prinzen und Prinzessinnen.

Die Löwentiger konnten den Tod ihrer Königin und die Entführung der Thronfolger nicht ignorieren und griffen das Dorf an. Nicht um die Elfen zu bekämpfen, sondern um die Jungen zu befreien. Dies gelang ihnen auch, doch sie konnten nur vier retten. Das fünfte, welches das einzige Weibchen war und somit die nächste Königin, blieb in den Fängen der Elfen.

Der Elfenkönig war erbost über die Dreistigkeit der Löwentiger. Er wollte ihnen eine Lektion erteilen, und so richtete er das verbliebende Junge hin. In dem Moment, als das Leben aus dem jungen Körper wich, griffen die ersten Drachen in das Geschehen ein. Sie retteten die Seele der Löwentigerin und übertrugen sie in den Körper eines toten Drachen. Damit es keine weiteren Kriege zwischen Elfen und Löwentiger gab, erklärten die ersten Drachen die Löwentiger zu heiligen Tieren. Fortan durfte kein Elf diese Tiere jagen oder hinrichten. So wurde Frieden zwischen den beiden Völkern geschlossen, der bis heute anhält. Doch die Löwentigerkönigin konnte den Elfen nicht vergeben für den Tod an ihrer Mutter und an ihr. Sie bat die ersten Drachen um Hilfe, die daraufhin beschlossen, dass die Löwentiger einen Platz im Drachenland zur Verfügung bekamen. Die Elfen mussten daraufhin versprechen, dass sie einem verirrten Löwentiger den Weg ins Drachenland weisen."

Als Aramis die Geschichte fertig erzählt hatte, tauchte am Himmel ein schwarzer Schatten auf, der sich ihrem Lager näherte.

„Ah, wird auch Zeit", sagte Aramis und ging auf die offene Wiese zu, auf der der Schatten gelandet war. Einige Bäume versperrten die Sicht auf die Lichtung, sodass Kasumi nicht erkennen konnte, was dort passierte.

Nach kurzer Zeit kehrte Aramis wieder zum Lager zurück und erklärte, dass sie das Lager abbauen müssten, da ihre Eskorte da wäre. Alles ging sehr schnell, und so saß Kasumi schon wieder im Sattel, als die Sonne ihren Zenit erreichte.

Sie galoppierten auf die Wiese zu, auf der, wie Kasumi nun erkannte, ein sandfarbener Drache lag. Um den Drachen herum saßen zehn Elfen auf ihren Pferden. Gespannt beobachteten die Elfen Kasumi und ihre Begleiter.

Der Drache hob den Kopf, als sie ihn erreichten. Sofort sprang Aramis von seinem Pferd und begrüßte den Drachen, dieser schnaubte zur Antwort. Langsam näherte sich auch Kasumi, hielt aber einen gewissen Abstand zum Drachen.

„Keine Angst, Prinzessin. Ich beiße dich nicht“, sagte der Drache und lachte dabei.

„Prinzessin?“, fragte Kasumi nach.

Die Lefzen des Drachen hoben sich und seine Fangzähne kamen zum Vorschein. Seine smaragdgrünen Augen musterten sie gründlich, doch sein Blick blieb an ihren Augen hängen.

„Ja, Prinzessin passt zu dir“, sagte der Drache freundlich.

Aramis lachte laut auf, nachdem der Drache seine Antwort gab. Freundschaftlich legte er ihr eine Hand auf ihre Schulter und sagte: „Du musst Lothard nicht so ernst nehmen. Er gibt jedem Spitznamen. Cellura zum Beispiel nennt er Liebling.“

„Das habe ich ihm nie erlaubt!“, schrie Cellura von ihrem Pferd aus.

Diesmal lachten alle, auch die Elfen, die ihre Eskorte waren. Nachdem alle einander vorgestellt worden waren, wobei sich Kasumi die Namen nicht merken konnte, ritten sie weiter. Die drei Löwentiger wurden in einen Käfig gesperrt. Unter wütendem Protest wehrten sie sich. Erst als Kasumi ihnen beruhigend zusprach, ließen sie die Prozedur über sich ergehen. Lothard trug den Käfig auf dem Rücken, da es den Löwentigern verboten war, die Heilige Stadt zu Fuß zu betreten.

Als sie sich in Bewegung setzten, stieß sich Lothard vom Boden ab und sprang in die Luft. Im Sprung öffnete er seine Flügel, die in der Sonne golden leuchteten. Ein Windstoß blies Kasumi ihre Haare aus dem Gesicht und über das Tosen des Windes konnte sie noch Akikos wütendes Mauzen vernehmen.

Kasumi bekam einen ängstlichen Gedanken von Akiko, doch nach ein paar beruhigenden Worten blieb sie still, und sie und ihre Geschwister beruhigten sich nach und nach.

Kasumi trieb Silbermond zu einem schnellen Galopp an, da Aramis das Tempo vorgab. Vor und hinter ihr ritten jeweils drei der Elfenreiter und auf den Seiten jeweils zwei. So eingekapselt fühlte sich Kasumi nicht mehr wohl. Ihrer Stute ging es nicht anders. Sie bockte und wollte aus der Formation ausbrechen. Wäre Cellura nicht gewesen, die die Stute beruhigte, wäre Silbermond erneut durchgebrannt.

Schon nach wenigen Minuten lief Kasumi der Schweiß den Rücken hinab, da es immer wärmer wurde und sie sich konzentrieren musste, damit Silbermond nicht doch noch durchbrannte.

Als es dunkelte, brüllte Lothard laut auf; es war das Zeichen, dass er die Stadt gesichtet hatte. Und tatsächlich erkannte Kasumi in der Ferne Lichter, die hoch in den Bäumen leuchteten. Kurz darauf verschwand Lothard, der bisher über ihnen geflogen war.

„Er wird unsere Ankunft ankündigen", erklärte ihr Aramis, der neben ihr ritt seit dem Vorfall mit Silbermond.

Sie nickte, doch umso näher sie der Stadt kamen, desto mehr Angst bekam Kasumi. Als sie es nicht mehr aushielt, nahm sie telepathisch mit Akiko Kontakt auf.

Akiko, ich habe Angst, gestand sie der kleinen Löwentigerin.

Das musst du nicht. Die Elfen sind nett und wir haben ein schönes Zimmer im Königsbaum bekommen, gab Akiko als Antwort.

Beruhigt durch die Worte Akikos, ritt sie hocherhobenen Hauptes in die Heilige Stadt ein.

Die Heilige Stadt

Als Kasumi in die Stadt ritt, stockte ihr der Atem. Hoch in den Bäumen standen die Elfen und sahen auf sie herab. Die Häuser, die sie bewohnten, befanden sich in schwindelerregender Höhe. Über Kasumis Kopf befand sich die gesamte Stadt. Die Häuser bestanden aus den Bäumen selbst und wanden sich an den Stämmen entlang. Wackelige Hängebrücken verbanden die einzelnen Häuser miteinander. Nur eine einzelne Treppe führte in die Stadt hinauf.

Die Gruppe hielt vor dieser Treppe an und wartete. Hoch in den Bäumen erscholl ein Horn, das ihre sichere Ankunft verkündete. Als es verstummte, kam ein Elf in silbernem Gewand die Stufen herab. Sofort stiegen die Elfen von ihren Pferden und verbeugten sich. Erst als der silbern gewandete Elf das Ende der Treppe erreichte, erhoben sich die Elfen.

„Seid willkommen in meiner Stadt", sprach er mit einer melodiösen Stimme.

In diesem Moment hörte Kasumi ein Brüllen von einem Drachen, das sie zusammenzucken ließ. Ein anderer Drache stimmte in das Brüllen mit ein und zwei Schatten glitten über sie hinweg. Ihre Schuppen glänzten im aufgehenden Mondlicht. Elegant landeten die zwei Drachen einige Meter von der Gruppe entfernt. Dank des schwachen Mondlichts erkannte Kasumi Lothard, doch den anderen Drachen hatte sie noch nie gesehen.

„Wer trägt sein Herz?", fragte der unbekannte Drache, dabei quoll aus seinen Nüstern Rauch und hinten in seinem Rachen erkannte Kasumi blaue Flammen.

Silbermond stieg erschrocken auf und warf dabei Kasumi ab. Unsanft landete sie auf dem harten Boden.

Nicht schon wieder!, dachte sie und verfluchte im Stillen das Pferd. Nach einigen Sekunden kam sie wieder zur Besinnung und entschuldigte sich bei Silbermond für ihre Verfluchung.

Zwei Beine kamen in Kasumis Blickfeld, und als sie aufsah, erkannte sie Cellura. Freundlich streckte sie Kasumi ihre Hand hin. Dankend nahm Kasumi die Hilfe der Elfe an und packte die ihr ausgestreckte Hand. Wärme durchfuhr Kasumi und ließ sie an zu Hause denken. An ein warmes Kaminfeuer und an ihre Mutter, die lächelnd vor der Feuerstelle saß. Mit einem kurzen Ruck zog die Elfe Kasumi auf die Beine und riss sie aus ihrer Erinnerung. Sobald Kasumi sicher stand, gingen sie gemeinsam zu den zwei Drachen, bei denen Aramis und der silbern gewandete Elf standen. Der Rest der Gruppe hatte den Aufstieg der Treppe begonnen.

Als Kasumi die Drachen erreichte, lag Lothard am Boden und ließ sich von Aramis streicheln. Doch der andere Drache sah sie böse an; dabei hatte sie das Gefühl, dass seine goldenen Augen in ihre Seele blicken.

„Du trägst also Ferons Herz", sagte der Drache mit tiefer Stimme.

Cellura flüsterte ihr ins Ohr: „Er ist der Bruder des Drachenkönigs und für seine Ungeduld bekannt."

„Ja, mein Lord. Feron hat mir sein Herz anvertraut", sagte sie zögernd.

Der Drache fing an zu lachen und aus seinen Nüstern quoll erneut Rauch.

„Ich bin kein Lord. Ich bin ein Drache, also beleidige mich nicht mit einer Anrede der Menschen. Aber da du, so wie mir berichtet wurde, Ferons Freundin bist, kannst du mich Ryohei nennen."

Stumm nickte Kasumi dem Drachen zu und wollte sich abwenden, doch der silbern gewandete Elf hielt sie am Arm fest.

„Wir müssen noch einiges von dir erfahren, bevor du dich zur Ruhe legen kannst", sagte er, diesmal mit eiserner Stimme.

Kasumi fügte sich willenlos und erzählte dem Elfen, der sich als Elfenkönig herausstellte, und Ryohei die Geschichte, wie sie Feron kennengelernt hatte. Als sie auf seine Wunden zu sprechen kam, riss Ryohei seine Augen erschrocken auf und sein Schwanz zuckte nervös über den Waldboden.

Als Kasumi endlich zum Ende kam, stand der Mond hoch am Himmel und die Sterne leuchteten hell.

Ryohei und der Elfenkönig blickten sich an, bevor der Elfenkönig zu sprechen anfing: „So wie es aussieht, ist es schlimmer, als wir dachten. Wenn es wirklich Er ist, gegen den Feron kämpfte, sind wir alle in Gefahr. Wir müssen die Erinnerung Ferons ansehen."

„Nein!", schrie Kasumi protestierend auf.

„Nein?", fragte Ryohei. „Du widersetzt dich einem Befehl des Elfenkönigs?"

„Ja, ich meine nein. Nur, es ist so, dass ich Feron versprochen habe, dass ich sein Herz zum Drachenkönig bringe."

Der Elfenkönig nickte und sagte: „Ich verstehe. Wenn es sein Wunsch ist, wirst du sein Herz ins Drachenland bringen. Ryohei wird dich, Aramis und Lothard begleiten, doch das kann noch warten."

Der Elfenkönig stand auf, dabei glitzerte sein silbernes Gewand im Mondlicht.

„Lothard, wenn du so gut sein könntest, bring Kasumi in das Gästehaus."

„Wie Ihr wünscht", gab er dem Elfenkönig zur Antwort und senkte sein Haupt.

Kurz blickte der Drache in den Himmel, als suche er nach etwas. Seine smaragdgrünen Augen musterten konzentriert die einzelnen Häuser. Als er gefunden hatte, was er gesucht hatte, sah er zu Kasumi.

„Rühr dich nicht vom Fleck!", befahl er, bevor er seine Schwingen ausbreitete und sich in den nächtlichen Himmel erhob.

In der Zwischenzeit hatten sich die Elfen zur Treppe aufgemacht und hatten mit dem mühsamen Aufstieg begonnen. Aus den Augenwinkeln sah Kasumi, wie sich der Baum öffnete und einen Schacht in der Mitte freilegte, in den die Elfen stiegen. Sobald sie im Schacht verschwunden waren, fing der Baum an sich zu bewegen. Die Treppe verlor ihre Stufen und wurde glatt wie eine Eisfläche. Danach klappte sie zum Baum hin und verschmolz mit der Rinde. Nun war der Eingang zur Heiligen Stadt geschlossen.

Frustriert seufzte Kasumi auf und blickte zu Lothard. Der Drache war nun ihre letzte Hoffnung, um in die Stadt zu gelangen. Smaragdgrüne Augen blitzten auf, als der Drache in der Luft wendete. Gebannt starrte Kasumi den Drachen an, der nun direkt auf sie zugeflogen kam. Erschrocken wich sie zurück, doch da hatte schon eine Klaue von Lothard sie gepackt und trug sie hoch in die Lüfte. Der Wind zerrte an ihrer Kleidung und peitschte ihr die Haare um den Kopf. Panisch klammerte sie sich an die Klaue von Lothard in der Hoffnung, dass der Drache sie sicher hielt.

„Du musst keine Angst haben." Der Drache lachte sie aus. „Ich werde dich nicht fallen lassen. Und wenn, dann wird dich garantiert ein Elf auffangen."

Kasumi hoffte, dass der Drache nur spaßte. Nach einiger Zeit klang der Schock ab. Langsam wurde sie sich ihrem Umfeld bewusst. Sie flogen mehrere hundert Meter über dem Boden und hielten direkt auf die Baumkronen zu.

Kurz unter ihnen glitt Lothard durch die Nacht. Das Mondlicht spiegelte sich auf den Dächern der Hütten, die hoch über dem Boden in den Bäumen hingen. Die Hängebrücken zogen sich von einem Haus zum anderen, als wäre alles zusammen ein großes Spinnennetz.

Kasumi spürte, wie Lothard seine Flügel weit auseinanderspreizte und somit die Geschwindigkeit verringerte. Auf einer großen Plattform, die sich über den anderen Häusern erstreckte, setzte der Drache sie ab. Nahe dem Baum stand ein kleines Haus mit einer Tür, die aussah, als wäre sie aus Gold. Vorsichtig ging Kasumi näher an das Haus heran, als sie plötzlich das Lachen von Lothard hörte.

„Es beißt dich schon nicht. Immerhin wirst du es einige Tage bewohnen."

Als er ihren erschrockenen Blick sah, fing er noch lauter an zu lachen.

„Na los, geh schon, ich werde dich morgen früh wieder abholen." Mit diesen Worten flog Lothard in die Nacht davon.

Erst da wurde ihr klar, dass keine Hängebrücke zu ihrer Hütte führte und auch keine Treppe den Baumstamm entlangging.

Ich bin hier oben ganz allein, dachte sie und fing an zu frieren.

Mit zitternden Händen öffnete sie die goldene Tür. Der Innenraum der Hütte war sauber und im Kamin flackerte ein Feuer. Von der Wärme angezogen, betrat sie den Raum. Ein kleiner Tisch, auf dem ein Stapel Bücher stand, war das Einzige in dem Raum. Eine Treppe führte in das Obergeschoss. Langsam stieg sie die Treppe hinauf und musste ein paarmal vor Müdigkeit stehen bleiben.

Als sie das Obergeschoss erreichte, war sie außer Atem. Ein Bett, auf dem frische Wäsche lag, stand unter dem Fenster, das eine ganze Wand ausfüllte. Von dem Fenster aus konnte sie die ganze Stadt überblicken, doch sie war für die Aussicht zu müde. Also zog sie die frischen Kleider an und legte sich ins Bett. Bald schon schlief sie ein.

Als sie am Morgen aufwachte, war das Fenster verschwunden und ein kühler Wind wehte in ihr Zimmer. Verschlafen wälzte Kasumi sich aus ihrem Bett. Da sie noch nicht ganz wach war, fiel sie auf den Holzboden und musste sich danach den schmerzenden Kopf reiben. Bis sie sich vom Boden erhoben hatte, war die Sonne aufgegangen und erhellte das Zimmer. Nun konnte sie das erkennen, was ihr in der Nacht verborgen gewesen war. Eine Tür führte aus dem Zimmer auf einen großen Balkon hinaus, der gegenüber dem Fenster lag. Auf einer weiteren Tür stand in verzierter Schrift „Bad".

Da sie von der langen Reise verschwitzt und schmutzig war, zog sie die Kleider aus und ging ins Bad. Eine große Wanne, die mit duftendem Wasser gefüllt war, war in den Holzboden eingelassen. Seufzend sank sie in das warme Wasser und schloss die Augen. Sie hatte in ihrem ganzen Leben noch nie in warmem Wasser gebadet. Das Einzige, was sie sich manchmal leisten konnten, war ein Eimer, gefüllt mit warmem Wasser. Genüsslich schloss sie die Augen und ließ sich von der Wärme umspülen. Als sie sie wieder öffnete, war ihre Haut vom Wasser verschrumpelt, dafür duftete sie nach frischen Blumen.

Ich muss wohl eingeschlafen sein, dachte sie.

Langsam, damit sie nicht aus Versehen ausrutschte, stieg sie aus der Wanne. Erst da bemerkte sie, dass es kein Tuch gab, um sich trocken zu reiben. Suchend verließ sie das Badezimmer, doch auch im Schlafzimmer fand sie kein Tuch, und ihre Kleider, die sie zuvor auf den Boden gelegt hatte, waren verschwunden.

„Suchst du das?“, ertönte eine seidenweiche Stimme vom Balkon aus.

Sie drehte den Kopf und erblickte einen Elf, der in der einen Hand ihre Kleider und in der anderen ein Tuch hielt.

„Gib das her!“, schrie sie den Elfen an und wollte auf ihn zustürmen, doch in diesem Moment wurde ihr klar, dass sie nackt war. Schreiend drehte sie sich um, stürmte zu ihrem Bett und wickelte die Bettdecke um ihren Körper. Sie wollte sich wieder umdrehen, doch da lag der Elf plötzlich vor ihr auf dem Bett.

„Wie hast du das gemacht?“, fragte sie verwirrt.

Der Elf fing an zu lachen. Dabei glitzerten seine braunen Augen im Sonnenlicht. Fasziniert konnte sie ihren Blick nicht mehr von seinen Augen lösen. Als er bemerkte, dass sie ihn anstarrte, setzte er sich auf.

„Wieso schaust du mich so an?“

„Ich … ich weiß nicht“, stammelte sie und wurde dabei rot.

„Keine Sorge, ich werde schon niemandem erzählen, dass ich dich nackt gesehen habe.“

Kasumi schrie wütend auf und holte mit der Hand aus. Doch bevor sie ihm einen Schlag versetzen konnte, war er schon verschwunden.

„Du bist viel zu langsam“, hörte sie seine Stimme hinter sich, doch als sie sich umdrehte, war er nicht dort.

„Habe ich dir nicht gesagt, dass du nicht mit ihr spielen sollst?“, hörte sie die wütende Stimme von Ryohei. „Und wieso hast du ihre Kleider?“

Das Brüllen erschütterte die Hütte. Verwirrt darüber, dass Ryohei hier war, ging sie die Treppe hinunter und sah mit an, wie Ryohei dem Elfen mit einer Kralle über sein Gesicht fuhr und darauf eine blutige Spur hinterließ. Schmerzerfüllt schrie der Elf auf.

„Ich wollte sie doch nur ärgern", gestand er.

Ryohei wollte zu einer Antwort ansetzen, doch dann erblickte er Kasumi. Als sie in die goldenen Augen des Drachen blickte, die sie musterten, fing sie an zu zittern.

„Es tut mir leid, dass du das mitansehen musstest, Prinzessin. Aber Kosuke übertreibt es manchmal, deshalb habe ich auch von seinem Vater die Erlaubnis bekommen, ihn zu züchtigen. Und nun gib Kasumi ihre Kleider zurück."

Mit schuldbewusster Miene überreichte der Elf ihr ihre Kleider, doch als er zur Tür hinaustrat, drehte er sich um und sagte mit einem schelmischen Lächeln auf dem Gesicht: „Ich habe dich nackt gesehen."

Voller Wut schrie Kasumi auf und wollte ihm nachrennen, doch Ryohei hielt sie auf.

„Hab Verständnis für ihn, er ist noch sehr jung für einen Elfen. Und jetzt zieh dich um, der Elfenkönig wartet nicht gern."

Kasumi fügte sich und zog sich rasch an, dabei bemerkte sie, dass es nicht ihre gewohnte Kleidung war, sondern ein goldenes Kleid, mit Stickereien von Drachen verziert, und ein brauner Gürtel, an dem ein Dolch hing, dessen Griff von Edelsteinen verziert war.

Als sie fertig angezogen war, trat sie aus der Hütte. Ryohei wartete schon ungeduldig auf der großen Plattform. Seine blauen Schuppen glitzerten im Sonnenlicht und auf seinem Rücken trug er einen Sattel.

„Steig auf, Prinzessin", sagte er zu ihr.

„Warum nennst du mich Prinzessin?"

Ryohei fing an zu lachen und sagte: „Lothard hat dir diesen Namen gegeben und ich finde, er passt zu dir, so wie du jetzt aussiehst."

Demonstrativ ließ Ryohei seinen Blick über ihren Körper gleiten, wodurch sie errötete.

Ich erröte, weil mich ein Drache anstarrt. Ist das nicht ein bisschen verrückt?, fragte sie sich selbst und senkte rasch den Kopf, damit der Drache nicht sah, dass sie rot geworden war.

„Genug geplaudert. Wir müssen los", drängte Ryohei.

Vorsichtig trat sie näher an den Drachen heran. Als sie ihn erreichte, legte er sich auf den Boden, damit sie leichter den Sattel erreichte. Es war trotzdem eine Tortur, da ihr Kleid immer wieder an seinen Schuppen hängen blieb.

Als sie endlich im Sattel saß, seufzte sie erleichtert auf.

„Halt dich gut fest“, warnte Ryohei sie, bevor er mit einem Satz von der Plattform in die Tiefe sprang. Nach ein paar Metern öffnete er seine Flügel und sie glitten über die Heilige Stadt.

Fasziniert von dem Ausblick vergaß Kasumi, dass sie hunderte von Metern hoch in der Luft flogen. In langsamen Kreisen flog Ryohei weiter hinab, wobei die Stadt immer näher kam. Jetzt konnte sie schon einige Elfen ausmachen, die über die Hängebrücken zwischen den einzelnen Bäumen liefen. Die Hütten, die die Elfen bewohnten, waren alle gleich, nur der Farbton des Holzes unterschied sich. Eine einzige Hütte war anders als die anderen. Sie befand sich oberhalb der Treppe und war in den Baum eingelassen. Sie erkannte, dass eine weitere Treppe den Baum entlang verlief und es überall in dem Baum Fenster hatte.

„Das ist der Königsbaum“, erklärte ihr Ryohei. „In ihm wohnt die königliche Familie.“

Genau diesen Baum flog Ryohei nun an und landete sanft auf einer Plattform, die doppelt so groß war wie die vor ihrer Hütte.

Auf der Plattform warteten Aramis und Cellura, die ihr aus dem Sattel halfen. Als Kasumi wieder festen Boden unter sich hatte, knickten ihre Knie ein und sie wäre auf den Boden gefallen, wenn Aramis sie nicht aufgefangen hätte.

„Vorsicht. Dein Körper ist das Fliegen noch nicht gewöhnt“, sagte er, während er ihr half, sicheren Stand zu finden.

Gemeinsam betraten sie das Innere des Baumes. Im Empfangszimmer, wie ihr Cellura erklärte, stand nichts außer drei Sesseln. Eine Wendeltreppe führte den Baum hinauf und eine hinunter. Da sie in den Thronsaal mussten, gingen sie die Wendeltreppe hinauf. Bald führte die Treppe ins Freie und wand sich um den Stamm des Baumes. Während sie die Treppe hinaufstiegen, sah sich Kasumi um. Unter ihr breitete sich der größte Teil der Stadt aus. Dutzende von Hängebrücken verbanden die einzelnen Hütten. Dabei entdeckte sie, dass ein Stamm auch mehrere Häuser besaß, die auch mit einer Wendeltreppe verbunden waren. Über ihr erstreckte sich das Blätterdach und sie konnte ihre Hütte erkennen, die allein ganz weit oben stand. Ein paar Meter unter der Hütte befand sich eine Plattform, die mehrere Häuser miteinander verband.

„Dort leben die Mütter mit ihren Kindern und die Ältesten unseres Dorfes", erklärte Aramis ihr.

Nach mehreren Windungen um den Stamm erreichten sie eine Tür, die sie wieder ins Innere führte. Im Inneren gab es einen kleinen Saal, an dessen Wände Reliefs angebracht waren. Die Reliefs bildeten Elfen und ihre Tätigkeiten ab. Einige trugen Pfeil und Bogen und waren auf der Jagd, andere ritten auf Drachen und wieder andere zeigten die Elfen hoch in den Bäumen. Am Ende des Saals befand sich eine weitere Tür. Auch auf dieser waren Reliefs abgebildet. Doch im Gegensatz zu den Wänden zeigten diese nicht nur die Elfen, sondern auch die anderen Rassen wie die Tenshis, Shinigamis und Drachen. Vor dieser Tür standen zwei Elfen mit Schwertern und Bögen. Als sie die Gruppe erblickten, öffneten sie die Tür.

„Es tut uns leid, aber wir können dich nicht begleiten", sagte Cellura.

Kasumi nickte und trat durch die Tür. Hinter ihr schloss sich die Tür wieder und vor ihr öffnete sich ein Gang. Staunend blickte sie sich in dem Gang um. Zahlreiche Bilder befanden sich an den Wänden und zeigten einen Elfenkönig nach dem anderen. Neugierig folgte sie den Bildern, bis sich der Gang zu einem Saal hin öffnete, an dessen Ende sich ein Podest befand. Auf dem Podest stand ein thronähnlicher Stuhl. Ranken umgaben den Stuhl und schlangen sich um das gesamte Podest. Auf dem Stuhl befand sich der Elfenkönig, dieses Mal hatte er ein goldenes Gewand an. Neben ihm stand Kosuke in einem blauen Umhang. Mit langsamen Schritten ging Kasumi auf den Elfenkönig zu. Kurz vor dem Podest blieb sie stehen und verneigte sich. Jedoch verlor sie das Gleichgewicht und fiel hin. Das schallende Lachen von Kosuke breitete sich im Saal aus.

„Verzeih die Manieren meines Sohnes", sagte der Elfenkönig freundlich. „Du kannst dich erheben."

Als sie aufstand, fragte sie: „Euer Sohn?“

Der Elfenkönig lächelte.

„Ja, Kosuke ist mein Sohn. Hast du ihn etwa schon kennengelernt?“

Kasumi spürte, wie ihr schon wieder die Röte ins Gesicht schoss, versteckte es aber, indem sie den Kopf zu einem Nicken andeutete.

„Aber deswegen habe ich dich nicht gerufen.“ Der Elfenkönig seufzte und fuhr dann fort: „Ich wollte mit dir über die Reise ins Drachenland reden und über die Verbindung zu Akiko.“

„Verbindung?“, fragte sie überrascht.

„Ja, deine Verbindung zu dem Löwentigerjungen. Ich habe es von ihr persönlich erfahren, da ich sie über ihre Familie ausfragte, und als ich sie auf ihre Mutter ansprach, sagte Neha, dass du ihre Mutter seist.“

„Ich?“

„Ja. Wenn sich jemand mit einem Löwentiger verbindet, wird man für die anderen zu einem Familienmitglied. Aber darum geht es jetzt nicht, sondern darum, dass du deine Verbindung zu Akiko erlernen musst.“

„Erlernen, was meint Ihr damit?“

„Wenn du meinem Vater nicht immer ins Wort fallen würdest, könnte er es dir erklären“, sagte Kosuke wütend.

Der Elfenkönig hob die Hand, um seinen Sohn zu beruhigen.

„Ich danke dir für deinen Kommentar. Also, wenn niemand mehr etwas zu sagen hat, werde ich weitererzählen.“

Der Elfenkönig sah zu seinem Sohn, der den Kopf wegdrehte, dann zu Kasumi, die den Kopf schüttelte.

„Gut. Deine Verbindung zu Akiko ist einzigartig, aber es gibt unter uns Elfen andere Verbindungen zu den verschiedensten Tieren. Da diese aber die Telepathie nicht kennen, müssen sie alles erlernen. Das ist bei den Löwentigern ganz anders. Sie können schon seit ihrer Geburt mit anderen ihrer Art kommunizieren. Deswegen bist du im Vorteil, jedoch hast du keine große Erfahrung in der Telepathie. Also müssen wir dich ausbilden. Nachher wirst du in die höchste Ebene des Königbaums gehen. Dort erwartet dich meine Schwester. Sie hat eine Verbindung zu einem Adler. Sie wird dich in der Telepathie ausbilden. Und nun zu dem anderen Thema."

Der Elfenkönig hob seine Hand, die silbern zu schimmern anfing. Hinter ihm leuchtete die Wand auf und wurde durchlässig. Voller Staunen beobachtete Kasumi den Vorgang. Als die Wand komplett verschwunden war, erblickte sie Ryohei und Lothard, die zusammengerollt auf einer Plattform lagen, die von der Sonne beschienen wurde.

Ryohei öffnete eines seiner goldenen Augen und fragte mit seiner tiefen Stimme: „Ist es so weit?"

Der Elfenkönig nickte und fuhr fort: „Die Reise ins Drachenland ist sehr anspruchsvoll. Sowohl für den Körper als auch für den Geist. Ryohei wird dich in den nächsten zwei Tagen prüfen, ob du die Reise antreten kannst. Wenn du nicht bestehst, überbringt Aramis Ferons Herz dem Drachenkönig."

„Was?"

„Keine Sorge, Prinzessin. Aramis wird sich gut darum kümmern", versuchte Ryohei Kasumi zu beruhigen.

„Aber wenn du bestehst, gehst du ins Drachenland, überbringst dem Drachenkönig Ferons Herz und wirst in der Drachenakademie zu einer Magierin ausgebildet", erklärte der Elfenkönig weiter. „Und nun geh."

„Die Drachenakademie?", hakte sie nach.

„Wenn du dafür taugst, wird dir der Drachenkönig Weiteres erzählen."

Kasumi wollte sich nicht zufriedengeben, doch als sie die Miene des Elfenkönigs sah, hielt sie ihren Mund.

Sie wollte den Saal auf dem gleichen Weg verlassen, wie sie gekommen war, doch da sagte Lothard: „Ich werde dich zu Krisela bringen."

Also ging sie zu Lothard, der sie vorsichtig in seine Vorderkralle nahm und sich mit einem Sprung in die Luft erhob.

Ich werde mein Bestes geben, damit ich ins Drachenland reisen darf, dachte Kasumi.

Der Flug dauerte nicht lange, nach ein paar Minuten landete Lothard schon wieder und setzte sie vor einer Tür ab, auf der etwas in der alten Sprache der Götter stand.

„Ich hole dich ab, sobald dein Training fertig ist“, sagte er zu ihr, bevor er wieder davonflog.

Kasumi öffnete die Tür und trat in den Raum ein.

Training und Prüfungen

Helles Licht blendete Kasumi, und als sie die Augen wieder öffnete, erblickte sie eine Frau mit kurzen grünen Haaren und moosgrünen Augen. Passend zu ihren Haaren und Augen trug sie braune Lederhosen und ein grünes Übergewand. Auf ihrer Schulter saß ein Adler mit goldenen Augen. Sein braunes Gefieder wies einzelne grüne Federn auf, die in dem hellen Licht leuchteten.

„Willkommen in der Halle der Telepathie", sagte die Frau freundlich. „Ich bin Krisela, die Schwester des Elfenkönigs, wobei das die meisten kaum interessiert. Und das ist Kriston." Die Frau zeigte stolz auf den Adler. „Und du musst Kasumi sein, die Drachenprinzessin."

„Drachenprinzessin?"

„Oh, verzeih", sagte die Elfe, wobei sie hinter vorgehaltener Hand lächelte. „So wirst du von den Drachen genannt. Aber nun lass uns mit dem Training beginnen."

Hinter Krisela öffnete sich eine Tür, aus der die drei Löwentigerjungen traten. Kasumi setzte sich auf die Knie, um Akiko, die auf sie zugerannt kam, in die Arme zu schließen.

Ich habe dich vermisst, sagte Akiko und drückte ihren Kopf an Kasumis Hände.

Als Kasumi ein Fauchen hörte, blickte sie sich um und sah, wie Neha und Joru miteinander kämpften.

„He, hört auf, ihr beiden!", sagte sie und ging auf sie zu, doch da drehte sich Joru zu ihr um und fauchte sie an.

Halt dich da raus!, hörte sie seine Stimme in ihrem Kopf. *Nur wegen dir können wir jetzt nicht mehr in unser Rudel zurück.*

Seine goldenen Augen sahen sie böse an. Als er zu einem weiteren Fauchen ansetzte, hörte sie hinter sich ein Brüllen.

Lass sie in Ruhe, ohne sie hätten wir die Elfen nie gefunden, verteidigte Akiko sie.

Hört auf zu streiten. Wir sind doch eine Familie, mischte sich Neha mit ihrer feinen Stimme ein.

Sofort hörten die beiden Löwentiger mit dem Streit auf und schauten schuldbewusst drein. In der Zwischenzeit redete Neha weiter: *Ihr habt beide recht, aber wenn wir uns jetzt streiten, werden wir nie die Chance haben, zurück in unser Land zu kommen. Also bitte hört auf und vertragt euch. Ich bin mir sicher, dass Kasumi nicht gewusst hat, was sie mit ihrem Handeln auslösen würde.*

Was mein Handeln auslösen würde?, fragte sie neugierig.

Erklär du es ihr, Joru.

Wieso ich? Kann es nicht Akiko erklären?

Akiko kennt sich mit unserer Geschichte nicht so gut aus wie du, beharrte Neha.

Joru fügte sich und begann zu erklären: *Als du uns unsere Namen gabst, wurdest du für uns zu unserer Mutter. Jedoch darf, laut unserem Gesetz, keine Elfe mit uns in Verbindung stehen. Wenn es eine doch tut, werden wir aus unserem Rudel geworfen. Akiko war dies nicht bewusst, als sie mit dir eine Verbindung einging.*

„Das ist faszinierend", sagte Krisela plötzlich. „Du kannst mit allen dreien telepathisch in Verbindung treten."

Die Elfe klatschte in die Hände, wobei sich Kriston vor Schreck in die Luft erhob.

„Wie es aussieht musst du die Telepathie nicht erlernen. Doch schauen wir mal, ob du dich auch mit mir telepathisch in Kontakt setzen kannst."

Wie bei den Löwentigern dachte Kasumi ganz stark an ihre Worte.

Krisela, hört Ihr mich?

Das ist gut, außerordentlich gut, hörte sie Kriselas Stimme in ihrem Kopf. „Jedoch hat es auch einen Nachteil."

Einen Nachteil?, fragte Akiko.

Krisela beugte sich nieder, um mit Akiko auf der gleichen Kopfhöhe zu sein.

„Ja, einen Nachteil. Wenn ihr die Telepathie anwendet, lässt ihr euren Geist für jeden zugänglich und so können andere euch Schaden bereiten."

Kann man sich davor schützen?, fragte Joru neugierig.

„Oh ja, aber es braucht viel Übung. Zuerst musst du dir einen Schild vorstellen, der deinen Kopf schützt wie ein Helm. Wenn du das geschafft hast, müsst du edeine Magie freilassen. Sie nimmt dann automatisch die Form des Schildes an, und so kann nur derjenige in deinen Geist eindringen, mit dem du redest." Krisela stand auf. „Ich zeige es euch am besten einmal."

Sie schloss die Augen und nach kurzer Zeit umgab ein blaues Feld ihren Kopf. Zuerst leuchtete es nur schwach, dann in einem tiefen Blau und am Ende sah Kasumi es gar nicht mehr.

„So wie es jetzt ist, braucht es kaum Magie. Also, wollt ihr es auch mal versuchen?"

Die Löwentiger nickten heftig, doch Kasumi war sich noch unschlüssig. Sie setzte sich auf den Boden und sah den dreien beim Üben zu. Krisela gab noch einige Erklärungen ab, doch schon bald leuchtete die erste Form des Schildes auf. Joru war der Erste, der es schaffte, die zwei Weibchen hatten eher Mühe. Neha wurde von ihrer Magie immer wieder auf den Boden geworfen. Erst als Krisela ihre Magie stabilisierte, schaffte auch sie die erste Phase des Schildes.

Als alle drei beschäftigt waren, kam Krisela zu ihr und setzte sich neben sie. Kriston, der immer noch über ihnen flog, setzte zur Landung auf Kriselas Schulter an und krächzte vergnügt, als die Elfe ihm über den Kopf strich.

„Willst du es nicht einmal versuchen?", fragte Krisela sie freundlich.

Kasumi verneinte, zog ihre Knie an und schlang ihre Arme um sich. Eine Träne lief ihr über die Wange, die sie aber schnell wegwischte. Trotzdem hatte Krisela sie gesehen.

„Du hast Heimweh", stellte die Elfe fest.

„Ja", gab Kasumi zu und versteckte ihr Gesicht unter ihren Haaren. Sie war sich ihren Gefühlen nicht bewusst, doch tief in ihrem Herzen wusste sie, dass sie ihre Mutter vermisste. Auf der Reise hatte sie keine Zeit zum Nachdenken gehabt, zu viel Neues hatte sie erlebt, um überhaupt an zu Hause zu denken. Erst jetzt wallten all ihre Gefühle hoch und drangen an die Oberfläche.

„Weißt du, den Löwentigern fällt diese Übung leicht, da sie Wesen der Magie sind. Auch du hast zum Teil Magie in dir, da dein Vater ein Elf war", versuchte die Elfe sie aufzumuntern.

„Du kanntest meinen Vater?"

„Ja, aber das ist jetzt nicht das Thema." Die Elfe lachte. „Versuch einfach mal, deine Magie freizusetzen."

Kasumi wollte es nicht, doch dem Drängen von Krisela konnte sie nicht standhalten. Also schloss sie die Augen und ließ sich fallen. Wie beim Heilen erschien vor ihrem inneren Auge eine Kugel, doch diesmal war sie nicht golden, sondern schimmerte himmelblau. Kasumi legte die Hand auf die Kugel und spürte, wie eine Kraft sie durchströmte, die ihr das Gefühl gab, vor jeder Gefahr geschützt zu sein. Als sie die Hand von der Kugel nahm, blieb das Gefühl erhalten, also öffnete sie die Augen. Erschrocken stieß sie einen Schrei aus. Eine blaue Schicht umgab ihren ganzen Körper.

„Meine Güte, du beherrschst den Copernicus!"

„Den was?"

„Den Copernicus. Das ist ein Schild, der deinen Geist vor magischen Angriffen schützt. Viele Elfen müssen jahrelang trainieren, um diesen Schild zu meistern", erklärte sie.

In diesem Moment tauchte an der Tür Kosuke auf, der Kasumi voller Unglauben ansah.

„Ist das der Copernicus?", fragte er, an Krisela gewandt, doch ließ er Kasumi nicht aus den Augen.

Krisela konnte nur nicken, da sie, wie es schien, die Sprache verloren hatte. Kosuke hingegen hatte sich wieder gefasst und lehnte sich gelangweilt an die Tür.

„Ryohei sagte, ich soll sie zu ihm bringen."

Sofort stand Krisela auf und schaute aus der Tür. Der Himmel hatte sich dunkel gefärbt und die Sonne ging allmählich unter.

„Wir werden morgen weitermachen. Geh jetzt", sagte sie und wollte sich abwenden. Doch Kasumi hielt sie zurück.

„Äh, wie kann ich das", sie zeigte auf die blaue Schicht, „ausschalten?", fragte sie Krisela in der Hoffnung, dass sie eine Antwort auf die Frage bekam.

„Komm jetzt", sagte Kosuke ungeduldig. „Ryohei wird es dir schon zeigen."

Kasumi verabschiedete sich von Akiko und ihren Geschwistern, die ihr eine gute Nacht wünschten. Erst dann wandte sie sich an Kosuke und folgte ihm widerwillig. Gemeinsam gingen sie durch die Tür. Auf der Plattform wartete Lothard bereits auf sie. Auf seinem Rücken trug er einen Sattel, auf dem problemlos zwei Personen Platz hatten. Kosuke stieg sofort auf. Als er im Sattel saß, sah er auffordernd zu Kasumi. Sie stand noch auf der Plattform und blickte unschlüssig zu dem Sattel auf. Sie hörte, wie Kosuke seufzte, bevor er seine Hand ausstreckte, die sie dankbar ergriff. Er zog sie mit Schwung in den Sattel, wo sie vor ihm Platz nahm. Lothard spreizte seine Flügel und sprang von der Plattform in die Tiefe. Mit heftigen Flügelschlägen gewannen sie an Höhe und schon bald erreichten sie die Baumkronen.

Fasziniert von dem Ausblick, lehnte sich Kasumi aus dem Sattel. Die Hütten der Elfen sah sie als kleine Punkte, sogar ihre Hütte sah von hier oben klein aus. Lothard stieg immer höher, bis sie schließlich über den Baumkronen kreisten und Kasumi nichts mehr sah außer Blätter. Das letzte Tageslicht verschwand hinter den Bergen, die weit in der Ferne lagen. Aus dieser Richtung näherte sich ein Schatten. Schon bald konnte Kasumi erkennen, dass es sich um Ryohei handelte. Als der Drache wenige hundert Meter entfernt war, flog Lothard ihm entgegen. Die Drachen begrüßten sich mit einem tiefen Brüllen, das sich ausbreitete und nur langsam verklang. Sie glitten über das Blätterdach und landeten auf einem Felsen, der aus den Bäumen ragte.

Zitternd vor Kälte stieg Kasumi ab, doch Kosuke blieb im Sattel. Sobald sie den Boden erreichte, stieg Lothard wieder in die Luft, und gemeinsam mit Kosuke verschwand er im Blätterdach. Mit steifen Gliedern wandte sich Kasumi Ryohei zu, der gemütlich auf dem Boden lag.

„Ich muss schon sagen, kein Elf, der Copernicus angewandt hat, strahlte so hell wie du“, sagte der Drache amüsiert.

Verwirrt sah Kasumi an sich hinab, und tatsächlich, sie strahlte in einem angenehmen Blauton.

„Kannst du mir zeigen, wie ich das ausschalten kann?“, fragte sie hoffnungsvoll.

Der Drache fing an zu lachen, doch er war so freundlich und erklärte ihr, wie sie den Zauber auflösen konnte. Nachdem sie es geschafft hatte, setzte sie sich erschöpft auf den Boden. Doch Ryohei mahnte sie, nicht zu früh einzuschlafen, da er sie noch testen musste, um zu entscheiden, ob sie ins Drachenland gehen durfte oder nicht.

Die Tests bestanden darin, zu schauen, wie stark ihr Geist und ihr Körper waren. Da sie den Zauber Copernicus anwenden konnte, war ihr Geist vor dem Übergang geschützt. Doch ihren Körper zu schützen, musste sie auch noch lernen.

Ryohei zeigte ihr, wie sie es machen musste. Es war die gleiche Methode wie bei dem Schild, den Krisela ihr zeigte. Nur war die Magie, die sie anwenden musste, anders. Sie schützte nicht ihren Geist, sondern ihren Körper.

„Gibt es so viele verschiedene Arten von Magie?“, fragte Kasumi Ryohei, nachdem es ihr beim zehnten Versuch auch nicht gelang.

„Nein. Es gibt nur eine Art von Magie. Wenn man die Struktur der Magie verändert, verändert sich die Magie selbst. Dadurch kann die Magie auf verschiedene Arten verwendet werden. Die Elfen gaben den verschiedenen Arten Namen, da nicht alle Elfen fähig sind, die Struktur der Magie beliebig zu verändern. Nur wir Drachen sind dazu in der Lage.“

„Das versteh ich nicht“, gestand sie.

Der Drache hob seine Klaue und strich ihr zärtlich über den Kopf. „Das musst du auch nicht“, sagte er fröhlich. „Doch nun übe weiter.“

Nach etlichen Versuchen gelang es ihr immer noch nicht. Daraufhin erklärte ihr Ryohei, sie müsse die Magie nicht dazu zwingen, sich zu verändern, sondern dass sie die Magie selbst sich verändern lassen solle. Das verstand Kasumi auch nicht, doch sie gab ihr Bestes.

Als der Morgen dämmerte, gab sie es auf.

„Keine Sorge, du hast heute Abend noch genug Zeit", munterte Ryohei sie auf.

Müde stieg sie in den Sattel auf Ryoheis Rücken. Noch bevor der Drachen den Felsen verließ, war Kasumi schon eingeschlafen.

Sie träumte von einem Jungen mit strahlend grünen Augen und ebenholzschwarzen Haaren. Gemeinsam saßen sie auf einem Felsen hoch in den Wolken und blickten in das Tal, das sich unter ihnen abzeichnete.

„Komm, flieg mit mir", sagte er zu ihr, packte sie an der Hand und zog sie in die Tiefe. Sie schrie voller Angst auf, doch der Junge hielt sie fest in den Armen. Gemeinsam flogen sie über das Tal hinweg, in dem Elfen in kleinen Dörfern lebten.

„Wunderschön, findest du nicht?", fragte er sie, doch sie konnte keine Antwort geben, so fasziniert war sie von der Landschaft.

Sie stiegen höher in die Luft hinauf. Es wurde immer kälter, bis sie schließlich zitternd in seinen Armen lag.

„Wir haben es bald geschafft. Nicht mehr lange und wir sind da", redete er sanft mit ihr. Seine Stimme glitt durch sie hindurch und erfüllte sie mit Wärme. Das Zittern wurde durch die Wärme vertrieben, doch bald wurde es ihr zu heiß. Ihre Haut fing an zu glühen und platzte auf. Sie wollte schreien, doch ihre Stimme versagte. Tränen liefen ihr über die Wangen. Doch auch sie konnten die Hitze nicht lindern. Sie spürte, wie ihre Haut Feuer fing. Der Junge strich ihr beruhigend durch das Haar, das in Flammen stand.

„Siehst du, du wirst es schaffen", sagte er zu ihr. Diesmal war seine Stimme eiskalt, linderte aber nur wenig das Feuer, das in ihr glühte.

„Bald. Bald ist es so weit, meine Geliebte." Er senkte den Kopf und berührte ihre Lippen mit seinen. „Bald."

Schweißgebadet wachte Kasumi auf. Als sie sich umsah, bemerkte sie, dass sie in ihrem Zimmer war. Die Sonne stand hoch am Himmel und ihre warmen Strahlen erhellten den Raum. Kasumi streckte sich müde, bevor sie aufstand. Dabei bemerkte sie, dass ihre Muskeln nicht mehr schmerzten. Glücklich darüber begab sie sich ins Bad. Das warme Wasser verlockte sie zwar, doch sie wusste genau, wenn sie in die Wanne stieg, würde sie wieder einschlafen. Also zog sie das feine Leinenhemd aus, schöpfte mit einem Holzeimer das Wasser aus der Wanne und goss es über ihren Körper. Der feine Blütenduft des Wassers verbreitete sich im Badezimmer und verstärkte ihre glückliche Laune. Nachdem sie sich gewaschen hatte, trocknete sie sich ab und begab sich auf die Suche nach frischer Kleidung. Sie musste nicht lange suchen. Auf dem Bett lag eine braune Lederhose, die sich geschmeidig auf ihrer Haut anfühlte, ein schlichtes braunes Hemd und ein grünes Wams, auf dem Drachen gestickt waren.

Zufrieden trat sie ins Sonnenlicht hinaus und genoss die Wärme auf ihrer Haut. Während sie dastand mit geschlossenen Augen, umfing sie ein Windstoß und sie wusste, dass einer der beiden Drachen auf der Plattform gelandet war.

„Es wird Zeit, Kasumi“, hörte sie von unten Aramis Stimme.

Zeit?, dachte sie.

„Zeit, um aufzubrechen“, hörte sie dieses Mal Lothards Stimme. „Und nimm Ferons Herz mit.“

„Aber ich dachte, ich würde noch einen Tag länger hier bleiben“, erwiderte sie fragend.

„Das geht leider nicht. Wir müssen sofort aufbrechen.“

„Kann ich mich nicht von Krisela und Cellura verabschieden?“

„Nein, aber du wirst sie wiedersehen. Und nun pack deine Sachen“, forderte Aramis sie auf.

„Und was ist mit Frühstück? Ich hatte gestern kein Abendessen.“

Genervt seufzte Aramis auf und gab Kasumi ein Stück Brot mit Käse. Freudig nahm Kasumi das karge Mal und verschlang es, während sie den Beutel, in dem sie Ferons Herz aufbewahrte, und ihren weißen Bogen zusammenpackte. Dann sprang sie vom Balkon und landete vor Aramis im Sattel. Überrascht über sich selbst, dass sie es geschafft hatte, in dem Sattel zu landen, machte sie es sich gemütlich. Sobald sie richtig saß, flog Lothard davon. Bald erreichten sie die Baumkronen, doch Lothard flog immer weiter hinauf, bis sie über den Baumkronen flogen. Der Drache wandte sich in Richtung der Berge, die am Horizont von der Sonne angestrahlt wurden.

Als sie an dem Felsen vorbeiflogen, auf dem Kasumi mit Ryohei geübt hatte, schoss der blaue Drache aus den Baumkronen und gesellte sich zu ihnen. Auf seinem Rücken trug er drei Körbe, in denen die Löwentigerjungen gemütlich schliefen.

„Wir fliegen ins Drachenland. Mein Bruder braucht dringend die Informationen, die in Ferons Herz erhalten sind", erklärte Ryohei.

„Was? Aber ich kann meinen Körper noch nicht schützen."

„Keine Sorge, ich werde dich unter meinen Schild nehmen", versprach Aramis ihr.

Der weitere Flug verlief stillschweigend und ohne große Probleme. Kasumi genoss die Aussicht, die sie auf den Wald unter sich hatte, und erinnerte sich an den Traum mit dem goldenen Drachen. In dem Traum hatte sie zurückgewollt, doch nun, da sie auf einem Drachen flog, wollte sie nicht zurück in ihr Dorf. Sie wollte weit über die Grenze des Landes hinaus, wollte frei sein und … Ein Brüllen riss sie aus ihren Gedanken. Als sie aufblickte, bemerkte sie, dass es bereits dunkel war. Wieder ertönte ein Brüllen und sie bemerkte drei schwarze Drachen, die sich perfekt an die dunkle Nacht anpassten.

„Die Wächter", erklärte ihr Aramis. „Sie bewachen den Zugang zum Drachenland."

Die Drachen näherten sich ihnen und musterten die kleine Gruppe. Als sie Ryohei erblickten, gesellten sie sich zu dem blauen Drachen. Nach einem kurzen Gespräch mit Ryohei ließen die Wächter sie passieren.

Die kleine Gruppe flog durch einen dunklen, engen Tunnel, in dem die Drachen kaum Platz hatten. Der Flug durch den Tunnel kam Kasumi länger vor als der Flug zu den Bergen. Als sie endlich Licht sah, war sie so aufgeregt, dass sie beinahe aus dem Sattel fiel. Nur wenige Meter trennten sie noch von dem Licht und dann war es geschafft. Sie ließen die Dunkelheit des Tunnels hinter sich und flogen in den Tag hinaus.

Familienbande

Es war jetzt schon eine Woche her, seit Er aufgewacht war. Die Suche nach seiner Magie stellte sich schwieriger heraus, als Er gedachte hatte. Seit vier Tagen irrte Er im Menschenland umher und hatte noch immer nicht seine Magie gefunden. Etliche Dörfer hatte Er vernichtet, in der Hoffnung, dass dort seine Magie versiegelt sei. Doch Er hatte bis jetzt noch kein Glück gehabt und die Kreuze auf der Karte der Versiegelung nahmen von Stunde zu Stunde ab. Die zuvor über hundert Kreuze hatten sich auf ein Dutzend reduziert.

Was für eine mühselige Arbeit, dachte Er, als Er sich in das Gras legte, unter einem der vielen Bäume, die in der Nähe des Grünen Dorfes wuchsen.

Das Grüne Dorf hatte Er in den späten Abendstunden besucht. Jedoch war seine Magie nicht in dem Gasthaus versiegelt gewesen, das auf der Karte angegeben war. Er hatte das Gasthaus abgebrannt, doch in der Zwischenzeit hatte Er es bereut. Die Kellnerin hatte ihm in der Nacht das Bett gewärmt, und der Wein, den sie ihm eingeschenkte hatte, war leicht süß gewesen. Doch nicht nur sein Körper hatte etwas gebraucht, sondern auch sein geliebtes Schwert. Also hatte Er der Frau, noch im Bett, die Kehle durchgeschnitten und ihr Blut ausgesaugt. Danach hatte Er das Gasthaus verlassen und es seinem lodernden Feuer überlassen, welches das Gasthaus rasch in eine undurchdringliche Feuerwand gehüllt hatte.

Als die Dämmerung anbrach, war Er schon etliche Kilometer von dem Dorf entfernt gewesen. In einer Stadt nahe des Meeres. Dort fand Er das dreizehnte Kreuz. Zu seinem Bedauern fand Er auch dort nicht seine Magie.

Die letzten Kreuze waren auf der Karte im Norden aufgezeichnet. Der Norden gehörte seit den ersten Drachen den Tenshis oder, in der

Menschensprache, den Engeln. Die Tenshis waren gefürchtete Kreaturen. Sie hatten Flügel auf dem Rücken, weiße oder schwarze, je nachdem, ob sie von den Menschen geliebt oder gefürchtet wurden. Die mit den schwarzen Flügeln wurden oft Dämonen genannt. Um ihr Land zu betreten brauchte man eine Genehmigung eines Shinigamis. Diese beschützten seit jeher den Norden und ließen nur jene passieren, die Magie besaßen. Das Auffälligste an diesen Kreaturen waren ihre strahlend blauen Augen, ihr weißes Fell und dass sie nur Tiergestalten annahmen.

Diese verfluchten Elfen. Sie könnten es mir doch auch leichtmachen, aber nein. Er zerknüllte die Karte, warf sie ins Gras und setzte sich auf. Die Sonne ging langsam unter und tauchte den Himmel in ein Rot, sodass es aussah, als würde er brennen.

Die zerknüllte Karte fing plötzlich an zu leuchten und entfaltete sich. Neugierig stand Er auf, holte die Karte und schaute sie an. Alle Kreuze bis auf eines waren verschwunden. Doch das Kreuz befand sich nicht im Norden der Karte, sondern im Osten, dort wo die Drachen lebten. Unter dem Kreuz stand in der alten Sprache der Drachen: *Ich warte auf dich, Bruder.*

Sie lebt noch. Er konnte es nicht glauben. Seine Schwester, die seit dem Tag des Todes von Kuasara als verschollen gehalten wurde, lebte noch. Sofort machte Er sich auf den Weg. Er fokussierte seine Magie auf die Hütte von Nymues Nachkommen und machte einen Schritt.

Wind zerrte an seinen Haaren und Kleidern. Überall um ihn herum leuchteten Lichter in verschiedenen Mustern auf, die Er alle kannte. Zielsicher streckte Er seine Hand nach einem blauen Kreis aus, in dem ein fünfzackiger Stern war. Als seine Hand das Muster berührte, fing Er an, blau zu leuchten, und sein Körper löste sich auf. Dabei spürte Er aber keinen Schmerz, nur Vorfreude auf das Kommende. Nach ein paar Sekunden war sein Körper verschwunden, nur sein Geist blieb zurück.

Körperlos glitt Er durch die sternenlose Nacht. Dabei erinnerte sich sein Geist ungewollt an den Tag, an dem Er seine einzige Liebe verloren hatte.

„Komm, flieg mit mir“, sagte Kuasara und streckte eine ihrer Klauen aus. Er wollte sie ergreifen, zögerte dann aber.

„Bist du sicher, dass wir das dürfen?“

„Komm schon, du kümmerst dich doch sonst nie um Regeln.“

Seine Zweifel wurden durch ihre Worte zerstreut. Er stand auf, streckte sich und ließ dann seine Magie frei. Magische Lichter umgaben ihn, die Formen von verschiedenen Mustern annahmen. Er griff nach dem Licht, das aussah wie ein Drache. Als Er es berührte, wurde seine Haut durscheinend und bekam Risse. Aus den Rissen sprossen schwarze Schuppen, die seinen ganzen Körper überzogen. Sein Kopf wurde langgezogen und seine Pupillen verwandelten sich in Schlitze. Aus seinen Fingernägeln und Zehennägeln wurden rote lange Krallen. Seine Gliedmaßen verlängerten sich und seine Arme wurden zu Beinen. Aus seinen Schulterblättern erhoben sich schwarze Flügel, die aussahen wie Leder, und sein Steißbein wurde länger und verwandelte sich in einen mit Stacheln überzogenen Schwanz.

Als die Verwandlung abgeschlossen war, sprang Er in die Luft und schlug schnell mit seinen Flügeln, damit Er an Höhe gewann. Über ihm zog Kuasara Kreise und beobachtete ihn. Sie wusste, dass Er es nicht gern hatte, wenn man ihm bei seiner Verwandlung zusah. Es war jetzt schon fünfunddreißig Jahre her, seit Er sich das erste Mal verwandelt hatte. Damals hatte Er Panik bekommen, als Er seine Drachengestalt annahm. Für ihn war es ungewohnt gewesen. Er hatte alles neu erlernen müssen. Das Laufen auf vier Beinen, das Feuerspeien und natürlich das Fliegen. Er hatte ein ganzes Jahr gebraucht, bis Er ohne Hilfe fliegen konnte.

Er hatte die Höhe erreicht, in der Kuasara flog. Gemächlich glitten sie durch die warme Luft. Durch die Thermik wurden sie höher hinaufgetragen, sodass sie bis nach Navakaro sehen konnten, die Stadt, in der der Drachenkönig lebte.

„Du, liebst du mich?“, fragte Kuasara unvermittelt.

Völlig überrascht von der Frage schlug Er mit seinen Flügeln, sodass Er in der Luft stand. Er sah Kuasara verwirrt an, die auch angehalten hatte. Er stellte sich vor, sie zu lieben, ihren weißen Körper mit den goldenen Zeichen jeden Tag zu sehen und in ihre violetten Augen zu blicken. Und da wurde ihm klar: Er liebte sie. Er hatte es schon früher gewusst, doch hätte sie ihn nicht gefragt, so hätte Er es sich nie eingestanden.

Die einzige Antwort, die Er ihr geben konnte, war Ja. Also sagte Er zu ihr: „Ja."

„Ja?"

Sie sah ihn vorwurfsvoll an. So, wie es aussah, war es nicht das, was sie hören wollte.

Er seufzte laut, gab sich aber geschlagen. Er konnte es nicht ertragen, wenn sie ihn so ansah.

„Ja, ich liebe dich, Kuasara", sagte Er feierlich.

Sie jauchzte auf und warf sich ihm um den Hals. Sie kämpften kurz miteinander, bis sich Kuasara von ihm löste und ihn mit glänzenden Augen ansah.

„Wenn das so ist, wollen wir dann heiraten?"

Heiraten. Das Wort schwirrte ihm im Kopf herum. Doch es war nicht Brauch der Drachen zu heiraten, das überließen sie den Menschen. Drachen waren freie Wesen und sie banden sich nicht.

„Heiraten, das ist ein Brauch der Menschen. So etwas machen wir nicht", sagte Er gelangweilt zu seiner Geliebten.

Trotzig reckte sie ihr Kinn nach vorn und sah ihn böse an.

„Ich will aber", sagte sie, dabei schlug sie ihn mit ihrer Klaue ins Gesicht, sodass ein wenig Blut floss.

Wie immer kam er einfach nicht gegen seine Geliebte an. Gemeinsam flogen sie zu ihrer Höhle zurück. Ihre Höhle war groß, doch nicht groß genug für eine ganze Drachenfamilie. Ihr Nest bestand aus Wolle, was bei den Drachen eher selten vorkam. Vor dem Nest stand ein schwarzer Altar.

„Du hast alles schon geplant", stellte Er fest.

Sie nickte nur und setzte sich dann vor den Altar. Auch Er nahm Platz. Die Zeremonie dauerte nur kurz, ein paar Worte der Liebe und Versprechungen für die Zukunft, dabei fiel ihm auf, dass sie noch nie zu ihm *Ich liebe dich* gesagt hatte. Nach den Versprechungen küssten sie sich.

Die Nacht verbrachten sie gemeinsam im Nest und liebten sich dabei. Es war die schönste Nacht seines Lebens. Alles fühlte sich an wie in einem Traum. Doch am Morgen wurde der Traum zu einem Albtraum.

Drachensoldaten stürmten in die Höhle und nahmen ihn und Kuasara gefangen. Seine Geliebte versuchte sich zu wehren und schrie immer wieder, dass sie nichts Falsches getan hatte.

Die Soldaten zerrten sie aus der Höhle und in die Luft hinaus. Sie flogen in Richtung eines Felsen, der unter dem Namen Blutfels bekannt war. Die Drachen nannten ihn so, da die Hinrichtungen dort stattfanden.

Voller Verzweiflung fing Er an zu schreien, als Er sah, wie die Soldaten Kuasara auf den Felsen zerrten. Sie hatte die Gegenwehr aufgegeben und hing schlaff in den Klauen von vier Drachen.

„Hiermit verurteile ich, Langbart von Glauen, Kuasara zum Tode“, verkündete der Hauptmann der Drachensoldaten.

„Nein!“, schrie Er und versuchte sich aus den Krallen der Soldaten zu befreien, doch es war vergebens. Er musste mitansehen, wie der Hauptmann seine Fangzähne in die Kehle seiner Geliebten stieß und ein Teil der Luftröhre herausriss.

Kuasaras violette Augen leuchteten ein letztes Mal auf und richteten sich auf ihn. Er spürte, wie sich ein Gedanke von ihr sich zu ihm bahnte, und bevor sie die Augen für immer schloss, hörte Er ihre Stimme in seinem Geist.

„Ich liebe dich!“

Eine Träne glitt über ihr totes Gesicht und der Klang ihrer Worte hielt noch in ihm an. Doch als Er sah, wie achtlos die Soldaten ihren Körper in die Tiefe stießen, brüllte Er wütend auf und ließ seiner Magie freien Lauf.

Er krachte in ein Kraftfeld, was ihn aus seinen Erinnerungen riss. Das Kraftfeld umgab eine Person in schwarzen Kleidern. Um die Person schwirrten farbige Lichter. Ihm wurde klar, dass die Person vor ihm sein Körper war. Mit seiner übrig gebliebenen Magie zerstörte Er das Kraftfeld, das in kleine Splitter zerfiel, die durch die Luft schwirrten. Sofort zog ihn eine unsichtbare Macht zu seinem Körper und Er vereinte sich mit ihm.

Er öffnete mühsam die Augen und erblickte vor sich Schwärze, in der ein violetter Drache stand.

„Schwester, wo befinde ich mich hier?“, fragte Er den Drachen.

Seine Schwester schnaubte wütend.

„So begrüßt du deine Schwester nach tausenden von Jahren!“, schrie sie ihn wütend an, stürmte auf ihn zu und zog ihn in eine Umarmung, die ihm alle Knochen gebrochen hätte, wenn Er ein Mensch gewesen wäre.

„Violent!“, schrie Er. „Du erdrückst mich!“

Sofort ließ sie ihn los, trat ein paar Schritte zurück und machte eine entschuldigende Miene, doch in ihren bernsteinfarbenen Augen erkannte Er ihre Freude über seine Rückkehr.

„Also wirst du mir jetzt erzählen, wo wir sind?“

„Natürlich, natürlich. Warte nur einen kleinen Moment.“

Sie drehte sich um, schlug mit ihrer Klaue in die Luft und drehte sich dreimal im Kreis. Nur mit Mühe konnte Er sein Lachen zurückhalten, doch als Er die Magie spürte, die sie freigesetzt hatte, zog Er erstaunt die Augenbrauen in die Höhe.

Die Luft um sie herum fing an zu flimmern und einzelne Löcher entstanden in dem Schwarz, dahinter erkannte Er eine Steinwand. Mit der Zeit wurden die Löcher größer und verbanden sich miteinander. Als sich die Schwärze vollständig aufgelöst hatte, fand Er sich in einer großen Höhle wieder, in der sich eine ganze Drachenfamilie hätte niederlassen können.

Erst nach einiger Zeit begriff Er, dass es die Höhle war, in der Er aufgewachsen war. Genau wie früher stand in der Mitte der Höhle das große Nest, in dem Er als kleines Kind mit seinen zwei Geschwistern geschlafen hatte. Wie hypnotisiert von dem Nest, ging Er darauf zu, stieg über den Rand und glitt in das Nest. Es roch noch immer gleich, nach Lavendel und Stroh. Seine Mutter hatte Lavendel geliebt und ihn in der ganzen Höhle verteilt. Dies war bevor Er Kuasara kennengelernt hatte. Damals waren sie noch eine richtige Familie gewesen, die in der Hierarchie der Drachen weit oben stand.

„Lebt Cruel noch?", fragte Er, fürchtete aber die Antwort.

Cruel, sein kleiner Bruder, hatte ihn vergöttert. Überall, wo Er hinging, folgte Cruel ihm. Sein ganzes Leben lang stand sein kleiner Bruder hinter ihm und unterstützte ihn. Als Kuasara getötet wurde und seine Schwester verschwand, half Cruel ihm über die Trauer hinweg, und als Er beschloss, die Drachen zu vernichten, hatte sein Bruder selbst Hand angelegt und seine Hände mit dem Blut seiner Feinde beschmutzt.

Das Lachen von Violent führte ihn wieder zurück zu seiner Frage.

„Er hatte die ganze Zeit versucht, dich aus deinem Schlaf zu wecken. Vor hundertzweiundfünfzig Jahren fand er heraus, dass der Schlüssel zu deinem Erwachen deine Magie war. Also machte er sich auf den Weg und suchte sie. Jedoch wollte Dela ihm die Karte der Versiegelung nicht geben und so musste er ohne Anhaltspunkte deine Magie suchen. Da er aber von den anderen Drachen für tot gehalten wurde, musste er sehr vorsichtig sein. Er brauchte hundert Jahre, bis er das Menschenland durchsucht hatte. Als er deine Magie noch immer nicht finden konnte, wandte er sich an die Tenshis, die ihm verrieten, dass sich deine Magie in ihrem Land befand. Mit Hilfe einer jungen Tenshi durchsuchte er das Land und vor zwei Jahren bekam ich seine letzte Nachricht. Seitdem habe ich nichts mehr von ihm gehört", endete sie und sah ihn hoffnungsvoll an.

Er hatte ihr aufmerksam zugehört. Da Er seinen Bruder kannte, wusste Er, dass Cruel nie aufgeben würde. Also musste ihm etwas passiert sein oder er schottete sich bewusst von seiner Schwester ab.

Er überlegte kurz und fasste dann einen Entschluss, den Er seiner Schwester anvertraute.

„Ich werde in den Norden gehen und Cruel suchen."

Seine Schwester sprang vor Freude auf, und als sie wieder auf dem Boden landete, erzeugte sie ein kleines Beben und Stroh fiel vom Nestrand auf ihn herab. Hustend befreite Er sich von dem Stroh und sah seine Schwester vorwurfsvoll an, doch diese hatte sich umgedreht und beachtete ihn nicht. Sie ging weiter in die Höhle hinein, und als sie wieder zurückkam, war Er schon aufbruchbereit. Auf ihrem Rücken lag ein weißer Sattel.

„Bin ich ein Kind oder was?“, fragte Er wütend.

„Nein, das bist du nicht. Aber deine übrig gebliebene Magie ist beinahe aufgebraucht und ich will nicht riskieren, dass du in den Tod stürzt“, erwiderte seine Schwester trotzig.

Angewidert betrachtete Er den Sattel, dann seine Schwester, die ihn wütend ansah. Ihr Blick verriet ihm, dass sie ihre Meinung nicht ändern würde, und da Er schnellstmöglich seinen Bruder finden wollte, fügte Er sich. Geschickt kletterte Er in den Sattel. Das weiße Leder schmiegte sich an seine Beine.

„Musste es ein solcher Sattel sein?“, fragte Er gereizt, doch Er bekam keine Antwort von seiner Schwester. Probeweise versuchte Er sich zu bewegen, doch der Sattel hielt ihn fest. Ein Fluch verließ seine Lippen.

„Dieser verdammte Sattel!“, schrie Er, während um ihn herum die Hölle sich auflöste und alles schwarz wurde.

Gib nicht dem Sattel die Schuld. Er wurde ja genau für so etwas geschaffen. Seine Schwester lachte in seinen Gedanken.

Ich weiß, gab Er mürrisch zurück und blickte auf den Sattel. *Ein Anfängersattel*, dachte Er frustriert. Diese Sättel wurden mit Magie hergestellt und den Jungdrachen angezogen, damit ihre Reiter nicht von ihren Rücken fielen. Die Sättel hielten den Reiter so lange im Sattel, bis der Jungdrache gelandet war. Genervt seufzte Er auf. Am liebsten wäre Er ohne Sattel geritten, doch seine Schwester hatte Recht. Seine Magie schwand, und falls Er von ihrem Rücken fiel, wäre das sein Tod.

Nach einigen Sekunden löste sich die Schwärze auf und sie befanden sich hoch in der Luft.

Mit gleichmäßigen Flügelschlägen glitt Violent über den Himmel. Unter ihnen befand sich das immergrüne Blätterdach des Elfenwaldes und in der Ferne konnte Er die Heilige Stadt der Elfen erkennen.

Der Flug dauerte mehrere Stunden. Als sie die Grenze zum Dämonenland, wie es die Menschen nanten, erreichten, ging die Sonne langsam unter.

Violent bremste stark ab, da sich vor ihnen das Kraftfeld befand, welches das Dämonenland schützte. Nur mit der Hilfe eines Shinigamis konnten sie die Barriere durchqueren.

Hinter dem Kraftfeld flog ein weißer Adler mit saphirblauen Augen. Es sah aus, als warte er auf etwas. Vorsichtig flog Violent näher an die Barriere heran. Sie ging so nahe, dass Er die Magie spüren konnte, die von dem Kraftfeld ausging.

Der Adler öffnete mit seiner Magie ein Loch in der Barriere, durch das ein Drache fliegen konnte. Als sie das Kraftfeld durchquert hatten, schaute der Adler sie an, als ob er sagen wollte: *Folgt mir*. Violent folgte dem weißen Adler, hatte aber Mühe, mit ihm mitzuhalten, da er zu schnell flog.

Nach einiger Zeit fiel ihm auf, dass der Adler Magie um sie gewoben hatte, die bewirkte, dass sie zehnmal so schnell flogen als normal. Somit erreichten sie innerhalb kürzester Zeit einen großen braunen Felsen, auf dem ein verletzter Drache lag. Violent und Er erkannten sofort, dass es sich bei dem Drachen um Cruel handelte. Voller Panik landete Violent auf dem Felsen und stürzte zu Cruel. Dabei wurde Er auf ihrem Rücken durchgeschüttelt. Mit steifen Beinen stieg Er aus dem Sattel und landete elegant auf dem Boden. Er ging zu seinem Bruder und betrachtete ihn. Seine braunen Schuppen waren voll von Blut und seine grauen Augen sahen müde drein, doch als er ihn erblickte, kam Leben in die Augen und sein Bruder hob den Kopf. Langsam ging Er auf Cruel zu, setzte sich neben ihn und umarmte seinen großen Kopf.

„Ich habe dich vermisst“, sagte Cruel mit zittriger Stimme.

Er wollte ihm sagen, dass er still sein sollte, aber sein Bruder redete immer weiter.

„Ich habe deine Magie gefunden. Sie befindet sich bei den Nila-Fällen.“

Die Nila-Fälle, das hätte ich mir denken können, dachte Er, wütend über sich selbst.

Schon als Jungdrache war es ihm untersagt gewesen, diese Wasserfälle zu besuchen, da sie seit jeher als heilig galten. Ihr Wasser heilte jede Wunde und die Magie der Welt und der Wesen wurde dort ins Unermessliche verstärkt.

„Fünf Reiter und ihre Drachen bewachen sie. Als sie mich sahen, griffen sie mich an. Nur dank Night konnte ich entkommen“, erzählte sein Bruder weiter. Seine Augen nahmen einen traurigen Ausdruck an und er seufzte laut.

„Ach Night, wie ich dich vermissen werde. Sie war meine Geliebte, hat sich aber für mich geopfert“, erklärte er seinem großen Bruder.

In diesem Moment mischte sich Violent ein. Sie zog ihn auf die Beine und weg von seinem kleinen Bruder, damit dieser nicht hörte, was sie zu sagen hatte.

„Ich werde bei ihm bleiben und du wirst deine Magie holen. Räche unseren Bruder.“

Er verstand und sah noch einmal seinen Bruder an. Es würde das letzte Mal sein, das wusste Er. Dann drehte Er sich um, ging zum Adler, der um das Dreifache gewachsen war, und stieg auf dessen Rücken.

Als Cruel realisierte, dass Er ging, sah er seinen älteren Bruder an und flüsterte: „Bring es zu Ende.“

Eine Träne löste sich aus seinem rechten Auge, als Er seinen Bruder für immer verließ.

Ankunft

Das Tageslicht blendete Kasumi so stark, dass sie die Augen schließen musste. Nachdem sie sich an die Helligkeit gewöhnt hatte, traute sie ihren Augen nicht. Vor ihr erstreckte sich eine Grasebene, die aussah wie ein grünes Meer. Einzelne kleine Flüsse durchdrangen das Grün und spiegelten die Sonnenstrahlen auf ihrer Wasseroberfläche. Über dem Ganzen erstrahlte eine goldene Schicht.

„Die Barriere des Drachenlandes", erklärte ihr Ryohei.

Mit langsamen Flügelschlägen näherten sich die beiden Drachen der Barriere. Als sie die goldene Schicht erreichten, spürte Kasumi, wie Aramis einen Schild über ihren Körper legte. Sie verstand sofort und ließ ihre Magie frei, die den Copernicus formte. Wieder umgab eine blaue Schicht ihren Körper. Auch Aramis strahlte nun, jedoch nicht in einem Blauton, sondern in Rot.

Als er ihr verwirrtes Gesicht sah, erklärte er ihr, dass er rot strahle, weil er einen Angriffszauber aktiviert habe. Sie strahlte blau, weil der Copernicus ein Verteidigungszauber war.

Da sie sich ausreichend geschützt hatten, glitten die Drachen durch die goldene Schicht.

Beim Durchqueren der Barriere spürte Kasumi ein Ziehen in ihrem Bauch, das sich ausbreitete, als sie die weiteren Barrieren durchdrangen. Bei einer silbernen Barriere wurde das Ziehen so stark, dass sie sich vor Schmerz zusammenrollte, wodurch sie beinahe von Lothards Rücken fiel.

„Alles okay bei dir?", fragte Lothard besorgt.

Sie nickte, doch bei der nächsten Barriere schrie sie schmerzerfüllt auf. Sie hatte das Gefühl, als würde sie innerlich brennen und Feuer würde durch ihre Adern jagen. Die Drachen hielten besorgt inne, doch als Akiko ihnen sagte, es sei alles in Ordnung mit Kasumi, flogen sie weiter. Nur noch drei Barrieren trennten sie vom Drachenland.

Bei der dritten Barriere spürte Kasumi den Schmerz nicht mehr, dafür loderte das Feuer in ihr weiter. Es ging von ihrer Brust aus, erstreckte sich über ihre Schulter bis zwischen ihre Schulterblätter. Dort blieb es einige Momente, bis es ganz erlosch. Glücklich darüber, dass sie es überstanden hatte, seufzte sie erleichtert auf. Doch bei der zweitletzten Barriere, einer roten, kehrte das Feuer zurück, heftiger als zuvor. Tränen traten in ihre Augen und sie dachte, dass ihr Rücken in Flammen stand. Es wurde immer stärker. Verzweifelt griff Kasumi nach dem Geist von Akiko, doch sie konnte sie nicht erreichen. Das Feuer tobte immer noch, als sie die letzte Barriere erreichte, die in einem eigenartigen Violett schimmerte. Die Farbe erinnerte sie an ihre Augenfarbe. Beim Durchqueren der Barriere loderte das Feuer ein letztes Mal auf, bevor es verschwand. Anstelle des Feuers rückte etwas anderes. Sie konnte nicht sagen, was es war, doch es füllte sie aus, erkundete ihren Geist und öffnete Pfade, die sie zuvor nicht gekannt hatte. Ihr Körper fühlte sich an, als würde er zerreißen, und ihr Rücken schmerzte so heftig, dass es ihr den Atem nahm. Ihre Sicht wurde verschwommen und ihr Körper wurde taub, das Einzige, was sie noch spürte, war ihr Rücken, der sich anfühlte, als würde jemand etwas in ihren Rücken brennen. Sie schrie auf, doch kein Laut verließ ihre Lippen. Ihr Rücken fing an zu brennen und ein Leuchten erstreckte sich über ihren Körper. Ein Leuchten, das so hell war, dass sie die Augen schließen musste. Das Brennen ließ nach, und als sie die Augen wieder öffnete, stand sie im Nichts.

Schwärze umgab sie, undurchdringliche Schwärze. Verzweifelt suchte sie nach einem Lichtfunken, doch sie fand keinen. Sie streckte ihre Arme aus, um zu erahnen, was in der Schwärze verborgen war, doch sie konnte nichts ertasten, nichts fühlen. Tränen rannen über ihr Gesicht, die sie mit der Hand wegwischte. Als sie ihre Hand vom Gesicht nahm, hafteten die Tränen an ihren Fingern. Sie spürte die Wassertropfen, doch sehen konnte sie sie nicht.

Immerhin spüre ich etwas, dachte sie verzweifelt.

Du musst nicht verzweifeln, hörte sie eine sanfte Stimme in ihren Gedanken.

Sie drehte sich um ihre eigene Achse, doch sie konnte den Sprecher der Stimme nicht finden. Wütend schrie sie in die Schwärze: „Ich bin aber am Verzweifeln!"

Die Schwärze antwortete nicht, doch plötzlich sah sie einen Lichtschimmer in der Dunkelheit. Hoffnung stieg in ihr auf und sie rannte auf das Licht zu. Doch es wich zurück und ließ sie wieder allein in der Dunkelheit.

Du bist noch nicht bereit für die Wahrheit, ertönte wieder die Stimme.

Ein blaues Zeichen tauchte vor ihren Augen auf. Ein Kreis, durch den ein Schwert ging, und um das Schwert schlängelte sich ein Drache.

Es ist wunderschön, dachte Kasumi und wollte danach greifen, doch etwas hielt sie zurück.

Deine Magie erwacht, doch es ist noch nicht Zeit, sprach die Stimme. *Ergreife dein Zeichen und finde zu dir selbst.*

Die Stimme erlosch und ihre Hand berührte das Zeichen. Die Dunkelheit wich zurück und an ihre Stelle rückte eine violette Wand.

Kasumi wurde klar, dass sie noch immer durch die letzte Barriere flogen und das Brennen auf ihrem Rücken nachgelassen hatte. Als das Violett natürlichem Tageslicht wich, erschütterte eine letzte Schmerzwelle ihren Körper, die von ihrem Rücken ausging. Sie spürte, wie sich ihre Haut zwischen ihren Schulterblättern öffnete und das Zeichen bildete, das sie in der Dunkelheit ergriffen hatte. Der Kreis durchdrang zuerst ihre Haut, danach folgte das Schwert und zuletzt erschien der Drache, der das Schwert umschlang. Die Schmerzwelle ließ nach, nur noch ein dumpfes Pochen blieb zurück.

„Wir haben es geschafft!", ertönte Aramis' Stimme aus weiter Ferne.

Erst da wurde Kasumi bewusst, dass die Grasebene einer hügeligen Landschaft gewichen war und große Schatten über sie hinwegglitten. Noch benommen von dem Schmerz, setzte sie sich im Sattel auf und betrachtete die Welt, die sich vor ihr erstreckte.

Dutzende Drachen flogen durch die Luft. Manche spielten vergnügt mit anderen Drachen, andere flogen still vor sich hin und glitten elegant über den Himmel. Über den Drachen schwebten Inseln in Form von Bergen. In den Wänden der Felsen gab es Öffnungen, durch die die Drachen hinaus- oder hineinflogen. Unten in den Tälern landeten einzelne Drachen und tranken an den vielen Flüssen, die das Land durchzogen.

Kasumi konnte es nicht glauben. Drachen, überall Drachen. Ihre Mutter hatte ihr früher Geschichten erzählt, in denen Drachen vorkamen, aber so viele Drachen auf einmal zu sehen, das verschlug ihr die Sprache.

„Warte noch mit deiner Begeisterung, bis wir Navakaro erreichen", hörte sie die Stimme von Aramis wie aus weiter Ferne.

Sie war so vertieft in den Anblick der Drachen, dass sie nicht mitbekam, wie um sie herum dutzende Gespräche geführt wurden. Erst als Lothard einem Drachen mit braunen Schuppen auswich, vernahm sie die Stimmen.

Pass doch auf, wo du hinfliegst!, ertönte Lothards Stimme in ihrem Kopf.

Das ist der Bruder des Drachenkönigs, hörte sie einen anderen Drachen sagen.

Ja, ich habe schon viel …

Was? Du bist in meinen Bruder verliebt.

Ryohei, Ryohei.

Kasumi drückte ihre Hände auf die Ohren, doch es nützte nichts, sie hörte die Stimmen immer noch. Und es kamen noch mehr dazu. Ihr Kopf fühlte sich an, als würden Drachen auf ihren Schädel hämmern.

„Kasumi, ist alles in Ordnung mit dir?", hörte sie Ryoheis klare Stimme aus dem Durcheinander heraus.

„Nein, ich höre Stimmen, so viele Stimmen", erklärte sie ihm, wobei sie ihr Gesicht mit den Händen bedeckte.

Sofort hielten Ryohei und Lothard an. Ryohei kam langsam auf sie zu, öffnete sein Maul und blies ihr seinen Atem entgegen. Benebelt von dem Rauchgestank, verlor sie ihr Gleichgewicht und fiel von

Lothards Rücken. Sie fiel schnell und wurde noch schneller. Die Welt verschwamm um sie herum, nur noch eine Stimme hielt sie bei Bewusstsein. Nach einiger Zeit erkannte sie, dass es die Stimme von Feron war. Verwirrt griff sie in den Beutel, in dem sie Ferons Herz aufbewahrte, und zog die Kugel heraus. Das Schwarz, das die Kugel seit Ferons Tod angenommen hatte, leuchtete wieder in einem hellen Orange, das von einzelnen hellblauen Fäden durchzogen war.

Kasumi, Kasumi, hörte sie Ferons Stimme, *du musst deinen Geist abschotten!*

Abschotten? Aber wie?, schrie sie verzweifelt in Gedanken.

Du musst nur an dich glauben.

Das leuchtende Orange verblasste wieder zu einem düsteren Schwarz und Kasumi war wieder allein. Sie fiel immer noch und der Erdboden kam langsam, aber bestimmt auf sie zu.

An mich glauben, dachte sie, *ich muss nur an mich glauben.*

Sie schloss die Augen und stellte sich die schönsten Momente vor, die sie mit Feron erlebt hatte. Bilder der Erinnerungen zogen an ihrem inneren Auge vorbei. Sie sah sich selbst, wie sie vor Feron im Gras saß und lachte. Sie lachte über einen Witz, den der Drache ihr erzählt hatte. Die Erinnerung verblasste, doch das Gefühl der Freude blieb zurück.

Sie öffnete die Augen und fand sich in der Klaue von Ryohei wieder. Die Stimmen der Drachen waren verschwunden.

„Und, hat es geholfen?“, fragte Ryohei amüsiert.

Sie konnte nur nicken, da sie sich wie erstarrt an Ryoheis Klaue festhielt. Erst sein Lachen löste die Starre auf.

Kasumi, bist du okay?, hörte Kasumi die aufgebrachten Gedanken von Akiko.

Ja, bei mir ist alles in Ordnung, gab sie der kleinen Löwentigerin zur Antwort, damit sie sich beruhigen konnte.

Kasumis Worte schienen gewirkt zu haben, da Akiko sie nicht ein weiteres Mal kontaktierte.

„Versuche ein wenig zu schlafen“, sagte Aramis.

„Aber … Ich habe Ferons Stimme gehört.“

„Das kann nicht sein. Feron ist tot", erklärte Aramis zärtlich, doch Ryohei schnaubte nur zur Antwort.

„Manchmal kann es sein, dass die Seele eines Drachen uns noch etwas mitteilen möchte, aber dies geschieht sehr selten, und wenn es passiert, ist es ein besonderer Moment. Halte ihn gut fest in deinem Herzen. Aber nun schlaf", erklärte der Drache.

Kasumi befolgte seinen Ratschlag, rollte sich in der Klaue von Ryohei zusammen und schloss die Augen. Friedlich schlief sie ein.

Doch der Frieden hielt nicht lange an. Sie wurde durch ein Rütteln aus dem Schlaf gerissen.

„Verzeih mir, ich wollte dich nicht wecken", hörte sie eine fremde Stimme.

Sie wollte denjenigen fragen, wer er sei, doch da hatte der Schlaf sie schon wieder übermannt.

Sie träumte, dass sie durch den Himmel flog. Die Sonne schien warm auf ihre Schuppen und hinter ihr flog ein schwarzer Drache, der sie gierig verfolgte.

„Ich werde dich kriegen!", schrie er sie an, doch er würde sie nie fangen können, nicht wenn ihm seine Existenz fehlte.

Ruhig flog sie weiter und ließ sich nicht von dem Drachen beirren.

Die Sonne ging mittlerweile unter und die Nacht senkte sich über sie. Unermüdlich flog sie weiter. Sie hatte ein Ziel, das sie unbedingt erreichen musste, doch ihr fehlte die Zeit. Dazu kam noch der Drache, der sie dauernd verfolgte.

Ich muss ihn abhängen, dachte sie und flog eine Spirale.

Mit schnellen Flügelschlägen stieg sie hoch hinauf, im nächsten Moment zog sie ihre Flügel nahe an ihren Körper und ließ sich wie ein Stein fallen. Bevor sie auf dem Erdboden landete, öffnete sie ihre Flügel wieder und glitt nahe über den Boden. Sie streckte ihre Klauen aus, um zu landen. Als ihre Klauen den Boden berührten, schlug sie noch ein paarmal mit den Flügeln, bevor sie sie zusammenfaltete und an ihren Körper presste.

Sie sah in den Himmel hinauf, doch den schwarzen Drachen konnte sie nicht entdecken.

„Hab ich dich!", hörte sie seine Stimme hinter sich.

Voller Panik drehte sie sich um, doch es war zu spät. Krallen bohrten sich in ihren Rücken und sie brüllte vor Schmerzen auf.

Schreiend wachte Kasumi auf und fand sich in einem fremden Zimmer wieder. Sie lag auf einem Federbett, das sich ihrem Körper anpasste. Ihre Kleider waren verschwunden und eine rote Decke aus Schafswolle bedeckte ihren nackten Körper. Sie sah sich in dem Zimmer um, das aus weißem Marmor erbaut war, doch bis auf das Bett war das Zimmer leer.

Mit der Decke um ihren Körper stand sie auf. Als ihre Füße den kalten Marmorboden berührten, ging die Zimmertür auf und ein Mädchen mit roten gelockten Haaren betrat den Raum. In ihren Händen trug sie ein Tablett, auf dem ein Stück Brot und ein Glas Wasser standen.

„Verzeih die Störung“, sagte das Mädchen schüchtern, „aber der Drachenkönig sagte mir, dass er dich sehen will.“

Das Mädchen stellte das Tablett auf den Boden, streckte ihre Hände mit den Handflächen nach oben aus und sagte ein Wort, das Kasumi nicht verstehen konnte. Ein Leuchten erschien, das von den Händen des Mädchens ausging. Als das Leuchten verschwunden war, sagte das Mädchen: „Sieh auf das Bett.“

Kasumi drehte sich um. Auf dem Bett lag eine braune Wollhose mit einem weißen Untergewand und einem violetten Übergewand. Daneben lag ein Gürtel, an dem der gleiche Dolch hing wie am Kleid von den Elfen.

„Wie hast du das gemacht?“, fragte sie das Mädchen erstaunt.

„Ach, wenn man erst einmal die Grundlagen der Magie kennt, ist das nicht schwer.“

Kasumi konnte nicht mehr aufhören zu staunen.

„Na los, zieh es an“, drängte das Mädchen sie.

Kasumi konnte nicht widerstehen, ließ die Decke fallen und schlüpfte in die Wollhose und das Untergewand. Beim Übergewand hatte sie Mühe, doch als das Mädchen ihr half, schaffte sie es, auch dieses anzulegen. Zum Schluss kam der Gürtel mit dem Dolch.

Das rothaarige Mädchen hielt ihr einen Spiegel hin, in dem sie sich bewundern konnte. Das violette Gewand passte hervorragend zu ihren amethystfarbenen Augen und ließ ihre Haut nicht so blass wirken.

„Du siehst wunderschön aus", sagte das Mädchen bewundernd und ließ den Spiegel verschwinden. Sie streckte Kasumi ihre Hand entgegen, die Kasumi zögerlich ergriff.

„Ich bin Naiuschka, du kannst mich aber Nai nennen. Alle meine Freunde nennen mich so. Obwohl, viele Freunde habe ich nicht. Na ja, auch egal", plapperte das Mädchen munter drauflos. „Und wie ist dein Name?"

„Ich heiße Kasumi."

Nai legte den Kopf schief, wobei ihre goldenen Augen das Sonnenlicht reflektierten. Naiuschka schien nachzudenken.

„Ich habe es, der perfekte Spitzname für dich."

Nai hielt die Luft an, öffnete den Mund und schloss ihn wieder. Sie schien es sich anders überlegt zu haben.

„Sumi", platzte Nai plötzlich heraus. „Ja, Sumi passt zu dir."

„Was ist Sumi?", fragte Kasumi verwirrt.

Die goldenen Augen von Nai leuchteten empört auf.

„Sumi ist dein Spitzname, die Kurzform deines Namens. Ich werde dich ab jetzt nur noch mit Sumi anreden. Verstehst du?"

Kasumi nickte, wobei ihr ein paar Strähnen ihres weißen Haars ins Gesicht fielen. Nai schüttelte den Kopf, als sie dies sah, zauberte eine Spange hervor und steckte Kasumis Haare auf ihrem Hinterkopf zusammen, sodass sie ihr nicht mehr ins Gesicht fallen konnten.

„So, fertig. Jetzt kannst du vor den Drachenkönig treten", sagte Naiuschka und zog Kasumi aus dem Zimmer.

Vor dem Zimmer lag ein langer heller Gang, der auch aus weißem Marmor erbaut war. Während Nai sie den Gang entlangzog, bewunderte Kasumi die Größe des Gangs. Die Decke lag hoch über ihr und war blau angemalt. Einzelne Lichter an der Seite des Gangs beleuchteten den Weg. Kasumi konnte ihre Augen nicht von den Wänden lösen, die mit Drachen in den unterschiedlichsten Farben angemalt waren.

„Die alten Drachenkönige und ihre Familien", sagte Nai gelangweilt.

Als sie an einem Bild mit einem feuerroten Drachen vorbeikamen, neben dem ein kleinerer blauer Drache saß, wollte Kasumi stehen bleiben, doch Nai zog sie weiter.

„War das nicht gerade Ryohei?", fragte Kasumi, bekam aber keine Antwort, da Nai wie erstarrt stehen blieb.

Ein Junge mit goldenem Haar ging an ihnen vorbei, ohne sie anzublicken. Erst als Kasumi ihn schon nicht mehr in dem Gang erkennen konnte, blickte er sich um. Ihr blieb der Mund offen stehen, als der Blick der eisblauen Augen, die zugleich wütend und traurig aussahen, sie durchbohrten. Hätte Nai sie nicht weitergezogen, wäre sie dem Jungen hinterhergelaufen.

„Bevor du fragst, wer das war, sage ich es dir lieber. Er ist der zweite Sohn des Drachenkönigs und der arroganteste Drache, den ich kenne", sagte Nai mit einem leicht wütenden Unterton.

„Aber er sieht aus wie ein Mensch. Wie ist das möglich?"

Auf die Frage schwieg Nai und lief weiter, wobei sie Kasumi immer noch hinter sich herschleppte. Sie lief so schnell, dass Kasumi keine Zeit mehr hatte, ihr Umfeld zu betrachten.

„So, wir sind da", sagte Nai plötzlich und ließ Kasumi allein vor einer goldenen Tür stehen.

Audienz beim Drachenkönig

Zögerlich streckte Kasumi die Hand nach der goldenen Tür aus und stieß sie auf. Die zwei Flügel der Tür öffneten sich und gaben Kasumi den Blick frei auf einen langen, breiten, weißen Gang, an dessen Seite goldene Statuen von Drachen standen.

Ein Windstoß blies ihr ins Gesicht, als die Flügel der Tür an der Wand aufschlugen. Der Windstoß war so stark, dass Kasumi rückwärtsstolperte. Mit größter Mühe kämpfte sie gegen den Wind an und schaffte es, durch die Tür zu gehen. Als sie in dem Gang stand, versiegte der Windstoß, wodurch sie das Gleichgewicht verlor und auf die Knie fiel.

Zitternd stand sie auf und sah sich in dem Gang um. Die Drachenstatuen standen zu beiden Seiten des Gangs und bildeten eine Schneise. Es sah aus, als würden die Augen der Statuen jede ihrer Bewegungen folgen. Voller Bewunderung ging sie den Gang entlang, konnte aber ihren Blick nicht von den Statuen lösen, wodurch sie nicht bemerkt hatte, wie sie durch ein weiteres Tor trat. Erst als das Tageslicht sie blendete, wachte sie aus ihrer Bewunderung auf und befand sich vor einer weißen Marmortreppe, die zu einem Tempel hinaufführte.

Am Fuße der Treppe stand ein schwarzer Drache, der sie neugierig musterte. Als sie bei dem Drachen ankam, fragte dieser: „Was führt dich hierher?“

„Man hat mir aufgetragen, Ferons Herz dem Drachenkönig zu bringen“, erwiderte sie mutig die Frage des Drachen, wobei sie am liebsten davongerannt wäre. Doch sie hatte es Feron versprochen, dass sie sein Herz dem Drachenkönig bringen würde.

Ich muss standhaft bleiben, dachte sie.

Der schwarze Drache sah sie an, als hätte sie in einer anderen Sprache geredet. Doch nach ein paar Minuten des Schweigens nickte der Drache und gab den Weg zur Treppe frei.

Kasumi atmete tief durch, bevor sie den Aufstieg wagte. Sie wollte den Moment des Treffens mit dem Drachenkönig noch etwas hinauszögern, da sie das Gefühl hatte, dass es kein Zurück mehr gab, wenn sie die Treppe betreten hatte. Schließlich wagte sie den ersten Schritt und betrat die weiße Treppe. Der Aufstieg zum Tempel kam ihr wie eine Ewigkeit vor, doch als sie das Ende der Treppe erreichte, breitete sich die Angst in ihr aus. Sie wollte sich gerade umdrehen und die Treppe wieder hinuntergehen, als sie die Stimme vernahm. Es war eine arrogante Stimme, die von Sarkasmus triefte.

„Ich dachte schon, du würdest nie kommen", sagte die Stimme.

Kasumi stand wie erstarrt da und konnte nur staunen. Aus dem Torbogen, der den Eingang des Tempels markierte, trat ein Drache mit feuerroten Schuppen und goldenen Augen. Er war um das Doppelte so groß wie Ryohei und starrte sie finster an.

Das ist der Drachenkönig, dachte sie noch, bevor sie instinktiv auf die Knie fiel und ihre Stirn auf den kalten Marmor legte.

Der Boden erzitterte unter dem Gewicht des Drachenkönigs, als dieser sich gemütlich hinlegte.

„Du kannst dich erheben", sagte er, diesmal in einem freundlicheren Ton.

Als Kasumi den Kopf hob, sah sie, dass ein grüner Drache neben dem Drachenkönig stand, der sie aus freundlichen goldenen Augen anblickte. Kasumi wurde klar, dass es sich bei dem Drachen um eine Drachin handelte.

Der Drachenkönig seufzte gelangweilt, erklärte aber dann: „Dies ist meine geliebte Gefährtin."

Die Drachin schnaubte erbost auf, wobei Rauchkringel aus ihren Nüstern aufstiegen.

„Verzeih das Benehmen meines Gefährten", sagte die Drachin. „Mein Name ist Tempest und es ist mir ein Vergnügen, dich kennenzulernen. Jedoch steht unser Treffen unter einem schrecklichen

Schatten, den wir noch nicht kennen. Deswegen bitten wir dich, gib uns …"

„Genug jetzt, Tempest!", schnitt der Drachenkönig wütend Tempests Worte ab und wandte dann seinen großen Kopf Kasumi zu. Die goldenen Augen des Drachen durchbohrten sie und sie hatte das Gefühl, als würde der Drachenkönig auf den Grund ihrer Seele blicken.

„Wie meine Gefährtin bereits gesagt hat, wissen wir nicht, was für ein Verhängnis diesmal über uns steht. Ich habe Feron vor zwei Jahren losgeschickt, um herauszufinden, ob es etwas mit den Menschen zu tun hat. Doch er hat nichts herausgefunden. Dann, vor etwa einem Monat, nahmen wir eine beunruhigende Magiewelle wahr, die uns alle erschütterte. Soweit wir wissen hatte Feron eine Begegnung mit unserem Feind, und wir hoffen, dass er diese Erinnerung in seinem Herzen gespeichert hat. Deswegen würde ich gern sein Herz betrachten", endete der Drachenkönig seine Erklärung.

Kasumi nickte, nahm den Beutel in die Hand und zog das Herz von Feron heraus. Vorsichtig übergab sie es dem Drachenkönig. Als der Drachenkönig die Kugel berührte, leuchtete sie orange auf und wurde danach größer, sodass sie die ganze Klaue des Drachenkönigs ausfüllte. Das orange Leuchten verschwand, dafür wurde das Herz nun blau und zeigte einzelne Bilder. Auf der blauen Oberfläche der Kugel sah Kasumi einen braunen Drachen, dessen grüne Augen glücklich dreinschauten.

„Die Erinnerung Ferons", erklärte Tempest.

„Ich werde nun die Erinnerungen von der Begegnung mit dem Feind suchen", sagte der Drachenkönig.

Die Bilder auf der Kugel liefen schneller ab, sodass Kasumi sie nicht mehr erkennen konnte. Nach ein paar Sekunden wurden die Bilder langsamer und sie konnte eine Lichtung auf der Kugel erkennen, durch die ein Fluss floss. Ein Mann mit schwarzen Haaren saß am Fluss und trank das Wasser. Als sich der Mann umdrehte, sah Kasumi seine smaragdgrünen Augen, die wütend aufblitzten. Das Bild wurde unklar und verschwand dann plötzlich. Das Nächste, was sie auf der Kugel erblickte, war sie selbst, wie sie um die Höhle kam. Das Zeichen, das sich beim Übergang ins Drachenland in ihren Rücken eingebrannt hatte, leuchtete über ihrer Gestalt auf der Kugel auf. Danach wurden die Bilder wieder schneller, bis zu dem Augenblick, als Feron ihr sein Herz anvertraut hatte. Das blaue Leuchten erlosch und die Kugel wurde wieder schwarz.

Der Drachenkönig stand auf, wobei der Boden erbebte. Er drehte sich um und lief in den Tempel hinein. Kurz bevor er durch den Torbogen schritt, drehte er den Kopf und sagte zu ihr: „Folge mir." Danach verschwand er im Tempel.

Kasumi sah zu Tempest, die bestätigend nickte. Kasumi setzte sich in Bewegung und betrat den Tempel. Hinter ihr folgte Tempest, wobei ihre Schritte den Boden nicht zum Erbeben brachten. In dem Tempel war es kühl und dunkel. An den Wänden hingen Fackeln, die blau leuchteten. Nur dank ihnen fand Kasumi den Weg und konnte etwas in dieser Dunkelheit erkennen.

Hohe weiße Säulen stützten die Decke, die vom Licht blau schimmerte. Auch hier standen Drachenstatuen an den Seiten, die jeder Bewegung Kasumis mit den Augen folgten. Auf dem Boden waren eigenartige Symbole eingeritzt, die in den verschiedensten Farben leuchteten. Kasumi wusste instinktiv, dass sie nicht auf die Symbole treten sollte. Aber es waren zu viele, und als sie versuchte, einem gelb leuchtenden Symbol auszuweichen, landete sie auf einem anderen, wodurch das eingebrannte Symbol auf ihrem Rücken Hitzewellen durch ihren Körper jagte. Zuerst schmerzte ihr Körper stark, doch nach kurzer Zeit fühlte sich ihr Körper an, als würde er von innen heraus brennen. Sie spürte, wie ihr der Schweiß aus allen Poren triefte und ihr die Sicht erschwerte.

Gegen das brennende Gefühl ankämpfend, schritt sie den Gang entlang weiter, wobei sie es aufgab, den leuchtenden Symbolen auszuweichen. Bei jedem Schritt wurde das Gefühl stärker, bis Kasumi dachte, dass sie es nicht mehr länger aushalten konnte. Als sie dachte, sie könne nicht mehr weitergehen, nahmen die Symbole auf dem Boden ab und das brennende Gefühl verschwand. Vor ihr breitete sich der Gang zu einer Höhle aus, in dessen Mitte ein großes Nest stand, in dem der Drachenkönig lag. Das Nest glitzerte in dem blauen Licht der Fackeln silbern, wodurch die roten Schuppen des Drachenkönigs die Farbe des Blutes annahmen.

„Nur keine Angst, ich beiße dich nicht“, sagte der Drachenkönig amüsiert.

Zögernd betrat Kasumi die Höhle, ließ jedoch den Drachenkönig nicht aus den Augen. Hinter ihr betrat Tempest die Höhle und gesellte sich zum Drachenkönig.

„Sei nicht so schüchtern. Ich möchte doch nur mit dir reden“, sagte der Drachenkönig gereizt.

Kasumi blieb vor dem Nest stehen. Da sie vor Nervosität nicht wusste, was sie jetzt tun musste, setzte sie sich auf den Boden.

„Na, geht doch“, schnaubte der Drachenkönig. „So wie es aussieht, hast du dich mit meiner Nichte Naiuschka angefreundet. Eine reizende Drachin, jedoch etwas zu schüchtern, wenn sie jemand Neues kennenlernt. Sie muss noch viel lernen, vor allem, wie sie ihre Gestalt problemlos wechseln kann.“

Der Drachenkönig hob den Kopf und legte ihn auf den Rand des Nestes. Seine goldenen Augen musterten sie interessiert und blieben dann an ihren Augen haften.

„Du hast Augen wie ein Drache“, sagte er daraufhin, „und Magie wie eine Elfe. Ist ja auch nicht verwunderlich, immerhin war dein Vater der Kommandant der Elfenarmee. Als ich dich sah, wusste ich es sofort, war mir aber nicht sicher. Doch als du anfingst zu reden, bestand kein Zweifel mehr. Du musst Glaeders Tochter sein, dachte ich. Ja, so muss es sein.“ Den letzten Satz murmelte er, sodass Kasumi ihn nicht mehr verstand, doch war es ihr auch egal. Nur noch ein Gedanke beherrschte ihren Geist.

Er kannte meinen Vater, dachte sie. Jahrelang hatte ihre Mutter ihr erzählt, sie wüsste nicht, wer ihr Vater sei. Erst an ihrem sechzehnten Geburtstag sagte sie zu ihr: „Dein Vater war ein hochrangiger Elf. Unsere Liebe zueinander war so stark, dass er seine Position aufgab. Doch nachdem du auf die Welt gekommen warst, verließ er mich. Seitdem habe ich nichts mehr von ihm gehört.“

Seit einem Jahr verfolgte Kasumi den Gedanken, eines Tages nach ihrem Vater zu suchen, und jetzt, jetzt hatte sie die Gelegenheit, den Gedanken in die Tat umzusetzen.

„Das ist aber jetzt nicht von Bedeutung“, fuhr der Drachenkönig fort, womit er ihre Hoffnung auf Antworten zunichtemachte. „Ich habe mit Tempest darüber gesprochen und wir sind uns beide einig, dass du unserer Akademie beitreten sollst. Normalerweise unterrichten wir nur Elfen, die einen Bund mit einem Drachen geschlossen haben, aber bei dir machen wir eine Ausnahme, obwohl ... deine Verbindung zu der Löwentigerin Akiko fast genauso heilig ist wie der Bund zu einem Drachen. Ja, das ist es. Du trittst unter dem Vorwand, dass du deine Verbindung zu Akiko vertiefen sollst, der Drachenakademie bei.“

„Der Elfenkönig hat auch etwas von einer Drachenakademie gesagt“, erinnerte sich Kasumi. „Was ist die Drachenakademie?“

Die goldenen Augen des Drachenkönigs musterten sie erneut, doch sie konnte in seiner Mimik nichts erkennen.

„Das wirst du erfahren, wenn du dort bist. Aber zur Hilfestellung, es ist ein Ort, wo Drachen ihre Magie lernen und Elfen die Verbindung zu ihren Drachen. Eine Halbelfe, wie du eine bist, ist dabei nicht willkommen. Du wirst auf viel Ablehnung stoßen. Aber nun geh, ich habe keine Zeit, mich mit belanglosen Fragen zu beschäftigen.“

Mit diesen Worten entließ der Drachenkönig Kasumi. Mit einem eigenartigen Gefühl verließ sie die Höhle mit dem silbernen Nest und schritt den Gang mit den Symbolen entlang. Das brennende Gefühl blieb dabei aus. Als sie aus dem Gang trat, war der Himmel schon dunkel und die Luft kühl. Am Ende der Marmortreppe stand immer noch der schwarze Drache. Neben ihm befand sich ein brauner Drache. Langsam ging Kasumi die Treppe hinunter, wobei sie darauf achtete, nicht zu stürzen. Sie erreichte das Ende der Treppe, doch als ihre Füße den Marmorboden am Fuße der Treppe berührten, wurde ihr schwarz vor Augen. Sie nahm noch war, wie etwas Warmes um sie gewickelt wurde und dass jemand sie in den Arm nahm, danach verlor sie das Bewusstsein.

Die Drachenakademie

Müde erwachte Kasumi aus einem unruhigen Schlaf. Sie hatte einen Traum gehabt, in dem sie ins Drachenland gereist war und mit dem Drachenkönig geredet hatte. Bei dem Gespräch war herausgekommen, dass sie im Drachenland bleiben und auf die berühmte Drachenakademie gehen sollte, unter dem Vorwand, mit Akiko die Verbindung zu stärken.

Was für ein absurder Traum, dachte Kasumi und öffnete die Augen.

Über ihr erstreckte sich eine weiße Marmordecke, die verziert war mit einem goldenen Drachen, dessen goldene Augen strahlten wie die Sonne. Verwirrt sah sich Kasumi in dem Raum um, in dem sie sich befand. Dabei spürte sie, dass sich neben ihr etwas bewegte. Sie sah auf das Etwas und wich erschrocken zurück. Neben ihr lag ein kleiner Drache mit rosafarbenen Schuppen, der sie aus hellgrünen Augen ansah.

Doch kein Traum, dachte sie.

Allmählich kamen ihre Erinnerungen an die Ereignisse wieder zurück. An das eigenartige Symbol auf ihrem Rücken, an die Bilder aus Ferons Herz und an den Drachenkönig. Sie schauderte, als sie seine Präsenz in ihren Gedanken vor sich sah.

Plötzlich spürte sie, wie sich der Geist des jungen Drachen ausdehnte und ihren streifte.

Weißt du, wo meine Mutter ist?, fragte der kleine Drache sie telepathisch.

Vor Verwunderung schüttelte Kasumi den Kopf und wich noch weiter zurück. Erst da bemerkte sie, dass sie in einem großen Nest lag, in dem sich außer dem rosa Drachen noch drei weitere befanden.

Das sind meine Geschwister, erklärte der Drache freundlich. *Sie dort, ganz am Rand des Nestes, ist meine ältere Schwester, und der dort,* der Drache zeigte auf einen kleineren braunen Drachen, der in der Nähe der älteren Schwester schlief, *ist mein kleiner Bruder, und der hier ist mein Zwillingsbruder. Wir sind zeitgleich aus dem Ei geschlüpft, was uns zu Zwillingen macht.*

In diesem Moment erbebte das Nest und Stroh rieselte vom Nestrand auf Kasumi herab. Ein großer brauner Drachenkopf mit grünen Augen schaute auf sie herab. Erschrocken wich Kasumi zurück, wobei sie mit dem kleinen Drachenjungen zusammenstieß und die anderen aufweckte. Ein Feuerstrahl verfehlte nur knapp Kasumis Kopf, was ihre Angst verstärkte.

„Du musst keine Angst haben vor ihnen, sie machen dir nichts", sagte die braune Drachin auf ihren von Angst erfüllten Gesichtsausdruck.

Genau, wir machen dir nichts, sagte eines der Jungtiere.

Wir wollen nur mit dir spielen, erwiderte ein weiteres, woraufhin der rosa Drache den Ärmel ihres Kleides mit den Zähnen packte und daran zog.

Allmählich verflog ihre Angst und sie gab dem Ziehen des Jungen nach. Sofort kamen die anderen drei angeeilt. Der braune kleine Drache setzte sich auf ihren Schoß und leckte ihr übers Gesicht.

Ich will auch, hörte Kasumi eine weibliche Stimme in ihrem Kopf, woraufhin die ältere Schwester ihre Hand ableckte. Dabei glitzerten ihre gelben Schuppen in dem Sonnenlicht, das durch ein Loch in der Decke schien.

Von allen Seiten von den Jungdrachen umringt, wandte sich Kasumi hilfesuchend an die braune Drachin, die sie für die Mutter der Jungen hielt.

Die Drachin fing, auf den Blick von Kasumi hin, an zu lachen. Die Jungen hielten inne in ihrem Spiel, um ihre Mutter verwundert anzusehen.

Die zaghafte Stimme der kleinen gelben Drachin zerriss Kasumi fast das Herz, als diese in ihren Gedanken sprach.

Mutter, du hast seit Ferons Tod nicht mehr gelacht.

Sofort wurden ihre strahlend grünen Augen von Traurigkeit erfüllt. Das laute Seufzen der Drachin riss alle aus ihren trüben Gedanken.

Es ist jetzt schon fast eine Woche her, seit Feron starb, sagte die Drachenmutter traurig. *Jedoch ist sein Herz zu uns zurückgekehrt, wodurch er immer bei uns sein wird.*

Die vier Jungen nickten glücklich, als sie die Worte vernahmen, und der rosa Drache sah Kasumi hoffnungsvoll an.

Stimmt es, dass du mit unserem Bruder befreundet warst?, fragte der Drache.

Sofort besaß Kasumi die ganze Aufmerksamkeit der vier Jungen. Langsam nickte Kasumi, wodurch sie eine Welle der Freude bei den Jungen hervorrief. Alle vier fingen gleichzeitig zu reden an, wodurch sie kein Wort verstand.

Seid ruhig!, ertönte die Stimme der Drachenmutter sanft. *Einer nach dem anderen. Lira, du fängst an.*

Die kleine rosa Drachin strahlte, wobei die Zähne zum Vorschein kamen. Die Drachin holte tief Luft und fing dann an zu erzählen.

Mein Name ist Lira und dies sind meine Geschwister, wie ich dir schon erzählte. Ich kann es einfach nicht fassen, dass du Feron kanntest. Er war immer mein Vorbild und lehrte uns das Fliegen. Ich wünschte, er könnte uns jetzt sehen.

Ein hoher Glockenschlag ertönte, der die Drachin zum Verstummen brachte. Die kleinen Drachen hoben die Köpfe, breiteten ihre Flügel aus und sprangen in die Luft. Über Kasumi tauchte ein weiterer Drachenkopf auf und die kleinen Drachen flogen begeistert zu dem Kopf. Lyra rieb ihr kleines Köpfchen an den orangen Schuppen des großen Drachenkopfes.

Kommt, meine Kleinen, wir gehen, sagte der neue Drache mit tiefer Stimme. Während die kleinen Drachen aus Kasumis Blickfeld verschwanden, wandte sich der orange Drachenkopf ihr zu. Doch bevor der Drache etwas sagen konnte, stieß die braune Drachin den orangen an und sagte sanft: *Geh, bevor unsere Jungen noch eine Dummheit anstellen.*

Der orange Drache lächelte. Bevor auch er verschwand, sagte er noch: *Ich liebe dich.*

Das eben war die Schulglocke und der orange Drache mein Gefährte, erklärte die braune Drachin.

Kasumi konnte den Blick nicht von der Drachin lösen. *Sie ist Ferons Mutter*, dachte sie nur und hoffte, dass die Drachin ihren Blick nicht bemerkte. Doch ihre Hoffnungen wurden zerstört, indem die Drachin sagte: „Du musst mich nicht so anstarren, als wäre ich eine Heilige."

Verlegen drehte Kasumi den Kopf weg und sah demonstrativ auf ihre Hände.

„Na los, ich werde dich in die Drachenakademie begleiten", sagte die Drachin in die Stille.

„Die Drachenakademie?"

„Ja, du wirst dort in Magie unterrichtet und wirst deine Verbindung zu Akiko vertiefen. Aber nun komm mit", befahl die Drachenmutter und drehte sich um.

Kasumi stand auf, putzte sich das Stroh von den Hosen und folgte der Drachin, die den Kopf zu ihr umdrehte.

„Du kannst mich übrigens Eraria nennen."

In Gedanken vertieft, folgte Kasumi der Drachin, die Ferons Mutter war. Ihre Gedanken wanderten immer wieder zurück zu dem Moment, als das merkwürdige Symbol sich in ihren Rücken gebrannt hatte. Sie wusste, dass sie das Symbol schon einmal gesehen hatte, doch gerade dann, wenn sie die Erinnerung vor sich sah, bekam sie Kopfschmerzen und das Bild verschwand. Das Einzige, was sie erkennen konnte, war ein Elf mit silbernen Haaren, der seine Hand nach ihrer Stirn ausstreckte. Doch bevor er sie berührte, zerfiel die Erinnerung und ihr Kopf fing an zu schmerzen.

Gerade als sie wieder an den silberhaarigen Elfen dachte, erreichte sie die Gedankenstimme von Akiko.

Kasumi, Kasumi, du wirst nicht glauben, wo ich bin, sagte die Löwentigerin voller Begeisterung.

Wo bist du denn?, fragte Kasumi gelangweilt zurück.

In der Drachenakademie. Überall sind Drachen mit den unterschiedlichsten Schuppenfarben und Elfen. Eine kurze Pause entstand. *Elfen, die mich freundlich begrüßen*, erzählte Akiko aufgeregt.

Kasumi gab daraufhin keine Antwort, wieso sollte sie auch? Sie hatte nie vorgehabt, in die Drachenakademie zu gehen, und wollte es auch jetzt nicht, vor allem nicht, da sie vom Drachenkönig erfahren hatte, dass sie nicht willkommen war.

Du freust dich ja gar nicht, hörte Kasumi die traurige Stimme von Akiko. *Ich dachte, dir gefällt es hier, aber wie es scheint, habe ich mich getäuscht!,* schrie die kleine Löwentigerin Kasumi an und unterbrach die Verbindung.

Traurig lief Kasumi Eraria weiter nach, doch was Akiko ihr gesagt hatte, ließ sie nicht mehr los. Es stimmte, ihr gefiel es hier nicht. Sie gehörte nicht hierher, und wenn das nicht einmal Akiko verstand, wer sollte es dann verstehen? Wütend über sich selbst blieb Kasumi stehen und sagte leise: „Ich sollte nicht hier sein."

„Sag doch so etwas nicht", hörte sie die fröhliche Stimme von Naiuschka hinter sich.

Verblüfft darüber, dass sich Nai hier aufhielt, drehte sich Kasumi um und fand sich Auge in Auge mit einem Drachen wieder. Vor Überraschung stolperte Kasumi über ihre eigenen Füße und fiel hin.

„Wie … wie ist das möglich?", stotterte Kasumi.

Der rotorange Drache zeigte seine Zähne, die im Dunkeln der Höhle weiß aufblitzten.

„Na hör mal, das ist gar nicht nett von dir, Sumi", sagte der Drache mit Naiuschkas Stimme.

Kasumi wurde nur noch verwirrter. Sie wollte nicht glauben, was sie da sah. Naiuschka war ein ganz normales Mädchen, doch vor ihr stand ein Drache mit der gleichen Stimme wie Nai und nannte sie bei ihrem Spitznamen, den ihr das rothaarige Mädchen gegeben hatte.

Die goldenen Augen des Drachen blitzten humorvoll auf, als der Drache Kasumis Verwirrung erkannte.

„Naiuschka, was machst du hier?", fragte die Stimme von Eraria.

Erleichtert seufzte Kasumi auf und wandte sich zu der braunen Drachin, deren grüne Augen wütend blitzten.

„Du weißt ganz genau, dass du dich hier nicht ohne Erlaubnis blicken lassen darfst", stauchte Eraria den rot-orangen Drachen zusammen, der den Kopf unterwürfig auf den Boden gelegt hatte und Eraria aus unschuldigen Augen ansah.

„Ich weiß, aber ich wollte mit Sumi zusammen in die Drachenakademie gehen. Es ist ja auch mein erster Tag“, versuchte die Drachin Eraria zu beruhigen.

„Kann mir jemand sagen, was hier los ist?“, schrie Kasumi, die die Geduld verlor.

Beide Drachen fingen an zu lachen und blickten sich danach an. Es sah so aus, als würden sie sich telepathisch unterhalten. Auf das Nicken des rotorangen Drachen sagte Eraria: „Du kannst deinen Augen ruhig glauben, Kasumi. Dies ist wirklich Naiuschka, das Mädchen, das du im Schloss kennenlerntest. Nur, was du noch nicht weißt, ist, dass einige von uns Drachen menschliche Gestalt annehmen können. Naiuschka ist einer dieser besonderen Drachen.“

Jetzt verstand Kasumi auch die Bemerkung zu dem Jungen mit den blauen Augen, dass er der zweite Sohn des Drachenkönigs sei.

Als Naiuschka das Verstehen in Kasumis Augen sah, fing sie fröhlich an zu knurren. Jedoch erschreckte dieses Geräusch Kasumi derart, dass sie Schutz suchend zu Eraria lief. Diese fing nur an zu lachen, senkte den Kopf zu Kasumi und blies ihr ihren Drachenatem ins Gesicht.

Ein eigenartiges Gefühl überkam Kasumi, das von ihrem Rücken ausging, doch nach kurzer Zeit verstand sie, weshalb Nai dieses Geräusch machte.

„Na los, ihr zwei Küken, die Schule wartet nicht ewig“, sagte Eraria und scheuchte die zwei vorwärts.

Naiuschka stürmte los und öffnete nach einigen Metern ihre Flügel. Kasumi war von den Farben von Naiuschkas Flügeln so begeistert, dass sie nicht merkte, wie sich vor ihr ein Abgrund öffnete. Erst als Eraria sie zurückriss, wurde Kasumi klar, dass sie nur knapp dem Tod entronnen war.

„Du solltest lieber aufpassen, wo du hintrittst. Diese Höhle ist für Drachen geschaffen und nicht für Menschen“, erklärte die braune Drachin.

Nickend und zitternd stand Kasumi auf und fragte sich, wie sie von hier aus zur Drachenakademie kam. In diesem Moment tauchte Nai vor der Höhle auf. Auf ihrem Rücken befand sich ein brauner Sattel.

„Normalerweise gestatte ich es niemandem, mich zu reiten, aber bei dir mache ich eine Ausnahme“, sagte Naiuschka munter.

Vorsichtig lief Kasumi zum Höhlenausgang. Mit der Hilfe von Eraria befand sie sich in kürzester Zeit im Sattel. Kaum saß sie, faltete Nai ihre Flügel zusammen und ließ sich wie ein Stein fallen. Angsterfüllt schrie Kasumi auf und klammerte sich an den Sattel. Nach einigen Sekunden, die ihr vorkamen wie Stunden, öffnete Naiuschka ihre Flügel und ließ sich von den Luftströmungen tragen.

Kasumi genoss den Ausblick. Unter ihr flossen kleine Flüsse, die zusammenliefen und mehrere große Flüsse bildeten. Drachen saßen an den Flüssen und wärmten sich in der Sonne. Über ihr flogen große Inseln in der Luft, die die Drachennester enthielten. Kleinere Inseln lagen unter ihr. Auf diesen Inseln befanden sich merkwürdige Bauten, in die die Drachen hinein und hinaus flogen. Naiuschka hielt auf eine dieser Inseln zu, auf der nur ein einziges Gebilde stand, das, wie der Palast des Drachenkönigs, aus weißem Marmor bestand. In dieses Gebäude flogen viel mehr Drachen als in die anderen. Aber die Drachen waren um einiges kleiner.

Jungdrachen, sagte Nai zu Kasumi, *genau wie ich.*

Und genau wie du werden sie von älteren Drachen begleitet, erklärte Eraria, die plötzlich neben Naiuschka auftauchte.

Ach menno, ich kann doch schon allein fliegen, erwiderte Nai trotzig.

Das weiß ich, doch solange du noch nicht in der Drachenakademie bist, ist es dir verboten, ohne Begleitung zu fliegen. Und nun lande auf der Insel, wies Eraria Naiuschka an.

Naiuschka nickte und fing an, kleine Kreise um die Insel zu fliegen. Bei jedem weiteren Bogen sank sie ein wenig ab, bis sie über eine Wiese flog, auf der sie landete. Kasumi wurde während der Landung heftig durchgeschüttelt. Als Nai ihre Flügel anlegte, kam ein großer grauer Drache zu ihnen, um sie zu begrüßen. Er benutzte seinen Schwanz, um Kasumi aus dem Sattel zu heben und sie vorsichtig auf der Wiese abzusetzen.

Während der ganzen Zeit war Eraria über ihnen geflogen, doch als sie den grauen Drachen nun nicken sah, flog Eraria davon.

Viel Glück, Kasumi!, sagte die braune Drachin zu Kasumi, bevor diese in den Wolken verschwand.

Der graue Drache führte sie an den Rand der Wiese. Ein Weg führte bis zum Eingang der Drachenakademie, einem großen Holztor, auf dem Reliefs von Drachen abgebildet waren.

Vor dem Tor wartete Akiko, die, sobald sie Kasumi erblickte, aufsprang und auf sie zugerannt kam. Kasumi schloss die Löwentigerin in die Arme, dabei merkte sie, dass Akiko gewachsen war, sodass sie bis zu Kasumis Knien reichte.

Ich bin so froh, dich zu sehen, sagte Akiko glücklich, *und es … es tut mir leid, was ich gesagt habe.*

Nicht doch, sagte Kasumi, als sie sah, dass Akiko traurig den Kopf hängen ließ, *du hast recht gehabt und ich sollte mich entschuldigen.*

Naiuschka sah zu, wie Kasumi die Löwentigerin in die Arme schloss. Vor lauter Gefühlen merkte Nai nicht, wie sie sich in ihre menschliche Form verwandelte.

„Nai, du bist ja wieder menschlich", sagte Kasumi, als sie sah, wie Naiuschka nackt in ihrer menschlichen Form vor ihr stand.

„Oh Mist, nicht schon wieder!", stöhnte Nai und schlug sich an den Kopf. „Das passiert mir immer, wenn ich meine Gefühle nicht unter Kontrolle habe."

„Du hast noch einen langen Weg vor dir, Naiuschka. Aber nun kommt, die Lehrer warten nicht auf jeden", sagte der graue Drache und bestieg die Stufen, die zu dem großen Holztor führten. Er drehte sich noch einmal um und gab Naiuschka ein weißes Kleid, das sie rasch anzog.

Kasumi und Naiuschka folgten dem Drachen, wobei sich Akiko an Kasumi drückte. Als sie das Holztor erreichten, blieb Kasumi der Mund vor Staunen offen stehen. Die Drachen, die in das Holz eingeritzt waren, sahen aus, als wären sie echt. Einige der Holzschnitzereien bewegten sich und einer der Drachen spuckte sogar Feuer. Das Tor öffnete sich, als Kasumi die Hand danach ausstreckte. Die Flügel des Tors gaben den Blick auf das Innenleben der Drachenakademie frei. Überall standen Drachen in den verschiedensten Schuppenfarben, und um sie liefen Elfen, die im Vergleich zu den Drachen winzig wirkten.

Die Halle, die sie betraten, war aus weißem Marmor, der im Licht der Sonne wie ein Diamant schien. Oberhalb des Tors zog sich eine Fensterfront durch die ganze Halle. Am Ende der Halle verlief eine große Treppe, die zu einem weiteren Tor führte, das aus purem Gold bestand. Davor stand Ryohei, der die Neuankömmlinge musterte. Als er Kasumi und Naiuschka entdeckte, zeigte er seine Zähne. Es sah aus, als würde er lachen.

Plötzlich teilte sich die Menge der Drachen. Ein Junge mit blonden Haaren lief durch den entstandenen Gang. Als er den Kopf hob, traf sein Blick aus eisblauen Augen Kasumi. Vor Schreck darüber, wie er sie ansah, wich sie zurück und rammte einen Elfen, der sie wütend ansah. Der Drachenprinz ging mit einem Lächeln auf den Lippen an ihr vorüber. Erst vor der Treppe blieb er stehen und verneigte sich vor dem blauen Drachen.

Auch Ryohei neigte den Kopf und sagte dann: „Willkommen an der Drachenakademie. Ihr werdet hier fünf Jahre eures Lebens verbringen. Ihr werdet hier die Magie und die Geschichte unseres Volkes erlernen. Ihr werdet lernen, wie man kämpft und wie man sich verteidigt. Am Ende dieser fünf Jahre werdet ihr am Scheideweg eures Lebens angelangt sein. Ihr werdet erkennen, wer ihr seid, und euren Weg einschlagen. Vielleicht werdet ihr Hüter, die sich um die Küken kümmern, aber vielleicht werdet ihr auch Krieger, die unser Volk im Falle eines Krieges beschützen. Was ihr werdet, entscheidet nicht nur ihr, es hängt auch davon ab, wie gut ihr seid. Ich werde euch das nur einmal sagen, also hört gut zu. Wenn irgendwer von euch hier Schwierigkeiten verursacht oder sich nicht dem erwünschten Verhalten entsprechend benimmt, fliegt er oder sie von der Schule und steht ohne Zukunftsaussichten da. Also verbockt euch nicht die Chance und benehmt euch anständig! Das wäre für den Anfang alles."

Ryohei drehte sich um und öffnete die goldene Tür. Helligkeit blendete Kasumi und die anderen Schüler. Als sie die Augen wieder öffnete, befand sie sich in einem großen Zimmer, in dem zwei Betten standen. Eine fremde Elfe, die wie sie ein Neuankömmling an der Drachenakademie war, befand sich mit ihr im Zimmer. Die blauen Haare der Elfe verwirrten Kasumi, da sie nicht wie normal am Körper herabhingen, sondern sich in einem unsichtbaren Wind bewegten.

„Was ist passiert?“, fragte die Elfe Kasumi.

Doch auch sie wusste nicht, was passiert war. Sie sah sich in dem Zimmer um, in dem sich außer den zwei Betten eine Tür zu einem Bad befand und eine Glastür auf einen Balkon führte. Die Elfe hatte die gleiche Idee wie Kasumi und öffnete die Glastür. Gemeinsam traten sie auf den Balkon. Vor ihnen lag eine weite Ebene aus Gras und dahinter ein Wald. Auf der Wiese konnte Kasumi Drachen ausmachen, die gemütlich im Gras lagen.

Was ist das für ein Ort?, fragte sich Kasumi in Gedanken, da sie sich nicht traute, mit der fremden Elfe zu reden.

Das ist die Drachenakademie, hörte sie die Gedanken von Akiko.

Kasumi drehte sich um und erblickte Akiko auf einem der Betten. Ihr bronzefarbenes Fell glänzte in der Sonne und ihre blauen Augen sahen glücklich drein.

Die Drachenakademie ist ein heiliger Ort, an dem die Drachen lernen. Sie liegt nicht auf der schwebenden Insel, sondern weit hinten im Tal der Drachen. Nur wenige Drachen kennen ihren genauen Aufenthaltsort, da die meisten mit der Teleportationshalle kommen, erklärte Akiko.

Was ist die Teleportationshalle?

Das ist die Halle, in der wir noch vor kurzer Zeit waren. Als Ryohei die Tür öffnete, wurden wir hierher teleportiert, erklärte Akiko.

Woher weißt du das alles?, fragte Kasumi erstaunt.

Das ist das Wissen, das uns die Drachen hinterlassen haben, sagte Akiko gelangweilt, stand auf und streckte sich. Elegant sprang sie vom Bett und ging zu Kasumi.

Die fremde Elfe schrie beim Anblick von Akiko auf. Verzweifelt wandte sie sich an Kasumi und fragte: „Ist das eine echte Löwentigerin?“

Kasumi hörte die Angst der Elfe heraus und fragte sich, wie man vor einem Wesen wie Akiko Angst haben konnte.

Vor mir muss sie sich nicht fürchten, aber wenn mein Bruder ausgewachsen ist, erreicht er die Größe eines Pferdes oder noch größer, sagte Akiko.

Kasumi leitete es an die Elfe weiter, ließ aber den Teil mit Akikos Bruder aus. Erleichtert seufzte die Elfe auf und lehnte sich an das durchsichtige Geländer.

„Und ich hätte mir fast in die Hosen gemacht", sagte die Elfe und fing an zu lachen. Auch Kasumi stimmte mit ein und zusammen lachten sie, bis vor dem Geländer ein rotoranger Drache erschien, der neugierig fragte: „Was gibt es hier zu lachen?"

Kasumi schüttelte den Kopf und begrüßte Naiuschka, die sich in ihre menschliche Form verwandelte und es sich in ihrem Zimmer bequem machte.

Die drei Mädchen setzten sich auf das Bett und stellten sich vor. Die fremde Elfe trug den Namen Lavinia und kam aus Sea, einer Elfenstadt, die unter dem Wasser lag. Dies erklärte auch ihre merkwürdigen Haare, da jede Elfe aus Sea Magie ausstieß, welche die Haare bewegte, als würde sich die Elfe unter Wasser befinden.

Als es dunkelte, klopfte es an der Zimmertür und eine weitere Elfe betrat das Zimmer. In den Händen hielt sie ein Tablett, auf dem drei Schüsseln standen.

„Das Abendessen", erklärte sie und stellte das Tablett auf den Boden. Bevor sie das Zimmer wieder verließ, drehte sie sich noch einmal um und sagte: „Morgen wird ein anstrengender Tag, also ruht euch aus und erscheint pünktlich zum Morgenessen."

Als die Elfe den Raum verlassen hatten, stürzten sich die drei auf das Essen und aßen gierig. Nebst einer Suppe befand sich noch frisch gebackenes Brot auf den Tellern. Für Akiko gab es ein Fleischstück, das sie im Nu gegessen hatte.

„Woher wusste sie, dass du bei uns bist, Nai?", fragte Kasumi.

„Die Drachen wissen vieles", erwiderte Nai mit vollem Mund.

„Aber sie war eine Elfe."

„Ja, um genauer zu sein ist sie die Aufpasserin der Elfen."

Auf die fragenden Blicke von Kasumi und Lavinia erklärte Nai: „Das heißt, dass sie für die Zimmer zuständig ist und immer genau weiß, wo sich die Elfen befinden."

„Wie weiß sie das?“, fragte Lavinia neugierig.

„Das weiß ich nicht“, gestand Nai und blickte hinaus. „Ich sollte gehen, sonst bekomme ich noch von dem Drachenaufpasser Ärger.“

Naiuschka sprang vom Bett, verließ das Zimmer über den Balkon und flog in die Nacht hinaus. Die zwei Mädchen legten sich schlafen, da sie die Warnung der Elfe ernst nahmen. Akiko rollte sich neben Kasumi auf dem Kissen zusammen und schon nach kurzer Zeit schliefen sie ein.

Der Junge mit den blauen Augen

Mitten in der Nacht erwachte Kasumi durch einen Schrei. Verwirrt darüber, dass Lavinia und Akiko trotz des Schreies schliefen, stand Kasumi auf und öffnete die Tür zum Balkon. Kalte Nachtluft wehte in das Zimmer, die Kasumi zum Frieren brachte. Schnell zog sie sich einen Mantel über, der schon im Kleiderschrank hing, bevor sie in das Zimmer gekommen war. Warm angezogen trat sie in die Nacht hinaus.

Die Wiese, auf der am Tag die Drachen lagen, schimmerte in dem weißen Mondlicht und die Gräser bewegten sich im Wind. Es sah so aus, als ob sie lebendig wären.

Nein, das muss ich mir eingebildet haben, dachte Kasumi und sah noch mal genau hin.

Die Gräser wehten sanft im Wind, doch die größten bewegten sich gegen die Windrichtung. Neugierig geworden ging Kasumi in das Zimmer, zog sich ihre Schuhe an und verließ das Zimmer durch die Tür. Sie fand sich in einem langen Gang wieder, an dessen Ende sich eine Treppe befand. Zielsicher steuerte sie diese an. An den Wänden hingen blaue Fackeln, die ihr den Weg leuchteten. Als sie die Treppe erreichte, erloschen die Fackeln und sie stand im Dunkeln da. Blind tastete sie nach dem Treppengeländer. Vorsichtig, sodass sie nicht in der Dunkelheit ausrutschte, ging sie die Treppe hinunter. Nach einigen Minuten erreichte sie das Ende der Treppe. Wieder war sie in einem langen Gang, dieser hatte aber keine Fackeln an den Wänden, jedoch schimmerte das Mondlicht durch eine Fensterfront hinein, sodass sie ohne Probleme den Ausgang fand.

Die Ausgangstür, die die Beschaffenheit von Holz hatte, aber durchsichtig war, öffnete sich auf Kasumis Berührung. Kalte Nachtluft blies ihr entgegen, als sie aus dem Gebäude trat. Vor ihr lag die

Wiese, die Gräser wehten immer noch im Wind. Jetzt konnte Kasumi erkennen wieso sich die größeren Gräser gegen die Windrichtung bewegten.

Winzige Wesen hatten unter den Gräsern Schutz gesucht und hielten die Gräser gerade, sodass sie nicht vom Wind bewegt wurden.

Fasziniert beobachtete sie das Schauspiel und merkte dabei, dass die kleinen Wesen unter den Gräsern ähnlich aussahen wie Elfen, nur in Miniformat. Langsam ging sie auf eines dieser Wesen zu und setzte sich ins Gras. Das Wesen schrie angstvoll auf und wollte sich von ihr entfernen, doch sobald es den Schutz des Grases verließ, wurde es von dem Wind gepackt. In allerletzter Sekunde konnte Kasumi das kleine Wesen fangen und sicher hinter das Gras legen.

„Danke schön", sagte das Wesen und verschwand. Es löste sich einfach in Rauch auf und ließ Kasumi allein im Wind stehen.

Verwirrt darüber stand sie auf und wollte sich wieder in das Gebäude begeben, als sie den Schrei, der sie geweckt hatte, erneut hörte.

Sofort drehte sie sich um und blickte über die Wiese, doch sie konnte niemanden erkennen. Plötzlich sah sie am Waldrand eine Bewegung. Ohne nachzudenken rannte sie los. Als sie schon die Hälfte der Wiese hinter sich gelassen hatte, sah sie die Person am Waldrand genauer. Goldene Haare umrahmten das Gesicht der Person, und ein blauer Umhang, der im Mondlicht schimmerte, bedeckte den Körper. Etwas Silbernes blitzte auf und Kasumi erkannte, dass die Person ein Schwert schwang. Mit einem Hieb, den Kasumi nicht sah, stach die Person auf etwas ein, das sie in der Hand hielt.

Wieder ertönte ein Schrei, der sich in ein Gurgeln verwandelte, und kurz darauf erstarb.

Angst durchzuckte Kasumi, die sie zum Stehenbleiben zwang. In diesem Moment drehte sich die Person um und eisblaue Augen bohrten sich in sie. Mit langsamen Schritten kam der Drachenprinz auf sie zu. In der einen Hand hielt er sein Schwert, das rot von Blut war.

Alles fing an, sich zu drehen, und Kasumi sank ins Gras. Sie konnte nicht glauben, was sie sah. Hinter dem Prinzen lag eine tote Frau, der der Kopf fehlte.

Der Kopf, dachte Kasumi, *wo ist der Kopf*? Und dann sah sie ihn, den Drachenprinzen. Er stand direkt vor ihr. Sein mit Blut beschmiertes Schwert lag locker in seiner Hand und in der anderen …

Kasumi schlug die Hand vor den Mund, doch den Schrecken konnte sie nicht zurückdrängen. Zu grausam war das Gesehenen. Sie spürte wie ihr die Galle hochkam und erbrach sich. Als nichts mehr in ihrem Magen war, fing sie an zu zittern. Einzelne Tränen liefen ihr über die Wangen, die in der kalten Nachtluft gefroren.

„Hey, geht es dir nicht gut?“, fragte der Drachenprinz und stieß sie mit seinen Schuhen an.

Ein Zittern durchlief Kasumis Körper und sie musste sich erneut übergeben, aber da sich ihr Magen schon beim ersten Mal geleert hatte, kam nichts mehr heraus.

Zitternd und frierend stand sie auf und wollte wieder zurück zum Gebäude gehen, doch der Drachenprinz packte sie am Arm und hielt sie zurück.

„In deiner Verfassung kannst du nirgends hingehen, glaube ich“, sagte er.

„Lass mich los!“, schrie Kasumi panisch auf, doch gegen den Griff des Prinzen konnte sie sich nicht zu Wehr setzen. Sanft zog der Junge sie ins Gras.

Als sie saß, zog der Prinz seinen Mantel aus und legte ihn ihr über die Schulter. Widerwillig nahm sie ihn an. Sofort wurde ihr wärmer und das Zittern hörte langsam auf.

„Na siehst du, ist doch schon viel besser.“

Kasumi hörte, wie der Prinz sich ins Gras fallen ließ. Vorsichtig drehte sie ihr Gesicht, um den Drachenprinzen zu mustern. Seine goldenen Haare fielen um seinen Kopf, als wären sie ein Heiligenschein, und seine blauen Augen sahen in dem Mondlicht wie kühles Wasser aus. Bewundernd konnte sie ihren Blick nicht mehr von ihm lösen, nicht einmal dann, als sich seine Augen ihr zuwandten und er ihr direkt in die Augen blickte.

Auf einmal setzte er sich auf und kam mit seinem Gesicht ganz nahe an ihres, dabei ließ er sie keine Sekunde aus seinen blauen Augen.

„Bei dir ist es anders", sagte er plötzlich und beugte seinen Kopf. Seine Lippen berührten ihre, doch sie wich nicht zurück, wie sie gedacht hatte, sondern ließ die Berührung geschehen. Sie spürte, wie ihr Herz schneller schlug und sich ihre Atmung beschleunigte. Sie wollte, dass der Prinz sie nie mehr losließ, doch so plötzlich, wie die Berührung begonnen hatte, so plötzlich endete sie.

„Ja, bei dir ist es definitiv anders", sagte der Drachenprinz und stand auf.

Er streckte ihr eine Hand entgegen, die sie dankend annahm. Ihre Angst vor ihm hatte sich in Luft aufgelöst. Mit Schwung zog er sie auf die Beine und in seine Arme. Ihr Herz fing heftig an zu schlagen und das Blut rauschte ihr in den Ohren, als er seinen Arm fester um sie schloss.

„Halt dich gut fest", war die einzige Vorwarnung, bevor der Drachenprinz in die Luft sprang. Angsterfüllt schrie Kasumi auf, doch als sie sah, wie goldene Flügel aus den Schultern des Drachenprinzen wuchsen, blieb ihr die Luft weg.

Sie stiegen immer höher in den Himmel hinauf, wobei der Wind in dieser Höhe zunahm und an dem geliehenen Umhang des Prinzen zerrte. Eine starke Rechtskurve, die der Prinz flog, ließ sie abermals schreien.

„Schließ deine Augen, dann wird es besser", sagte er freundlich.

Kasumi gehorchte, obwohl sie nicht wusste, ob er nun freundlich oder böse war. Als sie die Augen schloss, nahm ihre Angst ab und sie konnte wieder klar denken. Ungewollt erschien noch einmal das Bild des Prinzen, wie er sich über sie beugte, in der einen Hand sein Schwert und in der anderen den Kopf der toten Frau.

Das muss alles ein fürchterlicher Traum sein, dachte sie.

„Falsch, du träumst nicht", sagte der Prinz.

„Wie ist das möglich? Kannst du etwa meine Gedanken lesen?", fragte Kasumi neugierig und ängstlich zugleich.

Das Lachen des Drachenprinzen erfüllte die Nacht.

„Solange du deine Gedanken nicht vor mir verschließt, werde ich sie immer hören oder lesen können, wie du es genannt hast", gab er auf ihre Frage zur Antwort.

„Wieso das?“, fragte Kasumi wütend.

„Weil ich dich geküsst habe.“

Sofort spürte sie, wie ihr die Röte ins Gesicht schoss. Damit der Prinz es nicht sah, wandte sie den Kopf ab, aber die Aussicht, die sie dadurch gewann, ließ ihren Magen noch einmal kehren.

„Keine Angst, wir sind gleich da und dann werde ich dir alles erklären.“

Nach diesen Worten schloss Kasumi wieder die Augen und so merkte sie nicht, wie sich die Landschaft unter ihr veränderte.

Als sie wieder Boden unter den Füßen hatte, schlug sie die Augen auf und fand sich in einer Höhle wieder, in der ein riesiges Bett stand. In der Höhle war es erstaunlich warm, sodass Kasumi den blauen Umhang des Prinzen und ihren eigenen Mantel auszog. Ihr war es zwar peinlich, nur ihr Unterkleid anzuhaben, aber für sie immer noch besser als die Hitze auszuhalten.

„Na los, sei nicht zu schüchtern, komm zu mir aufs Bett“, sagte der Drachenprinz und klopfte auf das große Bett.

Was will er bloß von mir?, dachte Kasumi und merkte zu spät, dass er alle ihre Gedanken hören konnte.

„Was ich von dir will?“, fragte der Prinz und legte seinen Kopf schief, so als ob er nachdenken würde. „Hm, was ich von dir will? Ich will natürlich, dass du meine Frau wirst.“

„Deine Frau!“, schrie Kasumi entsetzt auf und wich einige Schritte zurück. Ihre Gefühle tobten um sie herum und wechselten sich von Angst zu Panik bis über Scham ab.

„Ne, ne, nur ein Scherz“, winkte der Prinz ab und klopfte nochmals auf sein Bett.

Widerstrebend folgte Kasumi seiner Aufforderung und setzte sich neben ihn. Entspannt lehnte sich der Prinz daraufhin zurück.

„Weißt du, ich habe noch niemanden in meine Höhle mitgenommen. Nicht einmal meine Cousine Naiuschka.“

Überrascht, dass Naiuschka seine Cousine war, sah sie ihn fragend an, aber da dämmerte es ihr. Der Drachenkönig hatte erwähnt, dass Naiuschka seine Nichte sei.

„Erklärst du mir, wieso du diese Frau getötet hast?“, fragte Kasumi zaghaft, fürchtete sich aber zugleich vor der Antwort.

„Sie war eine Bedrohung für meinen Vater. Sie hatte sich in die Drachenakademie geschlichen, in der Hoffnung, dass mein Vater dort sei. Sie wollte ihn töten“, erklärte er ihr ohne zu zögern, aber mit zornerfüllter Stimme.

„Aber wieso wusstest du das?“

„Was?“, fragte er, aber da ging ihm ein Licht auf. „Bevor ich sie getötet habe, drang ich in ihre Gedanken ein, um ihre Absichten zu ergründen. Dabei fand ich heraus, dass sie eine Drachin ist, die sich einer Gruppe von Drachen angeschlossen hat, die meinen Vater töten wollen und nur auf die richtige Gelegenheit warten.“

In Gedanken eindringen, so was kann man machen, dachte Kasumi schockiert. *Das ist doch unmöglich. Nein, falsch, er liest ja auch meine Gedanken.* Das Merkwürdige daran war, fand Kasumi, dass ihr dieser Gedanke nicht einmal Angst machte. Als sie sah, wie der Prinz lächelte, blickte sie ihn fragend an.

„Ich kann nur bei denen in die Gedanken eindringen, die ich geküsst habe“, sagte er.

Wieder spürte Kasumi, wie sie rot anlief, doch den Drachenprinzen schien es nicht zu stören.

„Für uns Drachen bedeutet ein Kuss nicht viel, aber von den Elfen weiß ich, dass es den Menschen wichtig ist. Deshalb schulde ich dir eine Erklärung“, sagte der Prinz und setzte sich auf. „Ich habe dich geküsst, weil ich mich zum ersten Mal in meiner menschlichen Gestalt wohlfühlte. Da ich herausfinden wollte, woran das lag, habe ich dich geküsst, um dein Wesen zu kennen. Nun, da ich es kenne, finde ich, du hast es verdient, dich zu meinen Freunden zu zählen“, erklärte der Drachenprinz.

Nun verstand auch Kasumi, warum er, als sie ihn damals im Gang mit den Drachenzeichnungen getroffen hatte, so traurig gewirkt hatte. Er hatte mit seiner menschlichen Gestalt Probleme. Plötzlich war die ganze Angst verflogen, die sie zuvor noch gespürt hatte, an die Stelle der Angst rückte nun ein anderes Gefühl. Das Gefühl der Freude.

„Wenn wir schon einmal Freunde sind, sollte ich dann nicht auch deinen Namen erfahren?“, fragte Kasumi.

„Tesfaselassie. Aber Naiuschka nennt mich nur Tesfay, deshalb kannst du mich auch so nennen“, sagte er, und zum ersten Mal sah Kasumi, wie das Lächeln die Augen des Prinzen erreichte.

„Ich heiße Kasumi.“

Tesfay legte den Kopf schief, dann sah er zum Höhlenausgang.

„Es sieht so aus, als wäre die Nacht beinahe vorbei“, sagte Tesfay traurig. „Soll ich dich zurückbringen?“

Ohne eine Antwort abzuwarten, sprang Tesfay auf, packte Kasumi an der Hand und enthüllte seine Flügel. Dieses Mal war Kasumi vorbereitet und hielt sich an Tesfay fest. Er öffnete seine Flügel, sprang in die Luft und flog in die Dämmerung hinaus.

Voller Staunen bewunderte Kasumi die Landschaft. Sie befanden sich in einem Gebirge, das rasch unter ihnen hinwegzog. Schon bald kam der Wald in Sicht, der von den ersten Sonnenstrahlen in Licht getaucht wurde. Dahinter erstreckte sich die Wiese, auf der einige Drachen landeten.

„Oh Mist, es darf niemand bemerken, dass du die Nacht nicht in deinem Zimmer verbracht hast“, sagte Tesfay besorgt.

Er flog eine Linkskurve und steuerte auf den Wald zu. Äste schlugen Kasumi ins Gesicht, als sie durch die Baumkronen flogen. Als sie auf dem Waldboden ankamen, war Kasumi voller roter Striemen.

„Das werden wir niemals schaffen“, sagte der Prinz und blickte dann zu Kasumi. „Kannst du mir dein Zimmer beschreiben?“

„Ich versuche es, aber ich weiß nicht, ob es mir gelingt“, sagte sie zweifelnd, als sie plötzlich eine Idee hatte.

Akiko ist ja im Zimmer, vielleicht kann sie mir helfen, dachte sie.

Akiko? Akiko, kannst du mich hören?

Ach, wieso weckst du mich, Kasumi?, fragte Akiko verschlafen.

Es ist dringend, Akiko. Kannst du mir helfen?

Akiko stimmte sofort zu und beschrieb das Zimmer. Während der Beschreibung zeichnete Tesfay ein Pentagramm auf den Waldboden, in dessen Mitte ein Drache gezeichnet war.

„Wieso machst du das?“, fragte Kasumi neugierig.

„Was? Ach so, dass Pentagramm und der Drache. Da ich noch in Ausbildung bin und meine Magie noch nicht vollkommen beherrsche, benutze ich Symbole zur Stabilisierung meiner Magie. Wenn ich es nicht täte, könnte es sein, dass ich die Magie falsch wirke und etwas anderes dabei herauskommt. So, jetzt ist alles fertig. Stell dich bitte auf den Drachen", wies Tesfay Kasumi an.

Sie gehorchte zögernd, da seine Erklärung ihr ein wenig Angst gemacht hatte, und stellte sich auf den Drachen. Tesfay flüsterte etwas, das Kasumi nicht verstand, und plötzlich wurde die Welt um sie schwarz. Gerade als sie in Panik auszubrechen drohte, wich die Schwärze zurück und sie befand sich wieder in ihrem Zimmer.

Akiko lag auf ihrem Bett und beobachtete alles, während Lavinia noch gemütlich schlief.

„Was für ein Glück. Ich habe es noch rechtzeitig geschafft", sagte Kasumi erleichtert, als die Tür aufging und eine Elfe im Türrahmen stand.

„Gut, eine ist schon wach, weck die andere", sagte die Elfe im Befehlston und schloss die Tür wieder.

Wer war das?, fragte Akiko.

„Ich habe keine Ahnung, aber nun lass mich etwas ausruhen", sagte Kasumi und legte sich ins Bett. Sofort fielen ihr die Augen zu und sie schlief ein.

Night

Die Sonne stand hoch am Himmel, als Er die Nila-Fälle erreichte. Sofort sah Er die fünf Reiter und ihre Drachen. Der Shinigami flog langsam weiter, damit sie nicht entdeckt wurden. Hinter einem Felsen, von dem aus Er einen guten Ausblick auf die Drachen hatte, suchte Er Schutz. Geschickt sprang Er von dem Shinigami und landete auf dem kargen Felsen. Während der Shinigami direkt auf die Drachen zuflog, konnte Er sich hinter dem Felsen verstecken und beobachten, wie die Drachen reagierten. Sobald sie den Shinigami entdeckten, fingen sie an zu brüllen und griffen ihn an. Der Adler wich dem ersten Angriff aus und flog dann schnell davon.

Von seiner Schwester wusste Er, dass sich nicht einmal Shinigamis den Nila-Fällen nähern durften. Der Grund dafür wussten nicht einmal die Shinigamis selbst, doch Er nahm an, dass es wegen seiner Magie war. Wenn diese wirklich hier versiegelt war, würde sie jedem, der sie an sich nahm, unermessliche Macht geben.

Doch wieso gerade die Nila-Fälle? Diese Frage beschäftigte ihn schon, seit Er seinen Bruder verlassen hatte. Er wusste nicht viel über die Nila-Fälle, das Wenige, das Er wusste, war, dass die Wasserfälle heilig waren und dass sie jede erdenkliche Form der Magie ins Unermessliche steigern.

Wenn das so ist, dann steigern sie auch Versiegelungsmagien, dachte Er und merkte, dass es die einzig mögliche Antwort auf seine Frage war.

Aus den Augenwinkeln sah Er, dass die Drachen weit genug von ihren Reitern entfernt waren.

Jetzt ist der Augenblick gekommen, an dem ich meine Magie zurückbekomme, dachte Er und machte sich zum Sprung bereit.

Als die Drachen abgelenkt waren, sprang Er hinter dem Felsen hervor. Es ging steil hinunter, trotzdem landete Er ohne große Probleme direkt hinter den fünf Reitern. Mit einer fließenden Bewegung zog Er sein Schwert und schlug dem ersten Reiter den Kopf ab, ohne dass dieser mitbekam, dass er angegriffen wurde. Die restlichen vier drehten sich um, als sie die Präsenz von ihm wahrnahmen.

„Lasst uns den Kampf starten", sagte Er mit einem höllischen Lachen auf den Lippen.

Ohne große Mühe rammte Er dem zweiten Reiter, der einen silbernen Brustharnisch trug, sein Schwert in den Bauch. Sein Schwert schnitt durch den Harnisch wie durch weiche Butter. Bevor dieser auf die Knie fiel, hatte Er schon dem nächsten Gegner einen Arm abgehackt. Das Blut floss schnell hinaus und spritzte ihm auf seine schwarze Kleidung. Das Blut ignorierend, rannte Er auf seinen nächsten Gegner zu und spaltete diesen in zwei Hälften. Er spürte, wie sein Schwert durch Muskeln und Knochen schnitt, was ihn auf eine abartige Weise freute.

Als Er sich seinem letzten Gegner zuwandte, hörte Er das wütende Gebrüll der Drachen. Noch bevor Er den Reiter erreichte, packte ihn eine Klaue und schoss ihn in die Luft hinauf. Ein anderer Drache traf ihn mit seinem Schwanz, was ihm die Luft aus dem Leib presste. Mit einem Aufschrei landete Er in einem der Seen, in die die Nila-Fälle flossen.

Er wollte sich im Wasser wenden und an die Oberfläche schwimmen, als ihn etwas an seinem Fußgelenk packte und in die Tiefe zog. Wütend hackte Er mit seinem Schwert auf das Etwas ein, verfehlte es aber und schnitt sich selbst. Das Blut verteilte sich rasch im Wasser. Fassungslos sah Er zu, wie sich sein Blut verteilte und wie Er immer tiefer sank. Er befand sich schon in einer Tiefe, in der man nichts mehr erkennen konnte, und doch wusste Er, dass es irgendwo weiter unten ein Licht gab.

Als Er merkte, wie ihm die Luft ausging, griff Er auf seine letzten Magiereserven zurück und ließ sie frei. Eine hellblaue Luftblase umgab seinen Kopf. Gierig zog Er die Luft in seine Lungen, doch viel zu schnell verflog seine Magie. Er nahm einen letzten Atemzug, bevor die Luftblase verschwand. In diesem Augenblick sah Er ein Licht.

Nein, kein Licht, ein Leben, stellte Er fest.

Unter ihm schwamm eine Frau mit schwarzen Haaren. Sie war umgeben von Federn. Erstaunt stellte Er fest, dass es sich bei der Frau um eine Tenshi handelte.

Doch was macht eine Tenshi, ein Wesen der Lüfte, tief unter der Wasseroberfläche? Langsam ging ihm die Luft aus und auf seine Frage konnte Er auch keine Antwort finden. Da plötzlich ließ ihn das Etwas, das ihn am Fuß festgehalten hatte, los und schwamm in das Licht, das die Frau umgab. Als Er das Wesen erkennen konnte, schluckte Er einmal leer. Vor ihm, in der Tiefe des Sees, schwamm eine Nymphe mit Augen wie ein Engel. Aus diesen Augen blickte sie ihn an und flehte stumm. Er wusste, was sie sagte. *Bitte rette sie.*

Es tut mir leid, aber ich habe keine Magie mehr, antwortete Er stumm.

Die Nymphe zeigte nach oben.

Das heilende Wasser der Nila-Fälle fließt in diesen See. Wenn du dich von seiner heilenden Kraft durchströmen lässt, wird deine Magie aufgefrischt, sagte die Nymphe.

Er dachte über dieses Argument nach und ließ es zu, dass die Nymphe seine Pfade der Magie öffnete. Sofort spürte Er, wie etwas in seinen Geist strömte, etwas, das ihn heilte, und etwas, das ihn ergänzte.

Was ist das?, dachte er, als seine Magie allmählich zurückkehrte und mit ihr die Luftblase, die wieder um seinen Kopf erschien. Die Nymphe lächelte glücklich, als sie dies sah, und schwamm dann in die Tiefe des Sees. Allein gelassen mit der Tenshi, wusste Er nicht, was Er tun sollte. Er hatte der Nymphe nicht direkt gesagt, dass Er die Frau heilen werde, doch aus einem bestimmten Grund, den Er selbst noch nicht kannte, war es von dringlicher Wichtigkeit, dass die Frau überlebte.

Er näherte sich der Frau, legte seine Arme um ihren Körper, achtete aber darauf, dass Er die schwarzen Flügel nicht berührte, da für eine Tenshi ihre Flügel heilig waren. Er berührte zärtlich die Lippen der Frau. Langsam ließ Er seine Zunge hervorschnellen und genoss das Gefühl ihrer Lippen. Er arbeitete sich weiter voran und stieß seine Zunge in ihren Mund. Genüsslich stöhnte Er auf, drückte seinen Körper härter an die Tenshi und ließ seine Magie in sie fließen.

Nach wenigen Sekunden spürte Er, wie sich die Tenshi unter ihm anfing zu bewegen und ihn wegstoßen wollte, was ihn mehr erregte, als Er gedacht hatte.

Plötzlich lag Er unten und sah Richtung Wasseroberfläche. Die Tenshi, die nun wieder bei vollem Bewusstsein war, beendete den Kuss, leckte sich aber noch über die Lippen, bevor sie an die Wasseroberfläche schwamm. Dabei zog sie ihn hinter sich her.

An der Oberfläche angekommen, sah sie sich ängstlich um, konnte aber keine Gefahr entdecken. Als Er das Wasser durchbrach, fiel ihm auf, dass die Drachen verschwunden waren; das Einzige, was übrig geblieben war, waren die Leichen der vier Reiter.

Erleichtert darüber, dass Er noch lebte, schwamm Er an Land. Die Tenshi folgte ihm, ließ ihn aber nicht aus den Augen.

„Bist du der, den Cruel befreien wollte?", fragte sie.

Baff darüber, dass sie Cruel kannte, stand Er da und sah die Tenshi an. Seine Zunge wollte ihm nicht mehr gehorchen, sodass Er kein Wort zustande brachte. Erst nachdem die Tenshi ihn abfällig anblickte, fand Er seine Sprache wieder.

„Woher kennst du meinen Bruder?", fragte Er.

„Ah, du bist Cruels Bruder, das erklärt einiges."

Die Tenshi drehte sich zum Wasser um, wodurch sie ihm ihren Rücken und ihre Flügel zeigte. Sie zog ihr rotes Kleid aus. Nackt drehte sie sich wieder um.

Was für einen bezaubernden Körper, dachte Er, wobei Er seine lustvollen Gefühle nur mühsam unterdrücken konnte.

„Ich habe gehört, dass du einen lustvollen Körper hast, aber das übertrifft meine Erwartungen", sagte die Tenshi auf seine körperliche Reaktion hin. „Und bevor du dich jetzt weiter fragst, erklär ich dir am besten alles von Anfang an. Oder ich zeige es dir."

Daraufhin streckte die Tenshi ihre Hände nach seinem Kopf aus und berührte ihn an den Schläfen. Sofort änderte sich das Bild um ihn herum.

Er, oder besser die Tenshi, die ihm diese Bilder zeigte, flog hoch in der Luft. Um ihn herum flogen weitere Tenshis, die aufgeregt auf den

Erdboden blickten und beobachteten, was sich dort abspielte. Er erkannte sich selbst wieder, wie Er in seiner Drachenform gegen den Drachenprinzen kämpfte. Es war das Ende des Kampfes, in dem Er unterlag. Sein Drachen-Ich wurde vom Prinzen zurückgedrängt. In diesem Moment sprang eine Elfe mit violetten Haaren hervor und stach seinem Drachen-Ich mit dem heiligen Schwert der Ersten Drachen in den Rücken. Sofort verwandelte sich sein Drachen-Ich, sodass nun seine menschliche Form am Boden lag. Die Elfe webte einen Zauber, woraufhin sich seine Magie von seinem Körper trennte. Die weiße Kugel, in der seine Magie war, flog zu den Tenshis.

„Es liegt nun in eurer Verantwortung, diese Magie sicher zu verwahren", sagte der Drachenprinz feierlich zu den Tenshis.

Ein Tenshi mit weißen Flügeln nahm die Kugel an sich und flog davon. Alle anderen Tenshis folgten ihm, so auch Er, der die Bilder der Frau sah. Als sie im Dämonenland ankamen, sagte der Tenshi: „Ich werde die Magie bei den Nila-Fällen versiegeln, dies geht aber nicht ohne einen Schlüssel. Night, du kommst mit mir, der Rest kann gehen."

Er, das heißt Night, flog hinter dem weiß geflügelten Tenshi her. Die Nila-Fälle kamen in Sicht, ohne dass die zwei Tenshis ein Wort miteinander gesprochen hatten. Kurz vor den Nila-Fällen hielt der Tenshi inne und sah Night an.

„Du wirst eine große Verantwortung tragen, wenn du dich entschließt, den Schlüssel zur Versiegelung seiner Magie zu werden."

„Das ist mir bewusst", gab Night zur Antwort.

Gemeinsam flogen sie an den höchsten Punkt der Nila-Fälle. Der Tenshi legte die weiße Magiekugel in das Wasser. Nach einigen Zaubersprüchen, die Night nachsprach, war es zu Ende. Nun legte Night ihre Hände auf die Kugel und sagte ein Wort, welches Er nicht verstand, da es in der Sprache der Tenshis gesprochen wurde. Die Kugel leuchtete kurz auf und verschwand dann im Wasser.

„Es ist vollbracht", sagte der Tenshi.

In diesem Moment wechselte das Bild.

Er befand sich auf einem Felsen, als ein brauner Drache angeflogen kam, der neben Night auf dem Felsen landete. Night stand auf und umarmte den Drachen.

„Es ist so schön, dass du wieder da bist, Cruel“, sagte die Tenshi.

Cruel zeigte seine Zähne, was ein Lächeln sein sollte, doch wie ein Knurren aussah. Night schreckte dies nicht ab. Sie öffnete ihre schwarzen Flügel und stieg in die Luft hinauf. Cruel sah ihr nach und folgte ihr nach einem kurzen Moment. Der Drache öffnete seine leicht grünen Flügel und sprang in die Luft.

Als Cruel Night erreichte, fragte er: „Wirst du mich jetzt zu seiner Magie bringen?“

„Natürlich, meinem Geliebten kann ich nichts abschlagen“, sagte Night mit einem Lächeln im Gesicht.

Gemeinsam flogen sie zu den Nila-Fällen. Zu spät merkten sie, dass sie von drei Drachen verfolgt wurden.

„Wächter!“, rief Night aufgebracht.

Mit einer Linkskurve versuchte sie einem der Drachen auszuweichen, was sie auch schaffte. Geschickt landete sie genau an dem Punkt, wo ihr Anführer vor tausenden von Jahren die Magie versiegelt hatte. Sie sagte das Schlüsselwort rückwärts und dann auch die Zaubersprüche. Die Magiekugel wurde sichtbar, doch als sie sah, dass Cruel in Schwierigkeiten steckte, vergaß sie ihren Auftrag und eilte zu Cruel. In der Zwischenzeit waren noch zwei weitere Drachen dazugekommen.

Night flog schnell und setzte ihre Magie gezielt gegen die Drachen ein. Die ersten drei Drachen ließen von Cruel ab und griffen nun sie an.

Verschwinde von hier, solange du noch kannst, sandte sie telepathisch an Cruel.

Nein, ich lasse dich nicht allein, erwiderte Cruel.

Cruel, mein Geliebter, du musst deinem Bruder mitteilen, wo seine Magie ist. Ich kann die Drachen lange genug aufhalten, damit du flüchten kannst. Und nun geh.

Schweren Herzens wendete sich Cruel ab und flog davon.

Nun war sie allein mit den fünf Drachen, die sie umzingelten und sie angriffen. Einer der Drachen traf mit seinen Krallen ihre Flügel, wodurch sie abstürzte und in einem der Seen landete. Die Wunde an den Flügeln war so groß, dass sie nicht mehr die Kraft fand, um aufzutauchen, sondern sich mit der Strömung in die Tiefe sinken ließ.

Verzeih mir, Cruel, dachte sie und gab sich auf.

Die Bilder erstarben und Er fand sich in der Gegenwart wieder. Nun betrachtete Er die Tenshi vor sich genauer. Ihre Flügel hingen in Fetzen von ihrem Rücken hinab und ihre braunen Augen blickten traurig.

Sie hat meinem Bruder das Leben gerettet, obwohl es nichts gebracht hat, dachte Er.

„Nun kennst du meine Geschichte. Das Problem ist nur, dass ich nicht mehr dazu fähig bin, an den Versiegelungsort zu fliegen."

„Mach dir deswegen keine Sorge. Ich habe einen Teil meiner Magie schon zurückbekommen", sagte Er, stand auf und packte Night um die Taille.

Mit seiner Magie erschuf Er imaginäre Flügel, mit denen Er sich in die Luft erhob. Mit Nights Hilfe fanden sie den Versiegelungsort im Nu. Der Flug dorthin war jedoch anstrengend. Immer wieder sackte Er ab, da seine Magie nicht stabil genug war. Einmal sank Er so weit ab, dass sie beinahe die Wasseroberfläche berührten. Aber sie schafften es dennoch.

Am Versiegelungsort angekommen, kniete sich Night nieder, legte die Hände über die Kugel, die Er schon erkennen konnte, und fing erneut an mit ihrer Zauberformel. Nach und nach tauchte die Kugel auf.

Voller Spannung wartete Er darauf, dass seine Magie zurückkam, doch auch als die Kugel sichtbar war und über dem Wasser schwebte, passierte nichts.

„Wieso spüre ich nichts?", fragte Er genervt.

„Das ist, weil ich die Magie mit meiner Lebensenergie versiegelt habe."

Jetzt verstand Er, wieso sie nackt war. Ihre Lebensenergie kann nur dann erlöschen, wenn sie mit sich im Reinen ist und sich dann ersticht.

„Sag Cruel, dass ich ihn von Herzen liebe und ihn nie verlassen wollte. Jedoch wusste ich, dass der Tag kommen würde, an dem ich mein Leben gern hergebe. Würdest du ihm das sagen?“, fragte sie ihn mit Tränen in den Augen.

„Natürlich werde ich das“, antwortete Er ihr, im Gewissen, dass Er ihre Worte niemals seinem Bruder sagen konnte, da er diese Welt schon verlassen hatte.

Er blickte Night erwartungsvoll an. Diese zog einen Dolch, der neben seiner Magie versiegelt war. Er erkannte sofort, dass es der Dolch der lebenden Tenshis war. Dieser Dolch war dafür bekannt, dass er jedem das Leben nahm, der ihn berührte.

Langsam griff Night danach. Als sie ihn berührte, passierte nichts. Überrascht wich Er einige Schritte zurück, doch in diesem Moment stieß sich Night den Dolch ins Herz. Blut quoll aus der Wunde und über ihren schönen Körper.

Ohne dass Er es wollte, liefen ihm Tränen über die Wangen, als Er sah, wie das Leben aus Night wich. Als alles Leben in ihr erloschen war, leuchtete die Magiekugel auf und öffnete sich. Magiefäden streckten sich nach allen Richtungen aus, doch als sie seine Präsenz spürten, flogen sie auf ihn zu und drangen in sein Herz ein.

Er spürte, wie seine Magie zurückkehrte und wie sich seine Form wandelte. Er öffnete sein Maul und brüllte seinen Sieg hinaus, gefolgt von einem schwarzen Feuerstrahl, der in der Ferne erlosch.

Der erste Tag

Kasumi, wach auf!, hörte Kasumi Akiko sagen.

Müde wälzte sich Kasumi im Bett herum und zog die Decke über ihren Kopf. Gerade als sie kurz davor war, wieder einzuschlafen, sprang Akiko auf das Bett. Eine ihrer Pfoten zog die Decke vorsichtig zurück.

Kasumi, es ist jetzt schon eine Stunde her, seit die Elfe in unserem Zimmer war, motzte Akiko weiter. *Ich glaube, es wäre besser, wenn du aufstehen würdest.*

„Ach, lass mich doch in Ruhe“, erwiderte Kasumi verschlafen.

Doch Akiko gab nicht auf. Wütend sprang sie vom Bett, packte die Decke mit den Zähnen und zog sie mit einem Ruck weg. Kasumi schrie genervt auf, stieg aus dem Bett und nahm die Decke in die Hand.

„Du kannst es vergessen, dass ich aufstehe!“, schrie sie Akiko an.

Du bist schon aufgestanden, sagte die Löwentigerin triumphierend und tapste glücklich zur Tür. *Na los, weck Lavinia und zieh dich an.*

Seufzend gab sich Kasumi geschlagen, drehte sich zu Lavinias Bett um und zog mit einem Ruck die Bettdecke weg. Darunter kam eine verschlafene Elfe in einem blauen Nachthemd zum Vorschein.

„Was? Ist es schon Morgen?“

„Ja, und jetzt steh auf, heute beginnt unser Unterricht.“

Während sich Lavinia aus dem Bett erhob, zog sich Kasumi an. Die schlichten braunen Lederhosen waren Kasumi zu eng, sodass sie den Atem anhalten musste, um in die Hose zu passen. Das violette Kleid, das ihr bis zu den Knien reichte, passte hervorragend zu ihren amethystfarbenen Augen und der weiche Wollstoff fühlte sich geschmeidig auf ihrer Haut an. Währenddessen war auch Lavinia fertig. Sie trug ein meergrünes Kleid, das elegant um ihre Beine flatterte, dazu noch schwarze Lederhosen.

Akiko hatte ihnen erklärt, sie sollten Lederhosen tragen, da Leder resistenter sei gegen die Schuppen eines Drachen. Von Lavinia wusste Kasumi, dass Drachen keine Sättel trugen, es sei denn, der Reiter konnte noch nicht auf einem Drachen sitzen. Demnach schlussfolgerte Kasumi, dass sie ohne einen Sattel und somit ohne Halt auf einem Drachen reiten sollte. Als ihr dies klar wurde, wäre sie am liebsten wieder gegangen, doch Akiko hielt sie auf.

Eine Glocke ertönte und riss Kasumi aus ihren Gedanken.

„Was war das?“, fragte Lavinia.

Das? Das war der Gong, um die Stunden anzufangen, erklärte Akiko. *Und wisst ihr was?*

Beide Mädchen schüttelten den Kopf.

Ihr seid zu spät!

„Was?!“, schrie Kasumi entsetzt auf. Sofort rannte sie zur Tür und wollte sie aufmachen, doch Akiko zerrte an ihrer Hose.

Nein, mach das nicht. Wenn du die Tür jetzt öffnest, wirst du an einen düsteren Ort teleportiert, erklärte Akiko.

„Und was sollen wir dann machen?“, fragte Lavinia, die sich wieder auf das Bett gesetzt hatte.

Warten, bis einer der Lehrer kommt.

Kasumi schlenderte zurück zu ihrem Bett, ließ sich mit einem Plumps auf die Federmatratze fallen und dachte an die letzte Nacht.

Tesfay, dachte sie, *was für ein wunderschöner Name.*

Sie spürte, wie sie rot anlief, als sie an seine Lippen dachte. An das Gefühl, als er sie geküsst hatte. Obwohl der Kuss nur von kurzer Dauer gewesen war, hatte er sich trotzdem in ihre Gedanken gebrannt.

Ist das etwa Liebe?, fragte sie sich selbst, schüttelte aber den Kopf, als sie das Bild der toten Frau ohne Kopf wieder vor sich sah. Sie wusste, dass er es nur getan hatte, um seinen Vater zu schützen, aber es ließ sie nicht mehr los. Würde sie sich in jemanden verlieben können, der für seine Familie tötete? Sie setzte sich auf, die Antwort klar vor Augen.

Nein, ich werde mich nicht in ihn verlieben können, nicht nur, weil er ein Mörder ist, sondern auch, weil er ein Drache ist.

Mit diesem Entschluss stand Kasumi auf, ging zur Tür und öffnete diese, trotz Akikos Warnung. Sie hörte noch Akikos entsetzten Schrei, doch es war zu spät. Das Zimmer wurde von einem Moment auf den anderen blendend weiß, dann dunkel, sodass die drei nichts mehr sehen konnten.

Kasumi spürte, wie sich das Zimmer anfing zu drehen, wodurch sie sich an der Wand abstützen musste. Nach einigen Sekunden wich die Dunkelheit zurück. Die Tür stand weit offen, sodass die drei hinausschauen konnten.

Vor ihnen erstreckte sich ein weißer Saal aus Marmor, an dessen Seiten Tische standen, an denen Elfen in verschiedenfarbigen Gewändern saßen. In der Mitte des Raums stand eine Elfe in einem blauen Gewand, die sie streng ansah.

Vorsichtig trat Kasumi in den Raum. Akiko, die ihr Fell sträubte, folgte ihr widerstrebend.

„Es wird auch Zeit, dass ihr erscheint", sagte die Elfe streng. „Wählt einen Platz aus, an dem ihr sitzen könnt."

Auf die freundlichen Worte der Elfe trat Lavinia auch in den Raum und setzte sich an den ersten Tisch. Auffordernd klopfte Lavinia auf den Stuhl neben sich. Seufzend ging Kasumi zu dem Stuhl, zog ihn zurück und setzte sich hin.

Und ich habe gedacht, wir werden an einen düsteren Ort teleportiert, sagte Akiko grummelnd.

„Nur weil es der erste Schultag ist, durftet ihr noch in das Zimmer kommen", erklärte die Lehrerin amüsiert. „Aber nun lasst uns mit dem Unterricht beginnen."

Alle Elfen erhoben sich und verneigten sich vor der Lehrerin. Nur Kasumi blieb sitzen und fragte sich, was die Elfen machten. Lavinia stupste Kasumi an und forderte sie auf, aufzustehen. Widerstrebend stand sie auf und machte es den Elfen nach, dabei bemerkte sie, wie sie angestarrt wurde. Sie wollte sich gerade umschauen, als die Lehrerin vor sie hintrat und ihr zuflüsterte: „Du kannst dich nun wieder hinsetzen."

Vor Verlegenheit wurde Kasumi rot, setzte sich aber wieder hin. In diesem Moment erhaschte sie den Blick auf kastanienbraunes Haar.

Nein, das kann nicht wahr sein, dachte sie, als sie in das Gesicht von Kosuke blickte. Das arrogante Lächeln des Elfenprinzen ließ sie an ihre erste Begegnung in der Heiligen Stadt denken. Damals hatte er sie nackt gesehen und sich tierisch darüber gefreut. Wäre Ryohei nicht aufgetaucht, hätte dieser Prinz wer weiß was mit ihr angestellt.

Während Kasumi überlegte, wie es möglich war, dass sich Kosuke auch an der Drachenakademie aufhielt, erklärte die Lehrerin die Grundlagen der Magie.

„Es gibt nur eine Magie, aber wenn die Struktur der Magie verändert wird, verändert sich auch die Wirkung der Magie. Es gibt unterschiedliche Strukturen, doch die Grundstrukturen sind Heilmagie, Angriffsmagie, Verteidigungsmagie und Flugmagie. Je nachdem, welche Magie angewendet wird, verändert sich die Farbe, da jede Struktur eine eigene persönliche Farbe hat. Wird zum Beispiel Heilmagie benutzt, wird die Magie golden."

Die Lehrerin blickte auf. Mit langsamen Schritten ging sie zu Kasumi, legte die Hand auf ihren Kopf und schlug ihren Kopf auf den Tisch. Schmerzerfüllt schrie Kasumi auf.

„Hörst du jetzt zu oder muss ich es noch einmal wiederholen?", fragte die Elfe süffisant.

Kasumi schüttelte benommen den Kopf. Vor Schmerz liefen ihr Tränen über die Wangen, die sie aber rasch mit dem Handrücken wegwischte. Die Lehrerin stolzierte wieder in die Mitte.

„Nun kommen wir zu den Grundstrukturen oder der Grundmagie", fuhr die Lehrerin fort. „Wie ich schon zuvor sagte, gehören Angriffsmagie, Heilmagie, Verteidigungsmagie und Flugmagie zu den Grundstrukturen. Es spielt dabei keine Rolle, welche der vier Magien man zuerst erlernt. Jedoch beherrscht nicht jeder alle Magien gleich gut. Es kommt auf den Charakter einer Person an und wie stark ihre Magie ist. Je nachdem, in welcher Magie man gut oder schlecht ist, beherrscht man auch die weiteren Kategorien dieser Magie, die weitaus stärker sind als die Grundmagie selbst. Es sei denn, man konzentriert seine ganze Magie auf eine der Grundmagien, dann kann man damit Zauber erschaffen, die sonst unmöglich sind. Doch dazu später mehr.

Ich kann drei der vier Grundstrukturen problemlos anwenden und somit gehöre ich zu den seltenen Elfen, denen dies vergönnt ist. Die meisten Elfen beherrschen zwei Grundstrukturen und der Elfenkönig alle vier. Eines müsst ihr aber wissen: Ihr werdet die Grundlagen aller Grundstrukturen erlernen, dabei stellt sich heraus, bei welcher Grundmagie ihr Potenzial zeigt.

Nun aber genug Theorie. Ich will wissen, welche Magie ihr schon benutzen könnt. Wer will anfangen? Niemand? Auch gut, dann fängst du an." Die Lehrerin zeigte auf Lavinia. „Und sag bitte noch, wie du heißt."

Alle Blicke richteten sich auf Lavinia, die nervös aufstand. Dabei fielen ihre blauen Haare locker auf ihre Schultern.

Merkwürdig, dachte Kasumi, *ich habe gedacht, ihre Haare würden sich immer bewegen.*

„Mein Name ist Lavinia. Ich bin achtzehn Jahre alt und stamme aus Sea. Mein Partnerdrache ist Brilthor. Ich glaube, ich beherrsche ein wenig Heilmagie."

Die Lehrerin nickte und wollte den nächsten Elf aufrufen, als sie innehielt und fragte: „Habe ich mich schon vorgestellt?"

Alle Schüler schüttelten den Kopf.

Die Lehrerin seufzte und sagte dann: „Ach, was soll es? Mein Name ist Lin, ich bin hundertsechzehn Jahre alt und arbeite schon seit dreiundvierzig Jahren an der Drachenakademie. Meine Drachenpartnerin ist Suriant. Und ja, bevor ihr alle ausflippt, sie ist die schnellste Drachin. So, ich glaube, das ist alles, was ihr über mich wissen müsst. Als Nächstes bist du dran." Lin zeigte auf einen Elfen mit gelben Haaren, der an dem Tisch neben Lavinia saß.

Zuerst hörte Kasumi aufmerksam zu, doch mit der Zeit wurde es ihr zu langweilig und sie fing ein Gespräch mit Akiko an.

Wie findest du bis jetzt die Schule?, fragte sie Akiko.

Es ist interessant, etwas mehr über Magie zu erlernen. Weißt du, wir, das heißt die Löwentiger, können nur begrenzt Magie einsetzen. Das, was wir können, ist telepathisch kommunizieren und uns verteidigen.

Ich verstehe. Bis jetzt habe ich außer Heilmagie nur den Copernicus gelernt. Ich glaube, der gehört zur Verteidigungsmagie. Ich würde aber am liebsten … Kasumi hielt inne, als die Reihe an Kosuke kam.

„Mein Name ist Kosuke el Ramia und ich stamme aus der Heiligen Stadt. Ich habe schon Angriffsmagie, Verteidigungsmagie und Flugmagie gemeistert. Die Heilmagie konnte ich bis jetzt noch nicht meistern. Ich habe keinen Partner. Mein Vater hat mich hierhergeschickt, in der Hoffnung, dass ich Manieren lerne, aber das kann er sich abschminken."

Auf die Worte von Kosuke blieb es im Raum still. Alle sahen ihn mit großen Augen an. Auch Kasumi blickte ihn mit offenem Mund an. So etwas Freches gegenüber seinem Vater zu sagen, das konnte sie einfach nicht glauben. Am liebsten wäre sie aufgestanden und hätte ihm eine Ohrfeige verpasst, doch sie traute sich nicht. Dazu kam noch der Vorfall, dass er sie nackt gesehen hatte. Sie spürte, wie sie rot anlief, und wie auf ein geheimes Zeichen hin schaute Kosuke sie an. Auf seinem Gesicht bildete sich ein wölfisches Lächeln.

Oh ihr Götter, dachte Kasumi, *das kann nicht wahr sein.* Sie war sich hundertprozentig sicher, dass sich Kosuke gerade an ihre erste Begegnung erinnert hatte. Sie hatte schon gehofft, dass er diese vergessen hatte, doch wie es schien, war dem nicht so.

Im Hintergrund hörte Kasumi, wie die Lehrerin den letzten Elf aufrief. Erst als Lavinia an ihrem Kleid zog, wurde Kasumi bewusst, dass sie gemeint war. Mit einem Ruck stand sie auf.

„Mein Name ist Kasumi und ich stamme aus Nymues Dorf. Ich bin siebzehn Jahre alt. Aus den Grundstrukturen beherrsche ich die Heilmagie. Seit ich klein bin, habe ich diese Magie praktiziert. Dazu beherrsche ich noch den Copernicus, der, glaube ich, zur Verteidigungsmagie gehört."

Kasumi setzte sich wieder hin, im Wissen, dass sie alle anstarrten. Lin wollte gerade etwas sagen, als eine Elfe die Hand aufstreckte. Lin gab ihr das Zeichen, dass sie sprechen konnte.

„Stimmt es, dass du mit einer Löwentigerin eine Verbindung geschlossen hast?", fragte die Elfe.

Kasumi nickte und zeigte auf Akiko, die neben ihr auf dem Boden lag. Sofort wurde Akiko von den Elfen umringt. Alle wollten die Löwentigerin anfassen, doch Akiko störte dies und sie fauchte die Elfen an, die erschrocken zurückwichen.

„Alle sofort zurück auf eure Plätze!" schrie die Lehrerin.

Die Elfen rannten zu ihren Plätzen, setzten sich und machten ein Gesicht, als wäre nichts geschehen.

„Es ist immer das Gleiche mit den neuen Schülern", murmelte Lin.

Sie hob ihre Hände über den Kopf und klatschte einmal in die Hände. Sofort erloschen die Lichter und das Zimmer fing an, sich zu drehen.

Das ist auch passiert, als ich die Zimmertür geöffnet habe, sagte Kasumi zu Akiko.

Ja, das ist Teleportationsmagie, erklärte Akiko.

Der Raum fing immer schneller an, sich zu drehen, bis Kasumi dachte, dass sie sich übergeben müsste. Doch zum Glück versiegte die Drehung des Raums bald und das Licht ging wieder an.

Bewundernd sah sich Kasumi um. Sie befand sich in einer großen Höhle, an dessen Decke helle Lichter hingen, die die Höhle erleuchteten. Der Boden bestand aus weichem weißem Sand und an den Wänden waren Zeichnungen von Drachen in den Stein gemeißelt. Kasumi konnte nicht sagen, wie groß die Höhle war, so weit reichte ihre Sicht nicht, als dass sie alles hätte erblicken können.

„Willkommen in der Trainingshalle", sagte Lin. „Hier werdet ihr die einzelnen Grundstrukturen lernen und sie anwenden. Früher kämpften hier noch die Drachen zum Spaß, doch man fand heraus, dass die Decke zu niedrig ist, deswegen wurden die Drachenkämpfe ins Gebirge verlagert. Aber nun zu eurem Training."

Lin wandte sich zu ihnen um mit einem Lächeln auf den Lippen und einem Bund Papier in den Händen.

„Ich habe mir aufgeschrieben, welche Strukturen ihr schon gelernt habt und welche nicht. Ihr werdet nun in Gruppen aufgeteilt, in denen ihr die fehlende Grundmagie erlernt. In der ersten Gruppe, die mit der Heilmagie anfängt, sind Kosuke, Inscha, Reika, Sharon und Kumaliah. Ihr werdet von Astalor unterrichtet. Die zweite Gruppe, die in Verteidigungsmagie unterrichtet wird, besteht aus Lavinia, Kasumi, Ari, Siou und Keira. Ich werde euch diese Magie beibringen. Und die letzte Gruppe, bestehend aus Jun, Meg und Leander, wird in Angriffsmagie unterwiesen, und zwar von Hiuka."

Als Lin fertig war mit ihrer Erklärung, erschienen zwei schwarze Schemen, die sich ihnen näherten. Der eine klatschte in die Hände. Er verschwand und mit ihm drei der Elfenschüler. Der zweite Mann klatschte in die Hände, auch er verschwand und nahm fünf Schüler mit.

Wo gehen sie hin?, fragte Akiko.

„Diese Trainingshalle ist in vier Abschnitte geteilt. Jeder Abschnitt ist dafür bestimmt, eine der Grundmagien zu erlernen. Sie sind in eine der weiteren Abschnitte der Halle gegangen. In diesem Abschnitt hier werdet ihr die Verteidigungsmagie erlernen. Wenn ihr an die Wände schaut, erblickt ihr Bilder von Drachen. Diese Bilder können die Drachen mit Magie erwecken und dann müsst ihr euch gegen diese Zeichnungen verteidigen. Doch zuerst werdet ihr lernen, wie ihr die Verteidigungsmagie aktivieren könnt", endete Lin die Erklärung.

Auf eine Handbewegung von Lin erschienen Kissen auf dem weißen Sand, die im hellen Licht blutrot leuchteten.

„Magiekissen", kommentierte einer der Elfen, der, so dachte Kasumi, Siou hieß.

Auf eine weitere Handbewegung von der Lehrerin setzten sich die Elfen auf die Kissen. Kasumi tat es ihnen gleich und setzte sich im Schneidersitz hin.

„Am besten ist es, wenn ihr die Hände in eurem Schoß kreuzt. Nun schließt ihr die Augen und stellt euch eure Magie vor. Wenn ihr eure Magie erreicht habt, denkt ihr an einen Schild, der euren Körper von vorn umgibt. Nun sollte eure Magie automatisch die Farbe wechseln."

Kasumi schloss die Augen, wie die Lehrerin gesagt hatte, und ließ sich fallen. Ihre weiße Magiekugel erschien vor ihrem geistigen Auge. Wie schon bei der Heilmagie, stellte sie sich vor, welche Form die Magie annehmen sollte. Als sie den Schild vor sich sah, streckte sie ihre Hand aus und griff nach ihrer Magie, die sich daraufhin blau verfärbte. Einzelne Magiefäden wanden sich um ihr geistiges Handgelenk und bildeten einen blauen Schild. Nun öffnete Kasumi wieder die Augen. Vor ihr zeichnete sich eine hellblaue Wand ab, die in einem warmen Licht leuchtete.

Als sich Kasumi umsah, bemerkte sie, dass die anderen Schüler noch in Trance waren. Bei einigen zeichneten sich schon die Konturen eines Schildes ab, aber bei den meisten sah man noch nichts.

Die Lehrerin erhob sich von ihrem Kissen und kam auf Kasumi zu. Vor ihr setzte sie sich in den Sand und flüsterte ihr leise zu: „Ich habe noch nie eine Elfe gesehen, die einen Schild in der ersten Stunde hervorbringen konnte. So wie es aussieht, bist du weiter als die anderen."

Die Lehrerin wandte sich ab, gab ihr vorher aber noch den Auftrag, einen Schild zu erstellen, der ihren ganzen Körper umschloss.

Wieder schloss Kasumi die Augen. Dieses Mal war ihre Magiekugel schon blau und sie musste nicht einmal die Hand ausstrecken. Die Magiefäden kamen zu ihr und umschlossen sie. Wie schon damals, als sie den Copernicus angewandt hatte, überkam sie das Gefühl, als wäre sie vor allem sicher. Sie öffnete die Augen. Um ihren Körper befand sich eine blaue Schicht, die sich bewegte.

„Faszinierend", sagte die Lehrerin, die vor ihr stand. „Zuerst erstellst du einen normalen Schild und nun einen Körperschild, und das in weniger als einer Stunde. Wirklich faszinierend."

In diesem Moment ertönte eine Glocke, die dreimal den gleichen hellen Klang erzeugte. Das Echo hallte in der Höhle wieder und versiegte nur langsam.

Mittagspause, sagte Akiko.

Die Lehrerin klatschte wieder in die Hände und es wurde schwarz. Wieder hatte Kasumi das Gefühl, als würde sich der Raum drehen, doch da befand sie sich schon wieder in dem Klassenzimmer mit den Tischen. Auch die anderen Elfen, die mit den fremden Schemen mitgegangen waren, erschienen in dem Zimmer.

„Der Morgenunterricht ist nun beendet, am Nachmittag finden die Flugstunden statt", sagte die Lehrerin und setzte sich auf einen Stuhl.

Die Schüler erhoben sich und strömten aus dem Raum. Kasumi wollte gerade aufstehen, als sich eine Hand auf ihre Schulter legte und sie zurück in den Sitz drückte.

„Ich muss noch mit dir sprechen", sagte Lin, die vor ihr stand.

Kasumi nickte und blieb sitzen.

„Kasumi, kommst du?", fragte da Lavinia. Kasumi schüttelte nur den Kopf. „Ich komme gleich nach, muss nur etwas mit der Lehrerin besprechen. Du kannst schon einmal vorausgehen." Dies ließ sich die blauhaarige Elfe nicht zweimal sagen und düste davon.

„Ich habe bemerkt, dass du deine Magie schon sehr gut im Griff hast, was für eine Halbelfe in deinem Alter sehr ungewöhnlich ist", sagte die Lehrerin, die einen Stuhl an den Tisch von Kasumi herangezogen hatte. „Wie es scheint, bist du den anderen Schülern weit voraus, deshalb habe ich mit den Drachenlehrern gesprochen, die fanden, deine Magie sei außergewöhnlich stark. Sie haben beschlossen, dir ein Mentor zur Seite zu stellen. Wer es sein wird, ist noch unklar. Sie werden es dir während der Flugstunde sagen." Lin erhob sich und ging aus dem Raum.

Kasumi erhob sich auch und wollte aus dem Zimmer gehen, als Akiko sie aufhielt. Ihre blauen Augen schimmerten eigenartig.

Ich weiß noch immer nicht, wieso ich mich mit dir verbunden habe, aber was ich weiß, ist, dass Lin nicht die ganze Wahrheit gesagt hat. Du solltest aufpassen und dir keine Feinde machen, sagte Akiko.

Kasumi ging in die Knie. Ihre Arme umschlangen Akiko und drückten sie fest.

Ach, Akiko. Du musst dir keine Sorgen machen, mir wird nichts passieren.

Akiko schniefte einmal, fasste sich dann wieder und fing an zu schnurren, dabei presste sie sich fest an Kasumi.

Aber sie riecht anders als die anderen Elfen. Eher so wie Naiuschka, erwiderte Akiko.

Kasumi winkte nur ab und fragte: *Na, wollen wir zu Lavinia gehen und eine Kleinigkeit essen?*

Akiko nickte eifrig und gemeinsam traten sie aus dem Raum, direkt in den Esssaal, wo es nur so von Elfen und Drachen wimmelte. Der ganze Saal war, wie auch schon die ganze Akademie, aus weißem

Marmor gefertigt. Einzelne Tischreihen standen in der Nähe der Wände, die kunstvoll verziert waren mit Gemälden von Drachen und einigen Elfen. Die Elfen saßen an den Tischreihen, die aus rotem Holz bestanden, und aßen Haferbrei. Die Drachen hingegen lagen gemütlich auf dem Boden und labten sich an rohem Fleisch.

„Ich will lieber nicht wissen, was das für Tiere sind, die die Drachen essen“, flüsterte Kasumi zu Akiko.

Diese nickte nur und trottete weiter. Plötzlich hielt sie inne, reckte die Nase und schnüffelte in der Luft.

Ich habe Lavinia und Nai ausgemacht, erklärte sie Kasumi und rannte davon. Sie ließ die völlig verblüffte Kasumi zurück, lief geschickt zwischen den Drachen hindurch und erreichte schließlich einen Tisch, der ganz am Ende des Saals im Dunkeln stand.

Kasumi hatte sich währenddessen von dem Schock erholt, dass Akiko Menschen anhand ihres Geruchs finden konnte, und lief nun auf den dunklen Tisch zu, wobei sie Schwierigkeiten hatte, zwischen den Drachen hindurchzukommen. Einige der Drachen versperrten ihr den Weg, sodass sie um sie herumlaufen musste und schon nach wenigen Minuten ins Schnaufen kam. Als sie endlich den Tisch erreichte, fand sie sich vor Tesfay wieder, der sie mit einem Lächeln begrüßte.

Nai fing plötzlich laut an zu lachen und nach kurzer Zeit lachte auch Lavinia.

„Was ist so lustig daran?“, fragte Tesfay wütend.

„Nichts, nur dass du noch nie jemanden angelächelt hast, schon gar nicht eine Halbelfe“, erklärte Nai unter ständigem Lachen.

Tesfay schnaubte wütend und wandte sich von den Mädchen ab, womit ein Platz für Kasumi frei wurde, die sich sofort hinsetzte. Vor ihr erschien eine Schüssel Haferbrei und ein Löffel. Hungrig machte sie sich über das Essen her und bemerkte nicht, wie Tesfay sie aus den Augenwinkeln beobachtete.

Als sie endlich satt war, lehnte sie sich gemütlich zurück und sah sich den Raum genauer an. An der Decke hing ein großer Kronleuchter, dessen Licht sich an den Diamanten, die am Kronleuchter herabhingen, reflektierte und somit jeden Zoll des Saals beleuchtete, bis auf ihren Tisch.

„Wieso steht dieser Tisch im Dunkeln?“, fragte Kasumi neugierig.

„Damit uns niemand erkennt“, erklärte Naiuschka eifrig. „Immerhin haben wir königliches Blut.“

„Was hat das damit zu tun?“, fragte Lavinia empört. „Wenn ihr euch versteckt, werdet ihr niemals Freunde finden.“

„Du hast es falsch verstanden“, sagte Tesfay kalt. „Wir wollen nicht erkannt werden in unserer menschlichen Gestalt, da sonst die Elfen an unseren Fersen kleben würden.“

Daraufhin stand der Drachenprinz auf und verließ den Raum durch eine der vielen Türen, die die Wände säumten.

Plötzlich ging die größte Tür auf, die aus zwei Torflügeln bestand, und zwei Elfen betraten den Raum. Ihnen folgte ein rostbrauner Drache, der sich, sobald er die Mitte des Saals erreicht hatte, auf den Boden fallen ließ. Er stieß ein markerschütterndes Brüllen aus, das alle verstummen ließ.

„Danke, Narog“, sagte einer der Elfen. „Wie ihr wisst, finden heute Nachmittag die Flugstunden statt. Da einige der Erstklässler Flugmagie nicht beherrschen, werden ihre Partnerdrachen Sättel tragen, dazu werdet ihr von der Magie eines Lehrers geschützt. Diejenigen, die keinen Partner haben, werden einem Drachen zugeteilt. Nun, worauf wartet ihr noch? Die Mittagspause ist beendet, also bewegt euch!“ Den letzten Satz schrie der Elf, woraufhin sich alle, sowohl Drachen als auch Elfen, erhoben und auf die Türen zuliefen.

Auch Kasumi stand auf und begab sich mit Nai, Lavinia, Akiko und einem weißblauen Drachen zu einer der Türen.

Flugstunden ins Ungewisse

Etwa zwanzig Minuten später befand sich Kasumi auf einem hohen Felsplateau. Um sie herum waren Berge, deren Spitzen weiß vom Schnee waren.

„Wo befinden wir uns hier?“, fragte Kasumi Naiuschka, die wieder in ihrer Drachengestalt war.

„Dies ist unser Start- und Landeplatz für Übungsflüge“, erklärte Nai, deren rote Schuppen in der Sonne funkelten.

Akiko drückte sich nahe an Kasumi. Ihr kupferfarbenes Fell war gesträubt und ihre blauen Augen blickten ängstlich drein.

Ich muss aber nicht auf einem Drachen reiten, oder?, fragte Akiko mit zitternder Stimme.

Gerade als Kasumi antworten wollte, landete der rostbraune Drache, der schon zuvor im Esssaal gewesen war. Seine Flügel faltete er elegant zusammen, wobei diese einen kleinen Windstoß entfachten, der die Elfen taumeln ließ.

Nur mit Mühe konnte sich Kasumi auf den Beinen halten. Nachdem der Windstoß abgeflaut war, stieg eine Elfe mit langen blauen Haaren vom Rücken des Drachen und kam direkt auf Kasumi zu. Die Elfe blieb vor ihr stehen. Ein arrogantes Lächeln überzog ihre Lippen.

„Du bist also die Halbelfe, die an der Drachenakademie zugelassen wurde. Ich muss schon sagen, ich habe mir dich anders vorgestellt, aber dies tut hier nichts zur Sache.“

Mit einer lässigen Handbewegung strich die Elfe eine Haarsträhne aus ihrem Gesicht. Daraufhin drehte sie sich um und schritt zu dem rostbraunen Drachen.

„Heute werden viele von euch das erste Mal ohne Begleitung fliegen. Deshalb ist es von dringlicher Notwendigkeit, dass ihr wisst, wie ihr euch im Notfall zu verhalten habt. Narog und Suriant werden euch nun zeigen, was ihr zu tun habt, falls ihr miteinander kollidiert."

Ein weiterer Drache erschien, dessen braune Schuppen matt in der Sonne leuchteten. Auf ein Brüllen des Drachen hin erhob sich Narog in die Lüfte; diesmal achtete er darauf, dass er keinen Windstoß entfachte. Sobald der Drache in der Luft war, flog er eine weite Schlaufe, womit er in die Flugbahn von Suriant eintauchte. Mit einem lauten Brüllen krachten die beiden Drachen ineinander. Es sah aus, als habe sich Narog beim Zusammenstoß einen Flügel gebrochen. Obwohl er fest mit den Flügeln schlug, verlor er schnell an Höhe und sein rechter Flügel wurde immer schlaffer.

„Wenn ihr euch einen Flügel brecht, könnt ihr noch so fest mit dem anderen schlagen, ihr werdet trotzdem abstürzen. Was ihr in dieser Situation machen müsst, ist, einen klaren Kopf bewahren und euch ruhig verhalten. Ist die erste Panikattacke vorüber, könnt ihr eure Magie einsetzen", erklärte die Elfe.

Kurz darauf erschien Narog unverletzt am Himmel. Suriant begrüßte ihn mit einem lauten Brüllen, um sich zu vergewissern, ob wirklich alles in Ordnung war. Narog antwortete mit einem Knurren. Die beiden Drachen zogen weite Kreise, die sie, je näher sie dem Felsplateau kamen, verkleinerten. Schlussendlich landeten sie auf dem Felsen.

„Alle Elfen, die keine Flugmagie beherrschen, sollen nun zu mir treten!", schrie die Elfe.

Kasumi ging mit unruhigen Schritten zu der Elfe. Die Lehrerin war ihr nicht geheuer, Akiko empfand genauso. Sie drückte sich an Kasumis Beine und ließ die blauhaarige Elfe nicht aus den Augen. Unter den Elfen fand Kasumi Lavinia, die wie Kasumi die Flugmagie noch nicht beherrschte. Nur fünf der anwesenden Elfen hatten die Flugmagie schon erlernt.

„Wie angekündigt, fliegt ihr mit Sätteln. In der Zeit, in der ich euch erkläre, wie ihr euch auf einem Drachenrücken verhalten sollt, werden euren Partnerdrachen die Sättel aufgelegt", erklärte die Elfe. „Ihr werdet durch die Magie von Narog, Suriant und mir geschützt werden. Falls ihr aus dem Sattel fällt, wird euch unsere Magie beschützen. Nun kommen wir zum eigentlichen Teil der Einführung. Ihr werdet, sobald ihr auf eurem Drachen sitzt, telepathisch mit ihm Kontakt aufnehmen. Ist dieser hergestellt, habt ihr die Erlaubnis abzuheben. Wenn ihr in der Luft seid, hört auf euren Drachen, er wird euch sicher ans Ziel bringen. Jedoch bestimmt ihr, wohin ihr fliegen wollt. Da es euer erstes Mal ist, dass ihr auf eurem Drachen fliegt, bekommen die Drachen den Befehl, keine Kapriolen zu machen; verstoßen sie gegen diese Regeln, haben sie eine Woche Flugverbot. Ihr werdet etwa eine Stunde in der Luft sein, danach kehren die Drachen um und landen wieder hier. Und nun geht."

Gerade wollte sich Kasumi wieder zu Naiuschka begeben, als ihr einfiel, dass sie keinen Partnerdrache hatte.

„Äh, entschuldigen Sie, Frau Elfe?", fragte Kasumi zögerlich die Lehrerin.

Diese drehte sich wütend zu ihr um. „Ja, was ist?"

„Ich habe keinen Partnerdrachen."

„Hm, wenn das so ist, wirst du einem freien Drachen zugeteilt."

„Und wer ist dieser Drache?"

„Einen Moment, ich muss schauen, wer noch hier ist."

Die Elfe blickte die Jungdrachen an, von denen noch etwa dreißig auf dem Plateau waren. Kasumi erblickte Naiuschka, die ungeduldig auf etwas wartete, und ganz hinten am Rande des Felsplateaus konnte Kasumi goldene Schuppen ausmachen. Auch die Elfe blickte in diese Richtung. Ein hämisches Grinsen bildete sich auf den Lippen der Elfe.

„Siehst du den goldenen Drachen ganz hinten?", fragte die Lehrerin.

„Ja, was ist mit dem?"

„Du wirst mit ihm fliegen."

Auf eine Handbewegung der Elfe drehte sich Narog zu Tesfay und brachte ihn zu ihnen. Tesfays blaue Augen blickten gelangweilt, doch sobald er Kasumi erblickte, fingen seine Augen an zu strahlen.

„Da die Halbelfe keinen Drachenpartner hat, wird sie heute auf dir reiten", befahl die tiefe Stimme von Narog.

Tesfay wurde ein brauner Sattel aufgelegt, auf dem Kasumi fünf Minuten später saß. Nervös blickte sie sich um, wobei Narogs großer Kopf über ihr schwankte.

„Ich werde deinen Körper nun mit meiner Magie umgeben", sagte er und schloss seine Augen. Kasumi spürte, wie etwas Warmes sie umgab, sich um sie schloss und sie schützte. Sobald die Magieübertragung stattgefunden hatte, öffnete Tesfay seine Flügel und erhob sich mit kräftigen Flügelschlägen in die Lüfte.

„Tesfay, warte, wir haben noch keine telepathische Verbindung geschlossen!", schrie Kasumi gegen den Wind.

Doch, haben wir, ertönte eine sanfte Stimme in ihrem Kopf.

Aber … Aber wann ist das passiert?

Als ich dich geküsst habe.

Kasumi merkte, wie sie rot wurde. Ungewollt kamen die Erinnerungen an den Kuss, an seine weichen Lippen, aber auch an sein blutverschmiertes Schwert wieder hoch. Kasumi schüttelte den Kopf, um die Erinnerungen loszuwerden, doch es nützte nichts.

Hast du Angst vor mir?, fragte Tesfay sie.

Angst, dachte Kasumi. *Nein, Angst ist es nicht.*

Dann ist ja alles in Ordnung.

Tesfay flog eine steile Kurve, wobei er fast mit einem pinkfarbenen Drachen zusammengestoßen wäre. Mit langsamen Flügelschlägen glitt er durch die Luft.

Kasumi genoss den Flug und die Aussicht. Sie blickte sich um und entdeckte drei weitere Drachen, die wie sie in die gleiche Richtung flogen. Zwei dieser Drachen trugen keine Reiter, doch der dritte, der direkt auf sie zukam, hatte einen Elf auf seinem Rücken. Angestrengt versuchte Kasumi den Elfen zu erkennen, doch schon nach kurzer Zeit gab sie es auf.

Willst du näher an den Drachen?, fragte daraufhin Tesfay.

Ja, wenn du das kannst.

Tesfay gab keine Antwort, stattdessen flog er eine enge Kurve, wobei sich Kasumi festhalten musste, und stieg höher in die Luft auf. Nun konnte Kasumi weitere Drachen ausmachen, die entweder gemütlich dahinglitten oder in schnellem Tempo flogen. Doch der Drache, der zuvor noch auf sie zugeflogen gekommen war, war verschwunden.

Ich kann ihn nicht mehr ausmachen, sagte Kasumi zu Tesfay.

Warte, ich fliege noch ein wenig höher.

Gerade als Tesfay einen warmen Aufwind erwischte, der ihn rasch höher steigen ließ, krachte ein blauer Drache in die Seite von Tesfay. Gequält brüllte Tesfay auf und überschlug sich mehrfach in der Luft. Kasumi versuchte, sich am Sattel festzuhalten, doch nach der zweiten Umdrehung spürte sie, wie sie den Halt verlor. Ihre Finger lösten sich vom Haltegriff und mit einem Schrei stürzte sie in die Tiefe.

Sie spürte, wie die Winde an ihren Kleidern zerrten, wie sie erbarmungslos durch die Luft geschleudert wurde und erst nach einer Ewigkeit von einer warmen Kugel umhüllt wurde, die ihren Fall bremste. Erleichtert atmete sie auf und blickte nach oben. Sie sah, wie Tesfay in einem Sturzflug auf sie zugeflogen kam und kurz oberhalb der Magiekugel abbremste.

Alles in Ordnung mit dir?, fragte er besorgt.

Kasumi konnte nur stumm nicken, zu tief saß der Schock. Anscheinend glücklich darüber, dass es ihr gut ging, flog Tesfay wieder davon, doch genau in diesem Augenblick brach die Magiekugel auf und Kasumi fiel wieder dem Erdboden entgegen. Sie hörte noch das wütende Brüllen von Tesfay, bevor sie von einer undurchdringlichen Schwärze verschlungen wurde. Verzweifelt versuchte sie der Schwärze zu entkommen, doch vergeblich. Sie spürte immer noch, wie ihr Körper fiel, doch ihr Geist war umgeben von Schwärze. Kasumi öffnete ihr geistiges Auge, doch fand sie auch dort nur Schwärze vor. Nach einigen Sekunden leuchtete eine weiße Kugel auf, um die eine Frau in weißem Kleid schwebte.

Es wird Zeit, dass ich dir einen weiteren Teil deiner Magie öffne, sagte die Frau.

Kasumi verstand nicht, doch auf das Winken der Frau hin ging sie auf ihre Magiekugel zu. Die Frau nahm Kasumis Hände und legte sie auf die Kugel.

Du musst keine Angst haben, es ist deine Magie, sie wird dir gehorchen, sagte die Frau, bevor sie verschwand und Kasumi allein in der Dunkelheit stehen ließ.

Auf den Rat der Frau hörend, ließ Kasumi ihre Hände in das weiße Licht der Kugel eintauchen. Ranken von Magie wanderten die Arme von Kasumi hinauf, schlangen sich um ihre Schultern und setzten ihren Weg zu dem Mal auf ihrem Rücken fort. Sie spürte, wie die Ranken das Mal nachzeichneten und nach und nach in ihre Haut glitten. Als das ganze Mal von den Magieranken eingenommen war, veränderten sie die Farbe von Weiß zu Grün. Sofort fühlte Kasumi, wie ihr Körper aufhörte zu fallen.

Eine weitere Grundmagie hat sich dir geöffnet, ertönte die Stimme der Frau. *Nun fehlt nur noch eine. Mach dich auf die Suche nach dem Auslöser dieser Magie und kehre zu mir zurück als vollwertiges Mitglied.* Nach diesen Worten zog sich die Schwärze zurück und Kasumi fand sich in einer dunkelgrünen Kugel wieder, die sanft im Wind schaukelte, hoch über den Wolken. Um sie herum flogen Tesfay und Naiuschka, die sie besorgt ansahen.

Kasumi, ist alles in Ordnung mit dir?, fragte Tesfay.

Ich glaube schon.

In diesem Moment kam Narog angeflogen, der außer sich vor Wut war, was die Rauchkringel bewiesen, die aus seinen Nüstern aufstiegen. Kurz vor der magischen Kugel hielt er inne.

Wie konnte dies geschehen?, fragte er wütend.

Geral ist in mich hineingeflogen, wodurch ich mich mehrmals überschlagen habe. Dadurch fiel Kasumi von meinem Rücken, gestand Tesfay.

Ich meinte nicht das!, schrie Narog wütend. *Ich wollte wissen, wieso meine Magie sie nicht schützen konnte.*

Darauf habe ich eine Antwort, erklang eine weiche Stimme.

Kasumi sah sich um, damit sie die Rednerin finden konnte. Ein brauner Drache, der sich als Suriant entpuppte, kam mit gelassenen Flügelschlägen auf sie zugeflogen.

In dem Moment, als deine Magie zerbrach, spürte ich die Magie von Meldy, sagte Suriant. *Es schien mir auch, dass sie einen Groll gegen die Halbelfe hegt.*

Das wussten wir bereits, aber dass sie so weit gehen würde, hätte ich nie gedacht.

Wenn ich fragen darf, wer ist Meldy?, fragte Kasumi.

Meldy ist die blauhaarige Elfe, die euch zuvor instruiert hatte, erklärte Narog. *Leider hegt sie einen Groll gegen dich, da du, eine Halbelfe, in der Drachenakademie zugelassen wurdest. Dies passt nicht in ihre Ideologie, die besagt, dass nur reinrassige Elfen die Akademie besuchen dürfen.*

Traurig schüttelte Narog seinen großen Kopf, wobei er Kasumis Magiekugel streifte, die durch den Aufprall davongeschleudert wurde. Im letzten Moment fing Suriant die Kugel mit ihrem Schwanz auf.

Pass doch auf, Narog, sagte sie mit einem rauen Unterton.

Narog schien in Gedanken versunken zu sein, wodurch er Suriants Zurechtweisung nicht gehört hatte. Als Suriant noch einmal etwas sagen wollte, stürzte sich plötzlich ein roter Drache auf Kasumi, der ihre Magiekugel platzen ließ. Bevor Kasumi auch nur mitbekam, was gerade passiert war, saß sie schon auf Tesfays Rücken.

Vor ihnen schwebte der Drachenkönig in der Luft, dessen flammend rote Schuppen eigenartig glühten, und seine goldenen Augen blitzten wütend.

Tesfaselassie, bring Kasumi in den Tempel, ich muss mit euch reden!, durchdrang die dröhnende Stimme des Drachenkönigs Kasumis Geist.

Tesfay zögerte nicht lange und flog in einer steilen Kurve davon. Seine ruhigen Flügelschläge beruhigten Kasumi nach und nach. Wie erstarrt saß sie auf Tesfays Rücken.

Was genau ist gerade passiert?, fragte sie Tesfay.

Mein Vater ist wütend, antwortete Tesfay gelangweilt und beschleunigte seinen Flug.

Nach kurzer Zeit verließen sie die Berge und flogen über die Drachenakademie, die aus der Luft größer aussah als vom Erdboden.

Halte dich gut fest, es könnte ein wenig holprig werden, warnte Tesfay Kasumi.

Warte, Tesfay, was ist mit Akiko?

Naiuschka bringt sie in den Tempel.

Beruhigt von seinen Worten, hielt sich Kasumi an dem Sattel fest. Nachdem Tesfay die Drachenakademie überflogen hatte, erschien vor ihnen eine Magiewand, die unheimlich rot leuchtete. Tesfay legte seine Flügel nahe an den Körper und ließ sich wie ein Stein fallen, wobei sich Kasumi nur mit Mühe im Sattel halten konnte. Kurz vor der Magiewand öffnete Tesfay sein Maul und stieß einen goldenen Feuerstrahl aus, der die Magie für einen kurzen Moment aufhob. Diesen Moment nutzte Tesfay, um geschickt durch die Magiewand zu fliegen.

Kasumi kniff ihre Augen zum Schutz zusammen, da sie sonst vom hellen roten Licht der Magie geblendet worden wäre. Nach einigen Sekunden erlosch das Licht und Kasumi öffnete erleichtert die Augen. Vor ihr erstreckte sich die Treppe, die zum Tempel führte, in dem sie den Drachenkönig zum ersten Mal getroffen hatte. Vor der Treppe stand, wie auch schon bei ihrem ersten Besuch, ein Drache. Diesmal hatte er jedoch graue Schuppen, die zu den Flügeln hin blau wurden und am Bauch weiß waren.

Kurz bevor Tesfay landete, drehte sich der graue Drache um, sodass Kasumi seine goldenen Augen erkennen konnte, die in der Abendsonne wie zwei Feuerbälle leuchteten.

„Ich habe euch erwartet“, sagte der fremde Drache. „Mutter wartet schon auf euch im Tempel.“

Tesfay neigte den Kopf, um zu zeigen, dass er das Gesprochene aufgenommen hatte. Langsam stieg Kasumi aus dem Sattel, dabei verlor sie ihr Gleichgewicht und fiel auf den Boden. Im allerletzten Moment fing der Schwanz des grauen Drachen sie auf und stellte sie vorsichtig auf dem Boden ab.

„Ich danke dir“, sagte Kasumi scheu.

„Du musst ihm nicht danken, Kasumi“, murmelte Tesfay, während er auf die Treppe zuhielt.

„Aus welchem Grund sollte ich ihm nicht danken?“

„Er ist mein Bruder.“

„Dein … Bruder?“

„Ich muss mich für das Verhalten meines jüngeren Bruders entschuldigen“, antwortete der graue Drache. „Mein Name ist Hakaris. Wenn ich bitten darf, junge Elfe?“

Hakaris bot Kasumi seine Klaue an, die sie nach kurzem Zögern ergriff. Doch sobald sie die Schuppen der Klaue berührte, schnappten die blauen Krallen nach ihrem Körper und hielten sie in einem eisernen Griff, aus dem sie sich nicht befreien konnte.

Beruhige dich!, ertönte Tesfays geistige Stimme. *Er will dich nur die Stufen hinauffliegen.*

Nach diesen Worten, die Kasumi beruhigen sollten, fühlte sie sich nur noch schlechter. Der Griff um ihren Brustkorb war zu stark, sodass sie nur noch mit Mühe Luft holen konnte, und ihr Kopf hing in der Luft, wodurch sie Kopfschmerzen bekam. Als Hakaris endlich landete und sie absetzte, japste sie nach Luft und rieb sich die Brust. Sie bemerkte nicht, dass hinter ihr Naiuschka gelandet war; erst als Akiko auf sie zusprang, wurde sie darauf aufmerksam. Erleichtert schloss sie die kleine Löwentigerin in die Arme und vergrub ihr Gesicht in dem weichen, bronzefarbenen Fell. Akiko fing an zu schnurren und drückte sich an Kasumi.

„Ich unterbreche nur ungern eure Umarmung, aber Mutter erwartet euch“, sagte Hakaris.

Kasumi löste sich von Akiko, betrat den Tempel und blieb überrascht stehen. Die Zeichen, die bei ihrem ersten Besuch auf dem Boden geleuchtet hatten, waren verschwunden. An ihrer Stelle war nun glatter weißer Marmor zu sehen.

Akiko betrat hinter ihr den weißen Marmorgang. Auf leisen Pfoten ging sie Schritt für Schritt vorwärts, doch als sie Kasumi erreichte, blieb sie stehen.

Was ist los?, fragte die kleine Löwentigerin.

Es sieht anders aus als beim ersten Mal, und die Luft fühlt sich merkwürdig an.

Als Kasumi klar wurde, wie albern sich das anhörte, setzte sie ihren Weg fort, dabei blieb Akiko nahe bei ihr. Nach einigen Minuten erreichten sie die große Höhle mit dem Silbernest, in dem Tempest gemütlich lag.

„Es wird aber auch Zeit, dass ihr endlich kommt", sagte die grüne Drachin erfreut. „Kommt, setzt euch zu mir."

Zögernd trat Kasumi näher, blieb aber vor dem Nestrand stehen, der sie um mehr als zwei Meter überragte. Gerade als sie anfing, den Rand hinaufzuklettern, packten scharfe Fangzähne sie an ihren Kleidern und hoben sie in das Nest. Mit einem Plumps landete Kasumi auf ihrem Hintern. Akiko folgte ihr kurz darauf.

Erstaunt sah sich Kasumi im Nest um, dabei entdeckte sie einen kleinen hellgrünen Drachen, der unter dem Flügel von Tempest lag. Seine kastanienbraunen Augen blickten neugierig Kasumi und Akiko an.

Langsam, damit Kasumi das Jungtier nicht erschreckte, stand sie auf und ging auf Tempest zu. Der kleine Drache folgte dabei mit seinen Augen jeder Bewegung von Kasumi. Als Kasumi nahe dem Flügel, unter dem das Junge lag, stehen blieb, stürzte sich der kleine Drache auf Kasumi, sodass sie zu Boden fielen. Seine schwarzen Krallen bohrten sich in ihre Arme und seine Fangzähne schnappten vor Kasumis Gesicht in die Luft. Akiko, die dies wütend beobachtete, rannte mit einem Brüllen auf das Drachenjunge zu und wollte es von Kasumi stoßen, doch da nahm Tempest den Drachen in ihre Krallen und setzte ihn auf den Nestrand.

„Entschuldige das Verhalten meiner Tochter. Sie hat erst gestern das Licht der Welt erblickt und ist noch sehr ängstlich gegenüber Fremden", erklärte Tempest.

Mühsam setzte sich Kasumi auf, wobei sie sich wünschte, niemals das Nest betreten zu haben. Ihre Oberarme bluteten da, wo sich die Krallen der Drachin in das Fleisch gebohrt hatten, und ihr Schädel brummte noch immer vom Flug mit Hakaris. Akiko, die kampfbereit neben ihr stand, knurrte und zeigte ihre weißen Fangzähne.

Ihr hättet uns auch vorwarnen können!, heulte Akiko wütend.

„Ja, das hätte ich. Aber ich muss dringend mit euch reden, deswegen wollte ich euch nicht unnötig aufregen", erwiderte Tempest monoton.

Nun bin ich aber aufgeregt!, schrie Akiko. *Wegen ihrem Schweigen ist Kasumi verletzt.*

„Akiko, beruhige dich", mischte sich Kasumi ein.

Wieso sollte ich mich beruhigen?

„Weil die Wunden nicht weh tun!", schrie Kasumi so laut, dass die kleine hellgrüne Drachin vom Nestrand fiel.

„*Was?*", fragten Tempest und Akiko gleichzeitig.

„Ich sagte, meine Wunden schmerzen nicht."

„Unmöglich. Wunden, die von Drachen zugefügt werden, verursachen höllische Qualen, vor allem bei Menschen und Elfen", erklärte Tempest.

Kasumi wollte etwas erwidern, als plötzlich die blauen Flammen ausgingen, die die Höhle erleuchteten, und es stockdunkel wurde. Nur der Marmorgang blieb weiter erhellt. Nicht nur die blauen Fackeln leuchteten dort, sondern auch der Boden. Einzelne Lichtlinien bildeten verschiedene Muster auf dem Boden, die in den verschiedensten Farben leuchteten. Die Linien schlängelten sich weiter, bis sie kurz vor dem Nest erloschen. Den Linien folgte eine große Gestalt, die den Boden zum Erbeben brachte. Als die Gestalt die Höhle betrat, leuchteten die blauen Flammen wieder auf und gaben den Blick frei auf den Drachenkönig.

„Ich denke nicht, dass es von Bedeutung ist, ob Drachenwunden höllische Qualen verursachen oder nicht", sagte der Drachenkönig.

Mit einer seiner Klauen hob er seine Tochter vom weißen Marmorboden auf und setzte sie in das Nest.

„Am besten ist es, wenn du dich zuerst heilst, damit wir alles in Ruhe besprechen können."

Kasumi nickte ergeben und ließ sich in ihren Geist fallen. Vor ihr tauchte die weiße Magiekugel auf, doch sobald sie die Magie berührte, wechselte sie zu einem angenehmen goldenen Strahlen. Die goldene Magie überzog ihren Körper und heilte die einzelnen Wunden. Danach glitt sie aus ihrem Geist und blickte den Drachenkönig fragend an.

„Und nun wird es Zeit, dass wir ihnen erklären, warum sie hier sind!", dröhnte seine tiefe Stimme durch die Höhle.

Er drehte seinen Kopf gegen den Ausgang und schrie: „Tesfaselassie, du kannst hereinkommen!"

Rasch, sodass es Kasumi nicht einmal auffiel, erschien Tesfay und setzte sich neben seine Mutter in das Nest.

„Nun gut, dann beginne ich“, sagte Tempest und fuhr fort: „Ihr seid hier, da Lin mit mir und meinem Gefährten Rücksprache über Kasumis Fähigkeiten nahm. Lin hat uns mitgeteilt, dass Kasumis magische Fähigkeiten schon jetzt höher seien als jene einer Halbelfe. Dies hat sich auch beim Flugunterricht bestätigt. In einer Situation, in der es unmöglich ist für ungeübte Elfen, Magie anzuwenden, hast du ganz allein die Flugmagie gemeistert. Deshalb haben wir uns entschieden, Kasumi von Drachen unterrichten zu lassen und ihr einen Mentor zur Seite zu stellen.“

Von Drachen unterrichtet! Ein Mentor! Kasumis Gedanken überschlugen sich. *Ich kann doch nicht von Drachen unterrichtet werden, ich bin nur ein Mensch*, dachte sie und vergaß dabei, ihre Gedanken abzuschotten, sodass sie von allen Anwesenden gehört wurde.

„Du bist nicht nur ein Mensch. Deine Vorfahrin war Nymue, eine begnadete Elfe, und dein Vater war Glaeder, ein ausgezeichneter Kämpfer“, sagte der Drachenkönig.

„Und nach dem heutigen Vorfall wurde uns aufgezeigt, dass du viele Feinde bei den Elfen hast. Feinde, die du nicht kennst, aber die dich kennen. Deswegen wirst du nicht nur von Drachen unterrichtet, sondern auch in ihren Quartieren schlafen“, ergänzte Tempest freundlich.

„Schön und gut, aber was hat das mit mir zu tun?“, fragte Tesfay.

„Du wirst ihr Mentor.“

„Ihr was?“

„Ihr Mentor.“

Fassungslos sah Tesfay seine Eltern an und schrie dann: „Das ist doch ein Scherz!“ Wütend rannte er aus dem Tempel und ließ verdutzte Gesichter hinter sich.

Ein Schatten glitt vor den Eingang und Kasumi sah, wie Hakaris Tesfay zurück in die Höhle zerrte.

„Sie sind noch nicht fertig.“

„Das ist mir egal!“, schrie Tesfay und konnte sich mit Mühe aus der Umklammerung seines Bruders lösen.

„Er wird sich schon beruhigen“, erklärte der Drachenkönig sanft.

Kasumi konnte nur nicken. Nach einigen Sekunden des Schweigens wurde sie entlassen. Sie kletterte aus dem Nest und ging auf den Ausgang zu. Wie sie in ihr Zimmer in der Drachenakademie gekommen war, daran konnte sie sich nicht erinnern. Müde legte sie sich in ihr Bett und schlief sofort ein.

Kuasaras Herz

Geschickt landete Er auf dem Felsen, auf dem sein toter Bruder lag. Seine Schwester sah ihn erwartungsvoll an.

„Ich habe nur drei der fünf Drachen gefunden, die anderen zwei haben schon die Grenze zum Drachenland überquert", sagte Er wütend.

„Also wird der Drachenkönig erfahren, dass du deine Magie zurückerlangt hast", schlussfolgerte Violent.

„Wahrscheinlich schon."

Ein kaum merkliches Nicken seiner Schwester ließ ihn verstehen, dass Er sich keine Sorgen machen sollte. Er streckte seine müden Muskeln und verwandelte sich wieder in einen Menschen, da ihm in seiner Drachengestalt noch nicht ganz wohl war. Er wusste, dass Er noch nicht bereit war, das Drachenland anzugreifen, da seine Drachengestalt stark geschwächt war. Wütend schrie Er seine Wut in die Nacht hinaus, wobei Er sich kaum mehr auf den Beinen halten konnte.

Gerade wollte Er sich zu seiner Schwester legen, als der Shinigami auftauchte. Seine weißen Federn waren blutverschmiert und seine blauen Augen waren trübe. Während der Suche nach den Drachen war der Adler schwer verletzt worden und hatte sich daraufhin zu seiner Sippe zurückgezogen. Nun war der Shinigami wieder da und Er wusste, dass der Adler keine guten Neuigkeiten brachte. Seine Befürchtungen bestätigten sich, als der Vogel ihnen mit seiner Magie mitteilte, dass sie nicht länger hier verweilen durften.

„Wie es aussieht, werden wir vertrieben", sagte Er mit einem falschen Lächeln auf dem Gesicht und blickte zu dem leblosen Körper von Cruel.

Er ging ein letztes Mal zu seinem Bruder und umarmte ihn. Die Trauer um Cruel hatte Er überwunden, aber sein schlechtes Gewissen nicht. Er war nicht dabei gewesen, als sein Bruder diese Welt verlassen hatte, das würde Er sich nie verzeihen. Mit Tränen in den Augenwinkeln steckte Er mit seiner Magie den Körper seines Bruders in Brand. Grün-schwarze Flammen sprangen von seinen Händen auf die Schuppen von Cruel und entzündeten den Körper. Dabei veränderten die Flammen ihre Farben.

„Ein Abschied, der dem Drachenkönig würdig ist“, sagte seine Schwester traurig.

Niedergeschlagen löste Er seine Umarmung und sah zu, wie die letzten Überreste von Cruel im roten Feuer verbrannten.

„Rot. Ich werde die Welt mit Rot überziehen“, erklärte Er seinem Bruder.

Als Er sich abwandte, wirkte Er äußerlich gelassen, doch innerlich war Er zornentbrannt. Er hatte seinem Bruder versprochen, alles zu Ende zu bringen, und dies würde Er auch tun.

„Komm, Violent, es wird Zeit zu gehen“, sagte Er und schwang sich in den weißen Sattel, der auf dem Rücken seiner Schwester lag.

Violent breitete ihre Flügel aus, schlug ein paarmal mit ihnen und hob dann ab. Der Shinigami folgte ihnen in einem gewissen Abstand.

Nach etlichen Stunden erreichten sie die Grenze zum Reich der Menschen. Der Adler stieß einen Schrei aus, der für einen Moment ein Loch in der Barriere öffnete. Geschickt flog Violent durch den Durchgang und sackte einige Meter ab.

„Was ist los?“, fragte Er besorgt.

Nichts, ich bin nur ein wenig müde, erklärte seine Schwester ihm telepathisch und landete nach wenigen Minuten in der Nähe eines Sees, in einem kleinen Wäldchen.

Rasch stieg Er aus dem Sattel und ging zu seiner Schwester. Als Er ihren Kopf erreichte, sah Er für einen Moment ihre Augen schwarz werden. Doch kurz darauf leuchteten sie wie immer bernsteinfarben.

„Violent, ich bin dein Bruder, mir kannst du alles anvertrauen“, sagte Er und versuchte so, seine Schwester zum Reden zu bringen.

„Auch, dass ich nur überlebte, weil ich Kuasaras Herz besaß?“, fragte sie kleinlaut.

„Du hast was?“

„Ich besaß Kuasaras Herz.“

Er schüttelte den Kopf. *Das kann nicht sein*, dachte Er und versuchte seine Gedanken zu ordnen, die in seinem Kopf herumrasten. Immer wieder sah Er den Tod von Kuasara vor seinen Augen. Wie man ihr die Luftröhre herausgerissen hatte und dann ihren Körper achtlos beiseitegeworfen hatte, und nun sagte seine Schwester, dass sie ihr Herz besessen hatte. *Unmöglich.*

Er sah seine Schwester an, die erschöpft dalag, und konnte sich nicht vorstellen, dass sie jemals Kuasaras Herz besessen hatte.

„Fragst du dich nicht, wieso Cruel und ich so lange lebten?“

„Ach was, seit meinem Kampf mit dem Drachenprinzen sind höchstens dreitausend Jahre vergangen und starke Drachen können viertausend Jahre alt werden“, erwiderte Er in der Hoffnung, dass Er mit dieser Vermutung richtig lag. Doch in seinem Inneren wusste Er, dass Er viel länger geschlafen hatte.

„Du irrst dich. Es war vor vierundzwanzigtausendeinhundert-dreiundvierzig Jahren“, erklärte sie traurig.

„Was!“, schrie Er laut auf und wich vor seiner Schwester zurück. „Das … Das kann nicht wahr sein.“

„Es ist aber wahr.“

Er konnte nicht mehr klar denken. Seine Schwester war über zwanzigtausend Jahre alt. Er fragte sich, wie das möglich war, doch Er fand keine Antwort, Er blickte nur immer weiter in die Augen seiner Schwester, die allmählich eine dunklere Farbe angenommen hatten.

Sie muss es wissen, blitzte plötzlich ein Gedanke in ihm auf.

Er nahm all seinen Mut zusammen und fragte Violent: „Wie kannst du so alt sein?“

„Willst du wirklich die Wahrheit wissen?“, fragte sie ihren Bruder spöttisch.

Er stand auf und ging mit langsamen Schritten zu seiner Schwester. Wobei Er sich nicht sicher war, ob dies eine gute Idee war. Aber Er musste es wissen. Er musste wissen, warum seine Schwester so alt war. Einen Zentimeter vor ihrer Schnauze blieb Er stehen und blickte in ihre gelben Augen, die allmählich schwarz wurden.

„Ich bin mir sicher."

„Nun gut, wie du willst. Ich werde es dir zeigen", sagte sie und schlug mit ihrem Schwanz auf den Boden, sodass die Erde anfing zu beben. Nachdem die Erschütterungen nachgelassen hatten, änderte sich die Luft um sie herum und ein Wirbel entstand über ihnen, der sie in die Mitte schloss. Bilder flackerten in der Luft auf und erloschen nach einiger Zeit. Gleichzeitig legte sich der Wind und sie befanden sich in Kuasaras Höhle.

„Was hast du gemacht?", schrie Er wutentbrannt auf.

„Beruhige dich, wir sind in meinen Erinnerungen", erklärte Violent. „Und nun sag kein Wort mehr, sonst löst sich meine Erinnerung auf. Da kommt sie, pass gut auf."

Er blickte Richtung Höhlenausgang, in dem eine Drachin stand, die in die Höhle stürmte. Er erkannte seine Geliebte sofort und wollte auf sie zugehen, doch Er konnte sich keinen Millimeter bewegen. Hinter Kuasara kam Violent in die Höhle geschlendert.

„Was wirst du wegen meinem Bruder machen?", fragte Violent nüchtern.

Kuasara drehte sich zu der violetten Drachin um und erklärte: „Ich werde ihn zwingen, mich zu heiraten."

„Aber wenn du dies tust, dann werden die Soldaten dich töten."

„Das weiß ich", erwiderte Kuasara stur. „Es ist der einzige Weg, damit wir in Frieden zusammenleben können."

Violent blickte wütend drein. Sie ging langsam auf Kuasara zu und stieß ihren Kopf an die weißen Schuppen der Drachin.

„Du weißt, dass er dich liebt und alles für dich machen würde."

„Genau deswegen muss ich sterben."

Als Er dies hörte, konnte Er seinen Schrei nicht mehr zurückhalten. Er ließ sich auf die Knie fallen und verbarg sein Gesicht in seinen Händen. Tränen liefen ihm über die Wangen. *Wieso?*, dachte Er.

„Wieso?", fragte Violent die weiße Drachendame.

„Du weißt, warum. Es ist meine Bestimmung. Ich bin der Auslöser für die Zerstörung und seine Bestimmung ist die Zerstörung", erklärte Kuasara.

„Wenn es das ist, was du dir erhoffst, dann werde ich dir helfen."

„Ich danke dir, aber du musst nur eines für mich tun. Bewahre mein Herz auf. Zu gegebener Zeit wirst du wissen, was zu tun ist."

Kuasara hob den Kopf und ließ ihre Magie frei. Ihre Schuppen fingen an, golden zu leuchten. Nach kurzer Zeit war alles vorbei und vor den beiden Drachendamen schwebte eine weißgoldene Kugel. Kuasara berührte sie mit ihrer Klaue und überreichte sie Violent.

„Es wird Zeit zu sterben", sagte die weiße Drachin und verließ die Höhle.

Violent blieb allein mit dem Herzen zurück.

Die Erinnerungen erloschen und Er fand sich in dem Wald wieder. Seine Tränen waren versiegt, doch ihre salzigen Spuren waren noch auf seinen Wangen zu sehen.

„Sie wusste, dass sie stirbt", brachte Er mit erstickter Stimme hervor.

„Ja, aber das ist nicht alles, was ich dir zeigen wollte", erwiderte Violent. „Komm näher, ich werde meine Erinnerungen in dich projizieren."

Er trat näher, sodass Er seine Schwester berührte, doch bevor Er sich auf ihr Unternehmen einstellte, fragte Er: „Wieso hast du die Erinnerung, die wir gerade gesehen haben, nicht auch auf mich projiziert?"

„Weil es eine Erinnerung war, die Kuasara in mir versiegelt hatte", erklärte seine Schwester. „Und nun schließ deine Augen."

Er schloss die Augen, wie Violent ihm befohlen hatte, und ließ sich in die Tiefen seines Geistes fallen. Vor ihm tauchten mehrere Erinnerungen auf, doch die interessierten ihn nicht. Am Ende der Erinnerungen befand sich eine goldene Tür, die Er sofort öffnete. Bilder von Erlebnissen, die nicht wichtig waren, überspülten ihn. Nach einiger Zeit versiegte der Bildstrom, sodass neue Bilder einfließen konnten. Diesen Moment nutzte Violent und projizierte ihre Erinnerungen in einen weiteren Raum seines Geistes. Ein dickes schwarzes Türschloss verschloss ihm den Zugang zu diesen Bildern. Erst als Er seine geistige Drachenform annahm, öffnete sich das riesige Schloss mit einem lauten Krachen und fiel zu Boden. Mit aller Kraft stieß Er die ebenholzschwarze Tür auf, die dabei laut knarrte. Einzelne Bilder schwebten in dem Raum und warteten darauf, dass Er sie sich ansah.

Violent zeigte ihm mit ihrer Magie, welche der Erinnerungen Er sich zuerst ansehen sollte. Ein kleines Bild am Ende des Raums leuchtete auf. Zielsicher ging Er darauf zu und berührte das Bild. Sofort wurde Er in die Erinnerung gezogen.

Er, der im Körper von Violent war, flog durch die Lüfte und genoss das Gefühl des Windes, der sanft über die Schuppen glitt. Unter ihm wurde Kuasara aus ihrer Höhle gezerrt, dicht gefolgt von ihm. Er sah zu, wie die Drachensoldaten die weiße Drachin zum Blutfelsen brachten und ihr die Kehle herausrissen. Er spürte, wie Tränen über das Gesicht von Violent liefen. In lauter Ferne hörte Er sein eigenes Gebrüll. Er sah, wie Er sich auf die Drachensoldaten stürzte und sie mit Hilfe seiner Magie, seiner Krallen und Fangzähne tötete. Die Luft füllte sich mit dem Blutgeruch der Soldaten. Er, der sich im Körper von Violent befand, legte seine Flügel an und ließ sich fallen. Sein Ziel war der tote Körper von Kuasara, der schnell auf den Boden zufiel. Kurz bevor die leblose weiße Hülle auf dem Erdboden aufschlug, fing Er sie mit seinen Krallen auf. Da Er sie nicht lange halten konnte, ließ Er sich zu Boden sinken und legte den Körper auf die kalte Erde.

Er spürte durch die Erinnerung, wie groß Violents Trauer war. Doch noch während Er Kuasara ansah, verschwand die Trauer und an ihre Stelle rückte eine Leere, die nie mehr gefüllt werden konnte. Er wandte sich von dem toten weißen Drachen ab und flog davon. Nach ein paar Stunden des Fliegens erreichte Er die Grenze zur Menschenwelt. Er flog hindurch und ließ die Drachenwelt mitsamt den Gefühlen von Violent zurück. Er webte einen Zauber, den Er an das Herz von Kuasara band. Der Zauber bewirkte, dass Er in einen tiefen Schlaf fiel. Bevor Violent die Augen schloss, wurde Er aus der Erinnerung gezogen.

Als Er die Augen öffnete, ging die Sonne auf. Neben ihm schlief Violent, oder tat nur so, als würde sie schlafen. Er stand auf und streckte sich ausgiebig.

Das war verwirrend, dachte Er. Bis jetzt hatte Er Erinnerungen immer von außerhalb gesehen, nie selbst erlebt. Es hatte sich angefühlt, als wäre Er Violent gewesen.

Er lief zum See, zog seine Kleider aus und watete in das kalte Wasser, das ihm eine Gänsehaut bescherte.

Ich werde langsam weich. Zuerst weine ich um meinen Bruder und nun schrecke ich sogar vor kaltem Wasser zurück. Wenn das so weitergeht, werde ich nie die Drachen auslöschen können, dachte Er wütend.

Er ging noch ein wenig weiter ins Wasser, damit Er seine Wut abkühlen konnte, doch es half nichts. Als Er zurück zu seiner Schwester ging, war Er immer noch wütend. In der Zwischenzeit war Violent aufgestanden und hatte einen Hirsch erlegt.

„Willst du ihn roh essen oder gebraten?“, fragte sie ihn mit vollem Mund.

„Ich möchte gar nichts essen. Nicht, solange ich deine Erinnerungen nicht verstehe.“

„Was verstehst du nicht?“

„Was die Erinnerungen mit deiner Lebensdauer zu tun haben!“, schrie Er, was ihn noch wütender machte.

„Es wird Zeit, die zwei weiteren Erinnerungen anzusehen“, ermunterte Violent ihn.

Er gab sich geschlagen und legte sich auf den Rücken. Er schloss die Augen, ließ sich fallen und öffnete seinen Geist. Vor ihm erschienen die drei Erinnerungen seiner Schwester. Nun leuchtete das vorderste Bild auf. Er griff danach und wurde in die Erinnerung gezogen.

Er befand sich in einer dunklen Höhle, in dessen Mitte die schwarze Kugel von Kuasaras Herz in der Luft flog. Müde streckte Er sich und nahm die Gerüche von draußen wahr. Er hörte Vogelgesang und in einiger Entfernung ein kleines Bächlein fließen. Langsam stand Er auf, sah sich in der Höhle um und entschied sich dann, nach draußen zu gehen.

Vor der Höhle lag schlafend Cruel, der den Ausgang versperrte. Wütend stieß Er seinen Bruder an und bewegte ihn zum Aufstehen.

„Ist es schon Zeit zum Erwachen?“, fragte Cruel.

„Ja. Das Herz fängt an, sich zu regen“, erwiderte Er.

„Du weißt aber, dass es über fünfhundert Jahre dauern kann, bis Kuasara einen geeigneten Körper findet, in dem sie wiedergeboren wird.“

„Ich weiß, aber ich habe ihr versprochen, auf ihr Herz zu achten. Und überhaupt, nur dank ihr haben wir so lange überlebt.“

„Stimmt auch wieder. Also, ich mache mich dann mal auf den Weg“, sagte Cruel, streckte seine Flügel aus und flog davon.

Er, im Körper von Violent, schüttelte den Kopf und begab sich wieder in die Höhle. Vor Kuasaras Herz legte Er sich nieder.

„Keine Angst, Cruel wird deinen Geliebten schon erwecken“, sagte Er leise, bevor sich die Erinnerung auflöste.

Erleichtert öffnete Er die Augen, doch als Er den besorgten Gesichtsausdruck seiner Schwester sah, stand Er auf und schrie wütend: „Ich verstehe immer noch nichts!“

„Das wirst du, sobald du dir die letzte meiner Erinnerungen angesehen hast“, sagte Violent und stieß ihn mit ihrer Klaue auf den Boden, sodass Er keine Luft mehr bekam.

„Violent, du tust mir weh“, japste Er.

„Gut.“

Verzweifelt versuchte Er die Klaue seiner Schwester beiseitezuschieben, doch schon nach einigen Sekunden ging ihm die Luft aus und ihm wurde schwarz vor Augen. Unbeabsichtigt öffnete sich Violents letzte Erinnerung.

Es war ein schöner Tag, die Sonne schien durch das Blätterdach und die Vögel zwitscherten fröhlich vor sich hin. Er saß, im Körper von Violent, auf einem Felsen, genoss ein Sonnenbad und wartete auf Cruels Rückkehr.

Nach einiger Zeit verstummten die Vögel plötzlich und Wolken verdunkelten den Himmel. Von weiter Ferne erkannte Er, dass aus der Höhle, in der sie sich versteckten, ein Lichtstrahl drang. Sofort sprang Er auf, entfaltete seine Flügel und erhob sich in die Lüfte. Voller Panik flog Er zurück zur Höhle. Seine schlimmsten Befürchtungen wurden wahr. Kuasaras Herz leuchtete golden. Er konnte nur zusehen, wie das Herz langsam durchsichtig wurde, die Farbe verlor und langsam von der Welt verschwand, bis es sich in Luft auflöste. Ein starker Schmerz, ausgehend von seiner Brust, bahnte sich durch seinen Körper und ließ ihn bewusstlos auf den Boden sinken.

Als Cruel nach einiger Zeit die Höhle erreichte, war Er wieder bei Bewusstsein, aber Er verspürte Schmerzen am ganzen Körper.

„Sie hat also einen Körper gefunden", sagte Cruel.

„Ja. Sie hat das erreicht, was sich jeder Drache wünscht."

„Wiedergeboren zu werden muss etwas Schönes sein."

„Jedoch haben wir nun nicht mehr lange zu leben. Ihre Magie kann uns nicht mehr am Leben erhalten", erklärte Er traurig und stand auf. „Cruel, ich bitte dich, du musst unseren Bruder schnellstmöglich erwecken."

„Zwanzig Jahre, oder?", fragte Cruel seine Schwester.

„Was?", schrie Er wütend auf. „Was hat das mit unserem Bruder zu tun?"

„Solange habe ich noch Zeit, ihn zu finden, bevor wir sterben."

Die Erinnerung erlosch so schnell, wie sie gekommen war. Er öffnete die Augen, blickte in den blauen Himmel, und plötzlich verstand Er. Seine Schwester lag neben ihm, ihre Augen wurden dunkler und dunkler, bis sie die Farbe der Nacht annahmen.

„Nein", sagte Er leise. „Nein, Violent, du darfst nicht sterben."

„Du hast es also verstanden", sagte seine Schwester mit dünner Stimme.

„Wie kann man das nicht verstehen?", sagte Er ironisch. Er hatte nicht gewusst, dass man die Lebensdauer eines Drachen verlängern konnte, wenn man sich an ein Drachenherz band. Aber nun verstand Er alles. Seine Schwester hatte sich mit Kuasaras Herz verbunden, und nach seiner Niederlage nahm Kuasaras Herz auch Cruel in den Zauber auf. Doch vor siebzehn Jahren hatte der Geist seiner Geliebten einen passenden Körper gefunden, in dem sie wiedergeboren wurde; doch leider hatte dies zur Folge, dass Violent und Cruel nicht mehr von ihrer Magie leben konnten, und somit waren sie dem Tode geweiht.

„Ich hoffe, du wirst deine Geliebte noch einmal treffen."

„Bitte, Violent, das kannst du mir nicht antun."

„Es tut mir leid, aber ich habe keine Zeit mehr." Sie streckte ihre Klaue aus, berührte ihren Bruder am Kopf und ließ die Krallen über seine Brust wandern. „Ich werde immer in deinem Herzen sein", sagte sie und schloss ihre nachtschwarzen Augen.

„Nein!"

Unterricht mit Drachen

Leises Geflüster drang an Kasumis Ohren. Noch im Halbschlaf öffnete sie die Augen, doch konnte sie nur Umrisse erkennen. Nach kurzer Zeit erlosch das Geflüster und sie schlief wieder ein. Eine Minute später schrie eine Stimme wütend: „Geht von ihr fort!"

Auf einmal war sie hellwach, stand auf den Beinen und blickte sich in der fremden Umgebung um. Voller Schreck merkte sie, dass sie von einem Dutzend Drachen angestarrt wurde. Unsicher wandte sie sich an Akiko, doch diese schlief seelenruhig weiter.

Kasumi schluckte einmal, wandte sich an die Drachen und suchte ein bekanntes Gesicht. Sie drehte sich im Kreis, damit sie alle Drachen anschauen konnte. Immer wieder drehte sie sich, dabei wurde sie immer verzweifelter, da sie keinen der Drachen erkannte.

Aber wer hat dann so laut geschrien?, dachte sie und sank kraftlos auf die Knie.

Erst da bemerkte sie, dass sie nur Unterwäsche trug. Erschrocken schrie sie laut auf und wollte nach der Bettdecke greifen, damit sie sich bedecken konnte, doch die Bettdecke war nicht da. Da verdunkelte sich plötzlich der Himmel, und als sie aufsah, blickte sie auf goldene Schuppen, die sich über ihr erstreckten wie ein Himmel.

Sie wollte die Hand austrecken und die Schuppen berühren, doch da hörte sie Tesfays Stimme in ihrem Geist: *Berühre bitte nicht meine Flügel, sie reagieren sehr empfindlich auf die Berührung eines weiblichen Wesens.*

Enttäuscht ließ sich Kasumi auf den Boden sinken. Dabei bemerkte sie, dass um sie herum mehrere Kleidungsstücke lagen. Es waren so viele, dass Kasumi die schlafende Löwentigerin in dem Kleiderberg nicht mehr finden konnte.

Was soll ich bloß mit diesen Kleidern tun?, dachte sie verzweifelt, wobei sie einige der Kleidungsstücke kritisch musterte.

Wähle dir etwas Passendes aus, ertönte Tesfays Stimme.

Etwas auswählen, dachte Kasumi und sah sich die Kleider genauer an. Sie bemerkte schnell, dass ihr die meisten Kleidungsstücke zu groß waren und die Kleider, die ihr passten, gefielen ihr nicht. Mühsam wühlte sie sich durch die Kleider, doch sie konnte nichts Passendes finden. Als sie schon aufgegeben hatte, wachte Akiko auf, dabei setzte sie einen Kleiderhaufen in Bewegung, den Kasumi schon durchwühlt hatte. Müde streckte sich Akiko und ging auf Kasumi zu. Auf dem Platz, auf dem die Löwentigerin gelegen hatte, kamen eine braune Hose und ein violettes Gewand zum Vorschein. Neugierig kämpfte sich Kasumi durch die Kleider, bis sie sich an dem Ort wiederfand, an dem Akiko vor kurzer Zeit noch geschlafen hatte. Kasumi hob das violette Gewand auf. Sie stellte fest, dass ein weißer Drache auf das Gewand gestickt war. Er schlängelte sich vom Kragen aus über den Rücken, einmal um die Taille bis an den Saum des Gewandes. Der Kopf des Drachen befand sich auf der Vorderseite des Gewandes, auf Höhe der Brust, und die Vorderbeine erstreckten sich über die Ärmel.

Vorsichtig zog Kasumi das Gewand über ihre Unterwäsche, schlüpfte in die braune Lederhose und zog schwarze kniehohe Stiefel an, die sie neben der Hose gefunden hatte. Danach erklärte sie Tesfay, dass sie angezogen war, wodurch er seinen Flügel zusammenfaltete. Die Drachen standen immer noch am gleichen Ort und sahen sie neugierig an.

„Da hast du aber ein gutes Kleidungsstück gewählt!", ertönte eine tiefe Stimme von außerhalb des Ringes der Drachen.

Auf die Stimme hin stoben ein paar Drachen auseinander und ließen einen schwarzen Drachen, dessen Schuppen zum Kopf und den Flügel hin blau funkelten, in den Kreis eintreten. Seine türkisfarbenen Augen musterten Kasumi genau, sodass sie spürte, wie ihr ein Schaudern über den Rücken lief.

„Du musst die kleine Halbelfe sein, von der mir Seraphim erzählt hat", sagte der Drache mit tiefer Stimme.

„Wer ist Seraphim?“, fragte Kasumi neugierig.

Die Drachen um sie herum fingen an zu lachen, auch der schwarze Drache stimmte in ihr Lachen ein.

„Verstehe, er hat dir nicht verraten, wie er heißt. Dieser alte Schlawiner“, murmelte der Lehrer vor sich hin.

Als er merkte, dass er von seinen Schülern angestarrt wurde, erklärte er Kasumi: „Seraphim, das ist der Name unseres Königs.“

Sofort blitzte ein Bild des Drachenkönigs vor Kasumis Augen auf. Sie sah den feuerroten Drachen mit seinen goldenen Augen, die sie spöttisch ansahen.

„So, und nun stell dich deiner Klasse vor“, sagte der Lehrer und riss sie aus ihren Gedanken.

Sie sah sich die Drachen an, die Kasumi um mehrere Meter überragten. Angst flammte in ihrem Geist auf, als einer der Drachen seine elfenbeinfarbenen Fangzähne aufblitzen ließ. Sie musste all ihre Konzentration aufbringen, damit sie sich wieder beruhigte. Als sie die Angst so weit unterdrückt hatte, dass sie sprechen konnte, projizierte Tesfay ein Bild in ihre Gedanken, auf dem sie in Unterwäsche auf dem Boden schlief und die Drachen sie beobachteten.

Wütend schrie sie: „Wieso?“

Die Drachen sahen sie verdutzt an. Sie merkte, dass sie einen Fehler gemacht hatte, und wollte sich gerade entschuldigen, als sich Akiko in ihrem Geist meldete.

Du musst dich nicht entschuldigen, Kasumi. Immerhin waren sie es, die dich hierhergebracht haben.

Ja, das ist klar, aber warum taten sie dies?

Frag sie doch, schlug Akiko vor.

Ja, klar, ich soll die Drachen fragen, warum sie mich beobachtet haben, gab Kasumi monoton wider.

Nicht das, du Dummerchen. Frag sie, warum sie uns noch im Schlaf hierhergebracht haben.

Das, dachte Kasumi, *macht mehr Sinn.*

Sie nahm all ihren Mut zusammen und fragte: „Wieso wache ich hier auf und nicht in meinem Zimmer?“

„Das meintest du also, als du so laut geschrien hast", sagte ein nussbrauner Drache.

Verlegen sah Kasumi zu Boden. Sie wusste, der Drache hatte es falsch verstanden. Sie wollte eigentlich wissen, als sie in ihrer Angst laut geschrien hatte, warum sie von den Drachen beobachtet wurde.

„Ich denke, es wäre am einfachsten, wenn ich es dir erklären würde, Kasumi", sagte der schwarze Drache. „Laut den Regeln ist es uns Drachen verboten, Elfen zu unterrichten, aber da deine Magie für eine Elfe sehr stark ist, konnten wir das nicht ignorieren. Damit niemand erfährt, dass du von uns unterrichtet wirst, haben wir dich hierhergebracht, noch während du geschlafen hast. Somit wird Lavinia nicht wissen, wo du steckst, und auch keinen Verdacht schöpfen. Damit das auch so bleibt, wirst du von nun an bei den Drachenunterkünften schlafen, das hat dir Tempest doch erklärt. Dort gibt es fünf Zimmer, die speziell für Wandler eingerichtet sind und somit auch ein Bett haben. Da es leider zurzeit genau fünf Wandler an dieser Schule gibt, wirst du bei Naiuschka untergebracht."

„Und was genau sind Wandler?"

„Wandler sind Drachen, die ihre Form ändern können. Meistens verwandeln sie sich in Elfen, doch es gibt auch Drachen, die sich in ein Tier verwandeln können, dies kommt aber nur sehr selten vor. Und da das nun geklärt ist, kannst du dich bitte vorstellen?"

Kasumi sah sich zweifelnd um. Sie hatte schon Mühe gehabt, sich den Elfen vorzustellen, aber nun musste sie sich auch noch den Drachen vorstellen. Sie atmete tief durch, überwand ihre Angst und sagte: „Mein Name ist Kasumi. Ich stamme von Nymue ab und mein Vater war Glaeder."

Sobald sie den Namen ihres Vaters ausgesprochen hatte, zogen alle Drachen gleichzeitig die Luft in ihre großen Lungen und wichen ein paar Schritte zurück. Kasumi sah, wie die Köpfe der Drachen vorschnellten und sie alle gleichzeitig Flammensäulen auf sie schossen. Erschrocken wollte sie ausweichen, doch da sie von den Drachen umzingelt war, kamen die Flammensäulen von allen Seiten. Im allerletzten Moment fiel ihr ein, dass sie sich mit einem Körperschild schützen konnte. Gerade als eine blaue Flamme ihren Rücken streifte, wurde der Schild aktiv. Unbeschadet überlebte sie die Angriffe. Als die Drachen keinen Atem mehr hatten, wichen sie noch weiter zurück. Nur der schwarze Drache und Tesfay blieben an Ort und Stelle stehen.

Erschöpft von der Magie sank Kasumi zusammen. Sie hörte noch, wie Akiko verzweifelt nach ihr rief, doch da hatte die Dunkelheit sie schon verschlungen. Im nächsten Moment packte Tesfay ihren Körper, drang ohne Probleme in ihren Geist ein und holte sie aus der Bewusstlosigkeit. Orientierungslos lag Kasumi auf dem Boden. Sie konnte nicht verstehen, wieso die Drachen sie angegriffen hatten.

„Es tut mir leid", hörte sie plötzlich einen der Drachen sagen.

„Es war ein Reflex", versuchte sich ein anderer Drache herauszureden.

„Es war gar nichts dergleichen", sagte Tesfay gelangweilt. „Ihr wart nur so erschrocken, dass Glaeder der Todbringer eine Tochter hat, deswegen habt ihr sie angegriffen."

„Aber wir konnten doch nicht wissen, dass sie nicht seine Magie geerbt hat", erklärte ein weiterer Drache.

„Ruhe!", schrie der Lehrer wütend. „Wisst ihr überhaupt, was ihr da getan habt? Ihr habt eine Halbelfe mit eurem Feuer angegriffen. Hätte sie keine so schnelle Auffassungsgabe, wäre sie nun tot." Nach einer kurzen Pause der Stille fuhr der schwarze Drache mit einem Räuspern fort, dabei sah er Kasumi an: „Es tut mir leid, dass meine Schüler dich angegriffen haben. Jedoch rechtfertigt deine Abstammung ihr Handeln nicht, deswegen werden sie bestraft."

Erschrocken über die Tatsache, dass die Drachen bestraft werden, wollte sie aufbegehren, doch Tesfay hielt sie zurück.

Es ist nicht der Moment, etwas zu sagen, erklärte er ihr telepathisch. *Sobald sich alle beruhigt haben, werde ich dich aufklären.*

Nun verstand sie gar nichts mehr. Sie sah in die schuldbewussten Gesichter der Drachen, dann sah sie Tesfay an, der seelenruhig neben ihr saß. Aber noch immer konnte sie nicht verstehen, wieso die Drachen sie angegriffen hatten. Langsam stand sie auf, doch brach sie sogleich wieder zusammen. Bevor sie mit dem Gesicht auf dem Boden aufschlagen konnte, fing Akiko sie auf. Ihr bronzefarbenes Fell fühlte sich weich an Kasumis Wange an, und sie spürte, wie sie abermals in die Dunkelheit fiel. Dieses Mal holte Tesfay sie nicht zurück.

Als Kasumi die Augen aufschlug, fand sie sich im Schoß von Tesfay wieder, der sie mit besorgten Blick musterte.

„Na, hast du gut geschlafen?“, fragte er gelangweilt.

Ohne eine Antwort zu geben, setzte sich Kasumi auf und sah sich im Raum um, doch sie befand sich noch am gleichen Ort. Nur dass die Drachen sie nicht mehr neugierig anstarrten, sondern komplizierte Magie lernten.

Mit schweren Schritten stapfte der Lehrer auf Kasumi zu. Vor ihr blieb er stehen und bot ihr seine Klaue an. Kasumi wollte sie ergreifen, als ihr wieder in den Sinn kam, was Hakaris getan hatte, als er ihr seine Klaue entgegengestreckt hatte.

Er ist nicht wie mein Bruder, was bedeutet, dass er dich nicht sofort ergreift, ertönte Tesfays Stimme in ihrem Geist.

Nach einigen Sekunden, in denen sich Kasumi sammelte, ergriff sie die Klaue des Lehrers, der sie mit einem Ruck auf die Füße zog und sie zu einer Tür führte, die sich auf eine Klauenbewegung des Drachen öffnete. Gemeinsam gingen sie durch die offene Tür. In dem darauffolgenden Raum befand sich ein Stuhl.

„Setz dich“, sagte der Lehrer.

Ohne Widerworte gehorchte Kasumi und setzte sich auf den Stuhl. Glücklich darüber, von den Drachenschülern getrennt zu sein. Der Drache legte sich vor ihr auf den Boden und fing an zu sprechen. „So wie es scheint, müssen wir, bevor du am Unterricht teilnehmen kannst, einiges klären. Am besten fangen wir mit deinem Vater an.“

„Wieso? Was ist an meinem Vater falsch?“, unterbrach Kasumi den Lehrer.

„Nichts ist falsch an ihm. Aber um die Reaktion der Schüler zu verstehen, musst du mehr über deinen Vater erfahren.“

Endlich, dachte Kasumi. Sie wollte schon immer mehr über ihren Vater erfahren, doch ihre Mutter hatte ihr nie etwas über ihn erzählt, und nun hatte sie die Gelegenheit dazu. Aufmerksam lauschte sie den Worten des Drachen.

„Wie du vom Drachenkönig weißt, war dein Vater ein Kommandant der Elfenarmee. Als er deine Mutter kennenlernte, gab er seine Stelle für sie auf. Gemeinsam zogen sie in den verborgenen Teil des Elfenwaldes, in der Hoffnung, dass sie nie gefunden werden. Doch dann kamst du auf die Welt und alles änderte sich. Glaeder sah ein, dass er dich nur beschützen konnte, indem er seine Pflichten als Kommandant wiederaufnahm. Zu dieser Zeit, als er zurück in die Heilige Stadt kam, waren die Elfen im Krieg gegen die Tenshis. Sofort wurde Glaeder an die vorderste Front geschickt. Schon zuvor war er bekannt für sein Kriegsgeschick und seine Magie. Doch während dieses Krieges wurde er unter dem Namen Glaeder der Todbringer bekannt. Leider überstand er die letzte Schlacht nicht. Er wurde von einer sehr fähigen Tenshi getötet. Durch seinen Tod fand der Krieg ein Ende und Frieden kehrte ein. Doch bis heute ist er bekannt für seine Stärke und jeder fürchtet seinen Namen, sogar wir Drachen. Deshalb haben dich meine Schüler angegriffen. Sie wussten nicht, ob du auch so gefährlich bist, wie es dein Vater war."

Nun verstand Kasumi so einiges. Wieso ihr Vater sie damals verlassen hatte und wieso die Drachen sie angegriffen hatten.

„Und da du das nun weißt, wird es keine Probleme mehr geben. Meine Schüler haben akzeptiert, wer du bist, und werden dich nicht noch einmal angreifen", nach diesen Worten stand der Drache auf, ging zur Tür und drehte sich noch einmal um. „Die Vorstellungsrunde werden wir auslassen. Aber damit du weißt, wie du mich anreden sollst, verrate ich dir meinen Namen. Engirru", sagte der Drache und schritt durch die Tür.

Ein paar Sekunden später folgte Kasumi Engirru durch die Tür und wurde beinahe von einem Blitz getroffen. Panisch kam ein Drache auf sie zu und wollte sich entschuldigen, doch da packte Tesfay sie und zog sie weg.

„Du solltest aufpassen, wo du stehst, sonst wirst du von unserer Magie getroffen", sagte er zu ihr. „Ah, und du solltest deinen Körperschild immer aufrechterhalten."

„Kommt alle kurz zusammen!", rief der schwarze Drache seinen Schülern zu, die auf seine Worte hin einen Halbkreis um Engirru formten. „Bis jetzt habt ihr eure Angriffsmagie sehr gut unter Kontrolle, aber damit ihr euch problemlos auf euren Angriff konzentrieren könnt, muss eure Verteidigung perfekt sein. Deswegen werden wir in die alte Trainingshalle gehen."

Während der Lehrer noch sprach, schlug er mit dem Schwanz auf den Boden. Nachdem er seine Ansprache beendet hatte, wurde der Raum dunkel. Nach einiger Zeit löste sich die Schwärze auf und sie befanden sich in dem höhlenartigen Raum, in dem Kasumi an ihrem ersten Schultag den Körperschild erlernt hatte.

„Macht euch bereit!", schrie Engirru.

Sofort gingen die Drachen in Angriffsstellung und aktivierten ihre Verteidigungsmagie. Sie sahen die gezeichneten Drachen auf den Felswänden an, die nach einigen Worten von dem schwarzen Drachen anfingen sich zu bewegen. Es sah aus, als würde sich der Stein verflüssigen. Die Farbe tropfte von den Wänden auf den makellosen weißen Sand. Sobald die einzelnen Tropfen den Sand berührten, erstrahlte die Höhle in blendend blauem Licht. In dem gleißend hellen Licht konnte Kasumi erkennen, wie sich die einzelnen Farbtropfen zusammenschlossen und sich zu einem mächtigen Drachen erhoben, der wütend Feuer spie. Einzelne kleinere Drachenkonturen zeichneten sich in dem blauen Licht ab. Sobald alle Drachenzeichnungen auf den Höhlenwänden lebendig wurden, erlosch das Licht und Kasumi fand sich vor einem Drachen mit purpurfarbenen Schuppen wieder, der sein Maul aufriss und einen Feuerstrahl auf Kasumi schoss. Im letzten Moment wich sie aus.

Hast du deinen Körperschild aktiviert?, fragte Akiko besorgt, die auf einer Magiewolke hoch über Kasumis Kopf in Sicherheit schwebte.

Nein, noch nicht, gab Kasumi als Antwort, wobei sie von den feuerspeienden Drachen davonrannte.

Schutzsuchend rannte sie hinter Tesfay, in der Hoffnung, dass er sie beschützte. Aber sobald der Drache sie erblickte, trat er einen Schritt beiseite, womit sie genau in der Schussbahn eines der Drachen war. Sie sah, wie der Drache den Kopf zurückzog, tief in seine Lungen einatmete und sein riesiges Maul öffnete. Eine unaufhaltsame Feuerwand glitt auf Kasumi zu. Sie hörte Akikos panischen Schrei und das

Lachen des Lehrers, doch dies war ihr egal. Sie konzentrierte sich auf ihre Magiekugel in ihrem Innersten, verband einzelne Magiefäden mit ihrer Hand und erschuf einen Schild, der von ihrer Hand ausging. Als die Feuerwand auf ihre ausgestreckte Hand traf, spürte Kasumi, wie ihr Mal zwischen ihren Schulterblättern sich erwärmte und ihre Magie verstärkte. Der Schild wurde noch größer, sodass er die Höhle in zwei Hälften trennte. In der einen Hälfte waren die lebendig gewordenen Zeichnungen der Drachen, in der anderen Hälfte befanden sich Kasumi und ihre Mitschüler.

Die Feuerwand wurde zu dem Drachen zurückgeschleudert, der sie ausgestoßen hatte. Sofort ging er in Flammen auf und verwandelte sich zurück in einzelne Farbtropfen, die zurück zur Wand flossen.

Die Drachen begriffen sofort und wollten ihre Flammen ausstoßen, als Engirru schrie: „Halt! Ihr dürft nur Verteidigungsmagie benutzen.“

Enttäuscht wichen die Drachen wieder zurück. Da merkte Kasumi, wie ihre Magie schwächer wurde und der Schild verschwand. Müde sank sie in die Knie, sah sich in der Höhle um und entdeckte, dass der größte Drache auf sie zuhielt. Sie versuchte aufzustehen, doch ihre Kräfte waren am Ende und so konnte sie nur zu sehen, wie der Drache immer näher kam, bis er vor ihr stand. Aber er hüllte sie nicht in seine Flammen ein, wie Kasumi vermutete, sondern streckte seine Klaue aus und wollte nach ihr greifen. Doch im letzten Moment stellte sich Tesfay vor sie und umgab sie mit einem Schild. Die Klaue des Drachen traf Tesfay an der Schulter und schlitzte ihn von der Schulter bis zum Brustkorb auf.

Fassungslos sah Kasumi, wie das Blut aus der Wunde spritzte und den weißen, makellosen Sand mit seinem Blut tränkte. Vor Wut darüber, dass jemand Tesfay verletzt hatte, kam ihre Kraft zurück. Ihr Mal auf ihrem Rücken fing an, einzelne Magiewellen durch ihren Körper zu schicken, wodurch sich ihre Magie wieder auflud und sie in rasendem Zorn ein Schild erstellte, der sie und Tesfay umgab. Der große Drache wurde von dem Schild gegen die Wand geschleudert, wo er sich in tausend Farbtropfen auflöste, die in der Luft schwebten.

Sobald das Bild des großen Drachen an der Wand erschien, verschwanden die anderen Drachen und kehrten in ihre ursprüngliche Form zurück.

Akiko tauchte neben Kasumi auf und beglückwünschte sie zu ihrem Sieg. Verdattert starrte Kasumi die Löwentigerin an und verstand die Welt nicht mehr. Tesfay lag blutend vor ihr und Akiko gratulierte ihr zu einem Sieg, von dem sie nichts wusste. Sie schüttelte den Kopf und hastete zu Tesfay. Sie legte ihre Hände auf die Wunde, wobei der goldene Drache schmerzhaft aufstöhnte. Ihre Heilmagie, die im Gegensatz zu ihrer Verteidigungsmagie keine Grenzen hatte, hüllte Tesfay in ein goldenes Licht und heilte die durchtrennten Muskeln, fügte die Blutgefäße zusammen und schloss die lederartige Haut, sodass es aussah, als hätte sich der Drache niemals verletzt.

„Eine beachtliche Leistung", sagte Engirru plötzlich, der neben ihr erschien. „Zuerst ein riesiger Schild von deiner Hand ausgehend. Dann ein Rundumschild, der nicht nur dich schützte, sondern auch Tesfay, und nun heilst du eine Wunde, bei der manche Drachen nicht wüssten, wie es geht. Du bist eindeutig die Tochter deines Vaters. Obwohl deine Magieausdauer noch ziemlich schwach ist."

Nach diesen Worten wendete sich der Lehrer ab und sah seine restlichen Schüler an, die demütig den Kopf hängen ließen.

„Die Stunde ist vorbei", sagte der schwarze Drache. „Ihr könnt nun wegtreten. Aber lasst euch eins gesagt sein: Ich bin von eurer Leistung mehr als enttäuscht."

Engirru schlug mit dem Schwanz auf den Boden. Sofort umschlang Dunkelheit Kasumi und löste sich erst nach einigen Sekunden wieder auf. Als Kasumi aufblickte, sah sie, dass sie sich wieder in dem Raum befand, in dem sie aufgewacht war.

Der schwarze Drache war verschwunden, dafür betrat Lothard das Zimmer. Der sandfarbene Drache sah sich kurz um, bis er Tesfay erblickte. Mit raschen Schritten ging er auf Tesfay zu, flüsterte kurz mit ihm und stand dann in der Mitte des Raums.

„Hergehört!", schrie Lothard. „Wir werden nun mit der Angriffsmagie weiterfahren. Da Tesfay in der vorherigen Stunde verletzt wurde, wird er diese Stunde aussetzen."

Alle Drachen fingen an, sich zu beschweren, doch da hob Lothard seine Klaue. Sofort zuckten die Drachen zusammen und wichen wie geschlagene Hunde zurück.

„Kasumi, ich bitte dich, diese Stunde auch auszusetzen und dich von unseren Heilern untersuchen zu lassen, da du eine Menge Magie verbraucht hast. Tesfay wird dich zu unserer Krankenstation führen", sagte Lothard zu Kasumi, die nur nicken konnte. Sie hatte das Gefühl, als würde Lothard wollen, dass sowohl sie als auch Tesfay sich untersuchen lassen sollten.

Zusammen mit Tesfay verließ sie das Zimmer. Kaum hatten sie die Tür durchschritten, hob Tesfay, der wieder in Menschengestalt war, seine Hand, wodurch sie in einen langen Gang teleportiert wurden.

„Die Krankenstation befindet sich am Ende des Ganges", sagte Tesfay. „Ich hole dich ab, sobald du fertig bist."

„Solltest du dich nicht auch untersuchen lassen?", fragte Kasumi, die immer noch die blutende Wunde vor sich sah, doch Tesfay beachtete sie nicht weiter.

Er drehte sich um und lief in die entgegengesetzte Richtung. Kasumi zuckte die Schultern und machte sich auf den Weg zur Krankenstation. Sie folgte dem Gang, bis sie zu einer roten Tür kam. Gerade wollte sie anklopfen, als sich die Tür von allein öffnete und den Blick in den dahinterliegenden Raum offenbarte. Überall liefen Drachen umher, die verletzte, am Boden liegende Drachen versorgten. Einzelne Elfen beruhigten die Drachen, die ihr markerschütterndes Brüllen im ganzen Raum ertönen ließen.

Fasziniert sah sich Kasumi in dem Raum um, bis eine Elfe sie entdeckte und auf sie zukam.

„Was machst du hier?", fragte die Elfe.

„Ich bin auf Geheiß von Lothard hier. Er sagte, ich solle mich von ihnen untersuchen lassen", gab Kasumi zur Antwort.

„Ich verstehe", sagte die Elfe, während sie mit dem Kopf nickte. „Wenn das so ist, dann folge mir."

Die Elfe drehte sich um und lief zwischen den verletzten Drachen hindurch. Als sie merkte, dass Kasumi ihr nicht folgte, blieb sie stehen und winkte mit der Hand. Daraufhin setzte sich Kasumi in Bewegung. Sie fühlte sich aber nicht wohl in ihrer Haut. Viele der Drachen waren schwer verletzt und sie kam nur wegen ihrer Magie auf die Krankenstation. Das fand sie nicht in Ordnung. Die Elfe jedoch schien dies nicht zu stören. Sobald Kasumi zu ihr aufgeschlossen hatte, setzte sie ihren Weg fort, der zu einer goldenen Tür führte.

„Dahinter wartet Mistral. Er ist der einzige Drache, der die Heilmagie der Elfen übertrifft. Dazu weiß er noch eine Menge über Magie", erklärte die Elfe. „Ich habe ihm gesagt, dass Lothard dich geschickt hat. Er erwartet dich bereits."

Die Elfe drehte sich zu ihr um und wollte davongehen, als Kasumi sie aufhielt. „Kommst du nicht mit rein?", fragte sie.

„Nein." Mit diesem Wort ließ die Elfe Kasumi allein vor der goldenen Tür stehen.

Unsicher wandte sich Kasumi an Akiko, doch diese blickte nur weiter die goldene Tür an. Seufzend streckte Kasumi die Hand nach der Tür aus. Kurz bevor sie die goldene Tür berührte, zuckte sie zurück.

Auf was wartest du?, fragte Akiko ungeduldig.

Ich weiß es nicht, aber ich habe Angst.

Angst? Wovor? Vor den Drachen? Das musst du nicht. Sie sind alle lieb zu mir und respektieren mich.

Ermuntert nickte Akiko Kasumi zu. Diese nahm ihren Mut zusammen und öffnete die Tür. Was sie dahinter erblickte, konnte sie kaum glauben.

Das Geheimnis der Magie

Ein Mann mit silbernen Haaren saß auf dem Boden und spielte mit Neha, dabei blitzten seine purpurroten Augen schelmisch auf. Die kleinen Pranken der Löwentigerin berührten den Drachen an den Armen. Es sah aus, als ob sie ihn umarmte.

„Aua!“, stöhnte der Drache auf.

Es tut mir leid, das wollte ich nicht, entschuldigte sich Neha.

„Ist schon gut, meine Kleine“, sagte der Drache, während er der Löwentigerin über den Kopf strich.

In diesem Moment stürzte Joru in den Raum und fauchte den Drachen an. Der Löwentiger zeigte dem Mann seine Fangzähne und schlich um ihn herum. Als er hinter ihm stand, griff Joru an. Er schlug seine Zähne in den Oberarm des silberhaarigen Mannes.

Berühre nicht noch einmal meine Schwester, Mistral, knurrte Joru, nachdem er den Arm von Mistral freigegeben hatte.

Die Wunde an dem Oberarm des Drachen blutete stark und färbte seine goldene Robe in ein tiefes Rot. Der Drache entschuldigte sich bei dem Löwentiger für sein Verhalten, stand auf und legte seine Hand auf die blutende Wunde. Ein goldenes Licht erstrahlte, das die Wunde augenblicklich schloss.

Joru, ich habe dir gesagt, dass du ihn nicht verletzen solltest. Aber nein, was macht mein geliebter Bruder? Er beißt ihn!, schrie Neha erbost auf.

Habe ich da gerade die Stimmen meiner Geschwister vernommen?, ertönte plötzlich Akikos Stimme hinter Kasumi und sie stürmte in den Raum.

Erst jetzt blickte der Drache zur Tür. Seine Augen leuchteten auf, als er Kasumi erblickte.

„Was für eine Ehre. Die Tochter des Todbringers kommt mich besuchen“, sagte der Drache spöttisch und verbeugte sich leicht.

Sofort fingen alle drei Löwentiger an zu fauchen. Akiko warf ihren Geschwistern einen kurzen Blick zu. Als sie sah, dass sie einverstanden waren, schlich Akiko auf den Drachen zu. Kurz vor ihm blieb sie stehen, öffnete ihr Maul und brüllte ihn an.

Niemand, aber wirklich niemand, beleidigt Kasumi!, schrie Akiko.

Der Drache wich leicht zurück und sagte: „Ich habe mir nur einen Scherz erlaubt, junge Löwentigerin. Wenn ich sie damit beleidigt habe, tut es mir fürchterlich leid."

Das sagst du nur, weil du uns nicht zum Feind haben willst!, fauchte Joru.

„Das stimmt."

Du …!, schrie Joru, doch bevor er seinen Satz beenden konnte, stand Neha vor ihm.

Es reicht, Joru, sagte Neha und ging auf Mistral zu. *Ich entschuldige mich nicht für das Verhalten meiner Geschwister, denn Kasumi ist unsere Freundin*, erklärte die Löwentigerin.

„Ich verstehe. Wenn das so ist, wird dies nicht noch einmal vorkommen."

Gut, sagte Neha und wandte sich ab. *Komm, Akiko, wir haben uns viel zu erzählen.*

Die drei Löwentiger verließen den Raum durch eine blaue Tür, die gegenüber der goldenen Tür war. Die verblüfte Kasumi ließen sie zurück.

Kurz nachdem sie den Raum verlassen hatten, fing Mistral an zu lachen. „Ich muss schon sagen, ich habe Neha noch nie so aufgebracht erlebt", sagte der Drache laut und konnte sich vor Lachen nicht mehr halten.

„Ich verstehe nicht ganz", sagte Kasumi verwirrt.

Der Drache hörte abrupt auf zu lachen. Er blickte Kasumi mit seinen purpurroten Augen an, die unheimlich leuchteten.

„Sobald die Löwentiger in unserem Land ankamen, wurde mir die Aufgabe erteilt, auf sie aufzupassen. Neha schloss mich schnell in ihr Herz, doch Joru blieb stur und wollte sich nicht mit mir anfreunden. Es liegt wohl daran, dass er mich als ein Konkurrent betrachtet", erklärte Mistral.

„Aber Akiko erzählte mir, dass sie auf dem Weg zu ihren Verwandten sind."

„Das stimmt auch. Zuerst machten sie sich auf den Weg, doch sobald sie unsere geschützte Stadt verließen und in die Wälder gingen, wurden sie von ihren eigenen Verwandten angegriffen. Daraus schlossen wir, dass ihre Mutter ins Menschenland verbannt wurde. Dies bedeutet für ihre Jungen, dass sie kein Zuhause mehr haben. Der Drachenkönig hat daraufhin beschlossen, die Geschwister unter seinen Schutz zu stellen, solange sie sich noch nicht selbst verteidigen können", schloss Mistral die Erklärung ab.

„Aber nun kommen wir auf unser eigentliches Thema zu sprechen. Engirru hat mich über alles informiert, was während des Trainings passierte. Doch ich kann es noch immer nicht glauben, dass du Tesfay geheilt hast."

Mistral wandte sich ab und ging auf eines der Bücherregale zu, die an den Wänden standen. Er zog ein einzelnes Buch heraus, warf es Kasumi zu, die es geschickt auffing, und sagte: „Schlag es auf der Seite dreihundertfünfzig auf."

Kasumi gehorchte und schlug das Buch auf der angegebenen Seite auf. Staub wirbelte aus dem Buch auf. Das Buch fing an, sich in ihren Händen zu bewegen. Der blaue Buchumschlag wurde schwarz und das Gewicht des Buches änderte sich. Einzelne Blätter glitten aus dem Buch und formten sich zu einem einzigen Blatt zusammen. Darauf wurde ein Bild sichtbar, das einen goldenen Drachen auf einem Berg zeigte.

„Das ist der erste Drachenkönig", erklärte Mistral. „Er hat unser Land mitsamt der Barriere geschaffen, doch diese hohe Magie hat seinen Preis. Von den ersten Drachen wurde ihm und seinen Nachkommen ein Fluch auferlegt, der besagt, dass kein Geschöpf, das auf unserer Welt wandelt, sie von ihren Wunden heilen können. Doch du hast Tesfay geheilt, was laut dem Fluch unmöglich ist, da er von dem Drachenkönig abstammt. Aber da Tesfay keine goldenen Augen besitzt, erbte er die königliche Magie nicht, was vielleicht der Grund ist, warum du ihn heilen konntest."

Kasumi sah den silberhaarigen Drachen sprachlos an. *Was soll das?*, dachte sie. *Ich bin nicht hier, um mir irgendwelche Geschichten anzuhören.* Sie schüttelte den Kopf, um diese Gedanken loszuwerden, doch sie konnte den Mund nicht halten. Ihre Gedanken sprudelten aus ihr heraus.

„Ich habe von Engirru, dem Drachenkönig, und auch von den Elfen gehört, dass deine Magie speziell ist. Den Grund dafür kennt wahrscheinlich nur der Drachenkönig, doch er verheimlicht es vor uns. Er hat mir, kurz nachdem du Tesfay geheilt hast, den Auftrag gegeben, dir das Geheimnis der Magie zu erklären. Du musst zuerst verstehen, woher die Magie kommt und was sie ist, bevor du noch weitere Magie verwendest. Sonst gefährdest du nicht nur dein Leben, sondern auch das Leben der Personen in deiner Umgebung", erklärte der Drache. „Wenn du das verstanden hast, dann können wir mit dem Unterricht beginnen."

Kasumi blickte den Drachen überrascht an. Bis jetzt hatte ihr noch niemand etwas über den Entstehungsort der Magie gesagt. Nicht einmal ihre Mutter war dazu in der Lage gewesen. Aber nun hatte sie die Möglichkeit, alles zu erfahren. Auf die Frage des Drachen antwortete sie mit einem Nicken.

„Wenn das so ist, dann beginne ich nun. Schließe deine Augen und lausche meiner Stimme."

Kasumi tat, wie der Drache ihr befohlen hatte, und schloss die Augen. Kurz darauf fing er mit seiner Erzählung an.

„Es geschah vor mehreren hunderttausend Jahren, als die Welt nur aus Flüssen, Seen, Bergen und Wäldern bestand. Zu dieser Zeit kamen die ersten Drachen in diese Welt. Sie erhoben sich aus der Erde, aus dem Wasser, aus dem Feuer und aus der Luft. Die Vulkane, die damals über die Welt herrschten und sie mit ihren Lavaströmen zerstörten, wurden von den Drachen vernichtet. Die ersten Drachen badeten in den Lavaströmen und in dem Magma, das sich tief unter der Erde befand. Dadurch entfachten sie ein Feuer in sich, das bis heute in uns anhält, und nahmen die Lebensenergie der Vulkane in sich auf, wodurch diese erloschen.

Es gab fünf Drachen zu dieser Zeit, die nach dem Erlöschen der Vulkane die Welt beherrschten. Es war der Drache, der aus der Erde emporstieg, der die Elfen mit seiner Magie erschuf. Die Magie lernte er von denen, die die Welt geformt hatten. Unter uns Drachen reden wir von den Göttern, doch da dies so lange her ist, können sich die Elfen und die Menschen nicht daran erinnern.

Der Drache, der aus der Luft entstand, formte die Tenshis mit ihren weißen oder schwarzen Flügeln. Auch sie wurden von der Magie des Drachen erschaffen. Der Drache, der aus dem Wasser geformt wurde, erschuf mit seiner Magie die Shinigamis, und der Drache, der den letzten Vulkan vernichtete und aus dem Feuer entstand, formte die Menschen. Alle Wesen erhielten von den Drachen deren Magie. Doch der letzte Drache, der von den Göttern auf die Welt geschickt wurde, erschuf die Drachen, die dadurch die gesamte Magie erbten.

Einige hundert Jahre vergingen und es brach Krieg aus. Die ersten Drachen wussten nicht, was sie tun sollten, und baten die Götter um Hilfe. Diese sagten zu ihnen, dass die Magie, die sie den Wesen vererbt hatten, zu stark war. Einige Rassen setzten die Magie zu falschen Zwecken ein, und so beschlossen die ersten Drachen, dass den Menschen die Magie entzogen werden sollte und die einzelnen Rassen getrennt voneinander leben sollten. Die Götter erschufen deswegen drei Länder. Ein Land, in dem die Menschen ohne jegliche Magie lebten. Ein anderes, in dem die Drachen mit der gesamten Magie lebten, und ein weiteres Land, in dem die Tenshis und Shinigamis lebten. Da die Elfen Magie besaßen, sich aber mehr zu den Menschen hingezogen fühlten, wurde für sie in dem Land der Menschen eine Region angelegt, in der sie leben konnten, auch besser bekannt als Elfenwald.

Viele weitere Jahre vergingen und Frieden kehrte ein. Die ersten Drachen merkten, dass sie nicht mehr gebraucht wurden, und zogen sich zurück. Die Götter hießen sie bei sich willkommen, unter der Bedingung, dass sie von nun an, anstelle der Götter, über die Welt wachten. Die ersten Drachen stimmten zu und so verschwanden die Götter und wurden vergessen. Nach einiger Zeit begriffen die ersten Drachen, dass das Aufpassen eine mühselige Angelegenheit war. So beschlossen sie, dass jeweils nur einer von ihnen über die Welt wachte, während die anderen schliefen. Nach zehntausend Jahre wurde gewechselt, sodass der Drache, der zuvor gewacht hatte, sich schlafen legen kann. Bis heute wachen die ersten Drachen über uns", schloss Mistral seine Erzählung.

Kasumi war sprachlos. Sie hatte erwartet, dass Mistral ihr einiges erzählen würde, aber dass er die Entstehung der Welt und der verschiedenen Völker erzählte, hätte sie nie erahnen können. Als sie merkte, dass Mistral sie aus seinen purpurroten Augen musterte, wusste sie nicht mehr, was sie tun sollte. Der Blick seiner Augen fesselte sie so stark, dass sie nicht merkte, wie er ihr eine Frage stellte. Erst als er sie an der Schulter berührte, löste sich ihre Starre auf.

„Ich habe gefragt, ob du noch eine Frage zur Entstehung der Welt hast", fragte der Drache sie, wobei seine Stimme einen leicht genervten Ton annahm.

„Nein, habe ich nicht", gab Kasumi zur Antwort.

„Gut, dann kann ich mit meiner Erzählung fortfahren."

„Was? Es geht noch weiter?"

„Natürlich. Du weißt jetzt, wie die Magie in unsere Welt kam, aber noch nicht, wie sie zur heutigen Anwendung kam. Deswegen erzähle ich dir nun die Geschichte über die vier Grundstrukturen der Magie.

Jeweils einer der Drachen beherrschte einer der vier Grundstrukturen und gab sie seinen Geschöpfen weiter. So lernten die Shinigamis die Verteidigungsmagie, die Elfen Heilmagie, die Tenshis Flugmagie und die Menschen Angriffsmagie. Da jedoch den Menschen die Magie entzogen wurde, herrschte das Gleichgewicht nicht mehr. Die ersten Drachen beschlossen daraufhin, dass die anderen Wesen die Angriffsmagie zum Teil ausüben konnten. Aber auch das ging schief. Die Angriffsmagie konnte nur durch die Verteidigungsmagie unter Kontrolle gehalten werden. Somit mussten die ersten Drachen ihren Geschöpfen alle Grundstrukturen beibringen. Dafür benötigten sie die Drachen, die nicht an die Grundstrukturen gebunden waren, da der Drache, der von den Göttern geschickt wurde, seinen Wesen die ganze Magie gelehrt hatte und sie somit ohne Probleme Magie wirken konnten.

Es dauerte über tausend Jahre, bis das Gleichgewicht wiederhergestellt war. Jedes Volk, bis auf die Menschen, beherrschte nun die Magie. Da die ersten Drachen jedoch Angst hatten, dass das Gleichgewicht der Magie wieder außer Kontrolle geraten könnte, erlegten sie jeder Rasse Bedingungen auf. So konnten die Elfen alle Grundstrukturen meistern, aber die erweiterte Magie konnten sie niemals bei allen Grundmagien einsetzen, nur der Elfenkönig war dazu in der Lage. Da die Shinigamis die Verteidigungsmagie erbten, herrschte bei ihnen auch ohne die Heilmagie und Flugmagie ein Gleichgewicht. Von den ersten Drachen wurde ihnen verboten, die Flugmagie und Heilmagie anzuwenden. Nun blieben nur noch die Tenshis übrig. Sie lernten auch wie die Elfen alle Grundstrukturen, jedoch können sie ihre Magie nur in ihrem Land anwenden.

Lin hat dir erzählt, dass die Elfen die Grundstrukturen benannt haben, da sie niemals alle beherrschen können. Aber wie du gerade erfahren hast, ist dem nicht so. Die Grundmagie wurde nach den ersten Drachen benannt, erst viele hunderttausend Jahre später gerieten die Namen in Vergessenheit. Die Elfen gaben ihnen daraufhin neue Namen. Die Namen, die du heute kennst. So, das wäre fürs Erste alles", endete Mistral.

„Bist du sicher?", ertönte die glockenklare Stimme von Tesfay hinter Kasumi.

Kasumi drehte sich zu dem Drachen um. Er lehnte gelangweilt am Türrahmen und musterte den silberhaarigen Mann.

„Wie meinst du das?", fragte Mistral, dabei verschränkte er seine Arme vor der Brust.

„Nun", sagte Tesfay, stieß sich vom Türrahmen ab und schlenderte auf sie zu. „Du hast ihr von den ersten Drachen erzählt, aber nicht ihre Namen genannt."

Kurz vor Mistral blieb Tesfay stehen und sah dem anderen Drachen provozierend in die Augen.

„Du weißt, dass die Namen der ersten Drachen heilig sind."

„Ja. Aber ich weiß auch, dass bis jetzt noch nie eine Halbelfe oder sonst irgendein Elf von dem Ursprung der Magie hören durfte oder erfahren hat, wie die Welt entstand."

Kasumi konnte spüren, wie die Spannungen im Raum stärker wurden. Die zwei Männer standen Kopf an Kopf und blickten sich grimmig an. Als sie sah, dass Tesfay seine Hand heben wollte, ging sie dazwischen und schob die beiden Drachen auseinander, die sich daraufhin beruhigten.

„Du hast wahrscheinlich recht", gab Mistral zu. „Also, Kasumi, hör gut zu. Ich werde dir die Namen der ersten Drachen verraten. Du darfst sie aber niemandem sagen."

Nachdem Kasumi genickt hatte, fuhr Mistral fort: „Der Drache, der aus der Erde brach, heißt Arda. Der Drache, der sich aus der Luft erhob, wird Vilya genannt. Der Drache, der aus dem Wasser geformt wurde, heißt Lorn, und der Drache, der den letzten Vulkan zerstörte und aus dem Feuer entstand, wird Naur genannt. Der erste der fünf Drachen, der von den Göttern auf die Erde geschickt wurde, trägt den Namen Eru."

„So ist es gut", sagte Tesfay und nahm Kasumi bei der Hand. „Komm, wir haben heute Nachmittag frei. Ich möchte dir so viel zeigen wie möglich. Bis dann, Mistral."

Tesfay stürmte aus dem Zimmer, während er Kasumi hinter sich herzog. Er rannte durch die Krankenstation bis zur Ausgangstür. Dort blieb er kurz stehen, konzentrierte sich und öffnete die Tür. Sie wurden in eine Schwärze gezogen, die nach kurzer Zeit die zwei auf der Wiese hinter den Schlafsälen herausließ. Sobald sie auf der Wiese ankamen, öffnete Tesfay seine Flügel, nahm Kasumi in die Arme und flog mit ihr davon.

Erinnerungen einer Drachin

Wieder musste Kasumi die Augen schließen, doch es brachte nichts. Sie spürte, wie ihr übel wurde und sie beinahe davor war, sich zu übergeben. Nur die Nähe zu Tesfay hielt sie zurück, ihren gesamten Mageninhalt zu entleeren. Sie kuschelte sich noch näher an seine Brust und versteckte ihr Gesicht in seinen Armen. Das regelmäßige Schlagen seiner Flügel beruhigte Kasumi und nach einer Weile konnte sie die Augen öffnen, ohne dass es ihr erneut schlecht wurde. Sie schaffte es, die Landschaft unter sich zu bewundern. Sie sah zu, wie die Wiese zu Wald wurde und der Wald zu Felsen, die wiederum zu Bergen wurden.

Zielsicher steuerte Tesfay einer dieser Berge an. Kasumi konnte nicht glauben, was sie da sah. Ein Wasserfall von blaugrüner Farbe ergoss sich aus dem Felsen und fiel mehrere hundert Meter in die Tiefe. Am Fuß des Berges bildete der Wasserfall einen See, in dem sich die gesamte Landschaft widerspiegelte. Über all dem schwebte ein Regenbogen, an dessen Ende eine Plattform war. Auf dieser Plattform landete Tesfay und ließ Kasumi vorsichtig hinunter.

Sobald sie den Boden berührte, fingen ihre Beine an zu zittern. Doch bevor sie umfallen konnte, hielt Tesfay sie am Arm fest.

„Vorsicht!“, sagte er zu ihr, wobei er ihren Arm noch nicht losließ.

Langsam hörte das Zittern in ihren Beinen auf, sodass sie ohne Hilfe stehen konnte. Sie setzte einen Fuß vor den anderen, damit sie nicht doch noch umfiel. Sie schaffte es bis zum Höhleneingang. Tesfay folgte ihr, doch bevor sie in die Höhle gehen konnte, hielt er sie zurück.

„Warte, ich muss etwas erledigen“, sagte er und lief ohne eine Antwort abzuwarten in die Höhle.

Kasumi sah dem Drachen nach und konnte nicht fassen, was er gerade gesagt hatte. *Ich verstehe ihn nicht*, dachte sie wütend und wandte sich dem Wasserfall zu. Das Wasser fiel nur ein paar Schritte entfernt von ihr in die Tiefe und einzelne Wassertropfen spritzten ihr ins Gesicht. Das kühle Wasser fühlte sich gut an auf ihrer Haut. Sie streckte die Hand aus und wollte den Wasserfall berühren, als Tesfay wiederauftauchte, sie an der Hand packte und in die Höhle zerrte. Wütend schrie Kasumi auf und riss sich von ihm los. Überrascht von ihrer Handlung sah sie von sich zu ihm, dies wiederholte sie einige Mal, bis ihr klar wurde, dass sie sich dem Drachen widersetzt hatte.

Tesfay fing an zu knurren und wollte sie ein weiteres Mal an der Hand packen, doch sie wich zurück und entzog sich ihm. Dies machte ihn so wütend, dass aus seiner Nase Rauch quoll. Ängstlich wich Kasumi noch weiter zurück, bis sie an ihrem Rücken Felsen spürte. Panisch blickte sie sich um und stellte schnell fest, dass sie zwischen Tesfay und der Höhlenwand gefangen war. Der Drache kam näher und näher. Kasumi spürte, wie ihre Angst stieg. Sie wollte nur noch weg. Als Tesfay seine Arme ausstreckte, sah sie ihre Chance. Sie schlüpfte zwischen seinem Arm und seinem Körper hindurch und fing an zu rennen.

Ohne darüber nachzudenken, wohin sie rannte, gelangte sie immer tiefer in die Höhle. Die Wände wurden enger und enger, sodass sie sich bücken musste, um weitergehen zu können. Als auch noch die Decke ihre Höhe verlor, musste Kasumi kriechen. Mühsam zwängte sie sich durch den engen Gang. Als sie dachte, dass es nicht mehr weiterging, öffnete sich der Gang zu einer riesigen Höhle, in deren Mitte ein Nest stand. Um das Nest herum schwebten goldene Lichter in der Luft und ein Altar aus schwarzem Stein stand vor dem Nest.

Vor Staunen wich ihre Angst zurück. Langsam ging sie um das Nest, berührte mit der Hand die weiche Wolle, aus der das Nest gebaut war. Als sie es umrundet hatte, tauchte der Altar vor ihr auf. Goldene Muster zierten ihn, die aussahen, als würden sie ineinanderfließen. Gerade wollte Kasumi den schwarzen Stein berühren, als sie Tesfays Stimme hörte.

„Nicht!“, schrie er und kroch aus dem engen Tunnel.

Sofort war die Angst wieder da, doch verflog sie, als sie merkte, dass Tesfay nicht mehr wütend war.

„Warum darf ich ihn nicht berühren?", fragte Kasumi trotzig.

„Weil dies ihre Höhle war, und alles, was jemals ihr gehört hatte, ist verboten."

„Wieso sollte so etwas Schönes verboten sein?"

„Weil sie unser Gesetz verletzt hatte. Das allerhöchste Gebot hatte sie mit Füßen getreten und sich darüber hinweggesetzt."

„Wer ist sie?"

„Die Drachin, deren Namen erloschen ist und niemals mehr ausgesprochen werden darf. Und bevor du fragst, was erloschen heißt, sage ich es dir lieber. Es bedeutet, dass es ihren Namen nicht mehr gibt und man somit nicht mehr weiß, wie man ihn ausspricht."

„Ist das nicht ein bisschen zu hart?"

„Hör auf, mir die ganze Zeit diese Fragen zu stellen. Ich weiß nicht sehr viel über diesen Vorfall. Der Einzige, der alles weiß, ist mein Vater, also frag lieber ihn!", schrie Tesfay wütend auf.

Merkwürdig, dachte Kasumi, *jetzt habe ich keine Angst mehr vor ihm.*

Sie umrundete den Altar, konnte aber nicht widerstehen, mit ihren Fingern über die glatte Oberfläche zu streichen.

„Nein!", brüllte Tesfay, doch es war zu spät. Kasumis Fingerspitzen berührten den schwarzen Stein. Zuerst passierte nichts, aber dann fing der Altar an zu leuchten. Er wechselte seine Farbe von Schwarz zu Weiß. Das Licht breitete sich aus, griff Kasumi an, die ihre Hand wegziehen wollte, und schlang sich um ihr Handgelenk. Ihr Körper wurde von dem Weiß verschlungen. Es drang in ihren Körper ein, floss durch ihr Blut, bis es ihr Herz erreichte. Dort setzte es seinen Weg fort zu ihrem Mal auf dem Rücken. Das Licht zeichnete vorsichtig die Linien nach, bis ihr Mal weiß aufleuchtete. Schmerzerfüllt keuchte Kasumi auf. Sie sah noch, wie Tesfay auf sie zugerannt kam und ihr helfen wollte, doch da hatte sich das weiße Licht schon in ihrem Geist festgesetzt. Ohne etwas tun zu können, musste Kasumi zuschauen, wie fremde Erinnerungen in ihrem Geist platziert wurden und ohne ihr Einverständnis ihr diese gezeigt wurden.

Helles Licht blendete Kasumi, als sie ihre Augen aufschlug. Verwirrt sah sie sich in ihrer neuen Umgebung um.

„Na, bist du endlich erwacht, Kuasara?“, fragte eine liebliche Stimme von oben.

Kasumi hob ihren Kopf so weit, dass sie die schwarze Drachin mit ihren sanften blauen Augen erkennen konnte. Ihre Augen, die reiner waren als ein Fluss, blickten auf sie nieder.

„Komm, meine Kleine, es wird Zeit, dass du endlich fliegen lernst.“

„Ich will aber nicht“, motzte Kasumi ungewollt. Sie verstand nicht, was hier vor sich ging. Sie hatte keine Kontrolle über ihren Körper und ihre Stimme sprach, ohne dass sie es wollte. Als sie aufstand, merkte sie, dass es nicht ihr eigener Körper war. Sie war in einem weißen Drachenkörper, der mit goldenen Zeichen übersät war.

Keine Angst, sagte eine Stimme, die sie schon öfter gehört hatte. Vor ihrem geistigen Auge erschien die Frau in dem weißen Kleid. Nun konnte Kasumi auch ihr Gesicht erkennen. Schwarze Haare bedeckten ihre Stirn, und ihre Augen, die aussahen, als hätten sie die ganze Welt gesehen, blickten sie verständnisvoll an.

Dies ist die Erinnerung von Kuasara, der Drachin, die gegen das Gesetz verstoßen hat, erklärte die Frau.

Aber wieso kann ich meinen Körper nicht bewegen?

Weil es Erinnerungen sind, die von ihr stammen. Du bist in ihren Körper geraten, als du den schwarzen Altar berührt hast, dadurch siehst du, was sie gesehen hat, kannst dich aber nicht bewegen. Erst wenn du alle ihre Erinnerungen, die im Altar versiegelt waren, gesehen hast, kehrst du in deinen Körper zurück. Aber sei gewarnt, was du hier sehen wirst, wird dich den Rest deines Lebens begleiten.

Mit dieser Erklärung verschwand die Frau und Kasumi blickte wieder durch Kuasaras Augen.

Sie stand auf einem Felsen, an dessen Kante es mehrere hundert Meter tief hinunterging. Ängstlich wich sie zurück, doch stieß sie gegen einen Widerstand. Als sie sich umblickte, erkannte sie einen großen feuerroten Drachen mit goldenen Augen.

„Was ist los, meine Kleine?“, fragte dieser freundlich.

„Ich habe Angst.“

„Na, na, du musst keine Angst haben. Du musst nur deine Flügel spreizen und fliegen. Spring, kleiner Drache, dir wird nichts geschehen", sagte er mit einer lieblichen Stimme, die nicht zu seiner Größe passte.

Voller Angst sah Kasumi in den Abgrund. Sie wollte gerade springen, als ein Flammenmeer die Luft ausfüllte und alles verbrannte. Kasumi wich zurück, doch der große Drache stand hinter ihr und ließ sie nicht durch.

„Das Feuer ist unser Element." Mit diesen Worten schob er Kasumi über den Abgrund und sie fiel in die Feuersbrunst. Im letzten Moment fing ihre Mutter sie auf.

„Was sollte das werden?", fragte die Drachenmutter wütend.

„Ich wollte nur, dass sie fliegen lernt."

„Aber doch nicht so!"

„Wieso? Das Feuer ist doch unser Element."

„Ja, aber sie hat die Feuerzeremonie nicht bestanden."

„Was?"

„Es tut mir leid", gab Kasumi kleinlaut zu.

„Ach was, das ist nicht deine Schuld. Irgendwann wirst auch du das Feuer beherrschen, und bis es so weit ist, werde ich dich persönlich im Umgang mit Magie unterrichten", sagte ihr Vater aufmunternd. „Aber zuerst wirst du fliegen lernen."

Kasumi wurde aus den Armen ihrer Mutter gerissen und in den Abgrund geschleudert. Panisch versuchte sie sich zu erinnern, was ihre Mutter und ihr Vater ihr beigebracht hatten.

Finde dein inneres Gleichgewicht, öffne dann vorsichtig deine Flügel und lass dich vom Aufwind treiben. Sobald du sicherer bist, kannst du versuchen, mit den Flügeln zu schlagen, und schon kannst du fliegen.

Mühsam versuchte Kasumi diese Schritte einzuhalten. Ihr inneres Gleichgewicht fand sie schnell und die Panik ging vorbei. Nachdem sie ihre Flügel geöffnet hatte, erfasste ein warmer Aufwind sie, der sie mehrere Meter hoch in die Luft schleuderte. Mit ihrem Schwanz gab sie die Richtung an. Nach einiger Zeit fing sie mit den Flügeln an zu schlagen. Sofort verhedderte sie sich. Ihre Flügel wurden aneinandergedrückt und sie fiel wie ein Stein in den Abgrund. Mit ihren letzten Kräften schaffte sie es, ihre Flügel wieder zu öffnen und auf dem Wind dahinzugleiten. Einige Zeit später konnte sie problemlos fliegen.

Plötzlich änderte sich der wolkenverhangene Himmel zu einem strahlenden Blau. Die Sonne kam hinter den Wolken hervor und schien ihr warm auf den Rücken. Ihre Körpergröße hatte sich drastisch verändert. Sie war fünfmal so groß wie gerade eben und ein schwarzer Drache verfolgte sie.

„Ich werde dich kriegen!“, schrie er sie an, doch er würde sie nie fangen können, nicht wenn ihm seine Existenz fehlte.

Woher sie dies wusste, konnte Kasumi nicht sagen. Das Einzige, was sie von dem Drachen wusste, war, dass er sie liebte und er sie verfolgte, seit er sie das erste Mal gesehen hatte.

Ruhig flog sie weiter und ließ sich nicht von dem Drachen beirren. Die Sonne ging mittlerweile unter und die Nacht senkte sich über sie. Unermüdlich flog sie weiter. Sie hatte ein Ziel, das sie unbedingt erreichen musste, doch ihr fehlte die Zeit. Dazu kam noch der Drache, der sie dauernd verfolgte.

Ich muss ihn abhängen, dachte sie und flog eine Spirale.

Mit schnellen Flügelschlägen stieg sie hoch hinauf, im nächsten Moment zog sie ihre Flügel nahe an ihren Körper und ließ sich wie ein Stein fallen. Bevor sie auf dem Erdboden landete, öffnete sie ihre Flügel wieder und glitt nahe über den Boden. Sie streckte ihre Klauen aus, um zu landen. Als ihre Klauen den Boden berührten, schlug sie ein paarmal mit den Flügeln, bevor sie sie zusammenfaltete und sie an ihren Körper presste.

Sie sah in den Himmel hinauf, doch den schwarzen Drachen konnte sie nicht entdecken.

„Hab ich dich!“, hörte sie seine Stimme hinter sich.

Voller Panik drehte sie sich um, doch es war zu spät. Krallen bohrten sich in ihren Rücken und sie brüllte vor Schmerzen auf.

Sie versuchte verzweifelt den Drachen abzuschütteln, doch es gelang ihr nicht. Seine Krallen bohrten sich tiefer in ihre Schuppen hinein, sodass sie spürte, wie sie ihre makellosen Schuppen durchdrangen und ihre Rückenmuskulatur zerfleischten. Blut quoll aus den Wunden, das den Boden unter ihr rot tränkte.

„Und jetzt wirst du mir sagen, was das für ein Auftrag ist, den dir der Drachenkönig gab“, sagte der schwarze Drache boshaft, zog seine Krallen aus den Wunden und blickte sie aus unschuldigen grünen Augen an, die sie am meisten an ihm liebte.

„Du wirst nichts von mir erfahren!“, schrie sie ihn an, während sie ihre Wunden mit einem Zauber heilte.

„Wenn das so ist, muss ich wohl oder übel überzeugender werden.“

Er senkte seine Schnauze zu ihrer hinunter und stieß eine kleine Flamme aus, die Kasumi unterhalb ihrer Augen berührte.

„Das wird bei mir nicht funktionieren“, sagte sie und versuchte standhaft zu bleiben, doch als sie erneut in seine Augen blickte, erinnerte sie sich an ihren ersten Kuss.

Gemeinsam hatten sie auf einem Felsen hoch in den Wolken gesessen und hatten in das Tal geblickt, das sich unter ihnen abzeichnete.

„Komm, flieg mit mir“, hatte er zu ihr gesagt, hatte sie an der Klaue gepackt und in die Tiefe gezogen. Sie schrie voller Angst auf, doch der schwarze Drache hielt sie fest in den Armen. Gemeinsam flogen sie über das Tal hinweg, in dem Elfen in kleinen Dörfern lebten.

„Wunderschön, findest du nicht?“, fragte er sie, doch sie konnte keine Antwort geben, so fasziniert war sie von der Landschaft.

Sie stiegen höher in die Luft hinauf. Es wurde immer kälter, bis sie schließlich zitternd in seinen Armen lag.

„Wir haben es bald geschafft. Nicht mehr lange und wir sind da“, redete er sanft auf sie ein. Seine Stimme glitt durch sie hindurch und erfüllte sie mit Wärme. Das Zittern wurde durch die Wärme vertrieben, doch bald wurde es ihr zu heiß. Ihre Haut fing an zu glühen und platzte auf. Sie wollte schreien, doch ihre Stimme versagte. Tränen liefen ihr über die Wangen. Doch auch sie konnten die Hitze nicht lindern. Sie spürte, wie ihre Haut Feuer fing. Der Drache strich ihr beruhigend über die Schnauze.

„Siehst du, du wirst es schaffen“, sagte er zu ihr. Diesmal war seine Stimme eiskalt, linderte aber nur wenig das Feuer, das in ihr glühte.

Er senkte den Kopf, stieß eine kleine Flamme aus und berührte damit vorsichtig ihre Schnauze, was das Feuer in ihr sofort erstickte. Sie spürte, dass er der war, mit dem sie den Rest ihres Lebens verbringen wollte.

„Was ist, denkst du wieder an unseren ersten Kuss?“, fragte er sie neugierig.

Kasumi drehte sich auf den Rücken und sah von unten zu ihm hinauf. Sie streckte ihre Klaue aus und berührte ihn an der Schnauze.

„Ja“, gab sie zu. Sie konnte sich gut an diesen Tag erinnern. Nur dank ihm hatte sie die Feuerzeremonie doch noch bestanden, aber Feuer konnte sie immer noch keines speien.

„Also gut, ich werde dir verraten, welchen Auftrag mir der Drachenkönig gab, aber nur unter der Bedingung, dass du nichts ausplaudern wirst.“

„Ich? Ich würde doch nie etwas ausplaudern.“

Kasumi fing an zu lachen und fuhr dann fort: „Der Drachenkönig hatte eine Vision, in der er sah, dass Nymue, die Hüterin des Elfenwaldes, ein Kind auf die Welt bringt, das halb menschlich ist. Er sagte zu mir, dass ich dies verhindern sollte, da sonst die ganze Zukunft in Gefahr ist.“

„Und wirst du dies tun?“, fragte er sie.

„Ich hätte es getan, doch nun ist es zu spät, du hast mich aufgehalten. Wahrscheinlich hat sie das Kind geboren und ein Schutzzauber auf das Kind gewirkt.“

„Also hast du deine Mission vermasselt“, sagte er traurig und fühlte sich schuldig.

„Reingelegt. Meine Mission besteht nicht darin, die Geburt zu verhindern, sondern das Kind zu schützen, da es der Weg in die Zukunft ist.“

„Du … Du kleine Hexe.“

Mit einem Aufschrei warf sich der schwarze Drache auf sie, und plötzlich befanden sie sich in ihrem wollenen Nest. Der Drache lag erschöpft neben ihr und hatte seine Augen geschlossen. Vorsichtig stand sie auf und ging zu dem schwarzen Altar. Sie streckte ihre Klaue aus und berührte den kalten Stein. *Hoffentlich funktioniert es,* dachte sie, während sie einen Teil ihrer Erinnerung in dem Altar versiegelte.

Wer auch immer diese Erinnerungen sieht, wird die Zukunft verändern, dachte sie, bevor sie sich zu den Drachensoldaten umdrehte, die in die Höhle gestürmt kamen.

Die fremden Erinnerungen erloschen und flossen zurück in den Altar. Sie hinterließen in Kasumis Geist nur Schwärze.

Zu gegebener Zeit wirst du verstehen, was diese Erinnerungen bedeuten, meldete sich die Stimme der Frau im weißen Kleid. *Bis dorthin musst du noch einiges erlernen und zuerst erwachen. Ich spüre es, es wird nicht mehr lange dauern, bis du ein vollwertiges Mitglied wirst.*

Die Frau verschwand und Kasumi konnte wieder ihre Augen öffnen. Tesfay blickte besorgt auf sie hinunter. Sie lag auf seinem riesigen Bett, den Kopf in seinem Schoß. In diesem Moment wurde ihr bewusst, dass sie ihn liebte. Sie kannte ihn zwar noch nicht so lange, aber sie verstand ihn, wieso er kämpfte und wie er litt.

Sie streckte ihre Arme aus, umfasste seinen Nacken und zog sein Gesicht zu ihrem herab. Er ließ all dies geschehen, blickte ihr aber die ganze Zeit in die Augen. Kasumi nahm ihren ganzen Mut zusammen, hob ihren Kopf leicht und berührte seine Lippen. Er wich nicht zurück, sondern öffnete seinen Mund und fuhr mit seiner Zunge über ihre Lippe. Dies erschreckte sie so sehr, dass sie den Kuss löste.

„Tut mir leid. Du bist ja noch unerfahren“, sagte er.

„He, du sollst mich nicht beleidigen“, sagte sie und wollte sich aufsetzen, doch da waren seine Lippen schon wieder auf ihren. Genüsslich schloss sie die Augen und ließ es geschehen.

Vater und Sohn

Nachdem seine Schwester gestorben war, hatte Er sich auf die Suche nach Verbündeten begeben. Doch ohne Erfolg. Er hatte die Shinigamis um Hilfe gebeten, aber sie hatten abgelehnt. Auch die Tenshis verweigerten sich ihm, und die Menschen, die wollte Er nicht um Hilfe bitten. Nun blieben nur noch die Drachen und die Elfen übrig. Von beiden wusste Er, dass sie nie zu ihm stehen würden.

Schon im letzten Kampf war Er auf sich allein gestellt gewesen, nur sein Bruder hatte hinter ihm gestanden. Aber nun war auch er fort und Er blieb allein zurück. Seine Magie war zwar wieder da, doch ohne Hilfe würde Er es nie über die Grenze zum Drachenland schaffen. Seine letzte Hoffnung war Ama'inanak, der verbannte Drache.

Als seine Schwester gestorben war, wurde ihm klar, dass Er es allein nicht schaffen würde. Also hatte Er sich auf den Weg gemacht, den Drachen zu suchen, der nicht existieren sollte. Ama'inanak war ein Drache, der von den Göttern verflucht wurde. *Wie ironisch,* dachte Er, *auch sein Sohn ist verflucht.* Ein teuflisches Lachen huschte über seine Lippen, als Er endlich das Meer erreichte.

Das unendliche Blau erstreckte sich bis zum Horizont und darüber hinaus. Genussvoll zog Er die Meeresbrise in seine Nüstern, bevor Er seine Flügel aufspannte und sich mit einem Satz in die Luft erhob. Seine Flügel schlugen ein paarmal, bis Er von einem Aufwind erfasst wurde und aufs Meer hinausgetragen wurde.

Nach einiger Zeit konnte Er in der Ferne eine Inselgruppe ausmachen, um die ein tosender Sturm tobte. Die Wellen brachen an der Brandung und spritzten ihre Wassertropfen mehrere Meter in die Luft. Der starke Wind trug das Wasser noch weiter in die Luft hinauf, sodass Er schon von seinem Standpunkt aus die Wassertropfen spürte.

Der stürmische Wind zerrte an seinen Flügeln und nur mit Mühe konnte Er sich in der Luft halten. Als Er nur noch hundert Meter von den Inseln entfernt war, wurde der Sturm heftiger. Die Winde tobten um ihn herum, rissen an seinen Flügeln und die aufpeitschenden Wassertropfen wirkten wie Eiskristalle, die sich in seine Schuppen bohrten und die darunterliegende Haut verletzten.

Verdammt, wieso muss diese starke Magie auf der Insel liegen?, dachte Er, als Er versuchte, gegen den Sturm anzukämpfen.

Seine Flügel fingen an zu schmerzen und die vielen kleinen Wunden von den Wassertropfen bluteten so stark, dass Er kurz davor war, sein Bewusstsein zu verlieren. Er spürte, wie Er langsam in die Bewusstlosigkeit triftete. Seine Flügel wurden schwer, hingen schlaff an seinem Körper hinab. Er spürte, wie Er einige Meter absackte. Sofort war Er wieder bei vollem Bewusstsein.

Reiß dich zusammen, ermunterte Er sich selbst. *Gleich hast du es geschafft.*

Und tatsächlich, der Sturm nahm langsam ab und die Küste kam in Sicht. Müde und ausgelaugt flog Er auf den Strand zu und brach zusammen, sobald Er den weichen Sand unter seinen Klauen spürte.

Eine geschlagene Stunde verbrachte Er so auf der Insel, ohne sich zu bewegen. Als Er dann endlich wieder bei Kräften war, stand Er mühsam auf und sah sich auf der Insel um. Bäume, die sogar den größten aller Drachen überragen würden, befanden sich hinter dem Strand und zogen sich bis zu einem riesigen schwarzen Berg, der die Form eines Drachen hatte.

Ich habe dich gefunden, dachte Er mit einem wölfischen Lächeln auf den Lippen.

Mit einem Satz sprang Er in die Luft, flog zielstrebig auf den Berg zu und krachte in eine magische Barriere.

Schmerzerfüllt brüllte Er auf, dabei stieß Er ungewollt eine schwarze Flammensäule aus, die auf die Barriere traf. Langsam, als würde die Barriere brennen, öffnete sich ein Loch, und kurze Zeit später war die gesamte Barriere verschwunden.

Ich habe auf dich gewartet, ertönte plötzliche eine tiefe Stimme in seinem Geist. *Komm, mein Sohn, und trete in mein Reich.*

Gelassen flog Er weiter. Diesmal jedoch passte Er genau auf, wohin Er flog. Doch sobald Er näher an den Berg kam, merkte Er, dass keine weiteren Überraschungen auf ihn lauerten.

Kurz vor dem Berg bremste Er seinen Flug ab und glitt langsam auf den Erdboden. Noch bevor Er gelandet war, fing sich der Berg an zu regen. Die schwarzen Steine wurden zu flüssigem Lava und tropften auf den Boden. Darunter kamen schwarze Drachenschuppen hervor. Als die letzten Reste des Steines auf den Boden fielen, blickte Er auf einen Drachen, um dessen Hals sich eine schwarze Kette befand, die ihn am Boden festhielt.

Was führt dich zu mir, mein Sohn?, fragte der Drache.

Tief verneigte Er sich vor Ama'inanak und konnte nicht glauben, dass Er nach all den Jahren noch einmal seinen Schöpfer vor sich hatte.

Mein Vater, ich bin zu dir gekommen, um dich um deine Hilfe zu bitten, flüsterte Er leise in den Geist des großen Drachen.

Ama'inanak fing laut an zu lachen, als er die Worte seines Sohnes vernahm. Sein Lachen war so schallend laut, dass die ganze Insel vibrierte.

Du, du bittest mich um meine Hilfe, sagte der Drache, der immer noch leicht lachte. *Wieso sollte ich dir helfen?*

Weil … Ama'inanak hob seine Klaue.

Lass mich zuerst ausreden. Ich soll dir helfen, dir, der vor mehr als zwanzigtausend Jahren fast alle Drachen vernichtete.

Genau genommen war es vor vierundzwanzigtausendeinhundertdreiundvierzig Jahren.

Das ist mir doch egal, wie viele Jahre es her ist!, schrie Ama'inanak wütend. *Du bist mein Sohn, und somit solltest du nicht meine Hilfe erbitten, sondern dir selbst welche besorgen.*

Was denkst du denn, was ich die letzten Tage gemacht habe? Aber keiner will mir helfen. Alle haben Angst vor mir!, schrie Er wütend seinen Vater an.

Das sollten sie auch haben, immerhin bist du der Schlächter.

Ja, das bin ich, nur dass sich keiner mehr an mich erinnert. Genau wie alle dich vergaßen, werde ich nun auch vergessen werden.

Dann schau zu, dass du nicht vergessen wirst, sagte sein Vater ruhig.

Das ist mir momentan völlig egal. Ich will nur die verdammten Drachen auslöschen und dazu brauche ich deine Hilfe!, schrie Er wütend Ama'inanak an.

Wenn das so ist, wieso hast du das nicht von Anfang an gefragt?

Wütend brüllte Er seinen Frust hinaus, und wie schon zuvor entglitt ihm eine schwarze Feuersäule, die sich weit in den Himmel erstreckte.

Ich habe keine Kontrolle mehr über meine Magie, konnte Er nur noch denken, bevor Er sich in einen Menschen zurückverwandelte.

So stellst du immerhin keinen Schaden an, sagte Ama'inanak, während Er von den Klauen seines Vaters geschnappt und auf den Rücken des großen Drachen gesetzt wurde.

Halt dich gut fest, mein Sohn. Der Flug wird ein bisschen holprig.

Mit einem Satz war Ama'inanak in der Luft und schwebte schon mehrere hundert Meter über dem Boden, bevor er auch nur mit den Flügeln schlug. Die schwarze Kette, die ihn am Boden hielt, verlängerte sich automatisch.

Was für eine Magie, dachte Er, als Er zusah, wie sie immer höher stiegen, bis sie die Wolkendecke durchbrachen und sich vor ihnen ein Meer aus Wolken erstreckte.

Eine schwarze Marmortreppe, die ihren Ursprung in der Wolkendecke hatte, verlief über das wolkige Meer und stieg in steilen Kurven weiter in den Himmel hinauf.

Ama'inanak hielt auf diese Treppe zu. Als er sie erreicht hatte, setzte er einen Fuß auf den schwarzen Marmor, wodurch sich der Himmel schlagartig verdunkelte. Mit langsamen Schritten stieg er die Treppe hinauf, doch umso näher sie dem Himmel kamen, desto schwärzer wurde ihre Umgebung.

Was passiert hier?, fragte Er seinen Vater.

Ich führe dich in mein Verlies, dorthin, wo uns selbst die Götter nicht sehen können. Doch dafür müssen wir die Hölle des Himmels durchqueren.

Die schwarze Nacht, sagte Er ehrfürchtig.

Ja, die schwarze Nacht.

Er hatte schon viel von der Hölle des Himmels gehört, aber sie noch nie selbst erlebt. Die dunkle Schwärze, die den Himmel ausfüllte, folgte ihnen und erschwerte den Weg. Doch Ama'inanak kümmerte dies wenig. Zielsicher setzte er seine Schritte voran. Immer weiter stiegen sie hinauf, bis sie nichts mehr außer der Schwärze erblickten. Sogar Er, mit seinen Drachenaugen, konnte nichts mehr erkennen.

Das ist also die Macht des Drachen der Nacht, dachte Er, als Er seinen Vater beobachtete, wie dieser sicher und ohne Mühe der Treppe folgte.

Bald haben wir es geschafft, mein Sohn.

In diesem Moment hörte die Treppe abrupt auf und führte zu einer riesigen Tür, die sich vor der Schwärze des Himmels weiß abzeichnete. Einzelne Bilder waren auf der Tür eingraviert. Sie zeigten einen riesigen Drachen, der gegen etwas Goldenes kämpfte und dieses besiegte. Weitere Bilder erzählten das Ende der Geschichte. Der Drache wurde von weiteren eigenartigen Wesen angegriffen und zurückgedrängt, bis auf die Erde. Dort öffnete der Drache eine Pforte. Eine lange schwarze Treppe glitt daraus hervor und streckte sich in den Himmel. Der Drache betrat diese Treppe, verschwand für immer von dieser Welt und hinterließ die schwarze Nacht am Himmel.

Meine Geschichte in der Gestalt weniger Bilder, sagte Ama'inanak. *Nur dank mir herrscht die Hälfte des Tages Nacht.*

Ich vergaß, du bist nicht nur einer der ersten Drachen, sondern der einzige, der jemals einen Gott getötet hat.

Ja, und darauf bin ich ziemlich stolz, sagte Ama'inanak arrogant und öffnete mit seiner riesigen Klaue die weiße Tür.

Dahinter befand sich ein Verlies, das seine kühnsten Träume übertraf. Überall lagen Leichen, einige hatten noch Hautfetzen an den Knochen, andere hingegen waren schon zu Staub zerfallen. An den Wänden hingen schwarze Ketten, die die Skelette toter Drachen festhielten, und einige dieser Drachen sahen lebendiger aus, als ihm lieb war. Auch einige Elfen hingen in Ketten an den Wänden, doch im Gegensatz zu den Drachen lebten diese noch.

Meine Diener der Nacht, erklärte sein Vater.

„Herr und Gebieter, ihr seid zurück. Wir haben schon auf euch und eure Strafen gewartet“, sagte einer der Elfen sehnsüchtig.

Neugierig geworden stieg Er vom Rücken seines Vaters und ging auf den Elfen zu, der gerade gesprochen hatte. Die schwarzen Fesseln hielten ihn so stark, dass seine Hände und Füße abgestorben waren, und über seine Brust zogen sich einige Narben, die noch bluteten. Er streckte eine Hand aus, berührte eine der Narben des Elfen und ergötzte sich an dem Leid, das dem Elfen wiederfuhr.

Ich muss schon sagen, ich hätte nicht gedacht, dass ich noch einmal deine Ergebnisse der Folterkünste sehen darf, sagte Er, zu seinem Vater gewandt.

Du musst mir nicht schmeicheln, mein Sohn, immerhin ist dein Talent meinem weit überlegen.

Wer schmeichelt nun wem?, fragte Er Ama'inanak gereizt.

In diesem Moment schrie der Elf schmerzerfüllt auf. Da erst wurde ihm klar, dass sich seine Hände in Klauen verwandelt hatten, die sich tief in die Brust des Elfen gebohrt hatten.

Vater, sag, brauchst du diesen Nichtsnutz noch?

Ja, er ist mein treuester Diener, ich möchte ihn sehr ungern verlieren, sagte sein Vater mit einem Schmunzeln im Gesicht. *Aber wenn du es nicht eilig hast, kannst du dich gern an der Elfe mit den blauen Haaren bedienen.*

Vielleicht nachdem ich deine Hilfe erhalten habe.

Wie du meinst.

Der große Drache ließ sich auf den Boden sinken, wobei die Erde kurz erbebte. Die schwarze Kette um seinen Hals fiel locker auf den schwarzen Steinboden des Verlieses und bedeckte dabei einige der bleichen Knochen der Leichen.

Nun, was für Hilfe benötigst du?, fragte sein Vater.

Jede erdenkliche Hilfe, die du mir zuteilen kannst. Aber vor allem stärkere Magie.

Ich verstehe, jedoch wird dies nicht leicht werden. Ich erhielt meine Magie von den Göttern, und da du mein Sohn bist, besitzt auch du ein wenig davon. Doch den größten Teil dieser Magie kannst du nicht freisetzen, da dein Körper dieser Belastung nicht standhält. Wenn du also diese Art von Magie meistern möchtest, musst du zuerst deinen Körper stählen und dazu wird dich dieser Elf ausbilden.

Ama'inanak zeigte auf den Elfen, den Er kurze Zeit zuvor mit seinen Klauen verunstaltet hatte.

Vater, das kannst du nicht machen!, schrie Er erbost auf.

Dies ist mein Verlies und ich kann hier machen, was ich will.

Sein Vater fauchte kurz, und schon lösten sich die Fesseln, die den Elfen an der Wand festhielten.

„Was kann ich für Euch tun, mein Herr und Gebieter?", fragte der Elf unterwürfig.

Unterrichte meinen Sohn in der Kunst des stählernen Körpers.

„Wie Ihr wünscht, mein Herr und Gebieter. Wenn Ihr mir bitte folgen wollt, junger Herr", sagte der Elf und lief in die Dunkelheit des Verlieses.

Ich werde hier warten, mein Sohn.

Seufzend folgte Er dem Elfen in die Dunkelheit, und was ihn dahinter erwartete, sprengte seine Vorstellung. Der Elf verwandelte sich vor seinen Augen in eine goldene Wolke, aus der einzelne Tentakel schossen und ihn an den Armen und Beinen festhielten.

„Was soll das?", schrie Er den Elfen an.

„Ich unterrichte dich nur so, wie es mein Herr und Gebieter verlangte", ertönte es aus der goldenen Wolke.

Verzweifelt versuchte Er sich von den Tentakeln zu befreien, doch scheiterte Er kläglich. Die Tentakel zogen sich nur noch enger um seine Gelenke, sodass sein Blut nicht mehr seine Hände und Füße erreichte.

„Deine erste Lektion wird es sein, auch ohne Blutzufuhr alle Körperteile zu bewegen", sagte der Elf und zog die Tentakel noch enger.

„Wie soll mir das helfen, stärkere Magie zu beherrschen?", fragte Er wütend. Doch die goldene Wolke gab keine Antwort, sie verstärkte nur noch mehr den Griff um seine Beine und Arme.

Der Schmerz schoss ihm sofort in die Extremitäten, die ohne die Blutzufuhr allmählich blau wurden. Er spürte, wie ihn seine Kraft verließ und er seine Hände und Füße nicht mehr bewegen konnte.

„Wenn du jetzt schon aufgibst, wirst du nie die Drachen besiegen können", spottete der Elf.

Er schrie wütend auf und nahm seine ganze Kraft zusammen. Mit seiner Magie lenkte Er den Blutfluss so um, dass nur noch seine wichtigsten Organe versorgt wurden. Als Er dies gemacht hatte, ließ Er seine Magie in die Blutbahnen fließen, sodass die Gliedmaßen von Magie durchdrungen wurden und Er sie wieder bewegen konnte.

„Gut gemacht. Du hast herausgefunden, dass wir, um zu überleben, nur Magie brauchen", sagte der Elf und zog seine Tentakel zurück. „Jedoch ist dein Körper immer noch zu schwach für stärkere Magie. Ich werde dich nun umhüllen und dir die Magie eines Gottes zeigen."

Nachdem der Elf seinen Satz beendet hatte, schoss dieser auf ihn zu und umhüllte ihn mit seiner goldenen Wolke. Sofort wurde Er von einer starken Magie übernommen, die in seinen Körper und in sein Bewusstsein glitt.

„Wenn du es schaffst, dich gegen diese Magie zu verteidigen, dann bist du bereit für die göttliche Magie, die in dir schlummert", sagte der Elf, während Er versuchte, sich gegen die fremde Magie zu wehren.

Er zog seinen Geist in sein Innerstes zurück und erstellte mehrere Verteidigungsbarrieren, um sich und seine Magie zu schützen. Sobald die Barrieren standen, wurden sie von der fremdartigen Magie angegriffen und eine nach der anderen zerstört. Wodurch sein Geist der göttlichen Magie des Elfen offen stand. Ohne zu zögern griff die Magie ihn an und drang tief in seinen Geist ein.

Schmerzerfüllt schrie Er auf und wand sich unter dem Einfluss der Magie. Doch er konnte sich nicht wehren. Der Schmerz war so heftig, dass ihm übel wurde und Er sein Bewusstsein verlor.

„Nicht", sagte der Elf kalt und holte ihn aus seiner Bewusstlosigkeit. „Ich bin noch nicht fertig mit dir, mach dich bereit."

Eine weitere Welle des Schmerzes erschütterte seinen Geist. Aber diesmal war Er darauf vorbereitet gewesen. Mit seiner Magie hatte Er eine weiße Kugel geformt, die jede Art von Magie anzog. Die fremde Magie des Elfen wurde auf die Kugel umgelenkt und verschonte seinen Geist.

Ich habe es geschafft, dachte Er erfreut, doch da bekam die weiße Kugel plötzlich feine Risse, aus denen die göttliche Magie floss, und zerstörte seine Freude.

Die auslaufende Magie floss zu einem Schwert zusammen, das golden leuchtete und auf ihn zugeflogen kam. Im letzten Moment konnte Er einen Schild erstellen, in dem das Schwert stecken blieb. Doch die starke Magie, die das Schwert umgab, floss um den Schild herum und griff ihn von hinten an, drang noch tiefer in seinen Geist ein, bis die göttliche Magie den Kern seiner Existenz erreichte.

„Nun bist du ein toter Drache", sagte der Elf schadenfreudig.

Kalter Schweiß lief ihm über den Rücken, als ihm klar wurde, dass der Elf nicht scherzte. Die goldene Wolke schloss sich um seine Existenz, unterdrückte seinen Wiederstand und wollte ihn auslöschen. Er spürte, wie seine Lebenskraft langsam schwand. Seine Gliedmaßen wurden schwer und Er konnte nur noch mit Mühe denken. Was Er aber noch denken konnte, füllte seinen ganzen Geist mit seinem Lebenswillen aus. Mit letzter Kraft setzte Er seine Magie frei, ließ sich von ihr umhüllen und durchströmen, und langsam kehrte seine Kraft zurück. Er schaffte es so weit, dass Er sich von der Umarmung des Elfen lösen konnte und ihn mit einem Ruck aus seinem Geist beförderte. Ein wütender Aufschrei riss ihn zurück in die Wirklichkeit.

„Das kann nicht sein!", sagte der Elf fassungslos. „Nein, wie konnte das passieren?"

Der Elf wich zurück, fiel auf die Knie und sah fassungslos auf seine Hände, die sich langsam in Rauch auflösten.

„Nein!", schrie der Elf, als ihm klar wurde, dass er dem Tod geweiht war.

In diesem Moment erschien Ama'inanak. Gelassen sah der Drache den Elfen an, und als dieser sich endgültig in Rauch aufgelöst hatte, stieß Ama'inanak eine schwarze Feuersäule aus, die, sobald sie die Wände des Verlieses berührt hatte, golden wurde.

Was ist gerade passiert?, fragte Er seinen Vater.

Du hast deine göttliche Magie erweckt und meinen treuen Diener aus deinem Geist verbannt. Da deine Magie um einiges stärker ist als die des Elfen, hast du ihn mit deiner Magie verbrannt, wodurch sich dieser in Rauch aufgelöst hat.

Das heißt, ich besitze nun die Magie eines Gottes?

Nein, das nicht, aber deine Magie hat nun die Fähigkeit, göttliche Magie zu wirken.

Ich verstehe.

Jedoch ist die Gefahr zu groß, dass du nicht mit dieser Fähigkeit umgehen kannst, deshalb werde ich dir nun die Auswirkungen dieser Magie erklären.

Gelangweilt lehnte Er an eine der schwarzen Wände und hörte seinem Vater zu. Dabei wurde ihm klar, dass Er diese Magie nur deshalb anwenden konnte, da das Blut seines Vaters in seinem Körper floss und Er somit die Fähigkeit von Ama'inanak geerbt hatte.

So, das ist alles, was du über diese Art der Magie wissen musst. Ich hoffe, du wirst dein Ziel erreichen.

Ich danke dir, Vater, sagte Er, während Er in Richtung der weißen Tür lief.

Habe ich gesagt, dass du gehen darfst?, fragte Ama'inanak ihn.

Sofort blieb Er stehen, drehte sich zu seinem Vater um und blickte ihn böse an. Seine grünen Augen nahmen eine rötliche Farbe an, als sein Vater ihn weiter ansah.

Was soll das heißen? Darf ich etwa noch nicht gehen?

Du kennst die Gefahr dieser Magie, aber wie du sie benutzt und anwendest, weißt du noch immer nicht. Dazu musst du erst mein Erbe antreten.

Dein Erbe?, fragte Er erstaunt.

Ja, mein Erbe, welches dir erlaubt, über die Nacht zu herrschen. Mit diesem Wissen wirst du auch ohne Probleme deine göttliche Magie anwenden können. Aber um dies zu erlangen, musst du meine Geschichte kennen, und nun öffne dich für etwas Neues.

Ama'inanak

Sein Vater drang in seinen Geist ein und zeigte ihm seine Geschichte. Alles fing damit an, wie Ama'inanak geboren wurde.

Er konnte sich an nichts erinnern, als er vor der goldenen Wolke stand. Seine schwarzen Schuppen fühlten sich ungewohnt auf seiner Haut an und seine nachtschwarzen Augen nahmen die neue Umgebung auf. Er befand sich auf einer weißen Insel hoch in den Wolken. Seine Brüder und Schwestern standen neben ihm und hörten dem goldenen Wesen aufmerksam zu.

„Ihr seid die Hüter dieser Welt. Macht sie zu einem guten Ort, auf dem weitere Wesen leben können. Ihr bekommt von mir und meinen Brüdern die Macht, Neues zu erschaffen. Gebraucht diese Macht weise und vorsichtig. Es ist die Macht, die alles Leben zerstören oder geben kann. Sie wird auch Magie genannt."

Mit diesen Worten erlosch die Wolke und ließ ihn mit seinen Brüdern und Schwestern allein. Noch immer konnte er nicht fassen, was gerade geschehen war. Seine Erinnerungen kehrten allmählich zurück.

Liegt das an dem fremden Wesen?, dachte er, als er seine Erinnerungen vor seinem geistigen Auge ansah.

Schwarze Nacht umhüllte ihn, als er das erste Mal seine Augen öffnete. Er konnte nichts außer Schwärze erkennen. Erst nach ein paar Minuten gewöhnten sich seine Augen an die Dunkelheit und er konnte sich erstmals sehen. Merkwürdige Muster tanzten über seinen Körper, kitzelten seine sanfte Haut und drangen tief in ihn ein. Aus seiner feinen, zarten Haut drangen schwarze harte Schuppen, die seinen ganzen Körper überzogen. Überraschenderweise verspürte er keinen Schmerz bei diesem Vorgang. Sobald sein ganzer Körper mit Schuppen überzogen war, veränderten sich auch seine

Augen. In der zuvor kaum durchdringlichen Dunkelheit konnte er nun alles erkennen, was ihm in sein Auge stach.

So erblickte er unter sich vier weitere Wesen, die sich neu formten. Eines dieser Wesen glitt aus dem Wasser. Seine Schuppen nahmen eine blaue Farbe an und sahen aus, als würden sie aus Wasser bestehen. Die Nacht um ihn herum flüsterte ihm den Namen seines Bruders zu.

Lorn, der Name umgab ihn und füllte eine Leere in ihm, die zuvor noch nicht da gewesen war.

Ein weiterer Bruder tauchte auf. Seine feurigen Schuppen glühten von der Hitze des Vulkans, aus dem er sich erhoben hatte.

Naur, drang durch seine Gedanken und füllte ein weiteres Loch.

Nun entstanden seine Schwestern. Die eleganten Lüfte umschlossen seine Schwestern und öffneten ihre Flügel. Ihre graublauen Augen schimmerten hell und flüsterten ihm ihren Namen zu.

Vilya, flüsterte es um ihn herum und füllte ein weiteres Loch in seinem Inneren.

In diesem Moment brach die Erde unter ihm auf und seine Schwester schoss aus der Erdspalte. Ihre braunen Schuppen waren voller Dreck und doch war sie anmutiger als Vilya.

Arda, summte die Erde unter ihm und füllte das letzte Loch in ihm.

Nun schoss sein älterer Bruder vom Himmel herab und blieb vor ihm stehen. Sein Name hallte durch ihn hindurch.

Eru.

Dieser Name strotzte nur so vor Kraft und langsam flüsterten ihm der Wind, das Wasser, das Feuer, die Erde und die göttliche Kraft seines Bruders seinen Namen zu.

Ama'inanak, der Name drang tief in ihn ein bis zu seiner Existenz. Schmeichelnd umhüllte der Name seinen Kern und erfüllte ihn mit der Aufgabe, die er ausführen musste.

Schlagartig verschwand die Dunkelheit um ihn herum und ließ helles Tageslicht auf seine dunklen Schuppen scheinen.

He, Ama'inanak, was denkst du über die Informationen von der Göttin?

Die Frage von Lorn riss ihn aus seiner Erinnerung und brachte ihn wieder in die Gegenwart. Seine Brüder standen um ihn herum und sahen ihn besorgt an.

Mir geht es gut, sagte er.

Das haben wir gar nicht gefragt, ertönte die tiefe Stimme Erus in seinem Geist.

Das weiß ich, sagte Ama'inanak genervt. *Und das Geschwafel der Göttin interessiert mich nicht. Ich meine, was soll so toll sein am Erschaffen neuer Wesen?*

Was daran toll sein soll? Man kann seiner Kreativität freien Lauf lassen, mischte sich Vilya ein.

Halt den Rand, Vilya. Ich bin nicht entstanden, um meine Zeit zu vergeuden. Wenn ihr mich sucht, ich bin in der Schwarzen Nacht.

Hui, die Schwarze Nacht, darf ich die auch einmal sehen?, fragte Vilya aufgeregt.

Nein!, schrien die fünf Drachen gleichzeitig.

Mann, wieso nicht?

Du kennst die Regeln, Vilya. Keiner von uns darf in das Element des anderen gehen, sagte Eru streng.

Und das Element von Ama'inanak ist nun einmal die Nacht, und dazu gehört auch die Schwarze Nacht, erklärte Arda mit ihrer glockenklaren Stimme.

Also ich geh dann mal, sagte er, öffnete seine Flügel und begab sich in die Luft.

Er genoss es, wie die Luft ihn umgab und ihn immer höher trieb, bis er so hoch war, dass der Himmel schwarz wurde. Genussvoll tauchte er in sein Element ein und begrüßte die Schwarze Nacht. Die Dunkelheit umschlang ihn und versetzte ihn in einen tiefen Schlaf, in dem er in Ruhe über alles nachdenken konnte.

Seine Gedanken kreisten um die goldene Göttin und um ihre Brüder. Immer wieder fragte er sich, was der Grund war für seine Existenz. Er wusste, dass er mit seinen Brüdern und Schwestern auf ewig verbunden sein würde, aber wieso das so war, wusste er nicht. Niedergeschlagen gab er alle Gedanken auf, befreite sich aus seinem

Schlaf und flog zurück zu der weißen Insel. Dort erwartete die goldene Göttin ihn schon. Sobald er gelandet war, fing sie an zu reden.

„Dreitausendfünfhunderteinundvierzig Jahre“, sagte sie erbost.

Was soll damit sein?, fragte er wütend und bleckte seine Zähne.

„So lange hast du geschlafen. Das geht nicht. Deine Brüder und Schwestern arbeiten jeden Tag hart und vervollkommnen ihre Wesen, die sie erschaffen haben.“

Ich habe dir schon gesagt, dass es mich nicht im Geringsten interessiert, was auf dieser Welt geschieht.

„Das sollte es aber, immerhin bist du ein Teil davon.“

Ich bin so wenig ein Teil davon wie du und deine Brüder.

„Du wagst es! Du elendes ...“ Weiter kam die Göttin nicht, da Ama'inanak wütend auf das goldene Wesen sprang und seine Fangzähne in die goldene Wolke schlug.

Ich habe lange darüber nachgedacht, wieso ihr uns erschaffen habt, und bin zu dem Schluss gekommen, dass ihr uns braucht, um überhaupt in dieser Welt zu existieren, sagte Ama'inanak mit einem Knurren.

„Du weißt gar nichts!“, schrie die Göttin wütend und versuchte den schwarzen Drachen loszuwerden.

Ich weiß mehr, als du denkst, sagte Ama'inanak und gab nicht nach.

Er bohrte seine Fangzähne noch tiefer in das Fleisch der Göttin, riss ein Stück der Wolke heraus und blies seinen schwarzen Feueratem in die blutende Wunde. Die Göttin schrie schmerzerfüllt auf.

„Es ist noch nicht vorbei!“, schrie sie und griff an.

Goldene Tentakel wuchsen aus ihrem Körper und schlangen sich um Ama'inanak. Sobald seine Schuppen sie berührten, sonderten sie ein Gift ab, das die Schuppen auflöste und so die darunterliegende Haut zum Vorschein brachte. Sofort bildeten die Tentakel messerscharfe Dornen, die in die weiche Haut des Drachen schnitten.

Das macht mir gar nichts aus, sagte Ama'inanak. *Immerhin kenne ich deine Schwäche.*

Die Göttin hielt kurz inne, doch nach kurzer Zeit schrie sie auf und verstärkte den Druck der Tentakel. Sie vergrößerte das Volumen ihres Körpers, sodass sie den Drachen um mehr als die Hälfte überragte.

„Das ist dein Ende!"

Ein Riesententakel wuchs aus der Wolke und formte sich zu einem Schwert, das golden leuchtete. Ein kleinerer Tentakel löste sich aus der Wolke und hielt das Schwert fest. Zuerst langsam und dann immer schneller rotierte die Göttin das Schwert.

Ama'inanak wich schockiert zurück. Die Wunden, die die Tentakel verursacht hatten, schmerzten stark und schränkten seine Bewegungen ein.

„Stirb!"

Mit einem Aufschrei ließ die Göttin das rotierende Schwert los. Fasziniert sah sie zu, wie es alles in seiner Nähe zerstörte. Kurz bevor es auf den Drachen prallte, wurde es gestoppt.

„Wie … Wie kann das sein?"

Ama'inanak sah das Schwert vor sich gelangweilt an. Die Schwarze Nacht umgab ihn und die Schatten hielten das Schwert nur Millimeter vor seiner Schnauze.

Es ist vorbei, sagte er ungerührt.

Der Körper der Göttin schrumpfte wieder auf seine normale Größe zurück. Die ganze Magie, die Sekunden zuvor die Göttin durchströmt hatte, war fort. Niedergeschlagen verwandelte sich die Wolke in einen kleinen goldenen Drachen.

Ich habe deine ganze Magie absorbiert und sie in mir versiegelt, sagte Ama'inanak.

„Noch nie hat mich jemand in einem Kampf geschlagen, nicht einmal meine Brüder waren dazu fähig, und jetzt wurde ich von der Kreatur besiegt, die ich so mühevoll geschaffen habe."

Die Göttin blickte zu ihm auf und fragte: „Sag, was weißt du alles?"

Dass deine Brüder nicht fähig sind, auf dieser Welt zu leben. Die Schwarze Nacht ist der Schutzwall, den sie nicht durchdringen können. Nur du als einzige weibliche Göttin bist dazu in der Lage. Damit deine Brüder diese Welt aber auch sehen können, hast du uns erschaffen. Wir sind der Körper, in den sie ihren Geist gleiten lassen können, um mit ihren eigenen Augen diese Welt zu bewundern.

„Alles, was du sagst, stimmt, und da du dies nun weißt, musst du mich töten."

Das wollte ich schon von Anfang an, gab Ama'inanak zu.

Die Göttin senkte den Kopf und bot ihm ihren Nacken dar. Mit schnellen Schritten war Ama'inanak bei der Göttin, hob sein Schwert, das er aus seinem Hass geschmiedet hatte, und durchtrennte den Hals. Goldenes Blut floss aus der Wunde.

Ein ohrenbetäubender Schrei durchdrang die Schwarze Nacht, als die Göttin ihren letzten Atemzug gemacht hatte.

Sie kommen, um mich zu holen, dachte er, als er sah, wie seine Brüder und Schwestern auf ihn zurasten. Ihre Augen leuchteten in den Farben der Götter.

Ich verstehe, sie haben sich also ihres Körpers bemächtigt.

Ama'inanak öffnete seine schwarzen Flügel und setzte die Nacht frei, die er beherrschte. Schlagartig senkte sich Dunkelheit über die Welt. Dadurch verloren die Götter ihr Sehvermögen und krachten ineinander.

Gelassen verließ er die weiße Insel, flog Richtung Erdboden und drehte sich kein einziges Mal mehr um. Er spürte, wie die Leere sein Innerstes ausfüllte, wie sich der Geist seiner Geschwister zurückzog und ihn allein ließ.

Auf dem Erdboden angelangt, merkte er, dass er auf einer Insel gelandet war. Die Nacht war verschwunden. Nun herrschte wieder helles Tageslicht, das die Götter direkt zu ihm führen würde.

Es dauerte nicht lange, bis er die ersten wütenden Rufe der Götter hörte. Kurze Zeit darauf erschien Eru am Himmel. Seine sonst goldenen Augen leuchteten in einem wütenden Grün. Blitzschnell stieß er zu ihm hinab und griff mit seinen Klauen nach Ama'inanak. Dieser konnte in letzter Sekunde dem tödlichen Angriff entgehen. Nun tauchte Lorn am Firmament auf. Auch seine natürliche Augenfarbe hatte sich zu einem Violett gewandelt. Böse blickte er ihn an. Nur Sekunden darauf erschienen Ama'inanaks Schwestern. Wie die Augen seiner Brüder blickten auch die Augen seiner Schwestern wütend.

Farbenprächtige Feuersäulen prasselten auf ihn nieder, doch er hielt sie alle mit der Macht der Nacht auf. Nur eine rote Feuersäule traf ihn am Rücken.

Naur, dachte er. *Seinen Flammen kann nichts standhalten, nicht einmal meine Nacht.*

Wütend geworden, stieß Ama'inanak seine Flammen aus und rief die Schwarze Nacht. Kaum dass die Flammen seinen Rachen verließen, setzte sich undurchdringliche Dunkelheit über die Insel. Ama'inanak schuf eine schwarze Treppe, die sich in den schwarzen Himmel erhob. Am Ende der Treppe befand sich ein weißes Tor.

Ich werde euch nun verlassen, auf dass ihr mich nie finden werdet, sagte er zu den Göttern, bevor er sich in die Luft erhob und auf das weiße Tor zuflog. Automatisch öffnete sich das Tor und ließ ihn in sein Innerstes. Wütendes Fauchen drang von jenseits des Tors an seine Ohren, doch dies störte ihn nicht weiter. Er hatte den Grund seiner Existenz gefunden.

Die Götter werden nie wieder meine Geschwister belästigen, sagte er zu der Dunkelheit, als er spürte, wie die Verbindung zu seinen Geschwistern wiederhergestellt war.

Und wie bitte schön soll mir das helfen, mein Erbe anzutreten?, fragte Er seinen Vater, als Er dessen Erinnerungen gesehen hatte.

Nun, da du mein Leben gesehen hast, weißt du tief in dir drin, wie du die Nacht beherrschen kannst. Versuche es.

Ein Seufzen entglitt ihm, doch Er tat, was sein Vater von ihm verlangte. Er kehrte seinen Blick in sein Inneres und horchte auf die Stimme, die das Erbe trug. Ein leises Wispern drang an sein Ohr. Es wurde lauter, als Er eine Ebene tiefer ging. Er ging immer tiefer hinab, bis Er vor dem Kern seiner Existenz stand. Überrascht wich die Luft aus seinen Lungen. Seine Existenz war in tiefe Dunkelheit gehüllt, die sich nun nach ihm ausstreckte. Zuerst wehrte Er sich dagegen, doch dann ließ Er es geschehen, wurde von der Nacht überschwemmt und sah alles klar vor seinen Augen. Er wusste nun, wie Er die göttliche Magie anwenden musste.

Als Er wieder seinen Vater vor sich sah, stand sein Körper in schwarzen Flammen.

Was ist das?, fragte Er schockiert seinen Vater.

Das sind die Flammen der Nacht. Du kannst sie mit deinen Gedanken führen. Und nun geh, es wird Zeit, die Drachen auszulöschen.

Ich danke dir für deine Hilfe, Vater, sagte Er, bevor Er sich umdrehte und in die Schwarze Nacht hinausschritt.

Nun konnte Er alle Einzelheiten erblicken. Furchtlos öffnete Er seine Flügel, sprang in die Tiefe und flog auf das Drachenland zu.

Der Anfang vom Ende

„Oh ihr Götter! Sag mir, dass das nicht wahr ist. Bitte, Sumi, sag es mir!“, schrie Naiuschka verzweifelt durch das Zimmer.

„Was soll ich dir schon sagen?“, antwortete Kasumi. „Ich meine, es ist nicht wirklich etwas geschehen. Wir haben uns nur geküsst und …“ Sofort hörte sie auf zu reden. Sie spürte, wie ihr ganzes Gesicht rot wurde.

„Da war nichts“, versuchte sie ihren Fehler geradezubiegen, doch Naiuschka hatte sie schon durchschaut.

Gierig kam Nai auf sie zu, setzte sich neben sie auf das riesige Bett, das an der Wand eines noch viel größeren Zimmers stand, und nahm Kasumis Hand.

„Du kannst mir alles erzählen“, sagte sie zärtlich zu Kasumi.

„Nein, kann ich nicht“, sagte Kasumi verzweifelt und wollte aufstehen, doch Naiuschka hielt sie zurück.

„Ich werde es auch nicht weitererzählen“, flüsterte die Drachendame.

„Also gut, aber versprich mir, dass du nicht ausflippst.“

„Ich verspreche es“, sagte Naiuschka schnell.

„Nachdem ich wieder zu mir kam, merkte ich, dass ich auf Tesfays Schoß lag, und da wurde mir plötzlich klar, dass ich ihn liebe.“

„Was!“

Kasumi schaute Naiuschka aus zusammengekniffenen Augen an.

„Entschuldigung, ich gib ja schon Ruhe.“

„Ja, ich kapierte, dass ich ihn liebe, also küsste ich ihn. Ich meine, ist das nicht normal, wenn man jemanden liebt?“

„Eigentlich …“ Naiuschka verschluckte ihre Zunge, als sie Kasumis Blick sah.

„Auch egal. Auf jeden Fall küssten wir uns. Ich war wie in einem Rausch und ließ alles geschehen. Er zog mich langsam aus, was mich irgendwie erregte. Passiert dir das auch?"

Ohne eine Antwort von Naiuschka abzuwarten, redete Kasumi weiter: „Ich fing an, mich sicher zu fühlen, und wollte ihm seine Kleider vom Körper reißen, als plötzlich eine innere Stimme Nein schrie. Völlig überrascht davon, erstarrten meine Hände und meine Sicht verschwamm. Ich fiel in meinen Geist, durch meine Magie hindurch, bis ich vor einer goldenen Kugel stehen blieb."

Naiuschka hielt erschrocken die Luft an. Erst nach ein paar Sekunden fing sie an zu sprechen: „Kasumi, das ist so gut wie unmöglich."

„Was ist unmöglich?"

„Die goldene Kugel, die hat jeder tief in sich. Es ist die Existenz eines jeden Wesens, das lebt. Bis jetzt haben es nur die fünf mächtigsten Drachen geschafft, ihre Existenz zu sehen. Das ist unglaublich!"

„Ja, ja. Kann ich jetzt weitererzählen? Als ich vor dieser goldenen Kugel oder Existenz, wie du sie nennst, stand, überkam mich ein merkwürdiges Gefühl. Mein ganzer Körper fing an zu zittern, als Magie ungebremst durch meine Adern pulsierte. Ich fühlte mich wie neu geboren. Diesen Moment nutzte die fremde Stimme, die zuvor Nein geschrien hatte, und sagte: *Er ist nicht derjenige, für den du bestimmt wurdest. Wenn du dich mit ihm vereinigst, zerstörst du das Gleichgewicht der Welt.* Danach verschwand die Stimme und ich wurde aus meinem Geist katapultiert. Ich öffnete die Augen und sah Tesfay vor mir, der mich anlächelte. Da wurde mir klar, was die Stimme gemeint hatte. Ich stand auf und rannte weg."

Was für ein trauriges Ende, kommentierte Akiko das Ende von Kasumis Erzählung.

„Ich denke einfach, dass ich meine Gefühle besser unter Kontrolle haben sollte, so kann ein weiteres Missgeschick verhindert werden", sagte Kasumi niedergeschlagen.

Falsch, mischte sich Akiko ein. *Es ist nicht die Schuld deiner Gefühle, sondern deiner Unerfahrenheit.*

„Ja, Akiko hat recht. Du musst erfahrener werden und auf deine Gefühle vertrauen. Hätte die Stimme nicht zu dir gesprochen, wäre dir trotzdem klargeworden, dass Tesfay nicht der Richtige für dich ist", sagte Naiuschka aufmunternd.

„Vermutlich hast du recht."

„Ich habe immer recht."

Jetzt übertreibst du. Aber auch ich muss dir dieses Mal recht geben, erklärte Akiko, wobei sie gähnen musste und ihre Fangzähne für alle sichtbar machte.

„Und ich denke auch, dass es Zeit wird für uns, ins Bett zu gehen."

„Ich will aber nicht."

„Kasumi, es war ein anstrengender Tag für dich. Zum ersten Mal hast du mit Drachen trainiert, und dann geschah die Geschichte mit meinem Cousin. Also ist es höchste Zeit fürs Bett", sagte Naiuschka streng.

Als Kasumi darauf nichts erwiderte, verwandelte sich Naiuschka in ihre Drachengestalt, legte sich auf den Boden und schlief auf der Stelle ein.

Wer ist hier müde?, fragte Akiko.

Kasumi fing an zu lachen, während Akiko anfing zu schnurren. Nach etwa fünf Minuten hörte der Lachkrampf von Kasumi auf.

Aber ich glaube, wir sollten wirklich auch schlafen, sagte Kasumi telepathisch zu Akiko.

Ja, meine Geschwister haben mich ganz schön auf Trab gehalten.

Was haben sie überhaupt gesagt?

Kann das nicht bis morgen warten?, fragte Akiko, schon mit geschlossenen Augen.

Na schön, schlaf gut.

Du auch.

Schon nach kurzer Zeit hörte Kasumi das vertraute Schnurren, das ihr zeigte, dass Akiko eingeschlafen war. Sie wartete noch einige Minuten, bis sie sicher war, dass Akiko nicht mehr erwachen würde, stand dann auf und schlich sich aus dem Zimmer.

Wohin sie gehen wollte, wusste sie noch nicht. Aber was sie wusste, war, dass sie Naiuschka und der Löwentigerin nicht die ganze Wahrheit erzählt hatte.

Sie sah sich in dem fremden Gang um und suchte nach einem Ausgang, doch konnte sie, bis auf ein Riesenloch in der Decke, keinen Ausweg finden. Am Nachmittag war sie mit Naiuschka durch die Deckenöffnung hineingeflogen. Da blitzte plötzlich etwas in ihren Gedanken auf. Sie erinnerte sich daran, dass Naiuschka sagte, dass es einen Geheimgang gab, den nur Elfen durchqueren konnten.

Suchend sah sich Kasumi um und entdeckte eine Treppe, die in das Obergeschoss führte. Zielstrebig ging sie auf die Marmortreppe zu, blieb aber im letzten Moment stehen. Sie sah am oberen Ende der Treppe einen Schatten vorbeihuschen. Neugierig geworden, schlich sie die Treppe hinauf und schaute über die letzte Stufe.

Sie erkannte einen Elfen mit blauen Haaren, der eine Wandmalerei musterte, auf der eine braune Drachin abgebildet war. Der Elf legte seine Hand auf eines der Augen der Drachin und murmelte einige Worte. Daraufhin bewegte sich das Auge zur Seite und gab einen goldenen Stein frei. Auf diesen drückte der Elf, woraufhin sich die Wand in der Mitte teilte und sich zu einem breiten Gang öffnete. Der Elf schritt durch die Öffnung. Langsam schloss sich der Spalt hinter ihm. Im letzten Moment zwängte sich Kasumi in den dunklen Gang.

Vor ihr glühte ein Licht, das von dem Elfen ausging. Vorsichtig, damit sie von dem Elfen nicht entdeckt wurde, schlich sie ihm hinterher. Nach etlichen Minuten, die ihr vorkamen wie Stunden, erreichten sie den Ausgang.

Sobald der Elf aus dem Tunnel trat, erlosch das Licht und ließ Kasumi in Dunkelheit zurück. Vorsichtig tastete sie sich voran, bis auch sie den Ausgang erreichte. Vor ihr fiel steil eine Felswand in die Tiefe. Davor schwebte ein blauer Drache, auf dessen Rücken sich ein Elf befand.

Ich dachte mir schon, dass ich verfolgt wurde, sagte der Drache in ihrem Geist.

Erschrocken wich sie zurück, doch es war zu spät. Der Schwanz des Drachen schlängelte sich um ihre Beine und zog sie aus dem Gang. Kopfüber hing sie unter dem Drachen, der sich schnell in die Luft erhob. Die Landschaft unter ihr verschwamm, sodass sie nichts mehr erkennen konnte.

„Ist es nicht zu hart, wenn wir sie allein zurücklassen?“, drang die Stimme von Kosuke an ihr Ohr.

Nein, es ist eine gerechte Strafe, teilte der Drache seinem Reiter mit.

Benommen von dem vielen Blut in ihrem Kopf, war Kasumi sich nicht sicher, ob sie die nächsten Sätze richtig verstanden hatte. Sie konnte nur die Worte Drachenkönig, Vater und vernichten in Erinnerung behalten. Der Rest der Wörter verstand sie, konnte sie aber nicht behalten.

Der Drache legte seine Schwingen an und landete auf einem Berggipfel, der alle anderen Berge überragte.

Ich hoffe, das wird dir eine Lehre sein, sagte der Drache und wollte sich abwenden, doch Kosuke hielt ihn auf.

Mit einem eleganten Sprung landete der Elfenprinz auf dem Gipfel. Sein nachtschwarzes Hemd machte es für Kasumi schwer, den Prinzen zu erkennen. So merkte sie erst, als er vor ihr stand, dass er sie anlächelte.

„Ich hoffe, du verstehst Geral“, sagte der Elf mit einem Lächeln.

Geral, dachte Kasumi. *Diesen Namen habe ich schon einmal gehört.* Mühsam kramte sie in ihrem Gedächtnis nach dem Namen des Drachen. Doch sie konnte sich nicht erinnern, den Namen jemals ausgesprochen zu haben. Da blitzte plötzlich das Bild von ihrem freien Fall bei der Flugstunde auf.

„Du warst es!“, schrie sie wütend den Prinzen an.

„Ich verstehe nicht, was du meinst“, sagte Kosuke höflich, doch wich er zurück, als er das wütende Gesicht von Kasumi sah.

„Du hast Geral angewiesen, in Tesfay zu fliegen. Ja, ich bin mir ganz sicher“, erwiderte Kasumi und stand auf. Sie zeigte mit dem Finger wütend von Kosuke zu Geral.

„Ja, ich war's“, gab Kosuke zu. „Doch das spielt jetzt keine Rolle. Du musst hierbleiben und dich verstecken.“

„Wieso sollte ich mich verstecken?“

Weil Er kommt, mischte sich Geral ein.

„Jetzt komm ich überhaupt nicht mehr draus.“

Das ist egal. Komm, Kosuke, es wird Zeit zu gehen.

„He, wartet, ihr könnt mich hier nicht zurücklassen!“

„Es tut mir leid, Kasumi, aber wir können“, sagte Kosuke, bückte sich zu ihr und küsste sie. Danach schwang er sich auf den Drachen.

Du wirst uns noch dankbar sein, dass wir dich in Sicherheit gebracht haben. Du mit dem Mal der Drachen, sagte Geral und flog davon.

Sie war Kosuke nicht einmal böse, dass er sie geküsst hatte. Ihre einzigen Gedanken waren, warum der Drache von ihrem Mal auf dem Rücken wusste und wieso er sie hierhergebracht hatte.

Weil er ein Nachkomme des ersten Drachen ist und dein Mal auf deinem Rücken das Zeichen der Drachen ist, meldete sich die Stimme der weiß gewandeten Frau. *Und nun schlaf.*

Kasumi spürte, wie sie schläfrig wurde und in einen Dämmerzustand fiel. Doch ihr Geist ruhte nicht. Er zeigte ihr eine Vision, die ihr vorkam wie ein Traum.

Sie schwebte oberhalb eines schwarzen Drachen, der mit schnellen Flügelschlägen durch den Gang flog, der in das Drachenland mündete. Ihr Geist sank auf die Schuppen des Drachen, durchdrang Haut und Muskel und ließ sich in dem Drachen nieder. Ihr Geist verband sich mit dem Geist des Drachen, wodurch sie sah und fühlte wie der Drache.

Vor ihr öffnete sich der Gang und gab den Blick auf die Grasflächen frei. Unbeteiligt flog der Drache weiter, bis er die magische Barriere erreichte. Er holte tief Luft, füllte seine Lungen und ließ die angestaute Luft frei. Kurz bevor sie sein Maul verließ, verwandelte sie sich in schwarze Flammen, die sich durch die ersten Barrieren fraßen.

Am Horizont konnte Kasumi erkennen, dass die Sonne aufging und den Himmel blutrot färbte. Der Drache hingegen ignorierte den Sonnenaufgang. Er konzentrierte sich auf sein zerstörerisches Werk.

Die schwarzen Flammen erloschen langsam, doch hatten sie über die Hälfte der Barriere zerstört. Der Drache flog zu den noch vorhandenen Barrieren. Auch hier öffnete er wieder sein Maul und stieß die schwarzen Flammen aus. Doch diesmal hatten sie keine Wirkung. Sie erloschen, sobald sie auf die Barriere trafen.

Wütend schrie der Drache seinen Frust hinaus. Aber Kasumi spürte, dass der Drache noch nicht aufgab. Sie sah vor ihrem geistigen Auge, wie der Drache in sein Inneres sank. Dabei verwandelte sich seine Drachengestalt in einen Menschen mit ebenholzschwarzen Haaren, die sein göttliches Gesicht umrahmten. Immer tiefer glitt er, bis er vor einer goldenen Kugel ankam.

Erschrocken hielt Kasumi die Luft an. Von Naiuschka hatte sie erfahren, dass jeder diese Kugel besaß, doch nur wenige zu ihr vordringen können. *Wenn dieser Drache das kann, dann muss er ziemlich stark sein*, dachte sie verzweifelt.

Der Drache in seiner menschlichen Gestalt bekam von Kasumis Gedanken nichts mit. Er legte seine Hände um seine Existenz. Daraufhin fing er an zu leuchten und die zuvor goldene Kugel wurde in schwarzes Licht getaucht. Magie, starke Magie umhüllte den Körper des Menschen. Sobald die ganze Gestalt umhüllt war, tauchte er aus seinem Geist auf.

Schwarze Schatten flogen um seinen Körper; sie sahen aus, als ob sie es nicht mehr aushalten könnten und auf etwas Bestimmtes warteten.

Es dauerte nicht lange, bis Kasumi sah, wozu die Schatten dienten. Nachdem der Drache ein weiteres Mal eine Flammensäule ausgestoßen hatte, bewegten sich die Schatten auf die Barriere zu. Einzelne Schatten berührten die magische Barriere. Dort hinterließen sie schwarze Flecken. Einige Sekunden vergingen. Dann verbanden sich die einzelnen Flecken und umhüllten die ganze Barriere. Mit einem lauten Knall wurde die Barriere zerstört. Dies wiederholte der Drache mit den restlichen Barrieren, bis er sich vor der letzten Barriere befand. Kurz hielt er in der Luft an, sammelte seine Magie um sich herum, wodurch die Schatten ihn wie einen Schutzschild umschlossen.

Der Drache holte tief Luft, die er sofort wieder ausstieß; dabei verwandelte sie sich in schwarze Flammen, die sich mit den Schatten verbanden. Sobald die vermischte Magie auf die Barriere traf, setzte der Drache zum Sturzflug an, zog die Schatten enger um seinen Körper und stieß durch die letzte Barriere. Dahinter erwarteten ihn schon mehrere Drachen. Bevor der Kampf losging, löste sich Kasumis Geist aus dem Drachen. Sofort fiel sie in einen tiefen Schlaf. Doch ihr Geist gab noch keine Ruhe und zeigte ihr eine weitere Vision.

Sie befand sich in dem Tempel, in dem der Drachenkönig lebte. Vor dem riesigen Nest standen Geral und Kosuke, die demütigend ihr Haupt neigten vor Seraphim, der gemütlich in seinem Nest lag.

„Die Zeit ist also gekommen", sagte der Drachenkönig mit seiner tiefen Stimme.

„Ja, mein König", erwiderte Geral.

„Und wo befindet sich Kasumi?"

„Sie ist auf dem höchsten Berg, in Sicherheit", erklärte Kosuke.

„Das ist gut, sie ist noch nicht bereit, ihre Macht zu entfesseln, dazu beherrscht sie noch nicht einmal die Angriffsmagie."

Der Drachenkönig erhob sich, stieg aus dem Nest und ging auf Geral zu. Seraphim neigte seinen Kopf, damit nur der Drache ihn verstehen konnte.

„Sag den Drachen, sie sollen sich angriffsbereit machen und an der letzten Barriere warten. Ich bin mir sicher, dass Er in dieser Nacht angreifen wird. Sobald die erste Barriere fällt, sind wir alle in großer Gefahr. Geh und sag es ihnen."

„Wie ihr wünscht, mein König", sagte Geral und verließ den Raum.

„Nun zu dir, kleiner Elfenprinz." Der Drachenkönig wandte sich Kosuke zu und fuhr dann fort: „Teile deinem Vater mit, dass der Schlächter wieder unter uns weilt und seinen Plan fortsetzen möchte. Dazu kommt noch, dass wir die Heilmagie der Elfen benötigen. Du musst so schnell wie möglich zurück in die Heilige Stadt reisen. Benutze dazu die Teleportationsmagie."

„Ich mache mich sofort auf den Weg", erwiderte Kosuke und verließ den Raum, wie schon zuvor Geral.

Allein gelassen sprach der Drachenkönig seine schlimmsten Befürchtungen aus.

„Wenn Er es wirklich ist, dann sind wir alle dem Tod geweiht."

Erschrocken wachte Kasumi auf. Noch immer flackerten die Bilder des Traums in ihrem Geist.

Was war das?, dachte sie. *Das kann nicht sein!*

Sie sah zum Horizont und erblickte die blutrote Sonne aus ihrem Traum. Die roten Sonnenstrahlen streckten sich bis zu Kasumi, liebkosten ihr Gesicht und flüsterten ihr die Wahrheit zu.

Also war es kein Traum, stellte sie fest.

In diesem Moment meldete sich die Stimme der weiß gewandeten Frau. *Es hat begonnen, meine Liebe, und niemand wird fähig sein, ihn aufzuhalten.*

Ihn?

Der Drache, der vor mehreren tausend Jahren fast alle Drachen getötet hatte. Nun ist Er wieder da und möchte seine blutige Rache beenden.

Kann ihn niemand aufhalten?

Die Zeit ist noch nicht gekommen. Aber es wird nicht mehr lange dauern, bis vor uns derjenige erscheint, der ihn endgültig besiegt. Und nun geh, deine Freunde erwarten dich.

Die Frau verschwand aus ihrem Geist und hinterließ zahllose Fragen bei Kasumi. Immer wieder glitt ihr Blick zu der blutroten Sonne, die sich weiter über den Horizont schob. In der Ferne hörte sie wütendes Drachenbrüllen.

Warte, dachte sie. *Wenn mein Traum kein Traum war, sondern eine Vision aus der Zukunft, dann …* Weiter konnte sie nicht mehr denken, da Akikos panische Stimme durch ihren Geist hallte.

Kasumi, es passieren schreckliche Dinge, ich weiß nicht mehr, was ich tun soll. Meine Geschwister haben große Angst und alle Drachen sind in Aufruhr.

Zuerst einmal solltest du dich beruhigen.

Als Kasumi merkte, dass Akikos Panik langsam, aber sicher abnahm, streckte sie ihren Geist aus und berührte den von Akiko. Ängstlich wollte sich Akiko zurückziehen, doch Kasumi ließ nicht nach. Beruhigend redete sie auf die Löwentigerin ein, bis diese einwilligte, sie in ihren Geist zu lassen. Sobald Kasumis Geist sich in dem Körper der Löwentigerin niedergelassen hatte, konnte sie durch die Augen von Akiko sehen.

Vor ihr erstreckte sich die Wiese, auf der Kasumi die merkwürdigen kleinen Wesen gesehen hatte. Alle Drachen und Elfen der Akademie befanden sich auf dieser Wiese und redeten durcheinander. Die Lehrer versuchten die aufgeregten Schüler zu beruhigen, doch es half nichts, es verschlimmerte nur die Situation. Mit Erschrecken musste Kasumi feststellen, dass sich Naiuschka und Tesfay nicht unter den anwesenden Drachen befanden. Auch Lavinia und ihr blauweißer Drache fehlten.

Akiko, weißt du, wo Naiuschka und die anderen sind?

Ja, sie sind auf der Suche nach dir.

Was?

Keine Angst, jetzt, da ich Kontakt mit dir aufgenommen habe, werden sie dich problemlos finden.

Wie um Akikos Worte zu verstärken, strich ein Luftzug über Kasumis Körper. Langsam, damit die Verbindung zu Akiko nicht riss, zog sich Kasumi aus ihrem Geist und kehrte zu ihrem eigenen Körper zurück.

Vor ihr landeten drei unterschiedliche Drachen. Zwei von ihnen verwandelten sich direkt nach der Landung in Menschen. Der dritte Drache setzte vorsichtig seine Reiterin ab, die sofort auf Kasumi zurannte.

„Kasumi, ich habe mir solche Sorgen gemacht", sagte Lavinia, während sie Kasumi um den Hals fiel.

Auch Naiuschka kam nun auf Kasumi zu und umarmte sie. Nur Tesfay blieb ein paar Meter zurück und blickte beschämt auf den Boden. Kasumi konnte es ihm ansehen, dass er sich nicht getraute, ihr in die Augen zu sehen.

„Komm, wir müssen sofort in die Drachenakademie zurückkehren", drängte Naiuschka.

„Aber zuerst muss ich euch etwas erzählen", erwiderte Kasumi eilig.

„Kann das nicht warten?", nörgelte die Drachendame.

„Nein, es ist wichtig."

„Dann sag es, aber beeil dich."

„Okay. Also ich hatte merkwürdige Visionen, als ich schlief. In diesen Visionen sah ich einen schwarzen Drachen, der alle Drachen vernichten will."

„Der Schlächter", sagte Tesfay kalt.

„Ja genau, so hat ihn auch der Drachenkönig genannt. Aber egal. Er war in meinen Visionen dabei, die Schutzbarrieren des Drachenlands zu durchbrechen."

Ein weiteres Drachengebrüll ertönte in der Ferne.

„Kasumi, bring endlich deine Geschichte zu Ende, damit wir uns in Sicherheit bringen können“, drängte Naiuschka.

Da begriff Kasumi endlich, dass sich ihr Traum schon bewahrheitet hatte. Wieder schaute sie zur Sonne, die nun schon fast ein Viertel ihrer täglichen Umlaufbahn hinter sich gelassen hatte.

„Es ist zu spät“, konnte sie nur noch flüstern, als sie alle den Knall vernahmen, der den Fall der letzten Barriere verkündete.

Ein naheliegender Traum

Mit einem lauten Brüllen durchbrach Er die letzte Barriere, die ihn vom Drachenland trennte. Die schwarzen Schatten, die ihn umgaben, stürzten sich auf die Drachen, die sich in einem Kreis um ihn geschlossen hatten.

Schnell versuchten sie den Schatten auszuweichen, doch die Schatten bewegten sich schneller als die Drachen, und schon nach kurzer Zeit hatten sich alle Schatten um die Drachen geschlossen. Nun ließ Er ein wenig von seiner Magie in die Schatten fließen, wodurch sich diese in messerscharfe Klauen verwandelten, sich in die Leiber der Drachen bohrten und ihnen die Schuppen vom Leib rissen. Schmerzensschreie füllten die Luft aus, die Er mit all seinen Sinnen genoss.

Endlich, dachte Er, als Er in der Ferne mehrere hundert Drachen erblickte.

Verächtlich zog Er seine Lefzen zurück und entblößte seine Fangzähne. Mit dieser Geste begrüßte Er die fremden Drachen. Doch kaum, dass sie ihn erreichten, zogen sie sich auch schon wieder zurück. Die meisten schwenkten ab, flogen im Kreis und ließen sich von der Thermik höher treiben. Aber ein paar der Drachen setzten zum Sturzflug an, wodurch sie unter ihm waren. Zuerst verstand Er nicht, zu was dies gut sein sollte, doch als der erste Drache einen Feuerstoß ausstieß und Er ausweichen wollte, kam ein weiterer Feuerstrahl auf ihn zu. Da wurde ihm klar, dass sie ihn eingekreist hatten, um ihre Feuer auf ihn zu schießen.

Wütend über diese Erkenntnis brüllte Er seinen Zorn hinaus. Eine schwarze Feuersäule löste sich aus seinem Rachen und verbrannte jeden Drachen, der näher als fünf Drachenlängen bei ihm war. Mehrere Drachen fielen kreischend in die Tiefe in dem Versuch, die Flammen zu löschen.

Nun lachte Er wieder, was ihm aber schlagartig verging, als Er die Magie des ersten Drachen wahrnahm. Angriffslustig ruckelte Er mit dem Kopf auf der Suche nach dem Drachen mit dieser Magie. Sobald Er den Geruch aufgenommen hatte, schlug Er mit den Flügeln und flog geschickt aus dem Kreis, den die Drachen um ihn gebildet hatten; dabei wurde Er von seiner Magie gelenkt, die ihn direkt zu einem blauen Drachen führte.

Abrupt blieb Er in der Luft stehen, als Er merkte, dass seine göttliche Magie sich in ihm regte. Sie streckte sich aus seinem Geist, flog auf den blauen Drachen zu, drang in sein Innerstes und stellte eine Verbindung zwischen dem blauen Drachen und sich her.

Wie ich sehe, bist du ein Nachkomme von Eru, sagte Er spöttisch zu dem Jungdrachen.

Und so, wie ich das sehe, solltest du nicht mehr existieren, erwiderte der Drache ruhig.

Du hast Mumm, Kleiner, das muss ich dir lassen. Aber ich bin nicht hier, um mit dir zu spielen, sondern um meinen lang ersehnten Traum zu erfüllen.

Dein Traum? Etwa dieser, in dem vorkommt, dass du alle Drachen vernichten willst?

Ja, genau dieser, sagte Er gelangweilt.

Den Traum, der durch den Tod deiner Geliebten entstand, hakte der Jungdrache nach.

Sofort überfiel ihn eine monströse Wut und seine smaragdgrünen Augen wurden rot. Die Schatten, die sich bis dahin ruhig verhalten hatten, schossen aus seinem Körper, formten sich zu scharfen Messern zusammen und flogen auf den blauen Drachen zu. Im letzten Moment wich dieser aus.

Meinst du wirklich, dass die schwache Magie deines Vaters etwas gegen meine Magie ausrichten kann?, forderte der Drache ihn heraus.

Nenn mir deinen Namen, Drache, damit ich weiß, wen ich töte.

Geral nennt man mich.

Nun gut, Geral, mach dich auf dein Ende gefasst!, schrie Er und griff den Drachen an.

Seine Klauen ausgestreckt, flog Er auf den Drachen zu, doch wie schon zuvor wich dieser seinem Angriff elegant aus. Die blauen Flügel, die er um Haaresbreite verfehlte, öffneten sich während des Ausweichens. Durch die Thermik wurde Geral in die Lüfte gehoben, wodurch er nun über ihm war. Gerade als Er sich auf den Rücken drehen und seinen Feueratem dem jungen Drachen entgegenschleudern wollte, griffen die anderen Drachen ihn wieder an.

Im Zickzackkurs wich Er den Feuersalven aus, dabei streiften seine Flügel einige der Drachen. Sofort hefteten sich seine Schatten an die Drachen und zogen sie auf den Erdboden. Doch kaum dass die Drachen aus seinem Blickfeld verschwanden, kehrten die Schatten zu ihm zurück.

Erzürnt knurrte Er die Schatten an, aber es nützte nichts. Er wusste, dass die Schatten in ihrer jetzigen Form den Auftrag hatten, ihn zu beschützen, und nicht, seine Feinde zu töten.

Zornig wandte Er sich wieder dem blauen Drachen zu, der schützend hinter mehreren Drachen flog. Die blauen Schuppen reflektierten das blutrote Sonnenlicht und blendeten ihn.

Du wirst niemals Navakaro erreichen!, schrie Geral in seine Gedanken.

Mich interessiert die weiße Stadt der Drachen nicht. Mich interessiert nur der Tod des Drachenkönigs und seiner Untertanen, sagte Er gelassen zu Geral.

Das werden wir ja sehen, erwiderte der junge Drache wütend, wodurch seine Nüstern anfingen zu rauchen.

Es ist mir ein Vergnügen, antwortete Er, schoss gleichzeitig eine Feuersäule aus seinem Maul und band seine Schatten um die Säule. Das Feuer raste auf den blauen Drachen zu, dabei berührte es vereinzelt die Drachen, die Geral beschützen wollten. Kurz vor dem Jungdrachen zerstob das Feuer in kleine Funken, die sich in der Luft zwischen Geral, den anderen Drachen und ihm verteilten. Kurz darauf explodierten die Funken. Schatten, die die Farbe des Blutes hatten, entstanden durch die Explosion und schlangen sich um die Drachenleiber, gruben sich durch ihre Schuppen, durch die Muskeln und drangen in das Blut ein, wodurch die Drachen innerlich zerrissen wurden. Nicht einmal Zeit hatten sie, ihr Leiden hinauszuschreien.

Der Tod richtete sofort über sie und wie tote Fliegen stürzten auch sie zu Boden. Ihre Leiber wurden von dem Aufprall zerfetzt und die Knochen wurden auf bestialische Weise gebrochen. Es war unmöglich, die Drachen noch zu identifizieren.

Geral, der nun nicht mehr von den Drachen geschützt wurde, spreizte seine Flügel und flog davon.

Ja, flieh! Flieh und verstecke dich unter dem Flügel deiner Mutter!, schrie Er triumphierend dem flüchtenden Drachen hinterher.

Zu spät realisierte Er, dass Geral nur davongeflogen war, um ihn abzulenken. Als Er sich umschaute, entdeckte Er eine magische Kugel um ihn herum, in der locker hundert Drachen Platz gefunden hätten. Fluchend flog Er zu der Barriere. Vorsichtig berührte Er sie mit dem Schwanz, zog ihn aber sofort wieder zurück, als göttliche Magie seine Schwanzspitze verbrannte.

Wütend flog Er im Kreis, auf der Suche nach einer Schwachstelle in der Barriere. Aber sie war perfekt. Nicht einmal seine blutroten Schatten kamen gegen diese Magie an. Immer wieder hämmerte Er seine Schatten gegen die Barriere, doch es nützte nichts.

Seine schon roten Augen nahmen nun endgültig die Farbe des Blutes an und sein Zorn stieg ins Maßlose. Schwarze Flammen flackerten um seinen Mund, Schatten flogen um ihn herum und seine Magie floss ungezügelt in der Luft. Durch die hohe Ansammlung der Magie in der Luft spielte sich der Tod seiner Geliebten immer wieder vor ihm ab.

Laut brüllte Er auf und schlug in der Luft um sich. Er schlug nach keinem Gegner, sondern nach seiner Magie und nach seiner Geliebten.

Beruhige dich!, halte da plötzlich die Stimme seines Vaters durch seine Gedanken.

Was? Wie?

Ich sagte, beruhige dich!

Wie durch ein Wunder ließ die Magiekonzentration in der Luft nach und die Sterbensszene seiner Geliebten löste sich auf.

Hast du dich beruhigt?, fragte sein Vater freundlich.

Ja, aber wie …

Das Wie muss dich nicht interessieren, genauso wenig wie das Warum. Hast du dich nun beruhigt?

Ohne eine Antwort von ihm abzuwarten, fuhr Ama'inanak mit seiner Rede fort.

Jetzt hör mir genau zu. Diese Magiekugel, in der du gefangen wurdest, wurde von den Nachfahren von Eru erzeugt. Da er jedoch der älteste Bruder ist, ist seine Magie die stärkste von uns ersten Drachen. Es gibt aber eine Möglichkeit, seine Magie zu bezwingen. Nach dem ich dir meine Vergangenheit gezeigt habe, sahst du mich durch die Flammen der Nacht. Diese Flammen sind das Gegenteil der Magie von Eru. Wenn du es schaffst, diese Flammen zu beschwören und zu kontrollieren, wirst du die magische Barriere zerstören können. Leider kann ich dir dabei nicht helfen, jedoch hast du auch nicht mehr lange Zeit, um die Kugel zu zerstören, da die Armee des Drachenkönigs anrückt. Ich wünsche dir viel Glück.

Nein, warte, Vater, ich muss noch wissen …, erwiderte Er, doch wurde Er von seinem Vater unterbrochen.

Du musst gar nichts mehr wissen. Alles, was du jetzt noch wissen musst, ist, wie du an dich glaubst. Und nun lebe wohl, mein Kleiner.

Die Stimme seines Vaters erlosch in seinen Gedanken und ließ ihn allein in der magischen Kugel zurück. Wie sein Vater ihm riet, versuchte Er die Flammen der Nacht zu beschwören, aber Er schaffte es nicht. Also rief Er die Erinnerung auf, als Er das erste Mal die Flamme der Nacht benutzt hatte; damals drang Er bis zu seinem Kern, der Existenz, vor.

Er schloss die Augen und ließ sich fallen. Eine Stimme leitete ihn in die Tiefe, bis Er vor seiner Existenz stand, die in einem sanften goldenen Licht schimmerte. Vorsichtig streckte Er die Hand aus, woraufhin die Kugel ein dunkles Schwarz annahm. Die Dunkelheit legte sich um seine Hand, wanderte seinen Arm hinauf, schlängelte sich zu seinem Herzen und breitete sich von dort durch den ganzen Körper aus. Als seine menschliche Hülle in Dunkelheit getaucht war, öffnete Er wieder seine Augen.

Vor ihm glühte die magische Barriere in goldenem Licht. Verwirrt darüber, wich Er von der Kugel zurück. Er zog seinen Kopf zurück und ließ eine schwarze Feuerwand auf die Barriere nieder. Sofort barst sie in hunderte Einzelteile. Triumphierend brüllte Er seinen Sieg hinaus.

Ich komme zu dir, Drachenkönig, stieß Er seine Gedanken an alle Drachen aus.

Weit öffnete Er seine schwarzen Flügel und flog davon, dicht gefolgt von dem blauen Jungdrachen. Dieser hatte sich an seine Fersen geheftet und stieß immer wieder seinen blau-goldenen Feueratem aus. Geschickt wich Er diesen Flammen aus und lenkte sie so um, dass sie auf die anderen Drachen niedergingen.

Unter ihm wechselte die Landschaft von grünen Wiesen zu steinigem Gebirge. Die schwebenden Inseln, auf denen normalerweise die Drachen hausten, waren in magische Barrieren eingeschlossen, um die frischgeschlüpften Drachen zu beschützen. All dies war ihm egal, Er wollte nur eines, und zwar Rache. Blutige, todbringende Rache.

Er spürte, wie ihn eine Gelassenheit packte, die in ihm nur noch das Gefühl von Ruhe zuließ. Eine tödliche Ruhe. Seine Augen verengten sich, als Er in der Ferne die weiße Stadt der Drachen erblickte. Über ihr thronte ein feuerroter Drache, der ihn herausfordernd anblickte.

Seine Ruhe schlug in Wut um, als Er den Leib des Drachenkönigs erblickte. Die goldenen Augen folgten jeder seiner Bewegung, hefteten sich an ihn und ließen ihn nicht mehr aus dem Blick. Als Er wieder seinen Kopf zurückzog, um die Drachen in einer todbringenden Feuersäule zu verbrennen, öffnete der Drachenkönig seine Flügel und stieß sich vom Boden ab. Mit raschen Flügelschlägen kam der König auf ihn zugeflogen.

Kurz bevor der rote Drache ihn erreichte, schoss neben ihm die blaue Gestalt von Geral vorbei, der sich neben den Drachenkönig gesellte. Da Er durch seine Magie eine Verbindung mit Geral erschaffen hatte, hörte Er das Gespräch von Geral und dem Drachenkönig mit.

Wie lange noch?, fragte der Drachenkönig ungeduldig.

Noch eine halbe Stunde, dann sind sie hier, erwiderte der Jungdrache.

Das ist zu lange.

Es tut mir leid, mein König, aber sie können nicht schneller hier sein.

Eine halbe Stunde, wiederholte der Drachenkönig, wobei dieser ihn genau musterte und abschätzte, wann Er angreifen würde. Doch ihm war noch nicht danach, den roten Drachen zu erledigen. Zuerst brauchte Er mehr Informationen, und diese konnte Er nur durch das Gespräch zwischen Geral und dem Drachenkönig erhalten.

„Was ist los, Eure Hoheit? Hat Euch der Mut schon verlassen?“, spottete Er über den Drachenkönig. Dieser antwortete mit einem Knurren.

Geral, es wird Zeit, dass sie auftauchen, sagte der rote Drache zu dem blauen.

Ihr meint … Ist das Euer Ernst, mein König?

Ja.

Ich soll sie wirklich herrufen?

Habe ich mich nicht deutlich ausgedrückt?, fragte der Drachenkönig, wobei er seine Augen zu Schlitzen verengte.

Doch. Natürlich. Aber sie sind doch schon auf dem Weg.

Eine halbe Stunde ist zu lang. Ruf sie jetzt, sofort.

Wie ihr befehlt, mein König.

Aber achte darauf, dass du keinen Kontakt zu meiner Tochter herstellst.

Also nur zu Euren Söhnen und denen, die von Eru abstammen?, fragte der Drache unterwürfig.

Genau.

Sofort flog der blaue Drache davon, bis er einige hundert Meter zwischen sich und den König gebracht hatte. Dann stimmte er ein Lied an. Seine blauen Schuppen fingen an zu leuchten und seine goldenen Augen strahlten so hell wie die Sonne.

Leise Musik drang an sein Ohr. Die Klänge überschlugen sich zu einem wilden Tanz. Verkörperten die Natur der Drachen und riefen die, welche die Magie des ersten Drachen beherrschten. Von überall stürzten sich Drachen von den fliegenden Inseln. Flogen direkt auf ihn zu und griffen ihn brutal an.

Schon nach kurzer Zeit war sein Körper blutüberströmt. Immer wieder schlugen die Klauen der Drachen auf ihn ein und Fangzähne glitten durch seine Schuppen, verletzten Muskeln und hinterließen klaffende Wunden. All dies belächelte Er nur. Er hieß den Schmerz willkommen, ließ sich von ihm durchströmen und ernährte sich von ihm. Seine Magie steigerte sich ins Unermessliche. Mit einer einzigen

Magieexplosion wurden hunderte der Drachen getötet. Die Drachen, welche die Entfesselung der Magie überlebten, waren schwer verletzt und zogen sich zurück.

Wir brauchen mehr Zeit!, schrie da der Drachenkönig Geral aufgebracht an.

Die werdet Ihr bekommen, mein König, erwiderte Geral und machte sich bereit für einen Kampf. Mit wütendem Gebrüll stürzte sich der Jungdrache auf ihn.

Erwachen

Wie der Blitz flogen die drei Drachen in Richtung der Drachenakademie. Doch sobald sie die weißen Gebäude erblickten, machten die Drachen eine scharfe Rechtskurve und flogen auf die magische Barriere zu, welche die Drachenakademie schützte.

Was ist mit Akiko?, fragte Kasumi aufgebracht.

Sie nimmt die Teleportationshalle, erklärte Naiuschka rasch.

Erleichtert atmete Kasumi aus. Sie konnte es immer noch nicht glauben, dass der schwarze Drache, der schon vor mehreren tausend Jahre die Drachen vernichten wollte, zurückgekehrt war. Während des Flugs hierher hatte Tesfay ihr die Geschichte des Schlächters erzählt. Da aber große Teile der Geschichte verboten waren und sich nur der Drachenkönig daran erinnern konnte, konnte Tesfay ihr nur die wichtigsten Informationen wiedergeben. Die ganze Zeit über dachte Kasumi über das Leben des schwarzen Drachen nach. Dabei kamen ihr die Erinnerungen der Drachin in den Sinn, die ein Teil ihrer Seele in den schwarzen Altar eingeschlossen hatte. Wenn ihre Erinnerungen wirklich wahr waren, könnte es sein, dass der schwarze Drache, der ihr Freund war, der Schlächter war. Kasumi wusste von Tesfay, dass der Schlächter nur so wurde, da Drachensoldaten seine Frau töteten.

Plötzlich ertönte eine leise Melodie, die rasch lauter wurde. Kasumi wurde von dem Lied weggetragen, glitt in ihr Innerstes, bis sie vor ihrer Existenz stand. Die goldene Kugel schwebte im Takt des Liedes hin und her. Als das Lied lauter und wilder wurde, fing die Kugel an zu leuchten. Das goldene Licht erstrahlte hell, hüllte den Körper von Kasumi ein. Goldene Lichtstrahlen schlängelten sich auf ihrer Haut zu dem Mal auf ihrem Rücken. Vorsichtig streckten die Strahlen ihr

Licht nach dem Mal aus, tasteten sich vor, bis sie das ganze Mal umkreist hatten. Erst dann fingen sie an, den Kreis mit dem Schwert und dem Drachen zu berühren. Das Licht drang tief in das Mal hinein, durchdrang Kasumis Muskeln problemlos und wanderte weiter bis zu ihrem Herzen. Dort nistete es sich ein und gab das Lied wieder, das immer noch zu hören war. Klangvolle Töne durchströmten Kasumi, verstärkten ihre Magie und riefen sie zu einem Ort, hoch in der Luft, wo ein Kampf tobte.

Ein Ruck ging durch ihren Körper und sie befand sich wieder auf Naiuschkas Rücken. Die Drachin hatte ihre Richtung geändert und sagte zu Kasumi: *Wir ziehen in den Krieg.*

Der Rest des Fluges schwiegen sie, bis sie zur Drachenakademie kamen.

Halte dich fest, Kasumi, riss Naiuschka Kasumi aus ihren Gedanken. *Wir werden bald die Barriere durchbrechen.*

Vor Kasumi und ihren Freunden tauchte die Barriere auf. Sofort öffneten Naiuschka und Tesfay ihr Maul und ließen eine goldene Feuersäule auf die Barriere nieder. Das Feuer fraß sich durch die Barriere, öffnete ein Loch, durch das die drei Drachen flogen. Auf der anderen Seite erwartete sie schon Hakaris, der ungeduldig mit den Flügeln schlug.

Wieso brauchte das so lange?, fragte er seinen Bruder gereizt.

Das Lied hat uns erst spät erreicht. Dazu kam noch, dass wir in den hinteren Bergen des Tales waren.

Das ist keine Entschuldigung!, fauchte Hakaris.

Jetzt beruhige dich mal, Cousin. Wir haben Besseres zu tun, als uns zu streiten, mischte sich Naiuschka ein. *Wir befinden uns im Krieg, falls ihr es noch nicht bemerkt habt.*

Falsch. Sie haben noch nicht den Kriegszustand ausgelöst, erwiderte Tesfay kalt.

Na gut, dann halt noch nicht. Aber wir müssen uns trotzdem beeilen.

Ohne eine Antwort abzuwarten, flog Naiuschka davon. Ihre Cousins und Brilthor, der Drache von Lavinia, schauten ihnen verwirrt nach.

Warte, mischte sich Kasumi ein.

Was?, fragten Naiuschka und ihre Cousins gleichzeitig.

Was ist mit Akiko?

Sie wartet beim Tempel auf uns, erklärte Hakaris.

Naiuschka seufzte genervt, fügte sich dann aber und flog den männlichen Drachen nach. Gemeinsam flogen sie über die weiße Stadt und landeten schon nach kurzer Zeit auf den Stufen des Tempels. Sofort eilte Akiko aus dem Tempel, lief zu Naiuschka und ließ sich von ihr auf ihren Rücken heben. Als sie bei Kasumi war, fing sie an zu schnurren.

Sag, Akiko, seit wann bist du so groß?, fragte Kasumi erstaunt, als sie realisierte, dass Akiko mit ihr auf Kopfhöhe war, obwohl sie auf Naiuschka saß.

Mein Wachstum hat eingesetzt, gab Akiko schlicht als Antwort.

Dein Wachstum?

Ja, sobald ich ein gewisses Alter erreicht habe, in dem ich selbstständig werden muss, wachse ich.

Könnt ihr das auch ein anderes Mal besprechen?, fragte Naiuschka, die zunehmend nervöser wurde.

Klar, sobald du in der Luft bist, sagte die kleine Löwentigerin frech.

Eure Entscheidung, aber nun haltet euch fest, wir werden in unserer Höchstgeschwindigkeit fliegen, erwiderte die Drachin nur und hob vom Boden ab.

Sobald die vier Drachen den Boden unter ihren Füßen nicht mehr spürten, setzten sie Magie ein, durch die sie an Geschwindigkeit gewannen. Schneller, als Kasumi es sich erträumt hatte, flogen die vier Drachen davon. Die Stadt der Drachen blieb rasch hinter ihnen zurück und vor ihnen tauchten blutige Schlachtszenen auf.

Ein schwarzer Drache kämpfte mit einem blauen Drachen hoch in den Lüften. Schlugen sich gegenseitig mit ihren Klauen, stießen Feuersäulen aus und schnappten mit den Fangzähnen nach dem anderen. Um sie herum flogen aufgebracht mehrere Drachen, die immer wieder versuchten, den schwarzen Drachen anzugreifen, doch dieser hatte einen undurchdringlichen Schild um sich gewoben, der schwarz aufleuchtete, sobald Flammen ihn berührten. In einiger Entfernung des Kampfes flog der Drachenkönig unruhig hin und her. Sobald Naiuschka ihn entdeckt hatte, flog sie auf ihn zu.

Da seid ihr ja endlich, sagte Seraphim aufgebracht.

Es tut uns leid, Onkel, aber wir waren im hintersten Teil der Berge, rechtfertigte sich Naiuschka.

Das ist jetzt nicht von Bedeutung. Kasumi und Akiko, steigt auf Brilthors Rücken und fliegt dann sofort wieder zur Drachenakademie zurück, ordnete der Drachenkönig an.

„Ich will aber nicht", meldete sich da Lavinia. „Ich bin eine Elfe und somit verpflichtet, in der Not zu helfen. Schickt mich bitte nicht weg, Drachenkönig."

Seraphim schüttelte seinen großen Kopf und blickte Lavinia aus zusammengekniffenen Augen an. Seine goldenen Augen drangen tief in Lavinias Seele und zogen sich erst zurück, als er sagte: *Etwa einen Kilometer südlich von hier befindet sich eine schwebende Insel, wo die verletzten Drachen behandelt werden. Fliegt dorthin und helft den Verletzten.*

„Ich danke euch vielmals, oh weiser König."

Das ist aber genug der Schmeichelei, erwiderte Seraphim, während er Kasumi von Naiuschkas Rücken auf den von Brilthor setzte. Kurz darauf folgte Akiko. *Und nun geht.*

Mit wenigen Flügelschlägen gewann der blau-weiße Drache an Geschwindigkeit. Sein Ziel, das er ansteuerte, kam schon nach wenigen Sekunden in Sicht. Eine Insel von der Größe einer ganzen Stadt schwebte in der Luft. Sie war von Felsen bedeckt, in denen es mehrere Eingänge gab. Auf der Spitze des Felsens lagen mehrere Drachen und weitere schwebten direkt darüber in der Luft. Die ganze Insel war durch einen Wasserfall geteilt, der sein Wasser in die Tiefe ergoss. Direkt unter diesem Wasserfall landete Brilthor auf einem Felsplateau.

„Was soll das?", fragte Lavinia aufgebracht.

*Von hier führt ein direkter Weg zur Spitze des Berge*s, erklärte Brilthor.

„Das weiß ich selbst. Aber wieso …?"

Jetzt lass mich doch ausreden. Ich habe diesen Weg gewählt, damit wir nicht Gefahr laufen, von dem feindlichen Drachen getroffen zu werden.

„Aber …“

„Lavinia, lass gut sein. Wir wissen nicht, wie es ist, einen Luftkampf zu bestreiten, aber dein Drache weiß es bestimmt. Also sollten wir lieber auf seinen Rat hören“, beschwichtigte Kasumi Lavinia.

Ein Seufzen entglitt der Elfe, doch schlussendlich fügte sie sich und Brilthor setzte sich in Bewegung. Hinter dem Wasserfall verborgen befand sich eine hölzerne Tür, die Brilthor mit seiner Magie öffnete. Dahinter erstreckte sich ein Gang, in dem hunderte von Treppenstufen zu einer weiteren Tür führten. Diese Treppenstufen erklomm Brilthor, bis er vor der Tür stand. Massives Eisen blockte die Magie von Brilthor ab, sodass er die Tür nicht öffnen konnte. Also musste Lavinia absteigen und die Eisentür öffnen. Sie spannte ihre Muskeln an und drückte mit ihrer ganzen Kraft, doch die Tür bewegte sich keinen Millimeter.

„Kasumi, kannst du mir helfen?“, fragte Lavinia Kasumi.

Sofort sprang Kasumi von dem blau-weißen Drachen, trat neben Lavinia und drückte gegen die Tür. Ein lautes Quietschen ertönte und die Tür schwang auf. Erleichtert kehrten Kasumi und Lavinia zu Brilthor zurück, stiegen auf seinen Rücken und sackten zusammen.

Die Schutzmagie der Drachen ermüdet euch, erklärte Akiko den beiden.

„Schutzmagie?“, fragte Lavinia.

Ja, die Tür vorher war mit einem Schutzzauber belegt. Da ihr die Tür geöffnet habt, hat euch der Schutzzauber angegriffen, und zwar auf magischer Ebene. Ihr habt nichts gespürt, sondern seid nur müde. Das ist, weil der Schutzzauber euch eure Magie ein wenig ausgesaugt hat.

„Was? Wir wurden ausgesaugt?“, schrie Lavinia panisch auf.

„Beruhige dich. So wie Akiko es gesagt hat, hat es uns nicht geschadet, sondern nur ein wenig von unserer Magie genommen“, versuchte Kasumi Lavinia zu beruhigen.

„Ach so, dann bin ich ja erleichtert.“

Wir sind da!, ertönte da plötzlich die Stimme von Brilthor in Kasumis Kopf.

Vor ihnen strahlte die Sonne durch eine Öffnung im Felsen. Gemächlich schritt Brilthor auf diese Öffnung zu. Die Sonne stach Kasumi in die Augen. Sofort streckte sie ihre Hand aus, um ihre Augen vor der Sonne zu schützen. Als sie sich an die Helligkeit gewöhnt hatte, sahen ihre Augen die vielen verletzten Drachen. Einige hatten einen Flügel gebrochen, andere hatten klaffende Wunden oder Verbrennungen.

„Ah, Kasumi, ich wusste gar nicht, dass du eingeteilt wurdest, um die Verwundeten zu versorgen", ertönte die Stimme Mistrals neben ihr.

Erschrocken wandte sie sich dem Drachen zu, der nun wirklich in seiner Drachengestalt war. Silberne Schuppen reflektierten das Sonnenlicht und purpurrote Augen blitzten belustigt auf.

„Was machst du hier?", fragte Kasumi aufgebracht.

„Ich? Ich kümmere mich um die Verletzten."

„Solltest du dich nicht eher um Neha und Joru kümmern?"

Das tut er ja auch, meldete sich die Stimme von Joru und der Löwentiger erschien hinter dem Drachen.

In der Zwischenzeit war Kasumi von Brilthors Rücken gestiegen, wodurch sie jetzt Joru gegenüberstand. Seine Augen befanden sich auf der gleichen Höhe wie ihre. Erschrocken wich sie zurück.

„Wie … Wie kannst du nur so groß sein?", fragte sie entsetzt.

Er ist auch im Wachstum, erklärte Akiko, die auf ihren Bruder zugerannt war und sich nun unter seinem Hals rieb. Dabei schnurrte sie.

Akiko, meldete sich nun auch Neha. Die Löwentigerin war um einiges kleiner als Akiko und reichte Kasumi nur bis zu den Knien.

„Du bringst die zwei auf ein Schlachtfeld mit?", fragte Kasumi den Drachen erbost.

„Akiko ist ja auch mit dir mitgekommen."

„Das ist etwas anderes!"

„Bist du dir sicher?"

Könnt ihr das ein anderes Mal diskutieren? Ein weiterer Drache ist gerade angekommen, und dieser sieht schlimmer aus als alle vorherigen, teilte Neha den anderen mit.

„Komme sofort!", rief Mistral. Er schaute noch einmal Kasumi an, bevor er sich abwandte und auf den angekommenen Drachen zulief, der erheblichen Schaden erlitten hatte. Seine rostbraunen Flügel waren nur noch Fetzen und mehrere tiefe Wunden zierten seinen Körper.

„Das ist ja schrecklich", sagte Lavinia, die hinter Kasumi stand.

„Das bedeutet es also, wenn man in den Krieg zieht", stellte Kasumi mit Schrecken fest.

Mach dir keine Sorgen, Kasumi. Wir werden das schon überleben, beruhigte Akiko Kasumi.

„Deine Worte muntern mich nicht gerade auf."

Es ist nicht die Zeit für Aufmunterungen, sondern die Zeit zum Helfen, erwiderte Brilthor.

Da hast du recht, sagte Akiko und lief mit ihren Geschwistern davon.

„Ich versteh sie nicht mehr."

„Das ist nicht so schlimm. Immerhin ist sie eine Löwentigerin, und du weißt ja, dass sie ihren eigenen Kopf hat", heiterte Lavinia Kasumi auf, während sie die Halbelfe an der Schulter packte und sie auf die verletzten Drachen zuschleifte. „Und nun wird es Zeit, dass wir helfen."

Lavinia platzierte Kasumi bei einem Drachen, der sich einen Flügel gebrochen hatte. Die Haut zwischen den Knochen war aufgeschlitzt oder zerrissen.

„Und was soll ich jetzt machen?", fragte Kasumi den Drachen.

Heile ihn so, dass ich damit wieder fliegen kann. Schaffst du das?, fragte der fremde Drache mit seiner tiefen Stimme.

„Ich glaube schon", erwiderte Kasumi, während sie ihre Heilmagie einsetzte. Ein goldenes Netz breitete sich über dem verletzten Flügel aus. Kleine Fäden entwichen dem Netz und nisteten sich in der verletzten Haut ein. Dort, wo der Flügel Risse hatte, fügten sich die Fäden zusammen und verwandelten sich dann in Haut. Auch die gebrochenen Knochen heilte Kasumi so. Als alles geheilt war, löste Kasumi das goldene Netz auf. Sofort probierte der Drache den Flügel aus, und als er merkte, dass wieder alles in Ordnung war, flog er davon.

Ein weiterer Drache kam zu Kasumi. Dieser hatte eine tiefe Wunde an seiner Flanke. Ohne Probleme konnte Kasumi auch diese Wunde heilen, und ehe sie sich's versah, heilte sie einen Drachen nach dem anderen. Sie gönnte sich keine Pause. Erst als Mistral zu ihr trat und sagte: „Es ist egal, wie gut du andere heilen kannst, irgendwann hast du keine Magie mehr und du wirst zusammenklappen. Deswegen mach lieber jetzt eine Pause und ruh dich aus."

„Aber wenn ich mich jetzt ausruhe, wird das kein Ende nehmen", erwiderte Kasumi stur.

„Es wird erst ein Ende nehmen, wenn der Schlächter tot ist. Bis dahin müssen wir ausharren." Als er diese Worte sagte, hob Mistral seine Klaue und wollte Kasumi bewusstlos schlagen. Doch in diesem Moment sprang Joru den Drachen an. Er schlug seine Fangzähne in die Schuppen und ließ den Arm des Drachen nicht mehr los.

Ich habe es dir einmal gesagt, und das ist das letzte Mal,dass ich es sage. Kasumi ist meine Freundin, und wenn jemand sie verletzen will, dann verteidige ich sie!, schrie Joru und biss noch stärker zu.

Genau. Sie ist unsere Freundin und die Partnerin meiner Schwester. Deshalb bitte ich dich, lass von deinem Vorhaben ab, flehte Neha den Drachen an.

Ich habe es ja verstanden, aber könntest du deinen Bruder bitten, dass er von mir runtergehen soll?, sagte Mistral.

Als Joru das Gesagte vernahm, ließ er sofort den Arm des Drachen los, trat vor Kasumi und fauchte den Drachen an. Wütend wandte sich Mistral ab. Er schlenderte auf die verletzten Drachen zu und widmete sich wieder seiner Tätigkeit.

„Ich danke euch."

Du musst ihnen nicht danken, erwiderte Akiko, die gemütlich neben Kasumi lag. *Wir werden dich beschützen. Egal vor wem.*

Ja, aber jetzt ruh dich bitte aus, bat Neha.

„Also gut, weil du mich bittest."

Kasumi stand auf, streichelte Neha und ging zu Brilthor, der aufmerksam am Rande des Felsens saß und den Kampf beobachtete. Sie setzte sich neben den blau-weißen Drachen, schaute den schwarzen Drachen an, wie er mit seiner schwarzen Feuersäule mehrere Drachen vom Himmel holte, und plötzlich durchfuhr Kasumi ein Schmerz. Ausgehend von ihrem Mal auf dem Rücken, bahnten sich

Schmerzenswellen durch ihren Körper. Wegen dem Schmerz rollte sich ihr Körper zusammen und sie verlor den Halt auf dem Felsen. Ungebremst fiel sie in die Tiefe. Hinter sich hörte sie, wie Akiko verzweifelt aufbrüllte und sich auch in die Tiefe stürzte.

Akiko, nein!, schrie Joru und folgte seiner Schwester. *Du bist noch nicht so weit!*

Ich werde sie ganz sicher nicht sterben lassen.

Das musst du auch nicht, ich werde sie holen.

Kasumi sah, wie aus Akikos Schultern Flügel wuchsen und sie zurück zu dem Felsen flog. Joru hatte sie fast erreicht. Er streckte seine Pranken aus und schlug sie um Kasumi. Fest in seinem Griff gefangen, sah Kasumi, wie auch ihm Flügel wuchsen. Goldene Federn fielen aus den Flügeln und zu Boden. Nun bemerkte Kasumi, wie nahe sie dem Boden waren. Nur noch zwanzig Meter und sie würden hart auf der Erde aufschlagen. Doch in letzter Sekunde öffnete Joru seine Flügel. Gemächlich schwebten sie über dem Boden. Erst als Joru fast keinen Schwung mehr hatte, setzte er Kasumi vorsichtig auf dem Boden ab.

Bist du okay?, fragte Akiko besorgt.

Ja, mir ist nichts passiert, aber wieso …? Ah! Kasumi schrie auf, als eine neue Schmerzenswelle ihren Körper durchschüttelte.

Es ist Zeit!, ertönte plötzlich die Stimme einer Frau in ihrem Geist.

Zeit wofür?, fragte Kasumi unter Schmerzen.

Zeit zum Erwachen.

Ein heller Blitz schoss durch ihren Geist und nahm ihr die Schmerzen. Frei von Schmerzen konnte Kasumi sich wieder bewegen. Erschöpft blickte sie in den Himmel. Der schwarze Drache kämpfte nun mit dem Drachenkönig. Schwarze und rote Schuppen glitzerten in dem Sonnenlicht, doch sie verhießen nichts Gutes. Immer wieder griff der schwarze Drache mit seinem Feueratem und etwas, das aussah wie Schatten, an. Diese Schatten verfolgten jede von Seraphims Bewegungen, bis sie schlussendlich den König an den Beinen packen konnten. Mit einem Ruck zogen die Schatten den roten Drachen zu dem Schlächter hin. Als die anderen Drachen begriffen, was vor sich ging, versuchten sie ihren König zu befreien, doch sie stießen gegen eine Barriere. Kurz bevor Seraphim vor dem schwarzen Drachen war, schlug dieser den König mit seinen Klauen. Blut spritzte aus der Wunde und fiel zu Boden. Das Schmerzgebrüll des Königs war so ohrenbetäubend laut, dass Kasumi für einen Moment ihren Hörsinn verlor. Diesen Moment nutzte der König, um sich von den Schatten zu befreien. Aber der schwarze Drache hatte mit dem gerechnet. Während alle betäubt waren von dem Gebrüll, hatte der Schlächter seine Magie verstärkt, wodurch dieser nun ohne Probleme mit der Geschwindigkeit des Drachenkönigs mithalten konnte. Die zwei Drachen flogen im Zickzackkurs und versuchten immer wieder, sich gegenseitig anzugreifen. Die Schatten halfen dabei dem schwarzen Drachen. Wie Hunde verfolgten sie Seraphim, und schon nach kurzer Zeit hatten sie ihn wieder gefasst. Dieses Mal zögerte der schwarze Drache nicht, sondern öffnete sein Maul und feuerte eine Feuersäule auf den Drachenkönig ab. Ein weiteres Brüllen ertönte, doch nicht Seraphim brüllte vor Schmerzen auf, sondern der schwarze Drache. Goldene Schuppen glitzerten in dem Chaos auf und Kasumi erkannte Tesfay, der anstelle seines Vaters gegen den Feind kämpfte. Sein Vater wurde währenddessen von drei Drachen weggeflogen und zu dem Felsen gebracht, auf dem Kasumi vor einigen Minuten noch gewesen war.

Ein weiteres Brüllen ertönte, wodurch Kasumi ihren Blick wieder dem Kampf zuwandte. Tesfay hatte größere Mühe als sein Vater. Er konnte den Angriffen des schwarzen Drachen kaum ausweichen und seine eigenen Angriffe hinterließen fast keinen Schaden. Doch Kasumi bemerkte schnell, dass Tesfay auf keinen Fall klein beigeben würde. Immer wieder griff er den feindlichen Drachen an, schlug mit seinen Klauen nach ihm und hüllte ihn in seine goldenen Flammen ein. Aber egal, wie oft Tesfay es versuchte, er wurde am Ende wieder von einer der Klauen des schwarzen Drachen getroffen. Etliche Wunden zierten den Körper von Tesfay und es nahm kein Ende. Die Angriffe des Schlächters wurden immer heftiger und die anderen Drachen konnten Tesfay nicht beistehen, da der schwarze Drache sich und Tesfay in eine Barriere gehüllt hatte.

Ich werde dich töten!, ertönte eine dunkle männliche Stimme in Kasumis Geist.

Versuch es doch!, hörte sie da die keuchende Stimme von Tesfay.

Ein abscheuliches, grausames Lachen breitete sich in Kasumis Gedanken aus, das etwas tief in ihr anregte.

Es ist Zeit, meldete sich die Frau wieder.

Kasumi ignorierte all die Stimmen in ihren Gedanken und konzentrierte sich auf den Kampf. Tesfay wurde weiter zurückgedrängt, bis eine der schwebenden Inseln sich in seinem Rücken befand, wodurch er nicht mehr ausweichen konnte. Wieder ertönte das grausame Lachen und Kasumi konnte nur mitansehen, wie der schwarze Drache sich auf Tesfay stürzte, seine Fangzähne in die Flügel des goldenen Drachen bohrte und seine Klauen in die Flanken von Tesfay schlug. Der Schmerzenslaut, den Tesfay versuchte auszustoßen, aber es nicht mehr schaffte, da der feindliche Drache seinen Schwanz um den Hals von Tesfay geschlungen hatte und ihm somit die Luft zum Atmen nahm, erreichte Kasumi trotzdem. Sie spürte, wie die Lebensenergie aus Tesfay wich und nichts mehr übrig blieb, bis auf seine Hülle. Ein Tränenschleier senkte sich über Kasumis Augen, als sie den goldenen Drachen reglos in den Klauen vom Schlächter sah.

Es ist Zeit, ertönte die Stimme der Frau in ihren Gedanken. *Es ist Zeit. Komm mit mir. Ich werde dich führen.*

Wohin?, fragte Kasumi kraftlos.

Zu deinem verborgenen Ich. Folge mir.

Kasumi glitt in ihren Geist und folgte der Stimme der Frau, bis sie vor ihrer Existenz schwebte. Die Kugel schimmerte in einem goldenen Licht und zog Kasumi zu sich. Goldene Fäden lösten sich von der Kugel, schlangen sich um Kasumis Körper und wanderten zu dem Mal auf ihrem Rücken. Sie beschritten den gleichen Weg, den sie schon genommen hatten, als das Lied ertönte. Doch dieses Mal drangen sie nicht in Kasumis Herz ein, sondern in ihren Geist. Immer tiefer glitten die Fäden, öffneten eine Tür nach der anderen im Geist, bis die Fäden wieder bei der Existenz waren. Sie kehrten zurück zu der Kugel, umhüllten die Oberfläche und zwangen die Kugel, eine andere Form anzunehmen.

Kasumi konnte nicht erkennen, wie sich die Form veränderte, da sie vor Schmerzen zusammengesackt war. Die Schmerzen gingen, wie schon zuvor, von ihrem Mal auf dem Rücken aus. Sie hatte das Gefühl, als stünde das Mal in Flammen. Immer wieder durchzuckten sie Schmerzenswellen, denen sie nicht gewachsen war. Pure Magie ging von den Schmerzen aus, pulsierte durch ihre Adern und veränderten sie langsam. Doch Kasumi bekam von all dem nichts mit. Sie spürte nur die Schmerzen, die durch ihren Körper jagten, und immer wieder sah sie vor sich die leblose Hülle von Tesfay. Tränen rannen ihr über das Gesicht und sie wollte nur noch eins, sterben.

Das lass ich nicht zu, meldete sich eine andere Stimme. *Du bist ich und ich bin du. Gemeinsam werden wir unser Schicksal in die Hand nehmen und es ist ein Schicksal, von dem du noch gar nichts ahnst. Du hast noch viele Hürden vor dir, doch die größte steht dir gerade bevor. Nimm sie und du wirst vollkommen sein.*

Eine weitere Schmerzenswelle schüttelte ihren Körper durch. Sie hatte schon aufgegeben, nicht einmal die Worte der Frau konnten sie von ihrem Weg abbringen.

Sterben, nur das will ich.

Noch immer hallten die Worte der Frau in ihr nach, doch sie berührten sie nicht. Alles war ihr egal, ob tot oder lebendig, sie wollte nur noch sterben. Ein weiterer Schmerz durchzuckte sie. Lähmte ihre Gedanken und verwandelte ihren Körper. Ungezügelte Magie verformte langsam, aber sicher Kasumis Körper, bis sie es nicht mehr aushielt. Sie schrie ihre Schmerzen hinaus, dicht gefolgt von den Unmengen an Magie, die durch ihren Körper pulsierten. Sobald der Schrei verebbt war, wurde Kasumi aus ihrem Geist in einen fremden Körper geschleudert.

Alles um sie herum war neu, die Gerüche, die Geräusche, ja sogar die Luft. Sie fühlte sich so lebendig wie nie zuvor, wäre da nicht der Geruch des Todes gewesen. Auf der Suche nach der Ursache für diesen Gestank drehte sie den Kopf und erblickte den schwarzen Drachen, der den Leichnam von Tesfay achtlos beiseiteschmiss.

Wut durchdrang ihren Körper und heizte die Magie in ihr an. Ein Gebrüll erhob sich aus ihrer Kehle, fegte alles Böse beiseite, so auch den Schlächter und erschuf eine Barriere. Eine Barriere, so stark wie die, welche das Drachenland geschützt hatte. Die Barriere breitete sich schlagartig aus und nahm das Böse mit sich. Immer weiter wurde der Schlächter gedrängt, bis er sich schlussendlich am Eingang zum Drachenland wiederfand. Doch dies reichte Kasumi noch nicht. Sie wollte den schwarzen Drachen vernichten und so erhob sich ein weiteres Gebrüll aus ihrer Kehle. Eines, welches das vorherige bei weitem übertraf und den Schlächter mit ganzer Kraft angriff. Wie eine Strohpuppe wurde er aus dem Drachenland weit hinaus bis ins Menschenland geschleudert. Nur um dort noch einmal von Kasumis Gebrüll angegriffen zu werden. Geschlagen zog sich der schwarze Drache aus der Reichweite von Kasumi zurück.

Erschöpft fiel sie in sich zusammen, verwandelte sich wieder in ihre ursprüngliche Gestalt und stand kurz vor einer Ohnmacht.

Du bist erwacht, ertönte die Stimme der Frau. *Von nun an steht dir ein großes Schicksal bevor, doch zuerst ruh dich aus. Du hast es verdient.*

Die Stimme der Frau hüllte Kasumi in einen Nebel ein und nach kurzer Zeit schlief sie ein.

Das Mal der ersten Drachen

Langsam öffnete Kasumi die Augen und erblickte Schwärze. Alles um sie herum war schwarz. Nur ein kleines goldenes Licht schwebte am Rand ihres Blickwinkels. Zielstrebig ging sie auf dieses Licht zu. Je näher sie dem Licht kam, desto heller wurde es. Bis goldenes Licht ihre Augen blendete. Schützend hob Kasumi eine Hand vor die Augen und blinzelte durch ihre gespreizten Finger. In dem goldenen Licht konnte sie die Frau mit den schwarzen Haaren erkennen. Ihr weißes Kleid flatterte um ihre Beine, und ihre Augen, die die Farbe eines klaren Bergsees hatten, blickten sie an.

Nun bist du vollständig, meine Kleine, sagte die Frau mit ihrer sanften Stimme. Sie streckte ihre Hände aus, umfasste Kasumis Gesicht und lächelte sie an. *Ich bin so glücklich, dass du es geschafft hast, dein verborgenes Ich zuerkennen.*

Verwirrt wich Kasumi zurück, entzog sich dem Griff der Frau und sagte: *Ich verstehe nicht, was du meinst.*

Immer wieder schüttelte Kasumi den Kopf, doch es half nichts. Wie von allein schlich sich das Bild vom leblosen Körper von Tesfay in ihre Gedanken. Einzelne Tränen entwichen ihren Augen und glitten über ihre Wangen. Sie streckte die Hand aus, berührte eine Träne und fiel auf die Knie. Sie konnte es nicht mehr zurückhalten. Ihre Trauer war zu groß. Wie ein kleines Kind fing sie an zu weinen.

Schsch, meine Kleine, sagte die Frau und schwebte auf sie zu. Sie sank auf die Knie und umarmte Kasumi. *Es ist alles in Ordnung. Er ist wohlauf.*

Er ist wohlauf?, fragte Kasumi, während sie ihre Tränen abwischte.

Ja, ihm geht es gut. Da wir eine Barriere errichtet haben, die alles Böse mit sich fortzog, wurde auch die Magie in Tesfay getilgt, die der Schlächter in ihm hinterlassen hatte.

Wir?

Stimmt ja, ich habe dir noch gar nicht gesagt, was du bist und wer ich bin.

Jetzt verstehe ich gar nichts mehr, gestand Kasumi. Ihre Tränen versiegten langsam, nachdem sie die Nachricht vernommen hatte, das Tesfay lebte.

Ich denke, es wird Zeit, dir alles von Anfang an zu erklären, sagte die Frau mit einem Lächeln im Gesicht.

„Es begann vor mehreren hunderttausend Jahren", fing die Frau mit ihrer Erzählung an und zum ersten Mal hörte Kasumi die Stimme der Frau. „Nachdem die ersten Drachen unsere Welt verlassen hatten, um über uns zu wachen, brach kurz darauf ein schrecklicher Krieg zwischen allen Wesen aus. Die Tenshis kämpften gegen die Shinigamis, die Elfen gegen die Drachen und die Menschen gegen alle Völker. Da die Menschen jedoch keine Magie mehr hatten, unterlagen sie schnell und gestanden ihre Niederlage ein. Danach schlossen auch die Shinigamis und Tenshis Frieden. Nur die Elfen wollten noch den Krieg haben. Sie wollten einen Platz im Drachenland ergattern, doch hatten sie der Magie der Drachen nichts entgegenzusetzen. Sie begriffen, dass sie nie eine Chance haben würden, und beschlossen daraufhin, Frieden mit den Drachen zu schließen. Aber die Drachen willigten nicht ein. Sie hatten über ein Jahrhundert gegen die Elfen Krieg geführt, und jetzt, so plötzlich, wollten die Elfen Frieden. Dies war dem Drachenkönig nicht geheuer und er rief die ersten Drachen an. Diese gaben ihm zur Antwort, dass, wenn sie keinen Frieden schließen würden, sie von schrecklichen Katastrophen heimgesucht werden würden. Der Drachenkönig wollte nicht auf die ersten Drachen hören und schlug die Warnung in den Wind.

Einige Zeit später, als der Winter kam, kam auch mit ihm die große Kälte. Da Drachen Wesen des Feuers sind, hatten sie große Mühe, gegen die Kälte zu bestehen. Mehrere Monate lang hielt der Winter Einzug, und als alle dachten, er würde gehen, fror das Drachenland ein. Aus keinem der Eier schlüpfte ein Jungtier, und auch die ausgewachsenen Drachen hatten Mühe zu überleben, da es kaum Nahrung gab. Als dann endlich die Frühlingssonne die Eisschicht brach, waren die Drachen auf ihre Hälfte dezimiert worden. Doch sie hatten das

Unglück noch nicht überlebt, denn auf den eiskalten Winter folgte eine Hitze, die noch heißer war als die Feuer der erloschenen Vulkane. Auch das Feuer in den Drachen konnte der Wärme nichts entgegensetzen und so folgte ein Extrem dem anderen. Keine Jungtiere wurden während dieser Zeit geboren und immer mehr Drachen starben, bis am Schluss nur noch wenige übrig waren.

Alle anderen Völker bekamen die Misere der Drachen mit und die Elfen entschlossen sich, den Drachen zu helfen. Doch die Drachen wollten immer noch keine Hilfe von ihren Feinden, und so litten sie noch mehrere Jahre, bis ein Elf die ersten Drachen um Erbarmen bat. Sie sagten zu dem Elfen: *Wenn du willst, dass wir das Unheil von den Drachen abwenden, musst du dich ihrem Zorn stellen*. Der Elf willigte ein und so bekam er ein Mal auf seinem rechten Handrücken, das einen Kreis mit einem Schwert und Drachen darstellte. Das gleiche, wie du eines auf deinem Rücken hast.

Mit diesem Zeichen konnte er in das Drachenland gehen. Unterwegs fand er eines der vielen Dracheneier, aus denen kein Junges mehr schlüpfen konnte. Aber mit einem dieser Eier hatten die ersten Drachen etwas anderes geplant. Als der Elf an diesem Ei vorbeikam, bekam es Risse und ein kleiner Drache schlüpfte daraus. Er sah den Elfen als seine Mutter an und folgte ihm überallhin. Der Elf zog das Kleine auf seinem Weg in die Drachenstadt Navakaro auf. Es dauerte mehrere Jahre, bis der Elf die Stadt erreichte. In der Zwischenzeit wurde aus dem kleinen Drachen ein Jungdrache, der munter vor sich her flog.

Nach etlichen Jahren erreichten die zwei die weiße Stadt der Drachen. Der Jungdrache sah zum ersten Mal andere Drachen und war begeistert von ihnen. Sofort nahm er mit ihnen telepathisch Kontakt auf, und als die Drachen mitbekamen, dass nach hunderten Jahren wieder ein Drache geschlüpft war, wollten alle ihn kennenlernen. Er und der Elf wurden vor den Drachenkönig zitiert, wo sie ihm ihre Geschichte erzählten. Der Drachenkönig war so erbost darüber, dass ein Drache sich mit einem Elfen verband, dass er den Elfen in sein Verlies sperrte und ihn jeden Tag folterte. Dadurch bewahrheitete sich das Versprechen der ersten Drachen und das Unglück wurde von den Drachen genommen. Schon nach wenigen Tagen schlüpften die ersten Jungen und alle Drachen waren wieder glücklich. Sie beschlossen, Frieden mit den Elfen zu schließen. Damit niemals wieder ein Krieg zwischen Elfen und Drachen ausbrechen konnte, mussten die Elfen versprechen, dass sie jedes Jahr fünf Elfen zur Verfügung stellen, damit diese sich mit einem Jungdrachen verbinden können. Somit wurde der Bund zwischen Elfen und Drachen hergestellt.

Und das Mal, das der Elf auf dem Handrücken trug, geriet in Vergessenheit. Erst Jahrtausende später brauchte man es wieder. Doch diese Geschichte wirst du nicht von mir erfahren."

Und inwiefern sollte mir das helfen zu verstehen, was ich bin und wer du bist?, fragte Kasumi, nachdem die Frau geendet hatte.

Ein freundliches Lachen stahl sich auf die Lippen der Schwarzhaarigen. Sie stand auf und ging auf das goldene Licht zu. Als sie zurückkehrte, hielt sie in ihrer rechten Hand die Existenz von Kasumi.

„Ich wollte dir nur erklären, aus welchem Grund die ersten Drachen das Mal erschufen."

Sie schufen es, damit die Drachen nicht mehr leiden mussten, schlussfolgerte Kasumi.

„Genau, und jedes Mal, wenn die Drachen in so ein Unglück rasten, wurde eine Person von den ersten Drachen mit diesem Mal gesegnet. Die Aufgabe dieser Person bestand darin, das Unglück von den Drachen abzuwenden, und um dies zu erreichen, musste diese Person einen Wegleiter haben, und so wurde ich geschaffen. Ich, die keine Seele und doch alle Seelen besitzt, wurde ausgewählt, diejenigen zu beschützen, die von den ersten Drachen ausgewählt wurden. Ich bekam von den ersten Drachen das Wissen dieser Welt, wodurch ich jedes Wesen kenne. Ich wurde zum Leiter der verlorenen Seelen, und du bist so eine Seele. In dir ruht eine alte Seele, die schon seit mehreren tausend Jahren auf einen Körper gewartet hatte, um ihr Werk zu vollenden. Diese Seele besitzt die Form eines Drachen.

Als du geboren wurdest, warst du zu schwach, um zu leben. Dein Vater bat die ersten Drachen, dir den Lebenshauch zu verpassen, und so wurde eine Seele in dir wiedergeboren. Das Problem bei dir war jedoch, dass du schon eine Seele besaßest, und so mussten die ersten

Drachen die Wiedergeborene Seele tief in dir verschließen. Sie brannten ihr Mal in deinen Rücken ein, da sie wussten, welche Rolle die versiegelte Seele in dir spielen würde. Sie sagten zu mir, dass ich dich leiten sollte, wenn du bereit bist, diese Seele in dir aufzunehmen. Und diese Zeit ist nun gekommen. Als du dich ihrer Drachenform bedientest, hast du die Seele freigesetzt. Ich musste dir nur helfen, dich dieser Seele zu bedienen, und somit ist die Frage geklärt, wer ich bin, doch um dir zu erklären, was du bist, muss ich dir die Vergangenheit deines Vaters und seine Verbindung zu Eru und dem Mal der ersten Drachen erklären."

Mein Vater, ich werde etwas über ihn erfahren, dachte Kasumi glücklich und hörte der schwarzhaarigen Frau aufmerksam zu.

„Als kleiner Junge konnte Glaeder mit den ersten Drachen Kontakt aufnehmen. Er hörte ihre Gespräche und konnte mit ihnen sprechen. Dadurch gewann er ein gewisses Ansehen bei den Elfen und der Elfenkönig wurde auf ihn aufmerksam. Er holte Glaeder in die Heilige Stadt und bildete ihn dort aus. Mehrere Jahre zogen ins Land und dein Vater wuchs zu einem stattlichen Elfen heran. Er bekam wichtige Missionen von dem Elfenkönig und wurde schon nach kurzer Zeit zum Kommandanten der Elfenarmee befördert. Während eines Auftrags im Menschenland lernte er deine Mutter kennen. Sofort verliebte er sich in sie und vergaß mehr und mehr seine Pflichten. Doch gerade, als er sich endgültig von seiner Rasse trennen wollte, sprach Eru zu ihm: *Du wirst mit ihr nicht glücklich sein können, denn dir wird nie ein Kind geschenkt werden von ihr.*

Nach diesen harten Worten des ersten Drachen zog Glaeder sich in den Elfenwald zurück. Er studierte den Stammbaum deiner Mutter und fand Erstaunliches heraus. Nämlich dass deine Mutter von Nymue, einer hochrangigen Elfe mit starker Heilmagie, abstammte. Sofort nahm dein Vater Kontakt zu Eru auf und wollte von ihm wissen, wieso deine Mutter nie ein Kind von ihm erhalten könne. Die Antwort des Drachen war klar und deutlich: *Sie ist die Nachkommin einer Elfe, doch ihr Blut ist nicht rein. Wenn sie dir ein Kind gebärt, wird dies keine Chance auf Leben haben.*

Diese Antwort hatte Glaeder nicht erwartet. Er zog sich immer mehr zurück, bis ihn nicht einmal mehr der Elfenkönig erreichen konnte. Doch eines Tages traf er deine Mutter wieder. Es war am Waldrand, und wie schon Jahre zuvor verliebte sich Glaeder. Er schlug alles, was Eru ihm erzählte, in den Wind und fing ein glückliches Leben mit deiner Mutter an. Und als diese schwanger wurde, war das Glück perfekt. Leider aber musste dein Vater feststellen, dass du keine Chance auf Leben hattest, da dein Herzschlag zu schwach war. Also bat Glaeder Eru um Hilfe. Dieser willigte unter einer Bedingung ein.

Sie wird leben, doch auf ihr wird das Schicksal der ganzen Welt ruhen. Wenn sie versagt, wird diese Welt nicht mehr existieren. Jedoch wirst du dies nicht mehr erleben. Die Tenshis sind im Krieg gegen die Drachen, und deine Aufgabe wird es sein, diesen Krieg zu beenden. Du wirst aber nicht mehr lebend zurückkehren, dafür wird deine Tochter leben, sprach der erste Drache.

Als du geboren wurdest, warst du, wie ich schon gesagt hatte, zu schwach zum Leben. Doch Eru rettete dich. Er brannte das Mal von ihm und seinen Geschwistern in deinen Rücken und mit dem Mal bekamst du auch die zweite Seele. Deine zuvor braunen Haare nahmen ihre jetzige Farbe an und deine strahlend blauen Augen nahmen die Farbe von Amethysten an. Als dein Vater diese Verwandlung sah, fragte er Eru danach. Dieser antwortete daraufhin, dass dies geschehen war, da deine menschliche Seele zu schwach war, um deinen Körper zu erhalten, deshalb übernahm die Wiedergeborene Seele deinen Körper und stärkte ihn. Nun musste Glaeder dich und deine Mutter verlassen. Er zog in die Schlacht und kam nie wieder zurück. Es geschah alles so, wie Eru es wollte."

Das heißt, mein Vater ist meinetwegen gestorben, stotterte Kasumi und konnte dies nicht fassen.

Nein, meine Kleine, er starb nicht deinetwegen, sondern weil er wollte, dass du lebst, antwortete die Frau in Kasumis Geist. *Verstehst du?*

Ja, ich verstehe.

Gut, wenn das so ist, wird es Zeit, dass du erwachst. Der Drachenkönig wird dir erklären, welche Rolle du von nun an spielen wirst.

Ich werde alle Hürden nehmen, nicht um meinetwillen, sondern um die Welt zu erhalten und meinen Vater zu ehren.

Das ist gut, meine Kleine, doch nun erwache.

Warte, wie heißt du?

Ich habe keinen Namen, doch du kannst mich Aruba nennen. Und nun wach auf!

Helles Licht blendete Kasumi, als sie die Augen aufschlug. Über ihr erstreckte sich eine weiße Decke und sie befand sich auf einem weichen Bett. Überrascht setzte sie sich auf. Sie schaute sich im Zimmer um, nahm alle Details wahr und erblickte Tesfay. Sofort wollte sie aus dem Bett stürmen, doch sie war zu schwach.

„Bleib sitzen“, sagte Tesfay und kam auf sie zu. Er setzte sich neben sie auf das Bett, nahm ihre Hand in seine und sagte: „Es tut mir leid. Was ich dir angetan habe, war schrecklich, und vor allem jetzt, da ich dir mein Leben verdanke, will ich mich für mein Verhalten entschuldigen.“

„Du musst dich nicht entschuldigen, immerhin war ich ja auch daran schuld“, sagte Kasumi und erinnerte sich an den Tag, als sie von den Erinnerungen von Kuasara aufgewacht war.

Nachdem Tesfay sie geküsst hatte, wollte sie ihn unbedingt nackt sehen. Sie zog langsam sein Hemd aus, doch da hörte sie plötzlich eine fremde Stimme in ihrem Geist sagen: *Er ist nicht derjenige, für den du bestimmt wurdest. Wenn du dich mit ihm vereinigst, zerstörst du das Gleichgewicht der Welt.*

Aber dies war ihr zu diesem Zeitpunkt egal, sie wollte nur noch die nackte Haut von Tesfay spüren. Sie fummelte an seiner Hose herum, bis diese endlich ab war. Nackt lag er nun vor ihr, und gerade wollte sie sich auf ihn stürzen, als sie sich plötzlich unter ihm befand. Ihre Kleider waren verschwunden. Geschockt schaute sie in das traumhaft schöne Gesicht von Tesfay, hob ihre Hände und berührte sein Gesicht. Seine Hände hingegen wanderten zu ihren Brüsten, doch bevor er sie berühren konnte, hatte er sich plötzlich nicht mehr unter Kontrolle. Er nahm seine Drachengestalt an und verletzte Kasumi an den Armen. Seine Klauen bohrten sich tief in ihr Fleisch. Schmerzerfüllt schrie sie auf und stieß Tesfay von sich.

„Kasumi, es tut mir leid. Das wollte ich nicht", versuchte Tesfay sich zu entschuldigen. Doch Kasumi war schon aufgestanden und zum Ausgang gegangen.

„Bring mich einfach zurück zur Drachenakademie", bat sie.

„Es war nicht deine Schuld", sagte Kasumi noch einmal, als die Erinnerung erlosch. „Es war ganz allein meine Schuld. Hätte ich auf Aruba gehört, wäre das nicht passiert", sagte sie mit Tränen in den Augen.

Tesfay nahm sie tröstend in die Arme, als plötzlich Nai hereingestürmt kam und sagte: „Kasumi, der Drachenkönig will dich sehen."

„Ich kann aber noch nicht aufstehen", gestand Kasumi.

Kein Problem, ertönte die Stimme von Seraphim in ihren Gedanken. *Ich regle das schon.* Während er sprach, brach die Decke auseinander und öffnete sich. Der Kopf des Drachenkönigs kam zum Vorschein.

„Naiuschka, Tesfaselassie, verlasst uns. Dieses Gespräch ist nicht für eure Ohren bestimmt", sagte der Drachenkönig, und sofort verließen die zwei den Raum. „Also kommen wir zur Sache, Kasumi."

Immer noch sitzend hörte Kasumi dem Drachenkönig zu. „Ich nehme an, du hast von deiner Wegleiterin vom Mal der ersten Drachen erfahren. Sie hat dir erzählt, wie das Mal eingesetzt wurde, aber die Bedeutung des Mals im Kampf gegen den Schlächter hat sie noch nicht erzählt. Deswegen erzähle ich dir nun, was vor mehr als vierundzwanzigtausend Jahren geschah. Damit du selbst entscheiden kannst, ob du in die Schlacht ziehen willst oder nicht."

Eine kurze Pause entstand, bevor Seraphim die Geschehnisse von vor vierundzwanzigtausend Jahre erzählte: „Es begann alles damit, dass eine Drachin unser aller Gesetz gebrochen hatte. Sie hatte sich mit einem Drachen vermählt. Und du musst wissen, Hochzeiten sind ein Tabu für uns Drachen. Wir binden uns nicht durch heilige Sätze, sondern durch Magie. Jedenfalls hatte diese Drachin das Tabu gebrochen. Dem Drachenkönig zu dieser Zeit blieb keine andere Wahl und er verurteilte die Drachin zum Tode. Was er nicht wusste, war, dass er damit einen Krieg ausgelöst hatte. Denn ihr Geliebter sah bei der Hinrichtung zu. Dadurch entfesselte dieser seine Magie und tötete alle Drachensoldaten, die an der Vollstreckung des Urteils teilgenommen hatten. Doch dies war dem Drachen noch nicht genug. Er wollte Rache für das, was man seiner Geliebten angetan hatte, und er fing wahllos an, Drachen zu töten. Schnell vergaß man seinen Namen und nannte ihn fortan nur noch den Schlächter.

Dem Drachenkönig wurde klar, dass niemand diesen todbringenden Drachen aufhalten konnte, da er der Sohn eines der ersten Drachen war. Also bat der König die ersten Drachen um Hilfe, doch diese versagten die Hilfe. Denn sie waren der Meinung, dass, egal wie man sich bindet, man eine Chance auf das Leben hatte, deswegen waren sie mit dem Urteil des Drachenkönigs nicht einverstanden. Also wandte sich der König an die Elfen. Diese willigten rasch ein und schickten ihre fähigsten Krieger, darunter auch Nymue, deine Vorfahrin. Da Nymue von den ersten Drachen gesegnet war, konnte sie problemlos starke Magie anwenden, wodurch sie zur Widersacherin des Schlächters wurde.

Immer weiter mordete der Schlächter, bis zu dem Tag, an dem er die ersten Drachen erzürnte. Der Schlächter hielt in seiner Mordlust nicht inne und fing an, Jungdrachen zu töten. Frisch geschlüpfte Junge tötete er, wodurch er den Zorn der ersten Drachen heraufbeschwor. Diese waren so erzürnt, dass sie den Drachen zu Hilfe eilten und einen Botschafter auswählten. Der junge Drachenprinz war idealerweise dafür geschaffen. Die ersten Drachen brannten ihr Mal in seine Brust, wodurch er enorm an Stärke gewann. Ohne Probleme konnte er gegen den Schlächter bestehen. Doch in der letzten Schlacht hatte der Prinz keine Magie mehr übrig. Somit konnte er den Schlächter nicht töten. Zum Glück waren die ersten Drachen vorbereitet gewesen. Sie gaben Nymue das heilige Schwert der ersten Drachen. Dieses Schwert saugte die Magie des Schlächters in sich auf. Nymue versiegelte die Magie und übergab sie den Tenshi. Das heilige Schwert reichte sie an die ersten Drachen zurück.

Nun war der Schlächter ohne seine Magie, doch töten konnte ihn niemand. Es war eine Tragödie. Und auf einmal verschwand der Körper des todbringenden Drachen. Niemand wusste, wohin er gebracht wurde, aber alle waren sich einig: Eines Tages wird er zurückkehren.

Und dieser Tag ist nun gekommen", endete Seraphim seine Erzählung.

„Nun liegt es an dir, Kasumi, zu entscheiden, ob du den Kampf aufnehmen willst oder dich entscheidest, uns dem Untergang zu überlassen. Denn nur diejenige mit dem Mal der ersten Drachen kann den Schlächter besiegen."

Stille entstand in dem Raum. Kasumi konnte nicht fassen, was sie gehört hatte. Auf ihr sollte das Schicksal der Drachen ruhen. Sie schüttelte den Kopf, sah dem Drachenkönig in seine goldenen Augen und sagte: „Ich brauche Zeit."

„Ich verstehe." Daraufhin zog sich Seraphim zurück, schloss das Dach wieder und flog davon.

Allein gelassen fing Kasumi an zu weinen. Ungebremst flossen die Tränen über ihre Wangen, benetzten ihr weißes Gewand und tropften auf das Bett. Nicht einmal, als Akiko in das Zimmer kam und sich neben Kasumi legte, versiegten die Tränen. Beruhigend legte Akiko eine Pfote auf Kasumis Beine.

„Was soll ich nur tun?", heulte Kasumi, vergrub ihr Gesicht in ihren Händen und weinte weiter.

Du musst gar nichts tun, wenn du nicht willst, erklärte Akiko.

Aber nach dem, was der Drachenkönig erzählte, bin ich die Einzige, die den Schlächter aufhalten kann.

Es gibt sicher noch andere.

Nein, das glaube ich nicht, schluchzte Kasumi.

Plötzlich senkte sich das Bett unter einem schweren Gewicht und eine goldene Pfote nahm Kasumis Hände von ihrem Gesicht.

Weißt du, auch wir hatten keine Hoffnung mehr, als uns unsere Sippe verstoßen hatte, sagte Joru sanft. *Aber wir haben nicht aufgegeben und uns einen neuen Platz zum Leben gesucht. Die Drachen waren so freundlich und haben uns aufgenommen.*

Genau, und all dies hätten wir nicht erreicht, wenn du nicht gewesen wärst, meldete sich Neha.

Danke, erwiderte Kasumi mit einem Lächeln im Gesicht.

Wieso bedankst du dich?, fragte Akiko.

Weil ich froh bin, euch zu haben.

Das sind wir auch, sagte Neha und stürzte sich auf Kasumi. Ihre Geschwister folgten nach kurzer Zeit, und so wurde Kasumi von den Löwentigern gekuschelt. Ihre Tränen waren verschwunden und sie lachte ausgiebig.

„Ich werde kämpfen", teilte sie ihren Entschluss den Geschwistern mit.

Und wir werden dich unterstützen, entschied Akiko.

Aber …

Kein Aber. Wir sind nicht schwach, auch wir können kämpfen, sagte Neha triumphierend.

Wir sind nicht nur Löwentiger, erklärte Akiko scheu. *Der Grund, warum man uns nicht aufnehmen wollte, war, dass unser Vater ein Shinigami war.*

„Wie ist das möglich?"

Shinigamis können jede erdenkliche Tiergestalt annehmen, jedoch haben sie in jeder Gestalt Flügel. Unsere Mutter traf unseren Vater, als dieser in einer Tigergestalt war, und sie paarten sich. Das Ergebnis waren wir. Mischlinge mit Flügeln, erklärte Joru und öffnete seine goldenen Flügel.

„Das ist ja …"

… fabelhaft, nicht wahr?, fragte Neha glücklich.

„Ja, das ist es", sagte Kasumi und überdachte noch einmal ihre Entscheidung. *Ich werde kämpfen,* dachte sie und stand auf. Sie zog die Decke zurück, schwang ihre Beine über die Bettkante und erhob sich.

„Akiko, könntest du dem Drachenkönig mitteilen, dass ich bereit bin, gegen den Schlächter in den Kampf zu ziehen?"

Natürlich, mache ich sofort, sagte die Löwentigerin und ging aus dem Zimmer. Einige Minuten später meldete sie sich wieder: *Der Drachenkönig hat gesagt, dass du für einen Kampf noch nicht bereit bist. Zuerst musst du lernen, mit deiner Drachengestalt umzugehen. Doch dies hat Zeit bis morgen, du solltest dich lieber noch ein wenig ausruhen.*

Okay, das werde ich machen, erwiderte Kasumi, glücklich darüber, dass sie noch ein wenig Zeit hatte, und legte sich wieder ins Bett. Kurz darauf kehrte Akiko ins Zimmer zurück, legte sich zu Kasumi und gemeinsam schliefen alle vier ein.

Ein neuer Körper

Leises Schnurren drang an Kasumis Ohren und weckte sie aus dem Tiefschlaf auf. Als sie die Augen aufschlug, blendete sie das helle Sonnenlicht, wodurch sie mehrmals blinzeln musste, bevor sie alles klar sah. Vor sich erblickte sie einen Busch roter Haare. Verwirrt rieb sie sich die Augen und schaute nochmals genauer hin. Aus den Haaren schälte sich ein Gesicht und Kasumi erkannte Naiuschka, die Akiko kraulte. Das Schnurren von Akiko wurde immer lauter, bis es sogar ihre Geschwister weckte. Frustriert mauzte Joru auf.

Kannst du nicht einmal still sein?, motzte er wütend.

Nein, das fühlt sich zu gut an, schnurrte Akiko.

Naiuschka fing an zu lachen und schaute Kasumi an. „Na, hast du gut geschlafen?“

„Wie ein Engel.“

„Das ist gut, dann bist du hoffentlich bereit für dein Training.“

„Training?“

„Komm einfach mit“, gab Naiuschka geheimnisvoll zur Antwort, packte Kasumi bei der Hand und zog sie hinter sich her.

„Nai, warte. Ich bin noch nicht angezogen.“

„Das spielt keine Rolle“, erwiderte die Drachin und zog Kasumi unbeirrt weiter.

Ohne etwas machen zu können wurde Kasumi hinter Naiuschka hergeschleift. Mit ihren weißen Haaren und dem weißen Nachthemd fühlte sich Kasumi wie ein Geist. Wäre es nicht schon Tag gewesen, hätte sie sich tatsächlich für einen Geist gehalten. Die drei Löwentiger, die hinter ihnen herstapften, ergänzten das Bild perfekt. Langsam kam sich Kasumi wie eine Irre vor. Dies bestätigte sich, als sie von allen angestarrt wurden, an denen sie vorbeikamen.

Wo führst du uns überhaupt hin?, fragte da Neha.

„Das werdet ihr schon sehen, wir sind gleich da."

Vor ihnen zeichnete sich ein riesiges Tor ab, auf dem Drachen abgebildet waren, die flogen. Auf einen Wink von Naiuschka hin öffnete sich das Tor und gab den Blick frei auf Schwärze.

Äh, wenn ich ehrlich bin, sieht das nicht sehr einladend aus, kommentierte Akiko, die sich hinter Kasumi versteckt hatte.

„Ach was. Rein mit euch!", befahl Naiuschka und stieß Kasumi in die Schwärze. Sofort verschwand sie. Panisch sahen die Löwentiger sich um und wollten davonrennen, doch die Drachin packte einen nach dem anderen und stieß sie in die Dunkelheit. Zum Schluss trat sie selbst in die Finsternis und schloss das Tor hinter sich.

Ganz allein in der Dunkelheit versuchte Kasumi sich zu orientieren, doch es brachte nichts. Sie konnte nichts erkennen. Frustriert setzte sie sich auf den Boden und fing an zu fallen. Sie fiel ins Nichts hinab. Sofort kam ihr die Idee, Flugmagie einzusetzen, und sie formte im Geiste schon eine Kugel, die ihren Fall dämpfen sollte. Aber bevor sie ihre Magie einsetzen konnte, hörte sie eine Stimme in der Dunkelheit: „Warte! Du darfst hier keine Magie einsetzen!"

Verwirrt ließ Kasumi die geistige Kugel los und ließ sich weiter fallen. Die Dunkelheit umgarnte sie, berührte sie und fing sie schlussendlich auf. Gemütlich landete Kasumi auf dem Boden, der sich ungewohnt unter ihren nackten Füßen anfühlte. Nun lichtete sich die Finsternis und Kasumi erkannte, dass sie auf einem Steinboden stand. Immer weiter wich die Dunkelheit zurück und gab den Blick auf die drei Löwentiger, Naiuschka und zwei weitere Drachen frei.

„Gratulation", sagte der eine Drache, und Kasumi erkannte, dass es sich um Narog handelte, der Drache, der für die Flugstunden zuständig war. „Du hast ohne Probleme hier hergefunden. Ich muss schon sagen, eine beachtliche Leistung."

„Wieso sollte das eine beachtliche Leistung sein?", fragte der andere Drache, der sich als Mistral entpuppte.

Narog schaute den silbernen Drachen aus zusammengekniffenen Augen an und drohte: „Wenn du noch ein Wort sagst, dann …"

„Dann was?", fragte Mistral provozierend.

„Jungs, ihr benehmt euch wie zwei Jungdrachen, die auf einen Kampf aus sind. Wenn ihr es noch nicht bemerkt habt, wir haben hier Gäste", ging Naiuschka dazwischen und beruhigte die zwei großen Drachen.

Du hast recht, kleine Prinzessin, erwiderte Narog telepathisch.

„Also dann beginnen wir mal mit dem Training", erklärte Mistral, an Kasumi gewandt. „Wie du erkennen kannst, siehst du hier keinen Horizont, sondern nur nackten Steinboden. Warum das so ist, fragst du dich jetzt bestimmt. Ich erkläre es dir. Hier können Drachen trainieren, die noch nie geflogen sind oder Feuer gespuckt haben. Wir befinden uns nämlich tief unter der Erde in einem magischen Raum und somit können Jungdrachen keine Schäden anrichten."

Kasumi nickte verdutzt und schaute sich um. Tatsächlich konnte sie keinen Horizont erblicken, und als sie in den Himmel sah, erblickte sie keine Felsendecke, wie sie angenommen hatte, sondern grenzenloses Blau, das sich immer weiter hinaufstreckte.

„Als Erstes musst du deine Drachengestalt annehmen. Da du aber noch nicht weißt, wie das geht, werde ich in deinen Geist eindringen und es dir von dort aus zeigen. Wenn du so freundlich wärst und deinen Geist für mich öffnest, dann könnten wir beginnen", erklärte Mistral.

Kasumi nickte eifrig, schloss kurz die Augen und öffnete ihren Geist für Mistral. Auf der Stelle verlor sie die Kontrolle über ihren Körper, als der Drache in ihren Geist drang.

Was passiert hier?, fragte Kasumi aufgebracht.

Beruhige dich, erwiderte Mistral. *Ich habe deinen Körper übernommen, damit du meinen Geist nicht abstößt. Warte kurz, ich gebe ihn wieder frei.*

Langsam kehrte das Gefühl von ihrem Körper zurück und sie konnte ihre Gliedmaßen wieder bewegen, doch die fremde Präsenz blieb in ihrem Geist. Wie es Mistral erwartet hatte, wollte ihr Körper den Drachen abstoßen, aber da der silberne Drache schon zu tief in ihrem Geist war, funktionierte es nicht mehr.

So, und jetzt führe mich zu deiner Magiekugel, befahl Mistral.

Sofort gehorchte Kasumi und glitt in ihren Geist. Kurz darauf erschien die weiße Magiekugel vor ihrem geistigen Auge.

So ist es gut. Strecke deine Hände aus und umfasse die Kugel.

Kasumi tat, wie ihr gesagt wurde. Die weiße Kugel tanzte in ihren Händen und fühlte sich auf eine merkwürdige Art warm an. Es schien fast so, als würde die Kugel pulsieren. Kasumi fühlte, wie lebendig die Kugel war, und strich zärtlich über ihre Oberfläche.

Gut. Nun verbinde dich mit der Magie, lass dich von ihr durchströmen.

Kasumi schloss die Augen, ließ die Magie aus der Kugel strömen und genoss das Gefühl der Magie auf ihrer Haut. Sie probierte, die Magie in ihren geistigen Körper zu ziehen, um eine Verbindung herzustellen, aber die Magie wollte nicht so wie sie. Die Magie floss weiter um sie herum, streckte weiße Magiefäden, die sofort wieder zurückwichen, nach Kasumi aus. In weißes Licht getaucht, wandte sie sich hilfesuchend an Mistral.

Hm, normalerweise reagiert die Magie auf die Anwesenheit des Anwenders. Aber es scheint nicht zu funktionieren. Versuche die Magie auf dein Mal zu konzentrieren, gab Mistral ihr den Rat.

Also konzentrierte Kasumi die ganze Magie auf ihr Mal. Sofort floss die Magie in ihren Körper, durchströmte sie und stärkte sie.

Nun versuchst du mit der Magie deine Form zu wechseln. Du zwingst sie dazu, deine Gliedmaßen so zu verändern, dass du die Gestalt eines Drachen annimmst, erklärte Mistral.

Wie geheißen, tat Kasumi dies. Sie versuchte die Magie in ihrem Blutkreislauf dazu zu bringen, ihre Form zu verändern. Zuerst ließ sie die Magie langsam im ganzen Körper verteilen, danach zeigte sie der Magie ihre gewünschte Form und veränderte sie danach. Das weiße Licht wurde zuerst golden, dann blau, rot und schlussendlich grün, aber es hatte sich nichts verändert. Ihr Körper war immer noch menschlich.

Da ertönte plötzlich ein glockenklares Gelächter. Verwirrt schaute sich Kasumi um und erkannte Aruba. In der Gewissheit, dass Mistral die schwarzhaarige Frau sehen konnte, fragte Kasumi: *Wieso lachst du?*

Ich habe nicht gelacht, antwortete Mistral.

Er kann mich nicht sehen, erklärte Aruba, als sie Kasumis verwirrten Gesichtsausdruck sah. *Aber damit wir ungestört reden können, friere ich ihn kurz ein.*

Auf eine Handbewegung von Aruba hin erstarrte Mistral. Fassungslos konnte Kasumi nur zuschauen. Die purpurroten Augen des Drachen waren weit geöffnet, aber sonst regte sich nichts. Er atmete nicht, blinzelte nicht und bewegte sich nicht.

Nun komm, ich werde dir zeigen, wie du deine Drachengestalt annimmst, erklärte Aruba und zog Kasumi tiefer in ihren Geist, bis sie vor ihrer Existenz stand. *Es ist ganz leicht. Da du zwei Seelen besitzt, ist die eine immer in deiner Existenz eingesperrt. Wenn du sie aber freilässt, nimmst du automatisch ihre Gestalt an. Probiere es aus.*

Kasumi trat auf die goldene Kugel zu und legte ihre Hände darum. Sofort umgab sie mollige Wärme. Langsam ließ sie die Magie, und somit auch die Seele, in der Kugel frei. Die Magie umhüllte Kasumi und drang durch ihr Mal in ihren Körper. Mit der Magie kam auch die fremde Seele. Doch noch immer verwandelte sich ihr Körper nicht. Egal, was sie versuchte, sie nahm nicht die Gestalt eines Drachen an.

Ich vergaß zu erwähnen, dass du die Seele genauer kennen musst, um ihre Gestalt anzunehmen, erklärte Aruba entschuldigend. *Also werde ich die Verwandlung auslösen. Deine Aufgabe für nächstes Mal wird es sein, die zweite Seele besser kennenzulernen. Aber nun halte still.*

Aruba legte ihre Hände auf das Mal auf Kasumis Rücken und sagte ein Wort in einer fremden Sprache. Magie floss durch Kasumi und breitete sich rasch aus. Sie floss durch ihre Adern, erwärmte sich, bis sie so heiß war, dass Kasumi das Gefühl hatte zu verbrennen. Kasumi spürte, wie sich ihre Nägel verlängerten und sich in goldene Krallen verwandelten. Ihre Haut wurde durscheinend und bekam Risse. Aus diesen Rissen sprossen weiße Schuppen und umgaben ihren Körper wie einen schützenden Panzer. Auch ihre Zähne veränderten sich, wurden länger und spitzer, sodass sie in ihre Lippen stachen. Kasumi fing an zu knurren, was die Magie in ihr verstärkte, und sie verwandelte sich weiter. Dieses Mal wurden ihre Gliedmaßen länger und ihre Arme wurden zu Beinen. Aus Kasumis Schulterblättern wuchsen weiße Flügel, und um das Gleichgewicht beim Fliegen zu bewahren, wuchs ihr ein Schwanz, der mit spitzen Stacheln gespickt war. Die Stacheln gingen weiter über ihre Wirbelsäule und endeten hinter ihrem Kopf, der langgezogen wurde und sich in einen Drachenkopf verwandelte. Ihre Pupillen wurden zu Schlitzen, wodurch sich ihre Sicht verschärfte und sie alles in einem anderen Licht sah. Sie stieß ein markerschütterndes Gebrüll aus, das sie aus ihrem Geist in den fremden Drachenkörper katapultierte.

Es fühlte sich alles merkwürdig an. Immer wieder musste sie blinzeln, damit sie den Fokus nicht verlor. Ihr Schwanz fegte ziellos über den Boden, brachte sie aus dem Gleichgewicht und stützte sie, bevor sie umfallen konnte.

Du hast es geschafft!, hörte sie Akikos freudige Stimme.

„Das sieht gar nicht mal so schlecht aus", sagte Narog mit seiner tiefen Stimme. „Zwar ein kleiner Drache, schätze so um die sechzig Jahre, dafür wird es viel einfacher sein zu fliegen. Ein kleiner Körper ist wendiger als ein großer."

„Auch ein Stachelkamm besitzt sie. Ist das nicht selten?", fragte Mistral, an Narog gewandt.

„Ich kenne mich nicht mit unserer Evolution aus. Aber es stimmt. Ein Drache mit einem Stachelkamm hat es seit Jahrtausenden nicht mehr gegeben."

„Dafür hat sie aber einen großen Nachteil. Sie …"

Weiter konnte Kasumi nicht mehr zuhören, da ihr Körper unkontrolliert anfing zu zucken. Sie hatte nur versucht, einen Schritt zu machen, doch anstelle eines Schrittes zuckte nun ihr ganzer Körper. Nur mit Mühe bekam sie ihren Körper wieder unter Kontrolle und konnte einen Schritt wagen. Ihre Beine fühlten sich wie Wackelpudding an, und hätte sie nicht vier Beine gehabt, wäre sie auf die Schnauze gefallen. Trotzdem knickte sie kurz ein, konnte sich aber wieder fangen. Nicht nur ihre Beine machten ihr zu schaffen, sondern auch ihr Hals. Jedes Mal, wenn sie den Kopf wendete, schoss sie übers Ziel hinaus. Sie hatte so viel Schwung, dass sie nicht mehr bremsen konnte. Hin und her pendelte ihr Kopf und wurde erst gestoppt, als Mistral seine Klaue ausstreckte und ihren Kopf packte.

„Genau das ist dein Nachteil. Du hast deinen Körper noch nicht unter Kontrolle“, erklärte Mistral.

Als ob ich dies nicht wüsste!, schnaubte Kasumi wütend, dabei entwichen ihren Nüstern Rauchkringel.

Mistral seufzte theatralisch auf. Er schüttelte seinen großen Kopf und stupfte mit seiner Klaue Kasumi an die Brust. Sofort verlor sie ihr Gleichgewicht und fiel auf die Hinterbeine.

Das hat wehgetan!, schrie sie frustriert auf. Allmählich hatte sie diesen Körper satt. Sie konnte sich nicht einmal richtig bewegen, dazu kamen noch all die verschiedenen Sinne, die es ihr nicht gerade erleichterten. Ihre empfindlichen Nüstern nahmen jeden Geruch wahr und ihre Ohren hörten jedes erdenkliche Geräusch. Aber ihre Augen waren am schlimmsten. Alles, was in der Ferne war, konnte sie ohne Probleme erkennen, doch um in die Nähe zu schauen, musste sie ihren Fokus verstellen, was wiederum ihre ganze Konzentration in Anspruch nahm. Dadurch verlor sie die Beherrschung über ihren Körper und somit auch das Gleichgewicht. Sobald sie sich wieder auf ihren Körper konzentrierte, kamen die Gerüche und Geräusche. Es war ein verfluchter Teufelskreis.

Ach Mann, ich gebe auf, sagte sie und wollte sich wieder in ihren Geist zurückziehen, um ihre menschliche Gestalt anzunehmen.

„Und ich dachte, du wolltest kämpfen. Aber wenn dem nicht so ist, dann …“ Absichtlich beendete Mistral seinen Satz nicht.

Wütend brüllte Kasumi auf. Ja, sie wollte kämpfen, aber zu welchem Preis? Sie wusste es selbst nicht. Dieser neue Körper machte sie fertig. Tränen rannen über ihre Wangen.

Nicht weinen, Kasumi. Du schaffst das schon, versuchte Joru sie aufzuheitern.

Wie kann ich das schaffen? Ich stecke in einem fremden Körper, der mir nicht gehorchen will, und meine Sinne vernebeln meinen Verstand. Wie soll ich das schaffen?, fragte Kasumi unter Schluchzern.

„Als ich das erste Mal meine menschliche Gestalt annahm, erging es mir ebenso wie dir. Damals halfen mir die Elfen, damit ich mich an den neuen Körper gewöhnte. Ich verbrachte meine Zeit nur noch als Mensch. Erst als ich mich gut genug bewegen konnte, durfte ich mich wieder zurückverwandeln. Ich werde dir alles Mögliche beibringen, damit du dich in dieser Gestalt wohlfühlst", erklärte Mistral.

Und was macht dann Narog hier?, fragte Kasumi misstrauisch.

„Sobald du deinen Körper unter Kontrolle hast, fangen wir mit den Flugstunden an. Aber bis dahin dauert es noch eine Weile. Ich komme wieder, sobald du bereit bist", erwiderte Narog und verschwand in einer schwarzen Blase.

„So, dann wollen wir mal beginnen", sagte Mistral hocherfreut. „Zuerst musst du deine Sinne ordnen. Versuche die ganze Umgebung mit deinen Augen zu erfassen."

Kasumi tat, wie Mistral sie geheißen hatte, und sah sich die Umgebung an. Helles Licht blendete ihre Augen. Ihre Pupillen zogen sich zu Schlitzen zusammen, um der Helligkeit standzuhalten. Langsam erkannte sie in der Ferne hohe Berge, auf denen gemütlich Tiere grasten. Das Grün des Rasens stach Kasumi sofort ins Auge, und ohne dass sie etwas machte, öffneten sich ihre Flügel. Langsam bewegte sie die Flügel und erzeugte einen Wind, der fast die Löwentiger von den Beinen riss.

Kasumi, nicht!, schrie Akiko.

Sofort hörte Kasumi mit der Bewegung auf, presste ihre Flügel an den Körper und sah Akiko an. Das bronzene Fell glänzte in der Sonne und ihre blauen Augen blickten ängstlich zu Kasumi hoch. Vorsichtig stupste Kasumi Akiko mit ihrer Schnauze an und leckte ihr über das Fell.

Tut mir leid, ich habe meinen Körper noch nicht unter Kontrolle, entschuldigte sich Kasumi.

„Das Meiste machst du aus einem Reflex heraus", erklärte Mistral. „Aber dass du deine Flügel schon bewegen konntest, ist ein großer Fortschritt."

Ich wollte nur zu den Tieren auf den Bergen fliegen, erwiderte Kasumi.

Daraufhin fing Mistral an zu lachen. Sein Lachen klang in Kasumis Ohren merkwürdig. Es fühlte sich an, als ob jemand sie mit einer Bürste abschrubbte und ihr daraufhin zärtlich den Rücken tätschelte.

Das ist Schwachsinn, dachte sie. *Ein Lachen kann man doch nicht fühlen.*

„Doch, Drachen nehmen Klänge anders wahr als Menschen. Aber nun konzentriere dich wieder auf deine Aufgabe."

Aber ich konnte doch schon die Umgebung sehen, wieso muss ich es wiederholen?

„Weil du dich auf etwas konzentriert hast und nicht alles gesehen hast. In einem Kampf ist es wichtig, dass du alles sofort wahrnimmst, egal wie klein es ist. Versuch es noch einmal."

Also versuchte Kasumi es noch einmal. Sie sah sich die Umgebung an, konzentrierte sich aber auf nichts, blickte nur umher und saugte alles in sich auf. Sie sah die Berge mit den grünen Wiesen und den Tieren darauf. Nahm Akiko und ihre Geschwister wahr. Merkte sich, wie Mistrals silberne Schuppen in dem Licht glänzten. Dann schloss sie die Augen und erzählte Mistral, was sie gesehen hatte.

„Sehr gut. Wie es aussieht, machen dir deine Augen keine Probleme mehr. Nun versuche die Gerüche und Geräusche der Umgebung wahrzunehmen."

Kasumi seufzte frustriert auf. Sie hatte den Überblick über die Zeit schon längst verloren, tat aber trotzdem, was Mistral ihr gesagt hatte. Sie versuchte zuerst, alle Gerüche in der Umgebung aufzusaugen. Ein moschusartiger Duft stieg ihr in die Nase. Angelockt von diesem Duft versuchte sie aufzustehen, aber ihre Beine wollten nicht so wie sie. Sie musste sitzen bleiben und den Geruch der Umgebung zuordnen. Sie schnupperte erneut in der Luft, um den Duft zu lokalisieren. Der Duft stieg vom Boden auf, also senkte sie den Kopf und erblickte die Löwentiger. Sie schüttelte sich, um den Moschusduft loszuwerden, und konzentrierte sich dieses Mal auf ihr Gehör. Eine leise Stimme, die ihren Namen flüsterte, drang an ihr Ohr. Der Klang war sehr leise und Kasumi konnte ihn fast nicht zuordnen. Da hörte sie plötzlich ihren Namen lauter. Sie drehte sich um und erblickte Naiuschka.

Seit wann bist du hier?, fragte Kasumi überrascht.

„Ich bin mit dir hierhergekommen und du hast mich anfangs auch angesehen", erwiderte die rote Drachin mit einem Lächeln.

Ich denke, ich habe einfach den Überblick verloren, entschuldigte sich Kasumi und starrte Naiuschka weiter an. Da fiel ihr zum ersten Mal auf, dass die goldenen Augen der Drachin einen leichten grünen Schimmer besaßen. Sie sah auch orange Schuppen an Stellen, die sie in ihrer menschlichen Gestalt als Rot in Erinnerung hatte.

„So wie es aussieht, kannst du nun alles mit deinen Sinnen wahrnehmen, und denk daran, in einem Kampf musst du alle Sinne benutzen. Aber nun lass uns eine Pause machen, die hast du dir verdient."

Kasumi nickte glücklich und wollte sich in ihren Geist zurückziehen, um ihre menschliche Gestalt anzunehmen, aber Mistral hielt sie auf.

„Warte hier, ich werde uns etwas zu essen holen."

Heißt das, ich muss ein Drache bleiben?, fragte Kasumi.

„Ja." Mit diesem Wort erschien eine schwarze Kugel um Mistral, die gegen Himmel schwebte. Nach einiger Zeit konnte Kasumi die Kugel nicht mehr ausmachen. Frustriert seufzte sie auf und ließ sich auf den Boden sinken. Ihre Beine streckte sie vor sich aus und legte ihren Kopf dazwischen. Naiuschka gesellte sich auch zu ihr.

„Du machst das ziemlich gut", lobte sie Kasumi.

Danke, aber das hilft mir nicht weiter.

„Ach was. Weißt du, als ich das erste Mal meine Gestalt wechselte, konnte ich eine Woche lang nichts machen. Die menschlichen Augen waren so schwach, dass ich nichts erblickte, und was die anderen Sinne angeht, die waren die Hölle. Erst nachdem mich mein Vater ermuntert hatte, alles zu geben, sträubte ich mich nicht mehr gegen den fremden Körper und nahm ihn einfach so, wie er ist."

In diesem Moment segelte eine schwarze Kugel vom Himmel, aus der Mistral kam. In seinem Maul hatte er einen Tierkadaver, der frisch war. Blutgeruch drang an Kasumis empfindliche Nase, der ihr das Wasser im Mund zusammenfließen ließ. Vorsichtig legte Mistral den leblosen Körper vor Kasumi ab.

„Na los, iss. Es wird dir schmecken."

Angewidert verzog Kasumi den Mund, doch gegen den köstlichen Geruch konnte sie nichts machen. Zögerlich biss sie in das noch warme Fleisch des Bauches, zerrte ein Stück der Innereien heraus und schlang es in einem Bissen hinunter. Der Nachgeschmack des Fleisches blieb auf ihrer Zunge zurück und machte sie hungrig auf noch mehr. Sie vergrub ihre weiße Schnauze in dem Fleisch, zog mehrere Stücke heraus und verschlang sie. Mit der Zunge strich sie über ihre Schnauze, um auch die Fleischstücke zu bekommen, die an ihrer Schnauze klebten. Nachdem sie sich satt gegessen hatte, ließ sie sich müde auf die Seite fallen und streckte alle Beine von sich. Ihr Schwanz schlängelte sich um eines ihrer Hinterbeine. Gemütlich ließ sie die Sonne auf ihre Schuppen scheinen, genoss die Wärme und döste nach einigen Minuten ein.

He, Kasumi, nicht schlafen, hörte sie Akikos Stimme in ihrem Geist.

Aber es ist so gemütlich.

Müde streckte sich Kasumi und stieß Akiko, die an ihrer Klaue gezogen hatte, mit einem sanften Schubs beiseite.

„Aufstehen!", brüllte Mistral direkt in ihr Ohr.

Vor Schreck stand Kasumi sofort auf und blickte sich um. Als sie Mistral erblickte, brüllte sie wütend auf und ging mit gesenktem Kopf auf ihn zu.

Du, du wagst es, mich aufzuwecken!, schrie Kasumi auf. Aus ihrem Maul züngelten weiße Flammen, die sich über ihren ganzen Körper erstreckten und alles in Brand setzten, was sich ihr näherte.

„Kasumi, jetzt beruhige dich, sonst wirst du …" Weiter konnte Mistral nicht mehr reden, da Kasumi ihn schroff unterbrach.

Ich beruhige mich nicht. Nicht, bis ich eine Erklärung bekommen habe, wieso du mich so geweckt hast, sagte Kasumi trotzig.

„Also gut", gab Mistral nach, kratzte sich am Kopf und fuhr dann fort. „Wenn ein Drache gegessen hat und sich daraufhin zurückzieht, um zu schlafen, kann man ihn fast nicht mehr aufwecken. Es sei denn, man weckt ihn telepathisch oder man schreit ihn an."

Die weißen Flammen um Kasumi herum erstarben. Fassungslos starrte sie den silbernen Drachen vor sich an und fragte sich: *In was, um Himmels willen, bin ich da hineingeraten?*

„Nun, da du wach bist, können wir mit dem Training weitermachen", erklärte Mistral.

Halt, halt, halt! Ich hatte gerade mal ein paar Minuten Pause und jetzt soll ich schon wieder trainieren? Vergiss es, erwiderte Kasumi wütend.

„Genau genommen hattest du mehr als eine Stunde Pause", mischte sich Naiuschka ein.

Empört knurrte Kasumi die rote Drachin an. In geduckter Haltung ging Kasumi auf Nai zu, blickte ihr in die goldenen Augen und sagte: *Es ist mir ega,l wie lange ich Pause hatte!*

Weiße Flammen umzüngelten Kasumi und fochten ihre Wut noch weiter an. Ihre amethystfarbenen Augen blitzten wütend auf.

Kasumi, bitte beruhige dich, bat Akiko, die sich ängstlich von Kasumi entfernt hatte.

Kasumi blickte zu der Löwentigerin, in deren Augen sich die Angst spiegelte. *Nein,* sagte Kasumi, *nein, bitte nicht. Hab keine Angst vor mir.* Ihre weißen Flammen verschwanden, als sie vorsichtig auf Akiko zulief.

Glaub mir, Akiko, das wollte ich alles nicht. Es ist nur … Es ist kompliziert. Ich verstehe selbst nicht, was vor sich geht. Meine Gefühle überschlagen sich und brodeln in mir.

„Das ist ganz normal", teilte Mistral ihr mit. „Deine Gefühle als Drache wirken sich auf deinen Körper aus und manifestieren sich in weißen Flammen."

Langsam kam Akiko auf Kasumi zu. Ihre blauen Augen nahmen jede Reaktion von Kasumi wahr und ihr Körper war angespannt. Vorsichtig roch Akiko an Kasumi.

Es ist mir bis jetzt gar nicht aufgefallen, aber du riechst genau gleich wie als Mensch, sagte Akiko und fing an zu schnurren.

Es tut mir so leid, Akiko. Ich wollte das alles nicht.

Du musst dich nicht entschuldigen, immerhin trage ich die gleiche Schuld wie du.

In Kasumi breitete sich eine Fröhlichkeit aus. Sie erstreckte sich durch ihren ganzen Körper und machte sie glücklich.

„Ich denke, es wäre besser, wenn wir morgen weitermachen", erklärte Mistral.

Heißt das, ich kann wieder meine menschliche Gestalt annehmen?, fragte Kasumi hoffnungsvoll.

„Nein. Du wirst diese Nacht als Drache verbringen. Die Löwentiger werden dir Gesellschaft leisten“, erwiderte Mistral und drehte sich um. Sein Schwanz schlang sich um Naiuschkas Bein und zog sie mit sich.

„Man sieht sich morgen. Schlaf gut“, sagte Naiuschka, bevor sie mit Mistral in einer schwarzen Kugel verschwand.

Na toll, ich bin gar nicht müde, murmelte Kasumi.

Ich auch nicht, sagten die Löwentiger im Chor.

Ein Prusten bahnte sich durch Kasumis Kehle, das in einem Lachanfall endete. Vor lauter Lachen wälzte sich Kasumi auf dem Boden hin und her, alle vier Beine hatte sie von sich gestreckt.

Das scheint eine Menge Spaß zu machen, sagte Neha und tat es Kasumi gleich.

Nehas Geschwister sahen den zweien skeptisch zu. Sie wichen einige Schritte zurück, um Kasumis umherirrendem Schwanz auszuweichen.

Irgendwie hat Neha recht, gab Akiko zu.

Nicht auch noch du, nörgelte Joru, konnte es aber nicht sein lassen und stürzte sich mit seiner Schwester zu Boden, auf dem sie anfingen, sich zu wälzen.

Einige Zeit ging es so weiter, bis sich Kasumi von ihrem Lachanfall beruhigt hatte. Sie drehte sich auf den Bauch und lag müde auf dem Boden. Ihre weißen Schuppen waren von dem Boden braun geworden, aber ihre Augen funkelten umso fröhlicher.

Ich glaube, es wird Zeit zum Schlafen, es war ein langer, anstrengender, ermüdender Tag, kommentierte sie und gähnte.

Die Löwentiger kuschelten sich unter Kasumis Flügeln zusammen, und schon nach kurzer Zeit konnte Kasumi das Schnurren der drei hören. Beruhigt legte sie ihren Kopf auf den Boden und schloss die Augen, aber der Schlaf wollte nicht kommen. In ihren Gedanken herrschte ein Durcheinander von Informationen. Immer wieder blitzten Arubas Worte in ihrem Geist auf. Ihr Vater hatte sich wegen ihr geopfert. Das konnte sie nicht hinnehmen. Sie stand auf, achtete aber darauf, dass sie die drei Löwentiger nicht weckte, und fing an zu laufen.

Es war ungewohnt auf vier Beinen zu laufen anstelle von zweien. Aber nach einiger Zeit hatte sie sich an den Rhythmus gewöhnt. Sie hob ihr rechtes Vorderbein, dann ihr linkes Hinterbein. Gleichzeitig stellte sie ihr Vorderbein wieder ab und hob ihr anderes Vorderbein. Ihr linkes Hinterbein senkte sie wieder, hob aber zeitgleich ihr anderes Hinterbein. Ihre Muskeln brannten nach wenigen Schritten und sie beschloss eine Pause einzulegen. Als sie zu den Löwentigern zurückblickte, bemerkte sie, dass sie eine Strecke von gerade mal zwei Pferdelängen zurückgelegt hatte. Frustriert seufzte sie auf. Sie wollte nichts sehnlicher, als sich hinzulegen und schlafen, aber sie wusste, wenn sie dies tat, würde sie sich schreckliche Vorwürfe wegen des Todes ihres Vaters machen. Also nahm sie ihre ganze Kraft zusammen und setzte sich wieder in Bewegung. Jeder Schritt schmerzte höllisch, die Muskeln schrien förmlich nach einer Pause, doch sie gab nicht auf. Sie lief immer weiter, den Schmerz akzeptierend und die Gedanken frei von Schuldgefühlen. Immer weiter, bis sich der Himmel dunkel verfärbte und die Nacht Einzug hielt. Sie lief so lange, bis ihre Klauen wund waren und sie vor einem riesigen steilen Felshang stand. Müde und am Ende ihrer Kräfte blickte sie hoch. Mehrere Meter über ihr endete der Felshang und eine grüne Wiese begann.

Kasumi war erstaunt. Bisher hatte sie in der Nacht keine Farben erkennen können und nun erblickte sie das saftige Grün der Wiese. Sie wollte es nicht nur sehen, sondern auch spüren. Unter ihren blutigen Klauen wollte sie das sanfte Gras spüren. Ihr Wunsch war so stark, dass sich ihre Flügel ausbreiteten und anfingen zu schlagen. Sie erzeugten einen gewaltigen Wind, der Kasumi hoch in die Lüfte trug und zu der saftigen Wiese. Nur noch wenige Zentimeter trennten sie von dem Grün. Sie konnte schon mit ihrer Klaue nach der Felskante greifen, als plötzlich der Wind erstarb und sie fiel. Panisch griff sie mit ihren Klauen in die Felswand. Ihre goldenen Krallen glitten in das Gestein und fixierten sie an der Wand. Hängend blickte sie um sich und versuchte den Berghang hinaufzuklettern. Sie löste ihre Hinterklauen von dem Gestein und stieß sich ab. Ihre Vorderklauen glitten über die Felskante und hackten sich in der Erde der Wiese fest. Die Erde war zu locker und Kasumi war drauf und dran, den Halt zu verlieren. Ihre Hinterbeine suchten Halt auf der Felswand, doch sie rutschten immer wieder weg. Sie brauchte etliche Versuche, bis sie einen festen Stand hatte. Sie versuchte noch einmal, sich mit den Hinterbeinen abzustoßen, aber ihr fehlte die Kraft. Sie konnte nur noch versuchen, auf die Wiese zu klettern oder … Sie wollte nicht daran denken. Wenn sie keine Kraft mehr hatte und es nicht bis zur Wiese schaffte, blieb ihr nur noch ein Weg. Alles wieder zurück.

Müde seufzte sie auf, nahm alle Kraft zusammen und fing an zu klettern. Sie zog sich mit den Vorderklauen die Wiese hinauf und nutzte die Hinterklauen, um sich abzustützen. Nur noch wenige Meter und sie hätte es geschafft, doch ihre Kraft verließ sie.

Da spürte sie plötzlich einen warmen Wind, der über ihre ausgekühlten Schuppen glitt und sie erwärmte. Langsam kehrte wieder Leben in ihre schmerzenden Muskeln zurück. Wärme erfüllte und stärkte sie. Mit Schwung stieß sie sich von der Felswand ab und landete mit dem Bauch voran auf der grünen Wiese.

Den saftigen Geruch des Grases nahm Kasumi auf und labte sich daran. Genüsslich wälzte sie sich in dem Gras, rieb ihren Kopf immer wieder darüber, krallte sich in dem Grün fest und schlug tiefe Furchen in die Erde. Der Geruch nach Erde und Gras sog sie wieder und wieder in ihre Nüstern, bis ihr schwindelig war. Nach einer kurzen Pause, in der sie auf der Wiese lag, stand sie auf und zog ihre Klauen durch die Erde. Die feinen Gräser kitzelten dabei ihre wunden Klauen, doch dies störte sie nicht. Sie genoss das Gefühl und ließ sich auf den Rasen plumpsen. Gemütlich legte sie sich hin, schaute in den Himmel und genoss die Morgensonne auf ihren weißen Schuppen. Müde schloss sie die Augen, riss sie aber sofort wieder auf.

„Was? Es ist schon Morgen?“, brüllte sie laut auf. Erst nach ein paar Sekunden wurde ihr klar, dass dies ihre ersten Worte in Gestalt eines Drachen waren.

„Hallo“, sagte sie und lauschte dem Klang ihrer Laute. Ihre Stimme war um einige Oktaven tiefer, dafür klangvoller. Voller Freude jauchzte sie auf, sprang in die Luft und schlug mit den Flügeln. Sie war so mit ihrer Freude beschäftigt, dass sie nicht merkte, wie ihr Namen gerufen wurde.

„Kasumi!“, bemerkte sie plötzlich den Ruf von Mistral. Suchend blickte sie in den Himmel und sah die silbernen Schuppen des Drachen. Neben ihm flogen drei kleine Schemen und Naiuschka.

Als Kasumi auf sich aufmerksam machte, landeten die fünf Wesen. Nun konnte Kasumi sehen, wer die drei Schemen waren. Akiko kam direkt auf sie zugeflogen. Ihre bronzenen Flügel glänzten in der Sonne. Joru mit seinen glänzenden goldenen Flügeln stellte seine Schwestern jedoch in den Schatten.

Wir haben uns Sorgen gemacht. Als wir wach wurden und merkten, dass du weg warst, brach ich in Panik aus. Sofort weckte ich meine Geschwister, aber auch sie wussten nicht, wo du steckst, sagte Akiko mit trauriger Stimme.

„Tut mir leid, ich werde dir nie wieder solche Angst machen“, versprach Kasumi.

„Du kannst reden?“, fragte Naiuschka überrascht.

„Ja.“ Verlegen schlug Kasumi ihre Schwanzspitze hin und her.

„Das ist ja …“

„… nicht so wichtig“, beendete Mistral Naiuschkas Satz. „Viel wichtiger ist die Frage, wie du hierhergekommen bist. Hundertzweiundfünfzig Kilometer von deinem Ausgangspunkt?“

Überrascht trat Kasumi ein paar Schritte zurück, dabei wurde ihr schmerzlich bewusst, wie verletzt ihre Klauen waren. Sie setzte sich ins Gras und erklärte, wie sie die Grasfläche gefunden hatte.

„Verstehe“, sagte Mistral nur. „Naiuschka, behandle ihre Wunden, ich bin in einer Stunde wieder zurück.“

Eine schwarze Kugel umhüllte den silbernen Drachen und flog ihn weg. Während Kasumi der Kugel nachsah, verwandelte sich Naiuschka und fing mit der Behandlung der verletzten Klauen an. Schmerzerfüllt brüllte Kasumi auf, als Naiuschka ihre Hände auf eine der Klauen legte. Naiuschka ignorierte Kasumis Schmerzensschrei und fuhr fort mit der Behandlung. Goldenes Licht umstrahlte die weiße Drachin und nahm ihre Schmerzen. Erleichtert sackte sie auf den Boden und genoss die Berührungen von Naiuschka.

Nach einer Stunde waren alle Klauen verheilt und die geschundenen Muskeln entspannt. Kurz darauf blitzten zwei schwarze Kugeln am Himmel auf, die vor ihnen landeten.

Die Magie des Fliegens

„So, dann beginnen wir mal mit deinem Flugtraining“, teilte Narog unvermittelt mit, als er aus der schwarzen Kugel stieg.

Er schlug einmal mit dem Schwanz auf die grüne Wiese. Wellenartig erhob sich die Wiese und wuchs in die Höhe. Unter Kasumis Klauen türmte sich die Wiese zu einem Felsplateau auf, das rasant in die Höhe schoss. Als das Wachstum des Felsens innehielt, schaute Kasumi über den Rand. Auf der Stelle wich sie vor Schreck zurück. Es ging mehrere hundert Meter hinunter. Neben dem Felsen schossen weiter Plateaus in den Himmel und verschmolzen mit dem, auf dem Kasumi stand.

Mistral und Narog flogen den Berg hinauf. Naiuschka und die Löwentiger wurden von einem weiteren Felsen in die Höhe katapultiert.

„Ich werde niemals da hinunterspringen“, teilte Kasumi Narog mit, als dieser gelandet war.

„Das war auch nicht meine Absicht“, erwiderte der rostbraune Drache mit einem Lächeln. „Zuerst musst du die Grundlage des Fliegens verstehen, bevor du dich in die Lüfte schwingen kannst.“

In Kasumis Geist blitzten die Erinnerungen der Drachin auf. Ihr Geist wanderte zu diesem Tag zurück und befand sich wieder in der Erinnerung, als die Drachin von ihrem eigenen Vater in den Abgrund geschleudert wurde. Die Worte, die die Drachin damals vor dem Absturz retteten, glitten Kasumi über die Lippen.

„Finde dein inneres Gleichgewicht, öffne dann vorsichtig deine Flügel und lass dich vom Aufwind treiben. Sobald du sicherer bist, kannst du versuchen, mit den Flügeln zu schlagen, und schon kannst du fliegen.“

„Ja, so in der Art“, sagte Narog. „Aber dieses Mantra wird schon lange nicht mehr benutzt. Heutzutage verlassen wir uns nicht mehr auf das Glück, sondern bringen den Jungen jeden Schritt bei.“ Eine kurze Pause entstand, in der Narog Kasumi genau musterte.

„Öffne deine Flügel!“, befahl er und sofort gehorchte Kasumi. Sie öffnete langsam die empfindsamen Flügel, streckte sie von sich in die Breite und genoss den Wind, der sacht die Flügel streichelte.

Narog lief um sie herum und begutachtete ihre Flügel. Mit den Klauen strich er über die Flügelmembran, kontrollierte die Muskeln und vergewisserte sich, dass die Knochen stark genug waren. Dann schüttelte er den Kopf.

„Deine Flügel sind für das Alter deines Drachen zu stark. Es ist ein Wunder, dass dich das Gewicht nicht erdrückt“, sagte Narog und stellte sich vor Kasumi. Er sah kurz zu Naiuschka, nickte ihr zu, bevor er seine eigenen Flügel öffnete. Die rote Drachin ging zu Kasumi, stand neben sie hin und öffnete auch ihre Flügel.

„Erkennst du den Unterschied?“, fragte Narog.

Kasumi erblickte alle Flügel, sah die zerschundenen Flügel von Narog, nahm jede Narbe in der Flügelmembran wahr und bewunderte die starken Muskeln, die sich um die Flügelknochen schlangen und übergingen zu den Schultermuskeln. Dann blickte sie Naiuschka an. Ihre zierlichen rot-orangen Flügel leuchteten in der Sonne. Die Flügelmembran hatte keine großen Wunden und ihre Muskeln waren nicht so ausgeprägt wie die von Narog. Zum Schluss betrachtete sie ihre eigenen Flügel. Die weiße Flügelmembran wurde von goldenen Äderchen durchzogen, wies vereinzelte Narben auf und war viel robuster als die von Naiuschka und Narog. Auch ihre Muskeln an den Flügeln glichen mehr denen von Narog, waren zum Teil sogar stärker. Kasumis Augen weiteten sich, als ihr dies klar wurde.

„Du verstehst also. Als ich deine Drachengestalt zum ersten Mal erblickte, dachte ich, dass deine Drachin aus der alten Zeit stammt, etwa zwanzigtausend Jahre vor uns. Als ich deine Erscheinung dem Drachenkönig mitteilte, war er der gleichen Meinung wie ich. Dies würde auch deine Stärke beweisen, denn in der alten Zeit mussten die Drachen viel robuster sein als heute. Wenn wir deine Stärke mit unserer in der heutigen Zeit vergleichen, wäre dein Drache über sechshundert Jahre alt", erklärte Narog.

Kasumis Maul öffnete sich vor Staunen, einen sechshundert Jahre alten Körper zu besitzen. Sie konnte den Gedanken nicht zu Ende fassen, da Narog seine Erklärung fortsetzte.

„Jedoch entspricht deine Kraft nicht deiner Größe. Du besitzt die Größe eines Drachen, der gerade sein Erwachsenenalter erreicht hat, aber die Stärke eines alten Drachen. Auch diesen Faktor besprach ich mit Seraphim, daraufhin bekam ich Zugang zu der Geschichte der Drachen. Ich beschränkte meine Suche auf die alte Zeit und wurde schnell fündig. Alle Drachen zu dieser Zeit wiesen Merkmale wie deine auf. Als ich dies dem König mitteilte, wurde uns klar, dass du eine wiedergeborene Drachenseele aus dieser Zeit besitzt", endete Narog.

„Das alles ist ja ganz schön spannend, aber was hat das mit dem Fliegen zu tun?", fragte Kasumi ungeduldig.

„Ich bin zu dem Schluss gekommen, dass ich dein Flugtraining anders gestalten muss als das von anderen Drachen. Da dein Drache der alten Schule angehört, werde ich dich auch so unterrichten. Zuerst wollte ich dies nicht tun, aber nun, nachdem ich deine Flügel gesehen habe, ist meine Entscheidung gefallen", sagte Narog und stieß Kasumi von dem Felsen.

Kasumi spürte, wie sie fiel, wie der Luftstrom sie Richtung Boden riss. Panisch vor Angst konnte sie nur zusehen, wie sie dem Boden immer näher kam. Ihre geöffneten Flügel waren starr vor Schreck. Der Erdboden kam näher, nur noch wenige Meter trennten Kasumi von ihm. Im letzten Moment wurde Kasumi hoch in die Luft gerissen.

„Du sollst fliegen und nicht auf den Boden starren", sagte Narog genervt. Um seine Klaue war ein Seil gewickelt, dessen Ende Kasumi festhielt. Die Wucht des Seils hatte Kasumi, höher, als der Felsen hoch war, in die Luft geschleudert. Nun löste sich das Seil von Kasumi und sie fiel erneut.

„Nicht so", hörte sie die Stimme von ihrem Fluglehrer. „Senke deine Schnauze Richtung Boden, schließe deine Flügel und lass dich fallen. Sobald du dich an das Gefühl des Fallens gewöhnt hast, öffne deine Flügel und hebe die Schnauze!"

Die Informationen waren zu viel für Kasumi. Sie konnte die Schnauze senken, doch ihre Angst lähmte ihren ganzen Körper. Ihre Flügel wurden vom Wind mitgerissen und verdreht. Der Schmerz von brechenden Knochen blendete die Welt für einen Moment aus. Sie konnte nur noch Dunkelheit sehen und den unerträglichen Schmerz spüren. Heißes Blut floss ihren Flügel hinunter, färbte ihre Schuppen rot und ließ sie schmerzerfüllt aufbrüllen.

Wieder bremste das Seil ihren Sturz, doch dieses Mal zog es sie den Felsen hinauf. Oben angekommen, schnappte sie nach Luft. Tränen glitten ihr über die Wangen und sie sah den gebrochenen, blutverschmierten Flügel an.

Oh ihr Götter! Kasumi, geht es dir gut?, fragte Akiko panisch.

Sehe ich so aus, als ob es mir gut geht?

„Halte still, gleich geht es dir wieder besser", hörte sie verschwommen die sanfte Stimme von Mistral.

Ihr Flügel schmerzte so stark, sie war nicht mehr fähig, eine Antwort zu geben. Sie sah, wie sich goldenes Licht über ihren Flügel senkte und die Schmerzen betäubte. Erleichtert seufzte sie auf, genoss das heilende Licht. Nach einiger Zeit spürte sie, wie ihre Knochen zusammenwuchsen, ihre aufgerissene Haut heilte und das Blut von ihrem Flügel gewaschen wurde.

„So, jetzt sollte alles wieder in Ordnung sein", teilte ihr Mistral mit.

Vorsichtig bewegte Kasumi den Flügel. Versuchte ihn zusammenzuklappen und wieder zu öffnen. Sie verspürte keinen Schmerz. Glücklich stand sie auf und ging wütend auf Narog zu.

„Willst du mich umbringen oder was?", fragte sie außer sich vor Zorn.

„Das nicht, ich will dir nur das Fliegen beibringen."

„Indem du mich von dem Felsen stößt? Wie wir gesehen haben, ist das nicht gut herausgekommen!"

„Das wird es noch", gab Narog monoton zur Antwort und stieß Kasumi erneut vom Felsen. Sie versuchte noch, seiner Klaue auszuweichen, doch sie hatte keine Chance. Die Klaue traf sie an der Brust und stieß sie sanft, aber bestimmt den Felsen hinab.

Langsam war Kasumi es leid. Seit sie die Reise angetreten hatte, war sie schon mehrmals gefallen, ob von einem Drachenrücken oder von einem riesigen Felsen. Wütend über ihre eigene Schwäche zog sie die Flügel an und senkte ihren Kopf. Der Boden raste auf sie zu. Es war ihr egal, ob sie aufschlagen würde oder überlebte. Sie spürte wie sich das Seil von Narog um ihr Hinterbein schlang, es gestraft wurde und sie in die Höhe riss. Wütend brüllte sie auf. Sie wollte keine Hilfe mehr, sie wollte nicht fliegen können, sie wollte nur, dass man sie in Ruhe ließ.

Weiße Flammen tanzten über ihren Körper und verbrannten das Halteseil. Ungebremst fiel sie in die Tiefe. Sie sah, wie sie an dem Felsen vorbei in die Tiefe fiel, sah die braunen Augen von Narog, die sie anerkennend ansahen, und plötzlich wurde ihr bewusst, dass der rostbraune Drache sie nicht mehr auffangen würde.

Der Wind zerrte an ihrem Körper, wollte ihre Flügel zerfetzen und sie ungebremst in den Boden rammen. Sie nahm all ihren Mut zusammen, presste die Flügel nahe an ihren Körper und ließ sich fallen. Sie spürte keine Angst mehr, nur noch Vorfreude auf das Kommende. Der Boden kam näher und näher. Immer noch hielt sie die Flügel geschlossen. Erst im letzten Moment riss sie die Flügel auf und streckte ihre Schnauze in den Himmel. Wind kam unter ihre Flügel und hob sie hoch in die Luft. Immer weiter hinauf glitt sie, bis sie die Höhe erreichte, in der sich das Felsplateau befand.

Sie hat es geschafft!, drang die freudige Stimme von Neha in ihren Geist.

Natürlich hat sie es geschafft, immerhin ist sie ein Drache, erwiderte Akiko.

Langsam ließ der Wind unter ihren Flügel nach und sie war kurz davor, wieder zu fallen. Wieder wollte sie ihre Schnauze Richtung Boden senken, um sich fallen zu lassen, als sie Narogs Stimme in ihrem Geist vernahm: *Nicht fallen lassen, schlag mit den Flügeln.*

Sie tat, wie ihr geheißen, und schlug einmal mit den Flügeln. Es war viel schwerer, als sie gedacht hatte. Der Wind drückte ihre Flügel hinunter und ließ nicht zu, dass sie sie hob. Mühsam musste sie gegen die Naturkraft ankämpfen, versuchte ihre Flügel zu heben und wieder zu senken. Ihre Muskeln in den Flügeln schmerzten ein wenig, aber bald verschwand der Schmerz und ließ pure Kraft zurück. Freudig schlug sie mit den Flügeln und erzeugte neuen Aufwind, auf dem sie weiter in die Höhe flog.

Aus den Augenwinkeln sah sie, wie Narog von dem Felsen abhob und zu ihr flog. Seine bronzenen Flügel glänzten von der Sonne und sein riesiger Körper verdeckte ihr die Sicht auf das Felsplateau.

Flieg mir nach, teilte Narog ihr telepathisch mit.

Der rostbraune Drache überholte sie und flog vor ihr her. Er senkte seinen rechten Flügel und drehte eine Kurve. Kasumi wollte es ihm nachmachen. Senkte ihren Flügel und verlor das Gleichgewicht. Ihre Flügel waren dem Wind ausgesetzt und wurden an ihren Körper gepresst. Nur mit Mühe konnte sie die Flügel wieder öffnen, aber da hatte sie schon an Höhe verloren und flog mehrere Meter unter Narog.

Schlag mit den Flügeln und komm auf meine Fluglinie, sagte Narog.

Kasumi schlug mit den Flügeln, gewann an Höhe und kreuzte Narogs Flugbahn.

Gut, und jetzt achte darauf, dass du deine Kraft gleichmäßig in deinen Flügeln verteilst, wenn du eine Kurve fliegst.

Wieder setzte Narog zu einer Kurve an, senkte seinen Flügel und hoffte, dass Kasumi es dieses Mal schaffte. Sie tat es Narog nach, senkte ihren Flügel, achtete aber darauf, dass sie ihre Kraft auf beide Flügel gleichmäßig verlagerte, und glitt in eine Linkskurve. Die Welt drehte sich unter ihr. Sie sah nicht mehr von oben auf den Erdboden, sondern von der Seite. Aus der neuen Sicht erkannte sie das Felsplateau kaum. Dafür bemerkte sie, wie der Felsen Risse bekam und kurz davor war, einzustürzen.

Narog, der Felsen wird einstürzen, teilte sie dem Fluglehrer mit.

Ich weiß, aber wir brauchen ihn nicht mehr. Jetzt, da du in der Luft bist, wirst du stundenlang fliegen können, ohne zu landen, also folge mir einfach.

Aber was ist mit Akiko und den anderen?

Denen geht es gut. Sie werden auf uns warten und alles für das Nachtessen vorbereiten.

Narog beendete die Kurve, schlug ein paarmal mit den Flügeln und flog dann fort von dem Felsen. Kasumi tat es ihm nach. Jedoch gelang es ihr nicht, die Kurve so elegant zu beenden wie Narog. Der Wind tobte um ihre Flügel herum und riss sie aus der Bahn, als sie versuchte, die Kurve zu unterbrechen. Nur mit Mühe konnte sie gegen den Wind ankämpfen und wieder in die Waagerechte gleiten. All dies beanspruchte eine gewisse Zeit, sodass Narog weit vorausgeflogen war. Sie musste ihre Augen anstrengen, um ihn zu erblicken. Aber sobald sie ihn im Blick hatte, beschleunigte sie ihren Flug. Sie schlug mit den Flügeln, erzeugte einen starken Wind, auf dem sie problemlos Narog einholte.

Narog schaute zurück, um sich zu vergewissern, ob Kasumi ihn eingeholt hatte. Gemütlich flog Kasumi hinter dem Drachen her, der daraufhin lächelte und sich von einem Aufwind in die Höhe schrauben ließ. Fasziniert schaute Kasumi ihrem Lehrer nach und merkte, wie unter ihr der Wind plötzlich stärker zunahm und sie in die Höhe katapultierte.

Das schallende Lachen von Narog bahnte sich einen Weg zu Kasumi.

Du musst lernen, die Luftströmungen zu lesen, sagte er und flog zu ihr hinab. *Jeder Drache besitzt die Augen dazu, du musst es dir nur aneignen. Blicke in die Ferne und sag mir, was du siehst.*

Ich sehe gar nichts ausser dem Himmel.

Nicht ganz richtig, schau genauer hin.

Kasumi versuchte es erneut und blickte in den Himmel. Vor ihren Augen nahmen rote Kringel Form an. Sie schlängelten sich in die Höhe in einer Spirale oder glitten durch die Luft. Immer mehr rote Striemen erblickte Kasumi und teilte dies Narog mit.

Genau, das sind die Luftströmungen. Wenn wir auf solche treffen, können wir auf ihnen gleiten; ob in die Höhe oder in die Tiefe, können wir an der Farbe erkennen.

Welche Farbe? Ich sehe nur rote Linien.

Das stimmt. Alle Luftströmungen sind rot. Aber sobald es sich um eine Thermik handelt, wird das Rot heller. Handelt es sich hingegen um einen Abwind, nimmt das Rot einen dunkleren Ton an. Na los, such mir eine Thermik.

Kasumi blickte suchend in den Himmel. Sie konnte jetzt zwar die roten Linien erkennen, aber die feinen Farbveränderungen erblickte sie nicht. Suchend flog sie zwischen den Linien hindurch, immer darauf bedacht, keine zu berühren. Mehrere Spiralen erschienen vor ihr. Die eine leuchtete heller als die anderen. Da verstand sie, was Narog ihr zuvor erklärt hatte. Zielsicher flog sie auf die hellrote Spirale zu und ließ sich in die Höhe treiben.

Sehr gut, lobte Narog sie. *Aber es wird langsam Zeit zum Umkehren. Da es dein erster Flug ist, ist es besser, wenn du dich nicht überanstrengst.*

Kasumi nickte und verließ die Thermik. Sie flog mehrere Meter über Narog, doch dies störte ihn nicht. Gemeinsam flogen sie zurück und landeten auf einer sanften Wiese. Kasumi versuchte es Narog gleichzutun und die Flügel während der Landung offen zu halten, aber sobald sie mit den Klauen den Boden berührte, klappte der Wind ihre Flügel zusammen und sie strauchelte. Wie ein Ball wurde sie die Wiese entlanggerollt und landete erst, als Narog sie bremste.

„Für deinen ersten Landeversuch war das gar nicht so schlecht", sagte Narog und fing an zu lachen. „Ich muss schon sagen, es sah urkomisch aus. Aber komm, lass uns das verdiente Mahl genießen."

Kasumi nickte und packte dankend die ausgestreckte Klaue von Narog. Mit einem Ruck wurde sie auf die Füße gerissen und gemeinsam gingen sie zu den anderen. Mehrere Tierkadaver lagen bereits auf dem Boden.

Ich habe diesen Hirschen ganz allein gejagt und getötet, berichtete Akiko stolz.

Vor ihren Füßen lag ein toter Hirsch. Das Fell war ihm abgenommen worden, sodass Kasumi die Biss- und Krallenspuren in den Muskeln erkennen konnte.

„Das hast du gut gemacht. Hast du auch einen Hirsch für mich erlegt?", fragte Kasumi hungrig.

Nein, dazu war ich nicht mehr im Stande. Aber Joru hat zwei erlegt. Er ist sicher damit einverstanden, dir einen zu geben.

Klar bin ich das. Ich kann eh nicht beide essen.

Dankend ging sie zu Joru und nahm ihr Abendessen entgegen. Joru gab ihr einen ausgewachsenen Hirsch, der doppelt so groß war wie der, den Akiko gejagt hatte. Hungrig, wie sie nach dem Flug war, stürzte sie sich über den Hirsch und verschlang ein Fleischstück nach dem anderen, ohne es zuvor gekaut zu haben.

Als alle satt waren, stand Mistral auf und sagte laut: „Kasumi, du hast heute erfolgreich deinen ersten Flug gemeistert, und so, wie es aussieht, fühlst du dich in diesem Körper sehr wohl, deswegen haben wir abgestimmt und sind uns einig, dass du die heutige Nacht in deiner menschlichen Gestalt verbringen darfst."

Lautes Brüllen folgte Mistrals Rede und alle freuten sich. Am meisten Kasumi. Sie durfte endlich wieder ihre wahre Gestalt annehmen. Doch ihre Freude wurde durch die nächsten Worte von Mistral gedämpft.

„Jedoch, sobald der Morgen anbricht, nimmst du wieder deine Drachengestalt an. Denn morgen wird der Drachenkönig höchstpersönlich zu dir kommen und deine Fortschritte begutachten. Wenn es ihm gefällt, was er sieht, darfst du dich jederzeit wandeln. Wenn nicht, wirst du so lange ein Drache bleiben, bis du den Ansprüchen des Königs genügst."

Diesmal freute sich niemand. Kasumi stand perplex da. Alles hing vom nächsten Tag ab. Sie schüttelte den Kopf und sagte: „Ich möchte nicht meine menschliche Gestalt annehmen, nur um am nächsten Tag wieder ein Drache zu werden, und wenn ich den morgigen Ansprüchen des Drachenkönigs nicht genüge, will ich nicht meine wahre Gestalt missen. Lieber bleibe ich so und werde morgen mein Bestes geben."

Das ist eine gute Einstellung, wir stehen hinter dir, sagte Akiko und schmiegte sich an Kasumis Bein.

„Nun, da alles gesagt ist, werden wir uns zurückziehen. Ihr könnt noch ein wenig wach bleiben, doch denkt daran, morgen wird Kasumi ihre ganze Kraft brauchen." Mit diesen Worten verabschiedete sich Mistral und zog sich in eine schwarze Kugel zurück, die ihn in den Himmel flog. Kurz darauf folgte ihm Narog.

„Und, wie war es?", fragte Naiuschka neugierig.

„Wie war was?"

„Das Fliegen!"

„Ach das. Es war traumhaft. Ich fühlte mich frei und ungebunden. Nur der Wind hat mir zu schaffen gemacht. Immer wenn ich dachte, ich hätte es geschafft, wurde ich vom Wind erwischt", erklärte Kasumi.

„Das ist ganz normal. Am Anfang brauchte ich drei Tage, bis ich mich in der Luft halten konnte, und von da an wurde es nur noch schlimmer. Da sahst du im Gegensatz zu mir wie eine gekonnte Fliegerin aus."

„Danke. Wollen wir noch ein bisschen fliegen?"

„Und wie? Du kannst noch nicht vom Boden aus abfliegen. Diese Technik wirst du erst nach ein paar Wochen erlernen."

„Ach komm schon, Nai. Du kannst es mir doch beibringen."

„Vergiss es. Diese Verantwortung bürde ich mir nicht auf. Ich würde vieles für dich machen, aber das gehört nicht dazu. Außerdem brauchst du dringend Schlaf. Du hattest letzte Nacht kaum geschlafen. Also leg dich lieber hin. Wir sehen uns morgen", verabschiedete sich die rote Drachin und verschwand in einer schwarzen Kugel.

Na toll, dachte Kasumi und drehte sich zu den Löwentigern um.

Habt ihr Lust, noch ein wenig wach zu bleiben?, fragte sie hoffnungsvoll.

Kasumi, ich sage es nicht gern, aber Naiuschka hat recht. Du brauchst dringend Schlaf, gab Akiko zur Antwort.

Na gut, wie du willst, sagte Kasumi trotzig, legte sich hin und tat so, als würde sie schlafen.

Glaubst du wirklich, wir glauben dir, dass du schläfst?, fragte Joru zweifelnd.

Ich hatte es gehofft, aber wie es aussieht, habe ich gegen euch keine Chance.

Also gut, wir bleiben noch eine Weile wach und schauen dir bei deinem Versuch zu fliegen zu, aber nicht lange. Hast du verstanden?, fragte Akiko nachdrücklich.

Voller Freude stand Kasumi auf und stimmte Akikos Forderungen zu. Kaum hatten sich die Löwentiger gesetzt und ihre Sicht auf Kasumi konzentriert, als sie auch schon versuchte abzuheben. Sie schlug heftig mit den Flügeln auf und ab, erzeugte einen Wind, der sie wenige Meter über den Boden aufsteigen ließ, bevor sie keine Kraft mehr hatte und auf den Boden fiel.

Wütend rappelte sie sich auf und versuchte es noch einmal, doch wieder mit dem gleichen Ergebnis. Immer wieder versuchte sie es, bis Akiko ihr sagte, sie solle sich schlafen legen. Frustriert ging Kasumi zu den Löwentigern und legte sich hin. Müde schloss sie die Augen und schlief kurz darauf ein.

Ein gellendes Brüllen weckte Kasumi auf. Verwirrt schaute sie sich um, suchte nach einem fremden Drachen, doch fand sie keinen. Erst da wurde ihr klar, dass sie das Brüllen ausgestoßen hatte und sich somit selbst geweckt hatte. Ein paarmal blinzelte sie, und schon war sie hellwach. Der Mond stand hoch am Himmel, erhellte die Umgebung und spendete Kasumi Licht. Sie wusste, es würde noch mehrere Stunden dauern, bis die Sonne den Mond ablöste.

Noch genug Zeit, um ein wenig zu üben, dachte sie erfreut und versuchte wieder in die Luft zu steigen.

Sie faltete ihre Flügel auseinander, bewunderte das Mondlicht auf der Flügelmembran und schlug dann mit den Flügeln. Zuerst nur sacht, dann immer stärker, bis sie einen Aufwind erzeugt hatte. Aus ihren vorherigen Versuchen wusste sie, dass sie aus dem Stand heraus nicht abfliegen konnte, aber vielleicht, wenn sie rannte. Mit den auf und ab wedelnden Flügeln fing sie an zu rennen. Und tatsächlich, sie hob vom Boden ab und glitt für einige Sekunden durch die Nacht, bevor ihre Flügel ermüdeten. Wieder fiel sie auf den Boden. Wütend über ihre Schwäche fing sie an zu brüllen. Ihr Gebrüll war so laut und weitreichend, dass es von den Bergen zurückhallte.

Noch einmal, sagte sie zu sich selbst, nahm Anlauf und hob vom Boden ab. Wieder war das Ergebnis das gleiche. Aber sie gab nicht auf, versuchte es die restliche Nacht hindurch, bis die Sonne den Mond ablöste. Erst da legte sie sich erschöpft auf den Boden und schlief auf der Stelle ein.

Eine königliche Mission

Drei Tage war es her, seit er von dem schwarzen Drachen verletzt wurde. Nur dank Kasumis Fähigkeit, das Böse zu vertreiben, hatte er überlebt, und anstatt dass er ihr half, schickte sein Vater ihn auf eine dämliche Mission. Kaum dass er Kasumis Zimmer verlassen hatte, hatte sein Vater ihn zu sich gerufen und ihm mitgeteilt, dass er sich auf die Suche nach dem schwarzen Drachen machen solle, um herauszufinden, wie stark dieser verletzt war.

Tesfay schnaubte wütend über seine Mission. Er wollte lieber bei Kasumi sein und ihr helfen, ihr Drachen-Ich in den Griff zu bekommen. Aber nein, er musste den Befehlen des Königs gehorchen.

Den Elfenwald hatte er vor zwei Tagen hinter sich gelassen. Nun versuchte er den magischen Spuren des bösartigen Drachen zu folgen. Sie führten Tesfay tief in das Menschenland, wodurch er über den Wolken fliegen musste, um unerkannt zu bleiben. Dadurch verlor er immer wieder die Spur und musste einige Kilometer zurückfliegen, um sie erneut aufzunehmen.

In der Ferne konnte er das Rauschen des Meeres hören und das Kreischen der Möwen, die sich wahrscheinlich gerade um einen Fisch stritten. Der Gedanke an einen Fisch weckte in ihm einen unstillbaren Hunger. Vor wenigen Stunden hatte er etwas gegessen, trotzdem hatte er wieder Hunger. Auf das Knurren seines Magens hin ließ er sich unter die Wolkendecke fallen, zog seine Flügel nahe an den Körper und durchbrach die Wolken. Vor ihm breitete sich ein Dorf aus, das sich in einem immergrünen Tal befand. Deshalb trug das Dorf auch den Namen Grünes Dorf.

Tesfay witterte den typischen Geruch von Schafen. Der Geruch ließ ihm das Wasser im Maul zusammenlaufen. Kurz darauf hatte ihn der Hunger im Griff. Er ließ sich wie ein Stein fallen, achtete nicht darauf, ob ihn Menschen sahen oder nicht. Er hatte nur noch ein Ziel vor Augen: Fressen!

Bevor er auf dem Boden aufschlagen konnte, öffnete er die Flügel und griff mit den Hinterklauen eines der vielen Schafe. Mit dem Fressen in den Klauen flog er davon und ließ sich in der Nähe des Tals auf eine Wiese sinken. Das blökende Schaf erlag den Klauen, sank in sich zusammen und rührte sich nicht mehr. Gierig schlug Tesfay seine Zähne in das saftige Fleisch und zog ein riesiges Stück Fleisch heraus, das er mit einem Bissen verschlang. Innerhalb kürzester Zeit war nichts mehr von dem Schaf übrig, nicht einmal die Knochen. Vollgefressen setzte Tesfay zum Abflug an, als ihm plötzlich der Geruch der magischen Spur in die Nase stieg. Interessiert folgte er dem Geruch, bis er zu einer steilen Klippe kam.

Tesfay hatte noch nie von einer Klippe im Grünen Tal gehört. Neugierig geworden, entfaltete er die Flügel und glitt an der Klippe hinunter. Unten angekommen, verschob sich sein ganzes Blickfeld. Vor ihm tat sich das stürmische Meer auf. Schäumende Wellen schlugen gegen den Felsen, auf dem er stand. Gischt spritzte ihm ins Gesicht und machte ihn für einige Momente blind. Dies nutzte ein fremder Drache aus und stürzte sich auf Tesfay. Klauen bohrten sich in den Nacken des goldenen Drachen. Schmerzerfüllt schrie Tesfay auf und versuchte seinen Gegner abzuwerfen, doch dessen Klauen steckten zu tief in Tesfays Muskeln.

Schmerzen durchströmten seinen Körper, ließen ihn immer wieder aufbrüllen und nach Erlösung flehen. Die Klauen zogen sich aus seinen Muskeln, schlugen im nächsten Moment aber wieder zu. Das Brüllen von Tesfay war so laut, dass es die Klippe zum Erzittern brachte.

Die Klippe, dachte Tesfay verzweifelt und warf sich gegen den Felsen. Er spürte, wie die Klauen ihren Halt verloren, wie sie aus seinen Muskeln glitten und Gewebe mit sich rissen. Wieder brüllte Tesfay auf, gleichzeitig warf er sich erneut gegen die Klippen. Der fremde Drache verlor endgültig seinen Halt und stürzte zu Boden. Sofort war Tesfay über ihm, umklammerte seine Kehle und bohrte seine Klauen in den Hals des fremden Drachen. Rotes Blut verfärbte die braunen

Schuppen des Drachen. Die grünen Augen blickten Tesfay hasserfüllt an, als er begann zu verstehen.

„Das ist nicht wahr! Nein, das kann nicht wahr sein!“, brüllte er den braunen Drachen an.

„Glaub es nicht, aber du kannst nichts dagegen machen. Immer mehr Drachen werden sich IHM anschließen“, erwiderte der Drache giftig.

„Aber wieso du? Wieso Suriant?“

„Weil unsere Führung inkompetent ist.“

Verstehen blitzte in Tesfays Augen auf. Suriant war eine der ansehnlichsten Drachinnen dieser Zeit. Aber als sie sich mit Lin, einer der Elfenlehrerinnen, verband, nahmen ihre rotgoldenen Schuppen einen traurigen Braunton an. Niemand verstand dieses Phänomen, doch nun war es Tesfay klar.

„Du wolltest dich nie mit Lin verbinden. Aber sie wollte es. Du hast es ihr zuliebe getan.“

„Ja, sie, die die Tochter meines Bruders ist, halb Drachin, halb Mensch. Sie hatte mich erwählt, aber ich sie nicht. Niemand wusste davon, dass ihr Drache mich erwählt hatte. Alle gingen davon aus, dass ich das wollte. Als ich mich gezwungen fühlte, mich mit ihr zu verbinden, zerbrach etwas in mir und nichts als Leere blieb zurück. Als ich jedoch von der Auferstehung von IHM gehört hatte, ergab mein Leben wieder einen Sinn. Heimlich bereitete ich alles für seine Ankunft vor, aber leider machte die kleine Halbelfe meine Pläne zunichte und ich musste alles ändern. Ich brachte Lin um und floh aus dem Drachenland, auf der Suche nach IHM. Und weißt du was? Ich habe ihn gefunden und mich in seine Dienste gestellt“, erklärte Suriant stolz.

„Wenn das so ist, wirst du mich zu ihm führen.“

„Damit du deinem Vater sagen kannst, wo ER sich aufhält. Niemals! Lieber würde ich sterben!“, schrie die braune Drachin.

„Diesen Wunsch kann ich dir erfüllen“, sagte Tesfay kühl und riss Suriants Kehle heraus. Kein Laut verließ die Lippen der Drachin, nur ein hasserfüllter Blick bekam Tesfay von ihr.

Kopfschüttelnd verließ er die Klippe und flog zum Grünen Dorf. Während der Landung nahm er seine menschliche Gestalt an und gelangte so ohne Probleme in das Dorf. Diesen Schritt hätte er am liebsten nicht getan, aber nachdem er herausgefunden hatte, dass Suriant wahrscheinlich nicht der einzige Drache war, der die Seite gewechselt hatte, musste Tesfay dringend mit seinem Vater sprechen. Dafür brauchte er einen spirituellen Ort, und der einzige in der Gegend war das öffentliche Bad in diesem Dorf.

Zielstrebig fand er nach kurzer Zeit den Eingang zum Bad. Nachdem er mit dem Aufpasser gesprochen hatte, konnte er das Bad betreten. Heißer Dampf umwaberte seinen Körper. Innerhalb Sekunden hatte Tesfay seine Kleider ausgezogen und ließ sich vom Dampf umspülen, genoss die feuchtwarme Luft und sog den kräuterartigen Duft tief in seine Lungen ein. In seinem Inneren reagierte sein Wesen auf die spirituelle Magie in der Luft. Während Tesfay sich in das Wasser begab, dehnte er seinen Geist aus und suchte nach seinem Vater. Dabei gab das Wasser ihm zusätzliche Magie. Er versank für einige Augenblicke ganz im Wasser. Die Magie nutzte er, um die Verbindung zu seinem Vater herzustellen. Während er Luft schnappend auftauchte, fragte ihn sein Vater: *Was ist passiert?*

Ich hatte einen Kampf mit Suriant, in dem ich herausfand, dass sie sich auf die Seite des schwarzen Drachen gewandt hatte. Und wahrscheinlich folgen ihr noch mehr Drachen oder haben schon die Seiten gewechselt.

Ich verstehe. Bist du verletzt?

Diese Frage überraschte Tesfay. Noch nie hatte sein Vater ihn nach seinem Wohlbefinden gefragt. Wieso also jetzt?

Nur ein paar Kratzer, nichts Schlimmes.

Also sind deine Flügel intakt?

Ja, die Verletzungen verheilen schon, dank der spirituellen Magie hier.

Gut, dann setze deine Mission fort, sobald du wieder fit bist. Ich verlange Großes von dir, also enttäusche mich nicht. Mit diesen Worten zog sich Seraphim aus dem Geist seines Sohnes und ließ den perplexen Tesfay allein zurück.

Er musste ein paarmal blinzeln, um die Worte seines Vaters zu verdauen. So war er noch nie zu ihm gewesen. Er hatte ihn nie ermuntert mit Worten, sondern eher auf ihm herumgehackt. Müde legte er seinen Kopf auf den Rand des Bades und döste für einige Minuten ein.

Nachdem seine Wunden ausreichend verheilt waren, stand er auf und verließ das Bad. Sobald er aus der Sichtweite des Dorfes war, wandelte er sich wieder, nahm die Gerüche der Umgebung wahr und fand die magische Spur wieder. Eilends erhob er sich in die Lüfte, der Spur folgend. Die Spur führte dem Meer entlang, bis zur Handelsstadt Meeren. Von dort aus ging sie weiter über das Meer. Aber da kein Drache lange Zeit das Meer überqueren konnte, musste der schwarze Drache seine menschliche Gestalt angenommen und ein Schiff genommen haben. Tesfay machte es ihm nach.

In der Hügelregion von Meeren landete er und verwandelte sich zurück in einen Menschen. Er wählte ärmliche Kleider, um nicht aufzufallen, doch ihm war klar, dass sein goldenes Haar und seine strahlend blauen Augen automatisch Aufmerksamkeit erregten. Deshalb zauberte er einen braunen Mantel mit einer Kapuze herbei, den er sich über seine Kleidung zog. Die Kapuze zog er tief ins Gesicht, um seine Drachenaugen zu verbergen. So angezogen ging er direkt zum Hafen von Meeren.

Feindselige Gesichter musterten ihn kritisch. Ein Fischer mit tätowierten Armen kam auf ihn zu. Seine Muskeln zeichneten sich unter seinem schwarzen Hemd ab. Eingeschüchtert wich Tesfay zurück, denn obwohl er wusste, dass dieser Mann kein Gegner für ihn war, wollte er doch keinen Streit beginnen. Er ging an dem tätowierten Mann vorbei, als ob nichts wäre. Dahinter entdeckte er ein großes Boot, in dem sogar ein Drache Platz gehabt hätte. Ein bärtiger Mann band das Boot los und wollte gerade einsteigen, als Tesfay fragte: „Wo wollt Ihr hin, Fischer?"

Der Fischer drehte sich um und hatte einen abschätzigen Blick auf dem Gesicht.

„Dorthin, wo es Fische gibt, Fremder. Was macht Ihr hier? Ihr seht mir nicht wie ein armer Bauernsohn aus."

„Da habt ihr recht", antwortete Tesfay lässig. „Wenn ihr aber beschließt mich mitzunehmen, bezahle ich euch genug, sodass Ihr ohne Probleme durch den Winter kommt."

Geldgier erwachte in dem Mann. Seine grauen Augen fingen an zu strahlen und mit einer eleganten Handbewegung bat er Tesfay, das Schiff zu betreten.

„Ihr bekommt das Geld aber nur, wenn Ihr den Kurs nehmt, den ich will", erklärte Tesfay, bevor er das Schiff betrat.

„Wie der Herr es wünscht, wird es geschehen", erwiderte der bärtige Mann mit einem Lächeln.

„Gibt es irgendwelche Inseln in der Nähe?", fragte Tesfay.

„Ja, eine liegt nicht weit von hier entfernt. Wenn wir einen guten Wellengang und Wind haben, können wir sie innerhalb eines Tages erreichen", erklärte der Fischer, während er eilig die Segel hisste.

Tesfay konnte nur nicken. Der Wellengang hatte eingesetzt und machte ihm zu schaffen. Er war nicht für ein Schiff geschaffen, dies merkte er rasch. Nach wenigen Minuten war es ihm so übel, dass er sich über die Reling beugte und das erlegte Schaf hinauswürgte.

„Lasst es raus", sagte der bärtige Mann lächelnd. Er stand vor dem Steuer und dirigierte das Schiff und die Mannschaft, die laut über Tesfay lachte.

Erst da wurde dem Drachen klar, dass er und der alte Mann nicht die Einzigen auf dem Schiff waren. Etwa ein Dutzend Seeleute arbeiteten auf dem Deck, kontrollierten die Segel und machten sich über Tesfay lustig. Dieser wurde so wütend, dass aus seiner Nase kleine Rauchkringel aufstiegen und seine Flügel unter der Haut juckten.

Wenn die wüssten, dann würden sie sich nicht lustig über mich machen, dachte er erfreut. Kein anderes Wesen außer einem Drachen konnte gegen einen Drachen bestehen. Nicht einmal, wenn sich alle Kreaturen dieser Welt zusammenschließen würden. Dieser Gedanke ließ ihn lächeln. Schon als er klein war, sagte sein Vater ihm dies. Lächelnd und glücklich darüber, wer er war, schlenderte er über das Deck, bewunderte das Schiff und vergaß schnell seine Seekrankheit. Auch seine Abscheu gegenüber dem Meer ließ nach. Er genoss es sogar, zog die Meeresluft tief in seine Lungen ein, ließ die aufspritzenden Wassertropfen seine Haut berühren und fühlte den Wind über seinen Körper streichen. In dem Geruch des Windes erkannte Tesfay die magische Spur wieder.

Also sind wir auf dem richtigen Kurs, dachte er.

„Wie es aussieht, hast du dich an das Meer gewöhnt", sagte da plötzlich der bärtige Mann und riss Tesfay aus seinen Gedanken.

Er drehte sich zu dem Mann um, dabei brachte er ein verschmitztes Lächeln zustande. „Ja, obwohl ich es nie gedacht hätte. Ich bin nicht der Meerestyp."

„Nicht? Was für ein Typ bist du dann?"

Die Frage überrumpelte Tesfay. Er konnte nicht einfach verraten, dass er normalerweise durch die Luft flog und das Meer mied. Wenn es herauskam, dass einige Drachen menschliche Gestalt annehmen könnten, würde Panik unter den Menschen ausbrechen.

„Na ja, ich habe lieber festen Boden unter mir", log er.

„Wenn das so ist, werden dir meine nächsten Worte gefallen", sagte der Fischer lächelnd, drehte sich zu seiner Mannschaft und rief mit lauter Stimme: „Land in Sicht!"

Sofort brach Leben auf dem Deck aus. Die Männer zogen eilig die Segel ein, schrien sich unverständliche Worte zu und machten alles bereit für die Ankunft an Land.

„Nicht, der junge Mann wird der Einzige sein, der an Land gehen wird", hielt der Kapitän die arbeitenden Männer auf. Tesfay sah den Mann fragend an. Dieser erklärte daraufhin: „Das ist eine verfluchte Insel. Unter uns Meeresfahrern wird gemunkelt, dass auf diesem Stück Land ein riesiges Monster haust. Es gibt immer wieder so wagemutige Männer wie Euch, die das Monster herausfordern. Gerade vor zwei oder drei Tage kam auch ein Bursche in Eurem Alter und verlangte auf die Insel gebracht zu werden. Er …"

Weiter hörte Tesfay dem Mann nicht mehr zu. Er wusste jetzt, dass der Schlächter auf dieser Insel war. Aufgeregt entfaltete er seine goldenen Flügel und stürzte in den Wind. Die Luftströmungen trugen ihn rasch höher hinauf. Verwirrte und angsterfüllte Gesichter zugleich blickten seinem Aufstieg nach. Der Kapitän schüttelte nur den Kopf, bevor er seiner Mannschaft den Rückzug befahl. Währenddessen hatte sich Tesfay vollständig gewandelt und flog nun direkt auf die Insel zu. Zuvor jedoch vernebelte er den Seeleuten ihr Gehirn, damit sie sich nicht mehr an ihn erinnerten. Die Bezahlung, die er dem Kapitän verspochen hatte, ließ er auch zurück. Gold spielte für ihn keine Rolle, also würde er die paar Goldtaler nicht vermissen.

Wilde Stürme verkomplizierten den Flug und nur mit Mühe konnte Tesfay ihnen standhalten. Er war schon immer ein guter Flieger gewesen, dies war auch der Grund, wieso sein Vater ihn anstelle seiner Generäle gewählt hatte. Die Winde zerrten an seinen Flügeln, versuchten sie in Stücke zu reißen, aber der goldene Drache gab nicht auf. Er kämpfte sich durch den Sturm und wurde belohnt. Vor ihm tat sich die Wolkendecke auf und er hatte einen wunderbaren Überblick über die Insel. Riesenbäume zierten den Strand und dahinter erstreckten sich Berge, so weit das Auge reichte. Die Insel war weit größer, als sie anfangs schien. Fasziniert von der Landschaft flog Tesfay weiter. Immer weiter, bis er die Berge erreichte.

Da plötzlich ertönte ein tiefes Brüllen. Zusammenzuckend wandelte Tesfay sich im Flug und ließ sich fallen. Kurz bevor er den Boden berührte, öffnete er seine Flügel, die seinen Flug bremsten. Gemütlich und sicher landete er auf dem felsigen Boden, gerade rechtzeitig, schien es Tesfay. Über ihn glitt ein Schatten und seine Augen nahmen funkelnde Schuppen wahr, doch sie waren nicht schwarz. Suriants Worte erschienen in seinem Geist und er wusste, dass auch dieser Drache die Seiten gewechselt hatte.

Wie es scheint, werde ich noch ein paar Überraschungen erleben, dachte Tesfay interessiert und setzte sich in Bewegung. Dank seiner braunen Kleidung hatte er die gleiche Farbe wie die Felsen. Somit sahen ihn die fliegenden Drachen nicht und rauschten einfach über ihn hinweg.

Der Weg, den er nahm, wand sich einen hohen Berg hinauf und führte ihn vor eine steile Felswand, die seinen Weg versperrte. Er blickte sich kurz um, auf der Suche nach einem feindlichen Drachen. Als er keinen erblickte, begann er mit dem Aufstieg. Nach nur wenigen Metern schmerzte sein ganzer Körper und die Wunden von Suriants Klauen an seinem Rücken rissen wieder auf. Das warme Blut floss seinen Rücken hinab, verfärbte seinen braunen Umhang rot und tropfte auf den Felsen. Auf der Stelle hörte Tesfay einen herannahenden Drachen, der von seinem Blut angelockt wurde. Nicht mehr klar denkend, entfaltete Tesfay seine goldenen Flügel und flog die Felswand hinauf. Im letzten Augenblick faltete er die Flügel wieder zusammen und verkroch sich unter seinem Mantel. Gerade noch rechtzeitig, bevor der Drache vor ihm landete. Das Schnüffeln des Drachen übertönte jedes andere Geräusch, sodass Tesfay nicht merkte, wie sich ein weiterer Drache näherte.

„Hast du etwas entdeckt?", fragte ein weiterer Drache, dessen Stimme Tesfay zusammenzucken ließ. Er erkannte die Stimme sofort. Kein anderer Drache hatte diesen brutalen, mörderischen Ton in der Stimme.

„Nein, mein Herr. Ich habe nur frisches Blut gerochen. Daraufhin kam ich hierher, fand aber nichts vor", erwiderte der erste Drache.

„Jemand ist hier", sagte der andere und trat nahe an Tesfay. Diesem wurde bewusst, dass er aus dieser Situation nicht mehr lebend herauskommen würde, und er versuchte krampfhaft, mit seinem Vater in Verbindung zu treten. Er spürte, wie sich die Verbindung bildete und er Zugang zum Geist seines Vaters hatte. Vor Angst konnte er seinem Vater nur Bilder übermitteln und unterbrach die Verbindung, sobald sein Vater die Informationen bekommen hatte.

Die zwei Drachen vor Tesfay erkundeten immer noch die Umgebung und suchten nach einem Eindringling. Plötzlich senkte der zweite Drache den Kopf zu Tesfay hinunter und sagte laut: „Ich habe dich gefunden, kleiner Prinz."

Tesfay spürte, wie kalter Schweiß seinen Körper umgab. Der warme Atem des Drachen ließ ihn nicht mehr klar denken und sein Überlebensinstinkt setzte ein. Mit einem Ruck sprang er auf, stürzte sich die Felswand hinunter und wandelte sich. Hinter sich hörte er das grausame Lachen des schwarzen Drachen.

„Schnappt ihn euch!", befahl der schwarze Drache und verschwand daraufhin.

Hinter Tesfay brüllten ein Dutzend Drachen auf, die sich von den Felsen stürzten und auf ihn zujagten. Panik brach nun endgültig in ihm aus, wodurch sein Körper nur noch von uralten Dracheninstinkten geleitet wurde. Er flog in raschem Tempo und schon nach kurzer Zeit hatte er die Felsen hinter sich gelassen. Um einen Vorsprung zu bekommen, tauchte er in den auftauchenden Wald ein. Da er kleiner war als seine Gegner, gelang es ihm, ohne Probleme zwischen den Bäumen zu fliegen. Die ersten Drachen, die ihn verfolgten, verhedderten sich in den Ästen. Aber immer weitere Drachen tauchten auf, darunter auch ein paar kleinere, die genauso wie Tesfay sich in dem Wald gut zurechtfanden. Also blieb dem goldenen Drachen nur noch eins übrig. Er tauchte aus dem Wald auf, flog zu dem blauen Meer und darüber hinaus, in der Hoffnung, dass die Drachen von ihm ablassen würden. Doch er hatte sich getäuscht. Nur wenige Meter hinter ihm flog der schwarze Drache.

In diesem Moment erschien vor Tesfay ein Portal, dem er nicht mehr ausweichen konnte. Sein letzter Blick galt dem schwarzen Drachen, bevor Tesfay sein Bewusstsein verlor.

Rettung in letzter Sekunde

Der Tag brach an und mit ihm kam der Drachenkönig. Kasumi lag schlafend am Boden, als vier Drachen aus einer schwarzen Blase stiegen. Kurz darauf wachten die Löwentiger auf, aber Kasumi bewegte sich keinen Zentimeter, nicht einmal als Naiuschka sie anstupste und anschrie.

„Und was sollen wir jetzt machen?“, wandte sich die rote Drachin hilfesuchend an Mistral.

„Warten, bis sie aufwacht“, erwiderte dieser gelassen und setzte sich daraufhin auf den Boden.

Etliche Zeit verging, bis Kasumi sich anfing zu regen. Sie peitschte mit dem Schwanz über den Boden, öffnete die Augen und gähnte verschlafen. Um sie herum lagen vier Drachen mit unterschiedlichen Schuppenfarben. Verwirrt schüttelte sie den Kopf und versuchte sich zu erinnern, warum diese Drachen hier waren.

Es wird aber auch Zeit, dass du aufwachst, teilte Akiko Kasumi telepathisch mit.

Was ist hier überhaupt los? Warum ist der Drachenkönig hier?, fragte Kasumi verwirrt.

Ach, Kasumi, hast du vergessen, was Mistral gestern gesagt hat? Natürlich hast du es! Du wirst heute deine Fortschritte dem Drachenkönig präsentieren.

Vor Schreck befand sich Kasumi plötzlich auf den Beinen und sah den Drachenkönig entschuldigend an. Dieser nickte nur, stand auf und trat zu ihr.

„Drachen brauchen viel Schlaf, vor allem die Jungtiere. Da dein Drachen-Ich erst kürzlich erwacht ist, brauchst du sehr viel Schlaf. Aber nun zeig mir, was du kannst“, sagte der Drachenkönig, schlug mit dem Schwanz auf den Boden und unter ihnen erhob sich die Erde zu einem hohen Berg.

Kasumi öffnete die Flügel und wollte gerade abfliegen, als Mistral sie zurückhielt. Der silberfarbene Drache untersuchte ihre Flügel, strich mit den Klauen über die Muskeln, die Flügelmembran und zum Schluss über Kasumis Kopf. Danach bekam sie von Narog das Zeichen zum Abflug.

Kasumi spreizte freudig die Flügel, stürzte sich vom Felsen in die Tiefe und genoss den Sog der Luft. Nachdem ihre Augen die feinen roten Linien der Luftströmungen wahrgenommen hatten, öffnete sie ihre Flügel. Vor ihr tauchte eine Thermik auf, in die sie hineinflog. Die warme Luft glitt unter ihre Flügel und trug sie weit in den Himmel hinauf. Sie überschritt die Wolkengrenze und merkte erst da, dass es in dieser unterirdischen Höhle auch Wolken gab. Als ihre Flügel die Wolken berührten, blieben einzelne Wassertropfen an ihren Schuppen hängen. Das kalte Wasser kühlte ihren hitzigen Körper und bewirkte, dass der Wind dynamisch an ihrem Körper entlangstrich.

Vollführe eine Kurve, hörte sie in der Ferne die Stimme von Narog, doch sie ignorierte sie. Er hatte sich nicht direkt bei ihr gemeldet, sondern einfach seine Gedanken ausgesandt, sodass jeder, der seinen Geist weit geöffnet hatte, die Nachricht empfing.

Nachdem sich Narog ein weiteres Mal gemeldet hatte, entschloss sich Kasumi, auf ihn zu hören. Sie legte ihre Flügel an, tauchte durch die Wolkendecke und glitt in eine elegante Linkskurve. Ihr rechter Flügel protestierte und der stürmische Wind zerrte an den Flügeln. Nur mit Mühe konnte sie die Kurve halten, bis Narog ihr mitteilte, die Kurve zu lösen. Erleichtert senkte sie ihren rechten Flügel und glitt in die Waagerechte.

Ihre Flügel schrien schmerzerfüllt auf, als der Wind an ihnen zerrte. Da wurde Kasumi klar, dass sie ihre Flügel überstrapaziert hatte. Die Flugversuche von gestern Abend wurden ihr nun zum Verhängnis. Unermüdlich versuchte der Wind, sie zu Fall zu bringen, doch sie hielt energisch dagegen an. Sie wollte keine Schwäche vor dem Drachenkönig zeigen, vor allem da sie jetzt allein flog.

Ein weiterer Befehl von Narog teilte ihr mit, dass sie eine Rechtskurve fliegen sollte. Als sie in die Kurve glitt, hatte sie zu wenig Kontrolle über ihren linken Flügel. Der Wind nutzte dies sofort aus und peitschte gegen den Flügel. Wütend über ihre Schwäche brüllte sie laut. Sie wollte dem Wind zeigen, dass sie nicht schwach war, aber sie hatte keine Chance. Unbezwingbar stürmte der Luftzug auf sie zu und brachte sie aus der Bahn. Unkontrollierbar wurde sie durch die Luft geschleudert. Ihre Flügel waren den Naturgewalten ausgeliefert und konnten nicht mehr lange halten. Sie spürte, wie ihre Flugmuskeln feine Risse bekamen, die sich schnell vergrößerten. Der Schmerz trieb ihr Tränen in die Augen, wodurch sie nicht mehr erkennen konnte, wohin sie flog. Nur noch Narogs Stimme lenkte sie. Sie versuchte, soweit es ging, ihm zu gehorchen, dabei hatte der Wind sie ihm Griff, wodurch sie immer wieder durch die Luft geschleudert wurde. Ihre Flügel konnten es nicht mehr lange aushalten und klappten sich zusammen. Wie ein Stein fiel sie gegen den Erdboden. Ungebremst fiel sie immer weiter, schaffte es nicht mehr, die Flügel zu öffnen. Im letzten Moment fiel ihr die Magie wieder ein. Kurzerhand sank sie in ihren Geist. Vor ihr schwebte ihre Magiekugel, aus der sie die Flugmagie zog. Um sie herum entstand eine glühend grüne Kugel, die ihren Fall auffing.

Gemütlich und sicher landete sie auf dem Boden. Sofort kamen Akiko und ihre Geschwister angerannt. Besorgt tänzelten sie um Kasumi herum, suchten nach äußerlichen Blessuren, und als sie nichts Gravierendes fanden, seufzten sie erleichtert auf.

Dir ist nichts passiert, oder?, fragte Akiko.

Nein, zum Glück nicht, aber meine Flugmuskulatur hat Risse, erklärte Kasumi völlig niedergeschlagen.

„Wenn das so ist, dann heile ich dich rasch“, hörte Kasumi da Mistral, der sich ihr näherte.

Vor ihr blieb er stehen, hob mit seiner Klaue ihre Flügel an und untersuchte sie. Die kühlen Krallen bohrten sich tief in ihre Haut und rissen sie dabei auf. Schmerzerfüllt brüllte Kasumi auf.

Sie konnte es nicht glauben. Er wollte sie doch heilen, aber anstatt zu heilen verletzte er sie. In ihr erwachte eine todbringende Wut. Sie bahnte sich von ihrem Inneren einen Weg hinaus, was in einem zornigen Fauchen endete. Ihr Körper bewegte sich automatisch, wollte sich von den Klauen befreien, schüttelte sich, aber alles brachte nichts. Die Klauen hielten ihre Flügel fest und das Gewicht des Drachen presste sie auf den Boden. Die Schmerzen, die sie zuvor noch gespürt hatte, waren durch ihre Wut ersetzt worden. Ihr Schwanz schlug frustriert hin und her und versuchte eines der Beine von Mistral zu fassen zu bekommen, doch er wich immer wieder aus. Die Wut verwandelte sich in puren Zorn. Aus ihrem Rachen kam zorniges Fauchen, das von dem silbernen Drachen ignoriert wurde. Als wäre nichts geschehen, fuhr er mit seiner Behandlung fort. Dieses Mal schlug er seine Klauen in ihre rissigen Muskeln. Frustriert ließ Kasumi die Heilung über sich ergehen, nur noch leises, wütendes Fauchen zeugte von ihrem Zorn.

Kurz darauf ließ der Schmerz nach und nur noch ein kleines Ziehen zeugte von ihren Wunden. Erleichtert sackte sie in sich zusammen. Sie wollte sich nur noch ausruhen, allerdings ließen die Fragen, die auf sie niederprasselten, sie nicht zur Ruhe zu kommen. Ganz sacht drang die Frage des Drachenkönigs an ihr Gehör und riss sie aus ihrem Dämmerzustand.

„Warum sind deine Muskeln so beansprucht?" Die Frage kreiste in ihrem Geist. Panik ergriff sie und sie wollte eine Lüge erzählen, konnte sich aber gerade noch zurückhalten.

Beschämt senkte sie den Kopf, damit sie dem König nicht in die Augen blicken musste, während sie die Wahrheit erzählte.

„Du wolltest also vom Boden aus starten?", hakte der König nach.

Kasumi konnte nur nicken. Sie traute sich immer noch nicht, den Kopf zu heben. Da spürte sie eine Klaue unter ihrem Kinn. Vorsichtig wurde ihr Kopf angehoben. Kurz darauf blickte sie in die goldenen Augen von Seraphim, die sie sanft anblickten. Um die Mundwinkel blitzten weiße Zähne hervor. Kasumi kam es so vor, als lächle der König.

„Komm, ich werde dir zeigen, wie du vom Boden aus abheben kannst. Du hast alles bis auf das Einfachste versucht. Da unsere Körper zum Fliegen ausgerichtet sind, verringern sie in der Luft das Gewicht. Du musst dich nur trauen, in die Höhe zu springen, die Flügel auszustrecken, kurz zu gleiten und dann heftig mit den Flügeln zu schlagen."

Der Erklärung von Seraphim folgend, versuchte es Kasumi sofort. Sie nahm ihren Mut zusammen und sprang in die Luft. Überraschend hoch war ihr Sprung. Mehrere Meter unter sich erkannte sie Akiko. Ohne darüber nachzudenken öffnete sie ihre geheilten Flügel und schlug mit ihnen. Rasch gewann sie an Höhe, schaute auf den Drachenkönig hinab, der ihr stolz zunickte. Glücklich jauchzte sie auf, was sich anhörte wie ein Glucksen.

Sie schlug heftig mit den Flügeln, ritt auf den Winden und fühlte sich freier als jemals zuvor. Das Gefühl wurde jäh getrübt, als ein Hilfeschrei durch den Himmel ging.

Vor ihr tauchten merkwürdige Bilder auf. Eine Insel mit riesigen Bäumen und im Hintergrund befand sich ein riesiger schwarzer Berg. Um diesen Berg flogen mehrere Drachen und verteidigten ihn gegen einen goldenen Drachen, der zusammengesunken auf einem Plateau lag. Kasumi erkannte sofort, dass es sich um Tesfay handelte. Sie wollte zu ihm gehen, doch da wechselte das Bild und zeigte einen schwarzen Drachen, der sich zu Tesfay beugte und ihn töten wollte. Wieder erwachte Wut in Kasumi, als sie in dem schwarzen Drachen den Schlächter erkannte. Sie wollte zu Tesfay und ihn vor dem Schlächter beschützen, aber ihre Flügel bewegten sich nicht. Da kam ein neues Bild. Der schwarze Drache verfolgte Tesfay über die ganze Insel hinweg.

„Kasumi, verirr dich nicht im Hilferuf!", ertönte da plötzlich Mistrals Stimme, wodurch die Bildstrecke abriss und sie sich hoch in der Luft wiederfand. Unter ihr redeten der Drachenkönig und Narog heftig auf Mistral ein. Dieser nickte daraufhin, schloss seine purpurroten Augen und fing an zu glühen. Ein heller Blitz schoss von ihm hoch in den Himmel auf. Über Kasumi verwandelte sich der Blitz in ein Portal, durch das ein goldener Drache flog.

Kasumi erkannte Tesfay und wollte zu ihm fliegen, aber da fiel er in die Tiefe. Zu spät erkannte sie, dass er nicht mehr bei Bewusstsein war. Voller Angst, dass er auf dem Boden aufschlagen könnte, legte sie ihre Flügel an und ließ sich in einen Sturzflug fallen. Während des Falls plante sie, wie sie Tesfay auffangen könnte. Sie hatte vor, eine Flugkugel zu weben und sie über ihn zu legen, sobald sie ihn eingeholt hatte, doch es gestaltete sich schwieriger, als sie vermutet hatte.

Sobald sie den goldenen Drachen erreicht hatte, versuchte sie ihn mit den Klauen zu fassen zu bekommen, aber die schuppige Haut erschwerte dies. Immer wieder rutschte sie mit den Klauen ab. Als sie es endlich schaffte, trennten nur noch wenige hundert Meter sie vom Boden. Angst und Panik vermischten sich und erzeugten eine Panikattacke. Ihre Flügel verloren an Kraft, sanken leblos an ihrem Körper hinab, wodurch sie wie ein Stein dem Boden entgegenflogen. So schnell, wie die Panikattacke kam, so schnell wurde sie nun von Angst überschüttet. Wie von Geisterhand breitete Kasumi ihre Flügel aus und schlug heftig damit, um an Geschwindigkeit zu verlieren. Etwa hundert Meter über dem Felsboden wurde der Fall gebremst. Mit den Klauen hielt Kasumi den Rumpf von Tesfay. Das Gewicht zerrte an ihr, wodurch sie keine Konzentration fand, um Magie zu wirken.

Ignoriere das Gewicht, hörte sie die telepathische Stimme vom Drachenkönig.

Seinem Ratschlag folgend zog sie sich in ihren Geist zurück und wollte gerade die Magie aufbauen, als sie spürte, wie sie wieder fielen. Erneut erschütterte sie eine Panikwelle. Sie wurde aus ihrem Geist katapultiert und sah sich schon auf dem Boden aufschlagen, als erneut der Drachenkönig zu ihr sprach.

Wieder hielt sie sich an seinen Rat, zog sich in ihren Geist zurück und beschwor die Magie. Sofort leuchtete die Magiekugel grün auf. Das Licht übertrug sich auf ihren geistlichen Körper, floss aus ihrem Geist und bildete um sie und Tesfay eine Kugel. Gerade rechtzeitig fing die Magiekugel an, ihre Wirkung zu entfalten und bremste ihren Fall. Nur wenige Meter über dem Felsen wurden sie von der Kugel aufgefangen.

Aufgeregte Drachen eilten zu ihr und dem bewusstlosen Tesfay. Die Fragen prasselten nur so auf sie ein, bis Akiko die Drachen zur

Vernunft rief. Alle verstummten sofort. Mistral, der bis jetzt noch kein Wort gesagt hatte, begab sich zu Tesfay, legte eine seiner Klauen auf die goldenen Schuppen und fing an, ihn zu heilen. Kurze Zeit später öffnete Tesfay die Augen.

„Wie geht es dir?", fragte der Drachenkönig besorgt seinen Sohn.

Die blauen Augen blickten seinen Vater verwirrt an. Nach ein paar Minuten stand Tesfay auf und nickte seinem König zu. Dieser seufzte erleichtert auf und umarmte seinen Sohn.

„Ich bin froh, dass du heil zurückgekehrt bist. Somit haben wir wichtige Informationen über den Feind. Komm, Tesfaselassie, ruh dich aus. Wir reden später miteinander", erklärte der König, berührte seinen Sohn leicht und ging zu einer der schwarzen Kugeln, die vom Himmel gekommen waren.

„Ach, und Kasumi, herzlichen Glückwunsch. Ich bin von deinen Fortschritten begeistert. Von nun an kannst du zwischen den Gestalten wechseln, wie du willst", teilte der rote Drache Kasumi mit, bevor er in die schwarze Kugel stieg. Sekunden später war der König verschwunden. Ihm folgten sein Sohn, Narog und Mistral.

Jauchzend sprang Naiuschka Kasumi an. Freudetaumelnd fielen die Freundinnen auf den Boden, trollten sich dort und ließen ihre Freude alle vernehmen. Auch die drei Löwentiger nahmen an dem Spaß teil. Nachdem sich alle ausgetobt hatten, versuchte sich Kasumi zurückzuverwandeln, dafür glitt sie wieder in ihren Geist.

Ich zeige dir den Weg, hörte sie Arubas Stimme.

Sie folgte der klaren Stimme, glitt tiefer in ihren Geist, bis sie vor ihrer Existenz stand. Sie streckte ihre Hand nach der goldenen Kugel aus und fühlte ihr menschliches Ich, das sich in der Kugel befand. Wie schon zuvor ließ sie die Magie aus der Kugel strömen. Gleich darauf glitt die Magie über ihr Mal auf dem Rücken, drang durch die Haut, zu ihrem Herzen und von dort in den ganzen Blutkreislauf. Kurz darauf spürte sie, wie sich ihr Körper veränderte. Ihre Flügel klappten sich zusammen, drangen durch die Haut und wurden wieder zu Schulterblättern. Der Schwanz folgte als Nächstes. Er verkürzte sich, zog alle spitzen Stacheln ein und wurde zum Steißbein. Daraufhin verlor Kasumi kurz ihr Gleichgewicht. Sofort setzte sich die Verwandlung fort. Ihre Arme wurden wieder kürzer, bis sie nur noch auf zwei Beinen stand. Ihr Kopf nahm wieder seine normale Form an und die Schuppen glitten unter die Haut. Die Krallen verkürzten sich und ihre Pupillen wurden größer, womit sich ihre Sicht veränderte und schwächer wurde. Nachdem die Verwandlung beendet war, sank sie müde in sich zusammen.

Naiuschka fing sie auf, strich mit den Händen ihre Augen zu und sagte: „Schlaf. Das hast du dir verdient."

Kurz darauf umfing Kasumi Dunkelheit. In weiter Ferne spürte sie, wie sie aufgehoben und auf ein weiches Bett gelegt wurde. Danach schlief sie tief und fest ein. Erst der folgende Morgen weckte sie auf.

Die Reise geht weiter

Na, du Schlafkappe, bist du auch endlich aufgewacht?, fragte Akiko süffisant, während sie sich zu Kasumi auf das Bett begab.

Müde streckte sich Kasumi. Ihre Augen fanden Akikos blau strahlende. Die Löwentigeraugen blickten sie freundlich an, doch Kasumi sah ihrer Begleiterin an, dass sie etwas bedrückte.

„Was ist los?", fragte Kasumi sanft.

Es ist nichts, sagte die Löwentigerin, aber als sie Kasumis besorgtes Gesicht sah, mauzte Akiko auf und warf sich in Kasumis Arme. Sie drückte ihren Kopf an Kasumi, atmete ihren Duft tief ein und fing an zu schnurren.

Kasumi wurde klar, dass mit Akiko etwas nicht stimmte. Beruhigend strich sie über das bronzene Fell. Es brachte nichts, wenn sie die Löwentigerin zum Reden zwang. Akiko musste von sich aus erzählen, was vorgefallen war. Es vergingen mehrere Minuten, bis sich Akiko beruhigt hatte. Entschuldigend blickte sie Kasumi an, aber diese war ihrer Begleiterin nicht böse. Erleichtert drang aus Akikos Kehle ein Schnurren, vermischt mit einem Knurren. Der Laut tönte merkwürdiger als alles, was Kasumi jeher gehört hatte, und brachte sie zum Lachen. Akikos Augen fingen an zu strahlen, als sie Kasumi so glücklich sah.

Ich muss dir etwas beichten, sagte Akiko und hoffte, dass Kasumi ihr nicht böse war. *Ich wusste, warum ich eine Verbindung mit dir geschlossen habe. Als ich dich das erste Mal bei Feron erblickt hatte, hatte ich eine Vision. Ich sah, wie du dich in einen Drachen verwandelst und ich und meine Geschwister dir folgen. In diesem Moment schloss ich die Verbindung mit dir. Ich traute mich aber nicht, dir von meiner Vision zu erzählen, und so wandte ich mich an den Drachenkönig, als wir im Drachenland ankamen. Dieser war aber nicht überrascht von meiner Vision, da er schon gewusst hatte, dass du dich eines Tages in einen Drachen verwandelst. Er sagte mir, dass ich es weiterhin geheim halten sollte, bis du dich verwandelst. Ich wollte dir schon in der ersten Nacht, als du ein Drache warst, von meiner Vision erzählen, aber ich schlief vorher ein und danach gab es kein geeigneter Moment mehr.* Akikos Stimme stockte für einen Moment. Ängstlich blickte sie zu Kasumi auf. Diese erkannte, dass Akiko Angst hatte, die nächsten Worte zu sagen. Ein ersticktes Mauzen bahnte sich seinen Weg aus Akikos Kehle, das ihre Angst deutlich zeigte. Beruhigend schlang Kasumi ihre Arme um die zitternde Löwentigerin.

Egal was du mir zu sagen hast, gemeinsam werden wir es schaffen, sandte Kasumi ihre Gedanken an Akiko. Erleichtert drückte Akiko ihren Kopf an Kasumi, die merkte, dass die Löwentigerin bereit war, ihr den Rest zu erzählen.

Gestern, nachdem Naiuschka dich in dieses Bett getragen hatte, wurde ich zum Drachenkönig gerufen. Als ich ankam, war Tesfay bei ihm. Sie redeten über das, was Tesfay entdeckt hatte, und da hatte ich plötzlich eine Vision. Ich sah eine Frau in weißen Kleidern und auf ihrem Rücken befanden sich schwarze Flügel. Über ihr flogen Joru und ich durch den Himmel und gejagt wurden wir von dir, alles war aber nur Spaß. Da sagte die Frau plötzlich: „Akiko, ich zähle auf dich. Bring sie zu mir, sie muss noch viel lernen." Daraufhin verschwand die Vision. Als ich dem Drachenkönig davon erzählte, murmelte er etwas vor sich hin, was sich anhörte wie: „Die Zeit ist reif." Nach diesem Satz wurde ich von ihm entlassen und kehrte zu dir zurück. Kasumi, ich habe Angst, gestand Akiko.

Tröstend strich Kasumi Akiko über das Fell. Sofort setzte Akikos Schnurren wieder ein und sie presste sich an Kasumi, die bemerkte, dass es nicht ein entspanntes Schnurren war. Kasumi wollte Akiko nicht danach fragen und so umarmte sie die Löwentigerin und genoss es, mit ihr zusammen zu sein. Einige Momente saßen sie da, ohne sich zu bewegen, bis sich die Tür leise öffnete und Joru und Neha eintraten.

Hast du es ihr schon gesagt?, fragte Joru, als er aufs Bett stieg.

Nein, noch nicht.

„Um was geht es?", fragte Kasumi den männlichen Löwentiger.

Es tut mir leid, aber es ist nicht meine Aufgabe, dir das zu sagen. Akiko sollte dies tun, und wenn sie dafür noch Zeit braucht, gehen wir wieder aus dem Zimmer, erklärte Joru und gab Neha ein Zeichen, dass sie das Zimmer verlassen sollten.

Bleibt bitte hier, hielt Akiko ihre Geschwister auf. Sofort blieben die zwei Löwentiger stehen und trotteten wieder zum Bett.

Kasumi sah die drei Löwentiger verwirrt an, sagte aber kein einziges Wort zu dem merkwürdigen Verhalten der drei.

Also, Kasumi, das, was ich dir nun erzähle, wird deine Welt ein weiteres Mal auf den Kopf stellen. Wir wurden heute Morgen von dem Drachenkönig kontaktiert, dass wir in der heutigen Nacht das Drachenland verlassen sollen. Unser Auftrag ist es, dich sicher in das Dämonenland zu begleiten, und das, ohne dass jemand davon erfährt.

„Ihr … Ich … Nein! Ich möchte nicht gehen!", schrie Kasumi aufgebracht. „Ich habe hier Freunde gefunden und verstehe mich gut mit den Drachen. Ich will nicht weg, nicht schon wieder!", heulte Kasumi auf.

Joru brüllte frustriert auf, warf sich auf Kasumi und hielt sie auf dem Bett fest. Seine handlangen Fangzähne waren nur wenige Zentimeter von Kasumis Gesicht entfernt.

Jetzt hör mir mal genau zu. Wir sind den langen Weg mit dir gegangen, haben auch selbst gute Freunde gefunden, aber wir alle schweben in Lebensgefahr und nur du bist in der Lage, uns zu retten. Also spiel dich nicht auf wie eine verzogene Prinzessin, die du nicht bist, und nimm dein Schicksal in die Hände, sagte Joru wütend.

Kasumi blickte noch einige Zeit in Jorus goldene Augen. Der unbeirrbare Blick, in dem Jorus ganzes Sein zu sehen war, berührte Kasumi tief. Zum ersten Mal wurde ihr klar, die Löwentiger würden ihr folgen, egal wohin sie gehen würde. Ein Lächeln erschien auf ihren Lippen und sie nickte. Kurz darauf ließ Joru sie frei. Endlich setzte sie sich auf, streckte sich und sah dann die drei Raubtiere an.

„Darf ich mich von meinen Freunden verabschieden?", fragte sie hoffnungsvoll, doch sie ahnte bereits die Antwort.

Leider nicht, es soll niemand wissen, wohin du gehst, erwiderte Akiko traurig. Sie wollte Kasumi unterstützen, wusste aber nicht wie.

„Ist schon in Ordnung, solange ich euch habe, wird alles gut gehen“, versuchte sie ihre Traurigkeit zu überspielen.

Den Rest vom Tag war Kasumi damit beschäftigt, alles für die Reise bereit zu machen. Am Abend kam der Drachenkönig kurz zu ihr und erklärte ihr den Auftrag. Sie würde mit ihrer Stute Silbermond und den drei Löwentigern das Drachenland Richtung Osten durchqueren, bis sie an die Grenze kamen. Dort wird ein Shinigami auf sie warten und sie zu derjenigen bringen, die Kasumis neue Lehrerin werden würde. Nachdem alles geklärt war, wünschte der Drachenkönig ihr viel Glück und verließ sie ohne weitere Worte.

Kasumi wurde bewusst, dass sie ihre Freunde vermissen würde, vor allem die lebensfrohe Naiuschka, aber auch die zurückhaltende Lavinia. Tränen traten ihr in die Augen, als sie an ihre Freunde dachte. Unvermittelt tauchte ein Bild von ihrer Mutter in ihren Gedanken auf. Nun konnte sie die Tränen nicht mehr zurückhalten. Heulend fiel sie auf die Knie.

Was ist los?, fragte Neha, die gerade das Zimmer betreten hatte. Als sie Kasumi sah, blieb ihr die Frage im Hals stecken. Sofort rannte sie zu Kasumi und versuchte sie zu trösten. Sie setzte ein beruhigendes Schnurren ein und kuschelte sich an Kasumi. Telepathisch rief sie ihre Geschwister, die nach einigen Minuten in den Raum stürzten. Alle drei versuchten Kasumi zu beruhigen.

„Mir geht es gut“, sagte sie da. „Ich musste nur an meine Mutter denken und da kamen mir einfach die Tränen“, schluchzte sie.

Das ist normal. Du hast Heimweh, erklärte Neha das Phänomen, das Kasumi befallen hatte.

Einige Zeit verging, bis sich Kasumi endgültig beruhigt hatte. Draußen ging der Mond auf, und die dunkle Nacht ließ die Sterne hell aufleuchten. Nachdem Kasumi kurz alle Löwentiger geknuddelt hatte, wobei sie bei Joru sichtlich Mühe hatte wegen seiner Größe, zog sie sich an. Das violette Kleid, das sie am Tag angehabt hatte, als sie mit den Drachen trainiert hatte, wollte sie zu gerne anziehen, aber sie wusste, das Kleid war zu fein zum Reiten. Also entschied sie sich für eine weiche Wildlederhose und ein dazu passendes Hemd. Da der Winter nahte, packte Kasumi noch einen wollenen Umhang ein, der gegen Wind und Regen schützte. Den Bogen, der ihrem Vater gehört hatte, nahm sie auch mit. Seit sie im Drachenland war, hatte sie ihn nicht mehr benutzt, aber wer wusste schon, was auf der Reise ins Dämonenland alles geschah. Ein letztes Mal sah sich Kasumi in dem Zimmer um. Obwohl es nicht ihr Zimmer war, war sie jedes Mal, als etwas passiert war, in diesem Raum aufgewacht. Sie schaute sich um, ob sie etwas vergessen hatte, und als sie sich sicher war, dass sie alles hatte, schloss sie die Tür. Es fiel ihr schwerer als gedacht. Viele ihrer Erfahrungen hatte sie hier gemacht. Sowohl gute als auch schlechte. Eine einzelne Träne glitt über ihre Wange, doch sie wischte sie sofort wieder weg. Sie hatte sich endgültig entschieden. Sie würde alles in ihrer Macht Stehende versuchen, um die Drachen vor dem Schlächter zu retten.

Als sie das Gebäude verließ, blickte sie noch ein letztes Mal zurück. Es war nicht die Drachenakademie, doch auch im Palast des Drachenkönigs hatte sie einige Zeit verbracht. Einige Erinnerungen von dieser Zeit tauchten vor ihren Augen auf und ließen sie auflachen. Sie war bereit. Bereit voranzuschreiten, bereit, Neues zu erlernen, und bereit, ihrem Schicksal zu begegnen. Sie trat auf den warteten Drachen zu. Grüne Augen blickten Kasumi freundlich an und sie erkannte Eraria, Ferons Mutter.

Es ist richtig so, dachte sie. All dies hatte mit Feron begonnen und dass seine Mutter sie nun auf den Boden flog, auf dem sie eine weitere Reise antrat, vielleicht ihre letzte, erfreute ihr Herz. Glücklich stieg sie auf Erarias Rücken. Es gab nichts, wo sie sich hätte festhalten können, aber sie wusste, sie würde nicht von Eraria fallen. Die braune Drachin öffnete ihre Flügel und ließ sich von der schwebenden Insel fallen. Der Wind zerrte an Kasumi, doch sie blieb ohne Probleme auf dem Drachenrücken. Der Ritt dauerte nur kurze Zeit, und als sie am Boden landete, kam ein weiterer Abschied.

Kasumi hatte die aufgetragene Mission von Feron zu Ende gebracht, und mit diesem Abschied, das wusste sie, würde eine neue Mission beginnen. Eine Mission, die das Schicksal der Welt beinhaltete. Die braune Drachin senkte den Kopf, sah Kasumi tief in die Augen und blies ihr ihren heißen Atem entgegen.

Du wirst noch viel lernen müssen, aber wie mein Sohn glaube auch ich an dich. Und nun geh, deine Begleiter warten auf dich, sagte Eraria zum Abschied und erhob sich in die Lüfte.

Zuversichtlicher als je zuvor ging Kasumi zu ihrer weißen Stute und schwang sich in den Sattel. Das Pferd störte sich an den Löwentigern nicht, es hatte eher den Anschein, als seien sie Freunde geworden. Joru hatte fast die gleiche Größe wie das Pferd und auch Akiko besaß eine beachtliche Größe, nur Neha war im Vergleich zu ihren Geschwistern eher klein.

„Wollen wir es angehen?", fragte Kasumi die drei.

Im Chor antworteten sie und setzten sich in Bewegung. Kasumi folgte ihnen. Da es, obwohl es tiefe Nacht war, einige Drachen gab, die den Palast bewachten, mussten sie sich leise bewegen. Kasumi wusste, wie gut das Gehör eines Drachen war, und ermahnte alle zur Vorsicht. Als sie in die Wälder unterhalb der schwebenden Inseln kamen, konnten sie ihr Tempo steigern. Silbermond glitt in einen flotten Trab, der für die Löwentiger kein Problem darstellte. Mühelos hielten sie mit der weißen Stute Schritt.

Vereinzeltes Vogelgezwitscher begleitete die vier und kündigte den Tag an. Verwundert hob Kasumi den Kopf. Sie hatte nicht bemerkt, wie der Mond von der Sonne abgelöst worden war. Um sie herum liefen die drei Löwentiger gemütlich dahin. Das Rascheln des Blätterdachs ließ Kasumi zusammenzucken. Sie war schon wieder einige Sekunden eigenickt. So kam es ihr immerhin vor. Doch als sie aufblickte, stand die Sonne hoch am Himmel.

„Was?", schrie sie überrascht auf.

Joru wandte seinen riesigen Kopf Kasumi zu und sah sie fragend an. Seine goldenen Augen blickten müde drein. Erst da wurde ihr klar, dass sie die Einzige war, die geschlafen hatte. Fein zog sie an der Mähne. Sofort hielt Silbermond an. Kasumi schwang ihr rechtes Bein über den Sattel und glitt vom Pferderücken. Sie hatte unbewusst einen guten Platz zum Rasten ausgesucht.

„Ihr braucht eine Pause", erklärte sie ihren Begleitern auf ihre fragenden Gesichter hin.

Ich denke, du hast recht, sagte Akiko und gähnte müde. Kaum dass sie sich hingelegt hatte, döste sie auch schon ein. Ihr folgten ein wenig später Joru und Neha.

Glücklich sah Kasumi die Löwentiger an. Sie wollte sich auch noch ein wenig ausruhen, als plötzlich ihr Magen knurrte. Das Geräusch hallte durch den stillen Wald. Suchend blickte sie in die Satteltaschen, um nachzusehen, ob sich etwas Proviant in den Taschen befand. Doch sie wurde enttäuscht. Frustriert setzte sie sich auf den Boden und versuchte herauszufinden, wie sie an Nahrung kam.

Wenn wir kein Essen haben, haben wir auch kein Wasser, dachte sie. Panisch sprang sie auf und durchwühlte die Taschen. Sie fand ihren Umhang und einen leeren Wasserbeutel. Ihre Hoffnung schwand. Sie hatten keine Nahrung und kein Wasser. Wütend schlug sie gegen einen Baum. Ein verängstigter Vogel flog auf. Seine grünen Federn glänzten im Sonnenlicht. Zwitschern erfüllte die Luft und mehrere Vögel kamen angeflogen.

Wieder plagte Kasumi der Hunger. Gierig blickte sie die Vögel an. Ihre grünen Flügel schlugen rasch und ihre panischen Augen versuchten die Gefahr auszumachen. Ein einzelner Vogel glitt aus dem Schwarm. Gemütlich landete er auf Silbermonds Rücken und musterte den weißen Bogen. Kasumi verfolgte den Vogel mit ihrem Blick. Langsam schlich sie sich an das Tier an und wollte es packen, doch es entwischte ihr. Nur den Bogen konnte sie erwischen. Sie sah vom Bogen zu den Vögeln auf und erinnerte sich an die Trainingsstunden, die sie mit Feron verbracht hatte.

Schnell schnappte sie sich den Bogen, legte einen Pfeil auf die Sehne und visierte ihr Ziel an. Sie hatte einen Vogel mit bläulich schimmernden Federn im Visier. Gemütlich hockte dieser auf einem Ast und störte sich nicht an der Panik der anderen Vögel. Doch sobald der Pfeil auf den blauen Vogel zeigte, flatterte dieser auf, als hätte er die Gefahr gespürt. Nun waren alle Vögel in der Luft und Kasumi fiel es schwer, auch nur einen der Vögel genauer auszumachen. Wütend entwich ihr ein Knurren. Ihre Augen veränderten sich und ihr Blick wurde schärfer. Die umherrasenden Vögel waren nicht mehr dunkle Schemen, sondern klar zu sehende Tiere. Jeden einzelnen Vogel konnte Kasumi erfassen. Seelenruhig spannte sie ihren Bogen und schoss. Der Pfeil glitt von der Sehne, flog in einer geraden Bahn auf sein Ziel zu und traf es. Rasch legte sie einen weiteren Pfeil auf, ließ ihn los und auch dieser traf sein Ziel. Innerhalb von Sekunden hatte sie einen weiteren Pfeil abgeschossen, und schon nach kurzer Zeit türmte sich auf dem Boden ein Haufen von toten Vögeln auf.

Sie legte vorsichtig ihren Bogen auf den Boden und suchte Feuerholz, um die Vögel zu grillen. Sie hatte alles für ein Feuer bereit gemacht, als ihr einfiel, dass sie keinen Feuerstein hatte. Also beschloss sie, die Vögel noch warten zu lassen und zuerst nach Wasser zu suchen. Mit dem Wasserbeutel in der Hand entfernte sie sich vom Lager. Sie folgte dem Vogelgezwitscher und wurde schon bald fündig. Ein kleines Bächlein schlängelte sich durch den Wald. Das kühle Wasser sah so einladend aus, dass sich Kasumi entschloss, ein Bad zu nehmen. Sie zog ihre Kleider aus, faltete sie sorgfältig zusammen und legte sie auf den Waldboden. Vorsichtig glitt sie in das kühle Wasser. Genüsslich ging sie weiter in das Bächlein. Schon bald reichte ihr das Wasser bis zu den Knien. Von da an setzte sie sich in das Flussbett und ließ sich von dem Nass überströmen. Ihre Gedanken wanderten zu den toten Vögeln zurück. Sie fand es merkwürdig, dass sie zuerst die Vögel nicht sehen konnte. Erst nachdem sie geknurrt hatte, hatte sie die Tiere erkannt.

Ich habe geknurrt?, fragte sie sich überrascht selbst. Bis jetzt hatte sie nur in ihrer Drachengestalt ein Knurren von sich gegeben. *Natürlich, das muss es sein*. Auf einmal verstand sie. Ihre Augen wurden für einen Moment zu Drachenaugen, wodurch sie ohne Mühe die panischen Vögel in ihrem Flug ausmachen konnte.

Eine Zeit lang saß sie im Wasser. Ihre weißen Haare wurden von der Strömung nach vorn getrieben, sodass es aussah, als würden die Haare um sie herumtanzen. Der Anblick erinnerte sie an Lavinias blaue Haare. Wehmütig stieg sie aus dem Wasser, legte sich auf den warmen Waldboden und ließ sich von der Sonne trocknen.

Nach einiger Zeit kehrte sie mit dem vollen Wasserbeutel zum Lager zurück. Ein Blutgeruch lag in der Luft, als sie den Rastplatz erreichte. Die drei Löwentiger hatten sich gierig über die toten Vögel hergemacht und nur noch ein paar wenige übrig gelassen.

„Na toll, das habt ihr ja prima gemacht", sagte sie sarkastisch.

Akiko blickte sie kurz unschuldig an, bevor sie sich wieder ihrem Mahl zuwandte. Hungrig setzte sich Kasumi und sah die Vögel an. Roh konnte sie die Tiere auf keinen Fall essen, aber ohne einen Feuerstein konnte sie kein Feuer machen. Sie hatte zwar unterwegs zwei Steine gefunden, aber ob sie mit diesen Feuer entfachen konnte, war umstritten. Sie versuchte es trotzdem und schlug die Steine aneinander. Einzelne Funken sprühten auf die dünnen Äste und entfachten ein Feuer. Überglücklich steckte Kasumi zwei Vögel auf einen Ast und hielt ihn über das Feuer. Nach etlichen Minuten waren die Tiere gar und Kasumi konnte auch endlich etwas zwischen die Zähne kriegen. Kaum hatte sie das Fleisch verdrückt, briet sie gleich zwei weitere Vögel. Nach einem fünften war sie voll und legte sich auf den Waldboden. Die Tannennadeln fühlten sich an wie ein warmes Bett und so dauerte es nicht lange, bis sie einschlief.

Doch lange konnte sie nicht schlafen. Sobald sie wach war, weckte sie die Löwentiger. Gemeinsam nahmen sie noch ein Bad im kleinen Bächlein, bevor sie weitergingen. Die Waldlandschaft hielt viele Überraschungen bereit. So gab es hier Tiere, die im Menschenland gar nicht existierten. Sie sahen aus wie kleine Echsen, jedoch besaßen sie Flügel mit Federn. Fasziniert beobachtete Kasumi die kleinen Tiere. Immer wieder entdeckte sie etwas Neues.

Als die Nacht hereinbrach, erwachte das Leben im Wald. Eulen flogen aus ihren Nestern auf der Suche nach Nahrung. Die am Tag kleinen Echsen wuchsen rapide an, bis sie die Größe eines Ponys besaßen. Fasziniert von den Tieren, konnte Kasumi ihren Blick nicht mehr abwenden. Wäre Akiko nicht gewesen, hätte Kasumi Silbermond angehalten, um die merkwürdigen Tiere zu bewundern, aber so hetzte Akiko Kasumi weiter.

Lange nachdem sie das Waldstück mit den Echsen verlassen hatten, dachte Kasumi noch an diese Tiere. Am liebsten hätte sie eines mitgenommen, aber Akiko wollte dies nicht. Den weiteren Weg durch die Nacht hindurch hing Kasumi ihren eigenen Gedanken nach. Auch die Löwentiger waren tief in Gedanken versunken und so hörten sie alle nicht das Brüllen. Nur Silbermond stellte ihre Ohren weit auf, um die Gefahr zu lokalisieren. Doch als die Stute erkannte, was auf sie zukam, war es bereits zu spät.

Gefangen

Plötzlich scheute Silbermond und warf Kasumi ab. Panisch rannte die Stute davon, leider aber in die falsche Richtung. Aus dem Gebüsch sprang ein silberner Tiger, der in wenigen Sekunden die Stute auf den Boden gezerrt hatte und ihr mit seinen Fangzähnen die Halsschlagader aufgerissen hatte.

Mahlzeit, vernahm Kasumi eine knurrende Stimme in ihrem Geist. Wie der Blitz schossen weitere Tiger aus dem Gebüsch und machten sich über Silbermond her. Über Kasumis Gesicht glitten Tränen der Trauer. Schockiert konnte sie das Blutbad nur mitansehen. Am liebsten wäre sie weggerannt, aber ihre Füße waren wie eingefroren. Die Tiger rissen Stücke aus dem weißen Fell und verschlangen sie innerhalb Sekunden. Nach einigen Minuten war von der Stute nichts mehr übrig außer ein paar Knochen. Erst da wandte sich der silberne Tiger den vieren zu. Seine braunen Augen blickten intelligent auf und als sie die Löwentiger erblickten, huschte Erkennen über den Blick.

Bastarde, tönte es in Kasumis Geist. *Elende Bastarde. Nehmt sie gefangen.*

Wie ein Blitz stürzten sich die restlichen Tiger auf Akiko und ihre Geschwister. Diese versuchten sich zu wehren, doch es war vergebens. Fauchend und brüllend versuchten sie sich aus den Tatzen der Tiger zu befreien. Aber die Tiger waren um einiges größer als Akiko und ihre Geschwister. Die fremden Tiere überragten sogar Joru. Nach einigen Sekunden lagen Kasumis Begleiter auf dem Boden. Spitze Fangzähne an ihren Kehlen verhinderten, dass sie versuchten aufzustehen.

Und was sollen wir mit dem Mädchen machen?, ertönte eine weitere Stimme.

Nehmt sie auch mit. Sie hat eine Verbindung zu der Erstgeborenen, erklärte die erste Stimme.

Ein brauner Tiger kam zu Kasumi und stupste sie an. Wiederwillig folgte sie ihm. Auch die zuvor am Boden liegenden Löwentiger mussten aufstehen. Damit sie nicht fliehen konnten, wurden sie jeweils zwischen zwei Tigern postiert. Nur Kasumi wurde von einem Tiger begleitet und dies war der Silberne.

Sie hatte noch nicht die schrecklichen Bilder von Silbermonds Tod verdaut. Immer wieder blitzte das blutige Gemetzel vor ihren Augen auf. Ein leises Knurren entwich ihrer Kehle. Es war keine Drohung zum Angriff, sondern ein Knurren der Trauer. Wieder glitten ihr Tränen über das Gesicht, doch als der silberne Tiger sie wütend anknurrte, wischte sie rasch ihre getrockneten Tränen ab.

Als alle Tränen fort waren, blickte sich Kasumi zum ersten Mal richtig um. Sie hatte noch ihren weißen Bogen, doch der Wasserbeutel und die toten Vögel, die sie in der Satteltasche aufbewahrt hatte, waren mit dem Tod von Silbermond verloren gegangen. Sie nahm ihren Mut zusammen und musterte den Mörder ihrer Stute. Sein silbernes Fell leuchtete schwach und die schwarzen Streifen, die einen Schimmer Braun beinhalteten, zuckten im Zickzack über das Fell. Da wurde Kasumi klar, wer sich ihnen gezeigt hatte. Es waren Löwentiger, ein ganzes Rudel von ihnen. Immer mehr drangen aus dem Wald und schlossen sich ihnen an. Ihre Felle hatten die unterschiedlichsten Farben, von Schwarz über Braun bis zu einem hellen Silber, aber keines der Tiere hatte weißes Fell.

Bewundernd konnte sie ihren Blick nicht mehr von den Löwentigern lösen. Unbewusst verlangsamte sie ihre Schritte, nur um die Schönheit der Tiere zu bewundern.

Willst du etwa fliehen?, fragte eine dunkle Stimme hinter ihr.

Panisch drehte sich Kasumi um und blickte in bernsteinfarbene Augen, die amüsiert und hungrig zugleich glühten. Das dunkle Fell des Löwentigers betonte seine leuchtenden Augen.

Na, Süße, wie wäre es, wenn du heute mein Essen wirst?, fragte der Löwentiger weiter, während er Kasumi umkreiste.

Sie sah sich um, auf der Suche nach einem Ausweg. Der Körper des Löwentigers überragte sie, sodass sie keine Möglichkeit zur Flucht sah. Das Tier zog immer engere Kreise, bis sich sein Körper an Kasumis anschmiegte und das weiche Fell über ihre Kleider strich.

Lavan, lass das, vernahm Kasumi die wütende Stimme des silbernen Löwentigers.

Der schwarze Löwentiger drehte den Kopf und fauchte den Silbernen an. Nach einem weiteren Fauchen wandte sich Lavan wieder ihr zu und zog seine Lefzen zurück. Seine Fangzähne waren furchterregend. Der Geruch von Blut ging von den Zähnen aus und machte Kasumi hungrig. Überrascht von diesem Gedanken zuckte sie zurück. Sie hatte in ihrer Drachengestalt nichts dagegen, etwas Blutiges zu essen, aber als Mensch fiel ihr dies wesentlich schwerer.

Sie ist meine Gefangene. Lass die Pfoten von ihr!, fauchte nun der Silberne.

Schon gut, ich wollte nur meinen Spaß haben, erwiderte der Schwarze und ging von dannen. Doch bevor er in den Wald verschwand, drehte er sich noch einmal um. *Wir werden uns bei den Höhlen wiedersehen.*

Verwirrt schaute sie dem Löwentiger hinterher. Auf eine merkwürdige Art faszinierte sie der Löwentiger. Auch wenn er ihr etwas antun wollte, so hatte sie doch nie Angst verspürt.

Komm, es wird Zeit, dass wir zu dem Rudel aufschließen, sagte der silberne Löwentiger und brüllte kurz. Aus dem Wald kam Joru angerannt, gefolgt von zwei weiteren Löwentigern, die ihn bewachten. *Steig auf seinen Rücken, so werden wir schneller vorwärtskommen.*

Kasumi tat, wie der Silberne ihr gesagt hatte, und kletterte rasch auf Jorus Rücken. Sobald sie sicher saß, setzte sich Joru in Bewegung.

Es fühlte sich merkwürdig an, auf dem goldenen Löwentiger zu reiten. Seine Bewegungen waren zwar gleich wie bei einem Pferd, aber sein Fell fühlte sich anders an. Es war viel feiner und roch nach Wald. Beruhigend atmete Kasumi den Waldgeruch tief in ihre Nase ein.

Geht es dir gut?, fragte Joru besorgt.

Ja, ich bin nur ein wenig zurückgefallen und auf einen schwarzen Löwentiger gestoßen. Seine Augen hatten eine ähnliche Farbe wie deine und sein

Fell glänzte so schön, doch sein Charakter ist abstoßend, erzählte sie fröhlich.

Und wie ist sein Name?

Lavan.

Sofort blieb Joru stehen, woraufhin er ein Fauchen von seinen zwei Begleitern bekam. Widerwillig setzte er sich in Bewegung; zuvor sah er Kasumi aber noch besorgt an. Sie spürte den besorgten Blick aus den goldenen Augen des Löwentigers. Fragend strich sie über sein Fell.

Ist dir überhaupt bewusst, wer Lavan ist?, fragte Joru.

Nein, aber er hat mir keine Angst eingejagt.

Du solltest aber Angst vor ihm haben. Er ist nämlich der Bruder der Königin und von Silver. Mit dem Kopf zeigte Joru auf den silbernen Löwentiger, der vor ihnen herlief. *Lavan und er sind zwar Brüder, aber gegensätzlicher könnten sie nicht sein. Silver ist derjenige, der unser Volk repräsentiert, und Lavan ist der Auftragsmörder. Wenn sich ein paar Löwentiger nicht an die Gesetze halten, ist er derjenige, der sie bestraft.*

Was? Er ist von königlichem Geblüt? So sah er aber gar nicht aus. Er hatte eher die Erscheinung eines einsamen Wolfes.

Oder, in seinem Fall, eines einsamen Löwentigers. Aber das ist nicht der Punkt. Er ist gefährlich, also wage dich nicht mehr in seine Nähe.

Nach diesem Gespräch konzentrierte sich Joru nur noch auf den Weg. Vor ihnen tat sich der Wald auf und leises Plätschern war zu hören. Der Duft von Wasser und frischem Blut stieg Kasumi in die Nase und ließ ihr das Wasser im Mund zusammenlaufen.

Auf der Lichtung befanden sich mehrere Löwentiger, die genüsslich fraßen. In der Mitte saßen Neha und Akiko in einem Käfig. Die zwei labten sich an einem jungen Hirsch. Leises Knurren drang aus Kasumis Magen und ihr Hunger verstärkte sich. Sie hatte sich zwar vor einiger Zeit an den Vögeln vollgegessen, doch die fressenden Löwentiger ließen sie hungriger denn je werden.

Joru wurde von zwei Löwentigern in den Käfig begleitet. Erst dort durfte Kasumi von seinem Rücken gleiten. Ein weiterer Kadaver wurde ihnen gebracht, dazu noch frisches Wasser. Es war Kasumi ein Rätsel, wie die Löwentiger diesen Käfig bauen konnten. Auch das

Wasser, das sich in einer Holzschale befand, konnten die Tiere nicht einfach im Maul halten. Interessiert beobachtete sie die Löwentiger, auf der Suche nach Anzeichen, wie sie dies alles bewerkstelligt hatten. Ein kleines Junges rannte vor dem Käfig durch. Hinter ihm schwebte in der Luft eine Schale mit Wasser.

Wie macht er das?, fragte sie Akiko.

Mit Magie.

Aber ich dachte, ihr könnt nur Angriffs- und Verteidigungsmagie.

Ja, wenn wir in keinem Rudel aufwachsen. Wären wir aber wie das kleine Junge hier aufgewachsen, könnten wir jede Art von Magie benutzen, jedoch nur als Hilfe. Und jetzt iss.

Kasumi wandte sich dem Fleischstück zu, das ihr gehörte. Frisches Blut tropfte auf den Boden und ließ ihren Magen umkehren. Ekelerregend ragte das Fleisch vor ihr auf. Sofort wandte sie sich ab und übergab sich. Ihr ganzer Mageninhalt entleerte sich. Einzelne Stücke des Verdauten kamen mit heraus. Der größte Teil jedoch war Flüssigkeit, und zwar Blut. Ihr ganzer Körper fing an zu zittern, als sie das Blut sah. Aus ihrem Geist drang eine weiße Wolke, die sich vor ihr Blickfeld begab. Bilder wurden ihr dadurch gezeigt. Schreckliche Bilder, die an Krieg und Blut erinnerten.

Ein weißer Drache tauchte in ihrem Blickfeld auf. Seine violetten Augen leuchteten sanft im Licht der untergehenden Sonne. Der Körper jedoch war von Blut überzogen. Es war nicht das Blut eines fremden Drachen, sondern ihr eigenes. Ängstlich kroch Kasumi zurück, um möglichst viel Abstand zwischen sich und den Drachen zu bringen, doch dieser folgte ihr. Das Blut tropfte auf ihre Hand und dann wurde sie in Blut getaucht. Die ganze Welt wurde rot. Rot vom Blut des Drachen.

Eine Vision, riss Arubas Stimme sie aus den Bildern.

Eine was?

Eine Vision. Die hattest du schon öfter. Meistens, wenn du schläfst, wirst du in die Zukunft gezogen und siehst Bilder, die in weiter Ferne liegen oder die die Vergangenheit zeigen. Aber sorge dich nicht. Sie können dir nichts anhaben.

Daraufhin verschwand Aruba und Kasumis Blickfeld klärte sich. Das Stück Fleisch lag immer noch vor ihr und erinnerte sie an ihre Vision. Am liebsten hätte sie es liegen gelassen, doch ihr Hunger war zu groß. Zögerlich hob sie das Fleisch auf, schloss die Augen und biss hinein. Blut tropfte ihr aus dem Mund, aber das Stück selbst schmeckte gar nicht so schlecht. Hungrig verspeiste sie alles. Blickte danach die Löwentiger an und fragte stumm nach mehr. Knurrend gab ihr Akiko etwas von ihrem Fleisch ab. Als Kasumi dies auch noch verputzte, war sie immer noch nicht satt. Ihr Magen knurrte und sie hätte locker einen ganzen Hirsch verputzen können. Joru gab schließlich nach und teilte seinen Rest mit ihr.

Mit vollem Magen legte sie sich ins Gras. Es hatte den gleichen Geruch wie Joru und ließ sie auf der Stelle einschlafen. Doch die Löwentiger hatten anderes geplant und weckten sie nach kurzer Zeit wieder auf. Das Rudel zog weiter und Kasumi und ihre Begleiter mussten folgen. Zum Glück durfte sie wieder auf Joru reiten, leider war es auf ihm nicht so angenehm wie auf Silbermond, da er oft sein Tempo wechselte.

Gerade als sie einschlief, beschleunigte er seine Schritte, wodurch sie aufschreckte. Nach einiger Zeit versuchte sie nicht mehr einzuschlafen, sondern musterte die Umgebung. Viele Tiere, die ihr schon zuvor aufgefallen waren, waren essbar.

Und wieder so ein merkwürdiger Gedanke, dachte sie. Ihr war klar, dass diese Art von Denken von ihrem Drachen-Ich stammte und sie einfach mit dem leben musste. Aber komisch fand sie es schon. Seit sie wieder ihre menschliche Gestalt angenommen hatte, sehnte sie sich nach ihrem Drachen und dem Fliegen. Sehnsüchtig schaute sie in den Himmel und erblickte einen Drachen, der über ihnen schwebte. Wie es schien, nahm der Drache sie nicht wahr und flog weiter gegen Westen. Ermüdet senkte sie ihren Blick. Da wurde ihr plötzlich klar, dass es stockdunkle Nacht war. Trotzdem hatte sie den Drachen gesehen.

Wie es scheint, verwandelst du dich teilweise, um einen Vorteil zu erlangen, erklärte Aruba, und tatsächlich, sie konnte die Umgebung genauso gut sehen wie bei Tag.

Bewundernd sah sie sich um, konnte jede Einzelheit des Waldes erkennen. Die Farben der Blätter, die Rinden der Bäume und sogar die einzelnen Haare von Jorus Fell. Mit den Händen strich sie durch das goldene Fell, genoss das Gefühl der feinen Haare und öffnete ihren Geist. Eine ganze Welt von neuen Gefühlen öffnete sich ihr. Sie nahm nicht nur die einzelnen Gerüche der Löwentiger war, sondern spürte auch, wie sie sich momentan fühlten. Im ganzen Rudel herrschte eine Unruhe und viele der Tiere erwarteten einen Angriff. Einige sahen sich aufmerksam um und behielten den Wald im Auge, andere hingegen widmeten sich dem Himmel.

All diese Gefühle stürmten auf einmal auf Kasumi ein. Überfordert versuchte sie ihren Geist zu verschließen, doch ungewollt wanderte dieser weiter. Er folgte dem schwarzen Löwentiger, als würde ihr Geist von ihm magisch angezogen werden. Der Löwentiger schlich sich vom Rudel weg und ging Richtung Wald. Die Dunkelheit des Waldes verschluckte das Tier und beinahe konnte Kasumi ihn nicht mehr sehen. Da ihr Geist aber von Lavan angezogen wurde, spielte es keine Rolle, ob sie ihn sah oder nicht. Nach einiger Zeit lichtete sich der Wald und vor ihr tauchte Silver auf. Der silberne Löwentiger musterte seinen Bruder, sah sich danach die Umgebung genau an, um sicherzugehen, dass Lavan niemand gefolgt war.

Bist du allein?, ertönte die Geisterstimme von Silver.

Ja, du musst nicht so übervorsichtig sein. Ich kann sehr gut auf mich aufpassen, erwiderte der schwarze Tiger wütend und bleckte seine Zähne.

Das weiß ich, jedoch darf niemand dieses Gespräch mitanhören, knurrte Silver.

Beruhige dich, Bruder. Mir ist niemand gefolgt, also sind wir ganz allein.

Gut, dann können wir ja besprechen, was wir mit der Höllenbrut anstellen. Ich wäre dafür, dass unsere Schwester von all dem nichts erfährt.

Dem stimme ich auch zu.

Dann wäre dies geklärt, entschied Silver und wollte sich schon abwenden.

Und was passiert mit der Halbelfe?

Wie ein Blitz drehte sich Silver um, sprang seinen Bruder an und rang ihn zu Boden. Seine elfenbeinfarbenen Fangzähne waren nur Millimeter von Lavans Kehle entfernt.

Sie ist mit der Ältesten der Bastarde verbunden und somit können wir sie nicht anrühren. Auch wenn wir es wollten.

Aber wenn die Höllenbrut stirbt, ist die Elfe nicht mehr gebunden, und somit kann ich mit ihr machen, was ich will.

Erschrocken über das Leuchten der goldenen Augen wollte Kasumi zurückweichen, aber sie war wie festgefroren. Ihr Geist stand still und sie konnte nur mitanhören, was die Löwentiger für grausige Pläne hatten.

Werden wir ihnen die Wahrheit sagen, bevor wir sie hinrichten?, fragte Lavan, der sich wieder beruhigt hatte. *Das wäre ein Spaß.*

Nein, nicht den Jungen. Die Halbelfe wird die Wahrheit erfahren. Aber nun lass uns zurückkehren. Wir haben die Höhlen bald erreicht und ich möchte gern alles hinter mich bringen, bevor unsere Schwester auftaucht.

Oh ja, das wäre fürchterlich, wenn sie die abgeschlachteten Körper ihrer Nichten und ihres Neffen erblicken würde, sagte Lavan mit einem teuflischen Lächeln, bei dem sein ganzes Gebiss zu sehen war.

Als sich die zwei Löwentiger entfernten, stand Kasumis Geist wie erstarrt da. Sie versuchte die Tragweite des Gehörten zu verstehen und es zu verarbeiten. Ihr imaginärer Magen machte Loopings, wenn sie an Lavans letzten Satz dachte. Sie verstand zwar nicht, was es mit den Nichten und dem Neffen auf sich hatte, aber sie wusste, dass sich die abgeschlachteten Körper auf Akiko und ihre Geschwister bezogen. Panik drang in ihren Geist und sie verlor ihre Orientierung. Ihr Geist wurde aus dem Wald katapultiert, wurde zurück zu ihrem Körper gezogen und in ihn hineingepresst.

Panisch riss Kasumi die Augen auf. Sie befand sich immer noch auf Joru und die Umgebung veränderte sich kaum merklich. Ihr Herz schlug heftig in ihrer Brust und die Erinnerungsfetzen des belauschten Gesprächs kreisten in ihren Gedanken. Nur langsam beruhigte sie sich wieder. Als dann noch Akiko neben ihr auftauchte, verschwand die Panik ganz.

Was ist passiert?, fragte die bronzene Löwentigerin.

Ich habe meinen Geist herumwandern lassen und … Kasumi hielt inne und sah sich genau um. Keiner der anderen Löwentiger nahm sie wahr. Zur Sicherheit legte sie den Copernicus um sich und die Löwentiger. Damit sie nicht belauscht werden konnten, fügte sie noch einen weiteren Zauber hinzu. Erst dann erzählte sie ihren Begleitern von dem Gespräch zwischen Lavan und Silver.

Das ist nicht verwunderlich, sagte Joru, nachdem Kasumi geendet hatte. *Wir sind Mischlinge, die nicht existieren sollten. Unsere Mutter hat das heiligste Gesetz gebrochen, indem sie sich mit einem Shinigami vereinigt hat.*

Aber ist das nicht eine harte Strafe? Ich meine, ihr seid schon verbannt worden und jetzt wollen sie euch umbringen.

Wir haben das Gesetz gebrochen. Zur Verbannung gehört, nie mehr in das Land der Löwentiger zu gehen, und wir haben es trotzdem gewagt, erklärte Neha, die während Kasumis Schilderung aufgetaucht war.

Können wir nichts dagegen unternehmen?, fragte Kasumi hoffnungsvoll.

Momentan behalten sie uns zu genau im Auge. Vielleicht wenn wir die Höhlen erreichen, können wir uns befreien.

Kaum hatte Akiko die Höhlen erwähnt, tauchten sie auch schon vor ihnen auf.

Eine schwarze Granitwand erhob sich vor ihnen. In der Mitte der Wand befand sich ein riesiges Tor, das von zwei Löwentigern bewacht wurde. Ihr Fell hatte die Farbe von Blut und ihre schwarzen Augen strahlten etwas Gefährliches aus.

Das Rudel bewegte sich auf das Tor zu. Sobald Silver aus dem Rudel getrottet war und mit den Wächtern geredet hatte, wurde das Tor geöffnet. Mehrere kleine Löwentiger stürzten aus den Höhlen und begrüßten das Rudel. Die Jungen suchten sofort nach ihren Müttern und hofften auf etwas zu fressen. Die meisten der Jungen waren nicht größer als Ratten. Sogar Akiko und ihre Geschwister waren größer gewesen, als Kasumi sie das erste Mal getroffen hatte.

Nach der Begrüßung begaben sich die Löwentiger gemütlich in die Höhlen. Bevor Kasumi und ihre drei Löwentiger eintreten durften, wurden ihnen die Augen verbunden. Blind musste Joru einem seiner

Wächter folgen. Dicht hinter ihm kam Neha und am Schluss Akiko. Damit sie den Weg aus den Höhlen finden würden, wenn sie flohen, öffnete Kasumi ihren Geist. So konnte sie ihre Umgebung sehen, obwohl ihre Augen verbunden waren.

Der schwarze Stein durchzog die ganzen Höhlen und an jeder Kreuzung gab es fünf verschiedene Wege. Drei dieser Wege führten jeweils in eine Höhle, in der eine Löwentigerfamilie lebte. Die Kreuzungen traten etwa alle zwanzig Meter auf, wodurch es Kasumi erschwert wurde, die Orientierung zu behalten. Als eine Weggabelung mit zehn verschiedenen Wegen auftauchte, wurde ihr klar, dass sie hier nicht ohne Hilfe hinauskommen würden.

Der Wächter vor Joru bog in einen weiteren Gang ab, an dessen Wänden blaues Feuer hing. Es schwebte mehrere Meter in der Luft und beleuchtete die Wände, die sich beidseitig erhöhten, bis Kasumi die Decke nicht mehr erkennen konnte. In diesem Moment erschien vor ihnen ein weiteres Tor. Dieses jedoch hatte die Farbe von flüssigem Blut. Kasumis Geist erschauderte, als sie zu nahe an die Tür kam. Sie zog sich wieder in ihren Körper zurück und fühlte sich sofort blind. Ihre Orientierung, die schon mit ihrem Geist schwer war, wurde ihr nun vollständig genommen.

Nach einiger Zeit des Wartens in der Dunkelheit hörte sie, wie sich das rote Tor öffnete und etwas heraustrat, dessen Schritte den Boden erzittern ließ.

Oh ehrwürdiger Warox, wir bringen dir Gefangene!, ertönte die Stimme des Wächters.

Ein wütendes Knurren antwortete darauf. Sofort wurde Joru zum Laufen animiert. Sein Wächter schob ihn durch die blutrote Tür und schloss sie, sobald alle drei Löwentiger sie durchquert hatten. Danach wurden ihnen ihre Augenbinden abgezogen. Als sich Kasumis Blick klärte, blickte sie in die Augen eines Ungeheuers.

Flüssiges Silber sah sie an. Der Kopf dazu war eine Mischung zwischen Drachen und Löwentiger. Das Monster besaß die Schnauze eines Drachen, aber die flauschigen Ohren eines Löwentigers. Schuppen zierten den Hals, der deutlich länger war als bei einem Löwentiger. Die ganze Bauchseite wurde von kupferfarbenen Schuppen geziert, die sich einzeln bis auf den Rücken schlängelten. Auch die Unterseite des Schwanzes, der in einem Stachel endete, wurde von Schuppen bedeckt. Der Rest des Körpers bestand aus kupferfarbenem Fell und die typischen schwarzen Streifen der Löwentiger bewegten sich in einem Schlangenmuster über den Körper des Ungeheuers.

Wie erstarrt saß Kasumi auf Joru fest und konnte ihren Blick nicht mehr von dem Monster abwenden. Die silbernen Augen fesselten sie und musterten ihren ganzen Körper. Ein Schnauben des Ungeheuers löste den Bann.

Kommt mit, ich werde euch eure Schlafstätte zeigen!, ertönte eine tiefe Stimme in Kasumis Geist.

Willig folgten die Löwentiger Warox. Dieser führte sie weiter in einen dunklen Gang hinein. Nach einigen Minuten mündete der Gang in eine große Höhle. Ein warmes Feuer flackerte in der Mitte der Höhle. Sofort wollte Kasumi abspringen und auf das Feuer zulaufen, als ihre Augen die Wände der Höhle musterten. Auf der Stelle rührte sie sich nicht mehr. Die Wände hatten die Farbe von getrocknetem Blut und überall hingen Skelette von Drachen, Löwentigern und anderen Tieren, die Kasumi nicht kannte. Nun entdeckte sie auch die Käfige, die an der gegenüberliegenden Wand angebracht waren. Dicke Eisenstäbe machten ein Entkommen aus diesen Käfigen unmöglich.

Keine Angst, die sind nicht für euch gedacht, sagte Warox, als er den schockierten Blick von Kasumi sah. *Ihr könnt euch neben meiner Schlafstätte zu Ruhe setzen.*

Mit dem Schwanz zeigte er auf eine Ansammlung von Fellen, die sich rund um das Feuer erstreckten. Erleichtert seufzte Kasumi auf und stieg von Jorus Rücken. Rasch begab sie sich zu den Fellen und legte sich nieder. Auf der Stelle befiel sie Müdigkeit, doch als sich Warox zu ihr gesellte, wich die Müdigkeit. Auch die Löwentiger gesellten sich zu ihr, doch sie schliefen, im Gegensatz zu Kasumi, sofort ein.

Sie haben eine lange Reise hinter sich und die Angst um ihr Leben hat sie erschöpft, erklärte das Monster. *Ich nehme an, dass ich in deinen Augen wie ein Monster wirke, deswegen werde ich mit dir in meiner menschlichen Gestalt reden.*

Vor ihren Augen umgab Warox ein dunstiger Nebel, der die Sicht auf seinen Körper verbarg. Als sich der Nebel zurückzog, saß neben ihr ein junger Mann mit silbernen Augen, kupferfarbenen Haaren und Zähnen, die an Fangzähne erinnerten. Sein Aussehen war katzenhaft und anstelle von Haut besaß er ein weiches Fell. Ein Schwanz bewegte sich hinter ihm hin und her und Kasumi erkannte, dass der Schwanz zu ihm gehörte.

Ängstlich starrte sie den Mann an, der neben ihr saß. Am liebsten wäre sie davongerannt, doch als eine Gefangene konnte sie dies nicht tun. Also blieb sie sitzen und wartete.

Geschichten, Geheimnisse und Wahrheiten

Nach einer Weile blickte Warox sie mit seinen silbernen Augen an. Dem durchdringenden Blick konnte Kasumi nicht widerstehen. Die Augen bannten sie auf eine Art und Weise, wie es kein Wesen konnte.

Erschreckend, nicht wahr?, fragte er, wartete aber ihre Antwort nicht ab. *Ich glaube, ich werde dir meine Geschichte erzählen, immerhin besitzt du auch ein Geheimnis.*

„Alles begann damit, dass die Löwentiger in das Drachenland kamen", fing Warox seine Erzählung an. Dabei bemerkte Kasumi, dass seine tiefe Stimme schön klang.

„Zu dieser Zeit war die Anzahl der Löwentiger sehr gering. Um Inzucht zu vermeiden, paarten sich viele unserer Vorfahren mit Shinigamis, die die Gestalt von Löwentigern angenommen hatten. Dadurch entstanden viele Mischlinge. Diese hatten leider nur eine geringe Lebensspanne, aber sie reichte aus, um sich weiterzupaaren. Oft verpaarten sie sich mit reinrassigen Löwentigern, wodurch die Jungen, die dadurch entstanden, robuster waren als ihre Vorfahren. Es dauerte nicht lange und unsere Spezies hatte sich erholt. Zu diesem Zeitpunkt herrschte noch immer unsere Königin, die den Körper eines Drachen besaß. Sie wünschte sich nichts sehnlicher als ein Junges. Leider wurde ihr dies nicht gewährt, da die meisten Löwentiger Angst vor ihr hatten. Und die Drachen wollten sich nicht mit ihr paaren, da sie kein wirklicher Drache war.

Dann, eines Tages, kam ein Löwentiger auf die Welt, der die Fähigkeit hatte, sich in einen Menschen zu verwandeln. Woher diese Fähigkeit kam, wusste keiner, aber die Löwentiger nahmen an, dass dies ein Nebeneffekt der Mischlinge war. Jedoch blieb dieser Löwentiger der Einzige, der seine Gestalt wechseln konnte. Die Königin besaß die gleiche Fähigkeit. Der Löwentiger fühlte sich in seiner tierischen Gestalt nicht wohl und verbrachte sein Leben als Mensch. Oftmals verwandelte sich die Königin auch in ihre menschliche Gestalt. Wie der Zufall es wollte, trafen sich die zwei und verliebten sich ineinander." Warox stockte kurz, als er sich ein Lachen verkneifen musste. „Ja, Zufall klingt gut. Nach einiger Zeit wurde die Königin schwanger und zwei Jahre später gebar sie einen Sohn, jedoch war dieser missgestaltet. Als die Königin mit ihrem Geliebten sprach, fand sie heraus, dass er ein Löwentiger war.

Erfreut über diese Tatsache erzählte sie ihm auch, wer sie war. Jedoch war ihr Geliebter zu schockiert und brachte sich selbst um. Traurig über den Tod, zog sie ihren Sohn auf und erwählte gleichzeitig eine neue Königin, auf die sie ihre Macht übertrug. Sie konzentrierte sich nur auf die Aufzucht ihres Sohnes und wollte dabei nichts mehr von ihrem Volk wissen. Die neue Königin war die erste Tochter des ältesten Bruders der alten Königin. Schnell wurde klar, dass die neue Königin ihre Aufgabe problemlos meisterte.

Traurig und alleingelassen zog sich die alte Königin mit ihrem Sohn zurück in die Berge. Du musst wissen, wir Löwentiger sind nicht für die Berge geschaffen, Drachen aber schon. Also beschloss die Königin, sich mit ihrem Sohn, der ja zur Hälfte Drache war, in die Berge zu begeben. Dort gab sie ihm auch seinen Namen. Sie wollte, dass ihr Sohn ein Kämpfer war, deshalb gab sie ihm den Namen Warox."

„Kämpfer", sagte Kasumi und unterbrach Warox. Sie wusste auf einmal, dass dies die Bedeutung des Namens war.

„Genau. Der Name stammte vom ersten Elfenkönig. Es ist mir bis heute nicht bekannt, warum meine Mutter mich nach einem Elfen benannt hat, obwohl sie Feinde waren. Nun, auf jeden Fall zogen wir in die Berge. Da mich meine Mutter als Mensch geboren hatte, kannte ich meine wahre Gestalt noch nicht. Auf der Reise zu unserem neuen Zuhause erzählte mir meine Mutter davon, dass ich wahrscheinlich noch eine zweite Gestalt hätte. Als wir dann endlich in den Bergen ankamen, unterrichtete mich meine Mutter.

Akiko hat dir sicher schon erklärt, dass, wenn Löwentiger im Rudel aufwachsen, sie alle vier Grundmagien erlernen können. Aber ohne

Rudel nur die Angriffs- und Verteidigungsmagie. Mir ging es damals ähnlich. In meiner menschlichen Gestalt war meine Magie eingeschränkt, und so musste ich lernen mich zu verwandeln. Das erste Mal fühlte sich merkwürdig an. Ich hatte das Gefühl, als würde mein Körper zerreißen. Doch je öfter ich mich verwandelte, umso natürlicher fühlte es sich an. Gleichzeitig öffnete sich mir die Welt der Magie. Ich lernte auch ohne Flügel zu fliegen und mich bei Verletzungen zu heilen.

Einige Jahre vergingen, in denen ich weitertrainierte. Dann kam die Zeit der Wanderung. Meine Mutter fand, ich sei nun stark genug, und so zogen wir von einem Ort zum anderen, bis wir nach dreiundvierzig Jahren zum ersten Mal wieder eine Siedlung erblickten. Wir nahmen beide unsere menschliche Gestalt an und traten in das Elfendorf. Wir wurden freundlich willkommen geheißen, doch ich konnte mit den Elfen nichts anfangen. Erst nach einiger Zeit in dem Dorf freundete ich mich mit einer Elfe an, die mein Aussehen nicht störte. Mein Glück währte aber nicht lange. Eines Tages zogen meine silbernen Augen sie in den Bann, so wie dich vorher. Bei ihr war es aber stärker und sie verfiel mir. Ihre Existenz verschwand und zurück blieb eine Puppe, mit der ich machen konnte, was ich wollte.

Versteh mich bitte nicht falsch, aber anfangs dachte ich mir nichts dabei. Ich wusste nicht einmal, was passiert war. Erst als meine Mutter sie erblickte, wurde ihr klar, dass ich Augen hatte, die die Existenz eines menschlichen Wesens auslöschen können. Also beschloss sie zurückzukehren zu den Löwentigern.

Es brauchte mehrere Jahre, bis wir sie fanden. Als wir sie endlich ausfindig machten, lebten sie schon in den Höhlen. Meine Mutter wurde willkommen geheißen, doch mich hat man gemieden. Es brauchte einige Zeit, bis sie mich akzeptierten. Danach gehörte ich aber zum Rudel. Meine Mutter bemerkte, dass ich gut aufgehoben war, und legte sich zu Ruhe. In der tiefsten Höhle baute sie ein Nest, in dem sie ihren Schlaf vorbereitete. Nachdem alle Vorbereitungen abgeschlossen waren, schloss sie die Höhle mit einem Zauber, der bewirkte, dass sie erst aufwachen würde, wenn sie gebraucht wird.

Bis heute ist dies nicht der Fall. Sie schläft noch immer in der tiefsten Höhle.

Doch mein Leben veränderte sich. Ich wurde nach einiger Zeit zum Kerkerwächter, als eine neue Königin herausfand, wozu meine Augen fähig waren. Damals nahmen Löwentiger oftmals Elfen gefangen oder Menschen. Ich war dazu da, um sie zu bewachen. Meine Magie schreckte die Gefangenen ab und so wagten sie nicht zu fliehen. Doch nachdem Frieden zwischen den Völkern geschlossen wurde, hatte ich keine Aufgabe mehr. Also beschloss ich, mich wie meine Mutter zur Ruhe zu legen. Ich erbaute mein Reich in den Kerkern und baute sie so um, dass ich darin leben konnte."

Fasziniert schaute Kasumi das Mischwesen aus Drachen und Löwentiger an. Dass dieser über mehrere tausend Jahre alt war, konnte sie sich nicht vorstellen, also fragte sie ihn danach.

„Meine Mutter erhielt die Unsterblichkeit, die sie an mich weitergab, und nun, meine Liebe, verrate ich dir ein Geheimnis."

Warox stand auf, kam zu Kasumi und beugte sich zu ihrem Ohr. Leise flüsterte er ihr etwas ins Ohr. Etwas, das sie nicht verstand, das sich aber in ihr festsetzte. Ihre ganze Seele wurde von diesem einen Wort berührt und erstrahlte hell in ihr. Das Strahlen setzte sich über ihren Körper fort, bahnte sich einen Weg zu ihrem Mal und drang aus diesem heraus. Das Zeichen auf ihrem Rücken wurde mit blauem Licht an die Wand geworfen. Sofort fing sich Aruba in ihr an zu regen und nahm das Wort in ihren Geist auf.

„Ich verstehe", sagte Warox. „Deine Begleiter haben sich ausgeruht, es wird Zeit zu gehen."

Ohne ein weiteres Wort verwandelte er sich wieder in seine Mischgestalt, weckte die drei Löwentiger und marschierte danach zur Tür. Sofort erschienen zwei Wächter, die sich zu Kasumi gesellten. Das Fell der Löwentiger hatte die gleiche Farbe wie die Wände, doch ihre schwarzen Augen blickten nicht Kasumi an, sondern das Zeichen an der Wand.

Kommt mit uns, teilte einer der Wächter ihnen mit, bevor er verschwand. Der andere zeigte auf Warox, woraufhin sich dieser in Bewegung setzte.

Kasumi saß noch immer wie erstarrt da und versuchte das Wort zu ergründen, das Warox ihr genannt hatte. Doch jeder Versuch endete in einer weißen Wolke, die sich um ihren Geist gelegt hatte.

Kasumi, alles okay?, fragte Akiko sie und riss sie aus ihren Gedanken.

Kurz schüttelte Kasumi den Kopf und stand dann auf. Die Wächter waren bereits am Tor und warteten auf sie. Auffordernd blickten sie Kasumi und die drei Löwentiger an. Ohne weiter über das Wort nachzudenken begab sich Kasumi zum Tor. Sie wusste, jeder Fehler ihrerseits könnte nun zu ihrem Tod oder dem von ihren Begleitern führen. Hinter sich hörte Kasumi die dröhnenden Schritte von Warox, und als sie sich umblickte, nickte er ihr nur zu. Die Wächter jedoch blickten schockiert drein, als sie merkten, dass Warox ihnen folgte. Sie wichen rasch zurück und fingen an zu fauchen. Das rote Fell der Wächter stellte sich auf und die schwarzen Linien zuckten schneller über ihre Körper, sodass Kasumi nur verschwommene Flecken wahrnahm.

„Oh, ehrwürdiger Warox, was führt dich hinaus aus deinem Reich?“, fragte einer der Wächter mit spöttischer Stimme.

Kasumi fiel in diesem Moment auf, dass der Löwentiger nicht in Gedanken gesprochen hatte, sondern seine Worte laut ausgesprochen hatte.

Ein Lächeln huschte über das Gesicht von Warox, als er erwiderte: „Euch ist sicher bekannt, dass das Siegel der tiefsten Höhle nachgelassen hat, seit diese vier hier angekommen sind.“ Mit einer Klaue zeigte Warox auf Kasumi und ihre Begleiter. „Ich möchte mich nur vergewissern, dass ihr ihnen nichts antut.“

Der Wächter, der zuvor gesprochen hatte, schluckte schwer, nickte aber, sobald er die Fangzähne des Mischlings aufblitzen sah. Die Wächter beruhigten sich wieder und setzten sich in Bewegung. Dieses Mal wurde Kasumi und ihren Löwentigern die Augen nicht verbunden, und sie konnten die Wände begutachten, die in einem beruhigenden Blau schimmerten.

Die Wände strotzten nur so von Verzierungen. Überall erkannte Kasumi Löwentiger, die in die Wände gemeißelt waren. Die Bilder zeigten verschiedene Motive. Eines erzählte die Geschichte der Löwentiger, ein anderes, wie die Höhlen entstanden, und wieder andere erzählten von der Außenwelt, wie der Menschenwelt oder dem Dämonenland. Auf einer der Wände erkannte Kasumi einen großen Drachen, der aussah, als würde er schlafen. Fasziniert von den Bildern konnte sie ihren Blick nicht mehr von den Wänden lösen. Sie achtete kaum darauf, wohin sie liefen, und so fiel ihr nicht auf, dass der Weg, den sie nahmen, tief in die Höhlen führten.

Ich denke, ich sollte euch vorwarnen, ertönte die Stimme von Warox, die sie aus der Bewunderung der Bilder riss.

Kasumi und die Löwentiger blickten zu ihm auf. Alle vier setzten fragende Gesichter auf.

Wir gehen zu der Höhle meiner Mutter. Dort werdet ihr auf Silver, Lavan und Varinia treffen. Varinia ist die jetzige Königin und ihre zwei Brüder wollten nicht, dass sie erfährt, dass ihr hier seid. Mit einem durchdringenden Blick schaute Warox die drei Löwentiger an.

Ihr seid hier nicht gerade willkommen, darum bemüht euch, anständig zu sein, murmelte der Mischling und richtete seinen Blick wieder nach vorn.

Gerade wollte Kasumi sich mit Akiko in Verbindung setzen, als vor ihnen ein blaues Tor erschien, das sich von allein öffnete. Dahinter erblickte Kasumi den schwarzen und silbernen Löwentiger und eine Löwentigerin mit goldenem Fell und strahlend grünen Augen. Diese Augen richteten sich kurz nach Kasumis Eintritt in die Höhle auf sie. Dem durchdringenden Blick konnte Kasumi nicht standhalten und wandte sich ab.

Seid willkommen in meinem Reich, hörten Kasumi und ihre Begleiter die sanfte Stimme der goldenen Löwentigerin.

Wir sollten sie nicht willkommen heißen, sondern sofort hinrichten, platzte Lavans rauchige Stimme dazwischen. *Die Halbelfe kannst du mir überlassen,* fügte er mit einem tiefen Lachen hinzu.

„Hier wird niemand hingerichtet!", rief die Königin. Ihre reale Stimme klang wie ein Wildbach, stürmisch, aber gleichzeitig auch ruhig. „Wenn es nach dir gegangen wäre, Lavan, hätte ich nur noch ihre

Leichen gesehen!“, fauchte sie ihren Bruder an. Dieser wich entschuldigend zurück, doch seine bernsteinfarbenen Augen leuchteten teuflisch auf. Gerade wollte der schwarze Löwentiger etwas erwidern, als Silver vor seinen Bruder trat und seine Schwester abfällig betrachtete.

Wir haben immer zu deinem Wohl gehandelt, das weißt du, Schwester. Doch nun hast du uns unsere Aufgabe genommen. Wir …

„Eure Aufgabe?“, unterbrach Varinia ihren Bruder. „Ich bin die Königin, nicht ihr.“

Aber wir sind älter als du, erwiderte Silver und presste seine Kiefer zusammen. Blut tropfte von seinen Fangzähnen, als diese seine Haut durchstachen.

„Ich unterbreche nur ungern einen Streit zwischen Geschwistern, aber ich denke, es wird Zeit, meine Mutter zu fragen, was mit diesen drei Mischlingen geschieht!“, hallte Warox’ Stimme durch die Höhle.

Sofort blickten die drei königlichen Geschwister auf ein goldenes Tor, das eine ganze Wand der Höhle einnahm. Schriftzeichen, die Kasumi nicht kannte, zierten das Tor und in der Mitte befand sich ein Schlüsselloch von der Größe eines Pferdes. Dieses Schlüsselloch nahm nun die Farbe des Blutes an. Nur langsam füllte sich das Loch. Als es halb voll war, fingen die Schriftzeichen an zu glühen und sich vom Tor zu lösen. Sie lösten sich in nichts auf und verschwanden einfach. Als nur noch ein einziges Schriftzeichen vorhanden war, ging die Königin der Löwentiger, dicht gefolgt von Warox, auf das goldene Tor zu. Vor dem Schlüsselloch blieb die Tigerin stehen und hob ihre Pfote. Mit einer Kralle schlitzte Warox ihr das Fell auf. Rotes Blut tropfte auf das Schlüsselloch, das sich unter dem Blut von Varinia zu bewegen begann. Ganz langsam erschien um das Tor herum eine silberne Kette, die vom Schlüsselloch gehalten wurde. Um das Loch herum zeichnete sich ein Vorhängeschloss ab. Wie aus dem Nichts entstand ein Schlüssel, der in dem Schlüsselloch steckte. Von Geisterhand drehte sich dieser nun und öffnete das Vorhängeschloss, das mit den Ketten zu Boden stürzte und sich auflöste. Nur noch das Schriftzeichen hielt das Tor verschlossen.

Und jetzt?, fragte Varinia Warox.

„Jetzt warten wir", erwiderte der Mischling.

Als hätte das Schriftzeichen nur auf die Frage und Antwort von Varinia und Warox gewartet, leuchtete es golden auf. Das Zeichen breitete sich aus, bis es das ganze Tor einnahm. Erst jetzt nahm die Schrift einen blutroten Ton an und fiel in sich zusammen. Im gleichen Moment öffnete sich das Tor. Die zwei Torflügel schoben sich auseinander und glitten in die Wand, sodass Kasumi sie nicht mehr sehen konnte. Dahinter befand sich eine Treppe mit Stufen in der Größe einer Grundfläche eines Hauses. Als das Tor vollständig geöffnet war, erbebte die Erde. Die Treppe wurde von dem Beben in Schwingung versetzt. Zuerst nur leicht, dann immer stärker, bis Kasumi das Gefühl hatte, die Treppe bräche zusammen.

Nach einiger Zeit setzte sich das Beben zur Ruhe und auf der Treppe war eine nackte Frau mit glühend gelben Augen zu sehen. Elegant stieg sie die Stufen hinauf. Als sie die letzte hinter sich gelassen hatte, wandte sie sich mit einem Lächeln an Warox.

„Es ist eine Weile her, mein Sohn", sagte sie, während sie ihre Arme nach Warox ausstreckte. Dieser zögerte nicht lange, verwandelte sich und warf sich in die Arme seiner Mutter.

Als Kasumi die freudige Wiedervereinigung zwischen Mutter und Sohn beobachtete, kamen ihr Erinnerungen an ihre Mutter auf. Wie sie fröhlich auf dem Markt ihre Ware feilbot, das Lächeln ihre strahlend grünen Augen erreichte und der Wind ihren Duft nach Blumen in alle Richtungen verstreute. All diese Erinnerungen zuckten vor Kasumis Augen und trieben ihr Tränen über die Wangen. Glücklich, dass wenigstens eine Familie wieder zusammengefunden hatte, wischte sie die Tränen ab und verdrängte die schönen Erinnerungen an ihre Mutter.

Als sich Warox schließlich von seiner Mutter löste und sich diese an die königlichen Geschwister wandte, fielen diese ehrerbietig auf den Boden. Ein leises Lachen stieg der nackten Frau aus dem Rachen. Mit eleganten Schritten trat sie zu Varinia und legte ihre Hand auf das goldene Fell. Kurz darauf schloss die Frau die Augen.

„Du bist eine wundervolle Königin", sagte die Nackte plötzlich. „Doch Nachkommen wirst du nie haben."

Die Frau löste ihre Hand von Varinia und öffnete die Augen. Mit trauriger Miene gab sie den dreien das Zeichen zum Aufstehen. Dann drehte sie sich mit einem Lächeln im Gesicht zu Kasumi um. Mit raschen Schritten eilte sie zu Kasumi und umarmte sie. Völlig perplex von dieser Bewegung, blieb Kasumi erstarrt stehen. Der Frau jedoch war die Umarmung noch nicht genug und sie atmete Kasumis Duft ein.

„Wie ich es mir dachte", flüsterte die Frau. „Du bist eine Drachin." Lächelnd stieß sich Warox' Mutter von Kasumi ab und richtete ihren Blick auf Akiko und ihre Geschwister. Die Königin beachtete die verwirrte Kasumi nicht mehr, sondern ging zielstrebig zu Akiko.

„Du bist aber eine Hübsche und deine Schwester eine Süße. Da hat Arkania aber drei schöne Kinder auf die Welt gebracht."

Die Frau ging in die Hocke und fing an, Neha zu streicheln. Sofort fing die kleine Löwentigerin an zu schnurren und presste sich an die Hand von Warox' Mutter. Ein Fauchen ertönte von Silver.

Wie könnt ihr diese Bastarde nur hübsch und süß nennen?, fragte Silver frustriert.

Warox' Mutter hielt in der Bewegung inne, stand auf und drehte sich zu Silver um. Ihr zuvor freundlicher Blick war vor Wut verzerrt.

„Du hast nichts zu sagen, Silver. Du warst derjenige, der seine eigene Schwester verbannt hat, obwohl du geschworen hast, deine Familie zu beschützen!", fauchte Warox' Mutter.

Das musst gerade du sagen, Kira. Du hast unsere Rasse im Stich gelassen und dich der Aufzucht deines Sohnes gewidmet, erwiderte Silver.

„Wage es nicht, meine Taten zu hinterfragen. Ich habe all dies zum Wohle der Löwentiger getan."

Du? Du wolltest nichts mehr mit uns zu tun haben! Du ...

„Silver, das reicht!", schnitt die Stimme von Varinia Silvers Schimpftirade ab. „Wie Kira schon sagte, wir sollten ihre Taten nicht hinterfragen, sondern fragen, warum sie erwacht ist."

Als ob uns das interessieren würde, meldete sich nun Lavan zu Worte.

„Uns interessiert es!", fauchte Varinia und duldete keinen Widerspruch von Seiten ihrer Brüder. „Meine Königin, sagt, warum seid

Ihr erwacht?", wendete sich die Königin der Löwentiger an Warox' Mutter.

„Du musst nicht so höflich mit mir reden, Varinia, und was den Grund meines Erwachens betrifft, ich denke, du kennst ihn. Aber zuerst sollten diese drei", mit einer ausholenden Geste zeigte Kira auf Akiko, Neha und Joru, „erfahren, warum sie hier nicht willkommen sind."

Du willst ihnen also die Wahrheit ihrer Herkunft erklären?, fragte Lavan sarkastisch.

„Ja, aber nicht nur das. Ich werde ihnen erzählen, wie es dazu kam, dass die Mischlinge bei uns nicht mehr willkommen sind", erwiderte die Königin, und als Lavan ein weiteres Mal Einspruch erheben wollte, wischte Kira diesen mit einer Handbewegung beiseite.

„Ich rede, und wenn mich auch nur jemand unterbricht, werde ich sehr, sehr wütend werden! Habt ihr das verstanden?", fragte Warox' Mutter in die Runde hinein.

Auf den bösen Blick Kiras hin nickten alle. Zufrieden schnaubte Kira. Durch eine Handbewegung erschien hinter ihr ein Stuhl, auf den sie sich setzte. Kurz darauf brachte einer der roten Löwentiger eine Decke und legte sie über Kiras nackte Beine. Auf ein Nicken hin verschwand der Tiger und schloss hinter sich die blaue Tür, als er aus der Höhle ging. Kira ließ kurz darauf einen weiteren Stuhl erscheinen, auf den sie Kasumi bat. Als alle bequem saßen oder lagen, fing Warox' Mutter mit ihrer Erzählung an.

„Alles begann, nachdem ich mich schlafen gelegt hatte. Eine neue Königin nahm den Platz ein, leider war sie die falsche Wahl gewesen. Dies wusste ich, sobald ich gesehen hatte, wie sie den Thron bestieg. Doch mein Siegel, das mich einschloss, ließ nicht zu, dass ich mich dazu herabließ, die Wahl zu manipulieren. Also konnte ich nur zusehen, wie meiner Rasse eine erneute Krise bevorstand. Die neue Königin, die den Namen Saphir trug, hasste alle Mischlinge. Dieser Hass war in ihrer Kindheit entstanden, als einer der Mischlinge sie gehänselt hatte. Durch diese Hänselei stürzte sie einen Hang hinab und brach sich ihr Bein. Der Heilungsprozess ging über mehrere Jahre.

Als sie an die Macht kam, verbannte sie alle Mischlinge und wollte sie in den Höhlen nicht mehr sehen. Viele der reinrassigen Löwentiger hielten dies aber für eine drastische Maßnahme, die nicht nötig wäre. Daraufhin teilte sich die Meinung des Rudels und es spaltete sich in zwei Rudel. Eines, das aus reinrassigen Löwentigern bestand, und eines aus Mischlingen und Reinrassigen. Das Rudel der Mischlinge floh, doch plante es wiederzukommen und die Reinrassigen zu vernichten.

Einige Jahre zogen ins Land und das Rudel der Mischlinge hatte eine neue Höhle erbaut, die sich auf der anderen Seite der Höhle von den Reinrassigen befand. Viele der Mischlinge wollten nicht mehr zurück, doch ein ehrgeiziger Löwentiger, der nicht einmal seinen Geburtsort in Erinnerung hatte, wollte die reinrassigen Löwentiger aus den Höhlen jagen. Er fand trotz vielen Abneigungen Anhänger, die sich ihm anschlossen. Zusammen kündigten sie den reinrassigen Löwentigern den Krieg an.

Es dauerte nicht lange und ein blutiger Krieg entstand, in dem sich Familienangehörige gegenseitig umbrachten. Die reinrassigen Löwentiger realisierten, dass dieser Krieg nur wegen den Mischlingen geführt wurde, und so schlossen sich die Löwentiger, die zum Mischlingsrudel gehörten, wieder ihrem alten Rudel an und kämpften gemeinsam gegen die Mischlinge. Der Krieg artete nun vollständig aus, erst als mein Sohn Warox eingriff und sich auf die Seite der Reinrassigen stellte, konnte dem Krieg ein Ende gesetzt werden, doch leider forderte dieser viele Tote. Die meisten davon waren Mischlinge, aber auch einige reinrassige Löwentiger. Als Saphir dieses Massaker betrachtete, wurde ihr klar, dass dies ihre Schuld war. Damit so etwas nie wieder passieren konnte, entschloss sie sich, alle noch lebenden Mischlinge mit ihren eigenen Pfoten zu töten.

Der schlimmste Tag in unserer Geschichte endete mit der Vernichtung aller Mischwesen zwischen Löwentigern, Shinigamis und anderen und dem Verbot, das besagte, dass jeder Löwentiger verbannt wird, der sich mit einem anderen Wesen gepaart hat. Ihren Jungen, die unweigerlich Mischlinge sind, wird es verboten, die Höhlen und das Land der Löwentiger zu betreten. Setzen sie sich über das Verbot hinweg, droht ihnen der Tod.“ Kira holte tief Luft und blickte Akiko, Joru und Neha an. „Deswegen seid ihr hier nicht willkommen, da ihr Mischlinge seid und wir noch immer nicht das Massaker vergessen haben.“

Neue und alte Königin

Nach der Geschichte von Kira blieb es im Raum ruhig. Keiner der Anwesenden rührte sich oder sagte etwas. Alle blieben nur still sitzen und ließen die Geschichte auf sich wirken. Aus dem entsetzten Gesichtsausdruck von Varinia schloss Kasumi, dass die goldene Löwentigerin die Erzählung noch nie so gehört hatte, wie es die alte Königin erzählt hatte.

Ein plötzliches Räuspern unterbrach die Stille und Leben kam wieder in die Höhle. Varinia, die zuvor gemütlich am Boden gelegen hatte, schoss in die Höhe und fauchte ihre zwei Brüder an. Ihre elfenbeinfarbenen Fangzähne ragten bösartig aus ihrem Maul heraus und ihr goldenes Fell stand hoch auf.

Ihr, ihr habt mich angelogen!, hallte der telepathische Schrei durch Kasumis Gedanken.

Wir haben dich geschützt, erwiderte Silver aufgebracht. *Was hätte es dir genützt, die Wahrheit zu kennen? Nichts. Es hätte dich nur in den Wahnsinn getrieben, zu wissen, warum Arkania verbannt wurde.*

Es hätte mir vieles erleichtert, sagte Varinia abfällig. *Ich hätte mit meiner Schwester Frieden schließen und ihr verzeihen können, aber ihr zwei, ihr habt mir diesen Lichtschimmer verwehrt.*

Wir haben dir nichts verwehrt, sie wäre trotzdem verbannt worden, erklärte Lavan gelassen. *Und mit ihren Jungen werden wir das Gleiche tun.*

„Ihr werdet mit ihnen gar nichts tun“, schaltete sich Kira ein. „Sie stehen unter meinem Schutz, vor allem Neha.“

Nehas grüne Augen weiteten sich. Ihr ganzer Ausdruck veränderte sich von Gelassenheit zu Freude. Überschwänglich rannte sie in die Arme der alten Königin und drückte sich an sie. Sofort fing Neha an zu schnurren. Als die Königin sie wieder auf den Boden setzen wollte, krallte sich die kleine Löwentigerin mit den Krallen fest. Kasumi hatte die schüchterne Neha noch nie so erlebt. Normalerweise mied die kleine Löwentigerin fremde Personen.

„Na gut, wenn du nicht hinunterwillst, dann behalte ich dich auf dem Arm, jedoch möchte ich dich vorwarnen. Die Geschichte, es ist die Geschichte eurer Mutter, wird Gefühle in euch wecken, die ihr noch nicht kennt."

Warte, warte! Du willst ihnen doch nicht die Wahrheit über Arkania erzählen?, fragte Lavan aufgebracht.

„Wenn ihr es nicht tut, werde ich es machen", erwiderte Kira gelassen.

Die beiden Brüder starrten zuerst sich gegenseitig verdutzt an, dann wandten sie den Blick Kira zu. Als diese nur geheimnisvoll lächelte, heulte Lavan auf.

Wie kann das nur sein? Wir werden von einer Frau niedergemacht!

„Mein armer großer Bruder", erwiderte Varinia und tätschelte Lavan den Rücken. „Ich werde die Geschichte erzählen, wenn du dich dann besser fühlst."

Die bernsteinfarbenen Augen funkelten hoffnungsvoll auf. Dies brachte Kasumi zum Lachen. Sie hatte Lavan als Tiger kennengelernt, der keinen Widerspruch duldete. Seine ganze Präsenz strahlte Macht und Boshaftigkeit aus, aber so, wie er seine Schwester ansah, wirkte er wie ein kleines Junges, das seine Mutter anbettelte, ihm etwas zu essen zu geben.

Der Augenblick währte nur kurz. Sobald Lavan klargeworden war, wie lächerlich er aussah, erhob er sich zu seiner vollständigen Größe und blickte Kasumi böse an. Diese konnte es sich nicht verkneifen und machte Lavans hoffnungsvollen Blick nach. Ein Knurren drang aus der Kehle des schwarzen Löwentigers. Es sah so aus, als würde er sich am liebsten auf sie stürzen, doch dies konnte Varinia verhindern, indem sie mit der Erzählung begann.

„Ihr müsst wissen, Arkania, also eure Mutter, war der Inbegriff der Macht. Schon früh, als sie klein war, gehorchten ihr die Löwentiger. Ich denke aber, ich sollte von Anfang an beginnen. Also hört gut zu …"

Alle Augen richteten sich auf die goldene Löwentigerin. Neha, in den Armen von Kira, kuschelte sich an die gelbäugige Frau, aber ihr Blick ruhte auf Varinia.

„Es war ein schöner Frühlingsmorgen, als die damalige Königin ihr erstes Junges bekam. Ihr müsst wissen, dass Löwentiger meistens zwischen drei und fünf Junge bekommen, aber das spielt ja keine Rolle. Die Königin bekam eine wunderschöne Tochter mit bronzenem Fell und goldenen Augen. Sofort verliebte sich die Königin und zog ihre Tochter als nächste Thronfolgerin auf. Dafür bekam sie den Namen Arkania, was bei uns Prinzessin bedeutet.

Die kleine Löwentigerin wuchs behütet auf. Erst als ihre zwei Brüder geboren wurden, durfte sie zum ersten Mal die Höhlen verlassen. Damals befand sie sich im stattlichen Alter von drei Jahren. Als zwei Jahre später ihre jüngere Schwester auf die Welt kam, erkundete Arkania die Grenze des Gebiets. Schnell stellte sich heraus, dass das behütete Aufziehen dazu führte, das Arkania ein Wildfang wurde. Nur ihre kleinere Schwester brachte sie zur Ruhe.“ Ein verträumter Blick huschte über Varinias Gesicht, als sie an ihre verstorbene Schwester dachte. Sie räusperte sich kurz und fuhr dann fort: „Einige Jahre zogen ins Land und unsere Mutter starb. Arkania erbte den Thron. Sie herrschte mit sanfter Hand und wurde von allen geliebt. Ihre Brüder, der eine mit schwarzem Fell und der andere mit silbernem, waren immer bei ihr und unterstützten sie. Ich, als ihre kleine Schwester, hatte die Aufgabe, mich im Hintergrund zu halten. Arkania wollte dies aber nicht und ernannte mich zu ihrer Nachfolgerin, falls sie keine Kinder bekommen könnte.

Eines Tages passierte es. Ein Gesetz wurde gebrochen. Shinigamis, die ihr Land nie verlassen würden, kamen zu uns. Sie wollten endlich einen Friedensvertrag aufsetzen, doch dieser endete in einer Katastrophe. Lavan erkannte einer der Shinigamis als Mörder unserer Mutter und richtete ihn hin. Sofort entstand Krieg zwischen unseren Völkern. Es brauchte lange Zeit, bis endlich wieder Frieden einkehrte. Um diesen Frieden zu erhalten, reiste Arkania allein in das Dämonenland.

Ich weiß nicht viel über das Geschehene dort, aber das Ergebnis war, dass ein Friedensvertrag aufgesetzt wurde und meine Schwester schwanger nach Hause kam. Danach war nichts mehr so wie früher, sie …"

„Ich unterbreche deine Erzählung nur ungern, aber ich denke, dass es für euch alle Zeit wird zu erfahren, was damals im Dämonenland geschah", unterbrach Kira die goldene Löwentigerin. Auf Varinias Nicken hin drückte Kira Neha kurz und setzte die Löwentigerin ab, die sich unter lautem Motzen zu wehren versuchte. Die großen grünen Augen sahen die alte Königin traurig an, doch Kira blieb standhaft. Sie setzte sich wieder auf ihren Stuhl und nahm die Geschichte von Varinia auf.

„Arkania reiste ins Dämonenland. Dort angekommen wurde sie von den Tenshis begrüßt. Diese führten die Königin zum blauen Berg der Shinigamis, der sich in der Nähe der Nila-Fälle befindet. Die Nila-Fälle sind heilige Wasserfälle, die jede Art von Magie verstärken. Doch seit mehreren tausend Jahren ist es jedem untersagt, sich diesen Gewässern zu nähern. Da aber die Shinigamis seit ihrem Entstehen dort hausen, wurde eine Ausnahme gemacht. Sie dürfen sich weder aus der Luft noch zu Lande ihrem Berg nähern, doch was die unterirdischen Tunnel anbelangt, wurde ihnen kein Verbot aufgezwungen. Also bauten die Shinigamis diese aus, und genau durch einen dieser Tunnel wurde Arkania zu dem König aller Shinigamis gebracht. Dieser König hat die Form eines Drachen und lebt schon seit den ersten Drachen auf dieser Welt.

Arkania fühlte sich in dem Berg wie zu Hause, denn obwohl es Räume gab, die gegen außen nicht abgeschirmt waren, gab es auch Höhlen. In einer dieser Höhlen lernte sie ihren Geliebten kennen, aber zu dem erzähle ich nachher noch mehr.

Also, sie kam an und traf den König. Sie beredeten viel, aber grundsätzlich lief es darauf hinaus, dass beide aus Gründen der Ehre gehandelt hatten. Somit sah der König keinen Grund mehr, gegen die Löwentiger zu kämpfen, und schloss einen Friedensvertrag. Dieser Vertrag wurde auf magischer Ebene geschlossen und dauerte drei Mondumläufe. Während dieser Zeit konnte sich Arkania im Berg frei bewegen, und so fand sie eines Tages den Weg zum jüngsten Sohn des Königs, der die Form eines Tigers hatte."

Wieso hatte?, fragte Akiko neugierig.

„Das erfährst du im Verlauf der Geschichte", erwiderte Kira mit einem traurigen Lächeln. Sie atmete einmal tief durch und erzählte dann weiter. „Wie ich schon sagte, sie traf auf euren Vater und verliebte sich in ihn. Die ganze Zeit über war das magische Ritual des Friedenvertrags aktiviert. Dies bedeutete, dass eure Mutter mit allen Söhnen, Töchtern, Enkeln, Urenkeln und vielen weiteren Verwandten des Shinigamikönigs verbunden war und ihre Gefühle empfing.

Arkania hielt diesen Wirrwarr von Gefühlen nicht aus und flüchtete sich zu eurem Vater, denn bei ihm empfing sie nur noch seine Gefühle. Die drei Mondumläufe gingen für die Königin viel zu schnell um und sie musste wieder zurück in ihr Land. Mit Tränen verließ sie ihren Geliebten, im Glauben, ihn nicht mehr zu sehen. Auf dem Weg in ihr Land wurde ihr bewusst, dass sie schwanger war. Angst beherrschte sie, als sie wieder bei ihrer Familie war."

Und was ist mit unserem Vater?, fragte Neha frustriert. Die ganze Geschichte über ihre Mutter hatte sie wütend gemacht. Sie, die sonst zurückhaltend war, sprudelte nun über vor Zorn. Bevor Kasumi bewusst war, was sie tat, war sie schon bei der kleinen Löwentigerin und schloss sie in die Arme. Das wütende Zittern beruhigte sich allmählich und Varinia übernahm wieder die Erzählung.

„Eure Mutter kehrte zu uns zurück, und dies schwanger. Meinen Brüdern wurde klar, dass es das Werk eines Shinigamis war. Vor lauter Zorn erzählte mir Lavan eine Lüge. Er erzählte mir, dass diejenigen, die von einem Shinigami geschwängert werden, ihren Verstand verlieren und die eigene Familie töten werden." Varinias Stimme brach, als ihr Tränen in die Augen stiegen. „Und ich, ich dumme Kuh glaubte ihm. Ich verbannte meine eigene Schwester, im Glauben, so meine Familie gerettet zu haben, doch ich zerstörte sie." Nun kullerten die Tränen über das edle Gesicht von Varinia. Sie war nicht mehr imstande, weiterzuerzählen. Auch Kira konnte dies nicht. Sie ging zu Varinia und strich ihr beruhigend über das Fell.

Es war nicht deine Schuld, ertönte Kiras Stimme in Kasumis Geist. Langsam hob Varinia das Gesicht und schaute die Königin an. *Deine Brüder haben dich hintergangen und dafür werden sie nun büßen.*

Erschrocken zuckte Kasumi zusammen. Rasch sah sie zu Lavan und Silver, doch diese hörten die Unterhaltung zwischen den beiden Königinnen nicht.

Das möchte ich aber nicht, erwiderte Varinia unter Tränen. *Sie sind das Einzige, was mir noch bleibt.*

Nein, nicht das Einzige. Du hast zwei wundervolle Nichten und einen starken Neffen, und eine dieser drei wird die nächste Königin. Sie ist genau gleich wie deine Schwester, nur weiß das noch niemand. Mit diesen Worten stand die Königin auf und sprach mit fester Stimme: „Ich werde euch den Rest erzählen, die letzte Wahrheit, bevor ich mich wieder schlafen lege."

Aus den Augenwinkeln sah Kasumi, wie Warox erstarrte. Seine silbernen Augen blickten seine Mutter panisch an. Erst da wurde Kasumi klar, wie schwer es für ihn sein musste, seine Mutter in der Nähe zu wissen, sie aber nicht erreichen zu können.

„Warox, mein Lieber, ich habe nicht mehr viel Zeit. Der Schlaf kehrt zurück und ich möchte die Löwentiger in sicherer Hand wissen. Bitte pass du für mich auf meine Schützlinge auf."

Tränen traten in Warox' Augen, doch der Krieger unterdrückte sie und nickte nur seiner Mutter zu.

„Wie ihr wisst, ist Varinia nicht im Stande, Nachkommen zu bekommen und weder Silver noch Lavan haben sich bis jetzt gebunden. Es ist wichtig, dass das königliche Geschlecht nicht ausstirbt, deswegen werde ich heute und hier eine neue Königin krönen. Sie wird die Löwentiger in eine neue Zukunft führen. Eine Zukunft, in der es keinen Unterschied mehr macht, welcher Rasse man angehört, denn das Einzige, was zählt, sind die Blutsbande. Und diese Blutsbande werden die Ewigkeit überdauern und zu neuem Frieden führen. Ich ernenne dich, Neha, zur neuen Königin über die Löwentiger."

Die Stimme von Kira brach, als die letzte Silbe ihre Lippen verließ. Ein leiser Luftzug wehte durch die verschlossene Tür und überbrachte die Ankunft des Winters. Im gleichen Moment wurde Kira von dem Wind erfasst. Ihre mächtige Drachengestalt wurde wie eine Puppe von dem Wind durch die goldene Tür geschleudert.

Glaube an deine Macht in dir, Kasumi, hörte Kasumi die Stimme von Kira zum Abschied sagen, bevor sich das goldene Tor hinter der Drachin schloss, die roten Zeichen wieder erschienen und das Vorhängeschloss die Tür versiegelte.

Stille herrschte. Keiner wagte ein Wort zu sagen, doch die Blicke, die Silver und Lavan Neha zuwarfen, sagten alles, was Worte nicht konnten. Die kleine Löwentigerin blickte sich ängstlich um und rannte zum Schutz zu Kasumi. Diese kauerte sich hin und streichelte beruhigend das bronzene Fell. Auch Joru und Akiko traten zu Kasumi, bereit, Neha zu verteidigen. Leises Knurren kam aus Lavans Kehle, doch Varinia unterbrach es. Sie trat in die Mitte und unterbrach so den Blickkontakt der beiden Gruppen.

„Es wird Zeit, dass ihr alles erfahrt. Und ich meine wirklich alles." Unheilvoll blickte sie ihre Brüder an, bevor sie weitersprach: „Neha, du wolltest wissen, was mit eurem Vater geschah. Nun, er wollte Arkania nicht im Stich lassen und folgte ihr. Als er erfuhr, dass sie verbannt wurde, versuchte er mich und meine Brüder umzustimmen. Er brachte sogar den Vorschlag, euch drei bei ihm aufzuziehen, doch Silver lehnte ab. Lavan war über die frechen Worte des Shinigamis erbost und tötete ihn. Der Friedensvertrag wurde dadurch zum Glück nicht gebrochen, doch das Herz eurer Mutter brach. Sie ging ins Menschenland und streifte dort zwanzig Jahre herum, bevor sie euch zur Welt brachte.

Der Grund, warum eure Geburt so lange brauchte, war wohl, dass du, Akiko, eine Verbindung zu Kasumi hast. Der Zeitpunkt eurer Geburt war so gewählt, dass ihr Kasumi trefft und mit ihr reist. Es ist alles purer Zufall, aber zugleich auch Schicksal, da …" Varinia stockte und blickte Neha in die grünen Augen. „… da du die neue Königin wirst."

Nun war es um Lavan geschehen. Er stürzte sich wütend auf Neha. Reflexartig hob Kasumi ihre Hände zum Schutz und erzeugte ungewollt einen Schild. Zeitgleich erwachten ihre Drachenkräfte und sie verwandelte sich vor den ungläubigen Augen der Königsgeschwister.

Die Verwandlung lief schneller ab als beim ersten Mal, aber auch dieses Mal hatte sie ihre Probleme. Da ihre Drachenmagie unkontrolliert durch ihre Adern pulsierte, verursachte die Magie höllische Schmerzen. Der Schmerz war so stark, dass Kasumi nach ihrer Verwandlung erschöpft zu Boden fiel. Ihre Atmung ging beschleunigt und ihre Augen versuchten vergeblich, sich auf etwas zu fokussieren. Kasumis Schädel dröhnte, als sie versuchte aufzustehen. Sie sah alles verschwommen, hörte die Worte, die Akiko sagte, wie ein Summen und spürte, wie ihre Magie sich allmählich zurückzog. Ihre menschliche Seele wurde in ihrem Geist eingeschlossen, dafür kam die Drachenseele frei. Ungewollt wurde Kasumi zu ihrer Existenz hingezogen. Die Dunkelheit, die dort herrschte, überraschte sie. Aruba, die normalerweise um die Existenz schwebte, war von einem schwarzen Geflecht gefangen. Die sonst klaren Augen der Wegleiterin waren von tiefen Schatten durchzogen und ihre makellose weiße Haut wies schwarze Flecken auf.

Aruba!, schrie Kasumi und wollte auf die Frau zugehen, doch sie wurde von dem schwarzen Geflecht zurückgehalten. Müde sah die schwarzhaarige Frau auf und blickte durch Kasumi hindurch.

Ich kann nichts machen, flüsterte Aruba. *Du musst sie freigeben, sonst wirst du leiden.*

Kasumi verstand nicht, was die weiß gewandete Frau meinte. Sie versuchte gegen das Geflecht anzukämpfen, doch es war vergebens. Die schwarzen Ranken schlossen sich um Kasumis Hand- und Fußgelenke und hielten sie so fest. Ein Ruck ging durch das Geflecht und Kasumi wurde zu ihrer Existenz getragen.

Gib sie frei, es hat keinen Zweck. Sie gehört nicht mehr zu uns, murmelte Aruba vor sich hin.

Vor der goldenen Kugel hielten die Ranken an. Langsam zogen sie sich zurück und gaben Kasumi frei. Sofort stürzte sie in eine bodenlose Leere.

Schwärze umgab sie, die immer näher rückte, bis sie Kasumi keinen Platz mehr ließ zum Atmen. Panisch griff Kasumi um sich, auf der

Suche nach frischer Luft. Plötzlich teilte sich die Schwärze und Kasumi erblickte Neha, die besorgt auf sie sah. Hinter der Löwentigerin lief Akiko hin und her. Immer wieder blickte sie zu Kasumi. Auch Joru fand sie nicht weit entfernt. Er redete mit den Königsbrüdern. Varinia stand neben Neha und flüsterte ihr beruhigend etwas zu.

Gib sie frei, hörte Kasumi wieder die Stimme von Aruba.

Die Dunkelheit raste wieder auf Kasumi zu und zog sie noch tiefer in den Abgrund. Dort im hintersten Teil ihrer Existenz sah sie drei goldene Fäden, die jeweils zu einem ihrer Begleiter führten. Der Faden, der zu Neha gehörte, schimmerte in einem eigentümlichen silbernen Ton. Augenblicklich wurde Kasumi bewusst, dass dies die Farbe der Löwentiger war. Die beiden anderen Fäden leuchteten blau, wie die Farbe der Shinigamis, golden, wie die Farbe der Drachen, und silbern.

Die beiden bunten Fäden verschwanden in der Dunkelheit, doch der silberne blieb. Kasumi wurde klar, was Aruba gemeint hatte. Sie war mit den drei Löwentigern verbunden, aber wenn Neha Königin werden sollte, musste diese Verbindung gekappt werden. Traurig schritt Kasumi zu dem Faden, berührte ihn und spürte dadurch Neha. Ihre zuvor gemischte Magie von Löwentiger und Shinigami beinhaltete nun nur noch die der Löwentiger.

Du wirst eine gute Königin werden, meine Kleine, sagte Kasumi zum Abschied und zerriss den Faden. Wie von einem Katapult geschossen, wurde Kasumi aus ihrem Geist gerissen und befand sich wenige Sekunden später wieder in ihrem menschlichen Körper. Neha war auf ihrem Schoß zusammengebrochen und hechelte schwer.

Die Nachwirkung der Trennung, erklärte Aruba.

Beruhigend strich Kasumi die kleine Löwentigerin, bevor sie Neha zur Seite schob und aufstand. Mit Blick auf Varinia sagte sie laut: „Ich übergebe Neha in deine Hände und bin überzeugt, dass sie eine gute Königin wird. Leider müssen wir uns nun Lebewohl sagen. Wir wurden schon viel zu lange aufgehalten."

Akikos große Augen blickten sie an. Der Löwentigerin war bewusst, dass dies der Abschied von ihrer kleinen Schwester war. Ein letztes Mal kuschelte sich Akiko an Neha, bevor sie sich endgültig von ihr verabschiedete. Joru machte es ihr gleich. Neha, die wieder zu Bewusstsein kam, hatte Tränen in den Augen, als sie ihren Geschwistern eine gute Reise wünschte.

Wir werden uns wieder treffen und dann bist du die Königin, sagte Akiko zum Schluss.

Ich werde euch vermissen, gestand Neha.

Das musst du nicht. Varinia wird auf dich aufpassen und du kannst uns jederzeit kontaktieren. Wir werden immer bei dir sein, erklärte Joru fröhlich, doch Kasumi sah ihm an, dass es ihm wehtat, sich von seiner Schwester zu verabschieden.

„Es wird Zeit", sagte Kasumi und ging auf die Tür zu, doch Varinia hielt sie auf.

„Wir werden uns um Neha kümmern, verlass dich drauf. Und was meine Brüder anbelangt, ich glaube, sie sollten sich bei dir entschuldigen", fügte die Königin mit einem hinterhältigen Knurren hinzu.

Beide Brüder zuckten sichtlich überrascht zusammen, doch schlussendlich gehorchten sie ihrer Schwester und entschuldigten sich bei Kasumi und ihren Begleitern. Als alles geklärt war, führte Warox sie aus den Höhlen. Neha blieb mit Varinia und deren Brüder zurück. Als sie den Ausgang der Höhle erreichten, fiel leise weißer Schnee zu Boden. Noch ein letztes Mal blickte sich Kasumi um, doch Neha konnte sie in den verschlungenen Gängen der Höhle nicht mehr erblicken. Nur Warox in seiner Drachengestalt und den silbernen Augen. *Silber, die Farbe der Löwentiger*, dachte Kasumi, und auf einmal wusste sie, dass Warox Neha beschützen würde, egal was passierte.

„Ich wünsche euch viel Glück", mit diesen Worten verschwand Warox in den Höhlen und ließ die drei allein in der kalten Winternacht stehen. Rasch kam noch ein Löwentiger heraus, der Kasumis Bogen brachte und Verpflegung.

„So, wollen wir uns auf den Weg machen?", fragte Kasumi.

Ohne ein Wort zu sagen, setzte sich Akiko in Bewegung. Joru seufzte resigniert, sank in den Schnee und gab Kasumi ein Zeichen, dass sie auf seinen Rücken steigen sollte. Danach folgte er seiner Schwester in den Wald.

Zornklinge

Vor Wut schäumend ging Er die Treppe auf und wieder ab. Helles Tageslicht wechselte sich mit dem Schwarz der Nacht ab. Sein Vater ruhte am oberen Ende der Treppe und sah gelassen auf ihn hinab. Der leere Blick der grünen Augen ruhte auf seinem Sohn.

Wie lange willst du dies noch tun?, fragte Ama'inanak daraufhin.

So lange, wie es nötig ist!, schrie Er in die Nacht hinaus. Seine Wut steigerte sich noch mehr. Er war kurz davor gewesen, den jüngeren Sohn des Drachenkönigs in seinen Händen zu halten. Aber nein. Seine inkompetenten Anhänger ließen ihn entkommen, und als Er sich selbst einmischte, war es schon zu spät. Der Prinz ging ihm vor seinen Augen durch die Lappen. Ein verflixtes Portal hatte ihn in Sicherheit gebracht. Sofort erwachte wieder sein Zorn, den Er an diesem Tag gespürt hatte. Schwarze Schatten fingen an, sich zu regen. Sie strömten aus all seinen Poren und tanzten um ihn. Ein boshaftes Lächeln erschien auf seinen Lippen, als Er einen der Schatten berührte. Er wusste, was Er zu tun hatte, aber zuerst musste Er noch etwas anderes erledigen.

Ruf meine Anhänger zusammen, bat Er seinen Vater. Ein zustimmendes Grunzen verriet ihm, dass Ama'inanak nur auf diesen Moment gewartet hatte. Während sein Vater die schwarze Treppe hinunterschritt und dabei sein markerschütterndes Brüllen ausstieß, zog Er sich in das Verlies seines Vaters zurück.

Die Dunkelheit schlug über ihm zusammen und nahm ihm die Sicht. Nach kurzem Zögern rief Er seine Schatten. Er spürte, wie sich seine Existenz schwarz färbte und sich seine Sicht klärte. Die wenigen Elfen, die noch im Verlies waren, baten um Gnade, doch die gab Er ihnen nicht. Er hatte ein anderes Ziel. Ein Ziel, das ihm erst vor fünf Tagen offenbart wurde. Wieder zuckte ein Lächeln über sein Gesicht.

Der Gang zog sich in die Länge. Er war ihn jetzt schon dreimal gelaufen, doch immer verlängerte er sich. Sein Vater hatte ihm erklärt, dass dies an der starken Magie liege. Sie wolle sich gegenüber Eindringlingen schützen. Der schwarze Marmor an den Wänden nahm eine grünliche Farbe an. Pflanzen glitten an den Wänden hinauf und machten sie lebendiger, als sie in Wirklichkeit waren. All dies störte ihn jedoch nicht. Er hatte schon vor langem gelernt, die Dinge so zu nehmen, wie sie kamen, und dazu gehörte leider auch seine Niederlage. Schlagartig verdunkelte sich der Gang, als dieser die Wut von ihm aufnahm.

„Nicht daran denken. Nicht daran denken", sagte Er vor sich hin, um seine Wut abzukühlen. Es war für ihn zu gefährlich, in diesem Gang die Kontrolle zu verlieren. Wenn ihm dies passierte, würde Er nie sein Ziel erreichen. Endlich erhellte sich der Gang wieder und die grünen Pflanzen kamen zum Vorschein. Der Gang wirkte fröhlicher als zuvor. Er wusste, es würde nicht mehr lange dauern. Bald, bald hatte Er sein Ziel erreicht. Immer heller wurde der Gang, bis er weiß strahlte. Vor ihm tauchte eine schwarze Tür auf, die dem Weiß der Wände das Licht entzog.

Die Tür der Rache, dachte Er und berührte den Türgriff. Auf seine Berührung hin öffnete sich die Tür und ließ ihn passieren. Dahinter befand sich sein Ziel.

In der Mitte des Raums schwebte ein Schwert. Ähnlich wie seines, aber doch komplett anders. Die schwarze Klinge schimmerte leicht grünlich und ging über in einen elfenbeinfarbenen Griff. Am Ende des Griffes befand sich ein schwarzer Obsidian. Das ganze Schwert strahlte eine boshafte Aura aus. Eine Aura wie die seine und die seines Vaters.

Langsam ging Er auf das Schwert zu. Es hatte fünf Tage gebraucht, bis dieses Schwert geschaffen war. Der Elfenbeingriff war der gleiche wie von seinem Schwert und auch der grünliche Glanz der Klinge war gleichgeblieben. Aber der schwarze Obsidian und die boshafte Aura stammten nicht von seinem Schwert.

Als Er die Mitte erreicht hatte, streckte Er seine Hand nach dem Griff aus. Sofort schlangen sich schwarze Schatten um sein Handgelenk und ließen ihn nicht mehr los. Ein vertrautes Gefühl stieg in seiner Brust auf, als Er sein Schwert in der Hand hielt.

Ja, mein Schwert, dachte Er.

Vorsichtig nahm Er es aus der Magiesäule, in der es versiegelt war. Kaum war es an der Luft, schossen Schatten aus dem Schwert und drangen in sein Bewusstsein ein. Schmerz blendete ihn und ließ ihn in die Knie sinken. Erinnerungen des Schwertes durchfluteten seinen Geist, auf der Suche nach seiner Existenz. Er konnte die Invasion der Schatten nicht verhindern und brach zusammen.

Ein allmächtiger Schmerz lähmte seinen Körper und seinen Geist. Immer weiter drangen die Schatten vor und mit ihnen kam eine bösartige Aura, die um einiges boshafter war als Er. Seine Erinnerungen wurden von dieser Aura aufgewühlt und ließen ihn Momente sehen, die Er vergessen wollte. Als die Schatten bei seinen bestgehüteten Erinnerungen ankamen, ließ der Schmerz allmählich nach. Gefühl kehrte wieder in seinen Körper zurück, doch sein Geist blieb erstarrt. Die Schatten durchdrangen die letzten Erinnerungen, die auch die schmerzvollsten waren. Sekundenschnell zogen die Erinnerungen an seinem geistigen Auge vorbei. Wieder musste Er mitansehen, wie seine Geliebte hingerichtet wurde. Auch den Tod seines Bruders und seiner Schwester erlebte Er ein weiteres Mal. Tränen liefen ihm über das Gesicht, als die Erinnerungen erloschen.

Ein ohrenbetäubender Schrei gellte durch seinen Geist und ließ ihn aus seinem Dämmerzustand aufschrecken. Die Schatten hatten seine Existenz erreicht. Die goldene Kugel schimmerte in einem düsteren Schwarz. Seit Er das Erbe seines Vaters angetreten hatte, verdunkelte sich die Existenz von Tag zu Tag.

Die Schatten des Schwertes waberten um die Existenz, begutachteten sie und drangen schlussendlich in sie ein. Ein weiterer Schrei ertönte und ihm wurde klar, dass Er diesen Schrei ausgestoßen hatte. Seine ganze Existenz verkörperte diesen Schrei, dadurch erlitt Er Qualen bis in den hintersten Winkel seiner Seele. Nach einem dritten und letzten Schrei löste sich sein Geist von seiner Ohnmacht und Er schreckte in seinem Körper hoch. Noch immer hielt Er das Schwert in der Hand, doch nun war es ihm nicht mehr fremd.

Besitzergreifend blickte Er auf die schwarze Klinge und konnte keinen klaren Gedanken mehr fassen. *Meins!* Dieses Wort nahm seinen Geist in Besitz, formte ihn um und verband ihn mit dem Schwert.

Zornklinge, ertönte es in seinem Geist. Der Name des Schwertes stand ihm klar vor Augen. Es war ihm, als würde die schwarze Klinge mit ihm reden. Die zuvor zerstörerischen Schatten umschmeichelten ihn nun und zeigten ihm, wie sie entstanden waren. Unbewusst öffnete Er seinen Geist, der sofort von den Schatten eingenommen wurde. Bilder von der Vergangenheit tauchten auf und erzählten die Geschichte des Schwertes. Die Erinnerungen rasten an seinem geistigen Auge vorbei, zu schnell, um etwas zu erkennen, aber langsam genug, um die Geschichte dahinter zu erfahren.

Er sah seinen Vater, wie er in der schwarzen Nacht ein Schwert schmiedete. Seine schwarzen Flammen formten einen klobigen schwarzen Stein zu etwas Länglichem. Immer wieder musste Ama'inanak Luft holen, um erneut sein Feuer auf den Felsen zu speien. Diesen Vorgang wiederholte er einige Male, bis der Stein die Form eines Schwertes annahm. Danach setzte er seinen ganzen Körper in schwarze Flammen. Aus dem Rauch heraus drangen Schatten, die sich um das Schwert wanden.

Noch nicht, ertönte der telepathische Befehl seines Vaters. *Es besitzt noch nicht genug Zorn.*

Die Schatten zogen sich mit einem frustrierenden Knurren zurück und die schwarzen Flammen um Ama'inanak erloschen. Müde seufzte der Drache auf. Seine ganze Magie fiel in sich zusammen, als er den Stein berührte. Sein Vater nickte erfreut, ließ das Schwert fallen und umschmeichelte es mit seiner Magie.

Nein, dachte Er, als Er seinem Vater zusah, *es ist nicht seine Magie, sondern sein Zorn.* Ihm wurde auf einmal klar, für wen dieses Schwert bestimmt war. Doch bevor Er seine Überlegung weiterspinnen konnte, erregte eine schwarze Obsidiankugel seine Aufmerksamkeit. Der schwarze Stein schwebte um das Schwert herum, bis es das Ende erreichte. Dort, wo sich normalerweise der Griff befand, ließ sich die

Kugel nieder. Sie zog sich in die Länge, wurde zu einem Heft und am Ende formte sich der Obsidian zu einer runden Kugel, die den Knauf darstellte. Aus dem Heft bildete sich die Parierstange, die auch aus schwarzem Obsidian bestand.

Der schwarze Drache zeigte seine Fangzähne, als er sein Werk betrachtete. Der schwarze Stein glich nun einem Schwert, nur noch die Klinge musste geschliffen werden. Wieder holte Ama'inanak tief Luft und stieß sein Feuer aus. Die schwarzen Flammen ließen den Stein an der Seite schmelzen, gleichzeitig erhoben sich die Schatten erneut und drangen in die Klinge ein. Durch diese Fusion wurde das Steinschwert zu schwarzem Metall, das unzerstörbar war. Die Schatten schrien freudig auf, als sie sich in der schwarzen Obsidiankugel niederließen. Die Klinge summte von der Macht der Schatten und bündelte die Magie von Ama'inanak. Der Drache ergriff das Schwert, wodurch es verschwand. Glücklich über seine Erschaffung trat er aus der schwarzen Nacht und stellte sich der Göttin. In dem Kampf besiegte er die goldene Wolke mit dem Schwert. Nach dem Kampf legte Ama'inanak einen Zauber über das Schwert, der die Schatten in einen tiefen Schlaf versetzte. Kurz danach löste sich das Schwert auf.

Die Erinnerung des Schwertes erlosch, leuchtete aber kurz darauf wieder auf. Dieses Mal zeigte das Bild ihn, wie Er die Höhle seines Vaters betrat. Das Schwert spürte seine Anwesenheit und bildete sich neu. In einer Magiesäule setzten sich die Schatten zusammen und warteten, dass Er zu ihnen kam. Doch als Er sie nicht bemerkte und das Verlies seines Vaters verließ, sanken sie in sich zusammen. Sie zogen sich wieder in die Obsidiankugel zurück und warteten. Sie warteten mehrere Tage, bis Er wieder zur Insel zurückkehrte. Sein Vater erzählte ihm die Geschichte über sein Racheschwert und brachte ihn zu dem schwarzen Schwert. Die Schatten riefen nach ihm und nach seinem Schwert. Sofort erschien das Schwert vor ihm. Die grüne Klinge leuchtete im Licht der Magiesäule stärker als sonst und der weiße Elfenbeingriff sah aus, als würde er sich bewegen.

Die Schatten kreischten vor Vorfreude. Sie wollten mit dem Schwert verschmelzen, und dann endlich war es so weit. Ama'inanak ließ die Schatten nicht leiden, er übergab ihnen das Schwert und setzte ihnen eine Frist.

In fünf Tagen müsst ihr fertig sein, sagte der schwarze Drache und verschwand mit seinem Sohn.

Die Schatten machten sich freudig ans Werk und verschmolzen das Schwert von Ama'inanak mit dem Schwert seines Sohnes. Die zuvor tiefschwarze Klinge nahm einen grünlichen Schimmer an und das Obsidianheft wurde von weißem Elfenbein umhüllt. Die Parierstange blieb so, wie sie war, genau wie die Obsidiankugel. Als dann die Frist abgelaufen war, erschien der Sohn wieder. Freudig übergaben die Schatten ihm sein Schwert, doch zuvor mussten sie ihn testen. Sie suchten nach seiner Existenz, drangen in sie ein und sahen die Wünsche von Ama'inanaks Sohn. Sein Wunsch, die Drachen auszulöschen, entsprach auch dem Willen der Schatten. Sie hatten einstimmig beschlossen, ihn als ihren neuen Herrn zu akzeptieren und verrieten ihm den Namen des Schwertes. Dieser wurde ihnen von dem schwarzen Drachen bei ihrer Entstehung gegeben.

Die Erinnerungen der Schatten erloschen und ließen ihn perplex zurück. Er hatte gewusst, dass sein Schwert ein gewisses Eigenleben gehabt hatte, aber dass Zornklinge von Schatten beherrscht wurde, hätte Er nicht gedacht.

Das schwarze Schwert leuchtete plötzlich grün auf und in der Mitte der Klinge erschienen grüne Zeichen. Sie brannten sich in die Klinge ein, verzierten das Schwert und leuchteten grün auf. Rauch stieg auf, nachdem das Werk vollendet war.

Erfreut über dieses Ergebnis, ließ Er das Schwert in einer grünen Schwertscheide, die Er mit Magie gerufen hatte, verschwinden und verließ die Höhle. Der Gang mit den Pflanzen war verschwunden, stattdessen stand er im Verlies seines Vaters. Die weiße Tür, welche die schwarze Nacht von dem Exil trennte, schimmerte gespenstisch. Glücklich wie noch nie betrat Er die schwarze Nacht, ließ sich kurz von ihr umschmeicheln und lief dann die Marmortreppe hinab.

Auf der Insel angekommen, erwarteten ihn schon seine Anhänger. Sie warteten gespannt auf seine Rede. Mit einem Kopfnicken gab er seinem Vater das Zeichen, dass er ein Magieschild erstellen solle.

Dieser schützte die Versammlung vor Spionen, die erfahren wollten, was sie zu besprechen hatten. Als alles bereit war für seinen großen Auftritt, verwandelte Er sich in seine Drachengestalt. Seine schwarzen Schuppen drangen durch seine Haut und überzogen sie. Seine Flügel wuchsen aus seinen Schulterblättern und bedeckten seinen Rücken. Die Arme wurden länger, bis sie zu Beinen voller Muskeln wurden, und aus seinem Steißbein drang ein Schwanz, gespickt mit schwarzen Zacken. Auch seine Sicht und sein Kopf veränderten sich. Über seinem Rückgrat entstand ein Stachelkamm. Als die Verwandlung abgeschlossen war, erhob Er seine Stimme.

„Meine Anhänger, meine Freunde und Verbündeten. Es ist so weit. Mit uns beginnt eine neue Ära. Ein Zeitalter ohne Drachen! Aber bevor ich mit meinem Wunsch erwacht war, entstand auch ein neuer Feind. In der ersten Schlacht wurde ich von diesem Feind zurückgedrängt und besiegt. Doch nun, nun sind wir stärker als zuvor, stärker als wir es uns je erträumt haben. Mit dieser Kraft werden wir die Drachen zermalmen, unseren Feind niedertrampeln und den Drachenkönig vernichten!"

Zustimmendes Gebrüll erhob sich. Flammensäulen tränkten den Himmel und Magie ließ die Luft knistern. Zufrieden stieg er von seinem Podest, durchschritt die Menge, die ihm freudig Platz machte, und trat an den Rand der Insel. Sein Kopf zog sich zurück, seine Lungen füllten sich mit Luft und in seinem Rachen brannte das Feuer. Mit einem markerschütterten Brüllen ließ er die Feuersäule frei. Schwarze Flammen bedeckten die Sonne und kündigten ein neues Zeitalter an.

„Auf in den Kampf!", brüllte Er und flog in die schwarzen Flammen hinein. Seine Anhänger folgten ihm, nur sein Vater blieb allein auf der Insel zurück.

Ich werde zurückkommen und dir die Freiheit schenken, versprach Er, als Er Richtung Drachenland und somit in den Krieg flog.

Der letzte Eisdrache

Mit müden Augen stand Tesfay vor seinem Vater. Die sonst helle Höhle schimmerte in einem dunklen Rot, das an die gefallenen Drachen erinnern sollte. Es war nun schon mehr als zehn Tage her, seit der schwarze Drache angegriffen hatte. Aber noch immer gab es dutzende Verwundete, die Pflege brauchten.

Benimm dich!, ertönte die telepathische Stimme seines Bruders.

Sofort zuckte Tesfay zusammen und unterdrückte ein Gähnen. Seit seiner Rettung hatte er sich verändert. Ihn plagten in der Nacht schlimme Albträume, die ihm aufzeigten, was passiert wäre, wenn Mistral nicht ein Portal geöffnet hätte. Durch den Tag hindurch war er dann so müde, dass er zu nichts mehr taugte.

„Die Lage ist schlimmer als gedacht", durchbrach die Stimme des Drachenkönigs die Stille. Seine sonst so glänzenden Schuppen leuchteten in einem matten Rot und seine goldenen Augen zierte ein grauer Schleier. Neben ihm im Nest saß seine Tochter. Der kleine grüne Drache war in den letzten Tagen gewaltig gewachsen, doch wie es der Brauch war, besaß sie noch keinen Namen. Erst nach ihrem ersten Lebensjahr wird ihr von den Ältesten ein Name zugeteilt.

Ob bis dahin die Welt noch besteht?, fragte sich Tesfay, als er in die unschuldigen Augen seiner Schwester blickte.

„Es laufen immer mehr Drachen über, die meisten davon sind unzufrieden, wie sich ihr Leben entwickelt hat", erzählte Seraphim weiter.

„Das Gleiche war auch bei Suriant. Sie wollte sich nie mit Lin verbinden, doch Lin wollte dies", fiel Tesfay seinem Vater ins Wort.

„Genau. Dies ist jedoch bei weiteren Drachen der Fall. Auch sie haben uns den Rücken gekehrt. Leider haben uns die Späher noch weitere schlechte Nachrichten überbracht."

„Und die wären?“, fragte Hakaris gelangweilt.

„Der Schlächter und seine Anhänger sind unterwegs ins Drachenland und werden schon morgen die Grenze erreichen.“

Stille. Alle drei Drachen sagten kein Wort. Sie wussten, dies war nicht nötig, sie verstanden sich auch so. Hakaris verließ die Höhle mit wütenden Schritten. Seine Flüche hallten in der Höhle wieder. Tesfay jedoch war das genaue Gegenteil seines Bruders. Er ließ nie die Gefühle an sich heran und so unterdrückte er auch dieses Mal seinen Zorn. Mit blitzenden Augen sah er seinen Vater an und fragte: „Was wird meine Aufgabe sein?“

„Dir werde ich die Rettung unserer Welt anvertrauen.“

Tesfay sah seinen Vater an. Er suchte nach dem Glanz in den Augen, der verriet, dass dies ein Scherz sei, doch er fand nichts. Er blickte nur in starre goldene Augen.

„Das wird dich sicher überraschen, aber wir verbergen viele Geheimnisse. Eines dieser Geheimnisse musst du erwecken, denn nur du allein bist dazu in der Lage.“ Die Stimme des Königs brach. Müde schob er seinen Kopf über den Nestrand, öffnete seine Flügel und streckte sich. Die roten Schwingen streiften die Decke, wodurch sie die Lichtquellen der Höhle verdeckten. Dunkelheit breitete sich aus. Nach einigen Sekunden faltete Seraphim seine Flügel wieder zusammen und stieg aus dem Nest. Mit seinem Schwanz ergriff er seine Tochter und hob sie aus dem Nest.

„Sieh sie dir an. Sie hat genau wie du keine königlichen Augen. Die goldenen Augen, die seit jeher in unserer Familie vererbt werden, stammen von Eru und sind sein Zeichen. Jedoch sind deine Augen blau. Sie tragen das Zeichen von Lorn und ihre Augen zeigen uns, dass sie von Arda abstammt. Seit Anbeginn der Zeit stammt die königliche Familie von den Göttern ab. Durch unsere Augenfarben verraten sie uns, welches Blut durch uns fließt. Und bei dir ist es Lorns Blut, deshalb kannst nur du allein unser letztes Bollwerk finden und erwecken.“

„Aus welchem Grunde kann dies nur ein Nachfahre von Lorn bewerkstelligen?“, fragte Tesfay.

„Ich werde dir eine Geschichte erzählen. Sie handelt von einem Drachen."

„Handelt nicht jede Geschichte von uns von einem Drachen?", unterbrach Tesfay seinen Vater.

Das Lachen von Seraphim hallte in der Höhle wieder. Behutsam setzte er seine Tochter wieder in das Nest. Rauch umhüllte die grünen Schuppen der Drachin und machte sie schläfrig. Auf ein Zeichen seines Vaters verließ Tesfay die Höhle und wartete am Eingang. Kurz darauf setzte sich sein Vater neben ihn.

„Ja, du hast recht. All unsere Geschichten handeln von Drachen, die von den Göttern gesegnet wurden, doch die Geschichte von Ki'Hur ist anders als alle anderen. Sie beginnt vor dem großen Krieg. Damals wurde ein Drache geboren mit eisblauen Augen und frostigen Schuppen."

„Frostige Schuppen?", fragte Tesfay.

„Wenn du mich nicht immer unterbrechen würdest, könnte ich die Geschichte erzählen."

Ein genervtes Seufzen gab dem Drachenkönig zu verstehen, dass er nicht mehr unterbrochen werden würde.

„Seine Schuppen waren blau. In einem Blau, so strahlend hell wie der Himmel, gleichzeitig aber so dunkel wie der Ozean und über seinen Schuppen befand sich eine Eisschicht. Als der Drache sein erstes Lebensjahr überstanden hatte, bekam er den Namen Ki'Hur, was in der alten Sprache der Götter Eispanzer bedeutet. Diesem Namen machte der Drache alle Ehre. An seinem hundertsten Lebensjahr wurde er von Menschen gefangen genommen. Sie versuchten ihn zu töten, doch an seinen Eisschuppen prallte jede Waffe der Menschen ab und so ließen sie ihn ziehen.

Einige Jahre später begann der große Krieg. Viele der unseren fielen dem Krieg zum Opfer. Als dann die Tenshis in unser Gebiet eindrangen und uns zurückdrängten, gab Ki'Hur als Einziger nicht auf. Er stellte sich der Übermacht der Feinde. Durch seinen Panzer war er auch gegen magische Angriffe immun. Dadurch bahnte er eine Schneise in die gegnerische Armee und gab den anderen Drachen die Möglichkeit zum Angriff. Als der Krieg endete, ging Ki'Hur in die

Geschichte ein, doch mit der Zeit blieben nur noch seine Heldentaten bekannt. Das Wichtigste aber, was er uns hinterließ, geriet in Vergessenheit. Nur die Drachenkönige wussten von seinem Erbe.

Als Ki'Hur im Sterben lag, hörte er die Stimme von Lorn. Sie sagte ihm, er solle sein Herz den Göttern widmen, sodass sein Panzer bis in alle Ewigkeit bestehe. Der blaue Drache tat wie geheißen und versteckte sein Herz tief in den Bergen, wo er auch starb. Am Tag seines Todes fiel zum ersten Mal nach dem großen Krieg wieder Schnee und alle wussten, nun war Ki'Hur tot. Noch am gleichen Abend sprachen die Götter zum Drachenkönig. Sie forderten ihn auf, zum Todesort des blauen Drachen zu gehen. Dort angekommen wurde der König Zeuge eines Wunders. Der tote Leib des Drachen wurde tief in den Felsen eingeschlossen und seine Schuppen lösten sich von seinem Leib, bedeckten den Stein und formten eine eisige Festung, die zu hartem Marmor wurde. Das Herz des Drachen wurde in der Festung eingeschlossen. Es wartet auf sein Erwachen, denn die Götter prophezeiten dies. Die erste und letzte Prophezeiung.

In der dunkelsten Stunde der Drachen wird derjenige kommen, der Lorns Blut in sich trägt. Mit seinem Glauben wird er erwecken, was schützt und bewacht zugleich. Die Festung der Vergangenheit.

Diese Prophezeiung wurde uns Königen anvertraut und nun ist der Zeitpunkt nahe, wo sie sich erfüllt. Du, mein Sohn, der das Blut Lorns in sich trägt, bist auserkoren, die Festung des Ki'Hur zu finden und zu erwecken. Es haben schon viele Drachen gewagt, doch die dunkelste Stunde war noch nicht angebrochen und die Drachen kehrten nie wieder zurück. Nicht einmal als der Schlächter das erste Mal wütete, konnte die Festung gefunden werden."

Sprachlos sah Tesfay in den Himmel. Er hatte nicht den Mut, seinen Vater direkt anzusehen, da er wusste, was er in den Augen seines Königs sehen würde. Langsam brachte Tesfay ein stummes Nicken zustande.

„Gut. Du musst in die Winterberge fliegen, dort findest du den Eingang in die Festung. Aber sei gewarnt, die Festung wird bewacht. Wirst du für unwürdig gehalten, erleidest du den Tod." Mit diesen Worten verschwand der Drachenkönig im Tempel.

Tesfay sah seinem Vater nach, in der Hoffnung, dass er noch weitere Einzelheiten erfahren würde, doch es blieb still. Kein Laut drang aus der Höhle, weder das Flüstern des Windes noch das Stampfen des Königs. Seufzend drehte sich Tesfay um und blickte auf Navakaro. Die weiße Stadt glänzte in der Morgensonne, doch seit der Schlächter das Drachenland angegriffen hatte, hing ein dunkler Schleier über der Stadt.

Mühsam erhob sich Tesfay. Er wollte diese Reise nicht antreten, aber er wusste, dass sie notwendig war. Mit einem letzten Blick auf die Stadt verwandelte er sich. Die Verwandlung ging rasch und nach kurzer Zeit erhob er sich in die Luft. Seine goldenen Schwingen leuchteten in der Sonne und ließen ihn von der Luft tragen. Seine Drachenaugen nahmen jede Luftströmung war, die ihn weiter in den Himmel hinauftrug. Die warmen Lichtstrahlen erwärmten seine Schuppen und gaben ihm zusätzlichen Schutz vor den kalten Winden, die versuchten, Tesfay von seinem Weg abzubringen. Er wusste, dass kein Drache gegen die Winterstürme bestehen konnte, aber er musste es versuchen. Der Weg in die Winterberge war beschwerlicher als alles, was er kannte, denn in diesen Bergen herrschte das ganze Jahr Winter.

Wohl ein Vermächtnis von Ki'Hur, dachte er, als ihm aufging, wer der blaue Drache wirklich war. Er war der letzte Eisdrache, der je geboren wurde. Den Eisdrachen wurden viele mythische Fähigkeiten nachgesagt, die normale Drachen nicht beherrschten. Auch sagte man, dass sie direkte Nachfahren von Lorn waren und somit seine Kinder.

„Das würde auch erklären, warum er so einen Eispanzer hatte", murmelte Tesfay vor sich hin. Seine Gedanken schweiften immer wieder zu diesem Eisdrachen ab. Er wollte verstehen, wer der Drache gewesen war.

Ein Aufwind erfasste Tesfay und riss ihn aus seinen Gedanken. Mühsam befreite er sich aus dem Aufwind, wurde aber im gleichen Moment von einem anderen Wind erfasst. Um ihn herum tanzten weiße Schneeflocken, die die Sicht trübten. Ein Brüllen entschlüpfte seinem Rachen, als er gegen die Winde ankämpfte. Immer wieder wurde er, als er sich befreit hatte, von einem anderen Luftstrom erfasst. Seine Flugmuskeln erschlafften allmählich und die Eiskristalle setzten seinen Schuppen zu. Über seinen ganzen Körper verteilt, hatten die Schneeflocken kleine blutige Risse hinterlassen.

Müde und ausgelaugt ließ er sich fallen. Seine Flügel klappten zusammen und die Aufwinde, die zuvor noch an ihm gezerrt hatten, ließen ihn frei. Während des Falls verwandelte er sich, und kurz bevor er auf dem Boden aufschlug, setzte er seine Flugmagie ein. Eine warme, glühende, grüne Kugel fing ihn nur wenige Meter über dem Erdboden auf. Sicher und gemütlich landete er auf dem kalten Stein, der von dem Schnee bedeckt war. Seine nun menschlichen Hände zitterten in der eisigen Luft und wurden innerhalb Sekunden blau. Panisch entfachte er ein warmes Feuer, das aber vom Wind wieder ausgeblasen wurde. Frierend und am Ende seiner Kräfte gab Tesfay auf. Er legte sich in den kalten Schnee und wollte nur noch schlafen. Doch die Kälte ließ dies nicht zu. Immer kurz bevor er sein Bewusstsein verlor, raste eine Eisböe über ihn hinweg, wodurch sein Körper vor Kälte durchgeschüttelt wurde.

Nach dem zehnten Mal wurde er wütend. Frustriert und zitternd stand er auf und schrie den Wind an: „Was willst du denn noch? Reicht es dir nicht, dass ich kurz vor dem Erfrieren bin?", fragte er die eisige Luft. Keine Antwort kam, nur kalter Wind und Schnee. Langsam fiel Tesfay in den Schnee. Der peitschende Wind wischte seine Tränen hinfort und zerzauste seine Haare. Niedergeschlagen trocknete Tesfay seine Tränen und rollte sich zusammen. Er hätte nie hierherkommen sollen. Er hatte gewusst, dass es so enden würde, konnte es aber seinem Vater nicht sagen. Ein Schluchzen schüttelte seinen Körper.

Überrascht über diesen Laut hob er den Kopf. Er hatte seine Gefühle noch nie gezeigt, doch im Angesicht dieser Naturkraft konnte er nicht anders. Ein erneutes Schluchzen erhob sich aus seiner Kehle, ergoss sich in die Luft und verlor sich in den Bergen.

Berge, dachte Tesfay. *Ich bin schon in den Bergen*, wurde ihm auf einmal klar. Als er sich umsah, erblickte er nur kalten Stein, der sich in den Himmel erhob. Um ihn herum ragten die Winterberge empor.

Sein Schluchzen erstickte in seiner Kehle, als er neue Hoffnung schöpfte. Er füllte seine Lungen mit der kalten Luft. Genoss den Schnee auf seiner Haut und liebte das Gefühl des Windes, der durch seine Haare streifte.

Mit neuer Kraft öffnete er seine Flügel. Der zuvor erbarmungslose Wind strich nun sanft über die Flügel, glitt unter sie und ließ ihn in die Luft erheben. Während er von dem Wind in den Himmel getragen wurde, verwandelte er sich. Sofort wurde die Luft kälter und der Wind peitschte ihm die Eiskristalle entgegen. Auch der Aufwind verschwand, nur die Kälte blieb. Tesfays Gedanken versuchten dieses Rätsel zu lösen. Wieso sollten die Winde einen Drachen angreifen, aber einen Menschen mit Flügeln nicht? Während der Sturm ihn ergriff, suchte er noch immer nach einer Lösung. Ihm war klar, dass die Antwort nicht weit entfernt war.

Ein Schmerz in seinem Bein ließ in aufbrüllen und riss ihn aus seinen Gedanken. Sein linkes Hinterbein hing schlaff hinab. Alle Knochen waren gebrochen und rotes Blut tropfte auf den Schnee unter ihm.

Der Wind hatte ihn erfasst und gegen eine Steinwand gedrückt. Dabei hatte er versucht, sich mit dem Hinterbein abzustoßen, doch ein weiterer Windstoß hatte ihn erneut gegen den Felsen gedrückt. Sein Bein wurde zwischen seinem Körper und der Felswand eingeklemmt und zerdrückt.

Ein rasender Schmerz ging von seinem Bein aus und verbreitete sich im ganzen Körper. Tränen des Schmerzes liefen über seine Schuppen und erschwerten ihm die Sicht. Die Pein war allgegenwärtig, lähmte seinen Körper, erdrückte seine Gedanken und ließ ihn auf bestialische Weise brüllen. Das Donnern wurde vom Sturm um ihn herum verschluckt. Die Schneeflocken, die um ihn herumtanzten, bremsten den Schall und ließen ihn nicht die Berge erreichen.

Wäre es nicht tödlich, fände ich es schön, dachte er, als er erneut von den Winden erfasst wurde.

Sein geschundener Körper war dem Sturm erbarmungslos ausgeliefert und wurde erneut gegen eine Felswand gedrückt. Dieses Mal machte er nicht den gleichen Fehler wie zuvor. Doch der Wind ließ nicht von ihm ab und presste ihn immer stärker gegen den Stein. Die Luft entwich seinen Lungen und kalte brennende Luft drang durch seine Luftröhre, kroch zu seinen Lungen und ließ ihre tödliche Wirkung frei. Eis prasselte auf seine Lungen, ließ die Lungenbläschen gefrieren und verschloss den Zugang von Frischluft.

Japsend versuchte Tesfay Luft in seine Lungen zu pumpen, doch die Eiskristalle verwehrten dies. Seine panischen Gedanken versuchten einen Hoffnungsschimmer zu finden, aber sein Körper hatte das Leben schon aufgegeben, als sich plötzlich sein Körper wandelte. Mitten im Sturm und ohne sein Zutun verwandelte er sich. Seine Flügel sackten herab und verschwanden in seinen Schulterblättern. Sein verletztes Bein wurde durch die Verwandlung geheilt und seine vereisten Lungen füllten sich wieder mit Luft. Gierig zog er die eisige Luft in seine Lungen und genoss es zu atmen. Aber seine Freude währte nicht lange. Noch immer peitschte der Sturm um ihn herum und presste ihn gegen die Felswand. Sein menschlicher Körper konnte dem nicht lange standhalten. Schon nach kurzer Zeit war sein Körper von Frostbeulen übersät und seine Finger waren bläulich angelaufen.

So ist dies das Ende, dachte er, als der Wind ihn ein letztes Mal gegen die Felswand presste. Vor ihm erschien ein blaues Licht, das auf ihn zugeflogen kam, ihn drohte zu verschlingen und ihn in einen Bann zog, aus dem es keinen Ausweg gab. Die stürmischen Winde um ihn herum waren verschwunden, nur noch das blaue Licht blieb.

Seine gefrorenen Hände zuckten, als hätten sie ins Feuer gefasst. Auch sein kalter Körper wurde wieder warm und sein vernebelter Geist wachte aus seinem Dämmerzustand auf. Zuerst war ihm nicht bewusst, dass er noch am Leben war. Erst als seine Hände etwas Warmes ertasteten, war ihm klar, dass er dem Sturm entkommen und in Sicherheit war.

Langsam öffnete er die Augen. Zu groß war die Angst, dass dies nur ein Traum war, doch als er die Pracht um ihn herum erblickte, vergaß er alles.

Blaue Eissäulen stützten die Decke, die angenehm leuchtete. Reliefs von Schneeflocken, Eiskristallen und Winterstürme zierten die Säulen und verbanden sie miteinander. Über all dem hing ein königsblauer Diamant an der Höhlendecke. Er schien in allen Facetten des Blaus und tauchte die Höhle in ein helles Licht. Die geblendeten Augen von Tesfay mussten sich von dem Diamanten abwenden. Dabei fiel sein Blick auf den Boden. Warmes Stroh bedeckte den eisblauen Boden, doch auch das konnte nicht verbergen, was im Eis eingeschlossen war. Ein vergilbtes, gelbes Drachenskelett befand sich unter Tesfays Füße. Die Augenhöhlen des Drachen blickten Tesfay an. Erschrocken wich er zurück, aber der augenlose Blick verfolgte ihn.

Na toll, wo bin ich nun wieder hineingeraten?, dachte er frustriert, als er in der ganzen Höhle umherlief, gefolgt von dem Blick des Skeletts.

Während er versuchte aus der Reichweite des toten Drachen zu gelangen, nahm er aus dem Augenwinkel eine hellblaue Eiswand wahr. Unsicher ging er auf die Wand zu und merkte, wie es kälter wurde. Kurz bevor er die Mauer erreichte, fing er an zu frieren. Seine Finger wurden blau und seine Nase bekam einen rötlichen Schimmer. Fasziniert und ängstlich zugleich, ging er weiter auf die Wand zu, bis er nur noch seine Hand auszustrecken brauchte und die Eiswand berühren würde, doch im letzten Moment hielt er inne. Seine Finger verharrten nur Millimeter vor der Eisschicht, als plötzlich die Erde anfing zu beben.

Ein dröhnender Laut erklang, als die Decke Risse bekam und sich der blaue Diamant löste. Mit lautem Getöse fiel der Stein in die Tiefe, krachte auf die Eisschicht und zersplitterte in tausend Einzelteile. Durch den Aufprall wölbte sich das blaue Eis auf. Scharfe Eissplitter durchbohrten das Blau, drangen aus dem Boden und erhoben sich wie Schwerter in den Himmel. Die ganze Höhle fing an zu zittern unter dem Erdbeben und stürzte in sich zusammen.

Im letzten Moment konnte Tesfay den fallenden Eisbrocken ausweichen, indem er sich an die Eiswand hinter sich drückte. Eisige Kälte umfing ihn, drang durch seine Haut, ließ seine geschundenen Muskeln aufschreien und seine Knochen zittern. Ein Schmerzensschrei erhob sich aus seiner Kehle, wollte sich einen Weg hinausbahnen, wurde jedoch jäh unterbrochen, als sich vor seinen Augen das Skelett erhob und zum Leben erwachte.

In den zuvor leeren Augenhöhlen saßen nun zwei eisblaue Augen, die ihn neugierig musterten. Um das Skelett materialisierten sich Muskeln, die sich um die Knochen wanden. Sehnen verbanden wie von Geisterhand die Muskelstränge miteinander und zum Schluss drangen Schuppen, die in allen Blautönen schillerten, aus den Muskeln, bedeckten diese und der totgeglaubte Drache erwachte zum Leben.

Seine eisblauen Augen richteten sich auf Tesfay. Kaum merklich ging ein Beben durch den Drachen, als er tief in seine Lungen einatmete. Das dröhnende Geräusch, das dabei entstand, ließ Tesfay vor Angst in die Knie sinken. Seine sonst so ruhigen Gedanken rasten vor Panik auf der Suche nach einer logischen Erklärung für diesen Drachen.

Ein ruhiges Schnauben unterbrach seinen Gedankenfluss. Vorsichtig erhob Tesfay sich wieder, dabei stützte er sich an der Eiswand ab, die anfing zu schmelzen. Schmerzerfüllt schrie er auf, ob von der Kälte oder von den Augen, die ihn musterten, wusste er nicht. Zerstreut sah er sich erneut in der Höhle um. Über den ganzen Boden verteilt ragten spitze Eisblöcke in die Höhe. Blaue Kristalle, die sich aus dem Diamanten gelöst hatten, der zuvor an der Decke gehangen hatte, lagen auf dem Boden verteilt. Ein weiteres ungeduldiges Schnauben ließ ihn erneut zusammenfahren.

Als er den Kopf hob, blickte er direkt in die Augen des Drachen. Erschrocken wich er zurück und schlug sich seinen Blondschopf an der Wand an. Warmes rotes Blut glitt über seine Kopfhaut, verfärbte seine goldenen Haare und das blaue Eis rot und tropfte langsam auf den Boden.

Wer bist du?, fragte eine dröhnende Stimme.

Der Laut drang durch Tesfays geschundenen Körper, brannte sich in seinen Geist und erscholl in seinen Gedanken. Das Echo ließ ihn verwirrt taumeln. Benommen schüttelte er den Kopf, versuchte sich zu orientieren und scheiterte kläglich. Er fiel auf den Boden wie ein frischgeschlüpfter Drache, der nicht weiß, wofür seine Beine taugen.

Wirst du mir nun eine Antwort geben, Junge?, ertönte die Stimme erneut.

Noch benebelt sah Tesfay zu dem blauen Drachen auf, dessen Augen ihn immer noch musterten. Nachdem Tesfay ein paarmal geblinzelt hatte, wurde ihm klar, dass die fremde Stimme dem Drachen gehörte.

„Ich bin Tesfaselassie, der Sohn des Drachenkönigs", sagte Tesfay mit gebrochener Stimme.

Der Sohn des Drachenkönigs, dass ich nicht lache. Keiner von diesen jämmerlichen Nachkommen von Eru könnte jemals meinen Schlafplatz finden. Der Blaue lachte vor sich hin.

„Und doch stehe ich vor dir", erwiderte Tesfay, nun mit kräftiger und sicherer Stimme.

In der Tat, murmelte der Drache. *Sag, wie bist du in meine Höhle gelangt?*

Mühsam erhob sich Tesfay, um etwas Zeit zu schinden. Vergeblich versuchte er sich zu erinnern, was geschehen war, bevor er die Höhle betreten hatte. Doch seine Gedanken waren wie weggefegt, nur ein allumfassender Schmerz pochte in seinem Geist.

„Ich weiß es nicht", gab er zu, als ihm kein Ausweg einfiel.

Lautes Lachen erscholl in der Höhle, ließ die Wände zittern und den Boden erbeben.

Als ob ich dir das glauben würde. Du stinkst Kilometer weit gegen den Wind nach meinem glorreichen Bruder, sagte der Drache abfällig. *Und doch besitzt du eine feine Note meines Geruchs. Auch deine Augen besitzen die gleiche Farbe wie meine.*

„Wenn du das sagst, muss es stimmen", versuchte Tesfay den Drachen zu besänftigen. „Allerdings habe ich mich vorgestellt, du hingegen nicht."

Mutig, mutig, das muss ich dir lassen, murmelte der totgeglaubte Drache. *Jedoch dürfte ich gar nicht wach sein. Schon allein meine Atemzüge könnten das Gleichgewicht der Welt auseinanderbringen.*

„Ach das, das ist schon seit einiger Zeit nicht mehr in Harmonie."

Was sagst du da? Das kann nicht sein. Mein Bruder ist mit der Wache dran, er hat noch nie versagt.

„Wer ist dein Bruder?"

Wer mein Bruder ist? Was für eine Frage. Er ist der allumfassende Gott dieser Welt, Beschützer und Gründer der Drachen. Er ist derjenige, der den schwarzen Drachen gezähmt hat. Er ist Eru!

Eru. Der Name schoss wie ein Blitz durch Tesfays Gedanken, weckte all die Sagen von der alten Zeit auf, und mit einem Schlag wurde ihm bewusst, wer vor ihm stand. Ein Drache, der nicht auf der Erde wandeln dürfte, einer, der gar nicht mehr am Leben war, ein Gott, der die Welt beschützte. Eisblaue Augen sahen ihn an.

Lorn, dachte Tesfay erstaunt. Vor ihm stand einer der fünf Götter der Urzeit. Der Gott, der die Shinigamis erschuf und die Verteidigungsmagie der Welt beibrachte.

Also hast du doch etwas im Köpfchen, ertönte die erfreute Stimme des Gottes.

„Das … das kann nicht sein", murmelte Tesfay und versuchte vor dem Drachen zurückzuweichen. Dabei stieß er erneut gegen die Eiswand hinter ihm. Ein gellender Schmerz schoss durch seine Glieder, als die Wunde an seinem Kopf erneut anfing zu bluten.

Beruhige dich, ich werde dich schon nicht fressen. Der Gott lächelte. *Doch nun erzähle mir, was du gemeint hast mit der zerstörten Harmonie in der Welt.*

Benommen vom Schmerz erzählte er die Geschichte vom Angriff auf das Drachenland und auch von seiner Begegnung mit dem Schlächter. Während der Erzählung wurde er immer wieder von dem Gott unterbrochen, der nach weiteren Einzelheiten fragte. Zum Schluss schnaubte der Drache wütend, als er von Tesfays Auftrag hörte.

Also wirklich, die Drachenkönige sollten sich schämen.

„Wieso das?", fragte Tesfay müde. Seine Wunde schmerzte und seine Sicht fing an, sich zu schwärzen.

Weil sie verlogene Drachen sind. Der Todesort von Ki'Hur befand sich früher in den Winterbergen, doch nachdem ein erneuter Krieg ausbrach, flüchteten die Drachen in die Festung. Durch mein Zutun erhob sich das

Bollwerk, mit vielen weiteren Drachenstädten, in die Luft und war fortan sicher von Angriffen der Elfen. Leider aber wurde dieser Teil der Geschichte vergessen!, fauchte Lorn wütend. *Die Festung löste sich nach dem Krieg auf. Der Eispanzer bröckelte und fiel in sich zusammen. Was von der Festung noch übrig blieb, war die weiße Stadt der Drachen.*

„Navakaro."

Ja genau, und seit diesem Tag ruht das Herz von Ki'Hur in den verborgenen Gängen der Stadt. Bis heute hat kein Drache den Zugang zu dieser heiligen Ruhestadt gefunden und es sollte ihn auch keiner jemals finden, erklärte Lorn.

„Aber wir müssen unsere …" Weiter kam Tesfay nicht. Sein Schädel brummte wie ein wütender Drache. Um ihn herum toste ein unsichtbarer Sturm, der seine kalten Hände nach ihm ausstreckte.

Ich weiß und es wird Zeit. Ki'Hur ruft dich. Folge ihm und du wirst das finden, was du suchst, erwiderte der Drache.

„Was? Nein! Ich kann noch nicht gehen", wehrte sich Tesfay. „Ich muss erfahren, wie ich Ki'Hurs Herz finde."

Es wird dich finden, und nun geh. Geh und rette dein Land, denn auch ich werde gehen und meine Brüder und Schwestern rufen.

Ein eisiger Wind peitschte um Tesfay herum, zog ihn in seinen Bann und streckte seine Hände nach ihm aus. Hinter ihm bekam die Eiswand Risse. Blaues gleißendes Licht drang aus den Rissen, zersprengte die Wand und umfing Tesfay. Er verlor seinen Halt und war kurz vor dem Umfallen, als sich das Licht um ihn schlang und durch die zerstörte Wand zerrte. Ein erstickter Schrei drang aus seiner Kehle, wurde aber unterbrochen, als sich Dunkelheit über Tesfay senkte.

Das Nächste, an das er sich erinnerte, war, dass er sich in einem strahlend blauen Saal wiederfand. Das Gespräch mit dem Gott verschwand allmählich, bis Tesfay nicht mehr wusste, dass er mit Lorn geredet hatte.

Mühsam öffnete er die Augen und blickte sich um. Der Saal leuchtete beruhigend, jedoch schwebte in der Mitte ein schwarzer Klotz, der bedrohlich strahlte. Wie hypnotisiert stand Tesfay auf, ging auf das Schwarz zu und legte seine Hände auf den Stein, der durch die

Berührung anfing sich zu regen. Seine schwarze Hülle verfärbte sich langsam blau. Eis breitete sich von der Mitte des Saals aus, schlich über den Boden und hinterließ hellblaue Eisspuren. Die stickige Luft wurde erfüllt von frischer Kaltluft. Augenblicklich sank die Temperatur auf den Gefrierpunkt.

Tesfays Hände fingen an zu zittern, als die Kälte ihn erreichte. Seine Finger nahmen eine bläuliche Farbe an, krampften sich zusammen und ließen den jungen Drachen vor Schmerz aufschreien. Wie verbrannt schnellten seine Hände von der Kugel und versteckten sich in dem warmen Mantel, der um Tesfay flatterte.

Ein gellendes Brüllen durchdrang den Saal, ließ die Kugel zittern und erfüllte die Luft mit Klagelauten. Um den blauschwarzen Stein sammelte sich die eisige Luft, formte sich zu Kristallen, die durch die Atmosphäre schwebten. Die Kugel wurde blau, während sie zu Boden fiel, wo sie mit einem lauten Krachen aufschlug. Die Eisspuren verteilten sich, sodass sie den ganzen Boden bedeckten. Wie schleichende Schlangen schlichen sie die Marmorwand hinauf und verwandelten sie in Eis.

Die Kälte im Raum war nicht zum Aushalten. Fluchtartig wollte Tesfay den Raum verlassen, als ihm auffiel, dass es keinen Ausgang gab. Zum ersten Mal in seinem Leben spürte er Todesangst. Panisch sah er sich um, doch egal, was er versuchte, es tat sich keine Tür auf und die Kälte kroch immer weiter auf ihn zu.

Die Wände trieften vor strahlend blauem Eis und der Boden fühlte sich glatt unter Tesfays nackten Füßen an. Die Schönheit, welche dem Moment innewohnte, verflog augenblicklich, als sich blaue Eisranken um Tesfays Füße schlangen und seine Beine gefrieren ließen. Ohne zu überlegen wollte er sich bewegen, um sich von dem Eis zu befreien, jedoch hatte er das Gefühl in den Beinen schon längst verloren. Immer weiter krochen die Ranken an seinem Körper hinauf, auf der Suche nach seiner Lebensenergie.

Energie, dachte er und hoffte die Lösung gefunden zu haben.

Ohne die Kälte zu beachten schloss er die Augen und glitt in seinen Geist. Die weiße Magiekugel schwebte leise vor ihm. Er streckte seine steifgefrorene Hand nach der Kugel aus, woraufhin das weiße Licht ihn von innen erfüllte und ihm zusätzliche Kraft gab. Allerdings war sein Körper zu ausgelaugt, um noch Magie zu wirken. Seine Hände griffen ins Leere und die weiße Kugel zog sich zurück, wodurch er aus seinem Geist katapultiert wurde.

Wieder in der Realität setzte ihm die Kälte zu. Sein ganzer Körper hatte sich blau verfärbt und die Eisranken hatten sich so weit verteilt, dass es nur noch Sekunden dauern würde, bis sie sein Herz erreichten und somit auch seine Lebensenergie. In Gedanken dachte er an alle schönen Momente in seinem Leben. An seinen ersten Flug, an seinen älteren Bruder, seine Cousine und an Kasumi. Ihr weißgoldenes Haar würde er niemals vergessen, auch nicht, wenn er tot war, und ihre amethystfarbenen Augen hatten sich schon längst in seinen Geist gebrannt.

Eine messerscharfe Kälte riss ihn aus seinen Erinnerungen und ließ ihn bestialisch brüllen.

Stopp!, ertönte eine tiefe grimmige Stimme. *Wer hat euch erlaubt, mein Herz zu verlassen? Hinfort mit euch!*

Kaum hatte die Stimme die Worte gesagt, zogen sich die Eisranken zurück. Die Kälte verschwand und Tesfay konnte sich endlich wieder bewegen. Zwar waren seine Gesten noch ungelenkig, doch nach kurzer Zeit war sein Körper voll einsatzfähig. Magie durchströmte seinen Geist, veränderte seine Gestalt und ließ ihn zu dem größten Raubtier auf Erden werden. Seine goldenen Schuppen schimmerten in dem blauen Licht feiner als sonst und seine kristallblauen Augen erkannten den Zauber hinter dem Eis.

Als er sich zu der blauen Kugel umdrehte, sah er einen Geisterdrachen über ihr schweben. Die Schuppen des Drachen waren eisblau und über ihnen befand sich eine Eisschicht. Doch dies war nicht das Auffälligste an dem Drachen. Es waren die Augen, die alles durchdrangen mit ihrem eisigen Blick.

„Also bist du derjenige, den ich gerufen habe“, stellte der Geisterdrache fest.

Tesfay dachte kurz nach. Er hatte in den letzten Tagen vieles erlebt, was nicht logisch und nachvollziehbar war. Zuerst die Flucht vor dem Schlächter, dann seine Reise in die Winterberge und nun das.

„Wenn Ihr Ki'Hur seid, bin ich derjenige, der Euch sucht", erwiderte Tesfay.

Ein schallendes Lachen entwich dem blauen Drachen.

„Nimm mein Herz. Sobald ein Nachfahre von Lorn es berührt, erwacht die Festung Ki'Hur, jedoch zu einem hohen Preis."

„Welcher?", fragte Tesfay, bereit, jeden Preis zu zahlen für den Sieg gegen den Schlächter.

„Derjenige, der die Festung erweckt, wird meinen Platz einnehmen. Wenn deine Zeit des Dahinscheidens kommt, musst du dein Herz Lorn widmen und meine Stelle einnehmen. Mein Herz wird durch deines ersetzt, und ich habe endlich die Möglichkeit, diese Welt zu verlassen", erklärte Ki'Hur.

„Ich bin einverstanden damit", sagte Tesfay ohne zu zögern.

„So sei es. Nimm mein Herz und erwecke die Festung zu neuem Leben." Mit diesen Worten verschwand der Drache.

Der goldene Drache tat, wie der blaue es ihm sagte. Er nahm das Herz vom Boden auf. Sofort zersprang es und Eis entwich ihm. Das Eis verteilte sich durch den ganzen Raum, doch die Temperatur sank nicht wie vorher, sondern blieb konstant. Fasziniert beobachtete Tesfay den Tanz des Eises. Eine Marmorwand nach der anderen wurde von der Eisschicht bedeckt. Nach einigen Minuten sackte das Eis in den Marmor und zurück blieb nichts mehr, was auf das Eis schließen ließ.

Ein Feuerstoß entzündete sich in der Luft und traf auf den Marmor. Die Flammen lösten sich auf, bis sie ganz erloschen. Das königliche Feuer von Tesfay konnte dem Marmor nichts mehr anhaben.

Also stimmen die Geschichten, dachte er, als er nach dem Ausgang suchte, der nicht weit von ihm zu finden war. Bevor er das Tor betrat, hörte er noch einmal die Stimme von Ki'Hur, die zu ihm sprach. Daraufhin wurden seine Schuppen von Eis umhüllt.

Gehe nun, Sohn des Drachenkönigs. Rette deine Welt, verabschiedete sich der blaue Drache.

Mit neuer Magie in sich betrat Tesfay das Tor und wurde teleportiert. Um ihn herum wurde alles schwarz, und als das Schwarz weißem Tageslicht wich, befand er sich vor dem Tempel, in dem seine

Eltern ihr Nest hatten. Um ihn herum wuchsen Eisspitzen aus dem Boden.

Ein königlicher Eisdrache, dachte er, als ihm bewusst wurde, welche Magie Ki'Hur ihm vererbt hatte. Die Macht der Eisdrachen war todbringend und nur wenige Drachen konnten gegen diese Magie bestehen.

„Ich bin bereit", sagte er, hob von der Insel ab und flog direkt in den Anfang des Krieges.

Verborgener Schmerz

Frierend zog sich Kasumi den schwarzen Mantel enger um die Schultern. Seit sie die Höhlen der Löwentiger verlassen hatten, schneite es unablässig und die Luft wurde kälter, je näher sie dem Dämonenland kamen.

„Wie lange wird es noch dauern?“, fragte sie Joru.

Woher soll ich das wissen? Ich mache diese Reise auch zum ersten Mal, erwiderte Joru.

Schlotternd und frierend schlang Kasumi den Mantel noch enger um sich, aber er konnte die beißende Kälte nicht vertreiben. Nicht einmal mit Magie verstärkt konnte der Mantel dem Wind trotzen. Ihre zitternden Hände hatten schon eine bläuliche Farbe und Eiskristalle hatten sich in der Wolle des Mantels niedergelassen. Auch die Löwentiger hatten Mühe mit der Kälte. Ihr sonst so weiches Fell war vereist und an den Bauchhaaren hingen Eiszapfen.

Wäre es nicht sinnvoll, wenn wir eine Rast einlegen würden?, fragte A-kiko hoffnungsvoll.

Nein, zerstörte ihr Bruder ihre Hoffnungen. *Wenn wir jetzt rasten, haben wir nicht mehr die Kraft, um weiterzugehen.*

Aber …

Kein Aber. Wir werden weiterziehen. Vielleicht kann Kasumi uns vor dem Wind und der Kälte schützen.

„Ich habe es euch schon gesagt. Es geht nicht. Ich habe keine Ahnung, wie ich einen solchen Zauber wirken soll!“, schrie sie gegen den Wind.

Sie hatte, kurz nachdem sie aufgebrochen waren, mit Aruba geredet. Sie wollte wissen, was für ein Wort Warox zu ihr gesagt hatte, doch die Schwarzhaarige hatte nur erwidert, dass sie es zu gegebener Zeit selbst erfahren würde. Daraufhin hatte Kasumi geschmollt. Als die Löwentiger sie gefragt hatten, ob sie etwas gegen die Kälte machen könnte, hatte sie nicht den Mut gehabt, Aruba danach zu fragen, und allein, das wusste sie, konnte sie es nicht schaffen. Es waren seitdem drei Tage vergangen und der Schneesturm nahm nicht ab. Die Kälte wurde so unerträglich, dass die drei nicht einmal von einem Feuer warm wurden. Permanent war die Kälte anwesend und schwächte die drei.

Kasumi, bitte, bettelte Akiko. *Wenn es so weitergeht, erfrieren wir.*

Ein genervtes Seufzen drang aus Kasumis Kehle. Gegen Akiko hatte sie keine Chance. Egal, um was die Löwentigerin bat, Kasumi erfüllte es. Sie nahm ihren ganzen Mut zusammen und glitt in ihren Geist. Vor der weißen Magiekugel blieb sie stehen. Kasumi schwebte im Raum und wartete darauf, dass Aruba erschien. Normalerweise befand sich ihre Wegleiterin in der Nähe von Kasumis Existenz, doch meist konnte Kasumi nicht bis dahin vordringen. Also wartete sie bei der Magiekugel. Nach kurzer Zeit wurde der Raum golden erhellt und Aruba tauchte auf.

Hast du dich beruhigt?, fragte die Frau.

Musst du mich daran erinnern?, sagte Kasumi genervt. *Und nein, ich habe mich immer noch nicht beruhigt. Wieso willst du es mir nicht sagen?*

Weil die Zeit noch nicht gekommen ist. Aber ich denke, das ist nicht der Grund, warum du mich aufsuchst.

Das stimmt. Ich möchte gern einen Zauber gegen den Wind und die Kälte aufbauen.

Ah, Naturmagie. Ja, diese Art Magie fällt vielen schwer. Die meisten versuchen sich gar nicht daran. Sie ist eine weitere Form der Verteidigungsmagie. Jedoch baut sie noch auf der Elementarmagie auf, wodurch es erschwert wird, überhaupt einen Zauber dieser Magie zu wirken.

Ich brauche keine Erklärung zu den verschiedenen Magien. Ich muss nur wissen, wie ich sie anwenden kann, erwiderte Kasumi genervt.

Mein Kind, bevor du Magie anwenden kannst, musst du dir im Klaren sein, zu welcher Struktur sie gehört.

Ich bin ein Drache, ich brauche die Struktur nicht.

Du musst noch viel lernen. Es gibt kein Drache, der ohne Magiestruktur Magie wirkt. Jedoch brauchen sie keine Übung, sondern können es von klein auf. Du aber bist ein anderer Fall. Du bist kein Drache von Geburt, deshalb musst du dich an die Strukturen halten, erklärte Aruba. *Ich werde dir nun erklären, wie du diese Magie einsetzen kannst.*

Ein genervtes Prusten entwich Kasumi, doch sie fügte sich ihrer Wegleiterin. Sie schloss die Augen, um sich auf ihre Magie und die Stimme Arubas zu konzentrieren.

„So ist es gut", sagte Aruba laut. „Nun stelle dir vor, wie sich deine Magiekugel blau verfärbt mit einem leichten Schimmer Rot. Dadurch sollte die Kugel die Farbe der Elementarmagie annehmen."

Mühsam versuchte Kasumi, sich dieses Farbenspiel vorzustellen, und spürte dabei, wie Angriffs- und Verteidigungsmagie durch ihren Körper flossen.

„Ja, genau so, und jetzt stelle dir vor, dass dir die vier Elemente, Wasser, Erde, Feuer und Luft, gehorchen."

Wieder tat Kasumi, wie ihr geheißen. Dabei nahm sie wahr, wie ihr Körper von diesen Elementen umringt wurde, wie sie in ihre Haut eindrangen und sich in ihrem Blut einnisteten. Ein erfrischendes Gefühl des Wassers prickelte durch ihre Adern. Ein loderndes Feuer brannte sich durch ihren Geist. Eine sanfte Brise streichelte ihre Gedanken und ein herber erdiger Geruch erfüllte ihre Lungen.

„Und nun tauche in die Magiekugel ein, fühle die Magie auf deiner Haut und sauge sie in dich ein."

Kasumi trat ohne zu zögern auf die violette Kugel zu und ließ sich fallen. Die warme Farbe füllte ihren Geist und die Magie pulsierte durch ihren Körper. Die Elemente, die zuvor durch ihren Körper getost waren, zogen sich zusammen und manifestierten sich. Eine rote Flamme erschien in Kasumis Geist, gefolgt von einem klaren hellblauen Tropfen, der erfüllt von Wasser war. Die zwei Elemente wurden von einem Wind umhüllt, und aus dem Boden drang ein Erdwall, der sich den drei anderen Elementen anschloss. Als alle vier vereint waren, wurde Kasumi aus der Magiekugel geschleudert.

Haben sich alle Elemente manifestiert?, fragte Aruba.

Kasumi konnte nur nicken, zu groß war der Schock des Gesehenen. Mit wackeligen Beinen stand sie auf. Die Magiekugel hatte ihre Farbe von Violett zu Braunorange gewechselt.

„Nun musst du nur noch die Magie bündeln und richtig einsetzen, aber das schaffst du schon allein“, sagte Aruba und verschwand.

Kasumi wollte noch nachfragen, was ihre Wegleiterin gemeint hatte, doch es war schon zu spät. Sie war allein mit der Magiekugel, die in dem leeren Raum vor sich hin pulsierte. Zögernd trat Kasumi auf die Kugel zu, streckte ihren Arm aus und wurde von einer Flutwelle getroffen. Aus der braunorangen Kugel glitt der hellblaue Wassertropfen, der sich zuvor manifestiert hatte. Als Kasumi weiter in die Magiekugel griff, erfasste sie ein Wind, der sich mit dem Wassertropfen vermischte und eine Eisbarriere um sie und die Kugel wob. Verstehend berührte Kasumi das Eis, wodurch es sich ausdehnte. Sie spürte, wie ihr Körper von der Eisschicht umhüllt wurde und sie sich dann ausbreitete. Das Eis wurde zu einer runden Kugel, die sich über Kasumi und die Löwentiger erstreckte. Zeitgleich wurde sie in ihren Körper katapultiert. Als sie sich umsah, erblickte sie die Eisbarriere, die sie und ihre Begleiter einschlossen. Sie glänzte hellblau in der kalten Nacht, jedoch konnte Kasumi jedes Detail in ihrer Umgebung wahrnehmen, wodurch es aussah, als würde die Eisbarriere nicht existieren.

Wunderschön!, sagte Akiko.

Ja, in der Tat. Das hast du gut gemacht, Kasumi, freute sich Joru.

Verlegen wandte sich Kasumi von den blauen Augen Akikos ab. Dabei bemerkte sie, dass sie nicht mehr fror. Rasch blickte Kasumi auf ihre Hände, die makellos aussahen. Keine blauen Frostbeulen waren zu finden und auch ihr Mantel war nicht mehr voller Eiskristalle. Als sie die Löwentiger musterte, bemerkte sie, dass auch ihr Fell vom Eis befreit war. Müde geworden durch die magische Anstrengung, senkte Kasumi den Kopf auf das weiche Fell von Joru und schlief kurz darauf ein.

Nach kurzer Zeit wachte sie wieder auf. Verschlafen rieb sie sich die Augen und sah sich um. Über ihr erstreckte sich ein flammend roter Himmel und unter ihr brannte die Erde. Erschrocken fuhr sie auf. Dabei bemerkte sie, dass sie sich nicht mehr auf Jorus Rücken befand, sondern in der Luft schwebte. Verwirrt blickte sie sich um. Drachen, größer als alle, die sie bis jetzt gesehen hatte, flogen über den Himmel. Flammen züngelten aus ihren Mäulern und ihre Krallen trieften vor Blut. Immer mehr Drachen erschienen, die gegeneinander kämpften. Am ganzen Himmel fanden blutige Kämpfe statt.

Ein goldenes Aufblitzen erregte Kasumis Aufmerksamkeit. Sie wandte sich dem Goldenen zu und sah, wie Tesfay gegen einen doppelt so großen Drachen kämpfte. Als er von einer roten Kralle getroffen wurde, stürzte er zu Boden. Panik erfasste Kasumi. Wie in Zeitlupe bewegte sich die Welt. Kasumi nahm die blutigen Schuppen von Tesfay wahr, sah, wie einzelne Blutstropfen aus der Wunde trieften und gegen Himmel flogen. Der goldene Körper fiel langsam auf den Boden zu. Seine Flügel öffneten sich in einem letzten Versuch, den Fall abzubremsen, doch der Drache scheiterte kläglich und fiel weiter, als plötzlich die Zeit ihren normalen Rhythmus wiederaufnahm. Sofort raste Kasumi auf den fallenden Drachenkörper zu und wollte ihm helfen, doch ihre Hände glitten durch die Schuppen des Drachen und sie konnte nur mitansehen, wie Tesfay auf dem Boden aufschlug. Ein wütendes Brüllen durchdrang den Himmel und ein roter Schatten erschien. Im nächsten Moment fiel Tesfays Gegner zu Boden. Der rote Schatten glitt vorsichtig auf Tesfay zu.

Nicht, du darfst nicht sterben!, hörte Kasumi die traurige Stimme von Naiuschka.

Als ob ich das würde, erwiderte Tesfay schwach.

Wir müssen uns zurückziehen und die Festung halten. Komm, ich helfe dir auf.

Die rote Drachin stützte Tesfay und flog mit ihm davon. Ihr Ziel war eine riesige Insel, die von blauem Eis überzogen war. Um die Festung hatte sich die Schlacht in ein blutiges Massaker verwandelt. Überall fielen tote Drachen zu Boden und hoch am Himmel konnte Kasumi die schwarzen Schuppen des Schlächters erkennen. Er kämpfte gegen Tesfays älteren Bruder. Es sah aus, als würde Hakaris unterliegen. Seine stolzen blauen Flügel waren nur noch Fetzen und seine grauen Schuppen waren von Blut überzogen.

Rückzug!, hallte die Stimme des Drachenkönigs über das Schlachtfeld.

Sofort flogen die meisten Drachen zur Eisfestung und das Kampfgetümmel erstarb, nur noch Hakaris und der Schlächter kämpften gegeneinander.

Hakaris! Rückzug!, schrie Tesfay seinem Bruder zu, doch er schien es nicht zu hören. Er kämpfte weiter gegen den schwarzen Drachen. Immer weiter, bis der Schlächter genug hatte. Er zog ein schwarzes Schwert hervor, schwang es um seinen Kopf und ließ es auf Hakaris niedersausen.

NEIN!, schrien Tesfay und Naiuschka zeitgleich, doch sie konnten dem Thronerben nicht mehr helfen.

Das Schwert bohrte sich in Hakaris Schädel und spaltete ihn entzwei. Königliches Blut erfüllte die Luft und ließ alle Drachen in ihrem Tun erstarren. Ein lautes Auflachen des Schlächters ertönte, als der tote Körper von Hakaris in die Tiefe stürzte und auf dem Boden aufschlug.

Das hasserfüllte Lachen des schwarzen Drachen hing in der Luft. Seine glühend roten Augen wandten sich dem Drachenkönig zu.

Du wirst der Nächste sein, prophezeite der Schlächter, bevor er und seine Anhänger die Schlacht verließen.

Als die feindlichen Drachen abgezogen waren, erhob sich Seraphim und flog zu seinem Sohn. Trauernd nahm er ihn in seine Arme und sprach ein Gebet zu den Göttern. Tesfay, Naiuschka und Ryohei gesellten sich zu dem Drachenkönig. Tempest überwachte die Szene von der Festung aus, aber die Trauer um ihren erstgeborenen Sohn stand ihr ins Gesicht geschrieben. Die Drachen stimmten ein Klagelied an, ließen ihre Magie frei und sahen Hakaris bei seinem Weg zu den Göttern zu. Goldene Flammen umhüllten den toten Körper, ließen die Seele wandern und erloschen in der dunklen Nacht.

Langsam hob Seraphim seinen mächtigen Kopf, blickte in den Himmel und sagte: „Diese Schmach werden wir nicht länger erdulden. Wir, die Herrscher dieser Welt, lassen uns nicht von einem einzelnen Drachen unterjochen. Wir sind stark genug, um gegen ihn und seine Anhänger zu bestehen. Gemeinsam werden wir triumphieren."

Die Stimme des roten Drachen hallte weit in die Welt hinaus, gefüllt von dem Brüllen unzähliger Drachen.

„Es wird Zeit, die alten Bündnisse zu erneuern. Drachen seid bereit, gemeinsam mit Elfen, Löwentiger, Tenshis und Shinigamis zu kämpfen! Von nun an herrscht das Bündnis der Götter."

Ein Rütteln riss Kasumi aus ihrem Traum und sie schlug die Augen auf. Um sie herum leuchtete die Morgensonne sanft und beleuchtete das kupferfarbene Fell von Akiko. Ihre Pfote, die sich auf Kasumis Arm befand, hatte Kasumi aufgeweckt.

Wir sind endlich da, erklärte die Löwentigerin glücklich. *Vor uns befindet sich das Dämonenland.*

Sofort war Kasumi hellwach. Rasch setzte sie sich auf und konnte vor Staunen keinen Laut herausbringen. Vor ihr schwebte ein weißer Adler mit hellblauen Augen, der sich vor einer Felswand befand. Seine Schwingen absorbierten das Sonnenlicht, sodass es aussah, als würde das Licht von dem edlen Tier ausgehen. Die weißen Federn wurden zu den Spitzen hin leicht bläulich.

Seid willkommen, Reisende. Meine Meisterin erwartet Euch, sagte der Vogel. *Ich werde Euch zu ihr führen.*

Das ist sehr gnädig von Euch, erwiderte Joru.

Ich bin nicht gnädig, sondern folge nur den Worten meiner Meisterin. Ich überbringe ihre Botschaften und erledige die Arbeiten, die sie selbst nicht machen kann, schwafelte der Adler vor sich hin.

Kasumi stieg von Joru und wollte den Adler berühren, so gebannt war sie von seinem Aussehen. Mit einem lauten Kreischen wich der Adler zurück. Seine starren blauen Augen schauten Kasumi hasserfüllt an.

Wagt es nicht noch einmal, mich anzufassen, Verräterin!, giftete der Adler.

Lautes Fauchen ertönte hinter Kasumi, als sich ihre Begleiter bereit machten für einen Angriff auf den Adler. Vorsichtig schlich Akiko in einem weiten Radius um den Vogel herum, während sich Joru von vorn näherte.

Niemand beleidigt Kasumi!, mauzte Akiko wütend.

Der Adler drehte sich zu der Löwentigerin um und musterte sie abfällig. Unterdessen hatte sich Joru sprungbereitgemacht. Er wartete nur noch auf das Zeichen von Akiko. Ein leises Brüllen ertönte und die Löwentiger sprangen den Vogel an. Doch dieser wich in letzter Sekunde aus. Dabei nahm seine Größe zu. Seine Flügel wuchsen um das Dreifache und wirkten im Vergleich zum Körper riesig.

Ihr wagt es, mich anzugreifen, ein Prinz und eine Verlorene. Dass ich nicht lache. Bevor ihr es mit mir aufnehmen könnt, wird es noch einige Zeit brauchen, sagte der Vogel übermütig.

Warte es nur ab. Wir werden alles in unserer Macht Stehende tun, um Kasumi zu beschützen, erwiderte Akiko trotzig.

Der Adler wurde wieder kleiner und schwebte nur wenige Handspannen über Akiko.

Du hast Mut, Verlorene. Ich erkenne dich, deinen Bruder und auch deine Gefährtin an. Von nun an werde ich eurer Meister sein und euch im Kampf ausbilden, bis wir unser Ziel erreichen. Doch nun betretet das Dämonenland, damit wir unsere Reise beenden können.

Ein blauer Lichtblitz erschien vor ihnen. Die Luft schien zu vibrieren, bekam Risse und teilte sich. Die zuvor schwarze Felswand löste sich in Luft auf und gab den Blick auf ein grünes Land frei. Zielstrebig flog der Adler davon. Nur zögernd folgten Kasumi, Akiko und Joru dem Vogel. Als sie durch das Loch im Fels traten, wurde Akikos kupferfarbenes Fell schneeweiß und Jorus schwarze Streifen nahmen eine hellblaue Farbe an. Aus seinen Schulterblättern sprossen goldene Flügel, die vereinzelt hellblaue Federn aufwiesen, und um seinen Hals wurden die Haare deutlich länger. Auch Akiko wuchsen Flügel, doch ihre waren schneeweiß, durchzogen von schwarzen Streifen.

Was passiert hier?, fragte Akiko panisch.

Der Shinigami sah sich um und blieb in der Luft schweben. Seine hellblauen Augen musterten die Löwentiger neugierig.

Ihr habt sowohl Löwentigerblut in euch als auch Shinigamiblut. Dadurch nehmt ihr eine andere Gestalt im Dämonenland an. Eine Gestalt, die einem Shinigami ähnelt. So ist die weiße Fellfarbe unser typisches Merkmal und die blaue Verfärbung innerhalb des Fells zeigt unsere Verbindung zu Lorn auf, erklärte der Adler.

Währenddessen hatten die drei zu dem Shinigami aufgeschlossen. Akiko und Joru hatten sich beruhigt und hörten dem Vogel aufmerksam zu.

Wenn das geklärt ist, können wir weiterziehen.

„Ich habe noch eine Frage“, sagte Kasumi. „Wie heißt du?“

Ein verlegenes telepathisches Lachen ertönte.

Verzeih mir, das habe ich total vergessen. Man nennt mich Aquila Chrysaetos, aber ihr könnt mich einfach nur Aquila nennen.

Wieder hörte Kasumi ein telepathisches Lachen, dieses Mal jedoch ein erfreutes. Als das Lachen erstarb, erhob sich der Shinigami in die Luft und flog über den Himmel. Bewundernd sahen die drei dem Flug des Adlers zu. Die weißen Flügel reflektierten das Licht, sodass Kasumi ihn nicht aus den Augen verlieren konnte. Sie sah, wie der Vogel seine Flügel anlegte und im Sturzflug auf sie zukam. Nur wenige Handspannen über dem Boden öffnete Aquila seine Flügel und glitt über ihre Köpfe hinweg.

Das war unglaublich!, sprudelte es aus Akiko heraus, als sich der Adler zu ihnen gesellte.

Danke. Aber nun genug der Vorführungen. Wir müssen weitergehen, bevor sich der Durchgang schließt, erklärte Aquila und setzte sich in Bewegung.

Ohne zu zögern folgten die drei dem Adler. Hinter ihnen ertönte ein lauter Knall, und als sich Kasumi umdrehte, sah sie eine schwarze Felswand, die sich hoch in den Himmel erhob. Staunend blieb sie stehen, doch Aquila drängte sie weiter. Ein ermüdetes Seufzen entwich ihren Lungen und sie trottete hinter dem Adler her. Dabei wanderten ihre Gedanken zurück zu dem Traum. Von Aruba wusste sie, dass ihr Traum sehr wahrscheinlich eine Vision war, aber sie wollte nicht daran glauben. Sie hoffte inständig, dass es Hakaris gut gehe, allerdings war ihr klar, dass sie sich nur etwas vormachte. Tief in ihrem Geist wusste sie, ihr Traum war wahr. Eine Träne glitt über ihr Gesicht, als sie an ihre erste Begegnung mit dem Thronerben dachte. Damals erschien ihr der graue Drache arrogant und überheblich. Sie hatte ihn nicht lange gekannt, ungeachtet dessen hatte sie ihn in ihr Herz geschlossen. Wieder glitt eine Träne über ihr Gesicht, bis sie nicht mehr konnte. Sie fiel auf den Boden und ließ ihren Tränen Lauf. Ungehemmt heulte sie ihren Schmerz heraus. Tröstend presste sich Akiko an Kasumi. Ein leises Schnurren drang aus dem Rachen der Löwentigerin. Auch Joru, der anfing zu schnurren, drückte sich an Kasumi. Nach ein paar weiteren Schluchzern beruhigte sich Kasumi. Ihr Geist war vollkommen leer und ihr Körper von den physischen und psychischen Anstrengungen ausgebrannt.

Eine leise Stimme ertönte in Kasumis Geist. Es war nur ein Flüstern, so leicht wie eine Feder und so leise wie der Wind, trotzdem wurde Kasumi hellhörig. Sie glitt in ihren leeren Geist, folgte dem leisen Flüstern. Wände erschienen zu beiden Seiten von Kasumi, engten sie ein und zwangen sie, einen Umweg zu nehmen. Mit der einen Hand an der Wand folgte sie dem Geflüster. Sie drang tiefer in das Labyrinth der Wände ein, hatte schon lange die Orientierung verloren, als sie plötzlich im Nichts stand. Die Wände waren verschwunden und auch das Flüstern erstarb. Allein gelassen blieb Kasumi in der Dunkelheit zurück. Wieder erfüllte sie eine tiefe Traurigkeit, die ihren ganzen Geist ausfüllte. Das Nichts um sie herum reagierte auf diese Trauer. Die Dunkelheit nahm eine hellblaue Farbe an, die Kasumis Tränen darstellte. Die Helligkeit des Blaus blendete sie. Blinzelnd schloss sie die Augen und öffnete sie wieder. Vor ihr schwebte die goldene Kugel ihrer Existenz und auf der Kugel saß Aruba in ihrem weißen Kleid. Die Knie hatte sie angewinkelt und ihre Ellbogen stützten sich auf ihre Oberschenkel. Das Gesicht lag in ihren Händen, die ihre blassen Wangen bedeckten, und ihre klaren Augen blickten direkt durch Kasumi hindurch. Langsam hob sie den Kopf, nahm Kasumi wahr und sprang von der Existenz.

Du hattest wieder eine Vision, stellte Aruba fest.

Wimmernd nickte Kasumi, bevor sie in die ausgestreckten Arme von Aruba fiel. Ihr tränennasses Gesicht kuschelte sich an das feine Kleid und ihre Hände gruben sich in Arubas Rücken. Weinend lag sie in den Armen ihrer Wegleiterin.

Lass es raus, du musst vor mir nichts verheimlichen.

Ein weiterer Schwall an Tränen glitt über Kasumis Wangen. Als sie sich endlich beruhigt hatte, löste sie sich von Aruba. Die Wegleiterin sah angeschlagen aus. Ihre schwarzen Haare fielen ihr wirr ins Gesicht und ihre zuvor klaren Augen waren durchzogen von einem grauen Schleier. Ihr sonst makelloses weißes Kleid wies rote Flecken auf, die sich als Blut herausstellten.

„Was ist mit dir passiert?", fragte Kasumi panisch. Einen weiteren Verlust konnte sie nicht mehr ertragen, sie hatte schon zu viele verloren. Ihr Vater, ihre Freunde in der Drachenakademie, Neha und nun auch noch Hakaris. Wenn jetzt auch noch Aruba ging, würde Kasumi das nicht mehr ertragen.

Ein trauriges Lächeln glitt über das Gesicht der Schwarzhaarigen. Sie streckte ihre Hand aus und berührte Kasumis Wange.

„Ach, mein Kind, du musst dir keine Sorgen um mich machen. Ich leide nur mit dir mit und stelle deine Schmerzen dar", erklärte Aruba.

„Was kann ich dagegen tun?"

„Vergrabe nicht deinen Schmerz. Er wird dich nur zerstören. Teile ihn mit anderen, denn auch sie leiden darunter. Vor allem Akiko hat Mühe, damit klarzukommen, dass ihre Schwester nicht mehr bei ihr ist."

„Das wusste ich nicht."

„Das kannst du auch gar nicht, da auch sie ihren Schmerz vergräbt. Eure Verbindung ist noch längst nicht so stark, dass ihr den Schmerz eures Partners spüren könnt."

„Aber … ist … ist Hakaris wirklich tot?", fragte Kasumi, doch sie kannte die Antwort schon längst.

„Ja, er weilt nicht mehr unter uns. Die Vision passierte, als du sie sahst. Man kann es also nicht eine Vision nennen. Aber beschäftige dich nicht mit der Vergangenheit, schau in die Zukunft. Du wirst all deine Kraft brauchen und auch deine Verbündeten."

Dieses Wort erinnerte Kasumi wieder an ihre Vision. An das, was der Drachenkönig gesagt hatte.

„Was ist das Bündnis der Götter?", fragte sie daraufhin. Ihre Tränen versiegten langsam und nur noch die Tränenspuren auf ihrem Gesicht zeugten von ihrer Trauer.

„Ein Bündnis, das im Krieg gegen den Schlächter aufgesetzt wurde. Es beinhaltet, dass alle Wesen gemeinsam gegen den Feind kämpfen. Aber nun wird es Zeit für dich, wieder in deinen Körper zu gehen."

„Nein, ich werde nicht gehen, so lange es dir nicht besser geht", trotzte Kasumi.

„Du wirst keine Wahl haben. Mir wird es erst wieder gut gehen, wenn du deinen Schmerz überwunden hast. Sprich dich mit deiner Partnerin aus. Du wirst sehen, es wird alles gut gehen."

„Aber Aruba, ich weiß nicht, ob ich darüber reden kann."

„Wenn du mit mir reden kannst, dann wird es auch bei Akiko funktionieren. Und jetzt geh, ich habe genug gesagt."

Wie ein Befehl hallten Arubas letzte Worte in Kasumi wider und zwangen sie aus ihrem Geist. Luftschnappend öffnete sie die Augen und blickte in die blau funkelnden Augen von Akiko.

Geht es dir gut?, fragte die Löwentigerin besorgt.

„Ja. Ich meine … nein, es geht mir nicht gut", gab Kasumi zu.

Wir machen hier Rast, ertönte die Stimme von Aquila. *Wir sind weit genug gekommen und die Nacht bricht bald herein. Komm, Joru, wir werden etwas zu essen suchen.*

Gemeinsam mit Joru verließ Aquila den Lagerplatz, der sich geschützt in einer kleinen Höhle befand. Ohne die Männchen war es totenstill in der warmen Höhle. Ein Feuer flackerte gemütlich in der Mitte. Die rot-orangen Flammen tanzten vor sich hin, warfen Schatten auf die Wände und versprühten Wärme.

Willst du darüber reden?, fragte Akiko vorsichtig.

Panisch schnellte Kasumis Kopf hoch zu der Löwentigerin. Das weiße Fell sah gespenstisch in dem Feuerschein aus und ihre blauen Augen blickten traurig. Die Wahrheit von Arubas Worten traf Kasumi. Ihr wurde bewusst, dass Akiko genau wie sie unter den Verlusten litt. Nickend beantwortete Kasumi die Frage ihrer Begleiterin und erzählte ihr von ihrer Vision, die sie letzte Nacht erlebt hatte. Sie schilderte all ihre Gefühle, von der Verlustangst bis zu der tiefen Trauer, die sich in ihrer Seele eingenistet hatte. Die weiße Löwentigerin hörte ihrer Partnerin verständnisvoll zu und als Kasumi all ihre

Gefühle dargelegt hatte, überwand Akiko ihre Ängste und erzählte von ihren Empfindungen.

Als ich erfuhr, dass Neha die neue Königin werden sollte, war ich von Stolz erfüllt, aber bald schon wurde mir bewusst, was dies bedeutete. Als du dann deine Verbindung zu meiner Schwester durchtrennt hast, bekam ich plötzlich Angst, dass ich sie nie mehr sehen würde. Ich wollte sie nicht verlassen. Erst als sie mir gesagt hatte, dass ich ja jederzeit mit ihr Kontakt aufnehmen kann, hatte ich die Hoffnung, sie wiederzusehen. Doch seit wir die Höhlen verlassen hatten, probierte ich mit ihr zu kommunizieren und scheiterte kläglich. Ich konnte nicht mit meiner Schwester reden. Immer wieder versuchte ich es, doch es ging nicht, mauzte Akiko traurig.

Kasumi umarmte die Löwentigerin und versuchte sie zu beruhigen. Plötzlich kamen ihr Arubas Worte in Erinnerung: „*Vergrabe nicht deinen Schmerz*", und ihr wurde klar, was sie zu tun hatte. Sie krallte ihre Hände in Akikos Fell und fing hemmungslos an zu weinen. Es dauerte nicht lange und auch Akiko ließ ihren Schmerz frei. Ein ersticktes Brüllen bahnte sich aus ihrer Kehle und drückte ihre Trauer aus.

Ineinander verschlungen weinten sie über ihren Schmerz und über die Verluste, die sie erlitten hatten, bis Joru und der Shinigami zurückkehrten. Als die zwei die Situation erfassten, schloss sich Joru der Umklammerung an. Der tote Hirsch, den sie gejagt hatten, war vergessen. Dezent verließ Aquila die Höhle, um den dreien Platz zum Trauern zu lassen. Er wusste, wie es war, jemanden zu verlieren, den man geliebt hatte. Vor nicht allzu langer Zeit hatte er seinen Bruder verloren. Traurig blickte er in den Himmel und sah den Schneeflocken zu, wie sie auf den grünen Boden fielen.

Nur über Nacht wurde es im Dämonenland Winter. Die Kälte hielt Einzug und vertrieb die Wärme, doch sobald sich die Sonne erhob, blühten die Blumen erneut und eine Sommerbrise strich über die Wiesen.

Nach einigen Stunden kehrte Aquila in die Höhle zurück. Eng umschlungen lagen die drei auf dem Boden und schliefen ruhig vor sich hin. Von dem zuvor gejagten Hirsch war nur noch ein Hinterbein übrig. Gierig stürzte sich der Adler auf die Beute und verschlang das Fleisch im Nu. Eine kalte Brise wehte in die Höhle und ließ das Feuer flackern. Auf einen Flügelschlag von Aquila hin erstarb der Wind und eine blaue Barriere erschien vor dem Höhlenausgang. Müde und ausgelaugt legte sich der Adler auf den Boden und schlief kurz darauf ein.

Begegnung

Eine warme Sommerbrise weckte Kasumi auf. Müde streckte sie sich und öffnete blinzelnd die Augen. Ein erstickter Schrei drang aus ihrer Kehle, als sie in zwei verschiedenfarbige Augen blickte. Eine kühle Hand hinderte sie am Schreien.

Panik erfasste Kasumi. Durch die Hand auf ihrem Mund konnte sie sich nicht verständigen, und der Körper der fremden Person hinderte sie daran, aufzustehen. Schwallartig floss die Angst durch ihre Adern. Ihr Körper erstarrte und ihre Augen blickten auf der Suche nach einem Ausweg hin und her. Ein silbernes Aufblitzen erweckte ihre Aufmerksamkeit und sie fokussierte sich darauf. Ein Messer schälte sich aus dem Dämmerlicht. Die Klinge leuchtete auf gespenstige Art und Weise, doch sobald das kühle Metall die weiche Haut von Kasumi berührte, war ihre Faszination verschwunden. Panisch bäumte sie sich auf, wodurch sich das Messer in ihre Haut bohrte. Warmes Blut tropfte ihre Kehle hinab und ließ sie in ihrem Tun erstarren.

Ein bösartiges Lächeln glitt über das Gesicht der fremden Person. Ihr rotes Auge leuchtete hasserfüllt auf, gleichzeitig beruhigte das blaue Auge Kasumis schlagenden Puls. Der Druck des Messers wurde von ihrer Kehle genommen, jedoch befand sich die Klinge immer noch über ihrem Hals. Eine falsche Bewegung wäre ihr Tod. Wieder flackerte die Angst auf. Obwohl sie schon viele Gefahren gemeistert hatte, war sie wie erstarrt im Angesicht des Todes. Ihre Gedanken waren weggefegt, nur noch die Panik beherrschte ihren Körper.

„Ich werde nun meine Hand von deinem Mund nehmen. Sobald du auch nur einen Mucks machst, schneide ich dir die Kehle durch. Hast du verstanden?“, fragte die fremde Person.

Panisch nickte Kasumi und Erleichterung durchflutete sie, als sie spürte, wie die kalte Hand ihren Mund verließ. Sofort wollte sie um Hilfe schreien und öffnete den Mund, dabei vergaß sie vor lauter Panik, was die Fremde ihr warnend zugeflüstert hatte. Bevor Kasumi einen Laut von sich geben konnte, befand sich die kalte Hand schon wieder auf ihrem Mund.

„Habe ich dir nicht gesagt, dass du still sein sollst?“, fragte die Fremde genervt. Ihre Augen blitzten wütend auf, und ihre weiß gelockten Haare fielen ihr lässig um die Schultern. „Also ein neuer Versuch.“

Wieder verschwand die Hand, und dieses Mal forderte Kasumi die Fremde nicht mehr heraus, stattdessen blickte sie sich um. Sie befand sich immer noch in der Höhle, die ihnen in der Nacht als Lager gedient hatte, jedoch waren die Löwentiger und der Shinigami verschwunden.

Ein leises Lachen der fremden Person erregte Kasumis Aufmerksamkeit und ihr Blick schoss wieder zu der Fremden hin.

„Um deine Gefährten habe ich mich schon gekümmert“, erklärte die Weißhaarige mit einem grauenhaften Grinsen.

Kasumis Herz zog sich zusammen, als sie daran dachte, was die Frau ihren Freunden angetan hatte. Ein Bild von Akikos blutigem Körper durchzog Kasumis Geist. Sofort erfasste eine allumfassende Wut ihren Körper. Ihr sonst ruhiges Blut brodelte in ihren Adern und ihr Geist schrie ihre Pein hinaus. Wütend schlug sie um sich. Ihre zu Fäusten geballten Hände trafen die Fremde ins Gesicht und ließen sie vor Schmerz stöhnen. Die Klinge glitt aus ihren Händen und fiel zu Boden. Kasumi sah ihre Gelegenheit, packte das Messer und schlug mit der Faust erneut auf das Gesicht der Fremden ein. Lautes Knacken ertönte, als der Kieferknochen unter Kasumis Schlag nachgab. Von der Kraft wurde die Fremde zurückgeschleudert. Sie verlor ihren Halt auf Kasumi und fiel mit dem Kopf voran auf den Boden. Mit einem eleganten Sprung erhob sich Kasumi und rannte aus der Höhle. Doch bevor sie den Ausgang erreichte, packte eine Hand ihren Knöchel und zog sie zurück.

„So schnell lass ich dich nicht entkommen!“, ertönte die schmerzverzerrte Stimme der Fremden und drückte ihre Hand zu. Ein rasender Schmerz breitete sich von Kasumis Fußknöchel aus. Leises Wimmern verließ ihre Lippen, als die Fremde erneut zudrückte. Keuchend holte Kasumi Luft, versuchte den Schmerz zu verdrängen und drehte sich um. Die Weißhaarige lag auf dem Boden. Ihr Gesicht war eine Masse aus Blut und gesplitterten Knochen und ihre Augen spuckten zornige Blitze. Mit einer raschen Bewegung zog die Fremde den ausgestreckten Arm an ihren Körper, wodurch Kasumi ihr Gleichgewicht verlor und auf den Boden fiel. Sie versuchte sich mit den Händen abzufangen, vergaß aber, dass sie eine Klinge in der Hand hatte, und schlug auf dem Boden auf. Das Messer rutschte aus Kasumis Händen und hinterließ einen tiefen Schnitt in ihrer Handfläche. Pochender Schmerz lähmte ihren rechten Arm, wodurch sie ihren sicheren Halt verlor. Ihr rechter Arm gab unter ihr nach und sie fiel Kopf voran auf den Boden. Bevor sie mit ihrem Kopf aufschlug, erfasste sie einen Tritt in ihren Magen, der sie auf die Seite warf. Stöhnend krümmte sie sich zusammen in dem Versuch, Luft in ihre Lungen zu pumpen. Allerdings blieb ihr nicht viel Zeit dazu, denn ein erneuter Tritt schleuderte sie gegen die Höhlenwand. Wie ein Sack fiel sie in sich zusammen.

„Ist das schon alles, was du kannst?“, zog die Fremde sie auf.

Wut packte Kasumi, floss durch ihre Adern und durchdrang ihre Seele. Keuchend und mit zitternden Beinen stand sie auf, dabei stützte sie sich an der Felswand ab. Sie warf der Fremden einen zornigen Blick zu und musterte sie angespannt. Seidige Muskeln zeichneten sich unter den schwarzen Lederhosen ab und ein blauer Mantel versteckte ihren Oberkörper unter Falten. Über dem Rücken hing eine Lederschlinge, in der sich ein blau funkelndes Schwert mit elfenbeinfarbenem Griff befand. Dieses zog die Fremde nun mit einer fließenden Bewegung. Mit beiden Händen packte sie den Griff, verlagerte ihr linkes Bein schräg nach hinten und sah Kasumi herausfordernd an.

Angriffslustig akzeptierte Kasumi die Kampfansage mit einem Kopfnicken. Kaum dass sie ihren Kopf wieder hob, blickte sie auf blauen Stahl. In letzter Sekunde duckte sie sich, rollte sich auf dem Boden ab und erschien hinter der Fremden. Diese wirbelte mit dem ausgestreckten Schwert herum. Die Klinge strich wie ein Flügelschlag über Kasumis Wange und hinterließ einen blutigen Striemen. Voller Schreck sah Kasumi die Schwertkämpferin an. Die Klinge vor sich ausgestreckt, den linken Fuß hinter sich und mit zornigem Blick, griff sie erneut an. Mit einem Keuchen sprang Kasumi zurück, landete unsicher auf ihren Füßen und rutschte aus. Blaues Licht glitt über ihren Kopf, nahm einige Strähnen ihres weißen Haares mit und senkte sich unaufhörlich auf sie nieder. Kurz bevor das Schwert ihre Kehle durchdringen konnte, stieß Kasumi einen telepathischen Schrei aus. Wie aus dem Nichts erschien Joru, der sich sofort auf die fremde Person stürzte. Hinter ihm kam Akiko schlitternd in die Höhle gerannt. Als sie die Situation erfasste, stellte sie sich beschützend vor Kasumi auf. Die zwei beobachteten, wie Joru mit der Weißhaarigen rang und sie zu Boden zerrte. Seine handspannenlangen Reißzähne schwebten über der Kehle und warteten nur auf Kasumis Zeichen, die Zähne in die weiße Haut zu schlagen. Seine goldenen Augen blickten zu Kasumi. Diesen Moment nutzte die Fremde aus. Sie hob ihr blaues Schwert und rammte es in Jorus Bauch. Lautes Brüllen hallte in der Höhle wieder, als das Schwert aus der Wunde gezogen wurde. Mit einem Tritt rollte die Fremde den Löwentiger von ihrem Körper und stand wieder auf. Das blau leuchtende Schwert, das von Jorus Blut durchtränkt war, hielt sie vor sich in beiden Händen. Ein abfälliger Blick glitt über Kasumi.

„Du wirst die Nächste sein“, versprach die Kriegerin und stürzte sich mit lautem Gebrüll auf Kasumi. Akiko erwiderte das Gebrüll und wollte der Fremden entgegenspringen, doch Kasumi stieß sie aus dem Weg. Das blaue vor Blut sprühende Schwert glitt auf Kasumi zu, zielte auf ihr Herz und prallte nur wenige Zentimeter vor ihr auf eine blau schimmernde Barriere. Überraschung blitzte in den Augen der Weißhaarigen auf, als sie mit einem eleganten Sprung die Reichweite der Magie verließ.

Erst da wurde Kasumi klar, dass sie einen Schild beschworen hatte. Die Magie pulsierte um sie herum und reagierte auf ihre Gedanken.

Kaum dass sie ihren Wunsch gedacht hatte, erschien ein silbernes Messer in ihrer Hand. Freude durchströmte sie. Sie konnte ihre Magie beherrschen, so wie die Drachen. Ihr Blick huschte zu Joru, der winselnd auf dem Boden lag, und sie traf eine Entscheidung, hob ihren Arm und schleuderte die silberne Klinge auf die Fremde. Durch die Magie, die Kasumi durchdrang, wurde die Geschwindigkeit des Messers erhöht. Im letzten Moment wurde dies der Weißhaarigen klar und sie wich aus, jedoch hatte der Angriff seine Wirkung schon entfaltet.

Sobald die Klinge Kasumis Hand verlassen hatte, war sie zu Joru gerannt und hatte einen Schild erstellt, der sowohl schützte als auch heilte. Ein Teil ihrer Magie hatte sie in die Barriere eingesperrt, sodass die Heilmagie ihre Wirkung entfalten konnte. Akiko, die ihr gefolgt war, drückte sich an ihren Bruder.

Du weißt schon, dass du so nicht gut kämpfen kannst, warnte sie ihre Freundin.

Ich weiß, aber ich muss euch beschützen, entschied Kasumi, verließ den Schild und beschwor ein Schwert herauf. Woher sie das Wissen der Magie nahm, war ihr unklar, doch solange sie darauf Zugriff hatte, war es ihr egal.

In der Zwischenzeit war ihre Feindin wieder auf den Beinen. Das blaue Schwert hoch erhoben, griff sie erneut an. Automatisch hob Kasumi ihr Magieschwert, um den Angriff zu blocken. Ein leises Klirren erfüllte die Luft, als Metall auf Metall traf. Der Aufprall war so stark, dass ihre Knie nachgaben. Dies nutzte die Fremde aus und verstärkte den Druck. Entkräftet konnte Kasumi dem Druck nicht standhalten. Sie fiel mit den Knien auf den Boden, versuchte vergeblich das Schwert über ihrem Kopf zu halten, doch lange schaffte sie es nicht mehr. Das Magieschwert zersprang und die blaue Klinge der Angreiferin hielt erbarmungslos auf ihren Kopf zu.

Sharana, nicht!, hielt ein Schrei die Fremde auf. Die Klinge verharrte wenige Millimeter über Kasumis Haupt. Wütend drehte die Fremde den Kopf und blickte in die strahlend blauen Augen des Shinigamis.

„Wieso hältst du mich auf?", fragte Sharana genervt.

Weil sie nicht mehr im Stande ist, sich zu wehren. Sieh sie dir an. Sie kann sich kaum noch auf den Beinen halten.

Die Fremde blickte auf Kasumi, die leicht schwankte, nieder. Ein Murmeln drang aus Sharanas Kehle, als sie sich auf den Boden setzte und Kasumi anblickte.

„Geht es dir gut?", fragte sie sanft.

Kasumi konnte nicht verarbeiten, was gerade geschah. Noch vor wenigen Augenblicken wollte die Weißhaarige sie umbringen, und nun fragte sie scheinheilig, ob es ihr gut gehe. Unbändige Wut erfasste Kasumi. Die Magie um sie herum reagierte augenblicklich. Feine Magiepartikel strömten aus Kasumis Körper und verbanden sich miteinander. Eine blaue Barriere erschien um sie. Zu erschöpft, um die Magie zu kontrollieren, dachte Kasumi nur daran, die Angreiferin zu vernichten. Sofort verfärbte sich die Barriere blutrot. Einzelne Fäden drangen aus dem Schild und umschlangen Sharana. Panik zeigte sich auf ihrem blauen Auge, das rote jedoch schien es zu genießen.

„Nimm deine Magie zurück!", hörte Kasumi den Befehl der Fremden wie aus lauter Ferne. Dunkelheit hatte Kasumi erfasst und zog sie in einen tiefen roten Schlund. Nebel stieg aus dem Schlund auf, umgarnte ihren Körper und verpestete ihre Seele mit unheilvollen Gedanken.

Zerstöre sie! Zerstöre sie alle!

Das Mantra glitt in ihren Körper, floss durch ihre Adern, beschmutzte ihr Blut und vergiftete ihren Geist. Ihr Mal auf dem Rücken fing an zu brennen. Es fühlte sich an, als würde sie bei lebendigem Leib gehäutet. Das Schwert des Zeichens stach in ihr Rückgrat, glitt ihr Rückenmark hinab und erfüllte ihren Körper. Der Drache wurde größer, schlängelte sich über ihren ganzen Körper, sein Schwanz wickelte sich um ihr rechtes Bein, während sich seine Hinterläufe über ihr anderes Bein ausstreckten. Seine Vorderbeine umarmten ihre Taille und sein mächtiger Kopf bahnte sich seinen Weg zu ihrem Herzen, über dem er sich in ihre Haut einbrannte. Der Kreis ihres Mals breitete sich aus und umschloss ihren gesamten Körper. Auf der Stelle breitete sich ein warmes, angenehmes Gefühl in ihr aus, das die vergifteten Gedanken vertrieb. Der Schlund, in den sie gefallen war, umschloss sie, während der Nebel weiter versuchte, sie zu beeinflussen, doch ihr Mal schützte sie vor dem Bösen.

Nach einigen Sekunden zog sich der Nebel zurück, lauerte aber auf seine Gelegenheit. Durch den Schutz ihres Mals wurde ihr bewusst, was vor sich ging. Das Gefühl kehrte in ihre Extremitäten zurück und ihr Herz pumpte in ihrer Brust vor Angst. Blutrote Wände umfassten sie, an denen der teuflische Nebel hing. Vorsichtig spannte Kasumi ihre Muskeln an und setzte sich auf. Ein Schmerz, ausgehend von ihrem Mal, explodierte in ihrem Körper, verbreitete sich in Wellen und ließ sie zurück auf den kalten Boden sinken. Der Befehl des Nebels waberte durch ihre Gedanken und brachte ihre Erinnerungen zurück.

Der Kampf mit Sharana tauchte vor ihrem geistigen Auge auf und Kasumi musste noch einmal zusehen, wie die Fremde Joru verletzte. Eine Schmerzenswelle zerbrach die Erinnerung in tausend Einzelteilen und vertrieb den toxischen Nebel.

„Kasumi! Nein, tu das nicht!", gellte der Schrei durch ihre Gedanken. Nur mit Mühe wandte sie ihren Kopf dem Geräusch zu. Wieder ertönte ihr Name. Es hörte sich an wie Akiko.

Wer ist Akiko?, dachte sie müde.

Das Bild eines kupferfarbenen Löwentigers mit strahlend blauen Augen tauchte in ihren Erinnerungen auf.

Akiko, dachte Kasumi verwundert. Schleichend kehrten die Erinnerungen an die kleine Löwentigerin zurück. Zuerst sah sie nur ein paar wenige Bilder, die ihre Geschichte zeigten, doch mit der Zeit wurden die Erinnerungen lebendig. Wieder überrollte sie eine Schmerzenswelle, jedoch vertrieb sie dieses Mal nicht ihre Gedanken, sondern hob sie hervor. Auf einen Schlag kehrten all ihre Erinnerungen zurück. Die Reise ins Dämonenland und der Kampf mit der Fremden.

Kasumi!, schrie Akiko in ihren Gedanken. Es hörte sich an, als flehe die kleine Löwentigerin um etwas, doch was es war, konnte Kasumi nicht erfassen. Sie wusste nur, dass sie aus diesem Schlund ausbrechen musste. Jedoch zeigte ihr ein erneuter Versuch, dass sie nicht die Kraft hatte, sich aufzusetzen. Frustration breitete sich in ihrem Körper aus. Das warme Gefühl von dem Mal wurde von ihrer Wut verdrängt.

„Nicht, du wirst sie töten!“, erschallte ein neuer Ruf von Akiko durch ihren Geist.

Machtlos musste sie mitanhören, wie verzweifelt Akiko versuchte, Kasumi von irgendetwas abzuhalten. Immer wieder hallte ihr Name durch ihren Geist, doch antworten konnte sie der Löwentigerin nicht.

Kasumis Körper gehorchte ihr nicht mehr und der Nebel glitt wieder näher. Eine blaue Barriere, die sich um ihren Körper erstreckte, hielt den Dunst ab. Erleichtert, dass von dem Nebelschleier keine Gefahr drohte, konzentrierte sich Kasumi auf die Stimme von Akiko. Vielleicht würde dies helfen, dem blutroten Schlund zu entkommen. Sie schloss die Augen, stellte sich die Löwentigerin bildlich vor und ließ ihre Magie in dieses Bild fließen. Ein goldener Faden bahnte sich aus dem Bild, flog durch den Schlund und zeigte Kasumi die wirkliche Welt.

Sharana wurde unter der Klaue eines weißgoldenen Drachen begraben. Akiko und der Shinigami versuchten vergeblich, den Drachen davon abzuhalten, die Frau zu zerdrücken, doch ihre Versuche prallten vom Drachen ab.

„Kasumi, nicht!“ Der Schrei der Löwentigerin durchtrennte den goldenen Faden. Ein Wirbelsturm erfasste Kasumis Geist und zog sie wieder zurück in den Schlund. Luftschnappend öffnete sie die Augen. Panisch blickte sie sich in dem blutroten Licht um. Ihr Geist befand sich hier, weit weg von ihrem zornsträubenden Drachenkörper.

Hämisches Lachen hallte in dem Schlund wieder und drückte die Freude über den todbringenden Kampf aus.

„Wer bist du?“, fragte Kasumi den Nebel.

„Ich … Ich bin du und du bist ich“, hallte die Antwort von den Wänden wieder.

Erschrocken zog Kasumi die Luft ein. Diese Worte hatte sie schon einmal gehört. Aruba hatte sie zu ihr gesagt, als sie nichts weiter wollte als zu sterben, doch ihre Wegleiterin hatte sie aufgehalten und ihr neue Hoffnung gegeben. Oder war es doch eine andere Stimme gewesen?

„Wie heißt du?“, fragte Kasumi mit erstickter Stimme. Sie hatte Angst vor der Antwort, wollte sie aber zugleich wissen.

„Warum fragst du nach meinem Namen, wenn du ihn bereits kennst?“, fragte der Nebel höhnisch zurück.

Eine Träne glitt über Kasumis Wange. Sie wollte nicht glauben, was sie da hörte. Aruba würde ihr das nie antun, aber wer dann? Verzweifelt versuchte sie, sich an alle Gespräche mit ihr zu erinnern, jedoch fand sie nichts, was auf diese Änderung schließen lassen könnte.

„Aruba, warum tust du dies?“

„Warum? Weil ich muss. Dein Zorn erweckt meinen Zorn, und meiner ist weitaus größer und bösartiger als deiner. Ich hatte ihn jahrelang vergraben, konnte mit niemandem reden, war all die tausend Jahre allein, und dann, als ich in deinen Körper kam, war ich überglücklich. Aber du … du hast mich nicht bemerkt. Ich weiß, es war noch nicht Zeit, aber …“

„Ich verstehe dich“, platzte es aus Kasumi heraus. Sie wusste genau, wie sich Aruba fühlte, da auch sie lange allein war. Sie hatte nur ihre Mutter gehabt, alle anderen aus dem Dorf hatten sie gemieden. Doch als sie Feron und die Löwentiger traf, war sie nicht mehr allein gewesen. Sie hatte Freunde gefunden, die sie schätzten und sie beschützten.

„Nein, das ist nicht wahr. Auch sie werden sich gegen dich wenden!“, schrie der Nebel, und Kasumi wurde klar, dass sie ihre Gedanken laut ausgesprochen hatte. „Sie werden dich verraten, dich hinterrücks abstechen, und dies nur, weil du dich nicht an die Regeln gehalten hast!“, schrie Aruba weiter.

Das Bild des weißen Drachen, wie er Sharana zu Boden drückte, kam ihr in den Sinn, und auf einmal wurde Kasumi klar, dass sie mit der Drachenseele redete, die in ihrem Körper wiedergeboren wurde.

„Wie ist dein Name?“, fragte Kasumi erneut.

„Du kennst ihn“, heulte der Nebel.

„Nein! Sag mir deinen Namen.“

„Ich kann nicht, noch nicht.“

Ein unwirkliches Heulen drang an Kasumis Ohr. Es hallte durch den Schlund wider und vertrieb den Nebel, der den Blick auf einen weißgoldenen Drachen mit amethystfarbenen Augen freigab, der sich an der Wand des Schlunds festhielt. Abrupt setzte sich Kasumi auf und sah in die wunderschönen Augen, welche die gleiche Farbe hatten wie ihre. Vorsichtig streckte sie den Arm aus und berührte die warme Schnauze der Drachin.

„Es tut mir leid“, sagte die Drachin plötzlich. „Ich wollte nicht, dass dies passiert, aber dein Zorn hat mich geweckt und dich zu mir geschickt.“

„Und wo genau ist zu dir?“

„Wir befinden uns momentan in deiner Existenz.“

„Was? Wie ist das möglich?“

„Ich weiß es nicht, eigentlich sollte es uns nicht möglich sein, gleichzeitig in der Existenz eingesperrt zu sein, denn dann hat keiner Kontrolle über unseren Körper“, erklärte die Drachin.

„Aber dann müssen wir schleunigst zurück in unseren Körper gehen.“

„Ja, es ist nur die Frage, wie wir dies bewerkstelligen sollen.“

Kasumis Blick wanderte zu dem Schlund hinauf. Sie wühlte wie verrückt in ihrem Gedächtnis, jedoch fand sie keine Erinnerung, die diesen Ort beinhaltete.

„Ich glaube, ich bin hier noch nie gewesen“, bemerkte sie.

„Das ist nicht wahr. Bei deiner ersten Verwandlung wurdest du in diesen Schlund gezogen, hattest aber das Gefühl, in deinem eigenen Körper zu sein, und als du wieder ein Mensch wurdest, hatten unsere Seelen wieder ihren Platz eingenommen“, erklärte die Drachin.

„Das heißt also, wenn sich mein Körper wieder in einen Menschen verwandelt, komm ich hier raus?“

„Es wäre einen Versuch wert.“

Nickend stand Kasumi auf und schloss die Augen. Sie stellte sich den Kampf gegen die Fremde noch einmal vor, rief ihren Zorn herauf und ließ ihn dann in die Gegenwart fließen. Ein Brüllen aus weiter Ferne erreichte ihre Existenz. Danach dachte Kasumi an ihre Zeit mit ihrer Mutter und an das erste Treffen mit Akiko, als plötzlich der Nebel wiederkam, doch dieses Mal besaß er eine goldene Farbe. Auch die Wände des Schlunds veränderten sich und wurden golden. Ein Wind erfasste Kasumis Geist, hob sie hoch in die Luft und trug sie aus dem Schlund. Bevor sich die goldenen Wände schlossen, blickte sie noch einmal auf die weiße Drachin hinab und rief: „Wir werden uns wiedersehen!"

Ein lautes Krachen kündigte die Schließung des Schlunds an. Die Luft um Kasumi herum wurde dünner, aber stürmischer. Der Wind, der sie trug, nahm an Geschwindigkeit zu, als plötzliche tiefe Finsternis herrschte. Die zuvor stürmische Luft hatte sich wieder beruhigt, und weit entfernt von ihr schwebte ein goldenes Licht, auf das sie zuging. Geblendet musste sie die Augen schließen, und als sie sie wieder öffnete, befand sie sich vor ihrer Existenz, um die Aruba gemütlich schwebte.

Du hast also deine zweite Seele getroffen, stellte Aruba fest. Kasumi konnte nur mit einem Nicken antworten, zu fest saß der Schock noch. *Ich verstehe. Na dann wird es Zeit, wieder in deinen Körper zurückzukehren.*

Kasumis Existenz verblasste, wurde durch die wirkliche Welt ersetzt. Mit einem Ruck setzte sie sich auf und blickte in die besorgten Augen von Akiko.

„Was ist passiert?", fragte Kasumi panisch.

„Du bist durchgedreht", ertönte die Stimme der Fremden. Kasumis Blick wanderte zu der Stimme und vor Schreck öffnete sie ihren Mund. Schwarze Flügel erhoben sich hinter der Frau und ihre Augen blickten freundlich drein. Ihre weißen Haare wurden vom Wind, der in das Zimmer hereinwehte, liebkost, und ihr blauer Mantel bestand nur noch aus Fetzten, sodass Kasumi die makellose weiße Haut der Tenshi erblickte. Über der Brust befand sich das gleiche Mal, das Kasumi auf ihrem Rücken hatte.

„Ich hatte deinen Zorn erweckt, wodurch deine zweite Seele erwachte und deinen Körper übernehmen wollte. Da es ihr aber nicht erlaubt ist, in deinem Körper zu sein, wurdet ihr beide in deiner Existenz eingesperrt, während dein Körper sich verwandelte und mich angriff. Das Problem war nur, dass ich auf meine Magie nicht zurückgreifen konnte, dafür musste ich dich zuerst in mein Land locken. Als ich es endlich geschafft hatte, war ich zu erschöpft, um noch weiterzukämpfen, und wurde unter deiner Klaue begraben. Deine außer Kontrolle geratene Magie durchtränkte meinen Körper, wodurch ich neue Kraft erlangte und noch weiterkämpfen konnte. Zum Glück dauerte es nicht mehr lange und du kehrtest in deinen Körper zurück", erklärte die Fremde.

Danach fielst du zu Boden und hast dein Bewusstsein verloren. Sharana war so lieb und hat dich zu ihr nach Hause gebracht, sagte Akiko freundlich, doch ihrer Stimme war die Besorgnis um Kasumi anzuhören.

Kasumi nickte dankend und sah sich in dem Zimmer um. Sie befand sich auf einem großen Bett, auf dem ohne Probleme drei Personen Platz gehabt hätten. Das Laken leuchtete angenehm blau und über ihr befand sich eine Holzdecke, die nach Wald roch. Das Zimmer selbst war klein. Außer dem Bett befand sich noch ein Schrank in dem Raum, und mehr Personen würden nicht mehr in das Zimmer passen, da Akiko und die Fremde den ganzen Platz einnahmen.

Kasumi machte Anstalten, sich zu erheben, als eine sanfte Hand sie zurück auf das Bett drückte.

„Du brauchst noch Ruhe. Deine Fragen kann ich dir auch später beantworten. Akiko, du wirst bei ihr bleiben", sagte die Frau und wollte das Zimmer verlassen.

„Warte", hielt Kasumi Sharana auf. „Was ist mit Joru?"

Lächelnd wandte sich der Engel zu ihr um und sagte mit ruhiger Stimme: „Dem geht es gut. Ich habe ihn nur oberflächlich getroffen, was du bemerkt hättest, wenn du dir mehr Zeit genommen hättest."

Lächelnd verließ Sharana das Zimmer und ließ die vor Zorn tobende Kasumi mit Akiko zurück.

„Ich werde ... Diese dumme Kuh!", murmelte Kasumi vor sich hin, schämte sich aber gleichzeitig für ihre Worte, da ihre Mutter ihr beigebracht hatte, nicht zu schimpfen.

Sei nicht so streng zu ihr. Sie hat dich nur getestet, erklärte Akiko und sprang geschmeidig auf das Bett. Schnurrend drückte sie sich an Kasumi. *Ich habe mir Sorgen um dich gemacht*, sagte sie.

Beruhigend strich Kasumi über ihr weißes Fell, lehnte sich zurück auf das Bett und schloss die Augen. Akikos Schnurren half ihr dabei, die Ereignisse des Tages zu vergessen. Zufrieden schliefen die zwei ein.

Treffen mit einem Gott

Das leise Schnurren von Akiko weckte Kasumi auf. Müde öffnete sie die Augen und starrte die Holzdecke über sich an. Nach und nach kamen die Ereignisse der letzten Tage zurück. Ruckartig setzte sie sich auf und blickte in zwei verschiedenfarbige Augen. Panik schwappte in ihr hoch und sie wollte gerade anfangen zu schreien, als die Augen aus ihrem Blickfeld verschwanden.

„Tut mir leid, ich wollte dich nicht erschrecken", entschuldigte sich Sharana. Sie stand am Ende des Bettes. Ihre schwarzen Schwingen lagen auf dem Bett und ihr Blick musterte Kasumi.

„Es wird Zeit, dass du aufstehst", sagte sie und verschwand aus dem Zimmer.

Nur langsam legte sich Kasumis Panik. Erst als auch Akiko wach wurde, beruhigte sie sich vollständig. Die weiße Bettdecke schob sie zur Seite und erntete ein Murren von Akiko, da Kasumi aus Versehen die Bettdecke über die Löwentigerin gelegt hatte. Lächelnd kraxelte sie zu Akiko und drückte sie fest.

Geh runter von mir, mauzte Akiko.

Lächelnd klammerte sich Kasumi noch mehr an die Löwentigerin. Sie fuhr durch das seidig weiße Fell, genoss das warme Gefühl, das Akiko ihr vermittelte. Glücklich, dass Akiko bei ihr war, stand Kasumi auf. Überrascht schaute sie an sich hinab. Ein weißes Kleid bedeckte ihren Körper. Die Leine reichte ihr knapp bis zu den Knien und flatterte um ihre Beine.

Sharana hat dich angezogen, als du bewusstlos wurdest, erklärte Akiko. Die Löwentigerin war von dem Bett gestiegen und stand nun neben Kasumi.

„Bist du wieder gewachsen?", fragte Kasumi, da ihr aufgefallen war, dass ihre Begleiterin ihr nun bis zur Taille reichte.

Verlegen schaute Akiko weg und nickte leicht, bevor sie sich in Bewegung setzte. Ohne zu Kasumi zurückzublicken, ging sie aus dem Zimmer. Nach kurzem Zögern folgte Kasumi ihr und wurde prompt von Joru angefallen. Der goldene Löwentiger warf Kasumi mit seinem Gewicht um. Seine Tatzen lagen auf ihren Schultern und sein mächtiger Kopf befand sich nur wenige Zentimeter über ihrem.

Du musst besser auf dich achtgeben, sagte Joru, wobei er seine Fangzähne aufblitzen ließ. *Wir haben uns solche Sorgen um dich gemacht, als du dich gewandelt und dann Sharana angegriffen hast.*

Oh Joru, sagte Kasumi und drückte den Löwentiger fest an sich. *Ich verspreche dir, dass ich dir nie wieder solche Sorgen bereiten werde.* Mit einem Blick auf Akiko korrigierte Kasumi ihre Aussage und schwor feierlich: *Ich werde euch nie wieder Sorgen bereiten.*

„Dann musst du aber stärker werden", ertönte die Stimme der Tenshi.

Sofort sprang Joru auf, drehte sich zu Sharana um und fauchte. Seine goldenen Augen blitzten unheilvoll auf. Beruhigend legte Kasumi ihre Hand auf Jorus Flügel und erhob sich. Ihr Blick traf den von Sharana. Ihre Lippen hatten sich zu einem Lächeln verzogen und ihr blauer Mantel wehte um sie herum.

„Es wird Zeit, dass du lernst, wie du mit deinen Kräften umgehen kannst. Aruba hat dir schon sehr geholfen, aber du wirst es nie schaffen, dich allein zu verwandeln, dafür kennst du deine andere Seele zu schlecht", erklärte Sharana.

Wütendes Fauchen aus zwei Kehlen drückte Kasumis Gefühle aus. Die Löwentiger standen angriffsbereit neben ihr und ließen die Tenshi nicht aus den Augen. Sie waren genau wie Kasumi misstrauisch.

„Du hättest mich fast getötet, und nun soll ich dir glauben, dass du mir hilfst?", fragte Kasumi.

„Akiko hat es dir sicher schon gesagt. Ich wollte dich nur testen, wie gut du kämpfen kannst. Leider hast du meine Erwartungen weit verfehlt. Du warst nicht einmal in der Lage zu erkennen, dass Joru nur leicht …"

„Schluss damit!", schrie Kasumi aufgebracht. „Ich bin nicht hierhergekommen, um zu sehen, wie meine Freunde verletzt werden. Ich kam hierher in der Hoffnung, jemanden zu finden, der mir hilft. Aber du, du willst mir gar nicht helfen!"

Verzeiht, aber meine Meisterin hat keine Mühe und Not gescheut, um dich zu ihr zu holen, sagte Aquila, der hinter Sharana in der Tür aufgetaucht war. *Meine Meisterin hat, sobald sie erfahren hatte, dass eine Auserwählte erwacht war, mit dem Drachenkönig Kontakt aufgenommen, und dies, obwohl sie wusste, dass ihr Handeln schwere Konsequenzen nach sich ziehen wird. Jedoch war ihr dies egal. Sie wusste, dass du Hilfe brauchen wirst, und hat dich zu sich geholt. Also beschimpfe sie nicht.*

Sprachlos starrte Kasumi den Shinigami an. Seine blauen Augen blickten konzentriert und seine Körperhaltung sprach davon, seine Meisterin jederzeit zu beschützen. Als Kasumi dem Shinigami in die Augen blickte, wurde ihr klar, dass er Sharana aufgehalten hatte, als sie ihr Schwert auf Kasumi niedersausen lassen wollte. Demütig nickte Kasumi dem Vogel zu.

„Ich verstehe nicht ganz, was du gemeint hast, aber wenn deine Meisterin mir helfen wollte, warum griff sie mich dann an?"

Ein frustrierter Seufzer entglitt der Tenshi. Ungeduldig strich sie ihr weißes Haar aus der Stirn, blickte kurz den Shinigami an und sagte dann: „Ich habe es dir schon gesagt. Ich wollte testen, wie stark du bist, und dies ging am besten, wenn ich dich in eine Situation bringe, in der dein Leben in Gefahr ist. Zu meinem Bedauern muss ich zugeben, dass ich nicht damit gerechnet hatte, dass deine Begleiter in den Kampf eingreifen werden, obwohl mich Aquila gewarnt hat."

Stimmt das?, fragte Kasumi Akiko.

Aquila hat uns geweckt, kaum dass du eingeschlafen bist. Er sagte, wir müssten dich für kurze Zeit verlassen, damit seine Meisterin dich testen kann, aber als wir vernahmen, dass du in Schwierigkeiten steckst, konnten wir nicht länger warten und griffen ein, erklärte Akiko, während sie entschuldigend auf den Boden blickte.

Kasumi wusste, Akiko würde sie nie anlügen. Beruhigend strich sie über das weiche Fell ihrer Begleiterin.

„Ich glaube dir", sagte sie daraufhin zu Sharana. „Aber ich verstehe immer noch vieles nicht. Ich weiß, dass sich die Drachen, nein, die ganze Welt im Krieg gegen den Schlächter befindet und dass nur ich ihn besiegen kann. Auch ist mir klar, dass ich dafür stärker werden muss, aber ich weiß nicht, wie ich das schaffen kann."

„Dafür bin ich ja da. Ich werde dich führen, dich lehren zu kämpfen und dir beibringen, wie du mit deiner anderen Seele kommunizieren kannst, aber dafür musst du mir komplett vertrauen. Deshalb: Solltest du irgendwelche Fragen an mich haben, so stelle sie jetzt", erwiderte die Tenshi.

Kasumi nickte in Richtung der Brust von Sharana. Die Tenshi verstand und öffnete den Mantel. Oberhalb ihrer Brust prangte das gleiche Mal, wie es Kasumi auf dem Rücken besaß.

„Wieso hast du auch so ein Mal?", fragte Kasumi daraufhin.

„Aruba hat dir sicherlich erzählt, warum jemand dieses Mal besitzt." Auf Kasumis Nicken hin fuhr Sharana fort: „Bei mir gibt es einen anderen Grund dafür. Als der Drachenprinz den Schlächter besiegt hatte, starb der Prinz kurz darauf. Da aber den ersten Drachen klar war, dass der Feind der Drachen eines Tages wiedererwacht, wollten sie vorbereitet sein. Meine jüngere Schwester bekam die Aufgabe, den Schlüssel zur Magie des Schlächters zu werden, und ich sollte sie so lange beschützen, bis sie ihre Wahl trifft. Dazu wurde mir von Eru das Mal der ersten Drachen verliehen. Jahrelang habe ich mich um meine Schwester gekümmert und darauf geachtet, dass sie den richtigen Weg einschlägt, doch als ich die Ankunft einer Auserwählten spürte, habe ich meine Schwester vernachlässigt." Ein bitteres Lachen erschien auf ihren Lippen. „Eru erschien dann das erste Mal vor mir. Er sagte mir, dass die Zeit kommen werde, in der ich die Auserwählte lenken würde. Also betrieb ich Nachforschungen, denn obwohl ich schon lange lebte, wusste ich nichts über die Schlacht gegen den Schlächter und auch nichts über das Mal der ersten Drachen. In dieser Zeit passierte es, dass meine Schwester vom Weg abkam."

Wie das?, fragte Akiko neugierig.

Wieder schlich sich ein Lächeln auf Sharanas Lippen, doch dieses Mal drückte es Freude aus. Ihre Augen fingen an zu glänzen, als sie an die Vergangenheit dachte.

„Sie verliebte sich. Leider jedoch in den Falschen. Als ich von ihr hörte, dass sie ihren Seelengefährten getroffen hatte, freute ich mich für sie, doch als ich ihren Geliebten erblickte, wurde mir klar, was dies bedeutete. Ich fragte meine Schwester, ob sie sich sicher sei. Sie antwortete mit einem Ja." Sharanas Stimme stockte und über ihre Wangen glitten Tränen. „Ihr war nicht klar, wer ihr Geliebter war, aber ich wusste es. Also verjagte ich sie im Wissen, dass ich in meiner Funktion als Wächterin versagt hatte und dass ich sie in den Tod geschickt hatte."

Sharana konnte nicht mehr an sich halten. Ihre Beine gaben nach und sie fiel schluchzend auf die Knie. Sofort war der Shinigami bei ihr. Er versuchte sie zu trösten, doch sie wies ihn mit einer Handbewegung zurück.

„Ich habe sie in ihren Tod geschickt", schluchzte Sharana vor sich hin.

Kasumi zerriss es beinahe das Herz, als sie das Leid der Tenshi förmlich auf ihrer Haut spürte. Ungewollt trat sie auf Sharana zu und legte ihr tröstend die Hand auf die Schulter. Beruhigend redete sie auf die Tenshi ein. Es dauerte eine Weile, doch dann erstarben die Schluchzer und Sharana blickte zu Kasumi auf. In den Augen der Tenshi stand unglaublicher Schmerz. Im Wissen, wie schlimm Trauer sein konnte, kauerte sich Kasumi auf den Boden, blickte Sharana in die Augen und fragte nüchtern: „Warum?"

Zuerst verstand die Weißhaarige die Frage nicht, zu nah war der Schmerz und die Trauer, doch als Kasumi erbarmungslos weiterstarrte, öffnete Sharana ihren Mund, um ihn kurz darauf wieder zu schließen. Ihre Schultern fingen an zu zittern und ihr Kopf sackte nach vorn.

„Ich wollte, dass sie einmal in ihrem Leben glücklich ist. Seit dem Zeitpunkt, an dem sie zum Schlüssel wurde, erlosch ihre Freude. Sie lebte nur noch vor sich hin, doch als ich sie mit ihrem Geliebten sah, wusste ich, dass ich sie um ihretwillen gehen lassen musste. Also ließ ich sie ziehen, im Wissen, dass ihr Liebhaber der Bruder des Schlächters ist. Ich habe ihr den Tod gebracht", murmelte die Tenshi.

Tröstend nahm Kasumi die Frau in die Arme. Sie wusste nicht, was sie an Sharanas Stelle getan hätte, aber was sie wusste, war, dass Sharana richtig gehandelt hatte.

„Ich bin mir sicher, dass deine Schwester nicht wollen würde, dass du in Selbstmitleid zergehst und dir die Schuld an ihrem Tod gibst. Dich trifft keine Schuld, du hast das getan, was du für richtig hieltest, und deine Schwester konnte endlich wieder glücklich sein, nicht wahr?", fragte Kasumi, doch sie wusste bereits, was die Antwort war.

Nickend löste sich Sharana von ihr. Sie wischte sich ihre Tränen ab und erhob sich. Eine Hand streckte sie aus, um Kasumi auf die Beine zu helfen. Die Frauen blickten sie sich in die Augen und ihnen wurde klar, dass sie viel gemeinsam hatten. Jede hatte in der Vergangenheit gelitten und jeder wurde eine Aufgabe zugedacht.

„Hast du noch weitere Fragen?", fragte Sharana leise.

„Ja, ich verstehe so vieles nicht."

„Das wirst du aber noch. Komm, ich werde dir jemanden vorstellen. Ihm kannst du deine weiteren Fragen stellen." Lächelnd legte Sharana ihren Arm um Kasumis Taille und zog sie in das Tageslicht hinaus. Die Sonne stand hoch am Himmel und ließ ihr gleißendes Licht auf die Erde scheinen. Heftiger Wind erfasste Kasumi, als sie aus dem Haus trat. Geblendet musste sie die Augen schließen, und als sie sie wieder öffnete, konnte sie nicht erfassen, was sich vor ihr abspielte.

Ein goldener Drache stand auf der grünen Wiese. Wind umwehte den Drachen und ließ die Gräser wehen. Die Sonne glitzerte auf den goldenen Schuppen, ließen sie aussehen wie herrliche Diamanten. Die Augen faszinierten Kasumi jedoch am meisten. Sie besaßen die gleiche Farbe wie die vom Drachenkönig, leuchteten aber heller und strahlten Weisheit und Macht aus. Das Sonnenlicht spiegelte sich in den goldenen Augen, wodurch ihr Glanz noch mehr hervortrat.

Sprachlos konnte Kasumi den Drachen nur anstarren. Alles an ihm schrie nach Macht und seine allwissenden Augen verstärkten diesen

Eindruck. Ein leichter Schubs von Sharana ließ Kasumi vorwärtsstolpern. Sofort erfassten die goldenen Augen sie, und der Drache bewegte sich leicht. Er schwenkte seinen riesigen Kopf zu ihr, blieb aber an Ort und Stelle stehen. Ein weiterer Stoß von der Tenshi gab ihr zu verstehen, dass sie auf den Drachen zulaufen sollte. Vorsichtig setzte sich Kasumi in Bewegung. Ihr dicht auf den Fersen waren die zwei Löwentiger, die den Drachen misstrauisch beäugten. Akiko drängte sich an Kasumi, und Joru fauchte unsicher. Auch sie spürten die unglaubliche Macht, die vom Drachen ausging. Je näher die drei kamen, desto größer wurde der Drache. Sein Kopf, der zuvor wirkte, als wäre er so groß wie ein Pferd, wurde noch größer. Er erreichte die Größe eines Hauses, als Kasumi vor ihm stehen blieb. Nun konnte sie den Drachen in seiner ganzen Pracht bewundern. Sein goldener Körper war gigantisch, sodass Kasumi nicht einschätzen konnte, wie riesig er wirklich war. Als er seinen mächtigen Kopf zu ihr hinunterbeugte, wurde ihr der Atem des Drachen ins Gesicht geblasen. Mächtiger Wind erfasste ihr Kleid, ließ es um sie herumwirbeln und verschmolz förmlich mit ihren Haaren. Ein leises Lachen bahnte sich aus der Kehle des Drachen.

Du bist also die Tochter von Glaeder, ertönte die mächtige Stimme des Drachen in ihrem Kopf.

Unbewusst zuckte Kasumi zusammen, als sie den Namen ihres Vaters hörte, und Schmerz flammte in ihrem Herzen auf. Sie hatte ihn nie kennengelernt, nur Geschichten über ihn gehört. Trotzig erwiderte sie: „Ja, die bin ich, und wer bist du?“

Schallendes Lachen klang in ihren Gedanken. Es fühlte sich zugleich fremd und vertraut an. Einerseits erfüllte sie ein warmes Gefühl vom Lachen, andererseits lief es ihr kalt den Rücken hinab. Lange noch hallte das Lachen in ihrem Geist wieder, sodass sie die nächsten Worte des Drachen kaum verstand oder sie nicht glauben konnte.

Ich? Ich bin der allumfassende Gott dieser Welt, Beschützer und Gründer der Drachen. Ich bin derjenige, der den schwarzen Drachen gezähmt hat. Ich bin Eru!

Tiefes Luftholen erfüllte die Atmosphäre und die nächsten Worte des Gottes hauten Kasumi um.

Und ich bin hier, um dich zu treffen. Die Worte hallten in ihrem Geist wider, doch ihre Gedanken konnten sie nicht wahrnehmen, zu groß war der Schock. Sie konnte immer noch nicht fassen, wer vor ihr stand, nicht einmal das ungeduldige Mauzen von Akiko und Joru brachten sie aus ihrer Erstarrung.

Ich denke mal, mein Erscheinen kommt ein wenig zu spät. Hätte ich jedoch gewusst, was für Folgen der Kampf mit sich bringt, hätte ich dich nicht auf diese Reise geschickt. Eine plötzliche Trauer, ausgehend von dem Drachen, erfüllte Kasumi. *Aber nun ist es zu spät, um umzukehren, deswegen solltest du das Beste aus deiner Situation machen.*

Eru löste seinen Blick von Kasumi, wodurch sich ihre Starre auflöste, und blickte zu Sharana. Ein Wortwechsel entstand zwischen den beiden, den Kasumi nicht mitverfolgen konnte. Überwältigt von dem Gott musste sie sich auf den Boden setzen. Die Löwentiger strichen unruhig um sie herum, doch als sich der Kopf des Gottes wieder ihnen zuwandte, drückten sie sich an Kasumi und Joru fing an zu fauchen, um Kasumi zu beschützen.

Vor mir braucht ihr euch nicht zu fürchten. Ihr steht unter meinem Schutz, erklärte der Gott. *Und nun, kleine Halbelfe, stehe ich dir für Antworten zur Verfügung.*

Kasumi konnte nicht fassen, was der Drache gesagt hatte. Sie sollte einem Gott, dem ersten Gott, ihre Fragen stellen. Zerstreut schüttelte sie den Kopf. Seit sie von Mistral die Geschichte über die Entstehung der Welt gehört hatte, hatte sie sich Eru anders vorgestellt. Machtvoll und arrogant, wie jeder Drache war. Aber er, er war machtvoll und freundlich, das genaue Gegenteil eines Drachen.

Ein Ziehen an ihrem Kleid riss Kasumi aus ihren Gedanken. Als sie den Kopf hob, blickte sie in die blauen Augen Akikos.

Du hast recht, schickte Kasumi ihre Gedanken zur Löwentigerin aus. *Nun kann ich alles erfahren, was ich je wissen wollte.*

Zufrieden nickte Akiko, da sie wusste, dass Kasumi den Gott auch nach ihren gesuchten Antworten fragen würde. Doch Kasumi zögerte. Sie hatte vor Eru zu großen Respekt, um ihm belanglose Fragen zu stellen. Aber Joru vertrieb ihre Angst, als er provokativ fragte: *Warum musste unsere Mutter sterben?*

Weil sie ihre Bestimmung erfüllt hatte. Sie hatte die Aufgabe, euch und eure Schwester zu gebären, denn ihr werdet wichtig sein für diese Welt. Deshalb musste eure Mutter sterben, sagte Eru traurig.

„Werde ich den Schlächter besiegen können?", fragte Kasumi.

Das, meine Liebe, kann ich dir nicht sagen. Deine Zukunft ist genau wie die des Schlächters verschleiert. Aber sei gewiss, dass deine Taten die Welt verändern werden, erklärte der Drache.

Unzufrieden mit der Antwort sprang Kasumi auf die Füße. Sie baute sich zu voller Größe auf, was nicht gerade groß war. Die eine Hand streckte sie drohend dem Gott entgegen.

„Was kannst du mir dann sagen, wenn meine Zukunft verschleiert ist? Meine Vergangenheit? Nein danke, die kenne ich zu gut!", schrie sie den Drachen wütend an.

Die goldenen Augen blitzen vor Bewunderung auf und der Kopf des Drachen senkte sich noch mehr.

Du hast Mut, das muss ich dir lassen. Und was deine Vergangenheit anbelangt, über die wollte ich nicht mit dir sprechen. Ich wollte dich über deine Aufgabe informieren. Aber wenn du mir so kommst, kleine Halbelfe, werde ich dich im Dunkeln lassen, entschied Eru.

Luftschnappend starrte sie den Drachen an, dabei war es ihr plötzlich egal, ob er der erste Gott war oder nur eine kleine Maus. Wut hatte sie erfasst, die sie nicht zu beherrschen wusste. Auf keinen Fall wollte sie sich noch einmal ungewollt verwandeln und in ihre Existenz geschleudert werden, also schoss sie ihren Zorn hinaus.

„Du … Nur wegen dir musste mein Vater sterben! Er musste nicht in den Krieg ziehen, er hätte bei mir bleiben können. Aber nein, du hast ihn ausgesandt und in den Tod geschickt."

Und was willst du daran ändern? Die Vergangenheit bleibt bestehen, doch die Zukunft, die ist ungewiss.

„Sie ist aber nur ungewiss, weil du sie verbockt hast. Wären deine doofen Gesetze nicht gewesen, wäre der Schlächter nie erwacht." Die Worte sprudelten ohne ihr Zutun aus ihr heraus. Sie konnte ihr

Mundwerk nicht mehr kontrollieren und wollte es gerade wieder öffnen, als ein Faustschlag sie in den Magen traf. Pure Magie hatte sie geschlagen und sich durch ihre Verteidigung gebahnt. Geblendet von dem vielen Gold konnte sie sich nicht wehren. Eine mächtige Präsenz schlich sich in ihren Geist, zehrte an ihrem Wesen und öffnete die Existenz.

Pass bloß auf, Drachin. Nur wegen mir bist du wiedergeboren worden, sagte der Gott wütend. *Wäre es nach meinen Brüdern und Schwestern gegangen, hätten sie dir diese Ehre verweigert. Und nun zieh dich zurück und lass mich mit meiner Auserwählten sprechen.*

Deiner Auserwählten? Nur weil du keinen anderen Drachen fandest, musstest du auf mich zurückgreifen und mich in einen menschlichen Körper sperren. Dabei hast du die Zukunft mehreren Personen vernichtet!, schrie die Drachin, die in Kasumis Existenz eingesperrt war.

Ein unmenschliches Brüllen ertönte, ließ Kasumis Trommelfelle platzen und ließ sie orientierungslos zurück. Schwebelos glitt sie durch ihren Geist, dabei sah sie ihre zweite Seele, die dem Gott gegenüberstand. Ihre weißen Schuppen strahlten heller als die Goldenen des Gotts, doch ihr Körper wirkte im Vergleich zu der imposanten Größe Erus klein. Ein Knurren bahnte sich aus der Kehle der Drachin und hallte in Kasumis Geist wieder. Der Klang erfüllte sie mit neuer, heilender Kraft, wodurch ihre geschundenen Ohren sich heilten.

Du wagst es, meine Autorität in Frage zu stellen!, fauchte der Gott aller Götter.

Nicht deine Autorität, sondern deine Entscheidungen.

Ein erneutes Brüllen ertönte, doch dieses Mal konnte es Kasumi nicht schaden. Ein blaues Flimmern umschloss ihren Körper und schützte sie vor der Schallwelle. Trotzdem hob sie reflexartig die Arme, um ihren Kopf zu schützen. Als sie sie wieder senkte, bekam sie gerade noch mit, wie der Gott sich auf die viel kleinere Drachin stürzte. Seine goldenen Krallen bohrten sich in die Vorderhand der Weißen. Schmerzerfüllt schrie die Drachin auf und wich zurück, als Kasumi ein leichtes Ziehen in ihrem linken Arm wahrnahm, das sich verstärkte und plötzlich einen starken Schmerz aussandte. Überrascht blickte sie auf ihren Arm und schrie prompt auf. Tiefe Furchen, die aussahen wie Krallenspuren, überzogen ihren Arm. Aus den Wunden floss tiefrotes Blut über ihren Arm und über ihr weißes Kleid. Noch bevor ihr klar war, wie dies passieren konnte, spürte sie auf ihrem Rücken Krallen, die sich brutal in ihr Fleisch bohrten. Schmerzhaft schrie sie auf, wobei sich ihr Geschrei mit dem Brüllen der Drachin vermischte.

Aus der Ferne nahm sie Akikos und Jorus besorgte Stimmen wahr. Auch Sharana und ihr Shinigami schienen aufgebracht zu sein, doch sie konnte nicht verstehen, was sie ihr versuchten mitzuteilen.

Wieder flammte ein Schmerz auf, dieses Mal war es ihr rechter Oberschenkel, und als sie darauf starrte, wusste sie bereits, was sie sehen würde. Krallenspuren zierten ihr Fleisch und Blut lief über ihre Haut. Nicht mehr fähig, länger auf den Beinen zu sein, sackte sie auf die Knie. Mit verschwommenem Blick beobachtete sie den Kampf zwischen Eru und der Drachin, wobei die weißen Schuppen bedeckt von rotem Blut waren. Immer wieder hackte der Gott mit seinen scharfen Krallen auf die kleinere Drachin ein. Schmerzen, wie Kasumi sie noch nie gespürt hatte, folterten ihren Körper auf unerträgliche Weise. Weitere Krallenspuren verunstalteten ihren Leib, bis Kasumi die Pein nicht länger ertrug. Mit einem animalischen Schrei glitt ihr Bewusstsein davon und ließ nichts als Schwärze und Schmerzen zurück.

Nach einigen Sekunden lichtete sich das Schwarz und helles Licht blendete ihre Augen. Blinzelnd erkannte sie, dass vor ihr Eru mit besorgter Miene stand. Als er sah, dass sie aufgewacht war, blies er ihr seinen Atem entgegen. Sofort umgab sie ein warmes goldenes Licht, das ihren geschundenen Körper heilte.

Ich bin wohl zu weit gegangen, ertönte die klare Stimme des Gotts in ihrem Geist.

Oh ja, das bist du, antwortete die Drachin.

Schweig still, ich habe nicht mit dir geredet.

Doch, hast du.

Ein frustriertes Schnauben füllte Kasumi aus und sie sah, wie Eru seinen mächtigen Kopf abwandte. In seinen goldenen Augen blitzte eine Entschuldigung. Glockenklares Gelächter erklang, hallte durch ihren Geist und erfüllte sie, wie schon zuvor das Knurren, mit neuer Kraft.

Dass der Gott aller Götter eingesteht, einen Fehler gemacht zu haben, passiert nicht alle Tage!, rief die Drachin erfreut.

Habe ich dir nicht gesagt, dass du still sein sollst?

Nein, du musst dich getäuscht haben, aber wenn wir schon einmal hier sind, kannst du uns immerhin sagen, warum.

Kasumi blickte von dem goldenen Drachen zu der kleineren Weißen, deren violette Augen amüsiert aufblitzten, und verstand nichts mehr. Sie wusste nicht, wo sie sich befand, geschweige denn, wie sie hierhergekommen war. Langsam, um auszuprobieren, wo sie noch Schmerzen hatte, setzte sie sich auf. Sofort flammte ihr Rücken auf und sie musste sich wieder hinlegen. Die Schmerzenswellen breiteten sich rasant in ihrem Körper aus, sodass sie die nächsten Worte der Drachin nicht verstand.

Es dauerte eine ganze Weile, bis die Schmerzen nachließen und sie einen erneuten Versuch wagen konnte. Zum Glück blieb diesmal der Schmerz aus und sie konnte sich ohne Probleme aufsetzen. Sobald sie saß, hatte sie die Aufmerksamkeit beider Drachen.

Nun, hast du eine Antwort für dieses Phänomen?, fragte die Drachin.

Mir scheint, dass eure Lebensenergie miteinander verbunden ist, erklärte der Gott.

Verstehe, aber ich nehme an, dass dies nicht geplant war.

Eigentlich sollte es gar nicht möglich sein, aber wie es scheint, werdet ihr beide verletzt, egal ob ich nur dich oder nur sie angreife. Durch eure Lebensenergie ist auch eure Seele verbunden. Jedoch ist dies nur der Fall, wenn ihr euch beide in der Existenz befindet.

Nun verstand Kasumi gar nichts mehr, gerade als sie fragen wollte, was Eru meinte, hob dieser seine Klaue und legte sie auf ihren Kopf. Erinnerungen brandeten auf ihren Geist ein und zeigten die letzten Ereignisse noch einmal auf, doch dieses Mal aus der Sicht des Gotts. Sie sah, wie er in ihren Geist eingedrungen war auf der Suche nach ihrer Existenz. Er öffnete sie und ließ ihre zweite Seele, die weiße Drachin, frei, die ihm freche Tatsachen an den Kopf warf. Wütend über dies griff er sie an und bemerkte nicht, wie seine Auserwählte auch unter dem Angriff litt. Erst als sie umkippte, wurde ihm bewusst, dass die weiße Drachin und Kasumi nicht nur einen Körper teilten, nein, sie teilten auch ihre Seele. Als ihm dies bewusst wurde, war es bereits zu spät. Kasumi hatte ihr Bewusstsein verloren und die Drachin war zu schwach. Also brach er den Kampf ab und heilte Kasumi. Die Erinnerungsfragmente verschwanden vor ihrem inneren Auge und ihr Blick kehrte sich wieder nach außen.

So, nun weißt du es. Eigentlich solltet ihr nur einen Körper teilen, doch es scheint so, dass eure Seelen sich vereinigt haben. Aber eigentlich ist dies nicht der Grund, warum ich hier bin. Ein Lachen bahnte sich aus der Kehle des goldenen Drachen und er schüttelte verzweifelt den Kopf. *Ich hätte mich nicht provozieren lassen sollen, doc, wenn ich schon einmal hier bin, kann ich euch genauso gut hier eure Aufgabe mitteilen.*

Ein Schnauben aus der Richtung der Weißen ertönte, als sie ihren Kopf zu ihnen umdrehte. Ihre Miene vermittelte Gleichgültigkeit, doch ihre Augen funkelten neugierig.

Wird aber auch langsam Zeit. Doch zuerst will ich von dir eine Entschuldigung hören.

Resigniert seufzte Eru laut auf und sagte: *Es tut mir leid. Meine Entscheidungen und Gesetze waren falsch. Zufrieden?*

Nickend legte sich die Drachin neben Kasumi, wobei ihre Fangzähne direkt neben Kasumis Hand ruhten.

Eure Aufgabe ist kurz erklärt. Ihr müsst den Schlächter endgültig ausschalten, was bedeutet, ihr müsst ihn töten. Doch seine Macht steigt stündlich an, bis sie ins Unermessliche reicht, wenn dies geschieht, kann ihn niemand mehr aufhalten. Ihr habt noch wenige Tage Zeit, danach ist es zu spät. Wie lange es dauern wird, bis er seine vollständige Stärke erlangt hat, ist ungewiss, doch schon jetzt hat das Erwachen des Schlächters weitreichende Folgen. Eine davon ist, dass die Drachen ohne Nachfolger dastehen. Um weiteren Schaden zu verhindern, müsst ihr so rasch wie möglich stärker werden, sowohl körperlich als auch geistig und natürlich auch magisch, doch vor allem kommt es nun auf eure Verbindung an. Ich habe deine Existenz geöffnet, Kasumi, wodurch die Drachenseele nicht mehr eingesperrt werden kann. Ihr müsst euch nun nicht nur einen Körper, sondern auch einen Geist teilen. Lernt euch besser kennen und ihr werdet gemeinsam und synchron agieren, erklärte der goldene Drache.

Kasumi wandte ihren Blick der Drachin zu und blickte in ihre amethystfarbenen Augen. Sofort spürte sie eine tiefe Verbundenheit mit ihr, tiefer sogar als die Verbindung zu Akiko, und wusste auf einmal vieles über die Drachin.

Wir sind bereit, meinte die Weiße und Kasumi nickte zustimmend.

Wenn dies so ist, dann kann ich euch nur noch meinen Segen und dies geben.

In Erus Klaue erschien ein feuerrotes Schwert mit einem elfenbeinfarbenen Griff, an deren Ende sich ein blutroter Rubin befand. Die Klinge leuchtete in den Farben des Feuers und in der Mitte der Klinge befanden sich magische Zeichen.

Dies ist das heilige Schwert der ersten Drachen. Es wurde aus dem Blut der einzigen Göttin geschmiedet und kann jede Magie neutralisieren.

Vorsichtig übergab Eru das Schwert den ausgestreckten Händen von Kasumi. Ehrfürchtig nahm sie es entgegen und strich federleicht über die Klinge. Ein Gefühl purer Entzückung antwortete ihr und die Zeichen fingen rot an zu leuchten.

Es hört auf den Namen Agarwaen, was in der alten Sprache der Götter Feuerblut bedeutet.

„Agarwaen“, hauchte Kasumi ehrfurchtsvoll und sofort reagierte das Schwert. Die aufleuchtenden Zeichen strahlten nun in einem goldenen Licht, das sich in das Schwert einbrannte. Die Magie des Schwerts erwachte zu neuem Leben, wie Kasumi erkannte. Feine Goldfasern glitten aus der Klinge und auf Kasumi zu. Vorsichtig tastend strichen sie über ihre Haut, erforschten ihren Körper und drangen nach kurzem Zögern in das Mal auf ihrem Rücken ein. Die Drachin neben ihr schnaubte, als sie die starke Magie spürte, die von ihr und Kasumi Besitz ergriff. Immer weiter drangen die goldenen Fäden, bis sie die Existenz fanden. Sanft wickelten sie die goldene Kugel in ein fein gesponnenes Netz ein. Sobald dieses Netz die ganze

Existenz umschloss, wanderte ein einzelner Faden zur Kugel, berührte sie und verband so das Wesen des Schwerts mit Kasumi und der Drachin. Leises Flüstern trug den Namen des Schwerts zur Existenz und besiegelte den Pakt zwischen Schwert und Meister.

Kasumis inneres Auge richtete sich wieder auf den Drachen, der nun fahl strahlte. Ihr wurde klar, dass er nicht mehr länger in ihrem Geist verweilen konnte.

Jedes Schwert hat einen göttlichen Namen. Dieser darf unter keinen Umständen jemandem verraten werden, geschieht dies, wird das Schwert innerlich zerrissen, da es zwei Meister anerkennen muss. Also ruf es nur bei seiner Bedeutung, erklärte Eru, bevor er aus ihrem Geist gerissen wurde.

Mit Blick auf die Drachin neben ihr verließ auch Kasumi ihren Geist und kehrte endlich wieder in ihren Körper zurück. Dabei materialisierte sich das Schwert in Kasumis physischer Hand. Erstaunt, wie wenig die Klinge wog, versuchte sie einige Schwünge und Hiebe mit dem Schwert, die gründlich danebengingen.

Vorsichtig damit!, warnte Joru, der neben ihr stand.

Schuldbewusst senkte Kasumi das Schwert, wobei sie bemerkte, dass ihr Kleid blutbefleckt war. Ein panischer Schrei bahnte sich aus ihrer Kehle und sie sprang erschrocken zurück.

Beruhige dich!, hörte Kasumi Akiko flehen. *Du hast plötzlich angefangen zu bluten und nicht einmal Sharana konnte etwas dagegen unternehmen. Doch zum Glück heilten die Wunden wieder.*

Kasumi blickte vorwurfsvoll den großen goldenen Drachen an, der verlegen den Kopf abgewandt hatte. Frustriert über das Verhalten eines Gottes knurrte sie. Augenblicklich ruhten die goldenen Augen auf ihr.

Ich habe dir alles gesagt, was ich musste. Nun werde ich gehen und sehen, wo ich helfen kann, sagte der Gott und erhob sich in die Luft. *Sharana, trainiere sie gut und wache über sie.*

Damit verschwand der Gott aller Götter in einer goldenen Staubwolke und ließ Kasumi verdutzt zurück.

Götter, hörte Kasumi die Drachin in ihrem Geist sagen. *Sie tauchen auf, wann sie wollen, und gehen auch wieder, wann sie wollen. Dabei nehmen sie keine Rücksicht auf die Zurückgelassenen.*

Kasumi konnte nur zustimmend nicken, bevor sie sich zu den besorgten Gesichtern umdrehte. Ein rotes und ein blaues Auge blickten sie ein wenig wütend an und zwei weitere Augenpaare besorgt. Nur der Shinigami ruhte gelassen im Gras.

„Also hat er dir wirklich das heilige Schwert der ersten Drachen überlassen", sagte Sharana fassungslos.

Achselzuckend beantwortete Kasumi ihren Unglauben.

„Wenn das so ist, dann muss ich dich auch im Schwertkampf trainieren." Ein wölfisches Lächeln glitt über die roten Lippen des Engels und Kasumi ahnte schon, worauf sie sich da eingelassen hatte.

Schattenmagie

Selbstzufrieden sonnte Er sich auf den warmen schwarzen Felsen. Seine grünen Augen blickten sich suchend um. Schon seit drei Stunden wartete Er auf die Ankunft eines Verbündeten, der ihm weitere Informationen liefern sollte, doch bis jetzt noch nicht aufgetaucht war.

Wütend fing Er an zu knurren, als Er die Warterei nicht mehr aushielt. Mit einem eleganten Sprung erhob Er sich und landete sicher auf seinen Füßen. Auf einen Pfiff hin erschien am Firmament ein großer Adler, der mit gleichmäßigen Flügelschlägen auf ihn zuflog. Kurz vor den scharfen Felsspitzen blieb der Vogel in der Luft.

Was kann ich für Euch tun, Meister?, fragte der Vogel telepathisch.

Es überraschte ihn immer noch, dass ein Shinigami sein Land verlassen hatte, um ihm zu dienen. Den Shinigamis war es strengstens verboten, das Dämonenland zu verlassen. Nur eine Ausnahme gab es: wenn der Shinigami einen Meister besaß. Normalerweise dienten die Shinigamis nur den Tenshis. Nachdem Er das Drachenland erneut angegriffen hatte, war der Shinigami zu ihm gekommen und hatte erklärt, dass von nun an Er sein neuer Meister sei. Zuvor diente der Shinigami der Geliebten seines Bruders. Er blickte den Adler durchdringend an. Die weißen Federn absorbierten und reflektierten das Sonnenlicht zugleich, sodass der Shinigami wie eine Lichtgestalt wirkte.

„Halte nach Draco Ausschau!", befahl Er dem Adler.

Zu Befehl, Meister! Damit glitt der Vogel davon und verschwand hinter Wolkenfetzen.

Ungeduldig sprang Er von der Felsspitze und landete auf einem Vorsprung. Eine schwarze Tür war in den Felsen gehauen, auf die Er seine Hand legte, wodurch die Tür aufsprang. Kalte Zugluft umwehte sein ebenholzschwarzes Haar, blies es aus seinem Gesicht und brachte den Gestank nach Tod mit. Bevor er den nach verwesendem Fleisch riechenden Gang betrat, ertönte ein Vogelschrei. Auf der Stelle drehte er sich um und blickte in dunkle Smaragdaugen. Die große Schnauze eines Drachen ruhte nur wenige Zentimeter vor seinem Gesicht. Der Körper des hellblauen Drachen schlängelte sich um den schwarzen Felsen und seine Klauen hatten sich in dem Stein festgekrallt.

„Das wird aber auch langsam Zeit", begrüßte Er den Drachen.

Ich hatte einige Schwierigkeiten, die Insel zu finden, aber die Informationen, die ich dir bringe, sind meine Verspätung wert, erwiderte Draco und versuchte sich gar nicht zu entschuldigen.

„Dann komm mit."

Auf eine Handbewegung hin öffnete sich die Kuppel des Berges unter lautem Krachen. Felsbrocken stürzten in die Tiefe, rissen Bäume und kleinere Nagetiere mit sich und hinterließen eine Schneise der Zerstörung. Dies nicht beachtend, stieg Er auf den Rücken des hellblauen Drachen. Die Klauen stießen sich vom Felsen ab und die gewaltigen Flügel fingen an zu schlagen, um an Höhe zu gewinnen. Noch immer hielt das Krachen der Steine an, jedoch hatte sich die Bergspitze beruhigt. Ein großes schwarzes Loch, groß genug für einen Drachen, gab den Weg in den Berg frei.

Sobald Draco genug Höhe gewonnen hatte, zog er seine Flügel an und ließ sich fallen. Dunkelheit umschloss die zwei, als sie in das Loch flogen. Die Wände zogen sich immer enger um sie, ließen Draco keinen Platz, um seinen Flug abzubremsen, und die Dunkelheit tat ihr Übriges. Auch wenn Drachen ohne Probleme in der Nacht sehen konnten, war es für sie unmöglich, wenn kein Licht vorhanden war, so wie hier im Berg. Der Körper des Drachen versperrte die Lichtzufuhr von der Sonne, sodass es ihnen unmöglich war, etwas zu erkennen. Das Engegefühl ließ nach einiger Zeit von ihm ab, da Er wusste, dass der Weg nicht mehr lange dauerte, und tatsächlich öffnete Draco kurze Zeit später seine Flügel. Ein winziger Lichtstrahl von oben erhellte die Höhle und gab den Blick auf gefangene Elfen und Drachen, die in blutigen Ketten lagen, frei. Mit leisen Flügelschlägen landete der hellblaue Drache auf dem blutgetränkten Boden und ließ seinen Reiter absteigen.

„Was für ein herrlicher Geruch!“, sagte Er und atmete die Luft, die nach Blut, Fäkalien und Schmerzen roch, tief ein. „Findest du nicht auch, Draco?“

Es hat schon einen gewissen Reiz. Aber wieso führst du mich hier hinunter?

„Das wirst du noch früh genug erfahren“, winkte Er ab und marschierte tiefer in den Berg hinein. Murrend folgte ihm der Drache, wobei er sich beinahe den Kopf an einem der Durchgänge angestoßen hätte. Das laute Lachen des Schwarzhaarigen hallte durch die Gänge. Immer wieder schüttelte Er vor Vorfreude den Kopf, wobei Er den Drachen nur noch wütender machte, was sich an dem lauten Knurren hinter ihm ausmachen ließ.

Den Drachen ignorierend, drang Er immer weiter in den Berg vor. Dabei leuchteten an den Wänden Fackeln auf, die in unheimlichem Grün leuchteten. Das schummrige Licht erhellte den Gang genug, um ihn den Weg erkennen zu lassen. Dank diesem Licht konnte Er die frischen Blutspuren auf dem Boden erkennen. Ein tiefes Lachen erklang in seiner Kehle, als Er dem Drachen das Zeichen für die Jagd gab.

„Dies ist der Grund, warum wir hier sind“, sagte Er und zeigte auf das Blut.

Der Drache blickte interessiert darauf, schnüffelte kurz daran und sagte dann: *Es riecht nach einem Elf, aber zeitgleich auch nach Drache.*

Ein teuflisches Lächeln glitt ihm über die Lippen. Genüsslich strich Er mit der Hand über die Flüssigkeit und leckte sie von seinen Fingern. Eine kleine magische Welle explodierte in seinem Körper und zeigte ihm auf, zu wem das Blut gehörte. Ein Mann mit schwarzen Haaren, die fast vollkommen seine strahlend blauen Augen verdeckten, und mit einer langen Narbe im Gesicht erschien vor seinem geistigen Auge. Neben dem Mann erschien ein sandfarbener Drache. Seine grünen Augen blickten müde und sein Körper war von zahlreichen Wunden übersät. Nach einigen Augenblicken verschwand die Magie und mit ihr das entstandene Bild. Siegessicher öffnete Er seine Augen.

Weit können sie nicht gekommen sein, sagte Draco leichthin. Ein Stoß mit dem Ellbogen brachte den Drachen aber zum Schweigen.

„Unsere Beute ist sowohl ein Elf als auch ein Drache, was bedeutet, dass beide Magie beherrschen. Somit besteht die Gefahr, dass sie ein Gespräch auf telepathischer Ebene belauschen können", erwiderte Er frustriert. Die Lust an der Jagd war ihm vergangen, doch vielleicht würde das Verhör ihn wieder glücklich machen.

Lautlos folgten sie der Blutspur, dabei fragte Er sich immer wieder, wie seine Feinde in den Berg gelangen konnten. Soweit Er wusste, konnten nur Er und seine Verbündeten die Insel seines Vaters ausfindig machen. Aber wenn es nun auch der Feind konnte, war dies mehr als unwillkommen. Dazu kamen noch die Verletzungen des Drachen, die für einen Kampf sprachen. Aber hätte ein solcher Kampf staatgefunden, dann hätte Er dies gewusst.

Ein leises Fauchen hinter ihm ließ ihn erstarren. Vor ihnen erstreckte sich eine große Höhle, größer als ein Menschendorf. An den Wänden hingen Fackeln, die ein warmes Licht verströmten, und in der Mitte stand ein magischer Altar. Interessiert musterte Er den Altar und wäre vor Schreck fast umgefallen. Goldene Muster waren in den schwarzen Stein eingelassen und um den Altar leuchteten goldene Lichter. Wie hypnotisiert ging Er auf den Altar zu, streckte seine Hand aus und fuhr über den glatten Stein. Die Einbuchtungen der Muster zeichnete Er mit seinen Fingern nach.

„Was ist das?", fragte Draco.

Erschreckt fuhr Er zusammen. Seine Hand verkrampfte sich und sein ganzer Körper spannte sich an. Mit einem aggressiven Fauchen drehte Er sich zu dem Drachen um, der gelassen im Höhleneingang stand. Seine dunkelgrünen Augen blickten sich interessiert in der Höhle um. Als Draco bewusst wurde, dass Er ihn anfauchte, wich der Drache zurück, um zu zeigen, dass er keine Bedrohung darstellte.

„Das", sagte Er laut und zeigte auf den Altar, „das ist ein Altar."

„Das kann ich selbst erkennen", erwiderte Draco und musste sich sein Lachen verkneifen.

„Du verstehst nicht. Das ist der Altar." Auf den verwirrten Blick des Drachen hin erklärte Er: „Es ist der Altar, vor dem ich mein Ehegelöbnis geschworen habe."

Erkenntnis blitzte in den dunkelgrünen Augen auf. Ehrfurchtsvoll betrat Draco die Höhle, dabei ließ er den Schwarzhaarigen nicht aus den Augen. Der Drache hatte schon viele Sagen über den Altar des Schlächters und seiner Geliebten gehört, doch geglaubt hatte er sie nie. Erst als er den Schlächter traf, musste er feststellen, dass alle Sagen wahr waren.

„Wenn es wirklich dieser Altar ist, wie kommt er dann hierher?", wunderte sich der Drache.

„Der Stein besteht nur aus Magie, sowohl der meinen als auch der meiner Geliebten. Kein Drache oder sonstiges Geschöpf könnte den Altar transportieren, er würde innerhalb weniger Stunden durch die Magie sterben", erklärte Er dem Drachen.

„Aber es erklärt nicht, warum er hier ist."

Das Bild des sandfarbenen Drachen blitzte in seinem Geist auf, und auf einmal verstand Er, warum der Drache verletzt war.

„Als ich zuvor in den Berg gehen wollte, spürte ich die Magie meiner Geliebten, doch sobald wir in der Höhle waren, nahm ich den Geruch von Eindringlingen wahr. Da um die Insel ein Zauber besteht, kann keiner meiner Feinde die Insel betreten, hat er jedoch etwas bei sich, was den Zauber durchdringen kann ..."

„... so kann er die Insel betreten", vollendete Draco die Überlegung des Schlächters.

„Genau, und der Altar ist auch der Grund, warum der Drache verletzt ist. Meine Magie und die meiner Geliebten haben den Drachen angegriffen und ihn verletzt. Dass er überlebt hat, beweist, wie stark er ist."

„Und was werden wir jetzt machen?"

„Wir werden sie finden. Geschwächt können sie die Insel nicht verlassen." Ein boshaftes Lachen glitt über seine Züge, als Er an die Jagd dachte.

Ohne lange zu fackeln ging Er weiter in die Höhle hinein, am Altar vorbei und in einen langen, grün beleuchteten Gang. Der Drache folgte ihm mürrisch, aber neugierig. Der Blutgeruch erfüllte die Dunkelheit und führte sie zu ihrer Beute. Ungewiss, was sie erwarten würde, zog Er sein Schwert und hielt es locker in der rechten Hand, als würde es nichts wiegen. Eine Mündung in einen anderen Gang ließ ihn aufhorchen und Er befahl dem Drachen stehen zu bleiben. Vorsichtig schlich Er weiter auf die Mündung zu, als plötzlich ein Lichtschimmer seine Aufmerksamkeit erregte. Angriffsbereit blieb Er stehen, wartete, bis das Licht bei ihm war, und griff dann mit einem schnellen Hieb an. Brüllen erschallte durch den Gang, als rotes Blut aus einer tiefen Wunde in der Schulter seines Gegners floss. Blaue Augen blitzten ihn wütend an und hinter dem Mann erkannte Er die Umrisse eines verletzten Drachen, der versuchte, seinem Partner zu Hilfe zu eilen.

Setz den Drachen außer Gefecht!, befahl Er telepathisch Draco, während Er sein Schwert aus der Wunde zog. Sofort sprang der Eindringling zurück, um sich vor der Klinge in Sicherheit zu bringen, doch so schnell ließ Er nicht locker. Mit einem Sprung überwand Er die Distanz und griff erneut an. Der Elf reagierte schnell und schützte sich mit einem blauen Schild. Das Schwert prallte von der Magie ab und wurde durch den Aufprall zurückgeschleudert. Nur mit Mühe schaffte Er es, Zornklinge in der Hand zu behalten. Seine Unaufmerksamkeit nutzte der Gegner aus. Mit einem Angriffszauber, der rot aufleuchtete, griff er an. Aus dem Augenwinkel nahm der Schlächter wahr, wie der Elf hinter der Angriffsmagie einen weiteren Zauber wob. Schneller, als das Auge sehen konnte, wich Er dem ersten Angriff aus und blockte den zweiten mit dem Schwert. Er erkannte Überraschung in den Augen seines Gegners, als Er diesen Angriff blockte. Lächelnd tänzelnde Er zurück, ließ dem Elfen die Freiheit und wartete auf den nächsten Angriff, der prompt folgte.

Mit wütendem Gebrüll stürzte sich der Elf auf ihn. Seine verletzte Schulter nutzte er dabei gekonnt. Bevor er sich auf den Schwarzhaarigen warf, wandte er seine verletzte Seite seinem Drachen zu, der mit dem hellblauen Drachen in einem Gefecht versunken war. Augenblicklich erwachte die Verbindung zwischen ihnen und die

Wunde heilte, während er auf den Schlächter fiel. Mit einem schwachen Schild versuchte sich dieser zu schützen, doch der Elf hatte dies vorausgesehen und seinerseits einen Zauber gewirkt, der jeden Schild zerstörte. Mit lautem Brüllen krachten die zwei Männer aufeinander. Der Schild des Schlächters zerbarst in tausend Einzelteile und Er wurde von der Wucht des Aufpralls zurückgeschleudert.

Ein Lächeln zeigte sich auf seinem Gesicht, als Er gegen die Höhlenwand geschleudert wurde. Pure Freude durchströmte seinen Körper. Der Kampf mit dem Elfen machte ihm Spaß, nicht einmal der Tod des Drachenprinzen hatte ihn so mit Freude erfüllt. Gierig schlug Er seine rot glühenden Augen auf, griff tief in seine Magie und zog die wahre Form von Zornklinge aus seiner Existenz hervor. Der elfenbeinfarbene Griff schmiegte sich an seine Hand an und der schwarze Obsidian schimmerte düster und voller Bosheit. Die grüne Klinge nahm eine schwarzgrüne Farbe an und in der Blutrinne erschienen rote Zeichen, die anfingen zu leuchten. Der wahre Name des Schwerts leuchtete in seinem Geist auf, und stumm rief Er das Schwert bei seinem Namen.

Erwache, Guruthos!

Sofort reagierte das Schwert und schwarze Schatten drangen in seinen Geist ein, suchten seine Existenz und verbanden sich mit ihr. Die zuvor goldene Kugel wurde pechschwarz und mit dieser Dunkelheit erwachte eine neue Magie tief in ihm. Ohne zu zögern griff Er darauf zurück, schlang sie um die Klinge und stieß mit ihr auf den verdutzten Elf ein. Dieser wich vor Schmerz zurück, wodurch die Klinge aus dem Fleisch glitt. Elegant schwang Er sein Schwert und beobachtete, wie der Elf in die Knie ging. Hinter ihm brüllte sein Drache panisch auf, als dieser sah, wie sein Partner verletzt und geschlagen wurde, doch Draco hatte seinen Auftrag erfüllt und den kleineren Drachen gefangen genommen.

Entzückt sah Er zu, wie die Haut des Elfen schwarz wurde und wie seine strahlend blauen Augen getrübt wurden von der dunklen Magie. Nach wenigen Sekunden war das Werk vollbracht und der Elf bewegungsunfähig. Die Magie des Eindringlings war nahezu ausgelöscht, wodurch er nur noch am Leben war dank der dunklen Schattenmagie. Ein Lachen stieg seine Kehle hinauf, als Er den Namen der Magie genüsslich auf seiner Haut fühlte.

Die Schattenmagie erlaubte es ihm, nicht nur die Magie des Feindes zu ersticken, sondern auch noch auf die Erinnerungen zuzugreifen.

„Nun wollen wir doch einmal sehen, aus welchem Grund du auf meine Insel kamst", sagte Er und bekam sein Grinsen nicht mehr aus dem Gesicht.

Mit weiten Schritten ging Er auf den Elfen zu, legte seine Hand auf den Haarschopf, fühlte die Schattenmagie auf seiner Hand und ließ sie ihr Werk tun. Auf der Stelle wurde die Welt für ihn schwarz. Um ihn herum waberten die Schatten von ihm und die seines Vaters. Sie führten ihn tiefer in die Dunkelheit, tiefer in die Magie und näher zu sich selbst. Er stieß ein Brüllen aus, wodurch Er sich verwandelte. Seine Muskeln wurden stärker, Knochen und Sehnen wurden verlängert, aus seinen Schulterblättern brachen pechschwarze Flügel, sein Steißbein wurde zu einem Schwanz mit spitzen Stacheln, sein Kopf veränderte die Form, seine Nägel wurden zu mörderischen Krallen und seine Magie summte vor Entzücken, genau wie die Schatten. Freudig umtanzten sie den großen Körper des Drachen und führten ihn weiter in den Geist des Elfen.

Ein heller Lichtstrahl durchbrach die Dunkelheit und zeigte ihm auf, wo Er sich befand. Vor ihm schwebte die Existenz des Elfen, die von schwarzen Ranken festgehalten wurde. In der goldenen Kugel eingesperrt befand sich der Feind, auch ihn hielten schwarze Ranken. Mit einem Schritt befand Er sich bei der Existenz, berührte sie mit der Hand und spürte darunter das Wesen des Elfen.

Die Schatten hüllten ihn ein, gaben ihm zusätzlich noch mehr Magie und zeigten ihm auf, wie Er in den Geist eindringen konnte. Mit einem mächtigen Magiestoß zerstörte Er die Existenz, griff nach dem Elfen und befand sich plötzlich in seinen Erinnerungen. Millionen von Bildern umschwebten ihn, zeigten ihm die Vergangenheit des Elfen. Viele davon interessierten ihn jedoch nicht. Auf der Suche nach dem Grund für das Hiersein des Elfen begab Er sich tief in die Bilderflut, dabei wurde Er die ganze Zeit von den Schatten umringt, die sofort die Erinnerungen aufnahmen.

Als Er bei einem Bild ankam, das die glorreiche Heilige Stadt zeigte, blieb Er stehen. Ein weißer Fleck hatte seine Aufmerksamkeit erregt. Neugierig steuerte Er auf die Erinnerung zu, erblickte hoch in den Baumkronen der Heiligen Stadt eine Halbelfe mit gleißendem weißem Haar und wunderschönen amethystfarbenen Augen. Sehnsüchtig wollte Er über die Erinnerung streichen. Von wo dieses Gefühl stammte, konnte Er nicht sagen. Doch die Schatten ließen dies nicht zu. Mit einem Ruck zogen sie ihn von der Erinnerung weg und zischten wütend: *Wir sind hier nicht wegen ihr!*

Die Wut der Schatten umhüllte ihn, drang in ihn ein und ließ ihn das Bild der Weißhaarigen vergessen. Damit Er nicht noch einen weiteren Blick auf die Erinnerung erhaschte, zogen die Schatten ihn weiter, tiefer in die Bilderflut hinein. Leuchtende Farben begrüßten ihn, zeigten ihm das Leben des Elfen auf und führten ihn in die Gegenwart.

Plötzlich hielten die Schatten an und steuerten auf ein Bild zu, das die weiße Stadt der Drachen zeigte. Freudig zogen sie das Bild zu ihm und forderten ihn auf, die Erinnerung anzusehen. Mit den Fingerspitzen berührte Er die Erinnerung, doch nichts geschah. Frustriert wollte Er seine Hand zurückziehen, als plötzlich das Bild anfing zu leuchten. Erschreckt wich Er zurück, konnte aber seine Finger nicht von der Erinnerung lösen. Das Leuchten umfasste zuerst seine Fingerspitzen, wanderte über seine Hand und zog ihn dann mit einem Ruck in die Erinnerung. Geblendet von dem Licht musste Er die Augen schließen, dabei versuchte Er noch immer gegen den Sog anzukämpfen, doch schon bald stellte Er fest, dass das Licht verschwunden war. Blinzelnd öffnete Er die Augen und stellte sich innerlich auf einen Kampf ein. Weiße Wände umgaben ihn, brachten Erinnerungen zurück, die Er längst vergessen wollte, und auf einmal glitten Tränen über sein Gesicht. Vor mehr als vierundzwanzigtausend Jahren hatte Er auch hier gestanden, hatte einen Eid dem Drachenkönig geschworen und zum ersten Mal seine Geliebte erblickt.

Seit daher hatte sich die Halle des Tempels nicht verändert. Noch immer leuchteten Symbole am Eingangsbereich auf und Fackeln spendeten den Drachen Licht. In der Mitte des Saals befand sich noch immer das große Nest, in dem der Drachenkönig hauste.

„Ich habe einen Auftrag für dich", erfüllte eine tiefe Stimme den Raum.

Erschrocken zuckte Er zusammen, als die Stimme ihn in die Erinnerung des Elfen zerrte. Er stand in der Halle des Tempels, aber in dem Nest saß der Drachenkönig und vor ihm kniete der schwarzhaarige Elf. Hinter ihm lag beschützend der sandfarbene Drache, der seinen riesigen Kopf neben dem Elfen positioniert hatte.

„Ich werde jeden Auftrag annehmen, solange es unserer Sicherheit dient", erwiderte der Elf und hob herausfordernd den Kopf. Zustimmend brummte der rote Drachenkönig.

„Wie du weißt, habe ich das Bündnis der Götter beschworen, doch all unsere Kraft reicht nicht aus, um die Pläne des Schlächters zu erahnen, und in wenigen Tagen kann ihn niemand mehr aufhalten, nicht einmal Kasumi. Deshalb müssen wir ihn schwächen, und die einzige Schwäche, die er hat, ist seine Geliebte."

Ein tiefes Knurren entglitt dem Schlächter. Wütend, dass der Drache überhaupt nur an seine Geliebte dachte, wollte Er sich auf den König stürzen. Er öffnete seine Flügel, um mehr Schwung zu bekommen. Seine Klauen ausgestreckt, um das Herz herauszureißen, raste Er auf den Roten zu. Innerhalb eines Augenblicks hatte Er den Drachen erreicht, hob seine Klaue und zielte auf sein Herz. Überrascht musste Er feststellen, dass seine Klaue durch den Körper glitt, doch keine Verletzung hinterließ. Von dem Schwung verlor Er das Gleichgewicht und fiel vornüber in das Nest des Königs.

„Aber Seraphim, seine Geliebte, ist schon seit Jahrtausenden tot", hörte Er die Stimme des Elfen, als wäre nichts passiert. Gerade wollte Er sich aufsetzen, als Er in unschuldige braune Augen blickte. Ein kleiner grüner Drache befand sich neben dem großen roten und schmiegte sich an ihn. Die Augen des kleinen blickten durch ihn hindurch. Verwirrt setzte Er sich auf. Er musterte seine Umgebung, dieses Mal genauer, und stellte fest, dass ihn die Drachen und auch der Elf nicht wahrnahmen.

„Das stimmt, aber es ist immer noch ein Relikt übrig, in dem die Magie der Geliebten vorhanden ist."

„Ihr meint doch nicht etwa den Altar, den Kasumi gefunden hat?"

„Doch, genau den meine ich, und hier kommst du und Lothard ins Spiel."

Der sandfarbene Drache hob den Kopf, als sein Name fiel. Interessiert und aufmerksam blickte er den Drachenkönig an.

„Lothard, du bist ein starker Drache, mit viel Magie, und dein Partner, Aramis, du kommst mit jeder Magie klar, dazu kannst du noch fremde Magie in dir speichern. Um herauszufinden, was der Schlächter plant, werdet ihr seinen Unterschlupf finden. Da ich von Tesfay weiß, dass ein Zauber auf der Insel liegt, den man kaum brechen kann, es sei denn, man gehört zu den Gefolgsleuten des Schlächters, gelangt ihr ohne Hilfe nicht auf die Insel. Doch der Altar besitzt die Magie des Schlächters, womit er zum idealen Werkzeug wird. Es wird für euch anstrengend werden, da die Magie euch verletzen will. Aber wenn Aramis einen Teil der Magie der Geliebten in sich aufnimmt, wird sich die Magie des Schlächters zurückhalten."

Gespannt hatte Er dem Gespräch des Drachenkönigs gelauscht und es sich im Nest bequem gemacht. Dass ein Elf Magie in sich aufnehmen konnte, war ihm neu, aber nur so ergab es Sinn. Natürlich würde seine Magie nie seine Geliebte verletzen, und wenn ein Partner eines Drachen die Magie seiner Geliebten besaß, würde seine Magie kaum den Drachen angreifen.

So also haben sie es auf die Insel geschafft, dachte Er interessiert. Nie hätte Er gedacht, dass der Altar zu so etwas genutzt werden könnte.

„Sobald ihr in dem Versteck seid, lasst ihr euch von ihm gefangen nehmen."

„Aber …", versuchte Aramis Einspruch zu erheben, doch der Drachenkönig wischte ihn fort.

„Es gibt kein Aber. Wenn ihr gefangen seid, wird der Schlächter versuchen herauszufinden, wie ihr sein Versteck gefunden habt, in diesem Moment ist er angreifbar."

Die Worte des Roten hallten in seinem Geist wider. Wie konnte dieser anmaßende König wissen, was Er tun würde und, vor allem, wieso war Er dann angreifbar? Alles ihn ihm schrie danach, aus der Erinnerung zu flüchten und sich zu schützen, doch eine innere Stimme warnte ihn davor.

„Sein Geist muss weit offen sein, um in deine Erinnerungen zu tauchen, dabei ist Er ungeschützt und du kannst das Gleiche mit ihm machen, doch sei gewarnt, verschließt jemand von euch seinen Geist, wird es euch beiden schaden."

Daraufhin verschwand die Erinnerung und Er stand ganz allein im Dunkeln. Seine Magie flackerte um ihn herum, dabei wirkten die Schatten angespannt. Sie spürten wohl etwas. Auf die Schatten hörend, folgte Er der Dunkelheit, die einem schmalen Gang wich. Mit einer Hand an der Wand lief Er vorsichtig und leise, immer bereit, im Ernstfall anzugreifen, aber den ganzen Gang hindurch passierte nichts Außergewöhnliches. Auch die Schatten um ihn herum hatten sich beruhigt. Nach einer kurzen Ewigkeit erreichte Er das Ende des Gangs. Vor ihm befanden sich zwei Kugeln, die eine leuchtete golden, die andere schwarz. Vor der goldenen Kugel befand sich der Elf, gegen den Er gekämpft hatte, und dessen Erinnerung Er gesehen hatte. Mit einem schelmischen Grinsen drehte er sich zu dem Schlächter um.

„Und hast du alles erfahren, was du wolltest?", fragte Aramis.

Gelassen ging Er auf den Elfen zu, der ihn nicht aus den Augen ließ. Seine Nervosität spürte Er auf seiner Haut, was in ihm den Drang auslöste, den Elfen in zwei Teile zu hacken, doch Er blieb ruhig und gab seine wahren Gefühle nicht preis. Als Er vor der schwarzen Kugel stand, die seine Existenz darstellte, drehte Er sich zu dem Schwarzhaarigen um.

„Ja, das habe ich, und du?", fragte Er desinteressiert.

„Wenn du meinst, dass ich nun weiß, dass du vorhast, auf den Winter zu warten und dann anzugreifen, wenn es niemand erwartet, dann … ja.“

Kurz leuchteten seine Augen blutrot auf und seine Hände ballten sich zu Fäusten.

Dieser arrogante Mistkerl hat tatsächlich meine Pläne herausgefunden, dachte Er wütend, doch als Er den Elfen anblickte, lächelte Er wölfisch.

„Zu schade. Leider wirst du deine Informationen nicht überbringen können.“

„Das werden wir noch sehen“, erwiderte der Elf galant, wodurch Er nur noch wütender wurde. Gleichzeitig streckten sie ihren rechten Arm aus und berührten ihre Existenz. Der Elf die goldene, Er die schwarze Kugel. Die Magie um sie herum explodierte in schwarzen und goldenen Funken. Sie wurden von der Existenz verschlungen. Er glitt durch einen schwarzen Strudel, der ihn zurück in seinen Geist brachte. Mit einem Ruck zuckte Er von dem am Boden sitzenden Elfen zurück. Seine Hand fühlte sich taub an und die Magie der Schatten war auch verschwunden. Er sah mit an, wie sich Aramis erhob, seine Nackenmuskeln streckte und seine Wirbel knacken ließ.

„Und jetzt wollen wir doch sehen, ob ich hier herauskomme“, sagte der Elf mit einem Grinsen.

Bevor Er reagieren konnte, hatte der Elf schon mehrere Zauber gewoben. Angriffszauber umhüllten einen langen dünnen Säbel, und Verteidigungsmagie schützte ihn vor Angriffen. Auf den ersten Blick wirkten die Zauber wahllos. Hauptsache, der Elf schützte sich, doch nach genauerem Betrachten fiel ihm auf, dass die Magie des Elfen stärker war als die eines jungen Drachen. Hinter Aramis bäumte sich der sandfarbene Drache auf und warf Draco ab, der frustriert aufknurrte. Bevor einer von beiden auch nur einen Schritt machen konnte, befand sich Lothard schon bei Aramis.

„Wir sehen uns in der Schlacht“, verabschiedete sich der Elf und warf eine grüne Kugel auf den Boden. Um sie herum wirbelte ein Portal auf, das die Eindringlinge einsog. Das schwarze Loch schloss sich, ehe Er es erreichen konnte. Er sah noch das schadenfrohe Grinsen des Elfen, danach schloss sich das Portal. Wütend drehte Er sich zu Draco um.

„Wir müssen unseren Plan ändern.“

„Warum?“, fragte der Drache verdutzt.

„Weil dieser kleine Elf meine Strategie kennt und ich möchte diesen Krieg nicht verlieren. Ruf alle zusammen und komm danach in die Höhle meines Vaters, wir müssen härtere Maßnahmen ergreifen.“

„Mein Herr, erlaubt mir, euch meine Informationen mitzuteilen“, bat Draco.

„Ich habe nicht mehr viel Geduld.“

„Natürlich, aber ich habe herausgefunden, wer unser neuer Feind ist.“

Hellhörig geworden, blickte Er in die grünen Augen des Drachen. Er erinnerte sich zu genau an die Schmach im ersten Kampf. Eine unerwartete Magiewelle hatte ihn besiegt.

„Die Götter haben wieder einen Auserwählten, doch dieses Mal ist es eine Halbelfe, die sich in einen Drachen verwandeln kann.“

Eine Elfe, die ein Drache war. Außer ihm gab es sonst niemanden, der erst nach Jahren seine Drachengestalt angenommen hatte. Ein wölfisches Lächeln huschte über seine Züge.

„Ruf meine Anhänger zusammen, wir ziehen in den Krieg.“

Ohne abzuwarten, ob Draco seine Befehle vernommen hatte, begab Er sich zum Ausgang der Höhle. Er hatte große Pläne. Pläne, die nicht nur das Drachenland auslöschen würden, sondern die ganze Welt!

Luftkampf

Frustriert schaute Kasumi die Tenshi an. Die eleganten schwarzen Flügel reckten sich hinter der Frau und verliehen ihr zusätzliche Geschwindigkeit. Das blaue Schwert hielt sie in einer Hand, so als ob es nichts wiegen würde. Die zwei verschiedenfarbigen Augen leuchteten amüsiert auf.

„Noch einmal“, forderte Sharana Kasumi auf und schwang ihr Schwert.

Dieses Mal wollte Kasumi alles richtig machen. Schon seit einer Woche übte sie mit Sharana den Schwertkampf, doch es kam ihr vor, als würde sie keinen Fortschritt machen. Das heilige Schwert fühlte sich an wie ein verlängerter Arm, doch Kontrolle hatte sie noch nicht über die Klinge. Mit einem Wutschrei griff sie an. Das Schwert locker in ihrer Hand haltend, hob sie es im letzten Moment und ließ es auf Sharanas Kopf sausen. Die Tenshi lachte auf und wich geschickt dem Schwertstoß aus. Schnell änderte Kasumi ihren Angriff, nutzte den Schwung des vorigen Schlags und leitete das Schwert um. Doch auch dieses Mal konnte Sharana den Angriff mit ihrem Schwert abfangen. Die beiden Klingen trafen aufeinander und ein Funkenregen bedeckte die beiden Frauen. Wütend über die Stärke der Tenshi drückte Kasumi gegen das andere Schwert. Schweiß floss in ihre Augen und trübte ihre Sicht. Geschlagen wich sie zurück, um im nächsten Moment wieder anzugreifen. Sie machte eine Finte zur rechten Schulter hin, wandte aber im letzten Augenblick das Schwert ab und konnte es so über den seitlich gerichteten Oberkörper von Sharana schlagen. Weder Blut spritzte, noch ein Schrei ertönte, trotzdem war sich Kasumi sicher, die Tenshi getroffen zu haben.

„Gute Arbeit“, sagte Sharana und blickte freudig auf. „Wie es scheint, habe ich keine Chance mehr gegen dich, obwohl ich schon lange mit dem Schwert übe." Den letzten Teil murmelte die Frau vor sich hin.

„Das spielt keine Rolle. Weiter geht es."

Enttäuscht seufzte Kasumi auf. Sie hatte auf eine Pause gehofft, aber der Tagesplan ließ es nicht zu. Bei Sonnenaufgang musste sie aufstehen und das Gebiet der Tenshi abrennen, danach konnte sie etwas essen. Danach kamen die Magieübungen, in denen sie nicht nur alle erweiterten Magien erlernte, sondern auch noch etwas über die verschiedenen Kriege erfuhr. Im Anschluss danach kam das Kampftraining, das den Kampf mit dem Schwert sowie nur mit dem Körper vorsah.

Kasumi blickte zum Himmel. Keine Wolke war am Firmament zu sehen. Ideale Bedingungen zum Fliegen. Gerade wollte sie sich verwandeln, als ein grüner Lichtblitz ihre Aufmerksamkeit erregte.

„Was ist das?", fragte sie Sharana.

„Was?" Die Tenshi blickte in den Himmel. „Ach so, das ist ein Portal."

„Ein Portal." Fasziniert beobachtete Kasumi das grüne Flimmern. Sie hatte schon einmal ein Portal gesehen und damit schlechte Erfahrungen gemacht. Tesfay konnte dank dieser Magie vor dem Schlächter fliehen, doch dadurch wurde er ohnmächtig und in letzter Sekunde konnte Kasumi seinen Fall abbremsen.

Wer da wohl rauskommt?, fragte sie sich innerlich und konnte den Blick nicht abwenden, als Sharana sie plötzlich auf den Boden zog und einen Tarnzauber auf sie legte. Verwundert blickte Kasumi die Tenshi an, doch diese hob den Zeigefinger an ihre Lippen. Kasumi verstand und blieb still. Trotzdem beobachtete sie das Portal weiter, das anfing zu leuchten. Ein sandfarbener Drache kam aus dem Portal, legte seine Flügel an und landete knapp neben den zwei Frauen. Kasumi hatte sofort den Drachen erkannt, brach den Tarnzauber und rannte zu Lothard.

„Was macht ihr hier?", fragte sie Aramis.

Der schwarzhaarige Elf stieg müde von dem verletzten Drachen und ließ sich in das Gras fallen. Eine tiefe Wunde an der Schulter fiel Kasumi sofort ins Auge. Sie kniete sich hin, legte sacht ihre Hände auf die Wunde und ließ die Magie durch sich fließen. Goldenes Licht erhellte Aramis und heilte die Wunde. Danach wandte sich Kasumi Lothard zu. Seine Wunden waren kleiner, dafür in großer Zahl vorhanden. Während sie den Drachen heilte, kamen aus dem kleinen Haus Akiko und Joru angerannt. Auch Sharana trat neugierig näher.

„Ich bekam vom Drachenkönig einen Auftrag, der beinhaltet, dass, sobald ich ihn abgeschlossen habe, ich mich zu dir teleportieren soll. Ihr habt sicher mitgekriegt, dass das Bündnis der Götter ausgerufen wurde. Die Elfen und Löwentiger haben sich schon eingefunden, doch die Shinigamis und Tenshis wissen noch nichts von dem Bündnis, und dank der Barriere, kann man nicht einfach so das Dämonenland betreten", erzählte Aramis.

Sein Blick wanderte zu Sharana und musterte die Tenshi.

„Du bist also Kasumis neue Lehrerin. Ich hoffe, du achtest gut auf sie."

„Das tut sie, aber du hast immer noch nicht den Grund verraten, warum du hier bist", sagte Kasumi frustriert. Sie freute sich, dass die zwei hier waren, doch den Grund wollte sie unbedingt wissen. Vielleicht wollten sie ihr helfen.

„Ich muss mit dem Oberhaupt der Tenshi und der Shinigami sprechen und ihnen mitteilen, dass das Bündnis gilt."

„Sie befinden sich beide beim blauen Berg in der Nähe der Nila-Fälle, unserem nächsten Ziel. Wir kommen mit", erklärte Sharana.

Verwirrt blickte Kasumi die Tenshi an. Sie hatte von Anfang an gewusst, dass sie während ihres Trainings zu den Nila-Fällen reisen musste, doch hätte sie nicht gedacht, dass es so schnell gehen würde.

„Aber was ist mit dem Training?"

„Wir werden unterwegs trainieren."

Mit einem Lächeln stand Aramis auf, strich den Löwentigern kurz durchs Fell und stieg dann auf seinen Drachen.

„Wenn das so ist, dann sollten wir keine Zeit verlieren."

„Da hast du recht. Verwandle dich, Kasumi!", befahl die Tenshi und öffnete ihre schwarzen Flügel.

Schon wieder eine Reise?, fragte Akiko.

Ja, wir gehen zu den Shinigamis, gab Kasumi zur Antwort und glitt in ihren Geist. Sofort empfing die Drachin sie.

Wollen wir uns wandeln?, fragte sie. Auf Kasumis Nicken hin spürte Kasumi, wie sie das Gefühl für ihren Körper verlor und die Drachin sich verwandelte. Die Verwandlung ging rasch vonstatten und die Drachin übergab Kasumi wieder den Körper. Erleichtert öffnete sie die Augen. Sie hasste es, wenn sie keine Kontrolle über ihren Körper hatte, aber es war der einfachste Weg.

Mit einem Sprung erhob sie sich in die Lüfte, schlug ein paarmal mit den Flügeln, um an Höhe zu gewinnen, und wartete dann auf die anderen. Als alle in der Luft waren, übernahm Sharana die Führung und Aquila fiel an das Ende zurück. Kasumi flog gemütlich neben Lothard, begleitet wurden sie von Akiko und Joru.

Wie hast du mich gefunden?, fragte Kasumi telepathisch Aramis.

„Der Drachenkönig gab mir eine Teleportationskugel, die ein Portal öffnet. In der Kugel befand sich dein Blut, wodurch mich das Portal zu dir führen wird, was es auch getan hat“, erklärte der Elf freundlich.

Aber ich dachte, die Barriere schützt das Dämonenland?

„Schon, aber Magie, die auf eine Person gerichtet ist, kann die Barriere durchdringen. Und da das Portal dein Blut beinhaltete, konnte ich die Barriere überwinden.“

Interessiert hörte Kasumi den Erklärungen zu, doch sobald Aramis anfing, näher auf die Magie und die Barriere des Dämonenlands einzugehen, erlosch ihr Interesse und sie wandte sich Akiko zu.

Wollen wir Fangen spielen?, fragte sie die Löwentigerin.

Fangen wurde zu ihrem Lieblingsspiel in der Luft. Dadurch, dass Akiko kleiner und somit wendiger war als Kasumi, musste sie viele Kurven fliegen, um die Löwentigerin zu erwischen. In Sharanas Augen war dies ein ideales Training. Doch bevor Akiko antworten konnte, ertönte Sharanas sanfte Stimme in ihrem Geist. *Es wäre besser, wenn du mit Lothard üben würdest. Er ist ein Drache und gleicht von der Statur eher dem Schlächter.*

Mit einem Murren wandte sich Kasumi dem sandfarbenen Drachen zu. Dieser hatte das Gespräch mitgehört und übergab Aramis Joru.

Dies gestaltete sich schwierig. Sobald Aramis sich vom Rücken von Lothard erhob, zerrte der Wind an ihm, wodurch er sich wieder setzen musste. Beim zweiten Versuch setzte er Magie ein, die ihn vor dem stürmischen Wind bewahrte. Damit Aramis nicht gefährdet wurde, landete Joru auf dem Rücken des Drachen, danach ging alles sehr schnell. Aramis rannte zu dem Löwentiger, sprang und landete auf dem goldenen Rücken. Sofort erhob sich Joru wieder in die Luft. Während sich der Löwentiger zu seiner Schwester gesellte, wandte Lothard seinen Kopf zu Kasumi um. Beide hörten aufmerksam Sharanas Anweisungen zu.

Ihr werdet gegeneinander kämpfen. Angriffe mit den Krallen sind erlaubt, auch Bisse, doch Feuerspeien nicht. Kasumi hat dies noch nicht geübt und es wäre zu gefährlich, wenn ihr uns verletzten würdet. Ihr müsst darauf achten, dass ihr uns in einem Umkreis von hundert Metern meidet. Während des Kampfes werden wir natürlich weiterfliegen, achtet also darauf, dass ihr den Anschluss nicht verliert.

Langsam stieg Kasumi höher auf. Sie wusste, bei einem Kampf war es besser, eine höhere Position als der Gegner zu haben, doch Lothard machte es ihr gleich. Sie umkreisten sich ein paarmal, zu ungewohnt war es für Kasumi, einen größeren Gegner zu haben.

Beruhige dich, hörte sie die Stimme der Drachin. *Er spürt deine Unruhe.*

Kasumi versuchte sich zu beruhigen, achtete genauestens auf ihre Flügelschläge und den Atem. Nach einiger Zeit hatte sie sich so weit beruhigt, dass sie die Bewegungen von Lothard studieren konnte. Er war doppelt so groß wie sie, doch seine Flugmuskeln waren schwächer als ihre, dies könnte sie ausnutzen. Immer noch umkreisten sie sich.

Angriff!, schrie die Drachin und Kasumi gehorchte. Sie schlug kräftig mit den Flügeln, um die Distanz zu überwinden, und griff mit ihrer Klaue an. Ihr Ziel war sein Gesicht, doch er hatte den Angriff erwartet und wich aus. Die Drachin in ihr hatte damit gerechnet und übernahm den Körper von Kasumi. Schnell flog sie eine enge Kurve, packte Lothards Schwanz und zog ihn mit einem Ruck zu sich. Mit der anderen Klaue schlug sie nach ihm. Gekonnt setzte Lothard Magie ein, wodurch Kasumis Klaue auf eine blaue Barriere traf. Wütendes Gebrüll bahnte sich seinen Weg aus ihrer Kehle. Sie ließ den Schwanz los und begab sich wieder auf Abstand.

Bei einem Drachenkampf kommt es vor allem auf Geschwindigkeit, Wendigkeit und die Nutzung von Magie an, erklärte die Drachin Kasumi und übergab den Körper wieder an Kasumi.

Froh darüber blickte sie sich um. Die Tenshi und die Löwentiger waren verschwunden. Hastig suchte Kasumi nach ihnen. Dies nutzte Lothard aus und griff sie an. Ohne zu überlegen errichtete Kasumi einen Schild. Lothard erkannte die Magie, umrundete Kasumi und wartete auf eine Gelegenheit. In der Zwischenzeit hatte Kasumi die Löwentiger entdeckt. Sie legte ihre Flügel an den Körper und ließ sich fallen. Der Wind peitschte um ihren Körper und versuchte sie aus ihrer Bahn zu bringen. Nach einigen Metern des freien Falls öffnete sie ihre Flügel, flog eine Kurve und ließ sich vom Wind wieder in die Höhe treiben. Lothard hatte ihr Spektakel beobachtet, merkte aber, dass er zu weit weg war. Während er versuchte, zu ihr aufzuholen, gewann Kasumi wieder an Höhe und überholte Sharana. Unter ihr erblickte sie Lothard, der mit schnellen Flügelschlägen angeflogen kam.

Die perfekte Gelegenheit, sagte die Drachin. Kasumi konnte ihr nur zustimmen. Sie waren zehn Meter über Lothard, eine bessere Gelegenheit würden sie nicht mehr bekommen. Kasumi konzentrierte sich kurz, formte die Magie um ihre Klauen und ließ sie schärfer als jedes Schwert werden. Ihre goldenen Krallen nahmen die rote Farbe der Angriffsmagie an. Unter ihnen wandte Lothard suchend seinen Kopf in die Höhe, doch als er sie erblickte, war es bereits zu spät. Mit immenser Geschwindigkeit traf Kasumi den sandfarbenen Drachen, bohrte ihre Klauen in seinen Rücken und webte einen Zauber um ihn. Die Magiekugel in ihrem Geist erstrahlte in allen Farben, als sie dem Drachen Fesseln anlegte. Wütend versuchte sich Lothard zu befreien und setzte eine Magiewelle frei. Mit voller Wucht traf sie Kasumi und schleuderte sie von dem Drachen. Die magisch versehrten Krallen hinterließen rote Kratzspuren auf Lothards Rücken. Bevor Kasumi ganz den Halt verlor, wickelte Lothard seinen Schwanz um ihr rechtes Hinterbein und zog daran. Wie eine Puppe wurde Kasumi davongeschleudert. Orientierungslos versuchte sie ihren Flug abzubremsen. Sie öffnete ihre Flügel, was ein Fehler war. Brennende Magie traf auf ihre Flügelmembran und ließ sie schmerzerfüllt aufbrüllen. Die Magie lähmte sie zudem noch.

Was ist das für Magie?, fragte sie schwach.

Lähmungsmagie, eine erweiterte Magie der Angriffsmagie. Sie wird oft in Kämpfen benutzt, um den Gegner bewegungsunfähig zu machen, erklärte die Drachin.

Das sehe ich.

Ihr ganzer Körper fühlte sich taub an. Ihre Flügel hielten sie nur noch mit Mühe in der Luft und ihre zuvor angewandte Magie verschwand. Sie konnte nur mitansehen, wie Lothard auf sie zugeflogen kam, bereit, den Kampf zu beenden.

Lass mich übernehmen, bat die Drachin.

Nein, wir haben verloren.

Das kannst du nicht sagen. Was wäre, wenn er der Feind wäre und uns töten wollte, würdest du dann nicht alles versuchen, was in deiner Macht steht?

Kasumi hatte keine Zeit mehr zu überlegen. Sie glitt in ihren Geist, tief hinab zu ihrer Existenz, wo die Drachin wartete, und übergab ihr den Körper. Sofort löste sich die Lähmungsmagie auf und sie ließ sich in die Tiefe stürzen. Während des Sturzes webte die Drachin einen Schild um ihren Körper, ließ leichte Flugmagie einfließen und drehte sich auf den Rücken. Über ihr flog Lothard in Spiralen zu ihr hinab. Mit den Augen fokussierte sie den Drachen und ließ ihre Magie frei. Rote Magiefäden umfingen den Drachen und fügten ihm Schmerzen zu. Lautes Brüllen drang an ihre empfindlichen Ohren. Sie drehte sich wiederum, glitt durch die Luft und ließ sich von einer Thermik in die Höhe tragen. Vor dem Drachen hielt sie an. Dieser zappelte in der Luft und versuchte sich aus den Fäden zu befreien. Als er die Drachin erblickte, brüllte er wütend auf.

Es ist noch nicht zu Ende, hörte Kasumi Lothards Stimme.

Die Drachin lachte nur, doch als vor ihr der Drache verschwand, blieb ihr das Lachen im Hals stecken. Sie spürte eine Druckwelle hinter sich, doch als sie sich umdrehte, war es bereits zu spät. Krallen bohrten sich in ihre Haut, rissen Schuppen weg und drangen in ihre Muskeln ein. Schmerzerfüllt schrie die Drachin auf.

Ich kann nicht mehr, stöhnte sie.

Kasumi verstand sofort. Sie übernahm wieder den Körper, wappnete sich für den Schmerz, aber er war stärker als gedacht. Schmerzen explodierten in ihrem Körper, ließen sie für einige Momente Sterne sehen und waren dann weg. Überrascht blickte sie den Drachen hinter sich an. Seine Klauen waren blutverschmiert, doch seine smaragdgrünen Augen blickten sanft auf sie hinab.

Du hast verloren, teilte er ihr mit.

Ja, aber … meine Wunden?

Ich habe sie geheilt. Sie waren zu tief und hätten dich in eine Ohnmacht getrieben. Verlegen drehte der Drache seinen Kopf weg. *Ich habe es übertrieben.*

Lothard strich ihr über den Kopf, gratulierte ihr zu dem guten Kampf und flog dann zu den anderen. Verwirrt folgte Kasumi ihm. Als sie bei den anderen ankam, begrüßte Akiko sie freudig.

Das war unglaublich, wie ihr gekämpft habt. Eure Geschwindigkeit und die starke Magie. Unfassbar, schwärmte die Löwentigerin.

Kasumi fing an zu lachen über die Begeisterung von Akiko. Sie hätte nicht gedacht, dass ein Kampf so schwer war. Nicht nur sie hatte scharfe Klauen, sondern auch ihr Gegner. Wäre die Seele der Drachin nicht gewesen, hätte sie schon in den ersten Minuten verloren. Müde blickte sie in den Himmel und bemerkte, dass es bereits dunkel war. Vor ihr erkannte sie Sharana, die anfing zu sinken und nach kurzer Zeit auf einer Wiese landete. Kasumi folgte der Tenshi, legte die Flügel an und öffnete sie kurz darauf wieder. Die Landung war ihr dieses Mal gelungen, kein Sturz, kein Zappeln mit den Flügeln, nicht einmal ein leichtes Einknicken mit den Beinen. Sauber und gekonnt landete sie. Auch die anderen ließen sich kurz darauf auf dem Boden nieder.

Glücklich, wieder festen Boden unter sich zu haben, verwandelte sich Kasumi zurück in ihre menschliche Gestalt und trat zu Sharana.

„Wir werden hier übernachten“, erklärte die Tenshi, „und morgen weiterreisen. Nach meiner Schätzung sollten wir morgen gegen Mittag den blauen Berg der Shinigamis erreichen.“

Rasch teilte sich die Gruppe auf. Die Löwentiger gingen mit dem Drachen jagen, während Aramis das Feuer machte und Kasumi und Sharana ein Lager aufschlugen. Mit der Magie erschufen sie einen Erdwall, höhlten ihn aus, sodass es aussah, als wäre es eine Höhle. Ein idealer Unterschlupf für sie und vor der Höhle konnte Lothard den Eingang bewachen.

Nach kurzer Zeit kehrten die Jäger mit drei Rehen zurück. Der Drache und die Löwentiger hatten ihre Beute schon verspeist. Eines der Rehe gaben sie dem Adler und die anderen zwei hängten sie über das Feuer.

Während die Tiere brieten, erzählte Aramis von seiner Mission und Kasumi von ihrer Reise ins Dämonenland, vom Abschied von Neha und vom Training mit Sharana. Danach wandten sie sich dem Essen zu. Sharana und Aramis teilten sich ein Reh, Kasumi hatte für sich allein ein ganzes Reh. Zufrieden mit dem Abendmahl und dem heutigen Training, kroch sie in die Höhle. Der Boden war mit Gras ausgelegt, wodurch es sich anfühlte wie ein Strohbett. Müde legte sie sich hin und schlief auf der Stelle ein, doch ihr Geist wanderte noch umher.

Sie flog hoch über den Wolken, glitt auf dem Wind weit hinaus. Unter ihr zeichnete sich das Meer ab. Das Blau strahlte im Schein des Mondes. Die Oberfläche des Wassers reflektierte das Mondlicht, das alles mit seinem silbernen Strahlen erfüllte. Das Licht leuchtete ihr den Weg zu einer dunklen Insel. Schwarze Felsen ragten hoch in die Luft auf, um sie herum flogen mehrere Drachen und ein schwarzer Drache stand auf der Spitze des Felsen. Ihr Geist flog näher an den Drachen, begutachtete seine Schuppen und blickte in die grünen Augen. Sehnsucht wallte in ihr auf.

„Meine Verbündete, meine Freunde, unsere Stunde ist gekommen. Nicht mehr lange und meine Macht ist vollkommen, morgen Abend schon beginnt die letzte Schlacht. Fliegt mit mir, kämpft mit mir und siegt mit mir. Wir werden die Welt in Feuer tauchen, sie mit Blut überziehen und sie zerstören. Morgen ziehen wir in das letzte Gefecht!", schrie der Drache und alle anderen stimmten in das Siegesgebrüll des Schlächters ein. „Wir werden die Auserwählte der Götter besiegen!"

Panisch erwachte Kasumi. Ihr Herz klopfte wie verrückt, zu nahe war die Vision. Schnell blickte sie sich um, doch außer ihr war niemand erwacht. Nur langsam beruhigte sie sich wieder, dabei half es nicht, dass die Drachenseele in ihr jammerte. Die Vision hatte etwas in der Drachin geweckt, doch auf ihre Gefühle konnte Kasumi keine Rücksicht nehmen. Sie wollte sich wieder hinlegen, als ihr die Worte des Schlächters wieder einfielen.

Morgen Abend.

Sofort schnellte Kasumi hoch, weckte die anderen und rannte dann aus der Höhle, um auch Lothard aufzuwecken. Sobald alle einigermaßen wach waren, erklärte sie die Situation. Erschrockene Gesichter blickten sie an. Keiner konnte fassen, was er gehört hatte.

„Wir haben nur noch einen Tag Zeit", fasste Sharana zusammen.

„Ja, und der Drachenkönig weiß davon nichts", überlegte Aramis.

„Im blauen Berg gibt es ein Portal, dies kannst du benutzen, sobald wir dort sind", erklärte die Tenshi.

Aber zuerst müssen wir dort hinkommen, mischte sich Lothard ein.

„Das wird kein Problem sein. Ich kann meine Magie mit Aquilas vermischen, dadurch können wir schneller fliegen und werden den Berg in einer Stunde erreichen."

„Worauf warten wir dann noch?"

Aramis stand auf, sprang auf Lothards Rücken und wartete auf die anderen. Sofort verwandelte sich Kasumi und machte sich abflugbereit. Sie spürte, wie Sharana einen Zauber um sie legte, der seine Kraft in der Luft entfaltete. Unter ihr flog die Landschaft vorbei. Sie konnte keine Einzelheiten ausmachen, so schnell flogen sie. Nach knapp einer Stunde landeten sie vor einer Felswand. Kasumi verwandelte sich zurück, blickte zu Sharana, doch die zeigte ihr, sie solle noch warten.

Aquila ging auf die Felswand zu, berührte sie und zum Vorschein kam ein weiterer Shinigami in Gestalt eines Wolfs.

Ich begrüße dich, Aquila Chrysaetos, und auch dich, Sharana, sagte der Shinigami. *Ich begrüße euch Reisende in unserem Reich und bitte euch, tretet ein.*

Der Shinigami wich zur Seite und ließ die Gruppe eintreten. Vor ihnen öffnete sich eine riesige Höhle mit verschiedenen Gängen.

Willkommen im blauen Berg.

Der blaue Berg

Der Shinigami führte sie durch verschiedene Gänge, bis sie vor einer blauen Tür zu stehen kamen. Auf die Berührung des Shinigamis hin öffnete sich die Tür und schwang auf, dahinter offenbarte sich eine riesige Höhle. Überall liefen oder flogen Shinigamis in unterschiedlichsten Erscheinungen. In der Mitte der Höhle befand sich ein Brunnen, der das Zentrum war. Von ihm ausgehend führten Wege zu den einzelnen Höhlen, die sich verstreut an den Wänden befanden. Einige befanden sich auf der gleichen Höhe wie der Brunnen, andere hingegen waren nur ein klaffendes Loch in der Wand. Über all dem befand sich eine Kuppel aus blauem Licht. Einzelne blaue Lichtstrahlen berührten den Boden, und als sie wieder verschwanden, stand an ihrer Stelle ein Shinigami.

Fasziniert beobachtete Kasumi die Lichtstrahlen.

Die Lichtstrahlen führen in weitere Geschosse, erklärte der Wolf. *Wir sind hier in der Ankunftshalle. Die meisten Shinigamis kommen hierher, um Informationen auszutauschen, aber umso höher man steigt, umso häuslicher wird es. In den obersten Stockwerken befindet sich die königliche Familie.*

„Und genau zu dieser müssen wir. Genauer gesagt zum Shinigamikönig“, erklärte Aramis.

Es tut mir leid, aber keiner kann ohne Anmeldung zum Shinigamikönig gehen, wiedersprach der Wolf.

Wir haben vom Drachenkönig den Auftrag bekommen, sagte Lothard nüchtern.

Der Wolf drehte sich rasch um. Seine blauen Augen streiften die grünen von Lothard. Den zuvor aufgerichteten Schwanz zog der Shinigami zwischen seine Beine, drückte damit seine Angst und Unterwürfigkeit aus.

Wenn das so ist, dann folgt mir bitte, gab der Shinigami klein bei.

Er lief zu dem großen Brunnen und hüllte alle in seine Magie ein. Kurze Zeit später erschien ein Lichtstrahl und brachte sie in die oberen Höhlen. Dort angekommen, sah die Höhle ganz anders aus. Auf der einen Seite gab es Höhlen, die gegen außen hin offen waren und den Blick auf die Nila-Fälle offenbarten. Die anderen Seiten zierten Türen, die die Höhlen verschlossen. In diesem Stockwerk führten keine Lichtstrahlen weiter, sondern nur noch Treppen.

Dies dient zu unserem Schutz, erklärte der Shinigami. *Wir können nur bis zu gewissen Höhlen mit Magie gelangen, die restlichen können wir nur zu Fuß betreten.*

Die Treppe ging weit hinauf und so folgten sie dem Shinigami. Die anderen Stockwerke sahen in etwa gleich aus wie das zuvorige, doch umso höher sie kamen, desto prunkvoller wurde es. An den Wänden waren Malereien angebracht, die verschiedene Shinigamis zeigten.

Das sind die Urur…, der Shinigami stockte, *irgendwelche Enkel des Königs. Sie sind die niedrigsten, weswegen sie nur in der zehnten Höhle leben. Insgesamt gibt es zwanzig Ebenen. Die oberste Ebene gehört dem Shinigamikönig ganz allein.*

Die Treppe verbreiterte sich allmählich, wodurch auch Lothard sie benutzen konnte. Der Wolf erklärte, dass, umso älter die Shinigamis waren, desto größer waren sie, deswegen war die Treppe in den obersten Höhlen breiter und fester. Sie konnte mehr Gewicht aushalten, sogar die Masse eines echten Drachen. Auch die Wandmalereien wurden kunstvoller und stellten Schlachten der Shinigamis dar. Meist waren es Kriege gegen Menschen, Elfen oder Drachen. Ein Krieg gegen die Tenshis gab es so gut wie nicht.

Unsere beiden Rassen sind schon seit Anbeginn befreundet, oft herrscht zwischen Shinigamis und Tenshis ein Band des Vertrauens, so auch zwischen dem Shinigamikönig und der Königin der Tenshis, erklärte der Wolf weiter.

Sie stiegen weiter hinauf, wobei der Wolf kaum still sein konnte. Immer wieder erzählte er etwas Neues, entweder über die königliche Familie, die Kriege oder über den blauen Berg selbst.

Seit unsere Rasse von Lorn geschaffen wurde, leben wir schon in diesem Berg. Damals war der Shinigamikönig kaum größer als ein Pferd und trotzdem mächtiger als wir alle zusammen. Der blaue Berg bestand damals nur aus drei Höhlen. Eine für die Männchen, eine für die Weibchen und ihre Jungen und eine für unseren König. Doch je mehr wie wurden, umso mehr Höhlen brauchten wir. Zuerst lebten wir in der Ankunftshalle, doch mit der Zeit erbaute der König diesen Berg. Die oberen Treppen wurden breiter gebaut, da der König gewaltige Ausmaße annahm und auch seine Söhne wurden größer. In diesem Berg sind schon über zehntausend Shinigamis auf die Welt gekommen und in keinem Krieg wurde er eingenommen. Er sieht zwar nicht so aus, aber er ist ideal zum Verteidigen. Es gibt drei Eingänge auf dem Erdboden und die Eingänge in die verschiedenen offenen Höhlen, doch bis auf die Drachen stellte keiner von den anderen Rassen eine Gefahr für diese Eingänge dar.

Wie lange braucht es noch?, unterbrach Akiko die Erzählung.

Nur noch zwei Treppen und wir sind da.

Doch die zwei Treppen zogen sich hin, und bevor sie überhaupt die letzte Treppe betreten durften, wurden sie von Shinigamis untersucht und ihnen ein Magieverbot aufgezwungen. Erst dann durften sie die letzte Treppe besteigen. Diese war nicht wie die anderen gewunden, sondern ging gerade hinauf. Hundert Stufen waren es, nicht einmal der Tempel des Drachenkönigs besaß so viele Treppenstufen. Als sie die letzte Stufe bezwungen hatten, standen sie in einer kleinen Höhle, an deren Ende sich eine weitere Tür befand. Auch diese war blau, doch schimmerte sie in allen möglichen Farben des Himmels und des Meeres. Fasziniert beobachtete Kasumi die Variationen von Blau.

Das letzte Stück müsst ihr allein gehen, sagte der Wolf.

„Vielen Dank für deine Hilfe", erwiderte Sharana und trat auf die Tür zu. Kasumi folgte ihr zögerlich, wobei ihr erst jetzt auffiel, dass sie in den letzten zehn Höhlen keinem Shinigami begegnet waren. Ihre Unruhe nahm zu. Sobald Sharana die Tür öffnete, war es um Kasumi geschehen. Sie verwandelte sich, alles in ihr sträubte sich und sie wollte nichts lieber als weg. Hinter der Tür befanden sich mehrere Shinigamis und obwohl sie Tiergestalten besaßen, hatten sie nicht die normale Größe, sondern waren meist doppelt so groß. Am Ende der Höhle stand der Shinigamikönig. Seine weißen Drachenschuppen zogen alles Licht an und seine eisblauen Augen musterten die Neuankömmlinge.

Wer wagt es, mich zu unterbrechen?, ertönte eine uralte Stimme in Kasumis Geist.

Sofort waren Lothard und Aramis zur Stelle. Wie selbstverständlich schritten sie in den Raum, folgten dem Weg zum König und verneigten sich elegant.

„Verzeiht unsere Störung, aber wir haben wichtige Kunde", erklärte Aramis.

Eure Kunde interessiert uns nicht, wir haben selbst genug Probleme und wollen uns nicht in euren Krieg einmischen.

„Das Bündnis der Götter", drang es aus Kasumis Mund. Sie befand sich wieder in ihrer menschlichen Gestalt. „Ihr müsst, so schreibt es das Gesetz vor."

Alle Augen richteten sich auf Kasumi. Blaue Augen musterten sie und ließen sie nicht mehr los. Hinter ihr versteckte sich Akiko, und Joru stand angriffsbereit neben ihr.

Und wer bist du?, fragte der Shinigamikönig.

„Mein Name ist Kasumi und ich wurde von Eru höchstpersönlich gesegnet. Ich bin die Einzige, die den Schlächter besiegen kann, und laut dem Bündnis müsst Ihr mich unterstützen."

Woher sie den Mut für ihre Worte nahm, wusste sie nicht, aber es sprudelte einfach aus ihr heraus. Lautes Lachen folgte auf ihre Rede hin.

Interessiert hob der König den Kopf.

Tritt näher, mein Kind.

Vorsichtig schritt Kasumi den Gang entlang, dicht gefolgt von Akiko und Sharana. Flankiert wurde sie von Aquila und Joru. Vor dem König blieb sie stehen, während sich die anderen verneigten.

Die Augen des Shinigamikönigs nahmen sie gefangen, drangen tief in sie hinein, bis sie ihre Existenz erreicht hatten. Als er die weißgoldene Drachin erblickte, zog er sich zurück.

In der Tat, du sprichst die Wahrheit, aber wir können dir momentan nicht helfen.

„Wieso nicht?"

Ich bin schon alt und obwohl ich der König bin und die wichtigen Entscheidungen treffe, brauche ich trotzdem einen Stellvertreter, der anstelle von mir die Shinigamis regiert. Leider ist er vor ein paar Tagen verstorben, wodurch wir einen neuen wählen müssen. Diese Wahlen dauern oft tagelang.

„Aber wir brauchen jetzt eure Hilfe. Heute Abend schon will der Schlächter das Drachenland angreifen und alle Drachen vernichten."

Wenn das so ist, dann müsst ihr ohne uns kämpfen.

Fassungslos starrte Kasumi den Shinigamikönig an. Trotz seiner gewaltigen Erscheinung war er kleiner als Seraphim.

Wie kann er uns nur im Stich lassen?, fragte Kasumi die zwei Löwentiger.

Ach, Kasumi, ich weiß auch nicht, aber wie es scheint, ist ihre Führung wichtiger als ein alles vernichtender Krieg, sagte Akiko traurig.

Kasumi schaute zu Joru, der still neben ihr stand, als ihr plötzlich eine Idee kam. Sie glitt tief in ihren Geist, bis nur noch Dunkelheit sie umgab, und suchte nach dem Band zu Joru.

So wie ich es mir dachte.

„Was für Voraussetzungen muss dein Stellvertreter haben?", fragte sie den König.

Er muss direkt von mir abstammen, entweder ein Sohn sein oder ein Enkel von mir. Aber alle meine Söhne kommen nicht in Frage und die Enkel streiten sich schon seit Tagen. Dazu kommt noch, dass kein Fähiger unter ihnen ist.

„Ich kenne einen Enkelsohn von dir."

Ach wirklich, und wer?

„Er steht direkt neben mir."

Sobald Kasumi es laut ausgesprochen hatte, wich Joru zurück.

Nein, Kasumi, das will ich nicht, teilte er ihr mit.

Du und deine Schwestern sind aus einem bestimmten Grund geboren. Akiko und Neha haben ihr Schicksal schon gefunden und deines wartet genau hier. Du stammst von königlichem Blut ab, Joru, und bist zu einem Anführer geboren, ermunterte sie den Löwentiger.

Aber ich bin nur zur Hälfte Shinigami.

Und Neha nur zur Hälfte Löwentigerin.

Aber …

Kein Aber, Joru!, schrie Kasumi und drehte sich zu dem Löwentiger um. *Wir brauchen die Hilfe der Shinigamis, und zwar jetzt, und du bist die einzige Möglichkeit, die wir haben.*

Mir gefällt es nicht, eine Möglichkeit zu sein.

Der einzige Sohn meines Jüngsten, sagte plötzlich der Shinigamikönig und stand auf. Seine mächtige Gestallt nahm fast den ganzen Raum ein. Ängstlich wichen alle anderen Shinigamis zurück und beobachteten, was der König machte. Seine eisblauen Augen schauten kurz über Kasumi und nahmen dann Joru in den Blick. Der Löwentiger erstarrte und konnte seinen Großvater nur noch wie gebannt ansehen.

In der Tat, in dir fließt die Magie der Shinigami. Doch auch noch etwas anderes. Etwas, das tief verborgen ist und dich zusammenhält. Ein Gespann aus drei. Die eine Königin, der andere ein Prinz und die Letzte der Schlüssel zu ihnen. Das Schicksal nimmt immer wieder merkwürdige Formen an, und doch, doch führt es uns in die richtige Zukunft.

Kurz drehte sich der Shinigamikönig wieder um und musterte den Rest seiner Sippe. Kasumi meinte etwas wie „Blut ist dicker als Wasser" zu hören, doch es war so leise, dass sie es sich auch eingebildet haben könnte. In diesem Moment erbebte der Berg, als der Shinigamikönig mit tiefer Stimme verkündete: *Meine geliebten Söhne, Enkel und Urenkel, vor euch steht mein neuer Stellvertreter.*

Fassungslos blickte Joru seinen Großvater an. Seine goldenen Augen blickten panisch zu Kasumi.

Nein, ich will das nicht, ich will meine Schwester nicht verlassen!, schrie Joru panisch.

Mein Enkel, du musst deine Schwester nicht verlassen, du kannst sie jederzeit besuchen oder sie dich.

Nein, nein, nein!

Magie explodierte um sie herum, als Joru anfing zu wüten. Seine Gestalt wuchs um das Doppelte und seine Fangzähne nahmen eine beunruhigende blaue Farbe an. Blaue Magiefäden umgaben den Löwentiger und ließen niemanden an sich heran.

Gib ihn frei!, ertönte Arubas Stimme plötzlich.

Sofort verstand Kasumi. Sie glitt in ihren Geist, in die Schwärze, in denen die Verbindung zu den Löwentigern war. Ein hellblauer Faden stach Kasumi ins Auge, der direkt zu Joru führte. Mit der Hand strich sie vorsichtig über die Verbindung. Kurz zögerte sie, doch dann überwand sie sich. *Es ist das Richtige*, dachte sie und trennte die Verbindung.

Ein Brüllen riss sie aus ihrem Geist. Vor ihr erblickte sie Joru, dessen goldenes Fell weiße Flecken bekam und in seine strahlend goldenen Augen mischte sich ein eisiges Blau. Die Magie-Explosion um ihn herum erlosch auf der Stelle.

Ich will das nicht, bitte Kasumi!, flehte Joru.

Es tut mir leid, aber meine Entscheidung ist gefallen. Joru, du gehörst hierhin.

Ängstlich wandte sich Joru an seine Schwester, doch ihre Gedanken waren zuversichtlich, genau wie die von Kasumi.

Kasumi hat recht, du bist hierfür geboren. Neha wird Königin und du ein Prinz, und doch werden wir immer zusammen sein.

Langsam ging der Löwentiger auf seine Schwester zu und umarmte sie. Beide fingen an zu schnurren. Nach einigen Sekunden löste sich Joru und trat zu dem Shinigamikönig.

Ich werde dein Stellvertreter, aber nur, wenn du und dein Volk Kasumi in der Schlacht beistehen werdet, forderte Joru.

So sei es, besiegelte der König und gab Joru einen Kuss auf die Stirn. Erneut drangen blaue Magiefäden aus seinem Körper und verteilten sich in der Höhle. Sie berührten jeden Shinigami, teilten ihnen mit, ein neuer Prinz sei gewählt, und verband Joru mit seinem neuen Volk.

Und nun ziehen wir in den Krieg!, schrie der Shinigamikönig.

Kaum war die Botschaft verkündet, erhoben sich alle Shinigamis gleichzeitig und stürmten davon.

Sie rüsten sich für den Krieg, erklärte der Shinigami. An Sharana gewandt fuhr er fort: *Ich werde deine Mutter über das Bündnis unterrichten und bin mir sicher, dass sie auch losziehen wird.*

„Das ist sehr freundlich von dir, aber ich denke, das ist nicht nötig", ertönte eine sanfte Stimme.

Suchend sah sich Kasumi um, dabei streifte ihr Blick die Decke, die kunstvoll bemalt war. Einige Augenblicke verlor sie sich in der Malerei.

„Es ist schon eine Weile her, Sharana", ertönte die Stimme erneut.

Über dem Shinigamikönig schwebte eine Tenshi mit zwei verschiedenfarbigen Flügeln, der eine war weiß, der andere schwarz. Ein grünes Seidenkleid bedeckte den Körper der Frau und ihre schwarzen lockigen Haare verbargen ihre blutroten Augen.

„Ja, das ist es, Mutter."

Vor Sharana landete die Tenshi und umarmte ihre Tochter. Leise flüsterte sie Sharana etwas in das rechte Ohr; hätte Kasumi kein Drachengehör gehabt, hätte sie es nicht verstanden.

„Ich habe die Kunde vernommen. Du hast alles richtig gemacht. Night hat ihren Weg gewählt. Ich bin stolz auf euch beide."

In die sonst gelassenen Augen von Sharana traten Tränen und sie drückte ihre Mutter noch fester.

„Vorsicht, ich möchte mich nicht schon jetzt verletzten", spaßte die Tenshi. Zu Kasumi gewandt erklärte sie: „Ich bin Lucia, die Königin der Tenshis und Mutter von Sharana. Ich habe deinen Ruf gehört, Auserwählte, und werde dir in die Schlacht folgen."

Kasumi blickte zwischen Lucia und Sharana hin und her und tatsächlich konnte sie eine Ähnlichkeit der beiden feststellen, konnte es aber immer noch nicht glauben. Obwohl sie Sharana noch nicht lange kannte, kam es ihr nicht vor, als hätte sie königliches Blut in sich.

„Keine Angst, du hast schon richtig gedacht. Sharana ist meine vierte Tochter und somit nicht Thronerbin, wodurch ich ihr viel mehr Freiheiten gab und sie eine Kämpferin wurde. Aber nun ist keine Zeit mehr. Die Sonne hat ihren Zenit erreicht und ihr müsst noch Vorbereitungen treffen", sagte die Königin.

Kasumi verstand nicht, doch Sharana nickte nur. Sie löste sich aus der Umarmung ihrer Mutter, sprach kurz mit dem Shinigamikönig. Auf ein Nicken des Königs hin schob sich eine Höhlenwand zur Seite und gab den Blick auf die Nila-Fälle frei.

„Komm, es wird Zeit, deine ganze Magie zu erwecken."

Die Feuerzeremonie

Sharana öffnete ihre Flügel und flog aus der Höhle. Kaum dass sie draußen war, drehte sie sich um und blickte Kasumi auffordernd an. Kasumi zögerte nur einen Augenblick, bevor sie sich in ihre Drachenform verwandelte und der Tenshi folgte. Akiko blieb bei dem Shinigamikönig und der Königin der Tenshis.

Über den Nila-Fällen hielt Sharana an und blickte in das klare Wasser. Sobald Kasumi aufgeschlossen hatte, landete die Tenshi auf einem Felsen. Da der Fels zu klein war für einen Drachen, musste sich Kasumi teilweise verwandeln. Ihr Körper wurde wieder menschlich, doch aus ihren Schulterblättern wuchsen ihr Flügel. Kaum dass sie den Boden berührte, verschwanden die Flügel.

„Und was jetzt?“, fragte sie die Tenshi.

„Jetzt steigst du in das Wasser und lässt dich von der Magie umspülen, der Rest wird dir dann schon offenbart.“

Kasumi zog ihr weißes Gewand aus und stieg in das Wasser. Zu ihrem Erstaunen fühlte sich das Wasser angenehm warm an. Sie glitt weiter hinein, bis ihr ganzer Körper von Wasser umgeben war, dann tauchte sie ihren Kopf unter und ließ sich treiben. Sie glitt tief in ihren Geist, tiefer als je zuvor. Zu dem Kern ihres Ursprungs. Dort erwartete sie bereits die Drachenseele, die gemütlich dalag. Ohne ein Wort gesellte sich Kasumi zu der Drachin und ließ die Magie über sich gleiten. Zuerst spürte sie keine Veränderung, doch dann fing sie plötzlich an zu brennen. Alles um sie verwandelte sich in ein Flammenmeer und sie schrie panisch auf.

Beruhige dich, hörte sie da die Stimme der Drachin. *Bevor du Feuerspucken kannst, musst du die Feuerzeremonie bestehen.*

Aber ich dachte, die hast du bestanden?

Habe ich auch, doch die Seele entfacht das Feuer, nicht der Körper.

Verstehen blitzte in Kasumis Augen auf. Sie besaß zwar den Körper der Drachin, doch wenn sie in dem Körper war, hatte sie nicht ihre Seele, sondern ihre menschliche Seele. Sie ließ sich vom Feuer durchströmen und zuckte zusammen, wenn sich die Flammen ihrem Körper näherten, doch schon bald stellte sie fest, dass sie keinen Schmerz verspürte, als plötzlich eine riesige Feuerwand auf sie zukam. Die Flammen umgarnten Kasumi, strichen über ihre Haut und drangen in ihr Mal ein. Ein Schrei bahnte sich aus ihrer Kehle, zu schmerzhaft war das Feuer, das sich tief in ihre Seele frass. Erst als es die goldene Kugel der Existenz erreicht hatte, ließ der Schmerz nach und Kasumi konnte wieder klar denken. Die Flammen umschwirrten die Existenz und drangen sacht in sie ein, bis sie ganz verschwanden, doch um ihren Körper tanzten sie noch immer. Langsam streckte Kasumi ihre Hand aus und berührte die Flammen. Das Feuer fühlte sich warm an, verbrannte aber nicht ihre Haut. Danach erstarben die Flammen und ließen nichts zurück. Erleichtert seufzte Kasumi auf, aber sie merkte, es war noch nicht vorbei. Vor ihr materialisierte sich Feuerblut. Die rote Klinge leuchtete unheimlich.

Du weißt, woraus diese Klinge besteht?, fragte die Drachin.

Ja, sie wurde aus dem Blut der einzigen Göttin geformt.

In ihr ist viel Magie. Sie kann nicht nur Magie aufsaugen, sondern sie auch wiedergeben oder die Magie des Trägers verstärken.

Ich verstehe nicht, worauf du hinauswillst.

Fühle es.

Kasumi verstand noch immer nicht, doch sie probierte es. Sie schloss die Augen und ließ sich treiben. Das sanfte Wasser umgab ihren Körper und das Gewicht des Schwertes umgarnte sie. *Nein, nicht das Gewicht*, dachte sie. *Die Magie.* Das Schwert fing in ihren Händen an zu summen, streckte feine Fäden nach ihrem Geist aus und suchte die Magiekugel. Dort nisteten sich die Fäden ein, wodurch die Magiekugel die gleiche Farbe wie das Schwert annahm. Gleichzeitig spürte Kasumi das vertraute Kribbeln der Magie auf ihrer Haut. Pure Magie überzog sie, drang in ihren Körper ein, verschmolz mit ihrem Blut und verstärkte ihren Herzschlag. Überrascht öffnete sie die Augen und sah die Welt in einem anderen Licht. Um sie herum flossen Fäden in einem strahlenden Gold und auch die Drachin vor ihr leuchtete von innen heraus golden.

Was ist das?

Das ist das Licht der Magie, erklärte die Drachin. *Nur wenige können es erblicken.*

Aber aus welchem Grund kann ich das sehen?

Ich nehme an, es ist die Magie, die dem Schwert innewohnt, die dir diese Fähigkeit verleiht.

Verwundert blickte Kasumi auf das Schwert vor ihr. Also hatte Sharana dies mit dem Erwecken ihrer ganzen Magie gemeint. Die Lichter der Magie schwebten um sie herum, die meisten waren golden, doch ein paar Fäden besaßen das typische Blau der Verteidigungsmagie. Nach und nach wurde Kasumi klar, was dies bedeutete. In einem Kampf könnte das ein Vorteil sein, wenn sie die Magie sah; dann wüsste sie immer, was ihr Gegner für einen Zauber weben wollte.

„Das ist wunderbar", sagte sie laut und konnte ihre Freude nicht unterdrücken.

Verwandle dich!, ertönte plötzlich Sharanas Stimme.

Kasumi blickte die Drachin an, die aufmunternd nickte. Vorsichtig trat Kasumi zur Drachin, legte ihre Hand auf das Herz der Drachin und ließ sich von der Magie durchströmen. In der Ferne spürte sie, wie sich ihr Körper in Rekordzeit verwandelte. Alles ging gleichzeitig vonstatten. Während ihre Haut durchsichtig wurde, verlängerten sich ihre Arme und aus ihren Schulterblättern wuchsen Flügel. Sobald ihre Beine kräftig waren, wurde ihr Steißbein verlängert, bekam Muskeln und einen Stachelkamm, bis es aussah wie ein Drachenschwanz. Zum Schluss veränderten sich ihre Augen und ihr Kopf wurde langgezogen, gleichzeitig sprossen die weißgoldenen Schuppen aus ihrer Haut. Durch die Verwandlung wurde sie in ihren Körper gerissen.

Die Welt vor ihr leuchtete in den Farben der Magie. Als sie sich zu Sharana umdrehte, strahlte die Tenshi in einem angenehmen Grün.

„Du erkennst die Zugehörigkeit von jedem Wesen, von welchem Gott es geschaffen wurde und welche der Grundmagien es beherrscht“, erklärte Sharana. „Doch jetzt will ich wissen: Kannst du Feuerspeien?“

Kasumi lächelte in sich hinein. Sie hatte schon oft die Drachen beim Feuerspucken beobachtet und fand es ziemlich leicht, aber wenn sie es selbst machen sollte, sah das anders aus. Sie versuchte tief einzuatmen, erinnerte sich an die Grundlagen des Feuers tief in sich und an die Erklärungen von der Tenshi. In ihren Lungen musste sie die Luft erwärmen und sie dann während des Ausatmens entzünden. Jeder Drache besaß eine Feuerblase, die sich im Rachen befand, sodass die Luft erst beim Ausblasen entzündet wurde. Langsam ließ sie die Luft mit Hilfe von ihrer natürlichen Magie erhitzen, öffnete ihren Rachen und ließ die Luft ausströmen. Während die Luft den Rachen verließ, streifte sie die Feuerblase, wodurch eine Feuersäule entstand, die sich in den Himmel richtete. Gleißend weiße Flammen verließen ihren Rachen und überzogen den Himmel mit Feuer. Immer wieder schoss Kasumi Flammen in den Himmel, doch je mehr Feuer sie entfachte, desto schwächer wurde sie.

„Okay, das reicht. Wie es aussieht, hast du die Feuerzeremonie bestanden, doch denke daran, das Feuer zehrt deine Magie und Kraft auf“, erklärte Sharana die Schwäche, die Kasumi spürte. „Nutze das Feuer nur im Notfall oder wenn du deinen Gegner auf Abstand halten willst.“

Kasumi nickte und verwandelte sich wieder zurück, dabei überzogen weiße Flammen ihren Körper. Überrascht blickte sie an sich hinab. Ihr ganzer Körper stand in Flammen.

„Keine Angst, das ist nur eine Nachwirkung der Feuerzeremonie“, erklärte Sharana. „Aber komm jetzt, es wird Zeit, dass du dem Schlächter gegenübertrittst.“

Kasumi blickte die Tenshi verwirrt an, doch Sharana hatte sich schon in die Lüfte erhoben. Kasumi wollte gerade aus dem Wasser steigen, als ihr plötzlich schwindelig wurde. Alles um sie herum fing an, sich zu drehen. Das Wasser, der Wind, der Himmel, ja sogar die Felsen. Damit sie nicht umfiel, streckte sie ihre Hand haltsuchend aus. In der Dunkelheit konnte sie fast nichts erkennen und tastete ins Leere. Ihr Kopf fühlte sich an, als würde er explodieren, und ihr Körper schwankte unaufhörlich. Magie entwich ihr, sammelte sich in der Luft um sie herum. Schreckliche Bilder erschienen. Bilder vom Tod von Hakaris, Feron und auch ein Bild, das den Tod ihrer Mutter zeigte. Ihr Kopf war getrennt von ihrem Körper und der Oberkörper lag nackt da, wobei der Brustkorb geöffnet war. Dort, wo sich das Herz befand, war gähnende Leere zu finden.

Kasumis Augen wurden riesig und ihr Magen fing an zu rebellieren, doch die Bilder hörten nicht mehr auf. Sie zeigten mehrere Tote. Viele davon waren Drachen. Ihre Körper waren bestialisch zugerichtet. Die Flügel waren ihnen ausgerissen worden und der Kopf fast durchtrennt. Auch der Schwanz oder einige Beine fehlten. Doch das grausamste Bild war ein frisch geschlüpfter Drache, dessen Schädel eingedrückt war und um dessen Kopf Blut auf dem Boden lag, das aussah wie ein Heiligerschein.

Nun konnte Kasumi ihren Mageninhalt nicht mehr behalten. Sie sackte in die Knie und übergab sich. Ihr ganzer Körper fing an zu zittern und die grausamen Bilder geisterten in ihrem Kopf herum. Tränen traten in ihre Augen, als sie an das Bild ihrer Mutter dachte. Sie hoffte, dass die Bilder nicht geschehen waren, doch tief in ihrem Herzen hatte sie schon seit einiger Zeit eine Lücke gespürt. Eine Lücke, die nicht mehr geschlossen werden konnte. Eine Lücke, die den Tod ihrer Mutter verkörperte.

„NEIN!“

Ihr Schrei hallte über das Wasser, schlug Wellen und wurde von allen Wesen gehört. Von weit her drang Akikos Brüllen an ihr Ohr, auch Joru schrie den Schmerz von Kasumi hinaus. In das Gebrüll der Löwentiger stimmten alle Shinigami mit ein und auch die Königin der Tenshis schrie.

Kasumi schrie, bis ihr Hals wund war, bis sie keine Kraft mehr hatte und zusammensackte. Ihr Körper glitt unter die Wasseroberfläche, und wie schon vor einiger Zeit wollte Kasumi nichts lieber als sterben.

Das werde ich nicht zulassen, sagte die Drachin sanft. *Der Schlächter ist dafür verantwortlich, das weißt du genau. Räche dich, räche all die Leben, die er genommen hat.*

Nur zögerlich drang die Stimme der Drachin in ihren Geist. Es dauerte einen Moment, bis Kasumi das Gehörte verarbeitet hatte, zu groß war der erlittene Schock.

Rache, was ist das schon? Die Rache hat ihn zu dem Monster gemacht, das er heute ist. Nein, Rache ist nicht das, was ich will.

Die Gedanken umschwirrten ihren Geist, festigten ihren Entschluss und brachten sie aus ihrem Schockzustand. Luftschnappend brach sie durch die Wasseroberfläche, krabbelte mit letzter Kraft an Land und ließ sich auf den Boden fallen.

„Ich möchte nur Frieden", flüsterte sie in den Wind, bevor sie ihr Bewusstsein verlor.

Schlacht um Ki'Hur

Immer wieder feuerte Tesfay eine Flammensäule auf die magisch verstärkte Strohpuppe, doch wie schon bei den vielen Treffern zuvor, konnte das Feuer keinen Schaden anrichten. Wütendes Gebrüll bahnte sich seinen Weg durch die Kehle und offenbarte eine weitere Flammensäule. Die goldenen Flammen wurden kurz bevor sie auf die Strohpuppe trafen zu eisigem Blau. Mit einem Knall brach die magische Barriere und nichts als ein Haufen Asche blieb von der Puppe zurück. Ein eigenartiges Gefühl breitete sich in Tesfays Magengegend aus. Es fühlte sich an, als würden Eisranken an seinen Eingeweiden zerren, seine Magie aufbrauchen und seine Lebenskraft absorbieren.

Geschwächt fiel er auf den Boden. Sein ganzer Körper zitterte von der angewandten Magie. Er hätte nie gedacht, dass die Magie von Ki'Hur ihn so schwächen würde. Schon zuvor hatte er die Eismagie angewandt, aber noch nie mit seinem Feuer.

Langsam, damit sein Körper Zeit hatte sich zu erholen, stand er auf und musterte die neun anderen Strohpuppen. Alle waren von einer magischen Barriere geschützt, jedoch jede stärker als die vorherige. Seine Augen fokussierten sein nächstes Ziel. Wieder zog er die Luft in seine Lungen, erwärmte sie und spie sie in einem Meer von Flammen aus. Wie schon zuvor wechselte das Feuer seine Farbe und zerstörte die Barriere. Sobald die Magie verschwand, sackte Tesfay wieder zusammen. Sein Körper fühlte sich an, als wäre er von dem Schlächter persönlich geschlagen worden. Aber er wollte nicht aufgeben. Eine weitere Strohpuppe fiel seiner Eismagie zum Opfer. Immer schwächer wurde sein Körper und bei der Vernichtung der vierten Puppe verwandelte er sich ohne sein Zutun. All seine Magie wich aus seinem Körper und hinterließ eine Leere. Eine Leere, die ihn in die Finsternis zog. Vor seinen Augen wurde es schwarz und er verlor das Bewusstsein.

Seine Seele glitt tief in seinen Geist, drang zu seiner Magiekugel vor und wartete dort einige Zeit. Nach kurzem Zögern wurde seine Seele tiefer in seinen Geist gezogen. Schwärze umwaberte ihn und zeigte ihm seinen Weg. Nach einiger Zeit leuchtete ein blaugoldenes Licht auf. Vorsichtig ging seine Seele zu dem Licht und vor Staunen blieb er wie angewurzelt stehen. Vor ihm befand sich seine Existenz, die golden leuchtete. In der goldenen Kugel flatterten einige blaue Farbfragmente. Seine Seele ging wie selbstverständlich auf die Existenz zu und drang in sie ein. Magie umspülte ihn, gab ihm neue Kraft und zeigte ihm auf, was die Eismagie war. Seine Existenz wurde schlagartig blau. Ein Wirbelwind schlang sich um ihn, trug ihn aus seinem Geist und direkt in seinen Körper.

Panisch öffnete Tesfay die Augen. Sein Körper hatte sich von allein gewandelt und er befand sich wieder in seiner Drachengestalt. Erleichtert atmete er tief durch, dabei berührten seine Schuppen etwas. Rasch sah er sich um, doch außer ihm und den Strohpuppen befand sich niemand in der Höhle. Wieder atmete er tief ein und wieder berührten seine Schuppen etwas. Dieses Mal drehte er sich langsam um seine Achse, konnte aber nichts entdecken.

Vielleicht verbirgt es sich mit Magie, dachte er und schloss die Augen. Vorsichtig ließ er ein wenig Magie aus seinem Körper strömen, erkundete damit die Höhle und konnte somit feststellen, wo sich Magie befand. Seine Magie strich über seine Schuppen. Scharf zog er die Luft durch die Zähne, als ihm bewusst wurde, dass sich über seinen Schuppen eine undurchdringliche Magieschicht befand. Als er wieder die Augen öffnete und seine Schuppen ansah, betrachtete er die Eismagie in seiner ganzen Pracht. Über seinen ganzen Körper erhob sich eine Eisschicht, die seinen Körper schützte. Bewundernd fuhr er mit den Krallen über das Eis. Kälte drang in seine Knochen und machte die Berührung zu etwas Schmerzhaftem. Erschreckt von dem Schmerz brüllte er auf, wobei sich ein weiteres Brüllen hinzugesellte.

Vor Tesfay erschien ein grünes Portal, aus dem Lothard fiel. Auf seinem Rücken saß Aramis, doch sobald sich das Portal geschlossen hatte, sprang der Elf von Lothards Rücken und landete vor Tesfay.

„Wir haben es noch rechtzeitig geschafft", brabbelte der Elf vor sich hin. Erst dann blickte er den goldenen Drachen an. „Gut, dass ich dich hier treffe, Tesfay. Wir haben ein Problem."

Mit schockierter Miene hörte sich Tesfay Aramis Geschichte an, dass der Schlächter noch diesen Abend zuschlagen würde. Sofort verwandelte sich Tesfay zurück, packte den Elfen an der Hand und zerrte ihn aus der Höhle. Mit Hilfe der Flugmagie teleportierte sich Tesfay direkt in den Tempel seines Vaters. Dieser lag erschöpft in dem Nest, die goldenen Augen drückten die Trauer um Hakaris aus.

„Vater, wir haben ein Problem", platzte Tesfay heraus.

„Ja, das haben wir. Weder die Shinigamis noch die Tenshis sind bis jetzt erschienen."

„Das werden sie, mein König. Wir sind heute Morgen beim …"

Weiter kam Aramis nicht mehr, da der Drachenkönig ihn unterbrach.

„Wir? Nicht Lothard und ich?"

„Nein, mein König. Kasumi war noch bei uns und mit ihr kamen Akiko, Joru, eine Tenshi und ein Shinigami. Aber das spielt jetzt keine Rolle. Wichtig ist nur, dass sich die Shinigamis und Tenshis uns anschließen werden. Die stärksten der Shinigamis werden jeden Moment hier auftauchen, doch die Tenshis werden nicht viel bewirken können, immerhin können sie keine Magie außerhalb ihres Landes einsetzen", erzählte der Elf.

„Das ist bekannt, jedoch wurde dieser Makel von Eru persönlich aufgehoben."

Überrascht blickte Tesfay seinen Vater an. Schon seit Generationen konnten die Drachenkönige mit dem Obersten Gott sprechen, aber dass ein Gott etwas aufhob, was er selbst veranlasst hatte, gab es so gut wie nie, und dass er das dann noch mitteilte …

„Unmöglich", platzte es aus Tesfay heraus.

„Wir sind im Krieg, mein Sohn. Da ist alles möglich."

„Apropos Krieg, wie soll ich das ausdrücken? Aber der Schlächter wird noch heute Abend einen erneuten Angriff starten."

„Und wieso hast du das nicht sofort gesagt?", schrie Seraphim wütend und erhob sich aus seinem Nest. Seine goldenen Augen funkelten. „Wir müssen alle Drachen unter fünfzig Jahren in die Drachenakademie bringen, die Verletzten natürlich auch. Und die Barriere muss verstärkt werden und …"

„Vater, die Barriere ist kein Schutz mehr."

Der Drachenkönig hielt inne und sah seinen Sohn traurig an.

„Ja, ich weiß, aber wir müssen alles versuchen, was wir können, egal ob es etwas nützt oder nicht. Sobald die Shinigamis eintreffen, können sie eine starke Barriere errichten, die den Schlächter einige Zeit lang aufhalten kann. Die Elfen sollen sich um die Verletzten kümmern", ordnete Seraphim an.

„Wie du wünschst, ich werde alle informieren", erwiderte Tesfay und trat aus dem Tempel. Die Mittagssonne stand hoch am Himmel, blendete seine empfindlichen Augen. Während er sich verwandelte, dachte er nur über eines nach.

Kasumi ist am Leben.

Eine goldene Flammensäule, gespickt von einzelnen blauen Flammen, erhob sich in den Himmel. Gleichzeitig schlug Tesfay mit seinen mächtigen Flügeln. Der Flug war kurz. Sobald er den Palast überflogen hatte, setzte er schon zur Landung an. Mit den Flügeln schlagend landete er vor einem goldenen Gebäude. Davor standen fünf schwarze Drachen, die auch als Wächterdrachen bekannt waren. Sobald sie den Prinzen erblickten, öffneten sie das weiße Tor. In seiner menschlichen Gestalt betrat er das Gebäude.

Eine Empfangshalle begrüßte ihn in dem Gebäude. An den Wänden befanden sich Bilder, die glorreiche Schlachten darstellten, und hoch an der Decke befand sich ein kleines Stück Glas, das Licht in die Halle brachte und den sonst dunklen Raum erleuchtete. An der gegenüberliegenden Seite befand sich eine Tür, die trotz ihrer Größe unscheinbar wirkte. Das matte Holz machte die Tür für ungeübte Augen unsichtbar und passte sich ideal an den dunklen Empfangsraum an. Zielsicher marschierte Tesfay auf die Holzpforte zu. Kurz davor hielt er an, atmete einmal tief ein und öffnete dann die Tür. Dahinter offenbarte sich ein riesiger Tisch, an dessen Seiten Drachen und Elfen saßen. Der Sitz am oberen Ende war noch frei, dieser gebührte dem Drachenkönig oder seinem Nachfolger. Da Hakaris verstorben war, musste Tesfay nun seine Pflichten übernehmen, dazu gehörten auch die Kriegssitzungen. Schon eine hatte er hinter sich, doch diese war die entscheidende.

Der Weg zu seinem Sitz kam ihm zu lange vor. Von allen Seiten wurde er beobachtet und jeder Fehler seinerseits registriert. Als er endlich seinen Platz erreichte, erblickte er zu seiner Rechten Kosuke, der stellvertretend für seinen Vater, den Elfenkönig, anwesend war. Links von Tesfay befand sich sein Onkel Ryohei, der zugleich der Befehlshaber der Drachenarmee war.

„Wir haben neue Informationen erhalten", teilte Tesfay den Anwesenden unvermittelt mit.

Ein Raunen ging durch den Raum und bevor Tesfay weiterreden konnte, sprachen alle durcheinander. Sie wollten wissen, wie es weitergehen würde oder wie man sich am besten verteidigen sollte. Doch bevor Tesfay eine der Fragen beantworten konnte, brüllte Ryohei laut auf.

„Jetzt seid doch alle mal still. Es bringt nichts, wenn alle reden. Nur einer hat das Wort und das ist Tesfaselassie!", schrie der blaue Drache wütend.

„Vielen Dank, Onkel. Wie ich bereits gesagt habe, habe ich neue Informationen. Aramis war kürzlich auf einer Mission, dadurch bekam er Einblick in die Pläne unseres Feindes, und nicht nur das, mit Hilfe von Kasumi und dem Löwentiger Joru konnten sie die Shinigamis und Tenshis überzeugen, uns bei der nächsten Schlacht beizustehen. Noch heute Nachmittag sollten die stärksten Shinigamis eintreffen und die Barriere von Kasumi erneuern. Aber leider gibt es auch schlechte Nachrichten. So weiß ich aus sicherer Quelle, dass noch heute Abend der Schlächter angreifen wird, und dieses Mal gibt es kein Entkommen. Entweder siegen wir oder er."

Schlagartig hörte man nichts mehr im Raum, nicht einmal das Atmen der Anwesenden. In ihren Mienen konnte Tesfay ablesen, wie die Nachricht sie schockte. Sogar sein Onkel, der Erfahrungen im Krieg hatte, war sprachlos. Sobald alle die Informationen verdaut hatten, räusperte sich Tesfay und setzte seine Rede fort.

„Mein Vater hat angeordnet, dass alle Drachen unter fünfzig Jahren und die Verletzten in die Drachenakademie gebracht werden. Dort sollen sie von Elfen behandelt werden. Die Shinigamis werden, wie schon gesagt, die Barriere verstärken. Alle kampferprobten Drachen müssen sich bei Ryohei melden und die, die noch nie in einer Schlacht gewesen sind, werden von Lothard eingewiesen. Wenn keine Fragen mehr bestehen, dann können wir mit der Verteidigung beginnen."

„Ich würde noch gern etwas fragen", meldete sich Kosuke.

Mit der rechten Hand signalisierte Tesfay ihm, dass er sein Anliegen vortragen könne.

„Einige Elfen sind ja mit Drachen verbunden und etwa ein Viertel in unserer Armee hat sich auf Angriffsmagie spezialisiert. Müssen sich die auch um die Verletzten kümmern?"

„Nein, wir brauchen jeden, der kämpfen kann, und auch einige der Heiler müssen hier in Navakaro bleiben, um die verletzten Krieger zu heilen. Jedoch können Elfen nicht viel gegen einen Drachen ausrichten", erklärte Tesfay und sah Kosuke mit hochgezogenen Brauen an. Leicht schüttelte der Elf den Kopf. Der Drachenprinz nahm dies als Zeichen auf, dass alles geklärt war, und erhob sich aus seinem Sitz. Die Aufteilungen waren so weit klar, sodass er sich in Ruhe auf die Schlacht vorbereiten konnte.

Während er durch die Holztür schritt, webte er um sich einen Teleportationszauber, der ihn tief in das Herz von Navakaro brachte. Als die Schwärze um ihn erblasste, befand er sich in dem Raum, in dem er Ki'Hurs Herz gefunden hatte. Auf dem Sockel befand sich noch immer die schwarze Kugel, doch der Geist des Eisdrachen konnte endlich Frieden finden und zu seinen Schöpfern zurückkehren.

Vorsichtig ging er auf die Kugel zu, berührte sie zugleich mit seiner Hand und seinem Geist. Schlagartig veränderte sich seine Sicht und er konnte nicht nur die Eismagie fühlen, sondern auch sehen. Die ganze Halle wurde von einer blauen Schicht umhüllt. Das Blau, in der Farbe des Himmels und des Eises, zeigte ihm die Geschichte der Eismagie, aus welchem Grund und wie sie entstanden war. Bilder flatterten an seinem geistigen Auge vorbei, zeigten Schlachtszenen gegen Menschen und Elfen, aber auch Bilder, in denen die Eismagie Hoffnung und Ruhe brachte. Allmählich begriff Tesfay die Anwendung der Magie und zog langsam seine Hand zurück, wodurch die blaue Schicht erblasste, doch noch immer spürte er die Magie. Nicht nur im Raum, sondern auch auf seiner Haut. Die Eisschicht auf seinen Schuppen umgab auch seinen menschlichen Körper. Ein angenehmes warmes Gefühl ging von ihr aus. Sie kribbelte ein wenig, doch er fühlte sich durch die Wärme sicher und wohl.

Während er seine Hände betrachtete, auf denen er die warme Eismagie spüren konnte, ertönte ein lautes Krachen, das die Halle zum Erbeben brachte. Mit einem Ruck hob er seinen Kopf. Über ihm zeigte die Decke Bilder des Grauens. Er sah, wie die Sonne unterging, und schon beim ersten Angriff des Schlächters war sie blutrot. Ein Schaudern fuhr seinen Rücken hinunter und ließ ihn schon ahnen, was die nächsten Bilder waren. Auf der Eisschicht erschien ein mächtiger schwarzer Drachen, um den mehrere Drachen flogen. Tesfays Schätzung nach waren es über hundert, die zum Schlächter übergelaufen waren. Eine blau schimmernde Barriere trennte die feindlichen Drachen vom Drachenland, doch als der schwarze Drache sein Feuer ausstieß, zerbrach die Barriere in tausend kleine Splitter, welche die verdutzten Shinigamis trafen. Durch die Anwendung der Magie geschwächt, musste sich das Volk von Lorn zurückziehen. Während die Drachen in das Land einzogen, versuchten die Elfen sie vom Boden aus abzuschießen. Rote Blitze zerteilten die Formation der Drachen und trafen zum Teil ihr Ziel. Kreischendes Gebrüll zierte den Himmel und einige Drachen stürzten schändlich ab, zerschellten auf dem Boden und ließen nichts mehr in dieser Welt zurück bis auf den geschundenen toten Körper. Mehrere Drachen fielen der Magie der Elfen zum Opfer, doch es waren bei weitem nicht genug. Einige der Feinde hatten die Elfen lokalisiert und griffen nun ihrerseits an. Als die ersten Elfen in Feuerregen getaucht wurden, zogen sich die restlichen unter die Erde zurück und flohen mit Teleportationsmagie zum ausgemachten Stützpunkt.

Währenddessen drangen die Feinde immer weiter in das Land vor. Einige hatten schon die schwebenden Inseln erreicht und attackierten sie. Ein paar der Drachen versuchten ihre Heimat zu verteidigen, doch sie fielen den Feinden zum Opfer. Der nun dunkle Himmel wurde von Blut gefüllt und sogar hier unten im Herzen von Navakaro konnte Tesfay die Schmerzensschreie hören und den Blutgeruch in der Luft riechen. Als dann der Schlächter persönlich die schwebende Insel angriff, sie in seine schwarzen Flammen tauchte und dadurch die vorhandene Magie der Götter zerstörte, fiel die Insel mit all ihren Bewohnern zu Boden und zersplitterte. Das Kreischen der Drachen, die im Innern festsaßen, ließ Tesfays Herz bluten. Er konnte die Bilder nicht mehr länger betrachten. Voller Wut verwandelte er sich, spürte, wie sich sein Eispanzer seiner Größe anpasste, und schrie seinen Zorn mit einer Flammensäule hinaus. Um sich herum webte er seine Magie und teleportierte sich hoch in den Himmel.

Die Schlacht war in vollem Gang. Brennende Drachen stürzten in die Tiefe und die Schreie der Sterbenden gellten über den Himmel. Der Blutgeruch erfüllte die Luft und ließ Tesfay zornig werden. Seine sonst gelangweilten Augen wurden zu wütenden Blitzen. Um ihn herum sank die Temperatur um mehrere Grade, als er beobachtete, wie die Magie des Schlächters eine weitere Insel angriff. Sofort eilten die Tenshis herbei und versuchten mit ihrer Flugmagie, die Insel in der Luft zu halten, doch der Schlächter war zu stark. Seine Flammen – oder waren es Schatten? – griffen die Tenshis an. Dadurch, dass sie sich auf ihre Magie konzentrierten, hatten sie keine Zeit, sich gegen die bösartige Magie zu wehren.

Mit lautem Getöse stürzte die Insel auf den Boden, zerschlug in Einzelteile und begrub die darin hausenden Drachen lebendig. Die panischen Schreie der Verunfallten machten Tesfay noch wütender. Um ihn herum tobte ein Eissturm, doch leider war dieser Sturm nicht zum Angriff gedacht. Frustriert brüllte er seine Wut hinaus, ermunterte die kämpfenden Drachen und schreckte die Feinde zurück.

Noch immer wartete er auf die Befehle seines Vaters. Hoffte oder bangte, dass bei ihm alles in Ordnung war, denn er war der letzte Drachenkönig, und wenn er in dieser Schlacht sterben würde, wäre ihre Rasse dem Untergang geweiht. Wieder erfasste Tesfay eine Unruhe und er wusste, dass er sie schon bald nicht mehr aushalten konnte.

Beruhige dich, mein Sohn, hörte er da plötzlich die Stimme seines Vaters klar in seinem Geist.

Geht es endlich los?

Ja, wir müssen Kasumi noch ein wenig Zeit verschaffen. Sobald die Sonne untergegangen ist, wird sie eintreffen. Bis dahin müssen wir durchhalten.

Tesfay verstand sofort. Er legte seine Flügel nahe an den Körper und ließ sich fallen. Während des Falls berührte er möglichst viele Drachen, die an seiner Seite kämpften. Magie zerrte an seinen Kräften, doch er gab nicht auf. Immer mehr Drachen berührte er, bis fast alle in der Nähe von Navakaro von einer schützenden Eisschicht umgeben waren. Zufrieden mit seinem Werk flog er zurück zum Tempel und landete vor dem Eingang.

Das stolze Haupt von seinem Vater begrüßte ihn. Seine roten Schuppen glänzten wieder und seine Augen schillerten im Schein der untergehenden Sonne wie flüssiges Gold.

„Bist du bereit?", fragte der Drachenkönig.

Auf ein Nicken von Tesfay hin stürzte sich sein Vater in die Schlacht, umgeben von einem Eispanzer, so blau wie der Himmel. *Ein Geschenk von Lorn,* dachte Tesfay, während er seinen Vater beobachtete. Geschwächt von der angewandten Magie konnte er nichts mehr machen, nur den Eispanzer seines Vaters verstärken und zusehen, wie Seraphim gegen den Schlächter kämpfte.

Als der blutrote Drache auf den Schwarzen traf, erschütterte eine Magieexplosion die Welt. Alles fing an zu beben und die schwebenden Inseln stürzten mit lautem Getöse zu Boden. Flüchtende Drachen versuchten sich in Sicherheit zu bringen, doch viele schafften es nicht rechtzeitig. Die Schmerzensschreie der Sterbenden gellten durch die Luft und entfachten in Tesfay eine Wut, die keine Grenze kannte. Er packte seine Magie und schleuderte sie seinem Vater entgegen. Der blaue Eispanzer um die roten Schuppen wurde verstärkt, wodurch der erste Angriff des Schlächters geblockt wurde.

Der zweite Schlag folgte kurz darauf. Im letzten Moment konnte der Drachenkönig dem Schlag ausweichen, er schlang seinen Schwanz um das Vorderbein des Schlächters und zog daran. Kurz verlor der Schwarze seinen Rhythmus. Seine Flügel klappten durch den Sog zusammen und der Ruck zerrte ihn mehrere Meter durch die Luft. Verwirrt schüttelte der Schlächter den Kopf, versuchte sich zu orientieren, doch bevor ihm bewusst wurde, was geschah, bohrten sich bereits goldene Krallen in seinen Brustkorb.

Der Schrei hallte weit über den Himmel, ließ Tesfay vor Schadenfreude lächeln und machte allen Feinden Angst. Als die Anhänger des Schlächters sahen, wie ihr Anführer verletzt wurde, brachen sie in Panik aus. Dies nutzte Tesfay. Wie schon zuvor ließ er seine Magie frei, doch dieses Mal gezielter. Eisranken bahnten sich einen Weg durch seine Blutbahnen, schlangen sich um sein Herz und zogen die Magie von Ki'Hur aus ihm heraus. Augenblicklich sank die Temperatur um ihn um mehrere Grade. Die kühle Luft hüllte ihn ein, breitete sich über den Himmel aus und griff jeden Drachen an, der ein Feind war.

Wieder zerrissen Schreie die Luft, aber Tesfay ignorierte alle. Während sein Vater weiter gegen den Schlächter kämpfte, ihn immer weiter zurückdrängte, half Tesfay den verletzten Drachen und versuchte einige lebend aus den Trümmern der schwebenden Inseln zu bergen.

Steine lagen auf dem Boden zerstreut, einige waren glitschig vom Blut der Drachen. Immer wieder musste Tesfay darauf achten, dass er nicht ausrutschte und sich verletzte. Sein nackter Fuß trat in eine warme Masse, und als er an sich hinunterblickte, sah er einen Drachen, dessen Schädel von einem der Steine zerschmettert war. Schleim umfloss seinen Fuß, drang zwischen die Zehen und der Gestank … Der Gestank war fürchterlich. Schlimmer als alles, was er bis jetzt gerochen hatte.

„Ich hasse Hirnmasse", sagte seine Cousine leise hinter ihm.

Ihre roten Schuppen glänzten im Licht der untergehenden Sonne majestätisch, aber ihre Augen offenbarten die grausame Wahrheit. Angst, Panik und Wut. Ihre Augen wiederspiegelten seine Gefühle.

„Es ist hoffnungslos, Tesfay. Es gibt keine Überlebenden."

„Das wissen wir nicht, solange wir nichts getan haben", erwiderte Tesfay trotzig und begann mit seinen Händen die schweren Steine auf die Seite zu schieben.

„In deiner Drachengestalt würde es schneller gehen."

„Ich weiß, aber ich brauche die Magie, um meinen Vater zu verteidigen, und wäre ich ein Drache, könnte ich mich nicht unter Kontrolle halten."

Seine Hände rissen auf und Blut quoll hervor. Rotes Blut, das sich mit dem der Gefallenen vermischte. Traurig blickte Tesfay auf die vielen Leichen um sich. Alle in den Jahren ihrer Blüte, und alle durch einen Krieg, der sinnloser nicht sein konnte, vernichtet. Eine Träne bahnte sich seinen Weg über seine schmutzige Wange. Tesfay streckte seine Hand aus, fing den Wassertropfen auf und betrachtete ihn verwirrt.

„Wann habe ich das letzte Mal geweint?", fragte er Naiuschka.

„Als du fünf warst", gab sie überrascht zurück, dabei sah sie ihren Cousin mit weit aufgerissenen Augen an. Seit Nai denken konnte, hatte Tesfay nie seine Gefühle gezeigt, geschweige denn gelächelt oder geweint. Doch als sie ihn jetzt betrachtete, seinen Körper verschmutzt von den Rußpartikeln in der Luft, die blutenden Hände und den traurigen Blick, bemerkte sie, dass er trotz allem Gefühle hatte. Plötzlich richtete er seine strahlend blauen Augen gegen den Himmel, kniff seine Augen zusammen und verkündete in einem Ton, der keine Zweifel aufkommen ließ: „Vater wird sterben."

Nachdem Seraphim den Schlächter einige Male traktieren konnte, war der Gegenschlag umso stärker. Die blutroten Augen leuchteten boshaft auf, als der schwarze Drache seine Klauen immer wieder auf den Eispanzer regnen ließ. Die Schläge gingen dem König durch Mark und Bein und er fühlte sich, als ob all seine Magie aus seinem Körper gezogen würde. Nach einiger Zeit sah der Drachenkönig eine Lücke zwischen den Schlägen. Wieder holte er mit dem Schwanz aus, ließ ihn kurz um das erstbeste Bein gleiten. Als der Schlächter die Berührung spürte, wich er zurück. Sofort nutzte Seraphim seine Chance, schlang den Schwanz um den eleganten langen Hals und riss den Schlächter in seine ausgefahrenen Klauen.

Große, runde, überraschte Augen blickten Seraphim an, doch bevor dieser den Schlächter ernsthaft verletzten konnte, öffnete dieser sein Maul und ließ Flammen in der Farbe der Nacht entgleiten. Die Flammen streiften nur leicht den Eispanzer, doch dies reichte aus. Ein Krachen ertönte, lauter als ein Brüllen, und zerbrach den schützenden Eispanzer. Seraphim konnte nur zusehen, wie der Schlächter seine boshafte Magie nutzte, um die Eismagie zu zerstören. Weit unter sich sah er Tesfay, wie er krampfhaft versuchte, die Magie aufrechtzuerhalten, aber der Schlächter war zu stark. Tesfay sackte in die Knie, seine Augen wurden glasig und dann entwich ihm seine ganze Magie.

Der Drachenkönig versuchte noch zu schreien, aber dafür war es zu spät. Der leblose Körper seines Sohnes sank auf den Boden, seine Augen waren weit aufgerissen und weiße Linien in seinem schmutzigen Gesicht zeugten von seinen Tränen.

„Mich kannst du haben, aber nicht meinen Sohn", sagte Seraphim mit erstickter Stimme.

Ich werde euch alle bekommen!, hallte die Stimme des Schlächters in seinem Geist nach.

Den Schmerz ignorierend löste sich Seraphim vom Griff des Schlächters und ließ sich in die Tiefe stürzen. Er sah, wie seine Nichte flüchtete, um nicht in den Kampf zu geraten. Kurz bevor er auf dem Boden aufschlug, öffnete Seraphim seine Flügel und eilte zu seinem Sohn. Vorsichtig nahm er ihn in seine Krallen und tat das, was den Drachenkönigen vor Jahren verboten wurde. Er blies seinen Lebenshauch in den Körper von Tesfay. Seine Kraft, Magie und sein Leben flossen aus ihm und in seinen Sohn hinein. Er spürte, wie seine Atmung flacher wurde, sein Herz langsamer schlug und seine Sicht sich trübte.

Bum …

Die Kraft verließ den Drachenkönig und er sackte in sich zusammen.

Bum …

Seine Magie schwebte in einer goldenen Wolke um ihn herum, drang in Tesfays Körper.

Bum …

Tesfay schlug die Augen auf. Golden wie die Sonne waren sie, umrandet von einem eisblauen Ring.

Bum …

Die Atmung des Drachenkönigs stellte sich ein.

Bum …

Seraphim spürte, dass dies der letzte Herzschlag in seinem Leben war.

Tesfay Augen wurden riesig, als er seinen Vater sah. Die sonst so flammend roten Schuppen waren von einer grauen Schicht überzogen und die goldenen Augen blickten getrübt auf ihn hinab. Warmer Wind streifte seine Wangen, blies ihm seine goldenen Haare aus dem Gesicht und überbrachte ihm den letzten Gedanken seines Vaters.

Lebe!

Blitzschnell und mit letzter Kraft drehte sich der Drachenkönig um, deckte seinen Sohn von dem Schlächter ab und erwartete den entscheidenden Hieb. Ein schwarzgrünes Schwert durchdrang den Körper von Seraphim. Blut spritzte in alle Richtungen, durchnässte den panischen Tesfay und legte sich wie ein Leichentuch auf den Erdboden.

Ein weiterer Hieb und der Schlächter hatte den Kopf des Drachenkönigs abgetrennt. Tesfay saß wie erstarrt dar, konnte nicht fassen, was gerade geschah. Sein Körper war blutgetränkt, doch es war nicht sein Leib, der schmerzte, sondern sein Herz. Ein Schrei voller Trauer und Wut wollte sich seinen Weg nach draußen bahnen, aber im letzten Moment erinnerte er sich an den Wunsch seines Vaters. Unter größter Anstrengung unterdrückte er seine Pein, rollte sich zusammen und fing still an zu weinen, dabei bemerkte er wie der Schlächter sich wandelte und langsam zum Kopf von Seraphim schlenderte.

Mit dem Fuß auf dem Kopf des Drachenkönigs rief der Schlächter, so laut, dass ihn alle hören konnten: „Auserwählte der Götter, zeige dich!“

Der Schlächter

Warmer Atem weckte Kasumi auf. Mühsam öffnete sie die Augen und blickte in amethystfarbene Augen. Vor Schreck hätte sie fast aufgeschrien.

Beruhige dich, ertönte die Stimme der Drachin.

Was ... Wo ...? Bevor Kasumi ihre Fragen stellen konnte, blickte sie sich um. Sie lag auf einer weichen Wolldecke und über ihr glitzerten die Sterne am nächtlichen Himmel. Vorsichtig drehte sie den Kopf, um die Umgebung genauer zu mustern. Um sie herum befand sich grünes Gras und die Drachin lag genau wie sie auf einer Decke. In der Ferne erkannte sie einen riesigen Berg, der die Nacht zu teilen schien. Unterhalb der Bergspitze leuchtete die Morgensonne, doch oberhalb regierte die Nacht. Starke Winde zerstreuten die Wolken und klares blaues Wasser umfloss den Berg. Einzelne Flammen drangen aus dem Gestein und offenbarten das Magma tief im Innern der Erde.

Wo sind wir hier?, fragte Kasumi die Drachin.

Dies ist der Entstehungsort der Götter. Das Wasser steht für Lorn, das Feuer für Naur, die Winde für Vilya, der Berg für Arda, die Morgensonne für Eru und die schwarze Nacht für Ama'inanak.

Ama'inanak? Diesen Namen hatte Kasumi noch nie gehört, vor allem nicht in Zusammenhang mit den Göttern.

Er ist derjenige, der die einzige Göttin getötet hat, daraufhin wurde er verbannt.

Nur langsam konnte Kasumi begreifen, was ihr die Drachin versuchte zu erklären.

Also haben sechs Götter unsere Welt erschaffen?

Nein, nur die ersten fünf. Ama'inanak wollte nichts gestalten.

Noch einmal blickte sich Kasumi um, zog die Faszination der Bilder tief in sich ein und versuchte so, sich die Götter vorzustellen. Nebst Eru mit seinen goldenen Schuppen und Augen erblickte sie plötzlich einen Drachen mit Schuppen, die dunkler waren als Schwarz. Kopfschüttelnd lachte sie über ihre eigene Phantasie, doch als sie noch einmal hinsah, waren die zwei Drachen nicht verschwunden. Der goldene befand sich vor der Sonne und der schwarze hoch am Himmel.

Du musst wissen, Ama'inanak war mit all seinen Geschwistern verbunden. Nur durch sie wurde er zu einem lebenden Wesen, nicht durch die alten Götter, nicht durch die Magie. Nein, durch die Liebe seiner Geschwister. Aber genau diese Liebe hatte ihn zerstört. Es ist traurig, aber nur wegen dieser Zuneigung wurde der Schlächter geboren, denn Eru entschied vor mehreren tausend Jahren, dass auch Ama'inanak etwas erschaffen durfte, das ihn verkörperte, und so paarte er sich mit einer Drachin. Aus ihrer Vereinigung heraus wurde der Schlächter geboren, erklärte die Drachin.

Überrascht blickte Kasumi die Drachin an. Ihre weißgoldenen Schuppen leuchteten in einem angenehmen Licht und ihre Augen erzählten von einem anderen Leben.

Doch leider war diese Erschaffung dazu bestimmt, eines Tages die Drachen zu zerstören. So hatte es Ama'inanak gesagt. Aber Eru … Die Stimme der Drachin stockte für kurze Zeit und Tränen bildeten sich in ihren Augen. *Aber Eru fand einen Weg, diese Zerstörung aufzuhalten, im Gegenzug für mein Leben.*

Nun konnte die Drachin nicht mehr an sich halten. Tränen flossen über ihre Schuppen, fielen zu Boden und bildeten einen kleinen See auf der Wolldecke.

Zuerst geschah alles so, wie Ama'inanak es wollte, und der Schlächter entstand. Dies alles nur, weil ich mein Leben aufgab, doch als die Götter eingriffen und die Magie des Schlächters versiegelten, war sein Plan gescheitert. Um seinen Sohn nicht zu verlieren, brachte er seinen Körper in Sicherheit, in der Hoffnung, dass eines Tages jemand seine Magie erneut freilässt. Dies geschah auch, doch Eru hatte sein Versprechen gehalten. In dem Moment, in dem ihm klar wurde, dass die Erweckung des Schlächters bevorstand, brachte er mich zurück ins Leben. In einer Form, mit der ich nicht gerechnet hatte. Lange Zeit fragte ich mich, wieso gerade du mein Körper wurdest, doch nun verstehe ich es. Dein Wille, die zu beschützen, die dir wichtig sind, ist auch mein Wille. Ein Lächeln stahl sich auf die Lippen der Drachin und ließ die Fangzähne aufblitzen.

Du bist genau gleich wie ich. Zusammen. Nur zusammen können wir diese Welt vom Bösen befreien.

Die Kehle von Kasumi fühlte sich zu trocken an, als dass Kasumi hätte reden können. All die Informationen über den Schlächter und auch über die Drachin waren zu viel für Kasumi. Als ihr plötzlich klar wurde, was die Drachin gesagt hatte. Sie wurde ins Leben zurückgerufen, weil der Schlächter am Erwachen war. Bevor sie die Drachin danach fragen konnte, blickte sie zu ihr auf und erkannte nichts außer Schmerz in ihrem Gesicht. Sie musste einmal leer schlucken, bevor sie ihre Stimme wiederfand.

„Ich werde kämpfen, mit dir zusammen."

Traurig und gleichzeitig glücklich senkte die Drachin den Kopf und stieß Kasumi an. Eine Welle aus Magie erfasste ihren Körper, packte ihn und zog ihn aus dieser Traumwelt in die reale Welt.

Bereit für die Schlacht öffnete Kasumi die Augen. Sofort peitschte ihr nächtlicher Wind ins Gesicht, blies ihr die Haare aus dem Gesicht und ließ sie am ganzen Körper zittern. Wärme strahlte von ihren Händen aus und vertrieb die Kälte. Genüsslich drückte sie ihre Hände weiter in das Warme, fühlte feine Haare. Erst nach kurzer Zeit merkte sie, dass ihre Hände in das Fell von Joru griffen.

Autsch, das tat weh!, meldete sich Joru bei ihr.

Sofort ließ Kasumi die Fellbüschel in ihren Händen los, doch als der Wind an ihr zerrte, packte sie wieder das Fell, dieses Mal aber mit einem lockeren Griff. Als sich ihr Körper an das Gefühl des Fliegens gewöhnt hatte, blickte sie sich um. Die rote Sonne war kaum noch auszumachen am Firmament, ließ aber den Himmel weiterhin in einem schaurig blutroten Licht erstrahlen. Verwirrt, dass es noch Tag war, fragte sie Joru danach.

Sieh hinter dich, sagte er nur.

Kasumi gehorchte und blickte hinter sich. Ihre Augen weiteten sich, als sie nichts außer tiefschwarzer Nacht sah.

Wir sind noch immer im Dämonenland und hier hat die Nacht bereits Einzug gehalten, doch sobald wir über die Grenze sind …

Kasumi spürte, wie sich ihre Härchen aufstellten und fremde Magie ihren Geist und Körper attackieren wollte. Gerade noch rechtzeitig schützte sie sich.

Siehst du, jetzt ist es wieder Tag.

Tatsächlich, Joru hatte recht. Die letzten Strahlen der Sonne kündigten das Ende des Tages an.

Macht euch bereit, sagte Sharana in Gedanken. *Wir werden bald das Schlachtfeld erreichen.*

In weiter Ferne nahmen sie ein Krachen war, so ohrenbetäubend laut, dass sich Kasumi die Ohren zuhalten musste. Nur wenige Sekunden später erreichten sie den Kampf. Blutgeruch erfüllte die Luft und Russpartikel von den Flammen der Drachen waberten am Himmel, verdreckten ihn und erschwerten die Sicht. Doch trotzdem konnte Kasumi mitansehen, wie der Drachenkönig sich über seinen Sohn beugte und ihm seine Magie gab. Mit Erschrecken stellte Kasumi fest, dass Tesfay für einige Momente tot war. Sobald der Magietransfer abgeschlossen war, öffnete der Prinz die Augen und sah seinen Vater an, im Wissen, was dieser getan hatte. Schneller als Kasumis Augen wahrnehmen konnten, drehte sich der Drachenkönig um und erwartete den letzten Angriff des Schlächters. Tränen trübten Kasumis Sicht und sie musste wegschauen. Als plötzlich die Stimme des Schlächters durch die Nacht hallte.

„Auserwählte der Götter, zeige dich!"

Als sie ihren Blick wieder dem Schlächter zuwandte, sah sie, dass dieser in schwarzen Kleidern und mit siegessicherem Blick auf dem Kopf des Drachenkönigs stand. Ihre Augen zuckten, als ihr bewusst wurde, dass sich der Kopf mehrere Meter vom Hals entfernt befand. Eine Blutlache hatte sich gebildet, die zwischen dem abgetrennten Kopf und dem Halsstupf den Boden befleckte. Wut, blinde Wut breitete sich in Kasumi aus und ohne auf die Konsequenzen zu achten, sprang sie von Joru, öffnete ihre Magie und zog Feuerblut hervor. Augenblicklich wechselte ihr Blick in die farbige Welt der Magie.

Über der ganzen Schlacht hing ein schwarzer Schleier, der vereinzelt von blauem Eis durchbrochen wurde. Ohne die Magie zuvor gesehen zu haben, wusste sie auch so, dass es sich um Eismagie von einem Eisdrachen und um die Schattenmagie des Schlächters handelte. Mit dem Schwert teilte sie die Schwärze entzwei und landete geschickt vor dem Schlächter. Seine ebenholzschwarzen Haare wehten in dem Wind und seine blutroten Augen blickten gierig auf sie hinunter.

Lass dich nicht von ihm berühren. Eine Berührung und er kann dir deine Magie aussaugen, erklärte die Drachin in ihrem Geist.

Bevor Kasumi weiter über die Warnung der Drachin nachdenken konnte, griff der Schlächter bereits an. Er schwang sein schwarzgrünes Schwert mit einer Geschwindigkeit und Präzision, die von jahrelanger Übung sprachen. Nur knapp konnte Kasumi dem ersten Schlag ausweichen. Trotz den wenigen Tagen, die sie Zeit gehabt hatte, mit dem Schwert zu trainieren, fühlte sie sich, als wäre sie mit dem Schwert in der Hand geboren. Den zweiten Schlag parierte sie oberhalb ihres Kopfes, doch die Wucht des Schlages hatte sie nicht kommen sehen. Mit einer Drehung wandte sie sich aus dem Griff. Noch in der Drehung schlug sie nach dem Schlächter, verfehlte ihn aber.

Ein tiefes, bösartiges Lachen ertönte hinter Kasumi. Ein Schauder lief ihr über den Rücken, als ihr klar wurde, was dieses Lachen bedeutete.

Er spielt nur mit mir, musste sie mit Erschrecken feststellen.

„Weißt du, ehrlich gesagt habe ich mehr erwartet. Eine Auserwählte, die die Barriere des Drachenlands wiederherstellen kann, habe ich mir anders vorgestellt, aber du …“ Wieder ertönte dieses Lachen, doch dieses Mal war es angenehmer. Tief in Kasumi erblühte eine Sehnsucht, die sie zuletzt bei Tesfay gefühlt hatte.

„Aber du, du bist nur eine verzogene Göre, die keine Ahnung hat, was oder wer ich bin.“

„Dann sag es mir“, forderte Kasumi, während sie den nächsten Schwertstreich abwehrte.

Ein Funkeln glitt über die Augen des Schlächters. Kasumi nahm die Veränderung wahr, bevor der Schlächter sie ausführte. Schwarze Magie sammelte sich um den Schlächter. Formten sich zu kleinen spitzen Dolchen, die aussahen, als könnten sie problemlos die Schuppen eines Drachen durchdringen. Sofort ging Kasumi auf Abstand zu dem mysteriösen Mann. Gerade noch rechtzeitig, denn im nächsten Moment wurden die schwarzen Dolche zu echten und griffen Kasumi an. Geschickt wich sie allen Angriffen aus. Dem überraschten Blick des Schlächters zu folgen, hatte er nicht erwartet, dass sie ausweichen konnte. Noch bevor der Schlächter seine Magie zu einem weiteren Angriff formen konnte, stürzte sie sich mit dem Schwert voraus auf den Mann.

Klirren erfüllte die Nacht, als die beiden Schwerter aufeinanderprallten. Immer und immer wieder lösten sie sich, um im nächsten Moment erneut zu kollidieren. Funken sprühten, erhellten die Dunkelheit und tauchten die beiden Kämpfer in silbernes Licht. Dabei wurde der Kontrast zwischen ihnen deutlich hervorgehoben. Der Schlächter mit seinen schwarzen Haaren und den schwarzen Kleidern personifizierte das pure Böse, während Kasumi mit ihren wallend weißen Haaren und in einer unscheinbaren Tracht aussah wie ein Engel.

Schweiß lief ihr den Rücken hinab und ließ das weiche Stoffhemd an ihrem Körper kleben wie eine zweite Haut. Der Kampf erforderte ihre ganze Geschicklichkeit, denn obwohl sie dank Sharana das Wissen und die Techniken des Schwertkampfes besaß, war ihr Körper bei weitem nicht genug stark.

„Wenn du mich für eine ungezogene Göre hältst, um es mit deinen Worten zu sagen, dann erzähl mir doch deine Geschichte", äußerte sich Kasumi zu der Bemerkung des Schlächters von vorhin. Ihr ganzer Körper fühlte sich allmählich taub an und sie war sich sicher, dass sie dies nicht mehr lange aushalten konnte.

Du machst das gut, ermunterte die Drachin sie. *Deine Taktik ist gut; wenn er reden muss, konzentriert er sich nicht ganz auf den Kampf.*

Die Worte der Drachin brachten Kasumi Hoffnung und tatsächlich fiel der Schlächter auf ihre Provokation herein.

„Wenn du schon sterben sollst, dann im Wissen warum", erwiderte der Schlächter und ein Lächeln glitt über seine Lippen. „Vor langer Zeit verliebte ich mich in eine Drachin. Sie besaß wunderschöne weißgoldene Schuppen und die gleiche Augenfarbe wie deine."

Kasumi stockte kurz. Diese Beschreibung passte haargenau auf die Drachenseele in ihrem Geist. Für einen kurzen Moment war sie abgelenkt. Sofort ergriff der Schlächter seine Chance und griff sie frontal an.

Weich aus!, schrie die Drachin, doch es war bereits zu spät.

Ein stechender Schmerz ließ Kasumi aufschreien. Ihre linke Schulter fühlte sich an, als würde sie brennen und ihre Beine fingen an zu zittern. Warmer Atem streifte ihre Wange.

„Wie fühlt es sich an, dieser Schmerz?"

Finger bohrten sich in die blutende Wunde an ihrem linken Arm und eine explosive Schmerzenswelle breitete sich in ihrem Körper aus. Ihr Schrei hallte durch die Nacht, wurde von dem Wind aufgefasst und im ganzen Land verteilt.

„Du musst wissen, auch ich habe Schmerz erfahren, doch meiner war weitaus schlimmer. Du sollst diese Schmerzen auch fühlen!", schrie der Schlächter und stieß sein Schwert in ihren Bauch.

Heißer Schmerz pulsierte durch ihre Adern. Bahnte sich seinen Weg bis hin zu ihren Nervenzellen. Glühende Eisen drangen in ihr Schmerzzentrum vor und ließen sie wie ein gequältes, dem Tode nahes Tier aufschreien.

Zu spät bemerkte Kasumi, dass der Schlächter sie am linken Arm gepackt hatte. Die zuvor alles versengenden Schmerzen in ihrer Schulter, versiegten im Angesicht einer viel größeren Pein. Nicht einmal die Wunde in ihrem Unterleib bereitete ihr diese Qualen wie das Aussaugen der Magie. Kasumi spürte, wie die bösartige schwarze Magie des Schlächters in ihren Körper eindrang und ihre ganze Lebenskraft, wie auch ihre Magie, aussaugte.

Du musst dich schützen!, schrie die Drachin, doch solange Kasumi es nicht zuließ, konnte die Drachin ihr nicht helfen.

Schützen, dachte Kasumi mit vernebeltem Verstand. *Was ist das?*

Nur langsam kamen die Erinnerungen zurück, überdeckten die Schmerzenswellen, die sowohl von ihrem Unterleib und ihrem Arm als auch von ihrem Geist ausgingen. Kasumi fühlte sich an, als würden hunderte Drachen gleichzeitig auf ihr herumtrampeln und sie magisch angreifen.

„Hast du noch nicht genug?“, fragte eine boshafte Stimme in weiter Ferne.

Mühsam öffnete Kasumi den Mund, doch kein Laut drang aus ihr heraus. In stummer Verzweiflung musste sie mitansehen, wie ihr die Lebensenergie gestohlen wurde.

Schwarze Ranken bahnten sich weiter vor, durchbrachen alle Schutzbarrieren in ihrem Geist und erreichten schlussendlich das Ziel. Die goldene Existenz von Kasumi lag dem Schlächter offen. Tastend schlich sich die schwarze Magie auf die goldene Kugel zu, doch bevor sie sie erreichte, tauchte eine Frau in weißem Gewand und schwarzen Haaren auf.

Aruba, dachte Kasumi müde. *Lass das.*

Doch die Wegleiterin hörte nicht auf Kasumi. Mit einem Schrei stürzte sich die Schwarzhaarige auf die Magie, versuchte sie aufzuhalten und attackierte sie mit gleisendem Licht.

„Als ob du mich noch aufhalten könntest!“, ertönte erneut die Stimme des Schlächters.

Eine der Ranken löste sich von den anderen und schlang sich um Arubas Beine. Wie ein Sack stürzte die Wegleiterin auf den Boden. Krampfhaft versuchte sie sich gegen die Magie zu wehren, doch die Ranke schlang sich immer enger um sie. Wickelte sich zuerst um ihre Beine und bahnte sich dann einen Weg zu ihrem Brustkorb.

„Zermalme sie.“

Der Befehl des Schlächters hallte in Kasumis Geist nach und ließ die dunkle Magie verstärken. Die Ranke wandte sich um den Brustkorb von Aruba und zog sich eng zusammen. Ein erstickter Schrei glitt über die Lippen von Aruba und erfüllte Kasumi mit unendlicher Qual. Blut quoll aus dem Mund der Wegleiterin und die sonst klaren Augen, die aussahen wie ein Bergsee, nahmen eine trübe graue Farbe an. Ein letztes Mal drückte die Ranke auf den Brustkorb. Berstende

Knochen erfüllten die Stille in Kasumis Geist und ein letzter Schrei bahnte sich aus der Kehle von Aruba, bevor ihr Oberkörper zerquetscht wurde und nichts weiter als ein deformierter Körper zurückblieb.

„Und nun zu dir, Auserwählte."

Abrupt hörten die Schmerzen von Kasumi auf und ihre Existenz leuchtete in einem strahlenden Gold auf. Heilmagie durchströmte ihren ganzen Körper, heilte ihre physischen wie auch psychischen Wunden. Ein Schrei, der sich zu einem Brüllen erhob, katapultierte die schwarze Magie aus ihrem Körper. Ihre Hände umfassten das schwarzgrüne Schwert, das noch immer in ihrem Unterleib steckte.

„Das hättest du nicht tun sollen", flüsterte sie leise und zog das Schwert mit einem Ruck aus der Wunde.

Der Schlächter taumelte rückwärts, seine Augen panisch aufgerissen.

„Wie ... Wie konntest du?"

Seine Frage ignorierend erhob sich Kasumi schwankend auf die Beine, stützte sich dabei auf Feuerblut ab.

„Du solltest mich nicht unterschätzen!", rief sie, sodass alle sie hören konnten. Mit lautem Gebrüll und erhobenem Schwert griff sie den Schlächter an, der sich von seiner Panik erholt hatte. Ihre Schwerter prallten aufeinander. Schwarz auf Rot. Böse auf Gut.

„Die Welt ist nicht so, wie du denkst", entgegnete der Schlächter, um Kasumi aus dem Konzept zu bringen. Doch ein zweites Mal ließ sie sich nicht ablenken. Ohne Unterbrechung ließ sie ihr Schwert auf den Schlächter prasseln, wich seinen Schlägen aus und bereitete im Hintergrund ihre Magie vor. Ihre Magiekugel wechselte die Farbe zu einem tiefen Rot, das die gleiche Farbe besaß wie die Augen des Schlächters.

„Mich interessiert die Welt nicht. Mich interessiert nur, wen du alles schon getötet hast."

„Ach, das sind einige", erklärte der Schlächter sachlich, während er einem Schlag von Kasumi auswich.

„Du hast Feron getötet!", schrie Kasumi. „Und meine Mutter! Und Aruba! Alle gehörten zu meiner Familie!"

Der magische Angriff traf den Schlächter direkt in den Magen. Durch die geballte Magie wurde er zurückgeschleudert, doch sein Schild hielt den meisten Schaden von ihm fern.

„Nicht nur du hast deine Geliebten verloren, sondern auch ich. Weißt du, wie es sich anfühlt, wenn man zusehen muss, wie die, die man liebt, vor den eigenen Augen getötet wurde! Weißt du das?"

Kasumi antwortete dem Schlächter mit einem weiteren Angriff. Während sie auf ihn zurannte, sank sie tief in ihren Geist, glitt bis zu ihrer Existenz hinunter, dort wo der Bund zwischen ihr und Feuerblut ruhte.

Agarwaen, ich rufe dich! Ich bitte dich, leihe mir deine Kraft, flüsterte sie in ihrem Geist. Sofort antwortete ihr das Schwert. Der rote Rubin im Griff fing an zu leuchten und aus ihm drang die Magie des Schwertes, gab Kasumi zusätzliche Kraft. Die Welt um Kasumi herum änderte sich erneut. Sie sah, wie der Schlächter auf sie zukam, sein Schwert weit hochhob und sie so attackieren wollte. Die Vision löste sich auf.

Nur noch wenige Meter trennten Kasumi von dem Schlächter. Sein Schwert befand sich noch auf der Höhe seiner Brust, doch von dem ließ sich Kasumi nicht täuschen. Bevor sie auf den Mann traf, drehte sie sich zur Seite und traf den Schlächter unterhalb seiner Rippe, zerschlug die schützenden Schilde und sah mit an, wie rotes Blut aus der Wunde floss.

Abrupt blieb der Schlächter stehen, das Schwert noch hochgehoben, und blickte auf die blutende Wunde. Ein verächtliches Lächeln glitt über sein Gesicht.

„Du hast es geschafft. Du hast mich tatsächlich getroffen."

Lautes Lachen erscholl. Der Schlächter hob seine Hand an den Kopf und strich durch seine seidigen Haare. Mit einem Grinsen auf den Lippen drehte er sich zu Kasumi um.

Kasumi und der Schlächter musterten sich gegenseitig. Warteten ab, was der Gegner machen würde, doch als der Schlächter sein Schwert in den Boden rammte und seine Hände darauf abstütze, war Kasumi verwirrt.

„Ich will, dass du es weißt, warum ich der bin, der ich bin. Nachdem meine Geliebte ermordet wurde, tötete ich ihre Mörder und floh dann zu meinem Vater. Dort erfuhr ich von dem Zwist zwischen den Göttern, denn es waren die alten Götter, die das Böse in diese Welt ließen. Mein Vater, der Herrscher über die schwarze Nacht, musste mit seiner Magie das Böse fernhalten, doch es vergiftete ihn, und so tötete er die einzige Göttin. Mit der Göttin starb das Gute, doch das Böse überdauerte, tief im Herzen meines Vaters. Als ich zu meinem Vater kam, sprang das Böse auf mich über, da ich voller Hass und Verzweiflung war. Ama'inanak prophezeite, dass dieses Böse die Drachen, die Erschaffung von Eru und somit von der Göttin, auslöschen würde. Nur das Gute könnte das Böse töten, doch da es schon lange tot ist, wird das Böse triumphieren und ich werde endlich meine Rache bekommen für das, was sie meiner Geliebten angetan haben."

Er sagt die Wahrheit, sagte die Drachin. *Nur die Drachenkönige wissen von dem Bösen, doch das Gute gibt es noch. Es lebt in uns allen.*

Kasumi gab die Worte der Drachin wieder.

„Lüge, alles Lüge. Das Gute starb und wird immer wieder sterben und genauso wirst auch du sterben!"

Ohne noch lange abzuwarten griff Kasumi den Schlächter an, dabei half ihr Agarwaen wieder und zeigte ihr auf, wie der Schlächter reagieren würde. Sie wartete, bis der Schlächter sie erreicht hatte, ließ sich auf den Boden fallen und schlug ihr Schwert auf den Oberschenkel des Schlächters. Eine blaue Schicht hielt das Schwert von seinem Ziel ab. Augenblicklich zog Kasumi Feuerblut zurück und stand wieder auf.

„Noch einmal wirst du mich nicht verletzen."

Der Angriff des Schlächters kam plötzlich. Noch bevor sie reagieren konnte, prallte das feindliche Schwert auf ihren Schild.

„Guruthos!", schrie der Schlächter.

Das Schwert leuchtete grün auf und durchdrang ihren Schild. Im letzten Moment konnte Kasumi dem Schlag ausweichen und leitete zu einem Gegenangriff über. Die Schwerter knallten aufeinander, immer und immer wieder, ohne dass jemand einen Treffer landete.

„Ich werde dich töten!", schrie der Schlächter und verstärkte seine Angriffe. Kasumi wurde weiter zurückgedrängt, konnte sich nur noch gegen die Schläge verteidigen und keinen Angriff mehr wagen.

Ich brauche mehr Kraft, dachte sie. Auf die Drachin konnte sie nur in ihrer Drachengestalt zählen, in Menschengeschalt war sie auf sich allein gestellt. *Bitte, irgendwer, gib mir Kraft!*

Sie spürte, wie eine Magiewelle, ausgehend von ihrem Mal, auf dem Rücken ihren Körper erschütterte. Das Mal fing an zu brennen und dehnte sich aus. Das Schwert des Zeichens stach in ihr Rückgrat, glitt ihr Rückenmark hinab und erfüllte ihren Körper mit neuer Energie. Der Drache wurde größer, schlängelte sich über ihren ganzen Körper, sein Schwanz wickelte sich um ihr rechtes Bein, während sich seine Hinterläufe über ihr anderes Bein ausstreckten. Seine Vorderbeine umarmten ihre Taille und sein mächtiger Kopf bahnte sich seinen Weg zu ihrem Herzen, über dem er sich in ihre Haut einbrannte. Sie spürte, wie sich ihre Magie regenerierte und erstarkte. Der Kreis ihres Mals breitete sich aus und umschloss ihren gesamten Körper in einem goldenen Schein. Die Schutzschilde verbanden sich mit dem goldenen Leuchten und wurden verstärkt. Magie durchströmte ihre Adern, gab ihr zusätzliche Kraft und machte sie stärker als je zuvor.

Ein Schrei bahnte sich aus ihrer Kehle und endete in einem wütenden Brüllen. Mit einer fließenden Drehung wich sie dem nächsten Schlag vom Schlächter aus und konterte mit einem Gegenangriff. Das Schwert lag weich und ruhig in ihrer Hand, ließ sich problemlos führen und machte das, was ihr Wille dem Schwert auftrug.

Bevor Kasumi klar wurde, was geschah, hörte sie bereits den Schlächter aufbrüllen. Über seinen Rücken zog sich eine tiefe Wunde, die bis auf die Wirbelsäule reichte. Das rote Blut floss in einem einzigen Schwall aus dem Schnitt.

„Du … Du … Wie kannst du es wagen?", schrie der Schlächter. Seine Augen blickten sie zornig an und sein Atem beschleunigte sich. „Das wirst du mir büßen!"

Die Haut des Schlächters riss auf und schwarze Schuppen überzogen ihn wie einen Panzer. Seine Finger wurden zu Krallen und seine

Zähne zu messerscharfen Waffen. Sein ganzer Körper erstrahlte in hellem Licht, während sich die Verwandlung vollzog. Seine Arme wurden länger, sein Kopf verformte sich und aus seinem Steißbein wuchs ein stachelübersäter Schwanz.

Er verwandelt sich, sagte die Drachin panisch.

Das sehe ich auch.

Die amethystfarbenen Augen der Drachin durchbohrten Kasumi. Die Zeit stand für wenige Sekunden still, es gab nur noch sie und die Drachin. Ihre Körper standen sich gegenüber, ihre Blicke fixierten einander und ihre Seelen befanden sich im Einklang.

Wirst du mir deine Kraft leihen?, fragte Kasumi die Drachin.

Zärtlich blickte die Drachin Kasumi an und sprach mit sanfter Stimme.

Ich werde dir in unserem letzten Kampf beistehen.

Synchron gingen sie aufeinander zu. Kurz bevor sie einander erreichten, streckte Kasumi ihre Hand aus und berührte die Drachin an der Stelle, an der das Herz saß. Ein Strom aus Bildern floss aus der Drachin in Kasumi hinein. Es waren Bilder, die sie schon seit einiger Zeit kannte. Schon mehr als einmal hatte sie diese Erlebnisse gesehen.

Du, du bist … sie?

Ja, ich bin Kuasara, die Geliebte des Schlächters.

Bevor Kasumi verdauen konnte, was sie erfahren hatte, spürte sie bereits die Magie der Verwandlung. Ihre Finger wurden zu Krallen, ihre Arme verlängerten sich, wurden zu Beinen, ihre Haut wurde durchscheinend, bekam Risse, aus denen weißgoldene Schuppen wuchsen. Ihr Steißbein verlängerte sich und wurde zu einem Schwanz, während sich ihr Gesicht verformte und ihre Sicht schärfer wurde. Ihre Zähne verlängerten sich und tief in ihrem Rachen spürte sie das Feuer, das jeder Drache besaß. Mit einem lauten Brüllen schloss sie die Verwandlung ab und blickte den schwarzen, schockierten Drachen an.

„Das ist unmöglich. Du kannst nicht … Du bist tot. Du … Ich habe es mit meinen eigenen Augen gesehen. Du wurdest getötet, deine Kehle rissen sie dir heraus und warfen dich achtlos zu Boden. Du kannst nicht leben", stammelte der Schlächter vor sich hin, während ihm dicke Tränen über die Schuppen liefen.

„Sie ist nicht tot. Sie wurde wiedergeboren", erwiderte Kasumi steif.

„Das weiß ich. Meine Schwester hat es mir erzählt, aber warum ... warum musstest du ausgerechnet als Auserwählte der Götter wiedergeboren werden?"

„Ich wurde nicht als Auserwählte wiedergeboren, ich teile nur mit ihr den Körper."

Die Augen des Schlächters nahmen ihre grüne Farbe wieder an. Immer wieder schüttelte er den Kopf und murmelte etwas vor sich hin.

„Ich kann nicht gegen dich kämpfen. Ich liebe dich."

„Die Liebe zwischen uns hat nie existiert. Ich war schon immer eine Marionette der Götter und du die deines Vaters. Schon vor unserer Geburt war es uns vorherbestimmt, dass wir uns auf dem Schlachtfeld begegnen würden."

„Was soll das heißen, die Liebe zwischen uns hat nie existiert?"

„So wie ich es gesagt habe. Aber um mich deutlich auszudrücken: Ich habe dich nie geliebt."

Das war hart, dachte Kasumi tief in sich, doch sie überließ das Reden Kuasara.

Ein tiefes, trauriges Brüllen erschütterte die Welt und die Augen des Schlächters wurden wieder blutrot.

„Du hast mich also nie geliebt?"

„Ja, so ist es."

„Dafür wirst du büßen!"

Mit einem Brüllen stürzte sich der schwarze Drache auf Kasumi, die nun wieder die Führung hatte. Geschickt wich sie den Klauen des Schlächters aus.

„Bringen wir es zu Ende ... Rajang."

Das Böse und das Gute

Der Name des Schlächters glitt ihr sanft und vertraut über die Lippen, hinterließ in ihr ein Gefühl der Wärme, doch woher sie den Namen kannte, war ihr nicht klar. Es brauchte einige Zeit, bis sich Kasumi in einer Höhle wiederfand, dessen Wände blutrot waren. Warox stand über ihr und flüsterte etwas in ihr Ohr. Sie verstand das Wort nicht, doch löste es etwas in ihr aus. Aruba zog das Wort in sich auf und plötzlich erstrahlte ihr Mal.

Rajang, der Name des Schlächters glitt durch ihren Geist und erfüllte sie mit einer tiefen Sehnsucht. Auf einmal war ihr klar, dass Warox ihr den Namen des Schlächters verraten hatte. Nur einer, der den Segen der Götter hatte, konnte einen verbotenen Namen aussprechen.

Wütendes Brüllen riss sie aus ihren Gedanken. Augenblicklich stürzte die Welt auf sie ein. Die Wärme des Vertrauten verschwand und hinterließ nur noch Trauer.

Eine schwarze Flammenwand bahnte sich ihren Weg zu ihr. Erschrocken wich sie aus, vergaß dabei, dass sie im Drachenkörper war, und wäre fast gestolpert. Über ihr zog der Schlächter seine Kreise und stieß immer wieder seine Flammen nach ihr aus.

Wir müssen auch in die Luft, sagte Kuasara zu ihr.

Kasumi hatte nur wenig Übung im Starten vom Boden aus, doch sie schaffte es trotzdem. Sie legte ihre Flügel fest an den Körper, spannte die Muskeln in ihren Hinterbeinen an und stieß sich mit aller Kraft ab. Sobald ihr Körper in der Luft war, spürte sie, wie die Erdanziehung nachließ, wodurch sie sich so leicht fühlte wie ein Vogel. Nach wenigen Augenblicken in der Schwerelosen öffnete sie ihre Flügel und schlug einmal kräftig mit ihnen. Der dadurch entstandene Wind ließ Tesfay unter ihr taumeln. Rasch fand Kasumi eine Thermik und ließ sich mit Hilfe der warmen Luft hoch hinauftragen.

Doch der Schlächter war nicht tatenlos herumgeflogen. Starke Magie hing in der Luft. Schwarze Fäden, ausgehend von Rajang, zogen sich durch den Himmel. Es sah aus wie ein Spinnennetz und Kasumi war dabei, sich darin zu verfangen. Die Magie, rau und bösartig, schlang sich um sie. Die Verlockung des Bösen drang in sie ein, suchte einen Weg zu ihrer Existenz. Schnell verschloss Kuasara den Geist von Kasumi.

Lass dich nicht von seiner Magie einlullen, warnte die Drachin.

Genervt seufzte Kasumi. *Ich werde schon aufpassen.*

Mit ihren goldenen Krallen machte sie sich daran, die schwarzen Fäden zu zerschneiden, um an den Schlächter ranzukommen, doch dieser hatte sich bereits auf ihre Taktik eingestellt. Brennender Schmerz schoss ihr durch die Arme, als sie versuchte, die Fäden zu zertrennen. Hastig zog sie ihre messerscharfen Klauen zurück. Diesen Moment der Unachtsamkeit nutzte Rajang aus. Sein schwarzer Körper glitt lautlos und fast unsichtbar durch die Nacht, nur durch das Zunehmen der Magie um sie herum wurde Kasumi gewarnt. Bevor der feindliche Drache aus der Nacht schoss, webte Kasumi einen starken Schutzzauber um sich herum.

Ein dumpfer Aufprall ließ sie in der Luft taumeln, als der Schlächter auf ihren Schild traf. Ihre Flügel sackten für einen Moment ab. Sofort verlor sie an Höhe. Ein Bild schoss ihr durch den Kopf. Der Drachenkönig, der seinen Schwanz um eines der Beine von Rajang schlang und ihn zu sich heranzog.

Woher kenne ich das?, fragte sich Kasumi.

Das sind Abbilder der Schlacht, die durch die viele Magie in der Luft auftauchen, erklärte Kuasara.

Kasumi streckte ihren Schwanz aus, spürte die warmen, schwarzen Schuppen des Schlächters unter der Muskelkraft ihres Schwanzes. Sofort schlang sie ihn um Rajang und zog fest daran. Gemeinsam fielen sie in die Tiefe. Während des Falls schlang auch Rajang seinen Schwanz um sie, zog sie fest an sich und schlug dann seine Klauen in ihren Schild. Blaues Licht erfüllte die Nacht, als der Schild nachgab und zerbrach. Rote Krallen bohrten sich in den ungeschützten Bauch von Kasumi und rissen die zuvor verheilte Wunde erneut auf. Blut spritzte durch die Luft und ließ Kasumi schmerzhaft aufschreien. Ihre Nervenbahnen fühlten sich an, als würden sie brennen, doch der Schmerz war tiefer als alles andere zuvor. Er drang tief in ihren Geist ein, rüttelte an ihrer Existenz, zerstörte ihre Magie und ließ ihre Seele zerspringen. Bösartige Magie drang in sie ein, suchte den Weg zu ihrer Existenz und fand sie ungeschützt vor.

Wie erbärmlich ihr seid!, ertönte die tiefe, wohlklingende Stimme des Schlächters. *Nicht einmal zu zweit könnt ihr mich aufhalten!*

Das hämische Lachen drang zu Kasumi vor und ließ sie ihre Augen aufschlagen. Um sie herum glänzte es golden. Der Schmerz war verschwunden und sie befand sich wieder in ihrer menschlichen Gestalt. Als sie sich umblickte, entdeckte sie Kuasara, die aus einer tiefen Wunde am Bauch blutete.

Oh nein, dachte Kasumi und rannte auf die Drachin zu. *Was ist passiert?*, fragte sie panisch.

Wir können nicht gewinnen, brachte Kuasara mit erstickter Stimme hervor.

Tränen traten Kasumi in die Augen, als sie sah, wie die Drachin litt. Sie streckte ihre Hand aus, fuhr vorsichtig über die Wunde und ließ ihre Magie frei. Schmerz explodierte in ihrem Geist und ließ sie zurückschrecken. Panisch glitt sie in ihren Geist und suchte nach ihrer Magiekugel, doch sie fand nichts außer feinen weißen Splittern.

Er hat unsere Magie zerstört.

Aber … aber wie konnte er das?

Ich habe zu wenig aufgepasst. Die Fäden, die aussahen wie ein Spinnennetz, waren die uralte Magie seines Vaters, dem Drachen, der über die schwarze Nacht herrschte. Ich habe nicht gewusst, dass auch Rajang diese Magie beherrscht, doch sie ist die schlimmste,, die existiert. Sie hat keinen Namen, aber jeder weiß, was sie anrichten kann. Eine kleine Unaufmerksamkeit, eine kleine Unsicherheit, und man ist verloren. Die Magie dringt in dich ein und zerstört nach und nach deine Magie, deine Seele und deine Existenz, erklärte Kuasara erschöpft.

Nur langsam wurde Kasumi klar, was dies bedeutete. Wenn sie keine Magie wirken könnte, dann könnte sie sich auch nicht verteidigen und wäre dem Schlächter schutzlos ausgeliefert.

Ihr werdet beide sterben, ertönte die Stimme des Schlächters erneut.

Mit einer Ruhe, die Kasumi nicht verspürte, blickte sie sich in ihrem goldenen Käfig um. Sie wusste, sie war schon einmal hier gewesen, doch wann, wann war dies?

„Natürlich“, sagte sie. „Wir sind in meiner Existenz.“

Ja, unsere Seelen haben sich an den einzigen sicheren Ort zurückgezogen, den sie kennen.

„Ich habe eine Idee, Kuasara. Du hast gesagt, dass das Gute noch immer existiert, und zwar in uns allen. Momentan verkörpert Rajang das Böse, also müssen wir das Gute sein.“

Das ist unmöglich.

„Aber du und auch er haben gesagt, dass nur das Gute das Böse besiegen kann.“

Ja, aber ich erinnere mich nicht mehr an das Gute, weder in mir noch in jemand anderem, sagte die Drachin traurig.

Erneut blickte sich Kasumi um, entdeckte jedoch keinen Ausweg. Wieder war sie kurz davor, erneut zu weinen, nur die Anwesenheit von Kuasara verhinderte dies. Mit der Drachin an ihrer Seite fühlte sie sich stärker, machtvoller. Frustriert über ihr Versagen ballte sie ihre Hände zu Fäusten. Sie wollte noch nicht aufgeben, sie wollte kämpfen und siegen, sie wollte ihre Freunde und ihre Familie beschützen, alle Drachen, die sie kannte, und auch die, die sie nicht kannte. Einzelne Tränen rollten ihr über die Wangen. Rasch wischte sie sie ab, doch Kuasara hatte sie schon entdeckt. Traurige, schmerzerfüllte amethystfarbene Augen blickten sie an.

Woher hast du die Wunde?, fragte Kasumi auf einmal.

Rajang hat sie mir zugefügt, als er seine Klauen in meinen Bauch bohrte.

Deinen Bauch? Ich war doch in deinem Körper.

Ja, aber nur der Körper hat den Schaden erlitten, nicht der Geist.

Augenblicklich schoss Kasumi eine neue Idee durch den Kopf. In Gedanken teilte sie der Drachin mit, was sie tun wollte. Kuasara blickte sie überrascht an.

Ja, das könnte vielleicht funktionieren, erwiderte sie auf Kasumis Idee.

Vorsichtig stand Kasumi auf und ging zu der Drachin, legte ihre Hand auf die Schuppen oberhalb des Herzens und glitt in den Geist von Kuasara. Dort fand sie eine intakte Magiekugel vor. Schmerz erfüllte Kasumi, als sie vorsichtig mit Kuasara die Seele tauschte. Kasumi glitt in den Körper der Drachin und Kuasara in den von Kasumi. Es fühlte sich merkwürdig und vertraut zugleich an. Zum ersten Mal war sie wirklich ein Drache und Kuasara zum ersten Mal ein Mensch.

Bring es zu Ende, Kuasara. Du bist unsere letzte Hoffnung.

Nur mit Mühe konnte Kuasara nicken, da der menschliche Körper für sie noch ungewohnt war. Sie war es nicht gewohnt, auf zwei Beinen zu gehen, keine Flügel zu haben und das Feuer in ihren Lungen nicht zu spüren, doch die Hoffnung von Kasumi gab ihr Kraft.

Kuasara streckte vorsichtig ihre Magie aus, tastete die Existenz ab und fand einen Spalt, der für sie offen stand.

Kasumi, ich danke dir. Durch dich habe ich erneut erfahren, was Freundschaft und auch Liebe bedeutet, sagte Kuasara, bevor sie sich aus der goldenen Kugel teleportierte.

Es fühlte sich anders an als in ihrem Drachenkörper. Der Körper, den sie nun besaß, war schwach und nackt, wie sie mit Bestürzung feststellen musste. Das Mal der ersten Götter hatte sich auf dem ganzen Körper ausgebreitet und verstärkte die Magie von Kuasara. Durch die Teleportation befand sie sich außerhalb der Existenz, aber noch immer in ihrem Geist. Die goldene Kugel leuchtete sanft vor sich hin, und als Kuasara sie näher betrachtete, konnte sie Kasumi in ihrem Körper erkennen. Sie lag zusammengesunken da, sowohl körperlich als auch geistig dem Tode nahe.

Wenn sie stirbt, werde auch ich sterben, dachte Kuasara. *Ich muss es schnell zu Ende bringen.*

Sie drehte sich um und erblickte ihren Geliebten in menschlicher Gestalt. Ein hämisches Lachen, das sie immer an ihm geliebt hatte, zierte sein Gesicht und seine Augen funkelten aufgeregt.

„Du hast also meine Magie überlebt“, sagte er anerkennend.

Kuasara wusste, dass sie ihn nicht täuschen konnte. Vorsichtig, damit er sich auf sie konzentrierte, schritt sie von der Existenz und der geschwächten Kasumi fort.

„Nein, deine Magie hat die Magiekugel der Auserwählten der Götter zerstört. Sie wird nicht mehr lange leben, doch da ihr Körper und mein Geist noch intakt sind, werde ich an ihrer Stelle gegen dich kämpfen", erwiderte Kuasara und hatte ihren Zauber beendet, den sie während ihrer Ansprache aufgebaut hatte. Es war simple Magie, doch wirkungsvoll. Mit einer leichten Krümmung ihres Zeigefingers ließ sie die Magie frei. Ein Wirbelwind entstand, brauste um sie herum und nahm an Stärke zu. Mit voller Wucht rammte er den Schlächter, der wie perplex dastand und nicht glauben konnte, was sie ihm erzählt hatte. Der Sturm schleuderte Rajang mitsamt seiner Magie aus Kuasaras Geist, und endlich konnte auch sie aus ihrem Geist zurück in ihren Körper gleiten, doch es war nicht ihr Körper, es war Kasumis. Vor Schreck, dass sie keine Flügel mehr hatte, hätte sie beinahe aufgeschrien, doch das wundervolle Gesicht von Rajang mit den klaren grünen Augen beruhigte sie auf der Stelle.

Was, wieso ist auch er in menschlicher Gestalt?, dachte sie und konnte sich seinem hypnotisierenden Blick nicht entziehen.

Unter ihr sah sie den Erdboden, der in rasantem Tempo auf sie zuraste. Mühsam entzog sie sich dem Griff von Rajang, bis er sie nur noch an einer Hand festhalten konnte.

„Ich werde nicht gegen dich verlieren!", schrie sie in die Nacht hinaus und war erstaunt, wie schwach ihre Stimme tönte. Mit einem kräftigen Ruck befreite sie auch ihre Hand. Kurz bevor sie auf den Boden krachte, hüllte sie eine warme grüne Kugel ein, die ihren Fall abbremste. Rajang hatte seine schwarzen, lederartigen Flügel geöffnet und sah sie nun wieder mit roten Augen an.

„Das werden wir noch sehen", erwiderte er und zog sein boshaftes Schwert. Mit einem Schrei stürzte er sich auf Kuasara. Sie hatte keinen Vertrag mit dem heiligen Schwert der Götter, doch hoffte sie, dass es ihrem Ruf folgen würde.

Agarwaen, dachte sie und rief die Macht des Schwertes zu sich.

Ihr Mal leuchtete kurz auf. Die Kraft, die davon ausging, stärkte Kuasara und gab ihr neue Zuversicht. Kurze Zeit später hielt sie Feuerblut in ihren Händen und blockte den Angriff von Rajang. Sie hatte schon lange nicht mehr mit einem Schwert gekämpft. Als sie kleiner war, hatte sie immer heimlich mit dem Großschwert ihres Vaters geübt, doch es war viel zu schwer für sie gewesen, weshalb er ihr ein kleineres anfertigen ließ. Mühelos schwang sie Feuerblut in ihrer Hand, parierte die Schläge von Rajang und griff ihrerseits auch an. Früher hatten die Drachen oft ihre Kämpfe mit den Schwertern ausgetragen, doch heut konnte kaum noch ein Drache mit dem Schwert kämpfen. Die Erinnerungen an ihre früheren Kämpfe nutzte sie gekonnt aus. Da Rajang jünger war als sie, hatte er nie den Schwertkampf in der Drachenakademie gelernt, doch sie wurde von ihrem Vater, dem Schwertmeister persönlich, ausgebildet. Die einzige Schwäche, die sie momentan besaß, war Kasumis Körper, der die Kraft für den Schwertkampf nicht besaß, doch Kuasara versuchte ihr Bestes.

Die Schwerter prallten aufeinander, ließen Funken sprühen und die Nacht erhellen. Jeder Schlag, welcher der Schlächter ausführte, war präzise, genau und voller Kraft. Kuasaras Schläge hingegen nahmen mit der Zeit an Stärke ab. Ihre Armmuskeln zitterten bereits und ihr nackter Körper war von kleineren Schnittwunden gezeichnet. Schmutz, Schweiß und Blut bedeckten ihren Körper, doch dies war ihre geringste Sorge. Es würde nicht mehr lange dauern und sie würde verlieren. Sie musste sich etwas einfallen lassen, und zwar schnell.

Ein grünes Aufblitzen in der Dunkelheit verriet den nächsten Schlag. Gekonnt wich Kuasara aus und wollte sofort zum Gegenschlag ansetzen, als eine Vision ihr Blickfeld für kurze Zeit trübte. Sie sah, wie sie aufsprang, das Schwert hoch über ihrem Kopf, und den Schlächter angreifen wollte. In dem Moment, als das Schwert auf Rajang landete, verwandelte er sich in seine Drachengestalt und fegte sie mit seinem Schwanz hinfort. Gerade noch rechtzeitig konnte sich Kuasara zurückhalten und sprang rückwärts, weg von Rajang. Dieser sah sie finster an, nickte ihr aber doch anerkennend zu.

Das Mal auf ihrem Körper pulsierte, und tief in sich konnte sie spüren, wie Kasumi schwächer und schwächer wurde.

Nicht mehr lange und sie wird sterben, dachte Kuasara. *Ich muss es jetzt zu Ende bringen, aber wie kann ich das schaffen?*

Urplötzlich fing die Erde an zu beben, der Wind frischte auf und das Wasser aus den Flüssen toste wie wild. Rauch hing in der Luft und über all dem erschien hoch in den Wolken ein goldener Schimmer. Kuasara traute ihren Augen nicht, als sie Eru erblickte. In diesem Moment brach die Erde auf und ein Drache mit Schuppen voller Dreck und warmen braunen Augen schoss in den Himmel und gesellte sich zu Eru. Aus den Winden formte sich ein weißer Körper, der elegant durch die Luft tanzte. Wieder erbebte die Erde, doch dieses Mal schoss eine Flammenwand hoch empor, aus der sich ein Drache mit glühend roten Schuppen erhob. Zum Schluss zog sich das Wasser zusammen, wurde zu Eis, das berstend brach, als sich der Letzte der Götter erhob. Seine blauen Schuppen glänzten im Mondlicht silbern.

„Das …" Sprachlos sah Rajang die Götter an. Auch Kuasara konnte es nicht glauben. Noch nie hatte es das gegeben, dass sich alle Götter versammelten, nicht einmal beim ersten Angriff von Rajang, als er gegen Nymue und den Drachenprinzen gekämpft hatte.

Kuasara, wir werden dir die Kraft und die Wahrheit geben, denn das Gute ist in uns allen, genau wie das Böse. Wir müssen es nur erkennen! Die kraftvolle Stimme von Eru glitt durch ihren Geist und erfüllte sie mit Liebe. Der Liebe zu Rajang. Tränen benetzten ihr Gesicht, als ihr alles klar wurde. Rajang wurde zum Schlächter, weil sie getötet wurde. Seine Liebe zu ihr wurde auf bestialische Weise zerstört, wodurch sie sich in Hass, Trauer und Zorn verwandelte, alles Eigenschaften des Bösen. Doch die Liebe existierte noch in ihm, tief in seiner Seele vergraben.

Wecke sie wieder auf! Dies war die weiche Stimme von Vilya, die sanft Kuasaras Geist berührte.

Du musst an ihn glauben! Die raue Stimme von Naur erfüllte ihren Geist mit Zuversicht.

Denn ihr gehört zusammen! Die Bestätigung von Arda gab ihr neue Kraft.

Kämpfe für eure Liebe! Die leisen, eisigen Worte von Lorn weckten sie aus ihrer Starre auf.

Du wirst es schaffen, Kuasara. Bringe das Gute wieder zurück in diese Welt, sagte Eru, bevor er und seine Geschwister wieder verschwanden. Sie lösten sich auf, als wären sie niemals erschienen.

Ein tiefes, hasserfülltes Lachen ertönte. Erschrocken drehte sich Kuasara zu ihrem Geliebten um. Er hatte die Hände in die Hüften gestemmt und lachte wie ein Irrer.

„Du glaubst, die Götter würden dir helfen. Da hast du dich geirrt. Sie sind wieder gegangen und haben dich allein zurückgelassen, ohne Kraft, ohne Magie, mit nichts."

„Alles, was ich brauche, besitze ich hier." Kuasara faltete die Hände über ihrem Herzen zusammen. „Denn hier drin bist du."

Der schockierende Ausdruck von Rajang überraschte Kuasara komplett. Sie hatte ihn noch nie so gesehen, nicht einmal, als sie ihn fragte, ob er sie heiraten wolle.

„Das glaube ich dir nicht", erwiderte Rajang monoton.

„Wenn du es mir nicht glaubst, dann lass es mich dir zeigen." Eine Träne rollte Kuasara über die Wange, als ihr bewusst wurde, was sie zu tun hatte.

„Wie? Wie willst du es mir zeigen?"

„Öffne deinen Geist."

Misstrauisch blickte Rajang sie an. Seine rot glühenden Augen musterten sie aufmerksam, suchten nach einer List, doch als sie nichts fanden, nickte er.

Vorsichtig streckte Kuasara ihren Geist nach seinem aus. Als sie sich berührten, war das Gefühl überwältigend. Seit Jahren wartete sie auf diese Berührung, auf die sie schon so lange hatte verzichten müssen. Am Gesicht von Rajang konnte sie erkennen, dass es ihm genau gleich erging. Er öffnete seinen Geist noch weiter und ließ zu, dass sie ihm ihre Gedanken, Gefühle und Bilder übermittelte.

Sie befand sich im Tempel des Drachenkönigs. Die braunen Schuppen des Königs glänzten in dem blauen Licht matt, doch seine goldenen Augen strahlten umso neugieriger.

„Du sagst also, Eru hätte mit dir gesprochen?“, fragte er zweifelnd.

„Ja, er hat mir etwas über das Böse in dieser Welt erzählt und mir mein Schicksal offenbart.“

„Dein Schicksal? Und das wäre?“

„Ich werde mich verlieben, in den Sohn von Ama'inanak.“

Zischend holte der König Luft und sah sie mit bösen Augen an.

„Erwähne diesen Namen nie mehr in meinen Hallen, und was seinen Sohn angeht, niemand außer mir und der Mutter weiß, wer es ist.“

„Das spielt keine Rolle, denn ich werde mein Schicksal nicht akzeptieren.“

„Was hat dir Eru noch gesagt?“

„Dass unsere Liebe die Welt retten kann, aber dafür muss sie zuerst zerstört werden. Ich müsste einen Verrat begehen, der mich zum Tode verurteilt.“

Verstehen blitzte in den goldenen Augen des Königs auf. Neugierig senkte er den Kopf zu Kuasara und blies ihr seinen Atem entgegen.

„Was auch immer du tun musst, ich werde hinter dir stehen.“

„Ich danke euch, mein König“, sagte Kuasara, doch sie dachte nicht daran, ihr Leben für etwas zu opfern, was sie nicht verstand.

Das Bild wechselte. Wieder befand sich Kuasara im Tempel, doch dieses Mal war sie nicht allein mit dem König. Ein schwarzer Drache war vor ihr da und beugte demütig sein Haupt. Vorsichtig näherte sich Kuasara, da sie das Ritual nicht stören wollte. Jeder Drache musste sich dem Drachenkönig ab einem bestimmten Alter unterwerfen. Als sich der Drache erhob und sich umdrehte, blickte sie in die reinsten Augen, die sie jemals gesehen hatte. Grüne Smaragdaugen blickten sie neugierig an. Ihr Herz setzte einen Schlag aus, nur um dann umso schneller zu schlagen. Sie bemerkte im Hintergrund, wie der Drachenkönig sie musterte. Doch dies war ihr egal, sie hatte nur Augen für den schwarzen Drachen.

Erneut wechselte das Bild. Kuasara saß allein in ihrer Höhle und hatte sich entschieden. Erst vor kurzem hatte sie erfahren, dass Rajang der Sohn von Ama'inanak war, und das Schlimmste daran war, dass Eru recht hatte. Sie hatte sich in Rajang mit ihrem ganzen Wesen verliebt. Ihre Seele gehörte ihm, sie wollte nur noch für ihn leben. Doch Erus Worte ließen sie nicht mehr los, und so fragte sie Violent, die Schwester oder besser gesagt Halbschwester von Rajang, um Rat. Sie erzählte ihr alles. Von Eru bis zu ihren Gefühlen zu Rajang. Aufmerksam hörte die violette Drachin ihr zu. Als Kuasara geendet hatte, konnte es Violent nicht glauben. Immer wieder musste Kuasara es ihr erklären, bis sie endlich verstand, was wirklich los war. Gemeinsam schmiedeten sie einen Plan, um Kuasaras Schicksal zu ändern, doch in der Nacht hörte Kuasara erneut die Stimme von Eru. Voller Panik rannte sie zu Violent.

„Eru hat mich erneut aufgesucht und mir etwas gesagt", erzählte Kuasara.

„Was hat er dir gesagt?"

„Komm in meine Höhle, ich werde es dir dort erzählen."

Nach diesen Worten verließ Kuasara die Höhle von Violent und flog zu ihrer eigenen zurück. Wütend und voller Angst stürmte sie in ihre Höhle, dicht gefolgt von Violent.

„Was wirst du wegen meinem Bruder machen?", fragte Violent nüchtern.

Kuasara drehte sich zu der violetten Drachin um und erklärte: „Ich werde ihn zwingen, mich zu heiraten."

„Aber wenn du dies tust, dann werden die Soldaten dich töten."

„Das weiß ich", erwiderte Kuasara stur. „Es ist der einzige Weg, damit wir in Frieden zusammenleben können."

Violent blickte wütend drein. Sie ging langsam auf Kuasara zu und stieß ihren Kopf an die weißen Schuppen der Drachin.

„Du weißt, dass er dich liebt und alles für dich machen würde."

„Genau deswegen muss ich sterben."

„Wieso?", fragte Violent.

„Du weißt warum. Es ist meine Bestimmung. Ich bin der Auslöser für die Zerstörung und seine Bestimmung ist die Zerstörung“, erklärte Kuasara.

„Wenn es das ist, was du dir erhoffst, dann werde ich dir helfen.“

„Ich danke dir, aber du musst nur eines für mich tun. Bewahre mein Herz auf. Zu gegebener Zeit wirst du wissen, was zu tun ist.“

Kuasara hob ihren Kopf und ließ ihre Magie frei. Ihre Schuppen fingen an, golden zu leuchten. Nach kurzer Zeit war alles vorbei und vor den beiden Drachinnen schwebte eine weißgoldene Kugel. Kuasara berührte sie mit ihrer Klaue und überreichte sie Violent.

Sie hoffte, dass Eru sein Versprechen halten würde und sie, wenn die Zeit kam, wiederbelebte.

„Es wird Zeit zu sterben“, sagte Kuasara und verließ die Höhle.

Zum letzten Mal wechselte das Bild. Kuasara befand sich in ihrer Höhle. Neben sich schlief Rajang glücklich. Sie hatten miteinander die schönste Nacht zusammen verbracht. Ihre erste und auch letzte. Eine Träne lief ihr über die Wange, als sie ihre Klaue nach dem Altar ausstreckte und ein wenig ihrer Magie und Erinnerung darin einfließen ließ.

Hoffentlich funktioniert es, dachte sie. *Wer auch immer diese Erinnerungen sieht, wird die Zukunft verändern*, sagte sie, bevor sie sich zu den Drachensoldaten umdrehte, die in die Höhle stürmten.

Auf der Stelle war Rajang wach und wollte sie verteidigen, doch es war zu spät. Kuasara hatte von Anfang an gewusst, dass sie sterben würde. Als sie auf dem Blutfelsen lag und ihren Geliebten ansah, schickte sie ihm ihre letzten Gedanken. *Ich liebe dich.*

Die Erinnerungen lösten sich auf. Rajang stand ihr gegenüber, das Gesicht schneeweiß. Seine Augen blickten panisch zu ihr, als ihm klar wurde, was sie getan hatte.

„Warum?“

„Ich musste es tun. Ich musste dich aufhalten, da ich dich geschaffen habe.“ Tränen glitten über ihr Gesicht, als sie sah, wie Rajang Blut spuckte. Während sie ihm ihre Erinnerungen gezeigt hatte, hatte sie ihn mit mehreren Schichten Angriffsmagie umhüllt, die ihn angriffen, sobald die Erinnerungen erloschen. Kein Laut drang über die

Lippen des Schlächters, nur tiefe Trauer erblickte sie in seinen klaren smaragdgrünen Augen. Kuasara konnte es nicht ertragen. Schluchzend sank sie auf die Knie und schlug ihre Hände vors Gesicht.

Ich habe ihn getötet, dachte sie. *Ich habe meinen Geliebten getötet.*

„Schsch, es wird alles gut."

Eine warme Hand strich ihr über die weißen Haare. Warme Arme umschlangen ihren Körper und drückten sie fest an sich. Das Blut von Rajang erfüllte ihre Lungen und ließ sie erneut aufschluchzen.

„Schsch, meine Geliebte, ich bin ja jetzt bei dir."

Sie hörte, wie ein Dolch aus einer Scheide gezogen wurde, doch dies war Kuasara egal. Sie kuschelte sich fester an Rajang, wollte seinen Geruch in ihr Hirn einbrennen, wollte ihn am liebsten nicht verlassen.

„Ich liebe dich", flüsterte der Schlächter.

Die Worte berührten Kuasara und ließen sie erstarren. Vorsichtig blickte sie in das lächelnde Gesicht von Rajang. Es war ein Lächeln, das sie vermisst hatte. Es strahlte Wärme, Liebe und Geborgenheit aus. Der Schmerz, der diesem Lächeln folgte, war ihr egal. Sie war wieder mit ihrem Geliebten vereint. Sie spürte, wie ihr das Blut aus der Wunde floss, und blickte an sich hinunter. In ihrer linken Seite befand sich der Dolch der lebenden Tenshis. Glücklich blickte sie ihrem Geliebten ins Gesicht, streckte sich, um auf gleicher Höhe zu sein wie er und küsste ihn. Es würde der letzte Kuss sein, doch immerhin waren sie zusammen.

Ja, zusammen, dachte sie, bevor sie ihren letzten Atemzug aushauchte.

Epilog

Mühsam erhob sich Tesfay aus dem Nest des Drachenkönigs. Seine kleine Schwester lag neben ihm und schlief tief und fest. Glücklich sah er auf sie hinab und flüsterte ihren Namen leise.

Hikari.

Es war nun schon über drei Jahre her seit der Schlacht gegen Rajang, doch die Bilder verfolgten ihn noch immer in der Nacht. Wieder einmal befand er sich auf dem Schlachtfeld. Er beobachtete den Kampf zwischen Kasumi und Rajang, verlor sie aber rasch aus den Augen. Geschunden, körperlich, magisch und auch psychisch, begab er sich zu seinem toten Vater. Er wollte ihn noch nicht verbrennen, doch seine Seele musste zu den Göttern gehen. Ein letztes Mal in dieser Nacht griff er nach seiner Magie und ließ sie frei. Blaue Flammen verschlangen seinen Vater, ließen die Dunkelheit erhellen und entzündeten erneut die Trauer tief in seinem Herzen. Auf der Suche nach Überlebenden verließ er seinen Vater und stieß kurz darauf auf die hysterische Naiuschka. Auch sie befand sich in menschlicher Gestalt, doch sie hatte es bei weitem schlimmer getroffen als ihn. Sie blutete aus unzähligen Schnittwunden und erzählte etwas über eine abstürzende Kasumi.

„Nai, jetzt beruhige dich mal."

Seine Cousine blickte ihn aus traurigen goldenen Augen an.

„Erzähl mir, was du gesehen hast."

„Ich sah, wie Kasumi und der Schlächter zu Boden stürzten. Im Fall wechselten sie ihre Gestalt, danach verlor ich sie aus den Augen."

Augenblicklich war Tesfay alarmiert. Er packte Nai an der Hand, zog sie auf und schleppte sie hinter sich her. Über ihm hörte er weiterhin den Kampflärm, doch er war bei weitem nicht mehr so schlimm. Die meisten Drachen hatten die Flucht ergriffen, und die,

die noch übrig waren, wurden mit allen Mitteln vertrieben. Ohne auf die Kämpfe zu achten, rannte Tesfay weiter, auf der Suche nach Kasumi. Asche ließ ihn hustend zusammenkrümmen. Sein Körper fühlte sich fertig und zu nichts mehr fähig an.

„Wir sollten eine Pause machen", sagte Naiuschka.

„Nein, wir müssen Kasumi finden."

Noch einen Verlust konnte Tesfay nicht ertragen. Er hatte schon seinen Bruder und seinen Vater verloren, wenn er noch Kasumi verlieren würde ... Er konnte nicht daran denken und rannte weiter, weiter und immer weiter. Bis er in der Nacht etwas Weißes entdeckte. Voller Panik rannte er los, vergaß dabei Nai und eilte nur noch auf das Weiße zu. Schon von weitem erkannte er Kasumi. Sie hielt sich an einem Mann mit ebenholzschwarzen Haaren und grünen Augen fest. Von seinem Vater wusste er, dass der Schlächter auch menschliche Form annehmen konnte. Panik erfasste ihn und er beschleunigte seine Schritte. Etwas Silbernes blitzte auf und er beobachtete, wie Kasumi den Schlächter anlächelte und küsste, bevor sie ihre Augen schloss.

„Nein!", schrie Tesfay, doch er kam zu spät. Eng umschlungen fand er Kasumi und den Schlächter vor. Auf beiden Gesichtern erblickte er Tränenspuren, aber sie hatten beide ein glückliches und zufriedenes Lächeln im Gesicht. Hinter ihm hörte er, wie ein Drache landete. Schnell drehte er sich um, in der Angst, es wäre ein Feind, doch es war Eru, der allmächtige Gott.

„Sie hat ihr Schicksal erfüllt, so wie ich es gesagt habe", erklärte Eru.

„Sie ist tot", weinte Tesfay still vor sich hin.

„Nein, Kuasara, die Geliebte des Schlächters, und Rajang, der Schlächter, sind tot, doch Kasumi lebt noch, tief in der Existenz eingeschlossen und dem Tode nahe."

Hoffnung durchzuckte Tesfay, aber er wollte sich nicht daran festklammern, zu groß würde die Enttäuschung sein.

„Ich werde sie zu mir nehmen und vielleicht ... Eines Tages wird sie vielleicht wieder gesund werden." Mit diesen Worten verschwand Eru und auch Kasumi.

Seit jener Nacht hatte Tesfay seinen Vater verloren und den Thron der Drachen bestiegen. Seit jener Nacht hatte er die Hoffnung nicht aufgegeben, und vielleicht, vielleicht würde Kasumi zu ihm zurückkehren.

Neben ihm raschelte das Stroh und eine warme Zunge an seinem Bein riss ihn aus den Gedanken. Hikari war aufgewacht und blickte ihn aus unschuldigen braunen Augen an.

Denkst du wieder an die Schlacht zurück?, fragte sie ihn. Obwohl Hikari zu klein war, um sich zu erinnern, wusste sie das Nötigste.

Ja, meine Kleine.

Vater hätte sich gewünscht, dass du glücklich wärst.

Das bin ich, das bin ich, erwiderte er mit einem Lächeln. Für seine Schwester würde er alles tun, auch wenn er dafür seine Trauer verbergen musste.

Ein Brüllen ertönte und Naiuschka stürzte in den Tempel, außer Atem und mit dem glücklichsten Blick, den er je bei ihr gesehen hatte.

„Tesfay, Tesfay, das musst du dir ansehen!", sagte sie aufgeregt.

„Es tut mir leid, aber ich habe Pflichten zu erfüllen", erwiderte er mit einem Lächeln. Zuerst hatte er den Thron nur angenommen, da er der letzte Erbe war. Die Aufgaben eines Königs hatten ihn schon immer gelangweilt, doch mit Ryoheis Unterstützung war er in sein Erbe hineingewachsen. Die Narben der Schlacht hatten sie alle erschüttert und sie hatten einen starken Anführer gebraucht. Tesfay, der von Lorn und Eru gesegnet war, war ideal dafür geeignet gewesen. Während dem Wiederaufbau hatte er sich als richtiger Anführer gefühlt, hatte die verletzten Drachen behandelt, den Waisen Mut zugesprochen und das Wohl der Drachen über seines gestellt, und nun, drei Jahre später, würde er alles für sein Volk tun und wollte ihm ein guter Drachenkönig sein.

„Das Treffen mit meinem Vater kann warten. Es gibt Wichtigeres."

„Wichtigeres als unser Volk?", fragte er zynisch.

„Ja, wenn ich es dir doch sage."

„Mein Volk ist das Wichtigste, was es gibt."

„Du sturer Dickkopf. Hikari, hilf mir doch", bat Naiuschka seine kleine Schwester. Seit einiger Zeit war Naiuschka für Hikari wie eine große Schwester.

Bruder, wenn sie sagt, dass es wichtig ist, dann ist es wichtig, sagte Hikari und sah Tesfay streng an.

Genervt gab Tesfay nach. Er stieg aus dem Nest und blickte Naiuschka wütend an, die vor Freude beinahe aufgesprungen wäre.

„Wenn es aber nicht wichtig ist, werde ich dich bestrafen."

„Du kannst machen, was du willst, aber glaube mir, du wirst es nicht bereuen."

Tesfay schüttelte nur den Kopf und trat in das gleißende Licht der Sonne hinaus. Alle Inseln schwebten durch die Kraft der Götter wieder in der Luft. Es sah aus, als hätte die Schlacht nie existiert.

„Wo schaust du hin?"

„In den Himmel, wohin denn sonst?"

„Blick doch einmal zur Treppe."

Seufzend gab Tesfay nach, schritt zur Treppe und blickte hinab. Goldene Schuppen erregten seine Aufmerksamkeit und ihm stockte der Atem. Eru, der Gott der Götter, stand unterhalb der Treppe und blickte ihn aufmerksam an.

Ich habe getan, was ich konnte, flüsterte der Gott und löste sich danach in Luft auf.

Tesfay verstand zuerst nicht, doch als er sah, dass noch jemand an dem Platz war, wo vorher Eru gestanden hatte, schaute er genauer hin.

Weiße Schuppen reflektierten das Sonnenlicht und einzelne goldene Schuppen leuchteten heller als die Sonne. Amethystfarbene Augen blickten ihn glücklich an. Die Trauer und der Verlust widerspiegelten seine eigenen Gefühle, doch die Liebe in den Augen überwiegte alle anderen Gefühle. Sein Herz schlug schneller und seine Atmung beschleunigte sich. Tränen traten in seine Augen. Er hatte diesen Tag so lange herbeigesehnt, und nun … Nun war er da.

Kasumi, flüsterte er.

Danksagung

Ohne die Unterstützung meiner Familie und meiner besten Kollegen wäre dieses fantastische Buch nie entstanden. Deswegen möchte ich euch von Herzen Danken. Auch wenn ihr es nicht wisst, konnte ich nur dank euch soweit kommen.

Ein weiterer Dank geht an meine verstorbenen Großeltern. Ihr habt immer an mich geglaubt und meinen Geschichten gerne zugehört. Auch wenn es nur die Fantasien einer Zehnjährigen waren. Ich bin mir sicher, diese Geschichte hätte euch auch gefallen.